大厂回族自治县志（1986—2004）

大厂回族自治县地方志编修委员会 编

民族出版社

《大厂回族自治县志》编修委员会

顾　　　问：孙宝水
主　　　任：杨连华（回族）
常务副主任：李桂强
副　主　任：刘士良　宋振宇　康建军
委　　　员：孙继国　杨宝军（回族）　李树达（回族）　张瑞山　刘华军
　　　　　　韩东旭　左庆海　何培华（回族）　白占冬　张福明（回族）
　　　　　　任宝学　赵春生

《大厂回族自治县志》编修人员

主　　编：李桂强
执行主编：杨宝军（回族）
副　主　编：杨春利（回族）
编　　辑：周丽娟　孔金苹　李孟阳　刘俊（回族）　刘艳军
摄　　影：王　江

《大厂回族自治县志》评审成员

张英聘　王广才　王蕾　黄志强　缴世忠

《大厂回族自治县志》终审成员

杨洪进　王广才　尹玉航　王　蕾　任丽英　许振彪　杨胜旗　徐振田

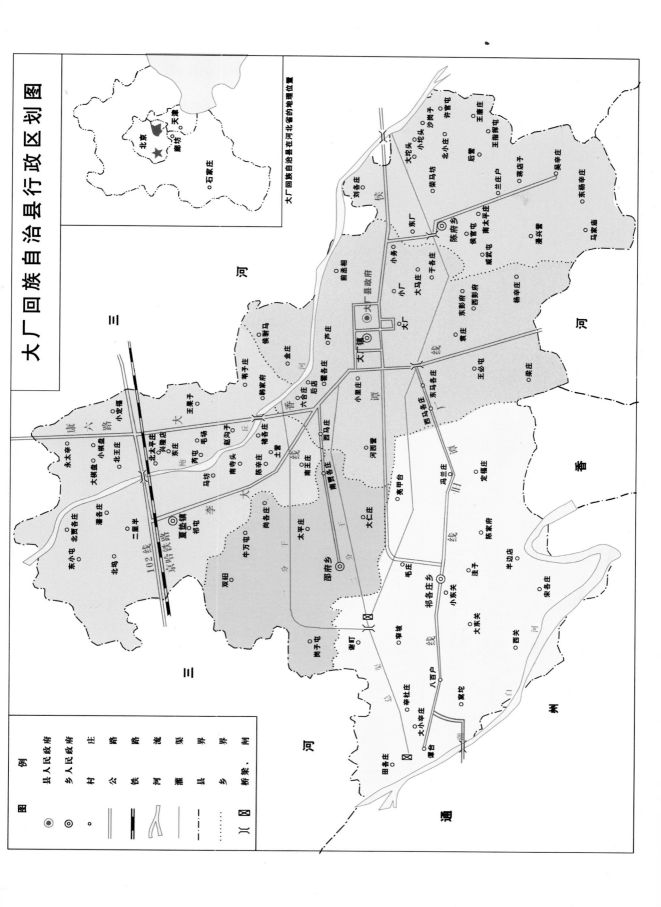

大厂回族自治县行政区划图

大厂回族自治县在河北省的地理位置

图 例

◎	县人民政府
◉	乡人民政府
○	庄
	村
	公 路
	铁 路
	河 流
	灌 渠
	县 界
	乡 界
⋉	桥梁、闸

大厂县城

县政府大楼

市民休闲广场

福华庄园

耀华佳苑

县城平房区

永安小区

农村民居

大厂清真寺

大马庄清真寺

北坞清真寺

阿訇在向穆斯林讲卧尔兹

抬手入拜

阿语培训班学员

小麦

棉花

农业生产机械化

设施农业

农田林网

三北防护林体系建设县内部分

城市绿化

林木保护

路旁绿化

福华肉类有限公司

京福华总店

福华肥牛

鑫诚肉类有限公司

跃华食品有限公司

永发油脂厂

福喜食品有限公司

中国清真食品交易商城

京东第一温泉度假村

廊坊金华实业有限公司

华丰铸造有限责任公司

燕北畜牧机械集团

益利印刷有限公司

河北彩虹（集团）
有限公司

钢琴架

光盘

畜牧机械

中纺汉东（大厂）服装
有限公司生产车间

食用油脂

带钢

手工簪刻银舍利塔　　　　　　　　　　　景泰蓝

花丝镶嵌摆件

福立达商厦

荣华商城

大厂国际渔具城

中国人民财产保险股份
有限公司大厂支公司

中国人寿保险有限公司
大厂支公司

中国建设银行
大厂支行

中国邮政大厂分公司

中国网通大厂分公司

中国移动通讯公司大厂营业点

国道 102 线大厂段

省道大香路大厂段

侯谭线大厂段

北京至大厂 938、930 路公交车

人力资源市场

人才劳动力招聘洽谈会现场

待岗青年技能培训

县中心敬老院

城乡统一供水控制中心

110KV 变电站

大厂回民中学

高级实验中学

城关小学

赵德平做客中央电视台"艺术人生"

大厂评剧歌舞团演出剧照

文化活动中心

大厂电视台

电视发射塔

农村文化广场

村民活动中心

清真食品

潮白河

鲍邱河

大厂清真寺古槐（植于明永乐13年）　　　　　霍各庄清真寺古柏（植于400年前）

厚德載物

万国悦书法作品

天行健，君子以自强不息

地势坤，君子以厚德载物

庚寅 国悦书

崔涛书画作品

李世宝书法作品

序

国有史，县有志。时值大厂回族自治县成立55周年之际，《大厂回族自治县志（1986—2004）》出版发行，这是大厂人民政治、文化生活中的一件大事，也是全县业已形成各项事业协调发展、良性互动局面的一个缩影，益当今，惠千古，可喜可贺。

文明在于创造，更在于积累。1995年，中华人民共和国成立以来问世的第一部《大厂回族自治县志》，荣获河北省社会科学优秀成果一等奖，在全县政治、经济、文化和社会建设中发挥了重要作用。续修《大厂回族自治县志》分为24编107章350节，共90余万字，130余幅图片，融思想性、资料性、地方性、时代性、科学性于一体，图表并陈，博观约取，较为全面、系统地叙述了大厂回族自治县1986年以来政治、经济、文化、教育等社会各方面发展变化的情况，展示了全县干部群众奋发图强，锐意进取，为建设美好家园而创业创新的风采，体现了鲜明的时代精神和地方特色。志书文约事丰，亮点突出。它的出版问世，为加强爱国主义、社会主义教育提供了丰富素材；为干部群众认识地情、借鉴古今提供了参考；为国内外人士了解大厂、认识大厂提供了宝贵资料，可以说是人们了解大厂历史和文化一部难得的典籍。

古人说，"治天下以史为鉴，治郡国以志为鉴"。要想把大厂的事情办好，就要深入了解大厂，了解大厂的过去和现在。各级各部门都要研读志书所提供的资料信息，既要了解国情，又要了解县情，以史为鉴，进一步解放思想，坚持"全面统筹，重点突破，整体提升，基础保障"的工作思路，把握"发展跨越，工作争先"的主基调，围绕"推进四个突破，实施八项提升"的主要任务，加快推进县域工业化、城镇化进程，统筹经济社会和城乡一体化发展，努力实现自治县在科学发展道路上后发崛起新跨越而努力。

修志工作是一项艰辛艰苦的工作。《大厂回族自治县志》一次性通过省地方志专家组审查验收，这在全市绝无仅有，在全省也不多见。县委、县政府和大厂人民不会忘记这些默默无闻，甘于清苦、艰苦和辛苦的修志工作者。

中共大厂回族自治县委书记　孙宝水

大 厂 回 族 自 治 县 县 长　杨连华

2010 年 4 月 9 日

凡　例

一、本志以马克思列宁主义、毛泽东思想、邓小平理论和"三个代表"重要思想为指导，按照科学发展观的要求，用辩证唯物主义和历史唯物主义观点，实事求是地记述全县自然和社会的历史与现状。

二、本志与1995年出版的《大厂回族自治县志》下限1985年相衔接，主体内容上限起于1986年，下限止于2004年。为保持事物的连续性，对重要事物适当上溯或下延。为充分反映改革开放和各业建设成就，有的章节采用今昔对比的写法，涉及了前志内容。编下序由两部分组成，一是该编前志内容提要，二是本志综述。

三、体裁分述、记、志、传、图、表、录，以志为主，图、表、录附于相关内容之后。

四、篇目体式为中编体，其结构层次为编、章、节、目（有的下设子目）。横排纵写，事以类从。志首设序、概述、大事记，志中设政区、自然环境、居民、民族宗教、人物、基础设施、经济总情、农业、畜牧及相关产业、工业、商业、金融保险、中国共产党大厂县地方组织、人民团体、人大政协、人民政府、综合政务、财政税务、经济管理、公检法司、军事、教育科技、文化卫生体育、赵德平与大厂评剧团24编，志末为附录、编后记等。

五、为充分反映民族特色、地方特色、文化特色和时代特色，将畜牧及相关产业、民族宗教、赵德平与大厂评剧团升格为编。

六、坚持"生不立传"原则。立传人物以本籍为主，兼及客籍，以业绩突出为标准，既选取颇有建树的县级以上领导干部，也有在平凡工作岗位上作出突出贡献的基层干部和群众。事迹突出的在世人物以简介或以事系人的方式入志。人物简介收录具有副高级以上职称的科技人员、副县（处）级以上领导干部、大校以上军衔的军人以及有突出业绩的普通人。

七、遵守《中华人民共和国国家语言文字法》，采用语体文。力求朴实、简约、流畅。

八、建置、党派团体、机构、职务等均用历史名称，过繁的机构、会议、文件等首次出现时用全称，其后一般用简称。注释采用随文括注形式。

九、各种数据以统计部门为准，统计部门未掌握的，使用主管部门提供的数据。

十、计量单位，除耕地面积单位用"公顷"或"亩"外其余均使用法定计量单位。数字用法以1996年6月1日起实施的中华人民共和国国家标准《出版物上数字用法的规定》为准。小数点后一律保留两位数。

十一、资料来源于各单位上报资料和县档案局所存档案、县志办公室搜集的文字和口碑资料、首部县志等。

目 录

概　述

一

大厂回族自治县（以下简称大厂县）是距首都北京最近的少数民族自治县。

县域位于北纬 39°49′17″至 39°58′56″，东经 116°48′20″至 117°03′55″。隶属河北省廊坊市，与三河市、香河县被北京、天津两大直辖市拱围其间。以潮白河为界，东为大厂县，西为北京市通州区。县城大安街 5 号（县政府驻地）距首都北京 47.90 公里，距天津市 107 公里，距省会石家庄 275.50 公里，距廊坊市 47.50 公里。地属环渤海经济区和京津都市圈。京哈公路（102 国道）和京秦电气化铁路在县域北部夏垫镇内自西向东穿过；西北经通州区可达空港首都机场；南距京沈高速公路香河收费站 11 公里；经香河、天津可到海港塘沽。具有公路、铁路连通国内，"上天"、"入海"连接国际的区位交通优势。

大厂县面积 176.30 平方公里。2004 年总人口 111 686 人，其中回族 26 863 人，占 24.05%；汉族占 75.65% 左右；满、蒙古、壮、朝鲜、锡伯、苗、傣等少数民族占 0.30%。辖 5 个乡镇，祁各庄乡面积最大，为 47.52 平方公里；大厂镇人口最多，为 39 746 人（包括县直人口）；邵府乡面积最小、人口最少，为 22.18 平方公里、9266 人。辖 105 个行政村，夏垫镇回族聚居的南寺头村人口最多，为 2804 人；陈府乡汉族聚居的北小庄村人口最少，为 190 人。在自然村中，夏垫镇回族聚居的北坞村人口最多，为 4862 人，其次是大厂镇回族聚居的大厂村，人口为 4823 人。大厂镇的大马庄村和北坞一村全部是回族。全县有 16 座清真寺（其中女寺 1 座）。

县域地处华北平原北部燕山南麓，地貌形态为单一的平原区，地势自西北向东南微缓倾斜。鲍邱河与潮白河流经县域，流向与地势相同。

县域属暖温带亚湿润气候区，大陆度为 62.2，是四季分明的大陆性季风气候。春季冷空气势力明显减弱，温度回升快而不稳定，大风较多，日照充足。夏季暖湿空气活跃，雨量充沛，降水强度大而集中，形成高湿高温的气候特点。秋季天高气爽，风和日丽，气候宜人。冬季盛行偏北风，空气寒冷，降水偏少，12 月 29 日土壤稳定冻结，最大冻土可达 70 厘米。

全县自耕地 10 310 公顷，主要农作物为冬小麦、玉米等。据石油地质勘探资料证明，整个大厂县域是一个地下热水资源丰富的地热田。县城至夏垫的大厂凹陷区，埋深 1000～2500 米，水温 60℃～70℃，单井涌水量 500～1200 立方米/小时，分布面积 100 平方公里。县域内的地热资源具有开发利用价值。1996 年，中国建设银行总行利用地热资源在夏垫建起金建温泉宾馆。

二

1986 年以后，勤劳、智慧的大厂人民在中国共产党的领导和党的民族政策的光辉照耀下，以小县图强有作为的不懈追求，创造了经济、文化和社会各项事业的辉煌。

——地区生产总值。按可比价计算，2004 年达到 155 534 万元，是 1985 年 4749 万元的 32.75 倍，是 1955 年 1782 万元的 87.28 倍，是 1949 年 1355 万元的 114.79 倍。

——财政收入。2004 年达到 12 616 万元，是 1985 年 852.30 万元的 14.80 倍，是 1955 年 64.50 万元的 195.60 倍。

——粮食产量、农业产值和农业生产条件。粮食总产：2004 年 85 085 吨，比 1985 年增加 32 925 吨，比 1955 年增加 71 494 吨，比 1949 年增加 71 679 吨。农业总产值：按可比价计算，2004 年 32 037 万元，是 1985 年 7007 万元的 4.57 倍，是 1955 年 2741 万元的 11.68 倍，是 1949 年 1964 万元的 16.31 倍。农业生产条件：1955 年无农业机械、机井和化肥。到 1985 年，农业机械总动力 48 511 千瓦，大中型拖拉机 190 台，小型拖拉机 472 台，联合收割机 1 台，年末实有机井 1635 眼，全年化肥施用量 2110 吨。到 2004 年，农业机械总动力 232 800 千瓦，是 1985 年的 4.80 倍；大中型拖拉机 278 台，比 1985 年增加 88 台；小型拖拉机 3742 台，是 1985 年的 7.93 倍；联合收割机 333 台，比 1985 年增加 332 台；年末实有机井 1788 眼，比 1985 年增加 153 眼；全年施用化肥量 15 554 吨，是 1985 年的 7.37 倍。

——工业企业。1955 年，全县工业企业 1 家，创造产值 31 万元（1990 不变价）。1985 年，全县工业企业 1674 家，创造产值 8762 万元（1990 不变价）。到 2004 年，全县工业企业达到 3166 家，是 1985 年的 1.89 倍，是 1955 年的 3166 倍；创造产值 503 048 万元，是 1985 年的 57.41 倍，是 1955 年的 16 227 倍。

——农村人均纯收入和职工工资。农村人均年纯收入：1949 年为 50 元，1955 年为 57 元，1985 年为 575 元，2004 年达到 4829 元，是 1985 年的 8.4 倍，是 1955 年的 84.70 倍，是 1949 年的 96.58 倍。职工年人均工资：1955 年 455 元，1985 年 914 元，2004 年达 11 943 元，是 1985 年的 13.07 倍，是 1955 年的 26.25 倍。

——城镇化进程。1949 年总人口 52 968 人，其中非农业 490 人，占总人口的 0.93%。1955 年总人口 59 557 人，其中非农业 1229 人，占总人口的 2.06%。1985

年总人口 92 012 人，其中非农业 8822 人，占总人口的 9.59%。2004 年总人口 111 686 人，其中非农业 23 640 人，占总人口的 21.17%。

——城乡居民存款。1955 年 9.30 万元，1985 年 1502.30 万元，2004 年达到 117 906 万元，是 1985 年的 78.48 倍，是 1955 年的 12 678 倍。

——全社会固定资产投资。1955 年 99 万元，1985 年 1662 万元，2004 年达到 39 733 万元，是 1955 年的 401.38 倍，是 1985 年的 23.91 倍。

——"三资"企业。1985 年只有 1 家注册企业。2004 年，注册企业 10 家，投产企业 5 家，销售收入 31 460 万元，上交税金 2332 万元，占财政收入的 18.48%。

——教育、卫生。教育：1949 年全县只有小学生 4700 人，占总人口的 8.87%。1955 年有小学生 7230 人，占总人口的 12.14%，初中生 320 人，占总人口的 0.54%。1985 年有初中生 2827 人，占总人口的 3.07%，高中生 668 人，占总人口的 0.73%。到 2004 年，有初中生 6517 人，占总人口的 5.84%，高中生 3230 人，占总人口的 2.89%。2001 年和 2002 年，王洪生和张利先后以廊坊市理科第一名和第二名的高考成绩考入清华大学。卫生：1955 年有技术人员 59 人。1985 年有技术人员 209 人，床位 156 张。到 2004 年，技术人员达到 424 人，是 1985 年 2.03 倍，是 1955 年 7.19 倍；床位数达到 432 张，是 1985 年的 2.77 倍。

——交通运输、邮电。交通运输：1965 年县内有 1 辆汽车，公路运输货运量 5.20 千吨公里，货运周转量 600 千吨公里。1985 年有汽车 682 辆，公路通车里程 56.90 公里，公路运输货运量 24.20 千吨公里，货运周转量 12 640 千吨公里。到 2004 年，有汽车 11 294 辆，是 1985 年的 16.56 倍；公路通车里程 158 公里，是 1985 年的 2.78 倍；公路运输货运量 495 千吨公里，是 1985 年的 20.45 倍；货运周转量 43 284 千吨公里，是 1985 年的 3.42 倍。邮电：1949 年没有电话用户，1955 年 21 户，1985 年 419 户，到 2004 年达 34 314 户，平均每 1.07 户家庭拥有 1 部电话。2004 年移动电话用户超过 3 万，平均每 3.57 个人拥有 1 部移动电话。全县有因特网用户 2233 户。

横比，大厂县走立足特色抓产业的发展之路，创造出自己在经济、文化等领域的品牌和有规模、有特色的企业，形成了在周边乃至全国、世界产生影响的亮点，这些亮点犹如翡翠经时光的打磨更加璀璨夺目。

——评剧团。其前身是县文工团，1977 年改为评剧团。1982 年后，先后创作出唱响全国的剧目《嫁不出去的姑娘》、《啼笑皆非》、《罪人》、《男妇女主任》、《私生活》、《水墙》等，在北京长安大戏院演出后，受到康克清、吴祖光、新凤霞、马泰等领导和知名人士的肯定和赞扬。创作出《半夜猫叫》、《大年三十吃饺子》、《泪别》、《卫士》等几十个小品，一些作品在中央电视台春节联欢晚会和专题文艺晚会上演出。多年来，剧团把舞台搭到了全国 20 多个省市的城市乡村，把节目送进了全国亿万个家庭，成功演绎出一个小剧团搏击全国大市场的文化传奇。剧团年平均演出 450 余场，单场效益超过许多国家级院团，实现经济效益和社会效益双丰收，被誉为"出人、出戏、出效益"的出色剧团，成为全国文化战线的一面旗帜。

——牛羊产品。大厂县回族群众自古就有饲养牛羊的传统。中国共产党大厂回族自治县委员会（以下简称县委）、大厂回族自治县人民政府（以下简称县政府）因势利导，按照"规模膨胀、链条延伸"的发展之路，给予政策倾斜，形成了集养殖、运输、屠宰、加工、销售于一体的产业化格局。培育出华安、福华、跃华等龙头企业和苇子庄羊屠宰市场、北坞牛屠宰市场两个专业市场，注册了代表民族特色和文化内涵的"京穆"、"伊乡"两个大众品牌，制定了屠宰加工规程和质量标准。经过多年生产经营，开发出13类60余种不同部位、不同食用方法、不同档次的牛羊肉系列产品，满足了不同层次的消费需求，产品销往京津乃至全国各地，占领了北京70%以上的清真牛羊肉市场。

——清真食品。肥牛火锅：诞生于20世纪90年代初期，红火于20世纪90年代中期，20世纪末、21世纪初，以福华为代表的肉类加工企业将大厂肥牛火锅推向全国大市场，各地的大厂肥牛火锅达200余家。京东肉饼：据传，清乾隆三十五年（1770年）乾隆皇帝路过夏垫品尝京东肉饼后赞不绝口，此后其名声大振。20世纪50年代初，乌兰夫、班禅额尔德尼·确吉坚赞等中央领导到大厂视察工作时品尝京东肉饼，对大厂的清真饮食文化给予很高评价。芝麻酱烧饼、肉烧饼：以个大层多、外酥里软而闻名，烧饼铺开到北京、天津等大中城市。清真八大碗：有牛肉、杂碎、胡萝卜、长山药、海带、白菜、粉条、丸子、炸豆腐等，均为炖制，以八碗为限，灵活配制，既节俭，又体现宴客氛围，也符合饮食科学，显示出大厂回族的聪明才智。此外，还有烤肉、糕点、油饼、切糕等。这些由民族、宗教、区位等因素形成的清真食品，在继承和不断创新中，成为大厂各族乃至全国各地的大众食品。

——洼子村西瓜。祁各庄乡洼子村生产的"洼子"瓜和"沾刀炸"西瓜已形成品牌，大量销往外地，在北京小有名气。

——特种工艺品。依托传统手工艺基础，大力发展珐琅、骨制品、象牙雕刻等。珐琅产品遍及全县五乡镇，被誉为"京东珐琅之乡"；象牙雕刻集中在邵府乡南贾各庄；骨制品集中在邵府乡双臼村。北京的工艺品进出口公司和商场有需要时，多到大厂采购。

——畜牧饲养器械产品。20世纪70年代初，祁各庄中学办起全县第一家鸡笼厂。20世纪80年代初，掌握了业务和技术的离校师生纷纷开办鸡笼厂，鸡笼行业迅速在全县形成规模。在燕北鸡笼厂基础上建立的廊坊燕北畜牧机械集团有限公司，注重设备、技术、产品的更新换代和上档升级，与中国农科院、中国农业大学联合开展现代农牧场和农产品加工厂的设计和制造，农牧业项目的咨询和评估等，于1999年12月通过ISO9001国际质量认证，并取得自营进出口经营权，成为全国最大的畜牧机械制造厂家，产品销往全国各地，出口20多个国家和地区。

——服装和铜床。两个行业曾兴盛多年。服装：1985年全县有19个厂家生产服装和羊毛衫，最有影响的是1982年建立的县服装厂，其"燕野"牌系列服装销往美国、西德、芬兰、日本、中国香港等10个国家和地区。1998年起产量下降，原建厂家倒闭。2004年只有新建的中纺汉东和中纺森诚两家服装公司。铜床：兴起于1989年，主要有京大铜床厂、耀华铜床厂、雅盟铜床厂等。1996年大小铜床企业达140多家，生产床具15万件，产值超过3亿元，产品销往全国各地和阿拉伯国家。后由于产品换代和铜床在湿润地区易生锈等不足，铜床企业全部关闭。服装行业虽已失去旧日的繁荣，铜床也只留下昔日宽大的厂房。但这两个行业像一道跨越天空的绚丽彩虹，长留人们心中。

——代表企业。电机厂：县办国有中一型企业，改制后更名为廊坊金华实业有限公司，主要产品是中小型电机、水泵、发电机、冶金轧辊、冶金设备加工件和空腹薄壁高频焊管等，2004年上缴税金2000万元，是全县第一纳税大户。华安肉类有限公司：全国第一家中外合资肉类加工企业，引进德国技术、设备、管理理念，更新了大厂县三四百年来积累的畜牧屠宰加工技术，打破了国内高档牛羊肉靠进口的局面，促成了福华、跃华、万福盛、顺达等现代化屠宰加工企业的诞生。福喜公司：中国北方最大的麦当劳食品配料生产基地，"麦当劳，大厂造"叫响全国。彩虹集团公司：引进全国第一条县级光盘生产线，集印刷、光盘、光盘盒生产为一体。华映食品机械有限公司：生产的肉食机械轧拌系列、切片机、切菜机销往全国和东南亚地区。国华金属结构厂：生产的卫星接收天线传动器全部出口，其规模和科技含量在国内居领先水平。此外，生产钢琴铁板的华丰铸造有限公司，用环保型材料生产铸造管件和模具的华兴铸造公司，生产轻集料混凝土小型空心砌块等新型建材的福连公司，生产不锈钢厨房设备的国兴实业公司，生产珐琅工艺品的民族工艺品实业公司以及国际渔具城、天成集团公司、春和食品公司等，或具规模实力，或具特色影响。

三

时代造就人物，人物为时代增辉。大厂县域虽未发生震撼全国的重大历史事件，但不乏杰出人物，他们与时代同步，在大厂乃至全国各地发挥着重要作用。大厂各族群众同全国各族人民共同创造中华民族的灿烂历史，共同为实现民族独立、民族解放而英勇奋斗，共同为现代文明贡献聪明才智。

在企业家队伍中，电机厂厂长肖金杰，面向市场注重技术改造，推动企业长期发展，使企业多次被评为河北省百强企业、先进企业，用户满意产品生产企业和重合同守信用单位。民营企业家冯殿华，创建福华肉类有限公司和福华房地产开发公司，坚持产品质量第一和诚信经营，乐于公益事业，广泛吸纳回汉群众就业，使公司在取得经济、社会效益双丰收的同时，取得有口皆碑的社会知名度。

在文艺界，农民剧作家赵德平的名字享誉全国。1982年，赵德平担任县评剧团团长后，制定"队伍以小型为主，演出剧目以现代戏为主，服务对象以农民为主"的办团方针，走"自编、自导、自演"的路子，坚持与农村、农民"零距离"接触。由于有着深厚的生活土壤，使评剧团这棵大树根深叶茂。在毛泽东发表延安讲话55周年之际，人民日报头版头条以《树高千尺在根深》为题刊登了赵德平事迹并附评论员文章。此外，王善继、潘嘉章、李绵星的小说创作，以左金铨为代表的书法、绘画艺术，在廊坊市乃至河北省有着广泛的影响。

在党政领域，有战争年代立场坚定、英勇无畏，社会主义建设时期与民同甘共苦，受民爱戴的老革命者海久恒、王熊飞、白志斌；有锐意改革开放、大力发展教育的县长王振华；有一生从事"三农"工作，与农民结下深情的副县长杨忠。

在基层干部中，创造行政审判"零"申诉纪录，因工作倒在审判台上的人民好法官吴宏友；战争时期为掩护伤员致残，建设时期带领群众填坑造地、植树造林的王唐庄村党支部书记王臣，维护乡里安全，遭报复后毫不动摇的苇子庄治保主任杨守元等，都是在全省乃至全国范围学习的楷模。

大厂籍在外地工作的人士，著名作家冯福宽（大厂村人，回族）任陕西人民广播电台高级记者，是《山丹丹开花红艳艳》的词作者之一；朱玉岭（西马庄村人）是北京聚德华天公司总经理、党委书记，2006年被评为北京市十大餐饮人物之首；知名学者郭庆旺（刘各庄村人）是中国人民大学财政金融学院副院长、博士生导师。

四

历届县委、县政府在不同时期有着不同的工作中心和目标，解决不同的矛盾和问题，实施不同的政策和策略，但都牢牢把握民族团结、解放思想和加快发展三大主题制定重大决策和施政纲领。

（一）牢牢把握"民族团结"这一自治县的永恒主题

对干部群众进行民族宗教政策教育，引导信教群众投身三个文明建设。县委教育汉族尊重回族的风俗饮食习惯，这一点成为汉族同志来大厂工作的必修课。全县多数单位的公共食堂用回民餐。对食品生产企业、饭店等敏感单位，有关部门每年两次定期检查，保证清真食品市场的清真和规范。遇回族三大节日，县四大班子领导和有关单位领导不论回族汉族，均按回民礼仪参加节日。同时，县委、县政府注重引导信教群众参与物质文明、政治文明和精神文明建设，把信教群众的注意力集中到发展经济、勤劳致富上来。历届县政协委员中均有宗教界人士。政府民族宗教管理部门加强对清真寺的管理，使信教群众在政策、法规范围内开展宗教活动。

落实少数民族各项优惠政策。民族贸易优惠待遇——根据国家民委发〔2004〕11号和冀民宗〔2004〕14号文件精神，福华、华安公司被确认为河北省少数民族特需用品定点生产企业，享受民族贸易和民族用品生产优惠利率贷款。少数民族升学政策——按冀教考试〔1997〕3号，省委、省政府〔2000〕55号文件规定，自治县的少数民族考生，执行照顾10分的政策，1997年以来，共为初、高中少数民族考生升学开具民族成分证明4000余人次，使少数民族学生享受到党的民族政策的照顾。

按"三高"战略提拔使用少数民族干部。按照"选拔高标准、培养高起点、使用高比例"的原则，回族干部队伍数量不断增加，素质不断提高，结构日趋合理，人数从建县初期的100名发展到2004年的635名，增加5.35倍，乡科级班子中90%以上配备了回族干部。2004年，全县县级干部33名，其中回族干部7名，占同级干部总数的21.21%，科级干部440名，其中回族干部108名，占24.54%。

同时，制定和颁布了自治条例、畜牧业条例、教育条例等，从法律上保证了党的民族政策在自治县的贯彻落实。

民族团结事业兴。党的宗教信仰自由政策的宣传教育，各项民族政策的落实，是自治县经济、政治、社会各项事业发展的保证，形成了回汉群众团结互助、和谐相处、共同进步，"谁也离不开谁"的民族关系。陈府乡东厂村是回汉合居村，村里修清真寺时，全村汉族群众踊跃捐助，深受感动的回族群众主动在寺外修建两间汉民冲洗室。建县初期，回族群众不擅农耕，汉族群众教回族群众种地。回族群众帮助汉族群众养牛，从饲养到经营全程指导。在各企业单位，无论法人代表是哪个民族成分，所用人员不会因是回族或汉族而拒绝录用。在机关、企事业单位和回汉合居村，回汉族之间互纳礼金，每个回民都有汉族朋友，每个汉民都有回族朋友。建县50年来，县内未发生过一起因民族矛盾引发的纠纷。

（二）牢牢把握"解放思想"这一认识主题

人类历史是一部在解放思想中前进的历史。建县以来，特别是1986年以来，在全党开展一系列思想大解放活动的背景下，县委结合自治县实际，不失时机地开展解放思想活动，带领干部群众摆脱旧的观念制约，以观念创新促工作突破，在与时俱进的跑道上竞进。

重新认识商品经济。过去一直把商品经济作为产生资本主义的温床。党的十一届三中全会后确立"商品经济是社会主义不可超越的阶段"、社会主义是"公有制基础上的有计划的商品经济"，按照这一观念，县委、县政府解放思想，制定了《发展商品生产若干问题的规定》，大力发展个体经济，使全县个体经济迅猛发展。1986年全县个体工业1730户，产值4103万元；联营工业308户，产值1121万元；个体社会商品零售额1106万元。

坚持"三个有利于"标准。1992年邓小平南巡谈话发表后，县委结合"谈话"精神，按照"有利于生产力发展，有利于增强国家综合实力，有利于提高人民生活"的标准，解放思想，大胆实践，制定了选派优秀中青年干部赴企业挂职锻炼的政策。这一政策在全县经济和干部成长中产生了深远的影响，干部经挂职锻炼后，有的已成为乡镇和县直单位的"一把手"，甚至被提拔到县处级领导岗位上，有的则成为大厂县的知名企业家。

树立小县图强有作为的观点。县委引导全县干部破除以"小"定位的观念。克服小绩即安"追求小"，思维局限"气魄小"，瞻前顾后"胆略小"的思想状态，树立不甘人后，奋发图强的进取意识，强化"地域有限、发展无限"的大市场理念，倡导"以宽广胸怀谋求进步，以全新思维推动发展"。经多年发展，全县人均地区生产总值、人均财政收入等曾长期在省、市排行前列。在此基础上，县委又适时提出破除人均观念，增强全县总体经济实力，力争总体实力争先，实现"小县大发展"。

（三）牢牢把握"加快发展"这一行动主题

发展，是党执政兴国的第一要务，县委、县政府按照这一执政理念制定政策，明确任务，解决问题。

1. 以改革为动力加快发展，重点推进工商企业改革第一阶段自 1987 年至 1993 年，重点是推行工商企业招标承包经营责任制，核心是强化利益和风险相统一的自我激励、约束机制。1987 年 7 月 20 日，县政府召开大会，确定承包经营的形式，会后抽调干部到电机厂、制油厂、五金公司搞试点，通过宣传发动、摸底测算、财产评估、投标答辩四个步骤于 9 月 2 日签订承包合同，后得到推广。11 月 7 日，全县有 26 个工商企业签订了承包合同。1988 年至 1990 年实现总利润 1951 万元，比承包前三年增长 82%，实现了保证财政收入稳定增长，保证企业后劲不断增强，保证职工生活不断改善的目标。1992 年，在完善第二轮承包的基础上分别进行企业内部劳动、人事、分配三项制度改革试点和承包经营，实行一厂双制、划小核算单位、股份制等试点工作，为企业注入活力。

第二阶段自 1993 年起至 2004 年，核心是建立现代企业制度，使企业形成自我经营、自负盈亏、自我约束、自我发展的法人实体和竞争主体。1994 年至 1997 年先后在华映食品机械有限公司等五家企业搞股份制改革试点，1998 年对县工商企业进行全面改制，并确定了六项原则。改制模式为公有资产全部退出和职工身份全部转换，形式为股份制、股份合作制、嫁接改造、拍卖、出售等。截至 2004 年，已完成"双退出"的企业 59 家，占全县工商企业总数的 95%，其中实行股份制或股份合作制改造的 16 家，依法破产重组的 12 家，出售给外埠企业的 10 家，实施兼并、合并、出租和其他形式的 20 家，抵贷 1 家。共完成公有资产退出 1267 万元，置换职工身份 3662 人，盘活企业存量资产 4985 万元，募集股本金 2935 万元，引进域外资金 1098 万元。多数企业实现效益不减，职工队伍稳定。

2. 以开放为活力加快发展，重点是引进项目

1986 年以来，县委、县政府为解决建县晚、县小、总体实力弱的问题，集中精力抓对外开放，把项目建设作为将民族优势、区位优势转化为发展优势的强大载体，力促经济快速发展。

（1）积极改善投资环境。1986 年至 2004 年，共投入资金 51.7 亿元，着力改善城乡面貌，拓展发展平台。在城区基础设施建设上先后完成 14 项重点工程，加大县城和周边路网建设，一大批城镇配套基础设施和公益设施相继建成投入使用；不断加大工业园区的基础设施建设力度，建成园区路网体系；重点建设 24 条乡村道路；在绿化、美化、净化上，实施环城林、环乡镇林、环村林"三环同建"工程，营造"城在林中建、人在林中游、村村绿树环绕、处处鸟语花香"的生态环境和宁静清闲的田园风光，全县空气质量稳定在国家二级标准以上，被誉为"首都绿色氧吧"。在倾力硬环境建设的同时，坚持双路并进，以创建"开放大厂、诚信大厂、实干大厂、平安大厂"为契机，全力打造投资"零报怨"、入驻"零烦恼"、服务"零缺陷"的发展软环境，政策、政务、法制、服务、人文环境得到全方位改善。

（2）努力创新招商形式。全县共有专业招商人员 128 名，利用各种资源关系寻求合作机遇，以多种形式赴沿海开放城市和东亚、中东、欧美等地开展招商活动，积极参加各种经贸洽谈会、展销会，通过国家级报刊、电台、电视等宣传媒体对外宣传自治县良好优惠的投资环境。一是产业招商。县政府确立以牛羊为主的畜牧业作为民族特色的主导产业，通过产业引进了华安、福喜等一批龙头企业，带动了相关产业的

发展，辐射全县 75 个村大小 3128 家企业，从业人员近万人。二是结构调整招商。围绕发展设施农业，引进特色种植业项目 10 个，面积达 1.65 万亩。三是围绕高科技外向型上项目。全县新上高新技术企业 14 家，涉及新材料、环境保护、能源和高效节能、生化食品、生物制药等多个领域。四是围绕企业嫁接改造上项目。近年通过嫁接改造方式累计盘活闲置资产 8000 余万元。五是借助外资、外埠企业招商。华安公司是全县第一家中外合资企业，德方对大厂的投资环境非常满意，1992 年后先后引进福喜食品有限公司、西亚斯食品配料有限公司、可诺奈食品有限公司、伊斯特食品有限公司等，其中引进的为麦当劳快餐店服务的 4 家公司年纳税 2000 多万元，占全县税收的近 20%。

截止到 2004 年，全县共启动实施千万元以上项目 150 个，总投资 21 亿元，新增地区生产总值 11.50 亿元。通过招商引资，培育出食品加工、金属压延、高科技产业、机械制造和专业市场等产业集群。各类项目的引进和建设，使县域经济发展后劲不断增强，地位不断上升，在全省 30 强县（市）中大厂曾排名第 12 位，并曾跻身全国百强县行列。

五

建县 50 年特别是最近 20 年来，县委、县政府带领全县人民奋发进取，巩固和壮大了物质技术基础，丰富和发展了精神文化传统，改善和提升了各族群众生活，创造和保持了发展进步条件。但是，周边地区竞相发展的态势，促使大厂人深刻审视县情。摆在面前的客观现实是：人均水平高，但总体实力不强，在大厂这样一个小县，有人均，只能过小日子，没实力，干不成大事业；大厂人勤劳、质朴，但需增强干大事的胆识和远见，改革开放初期，个体私营户众多，但在市场经济大潮洗礼中，"弄潮儿"所剩无几；产业特色鲜明，但需扩大企业规模，树立品牌意识，以赢得广阔的市场空间和独特的竞争优势，实现与国际接轨。

要实现"大发展，快发展"，就要正视自治县存在的问题，登高望远，明确前进方向。

1. 激发大厂人为大厂县发展作贡献的热情

随着周边地区经济的崛起，大厂县与邻近地区的差距日益显现。要教育干部群众自尊、自爱、自强，摒弃各种消极观望和妄自菲薄态度；要正确认识大厂县发展的优势和潜力，通过各种途径对外宣传大厂县的优势；要练好内功，提高素质，对外展示大厂人的良好形象。

2. 抢抓机遇，在区域发展中壮大自己

北京城市重心东移及通州新城规划的实施，必然带动毗邻的东部地区升值，环渤海经济圈的崛起，给大厂县利用国际、国内两个市场、两种资源创造了机遇。大厂县要以"海纳百川，有容乃大"的胸怀，内开外合，广纳国内外的投资和发展主体，实施合作开发，借力而上，特别要依托北京，融入区域，加快推进与通州及周边市县的一体化进程，共享区位优势，共建区域功能，共同构筑面向环渤海地区潮白河沿岸的经济繁荣带，使大厂县成为河北对接北京外延发展的中心区，现代制造、物流和服务业的聚集地，有鲜明民族特色和现代文化特征的新城。

3. 以科学发展观为指导，树立正确的执政理念

既要吸取沽名钓誉和脱离实际的教训，也要防止以求实为借口不发展或慢发展的倾向，使激情与理性相统一，真正实现科学发展。

回首19年的光辉历程，大厂人感到自豪；面对全国各地日新月异的发展态势，大厂人感到有压力；展望环渤海经济区崛起的美好前景，大厂人感到振奋。作为距首都北京最近的少数民族自治县，大厂人有条件也有能力实现"小县大作为，大厂大发展"，把大厂县建设成为展示全国少数民族团结进步的示范窗口，为实现中华民族的伟大复兴贡献11万各族儿女的智慧和力量。

大事记

1986 年

2 月 10 日，根据河北省教育委员会部署，文教局对扫盲验收情况进行调查核实。全县 38 501 名少年、青壮年中，文化人占 99.40%，文盲、半文盲占 0.60%，比 1980 年验收时降低 2.10 个百分点。

3 月 25 日，廊坊地区职业教育检查团对县农业技术职业中学从领导班子配备、师资来源、办学条件、教学设施、校办工厂、农技基地建设等 6 个方面进行检查，总评分为 116 分，居廊坊地区之首。

3 月 16 日，中国共产党大厂回族自治县第四次代表大会召开。在四届一次全会上，李俊杰当选县委书记。

3 月 23 日，县人民武装部由军队归属地方，为副县级单位，下设军事科、政工科，编制 16 人。

6 月 18 日，鲍邱河芦庄段护坡接长工程竣工。该工程于 6 月 5 日开工，工期 45 天。南坡接长 30 米，北坡接长 10 米，总投资 2.50 万元。

7 月 8 日，中央农业广播学校大厂回族自治县分校建立。

7 月 17 日，政协、科协联合在县城建立由农艺师、畜牧兽医师、工程师、主治医师组成的科技咨询站。咨询项目有农林果菜、畜牧水产、卫生保健等。

7 月 25 日，潮白河谭台段险工加固工程竣工，历时 75 天，总投资 4.50 万元。

8 月 4 日，中共廊坊地委、廊坊地区行署受省政府委托，在大厂县召开表彰大厂评剧团暨赵德平大会。文化部副部长高占祥参加表彰会并讲话，大会宣读了省政府关于通令嘉奖赵德平的决定。省文化厅宣布为评剧团记集体三等功一次，同时为由赵德平编剧、大厂回族自治县评剧团演出的《嫁不出去的姑娘》、《啼笑皆非》、《罪人》等三个现代戏颁发"百场演出奖"奖金。

8 月 15 日，潮白河堤防谭台段堤顶加高工程竣工，历时 21 天，总动土方 2000 立方米，投资 5000 元。

9 月 1 日，经县委、县政府决定，原大厂回民中学初中部与大厂镇回民中学合并，建立大厂第二回民中学，为国办普通初级中学。

9 月 4 日至 8 日，大厂镇锅炉配件厂召开有来自全国 28 个省市 118 个厂家参加的订货会。订货金额达 488.17 万元，创县历史最高记录。是年，锅炉配件厂实现利润 121 万元，是县内首家突破百万元利润大关的乡镇企业。

11 月 6 日至 8 日，廊坊地区改善办学条件检查团来县检查农村中小学改善办学条件情况。检查结果，全县有 75 个农村中小学校达到或基本达到标准化，占全县农村中小学的 85%，居廊坊地区首位。

11 月 15 日，夏垫镇陶粒厂人造轻质骨料——黏土陶粒通过省级鉴定，并列入河北省科委 1986 年农村技术开发试点县星火计划。

是年，县财政局继续负责国库券的发行、兑付工作，至 1994 年全县累计发行国库券 519 万元。1994 年后，国库券发行改由国家商业银行承包销售。

1987 年

2 月 1 日，县内职工工资由 5 类地区调整为 6 类，3 月底完成调类补差任务。

2 月 3 日，北京金漆镶嵌厂与县木器厂联合建立北京金漆镶嵌厂大厂分厂，并设立董事会。3 月，分厂生产的 kz 系列组合柜荣获省优质产品奖。4 月，金漆镶嵌仿古家具首次打入国际市场。产品质量受到北京市外贸局、商检局的好评，被定为出口免检产品，并在 1988 年 9 月轻工业部举办的全国轻工业出口产品展览会上获出口创汇金龙腾飞铜牌奖。

3 月 10 日至 24 日，县评剧团进京，在长安大戏院等五大戏院演出自创评剧《啼笑皆非》、《男妇女主任》、《罪人》，共演出 15 场，观众 2 万余人次。

4 月，县人武部先后建起服装销售、复印、金属、工艺品加工等实体，实行"以劳养武"。至 1992 年，获利 10 万元，缓解了民兵训练经费紧张困难。被省政府、省军区命名为"以劳养武"先进单位。

5 月 12 日，中国农牧渔业系统第一家与国外合资联营的肉类屠宰加工企业——华安肉类有限公司在大厂县开业。公司建筑面积 7000 平方米，包括一条现代化屠宰生产线、制冷车间和容量为 300 吨的冷库。每年可屠宰牛 3 万头、羊 5 万只。

5 月，李秋烟任县委书记。

6 月 1 日至 4 日，中国人民政治协商会议大厂回族自治县第三届委员会第一次会议召开。王汝斌当选县政协主席。

6 月 1 日至 5 日，大厂回族自治县第九届人民代表大会第一次会议召开。选举海洋为县人大常委会主任，杨德广为县长。

9 月 1 日，大厂回族自治县修志动员及培训大会召开。首轮修志工作正式启动。

11 月 10 日，县政府召开全县承包经营企业厂长、经理聘任仪式大会，给 26 个县办工商企业承包首席代表颁发了聘书，并开始试行承包经营合同制。

1988 年

1 月，全县乡镇企业进行招标承包改革，213 个乡村集体企业春节前全部实行承包经营。

1 月 15 日，省、地科委在大厂县召开肉牛快速育肥阶段验收会，对完成这一科研项目的大厂县给予表彰。

2 月 26 日至 3 月 3 日，县、乡（镇）300 名干部宣讲团深入农村进行社会主义初级阶段基本路线教育。

3 月 23 日，县政府决定建立对外贸易公司，统一经营外贸业务。是年 6 月，外贸局建立。

3 月 29 日，县冷冻厂召开牛羊脏器深加工系列产品鉴定会。冷冻厂生产的醚蛋白酶元、胰蛋白酶元、玻璃酸酶粗品 3 种生物药品通过省级鉴定，并列为省科技星火计划项目，填补了省内空白。

5 月 23 日至 24 日，全国少年儿童工作协调委员会负责组织，由全国妇联、全国总工会、共青团中央、中国科协、文化部、卫生部、国家教委、全国儿童生活用品委员会、中国少年儿童基金会 9 个中直单位联合组成国际儿童节（大篷车）农村服务队，来县与少年儿童共庆六一国际儿童节。一同前来的有原全国政协副主席杨成武、文化部副部长高占祥、卫生部副部长何界生、国家教委副主任王明达及省、地有关负责人、首都医疗保健单位著名儿科大夫、新闻记者等，共计 300 人。中直单位和省、地机关向所到学校赠送价值 1 万多元的音乐器材、文体用品、图片等。10 名儿科教授、专家为孩子们进行了身体检查。由 17 个民族组成的中央民族学院少儿艺术团演出了文艺节目。

5 月，全国人大常委会副委员长班禅额尔德尼·确吉坚赞视察华安肉类有限公司等食品企业。

6 月 3 日，大厂清真寺竣工。寺院于 1987 年 9 月 14 日开工在原址重建。总投资 15.98 万元，其中国家投资 8 万元，大厂镇政府投 4.48 万元，回族群众集资 3.50 万元。

7 月 4 日，全县自动电话开通使用。

9 月 13 日，国务院批准，撤销廊坊地区，设立廊坊市（地级市）。大厂县隶属廊坊市。

11 月，王瑞生任县政协主席。

12 月，大厂县被省政府、省军区评为"人武部建设先进单位"。

是年，开始颁发使用居民身份证。

1989 年

是年初至 2004 年，全县妇女开展"双学双比"（学文化、学技术；比成绩、比贡献）活动。

2 月 20 日，国家民委副主任包玉山来县考察，确定大厂县为国家民委经济工作联络点。

2 月 28 日，县委、县政府、县人武部为老山前线一等功荣立者王云海召开庆功大会。

2月，全县有450名企业专业技术人员被评定技术职称，其中中级69人，初级381人。

3月27日，县政府发出《关于对农村宅基地征收超标费的通知》。

5月17日夜，夏垫镇普降冰雹，最大直径3厘米。小定府多户房瓦被砸坏，小麦和蔬菜受损严重。

6月3日，县政府召开有综合部门、企业主管部门主要负责人、企业厂长、经理、承包人、业务员和各乡镇党委书记、乡镇长参加的个人收入调节税申报征集动员大会。至年底，共完成个人收入调节税5.50万元，占全年任务的183.33%。

8月26日，全县1000公顷农作物遭受风灾。

10月13日，潮白河友谊大桥竣工。桥长436米、宽9米，共29孔。北京市顾委主任王宪为大桥碑题字。是年10月8日至1990年7月底完成该桥1450米引道工程，路基宽12米，路面宽7米。

10月31日，全县6个乡镇农话入网工程完成。祁各庄和邵府乡安装28门无人值守交换机。夏垫安装128门程控交换机。大厂镇和陈府乡、王必屯乡使用全塑电缆直接入市话交换机。

11月28日，经省农业厅、教委验收，县农广校被批准为农业广播电视中等专业学校。

11月18日，经省、市绿化达标验收组验收，大厂县平原绿化工作达标。

12月28日至30日，中共大厂回族自治县第五次代表大会召开。在五届一次全会上，孙连宇当选县委书记。

12月，全县推广农村土地有偿承包制度，共征收土地承包费100万元。

是年，推广使用地下防渗管道输水灌溉。

1990 年

1月13日，中共中央政治局委员、国务院副总理田纪云到华安肉类有限公司视察。

2月，被誉为"甘愿吃尽千般苦，支持丈夫守边关"的现役军人妻子、祁各庄中学教师韩艳霞，参加了由廊坊市委、市政府、军分区组织的军人亲人报告团，赴全市9个县区巡回报告。

3月9日，县委、县政府下发《关于大力发展养殖业的意见》。

4月7日至9日，中国人民政治协商会议大厂回族自治县第四届委员会第一次会议召开。王瑞生当选县政协主席。

4月12日至15日，大厂回族自治县第十届人民代表大会第一次会议召开。选举海洋为县人大常委会主任，王振华为县长。

4月15日，《河北省大厂回族自治县自治条例》于县第十届人民代表大会第一次会议通过，6月20日河北省第七届人民代表大会常务委员会第十四次会议批准，由县人民代表大会常务委员会公布施行。

4月1日，县城永安路排水工程开工，9月2日竣工，总投资28万元。

6月29日，1时30分，大厂镇遭冰雹袭击，时间持续25分钟，受灾面积649.53公顷，重灾308.80公顷。1时40分，邵府乡遭受雹灾，受灾面积433.33公顷，有2000间房瓦被砸坏，乡砖厂损坏砖坯500万块。凌晨，祁各庄乡大面积遭受雹灾，粮食作物受灾面积1666.67公顷，经济作物426.67公顷，多户房瓦被砸坏。

7月1日，以零时为标准时间进行第四次人口普查，全县总人口104 273人。

9月10日，邮电局高12路载波机开通使用，新增长途电话线路6条。

9月18日，第十一届亚洲运动会圣火传入县城。县委、县政府举行有上万名群众参加的盛大火炬交接仪式。

11月2日，大厂镇回民医院举行落成典礼。该院1988年10月动工重建，总投资73.40万元，建筑面积1700平方米，使用面积1360平方米。

12月12日至15日，河北省普及九年制义务教育达标验收小组来县检查验收，向县颁发了河北省人民政府签发的普及九年义务教育达标证书。大厂县成为全省首批（5个）基本达标单位之一。

12月20日，县保险工作达到省规定标准，被省政府授予"保险工作先进县"称号。

是年，农业投入555.20万元，打机井157眼，铺设地下防渗管道21.80万米，购置大中小型农具997台（件），建高标准丰产保护区1466.67公顷。河北省人民政府授予大厂县"节水管道先进县"称号。

1991 年

2月21日，从三个方面开始调整县内税收政策，即降低砖瓦流转税率，对新办乡镇企业实行延期减半征收，提高乡镇企业固定资产折旧率。

2月27日至3月1日，副县长、残疾人联合会主席杨忠及有关人员作为全国唯一被特邀县代表，参加了在北京召开的中国残疾人联合会一届三次主席团会议，并代表县政府作了关于发展少数民族残疾人事业的典型发言。

3月20日，县委召开五届三次全委会，传达省委四届二中全会和市委一届三次全会精神，审议通过了《中国共产党大厂回族自治县委员会关于国民经济和社会发展十年规划及"八五"计划的建议》（草案）。

4月10日，国务院法制局、国家教委、省教委一行四人来县检查普及教育情况，抽查了大马庄、南寺头、北坞3所回民小学和夏垫回民中学。检查结果，全县九年义务教育各项指标均达到了国家规定标准。

4月15日，开通无线寻呼业务，发展用户57个。新增长途自动对端设备40路。同时在全县范围内开通长途全自动电话业务，发展长途用户139个。

5月9日，县残疾人联合会副主席兼理事长刘宝元作为先进集体代表，参加了由中宣部、民政部、人事部、解放军总政治部、全国总工会、全国妇联、共青团中央、中国残疾人联合会共同召开的全国助残先进集体、先进个人表彰大会，受到江泽民、杨尚昆、李鹏等党和国家领导人的接见。县残疾人联合会被授予"残疾人之家"光荣称号。

5月21日，县长王振华、副县长刘学库等接待了经外交部介绍到大厂清真寺采访的伊朗、德国8名记者。县政协副主席杨凤诚阿訇向客人介绍了我国民族宗教政策及大厂清真寺历史，回答了记者提出的问题。

7月18日，县委召开第五次常委扩大会议，审议通过了县委、县政府《关于鼓励县、乡干部职工到乡村办企业的有关规定》（试行）和《关于发展村办集体企业的有关规定》（试行）。

7月，县政府、县人武部组织800名民兵成功进行了潮白河抢险演习。

9月1日，祁各庄职业技术学校迁入县城和平路东新址，改称综合职业技术学校。

9月13日至15日，河北省文化厅在大厂县召开有各地、市文化局局长、评剧团团长等250人参加的推广大厂评剧团办团经验现场会。文化部副部长高占祥、国家剧协及省、市党政有关领导人参加了会议。

10月30日，县评剧团团长赵德平出席全国文化系统表彰会，被评为全国文化系统先进工作者，受到江泽民、李瑞环等中央领导人接见。

11月13日，总干、一分干、普池河清淤工程竣工。工程于10月23日开工，全长583公里，动土方9.10万立方米。

11月4日，县化肥厂停产。

11月15日，伊朗驻华使馆8名官员到大厂清真寺礼拜。

是年，物价部门出动520人次，检查194个单位，检查商品价格和收费标准15 034种，查处各种价格违法案件26起，经济制裁总额9.30万元。

是年，新建永安路、北新街、金升街，城区路网基本形成。

1992 年

2月28日，国际计划生育联合会秘书长马勒博士、亚太地区执行主任巴兰先生在国家计划生育协会常务副会长常崇煊陪同下，来县考察基层计划生育协会的发展情况，听取了县计划生育协会负责人汇报，并到乡村实地考察，与群众座谈。

2月，县民兵训练基地达到规范化、标准化，被省政府、省军区评为"民兵预备役训练基地管理使用达标单位"。

3月4日，县体育总会成立，廊坊市副市长杨迁、市体委副主任陈旭到会祝贺。

3月，完成降氟改水工程，全县88个高氟村全部实现饮用深井低氟水，成为廊坊市第一个无氟害的县。

4月23日，福喜食品有限公司投产。

4月30日，经县委、县政府研究决定，在夏垫京哈公路与康（康家湾）六（六合庄）公路交界处建立开发区，总面积为1.96平方公里。

5月15日，县委、县政府决定：县行政事业单位转变职能，引导广大干部职工进入商品经济的主战场。

5月20日，省人大常委会副主任岳宗泰、副省长叶连松、廊坊市市长赵诚等省、市领导人一行20人来县进行民族经济考察。先后视察了华安、福喜、京东汽车配件等"三资"企业。叶连松副省长指出："大厂县的经济是全省4个少数民族自治县中搞得最好的，在全省也是发展比较快的。"

8月30日，经县政府同意，财政局在昌黎征地0.67公顷，建综合服务楼一座，建筑面积4338.90平方米，工程总投资400万元。1993年底交付使用。

8月，县直第二小学建成。

9月2日，印度尼西亚驻中国大使馆妇女协会负责人一行11人来大厂清真寺礼拜，并赠送给清真寺一批食品。

9月17日，伊拉克、科威特、沙特阿拉伯王国、土耳其、索马里、巴林、也门、马来西亚、埃及、阿富汗等17个国家驻华大使和商务参赞在国家外交部副部长杨福昌夫妇陪同下，来县参加经济信息发布会，听取了县情、投资环境及优惠政策的介绍，参观了工农业主要产品展览和大厂镇清真寺、华安肉类有限公司、福喜食品有限公司、服装厂。

9月18日，河北省商检局、省服装进出口公司、廊坊市外贸局在大厂县召开出口服装质量现场表彰会。县服装厂获河北省服装行业优胜杯奖。

9月，海德发任代县长。

10月，吴显国任县委书记。

11月6日、12月8日，伊朗驻中国大使馆官员54人次到大厂清真寺礼拜，12月9日，向大厂清真寺赠送地毯400平方米。

11月，开始对小儿脊髓灰质炎实行强化免疫。

12月16日，世界银行贷款结核病控制项目（简称卫Ⅴ项目）正式启动，对全县范围内传染性肺结核病人实施免费治疗和管理，此项目于2001年12月终止，十年间共接诊可疑病人1065人，活动性肺结核病人305例，免费治疗管理297例。

12月20日至22日，中共大厂回族自治县第六次代表大会召开。在六届一次全会上，吴显国当选县委书记。

12月30日，台胞杜中慧先生到大厂定居。

是年，全县实现浇地管道化。

1993 年

2月28日至3月2日，中国人民政治协商会议大厂回族自治县第五届委员会第一次会议召开。王瑞生当选县政协主席。

2月28日至3月3日，大厂回族自治县第十一届人民代表大会第一次会议召开。选举李炳环为县人大常委会主任，海德发为县长。

4月29日，县委、县政府为县公安局104名人民警察举行授衔仪式。

5月1日，停止使用粮票和所有粮食供应证。

9月2日，原全国人大常委会委员长万里专程到大厂视察。当听到汇报全县农民负担控制在4%，今年人均收入可达1100元时，万里说："一定要注意减轻农民的负担问题，不要这也向群众要，那也向群众要。"听到大厂的经济有了长足的发展，已成为全国少数民族自治地方中仅有的两个财政上解自治地方之一时，万里高兴地称赞道："你们很了不起！"万里同志还对大厂的经济发展给予了充分肯定。他说："廊坊，廊坊，京津走廊，富裕的走廊。大厂和廊坊要依托京津，服务京津，富裕自己，走向世界。"

9月11日，晚，陈府乡12个村遭冰雹袭击，并伴有短时大风。雹径0.5至3厘米，厚度5至15厘米。受灾农作物面积546公顷。

10月3日，《廊坊日报》报道，据河北省统计部门统计数字表明，大厂县农业机械化总体水平跃居全省之首，成为河北省第一个实现农机化的县。

1994 年

2月5日，大厂县劳动就业率连续七年达到100%，位居全省之首。

2月6日，大厂派出所民警任连华乘公共汽车去北京出差途中，勇斗歹徒，被打成重伤昏倒，苏醒后立即到燕郊派出所报案，及时抓获了罪犯。

7月12日，全县24小时平均降雨356.90毫米。降雨量最大的夏垫镇为412.9毫米，最小的陈府乡达303毫米。

9月，闻志宽任代县长。

12月30日，大厂电视台建成并试播。

1995 年

1月，寇德松任县委书记。

是年初，县妇联和有关单位在全县发起"爱心助春蕾"助学活动（即春蕾助学活动），至2004年共收到爱心捐款14.48万元，使219名辍学儿童重返校园。

3月，大厂回族自治县第十一届人民代表大会第三次会议召开。补选闻志宽为县长。

4月30日，邮电改造全面完成，总计投资2600万元。其中翻建邮电营业大楼一栋（1993年4月开工，1994年10月1日竣工），建筑面积3000平方米，投资360万元；开通7200门程控电话，投资11 000万元；线路改造投资1140万元。电话号码由6位升至7位。

5月14日，《廊坊日报》报道，大厂、北坞、南寺头三座清真古寺被收入《中国大百科全书》。

6月28日，新华社报道，大厂县人均养牛、人均向社会提供商品牛、百亩耕地产牛肉三项指标名列全国第一。

7月25日，中共廊坊市委、市政府、军分区授予邵府乡民政所所长肖廷栋为市级爱国拥军模范。

7月，《大厂回族自治县志》出版，全书70万字。

7月，电机厂焊管分厂上半年完成产值7203万元，实现利税1185万元，成为廊坊市工业发展史上首例半年创利税超千万元的企业。

8月1日，《大厂回族自治县教育条例》正式施行。

9月5日，国务委员陈俊生视察中德合资华安肉类有限公司。

9月15日，庆祝自治县成立40周年。全国人大民委、国家民委、国家教委、交通部等有关领导前来祝贺。

是年，由赵德平创作，县评剧团演出的大型现代评剧《水墙》问世，受到好评。参加了河北省戏剧节，全国戏曲现代戏汇演等，先后获得"全国戏曲现代戏汇演编剧一等奖"、"全国精神文明建设'五个一'工程奖""中国曹禺戏曲文学奖"等奖励。

1996 年

3月，万国悦任县政协主席。

4月27日，县委、县政府召开全县机构改革大会，公布了机构改革及并乡扩镇方案，撤并了部分党政机构，王必屯乡并入大厂镇。

5月，开始实施《食盐专营法》，从此对食盐实行专营管理，县盐业公司为全县唯一经营食盐的机构。

8月，县工商界联合会成立。

12月，在国家农业部公布的首批全国大中型乡镇企业名单中，河北雅萌企业集团、河北京大铜床厂、耀华金属制品厂被批准为中二型企业。

12月31日，大厂有线电视台建成。

1997 年

2月，在全省农机系统工作考核评比中，大厂县获得农机人均保有量、劳动力人均占有农机动力、农机作业量、小麦联合收割机百亩密度、小麦精播面积、玉米精点播面积等8个第一名。

3月15日，大香线改造工程开工，10月30日竣工，改造后全线达到二级公路水准。

4月25日，河北省第八届人民代表大会常务委员会第26次会议决定，批准《大厂回族自治县畜牧业条例》，1997年7月1日起实行。

10月8日，由中国文学艺术界联合会、中国戏剧家协会主办的'98中国曹禺戏剧文学奖·小品小戏奖评选揭晓。县评剧团的小品《半夜猫叫》获三等奖。

10月18日，福华肉类有限公司建成投产。

12月2日，首届"廊坊市十大杰出青年农民"评选揭晓，冯殿华当选。

1998 年

1 月，刘智广任县委书记。

2 月 18 日至 20 日，中共大厂回族自治县第七次代表大会召开。在七届一次全会上，刘智广当选为县委书记。

2 月 5 日至 8 日，中国人民政治协商会议大厂回族自治县第六届委员会第一次会议召开。杨德忠当选县政协主席。

2 月 6 日至 10 日，大厂回族自治县第十二届人民代表大会第一次会议召开。选举马瑞泉为县人大常委会主任，杨连福为县长。

3 月 24 日，河北省委、省政府在大厂召开现场会，授予县评剧团"为人民服务模范剧团"荣誉称号，为赵德平记一等功一次。

5 月，为方便全县人民出行，采取公办民营的方式，投入 20 辆小公共汽车，开通县内短途客运班车。

10 月，农村低压输电网改造开工，2000 年 5 月完工，工程总投资 2419 万元，此项工程完工后农村用电实行同网同价。

12 月，陈府卫生院门诊综合楼建成投入使用。

12 月，神州聚龙武术学校建成，开始招生。

是年，喷灌面积达 1210 公顷。

1999 年

3 月 28 日，大厂县被国家科技部评为全国科技工作先进县。

4 月 20 日，县公安局成立 110 指挥中心。

4 月，全县农村土地延长承包 30 年工作结束。

7 月 22 日，县公安局在县各有关部门的配合下，取缔"法轮功"组织。

10 月，建环境监测站，位于环保局四楼，仪器设备总值 20 万元，有 721E 型紫外/可见分光光度计、AY120 型岛津托盘电子分析天平、PHS－3B 型精密 PH 计等。开展烟尘浓度、汽车尾气、噪声等检测项目并发布空气质量周报。

11 月 2 日至 3 日，国务委员司马义·艾买提到县视察。

12 月，彩虹光盘有限公司建成投产。

2000 年

3 月，华安肉制品有限公司建成投产。

3 月，宝生带钢制管有限公司建成投产。

4 月，文化广场和文化中心破土动工，2001 年 6 月建成。

5 月 4 日，青年志愿者协会成立。

5月，国华金属结构厂建成投产。

6月，实行农村税费改革，取消"三提五统"，按统一的计税要素征收农业税及附加，改革后农民人均负担由101.10元下降到76.07元，减幅24.80%。

7月1日，高温，最高气温为40.5℃。

7月，艾帝斯公司建成投产。

夏，县委宣传部，文体局组织的夏、秋两季周五系列广场文艺演出活动（即"彩色周末"）开始，至2004年共演出80余场。

9月，第四中学建成。2003年10月由县城迁至夏垫新世纪英才学校，更名为大厂县高级实验中学。

10月11日，华映食品机械有限公司完成二次改制。

10月，金铭冷轧板带有限公司建成投产。

秋，开始调整农村小学布局，至2004年，全县农村小学由84所减至32所。

11月，对城镇职工医疗制度进行改革，取消公费和劳保医疗制度，建立基本医疗保险制度。

12月，县政府制定实施《关于全额拨款机关事业单位工作人员养老保险暂行办法》，2001年12月制定实施《关于差额及自收自支事业单位工作人员养老保险暂行办法》。全县机关事业单位养老保险实现了全覆盖。

是年，县委、县政府将改造县城供水列入为民办的十件实事之一，自来水公司自筹资金700万元，新打深井2眼，新建2000立方米清水池2座，实行二次加压，加氯消毒，使水质符合国家饮用标准，水压稳定在0.24~0.28百帕。

2001 年

1月15日，县内出现低温天气，最低气温为-22.3℃。

1月，经省市食品工业办公室审核验收，国家食品协会认定大厂为国家级"食品工业强县"。

3月，开始运行财政集中支付制度。2002年10月，分三批将县直70家全额预算单位全部纳入集中支付管理。2003年1月11日，将37所乡镇中小学及文教组纳入县级集中支付管理。到2004年年底，财政集中支付中心共有141个核算户。

8月，沈树田任县委书记。

8月18日，跃华食品有限公司建成投产。

10月1日，《大厂回族自治县城乡建设管理条例》颁布施行。

是年，开始实施"宣传文化示范工程"，先后建成大厂三村、金庄村、河西营村、北坞村、南寺头村等5个省级宣传文化示范村；大小辛村、小东关2个市级宣传文化示范村；大马庄村、陈府村、双臼村3个县级宣传文化示范村。

是年，全县范围内禁止使用甲拌磷、治螟磷、对硫磷、甲基对硫磷、内吸磷、杀螟威、久效磷等高毒高残留农药。

2002 年

1月1日，华联香百超市大厂店正式开业。

1月24日，《中国信息报》发布了国家统计局农调队应用2000年数据排出的全国社会经济发展综合指数前100名县（市）名单，大厂县排名第41位。

3月19日，原电机厂改制为股份制企业，更名为"廊坊市金华实业有限公司"。

3月，鑫恒基冷轧带钢制管有限公司建成投产。

4月，县委、县政府实施全县党政机构改革工作。

5月，第四热力供应站建成，至此县城已建4个热力供应站，供热管网基本将环城路以内全部覆盖。

9月30日，中纺汉东（大厂）服装有限公司建成投产。

11月，县政府划定自然保护区，自谭台友谊大桥至潮白河上游4公里段，潮白河大堤左侧1公里区域，共计4平方公里。

11月，可诺奈公司建成投产。

12月，河北省农业开发办公室批准，从2003年起恢复大厂农业开发项目县资格。

是年，自来水公司根据县委、县政府加快夏垫民族工业园区建设的决定，为促进哑铃型经济格局的形成，开始筹建夏垫水厂。自筹资金600万元，征地0.67公顷，打深井2眼，建1000立方米清水池一座。

是年，大厂被评为"全国科技进步先进县"。

2003 年

1月1日，启动世界银行贷款/英国赠款中国结核病控制项目（卫Ⅹ项目），至2004年年底，共发现肺结核病人92例，免费治疗87例。

1月6日至8日，中共大厂回族自治县第八次代表大会召开。在八届一次全会上，沈树田当选为县委书记。

1月10日至12日，中国人民政治协商会议大厂回族自治县第七届委员会第一次会议召开。杨德忠当选县政协主席。

1月11日至13日，大厂回族自治县第十三届人民代表大会第一次会议召开。选举杨广明为县人大常委会主任，杨连福为县长。

是年初，县政府争取到国家三北四期绿化项目，开始实施绿色通道工程，引入国债项目资金130万元。共造林866.67公顷。

2月18日，全县政法系统深入开展学习贯彻"五条禁令"、"约法三章"活动。

4月18日，防治非典型肺炎工作全面展开。

4月，成立ISO14001环境管理体系认证办公室。5月18日，通过中环认证中心审核，标志着大厂县的认证工作步入规范化轨道。7月，全县32个认证主体部门全面展开了此项工作。

4月，经过帮扶整顿，2002年初确定的10个农村后进党支部转化工作结束。全县累计为后进村解决资金15.70万元。帮助解决问题20余个。硬化街道16 000米，新建"两室"6间，新扩机井16眼，引进项目2个，发展"一优双高"农田40.67公顷，发展养殖90余户，植树45 000棵，2个村通了自来水，1个村电力增容。

5月5日、7日，谭台村2名村民先后被确诊为"非典"病人，经医务人员救治，分别于5月30日、31日痊愈出院。

5月21日，全县建"非典"排查防控组织1700余个，志愿参与防治"非典"人员达2万人。从4月20日至6月1日，先后对进出县域1.5万辆车、2.4万人进行消毒、登记。排查外出务工经商返乡人员2814人，外籍入住人员614人，发热病人20人。对发热病人和重点疫区返乡人员按规定全部实行14天隔离观察。

5月28日，县域出现暴雨、大风天气，对小麦造成严重灾害。

5月，孟繁祥任县委书记。

5月，县中医院迁至西环路中段。

5月，"非典"疫情严峻，北京牛羊肉供应短缺。华安、福华等企业将100余吨新鲜牛羊肉紧急调往北京。2日，北京市副市长孙安民带领北京市商委、动物检疫监督检查所、北京市清真食品公司主要负责人专程到大厂表示感谢，并就清真牛羊肉供应达成共识，建立牛羊肉进京绿色通道，在北京各牛羊肉市场为大厂县建立清真专卖店，印制大厂清真牛羊肉检疫标识。

8月1日，侯谭线改造开工，2004年10月30日竣工。

10月20日，全县植树造林表彰暨"三环"绿化动员大会召开，开始启动县委、县政府确定的建设环县城林、环乡镇林、环村街林——"三环同建"造林工程。

11月6日夜间，降暴雪，雪平均厚度30厘米，全县5个乡镇中降雪量最大的是夏垫镇，雪厚达40厘米。全县866.67公顷项目造林被大雪压弯的树木466.67公顷，造成折裂的400公顷，直接经济损失120万元，造林保存率降低40%。

11月，大厂牛羊饲养和屠宰加工示范区被确定为国家农业标准化示范项目。

12月，全县通过各种途径向非农产业转移农村劳动力达2.10万人，农村因此人均增收1680元。

是年，聘请北京大学城市规划设计中心对夏垫进行总体规划编制，顺利通过省建设厅和专家组的评审，在河北省小城镇建设成果展上获得一等奖。

是年，实施县城环城路改造工程，投资2000万元，包括北辰街、东环路、金升街3条道路，全长3851米，道路建设标准是有史以来最高的，2004年8月建成通车。

是年，县医院建骨科大楼。

是年，经省、市批准，实施了第一个农业开发项目——"优势农产品饲料粮基地项目"，开发治理面积400公顷，总投资218万元。

2004 年

1月，夏垫水厂建成，开始向夏垫镇区、民族工业园区和周边村庄用户供水，日供水能力 1 万立方米。

春，继续实施"三环同建项目"，是年造林 2000 公顷。

2 月 13 日，县委召开八届二次全体委（扩大）会议。会议提出重点抓好五项突破（项目建设、畜牧产业、非公有制经济、第三产业和小城镇建设），着力开展四个创建（开放大厂、诚信大厂、实干大厂、平安大厂），全力推动大厂县经济持续快速健康协调发展。

3 月 12 日，县人民法院被省高级人民法院荣记集体一等功。

4 月 20 日至 30 日，对全县种植粮食作物的农民进行直接补贴，全县共发放补贴资金 124 万元，受益农户 22 232 个。

5 月 12 日至 7 月，在全县各级领导班子和领导干部中开展思想作风教育整顿活动。

5 月 15 日，首次使用飞机喷洒药物，防治美国白蛾害虫。

7 月 31 日至 8 月 21 日，卫生部门在某食品加工户的产品中检出 0139 霍乱弧菌后，立即开展食品检查，共采集样品 621 份 224 户次，检测阴性 619 份，阳性 2 份，对与阳性结果的同批次产品全部予以销毁，并对生产环境进行了消毒，避免了霍乱疫情的发生和扩散。

8 月，第二次农业资源调查全面启动。

8 月 31 日，"省级牛羊肉及制品质量监督检验站"通过省质量技术监督局组织的计量认证和质量认可现场验收。至此，全省首家"省级牛羊肉及制品质量监督检验站"可正式面向社会开展检验业务。

9 月 18 日，福华庄园开盘。

9 月，国务院批准大厂高级实验中学为全国首家国家民委基础教育示范基地，面向西部招收少数民族优秀生和特困优秀生，国家民委提供政策资金支持。

10 月，杨连华任代县长。

10 月，全县开展创建文明生态村活动。

10 月 10 日，大厂电视台开播第二套节目（影视频道）。

是年，实施农业开发项目两个，分别是中低产田改造和粮食新品种引进及配套技术示范项目，总投资 275 万元。

是年，根据省委、省政府关于深化农村税费改革的要求，县农业税率下降 3 个百分点，由原来的 7% 降到 4%，全县农民实际负担的农业税及附加 397.34 万元，比 2002 年减少 298 万元。

是年，企业养老保险发放率连续 18 年保持 100%。

是年，按照省、市全面实现"村村通油（水泥）路"的统一部署，共完成 28 个行政村公路建设，总长 31.67 公里，全部为四级路标准。

是年，全县固定电话用户达 29 500 个，移动电话用户 30 000 余个，固定电话线网、移动电话信号覆盖全县。

第一编 政 区

夏、商时代，县域属冀州。春秋、战国时属燕地。西汉、东汉时属幽州渔阳郡路县（后改潞县）地。唐开元四年（716年）析幽州潞县东部置三河县。从此县域大部属三河县地。1952年10月，在回族聚居的三河县三、四区建立三河县大厂回族自治区。1955年在三河县大厂回族自治区的基础上建立大厂回族自治县，辖17个乡、75个村，隶属河北省通县专区。1958年年底并入蓟县，称蓟县大厂回族自治区人民公社，属唐山专区。1961年7月属天津专区。1962年，恢复县建制，下辖6个人民公社，104个村。1972年，增加1个村，为105个行政村，自此行政区域固定。1974年1月，天津地区改为廊坊地区。1984年3月，改社为乡镇后，全县有2镇，4乡。1996年4月28日，撤销王必屯乡，并入大厂镇。2004年，全县辖大厂镇、夏垫镇、祁各庄乡、陈府乡、邵府乡5个乡镇，105个行政村。

第一章 建置 境域

第一节 建 置

1986年，大厂县属河北省廊坊地区。1989年4月1日，廊坊地区撤销，设立廊坊市。大厂县隶属廊坊市。至2004年未变。

第二节 境 域

大厂县位于北纬39°49′17″至39°58′56″，东经116°48′20″至117°03′55″，地处燕山南麓平原。总面积176.30平方公里，县域东西最长距离22.22公里，南北最长距离17.89公里，京哈公路和京秦电气化铁路在县境北部夏垫自西向东穿过。县城西至北京径距47.90公里，公路里程56.50公里；西南至石家庄和廊坊径距分别为275.50、47.50公里，公路里程分别为299.50公里、65公里；东、东南至唐山、天津径距分别为135、107公里，公路里程分别为167.50公里、118.50公里。

县域东北与三河市交界，至三河市区径距 13 公里，公路里程 18 公里；南与香河县接壤，至香河县城径距 13.20 公里，公路里程 17 公里，距京沈高速公路香河段 11 公里；西至友谊大桥与北京市接壤，至通州城区径距 27 公里，公路里程 30 公里。

县行政边界西北由东小屯村西高楼道起，往东至小定福煤矿路沟，往南沿幸福渠、鲍邱河古道，至吴辛庄扬水站；东南由扬水站起，往西沿三香沟、丰收渠至潮白河主航道；西南由半边店村西南沿潮白河主航道往北，至田各庄东北往东至谢疃村西，再往北至东小屯西高楼道止，全境界线长 109 公里。边境界线共 394 个拐点，最大间距 1690 米，最小间距 20 米，其中：西部与通州区交界长 15.10 公里，拐点 35 个；北部、东部与三河市交界长 73.70 公里，拐点 300 个；南部与香河县交界长 20.20 公里，拐点 59 个。

匡正：《大厂回族自治县志》（1995 出版）载县域坐标系采用概查资料。1988 年至 1989 年县土地管理局进行全县土地利用现状调查（亦称土地详查）得出准确坐标值：

概查与详查经纬坐标对比表

表 1 - 1 - 1

纬、经度	概查	详查	比概查 +、-
北纬	39°49′0″—39°58′0″	39°49′17″—39°58′56″	+0′39″
东经	116°49′0″—117°04′0″	116°48′20″—117°03′55″	+0′35″

第二章　行政区划

1955 年建县后，全县辖 17 个乡，75 个村。此后，经数次调整至 1962 年恢复大厂回族自治县建制后，下辖：大厂、夏垫、祁各庄、邵府、陈府、王必屯 6 个公社。1984 年 3 月改社为乡镇后，全县下辖 2 镇 4 乡，105 个行政村。1996 年 4 月 28 日，撤销王必屯乡，原王必屯乡所辖的村划归大厂镇，至 2004 年未变。

2004 年各乡镇所辖行政村：

大厂镇：大厂一村、大厂二村、大厂三村、大厂四村、小厂、小务、大马庄、于各庄、前丞相、芦庄、侯驸马、金庄、后店、六合庄、霍各庄、西马庄、河西营、小里庄、王必屯、袁庄、东彭府、西彭府、西杨辛庄、梁庄、东马各庄、西马各庄，共 26 个村。

夏垫镇：夏垫、北太平庄、兴隆庄、东庄、芮屯、毛场、王果子庄、赵沟子、苇子庄、韩家府、南王庄、土营、褚各庄、陈辛庄、南寺头、马坊、祁屯、二里半、潘各庄、北坞一村、北坞二村、北坞三村、北坞四村、东小屯、北贾各庄、北王庄、大棋盘、小棋盘、小定福、永太辛庄，共30个村。

祁各庄乡：祁各庄、冯兰庄、定福庄、亮甲台、陈家府、半边店、宋各庄、洼子、小东关、大东关、毛庄、西关、谢疃、窄坡、八百户、窝坨、辛杜庄、大小辛庄、谭台、田各庄，共20个村。

陈府乡：陈府、荣马坊、大坨头、小坨头、沙岗子、许官屯、北小庄、王唐庄、后营、王指挥屯、兰庄户、蒋店子、吴辛庄、东杨辛庄、马家庙、漫兴营、威武屯、南太平庄、侯官屯、东厂、刘各庄，共21个村。

邵府乡：邵府、南贾各庄、大仁庄、太平庄、尚各庄、牛万屯、双臼、岗子屯，共8个村。

第三章　县城乡镇

第一节　县　城

县城位于县域中部偏东。1986年城区面积1.77平方公里，城中村有大厂一村、大厂二村、大厂三村、大厂四村、小厂村。总人口11 272人。其中非农业人口6279人，占55.7%。回族6618人，占58.71%。2004年，城区面积3.80平方公里，人口21 530人，其中农业人口7103人（回族6179人），非农业人口14 427人（回族5423人）。

1986年，城区中心有柏油街道东西贯通。以此街为界，向北走向的公路有4条，依次是西环路、和平路、北大街、东环路，向南走向的有荣昌街、羊市街。北大街和荣昌街连成一线，与主街交叉为十字街。十字路口往东为东大街，往西为西大街。十字路口往南的荣昌街（荣华市场）是主要贸易场所。

2004年，县城格局有较大变化，主要街道为二横五纵。二横分别是大安街—金升街、北辰街。大安街—金升街纵贯东西，东为大安街，西为金升街，东西各与东环路、华安路相连，以与华安路交叉处红绿灯为界，东为大安街，西为东升街。大安街南侧有综合执法局、人民银行、县人大常委会、县政治协商会议、县医院骨科大楼、妇幼保健站、计划生育局、邮政局、粮食局、伊都宾馆、第一热力站、电信局、县委、荣华商城、明珠商厦、原服装厂、农业银行、建设局、印刷厂等。大安街北侧有汽车站、卫生防疫站、县医院、公安局、民族宗教局、伊斯兰教协会、烈士陵园、工商银行、一中东校区、县政府、福立达商厦、万佳超市、建设银行、国税局、财政局、供电局、一中西校区、工商局、水务局、教育局、供销社、法院等。金升街东与大安街相通，西至电视台，与厂谭路相接，两侧有农机局、农村信用合作社、中纺公司、电视台等。北辰街即北环路，东起前丞相村与东环路相连，西至华安公司与华安路相通。南侧有永安小区、房地产办公楼、福华庄园、二中、房管局、石油公司。北侧有顺达肉类有限公司、交通局、大厂镇政府、四热公司、交警队、加油站、华安公司等。五纵分别为华安路、和平路、荣昌北街—荣昌街、永安路—羊市街、东环路。华安路，北起华安公司，南至福华公司。两侧有华安公司、物资总公司、畜牧水产局、文化活动中心、自来水厂、中医院、福华公司等。和平路北与北辰街相连，南至教育局东，与大安街相通，两侧有大厂四村、职教中心、地税局、国税局住宅小区、中国人寿保险公司、农业局等。荣昌北街—荣昌街横贯南北，以县城中心广场为界，北称荣昌北街，南称荣昌街。荣昌北街，北起老干部局，与北辰街相通，东侧有国土资源局、城关电管站、人民药店。西侧有供电局住宅小区、新兴小区、电机厂、农业发展银行、交通阳光小区、环保局、物价局等。荣昌街向南与旧南街相通，为县城商业中心之一，设有服装、鞋帽、蔬菜、水产品、牛羊肉等摊点。永安路—羊市街，北起永安小区与北辰街相连，向南与大安街相交，以北称永安路，以南称羊市街，南端与旧南街相连。永安路两侧有永安小区、一小、一幼，羊市街两侧主要有粮安小区、检察院等。东环路北起前丞相村连接北辰街，南至汽车站东侧，大安街东终点。

县城在 1995 年以前只有职教中心两栋住宅楼、永安路东侧三栋住宅楼、土地局办公楼后一栋三层住宅楼、武装部住宅楼等。1995 年后又新建了土地局住宅楼、交通局住宅楼及阳光小区、劳动局新兴小区、财政局住宅楼、信用联社住宅楼、电视台住宅楼、农机局住宅楼、烟草局住宅楼、税务局住宅楼、邮政局住宅楼、房地产公司开发的永安小区、县医院住宅楼、人行住宅楼、工行住宅楼、农行住宅楼、建行住宅楼、电机厂住宅楼、供销社住宅楼、法院住宅楼、中行住宅楼、安装公司住宅楼、农业局住宅楼、教育局住宅楼、福华庄园、粮食局住宅楼、评剧团住宅楼、双馨艺园小区、兴华苑小区等。

2004 年县城内有华安公司、福华公司、中纺公司等工业企业，有荣华商城、福立达商厦、万佳超市、明珠商厦等商业企业，有高级中学、初级中学、职教中心各 1 所，小学 2 所，幼儿园 2 所，文化活动中心 1 个，医院 2 所。

第二节　乡　镇

2004 年，大厂县辖 5 乡镇，各乡镇行政界、经纬坐标如表：

各乡镇行政界、经纬坐标一览表

表 1 - 3 - 1

单位	南至	北至	东至	西至	经纬坐标	高程（m）			
						最高	位置	最低	位置
大厂镇	杨辛庄香河大马坊	侯驸马苇子庄	小务刘各庄	河西营大仁庄	纬 39°50′20″ ~ 39°55′26″ 经 116°55′23″ ~ 117°01′23″	17.50	侯驸马	12.50	杨辛庄

单位	南至	北至	东至	西至	经纬坐标	高程(m)			
						最高	位置	最低	位置
大厂镇	杨辛庄 香河大 马坊	侯驸马 苇子庄	小务 刘各庄	河西营 大仁庄	纬 39°50′20″～39°55′26″ 经 116°55′23″～117°01′23″	17.50	侯驸马	12.50	杨辛庄
夏垫镇	南王庄 西马庄	北贾各 庄三河 刘家河	苇子庄 侯驸马	北务一 村三河 梁家务	纬 39°54′08″～39°58′56″ 经 116°51′57″～116°58′40″	23	北贾 各庄	17.50	南王庄
祁各 庄乡	半边店 通州吴 各庄	谢疃 岗子屯	冯兰庄 西马各 庄	田各庄 潮白河	纬 39°49′53″～39°53′56″ 经 116°48′20″～116°57′22″	20	谢疃	15.30	宋各庄 半边店
陈府乡	吴辛庄 香河大 百户	刘各庄 三河夏 庄	许官屯 三河桥 河	威武屯 东彭府	纬 39°49′17″～39°53′31″ 经 117°00′08″～117°03′55″	13.40	刘各庄	10	吴辛庄
邵府乡	大仁庄 亮甲台	双臼 三河东 柳屯	南贾各 庄 西马庄	岗子屯 三河东 吴各庄	纬 39°52′47″～39°56′03″ 经 116°51′35″～116°56′14″	20.10	双臼	17.40	大仁庄

大厂镇

位于县域中部，镇政府设在县城北辰街中部路北。辖 26 个行政村，面积 41.33 平方公里。2004 年，全镇总户数 7797 户，其中回族 3083 户，非农业 1417 户；总人口 25 319 人，其中回族 11 191 人，非农业 2215 人；农业劳动力 10 495 人；耕地总面积 2437 公顷，粮食播种面积 3671.13 公顷；农业总收入 145 248 万元，农业纯收入 10 557 万元；财政收入 1122 万元，农民人均纯收入 4430 元；粮食总产量 21 948 吨；农机总动力 67 693 千瓦。农业以种植业和养殖业为主，小务村和河西营村大棚蔬菜、梁庄村养牛，均具有一定规模和效益。工商户 1642 户，从业 6890 人，全年营业收入 13.26 亿元，上缴税金 1043.50 万元，利润总额 1.41 亿元。1995 年后，私营经济发展较快，涌现出福华肉类有限公司、永发油脂肉类加工厂、中纺汉东（大厂）服装有限公司等一批规模较大的私营企业。牛羊屠宰加工业是大厂镇的特色产业，占全镇企业产值的 35% 以上。文教卫生机构有文化站 1 个，中学 1 所、小学 9 所，医院 1 所、村医疗诊所 56 个。

大厂镇基本情况统计表

表 1 - 3 - 2

单位：户、人、公顷、吨、千瓦、元

年份	户数		人口		农业劳动力	耕地总面积	粮食总产	农业机械总动力	农民人均纯收入
	合计	其中回族	合计	其中回族					
1986	8628	2393	27 991	8584	10 280	2852.07	14 194	16198	611
1987	8845	2279	29 113	8848	10 551	2847.07	15 025	16 962	647
1988	9284	2304	30 488	9113	11 050	2819.93	14 486	18 453	680
1989	9640	2461	31 570	9285	11 310	2808.80	16 156	19 411	719
1990	9975	2501	32 449	9593	10 903	2806.60	17 877	19 885	748
1991	10 111	2534	32 930	9640	10 866	2804.80	18 494	21 702	860
1992	10 705	2622	33 854	9621	11 214	2798.27	19 380	31 654	941
1993	10 679	2625	35 204	9362	11 023	2796.53	20 873	34 069	1158
1994	10 990	2617	35 929	9323	10 347	2795.53	11 440	36 979	1749
1995	11 050	2609	36 740	9220	10 096	2782	22 581	38 523	3047
1996	11 053	2581	37 199	9152	9294	2780	22 472	41 427	3517
1997	11 017	2545	37 751	9423	9295	2780	2381	45 489	3872
1998	11 457	2594	38 168	9448	9689	2770	24 619	56 122	4010
1999	12 245	2677	38 455	9565	9815	2768	17 989	58 427	4083
2000	13 267	2936	38 872	11 462	10 304	2767	18 140	61 400	4410
2001	13 886	3416	39 245	10 459	10 334	2764	22 080	65 400	4412
2002	13 943	3321	39 539	10 780	10 438	2757	21 481	66 919	4418
2003	14 138	3081	39 686	11 152	10 473	2509	18 764	66 558	4420
2004	14 268	3083	39 746	11 191	10 495	2437	21 948	67 693	4430

注：大厂镇户数和人口中包括县直户数和人口

2004 年大厂镇各行政村情况统计表

表 1 - 3 - 3

单位：人、公顷、吨、元

村\项目	建村时间	户数		人口		农业劳动力	耕地面积	粮食总产	农民人均纯收入
		合计	其中回族	合计	其中回族				
大马庄	明永乐	378	378	1205	1205	522	145.53	1039	4380
于各庄	明末	112		425		187	44.33	368	3799
小务	明	177		571		242	55.73	410	4243
小厂	明永乐	507	296	1700	1478	673	118.27	1049	4552

续上表

项目 村	建村 时间	户数		人口		农业 劳动力	耕地 面积	粮食 总产	农民 人均 纯收入
		合计	其中 回族	合计	其中 回族				
前丞相	明洪武	492		1690		673	182.47	1632	4550
大厂一村	明洪武	390	328	1267	1108	510	96.53	720	3963
大厂二村	明洪武	374	203	1057	907	401	74	548	3880
大厂三村	明洪武	445	367	1333	1181	520	89.40	736	5535
大厂四村	明洪武	407	327	1166	1011	449	61.87	606	5974
芦庄	明永乐	570	409	1821	1605	738	163.13	1234	4852
金庄	明洪武	368		1090		471	145.20	1094	3609
侯驸马	明永乐	158		492		209	71.20	479	4333
后店	明洪武	215		699		299	79.27	542	4223
六合庄	明末	120		380		164	43.93	333	4082
霍各庄	明永乐	418	351	1276	1057	549	140.40	958	4366
西马庄	明	242		854		369	104.53	868	4398
河西营	明洪武	502		1741		736	242.13	2057	5210
小里庄	明	186	105	580	494	217	49.67	359	4012
西马各庄	明	276		936		400	92	863	4101
东马各庄	明	169		560		232	88.47	759	4031
梁庄	明洪武	216	198	698	648	290	125.67	1007	4287
王必屯	明洪武	236		764		315	118.87	863	4260
袁庄	明洪武	291		947		398	136.27	1193	4248
西彭府	明洪武	225		828		389	99.07	850	3701
东彭府	明洪武	194		725		314	75.67	659	3806
西杨辛庄	明洪武	129	121	514	497	228	83.87	694	3845

夏垫镇

位于县域北部，镇政府设在李大公路（夏安公路）夏垫段路西，距县城10公里。辖30个行政村，面积41.18平方公里。2004年全镇总户数9752户，其中回族2951户，非农业2645户；总人口29 540人，其中回族9953人，非农业5265人；农业劳动力13 693人；耕地总面积2445公顷，粮食播种面积3742公顷；农业总收入252 554万元，农业纯收入18 543万元；财政收入1821万元；农民人均纯收入4656元；粮食总产量20 451吨；农机总动力61 190千瓦。农业方面，种植业与畜牧养殖、屠宰加工业协调发展。畜牧产业成为农村经济的主导产业，2004年全镇肉牛养殖占地达51公顷，吸纳养殖大户35户，其中100头肉牛以上规模养殖户26户，肉牛饲养量达 11.87 万头，羊饲养量达 5.84 万只。有较大规模肉类加工企业 4 户，专业户 1200 户，从业 5000 余人。牛羊肉产品销往北京、天津及华北其他地区、东北地区。全镇有工商户 2000 户，从业 7000 人，其中投资在 100 万元以上 26 户，50 万元以上 110 户。个体工商户 1500 户，涉及食品、建材、机械加工、冶金制管、造纸印刷等行业，有北坞、苇子庄牛羊屠宰加工专业村，祁屯活动房制造专业村。文教卫生机构有文化站 1 个，中学 2 所、小学 6 所、幼儿园 1 所，民族医院 1 所、村医疗诊所 30 个。

夏垫镇基本情况统计表

表 1 - 3 - 4 　　　　　　　　　　　　　　　　单位：户、人、公顷、吨、千瓦、元

指标 年份	户数		人口		农业劳动力	耕地总面积	粮食总产	农业机械总动力	农民人均纯收入
	合计	其中回族	合计	其中回族					
1986	6433	2231	25 905	8800	11 715	2928.60	14 351	11 861	635
1987	6627	2280	26 315	9044	12 157	2927.93	14 382	12 575	669
1988	6633	2284	26 625	9144	12 330	2919.73	14 961	12 809	710
1989	7026	2417	28 233	9254	12 653	2917.47	15 481	13 777	760
1990	7336	2467	28 602	9871	13 071	2917.47	16 275	16 274	780
1991	7330	2474	28 780	9948	13 461	2917.07	17 168	21 948	851
1992	7461	2725	28 905	10 180	13 746	2916.20	18 408	28 179	928
1993	7490	2559	29 167	10 246	13 629	2910.20	19 656	31 118	1180
1994	7534	2576	29 167	10 217	12 275	2907.93	11 222	33 177	1805
1995	7572	2592	29 170	10 265	12 512	2901	22 149	33 741	2855
1996	7614	2592	29 117	10 315	12 281	2884	22 277	37 602	3510
1997	7720	2596	29 099	10 314	12 216	2878	23 013	40 256	3850
1998	7601	2603	29 399	10 376	12 350	2869	24 097	50 131	4020
1999	7438	2497	29 399	10 510	12 123	2866	18 080	51 662	4090
2000	7928	2398	29 369	10 096	13 630	2854	18 106	55 100	4417
2001	8341	2340	29 394	8953	13 674	2853	21 427	53 600	4549
2002	8741	2426	29 397	9442	13 721	2853	20 849	54 879	4640
2003	8987	2948	29 496	10 057	13 711	2465	18 392	57 345	4645
2004	9752	2951	29 540	9953	13 693	2445	20 451	61 190	4656

2004 年夏垫镇各行政村情况统计表

表 1-3-5

单位：人、公顷、吨、元

项目 村	建村 时间	户数 合计	其中 回族	人口 合计	其中 回族	农业 劳动力	耕地 面积	粮食 总产	农民 人均 纯收入
祁屯	明洪武	248	1	938	2	448	126.53	833	4408
夏垫	元末	852	58	2765	162	1427	207.27	1454	4596
兴隆庄	明洪武	116		416		236	48.27	343	4310
东庄	明初	131		503		251	51.40	376	4588
北太平庄	明洪武	130		496		281	44.93	282	4283
大棋盘	明	202		731		382	91.13	593	4712
小棋盘	明	72		316		166	31.20	221	4367
小定福	明末	113		461		212	54.53	424	4727
永太辛庄	明	158		575		271	68.53	440	4259
北王庄	明	268		806		498	76.67	605	4579
潘各庄	无考	292		1029		563	113.13	845	4764
北贾各庄	明	256		864		435	95.47	737	4624
二里半	明初	198	20	560	72	297	50.13	430	4843
北坞一村	无考	290	240	856	856	429	83.40	675	4718
北坞二村	无考	363	307	1232	1130	424	109.07	807	4727
北坞三村	无考	449	380	1432	1431	930	129	948	4725
北坞四村	无考	397	336	1342	1294	746	125.40	938	4749
东小屯	明永乐	424		1465		715	160.53	1138	4362
马坊	明末	143	12	499	49	205	47.20	376	4450
南寺头	无考	827	672	2804	2431	1309	262.67	2200	5587
陈辛庄	明洪武	237	170	831	849	438	72.40	580	4510
土营	明洪武	170		566		265	79.20	502	4316
南王庄	明洪武	116	90	529	373	180	52	343	4425
褚各庄	明	264		917		429	103.67	711	4191
韩家府	明	137		458		212	59.40	466	4565
苇子庄	明	345	168	1108	602	594	156.47	971	4178
赵沟子	明末	278		926		491	122.87	898	4637
芮屯	明末	269		909		477	114	747	4345
毛场	明末	98		324		204	45.67	305	4700
王果子庄	清末	116	1	382	3	178	51.67	314	4588

祁各庄乡

位于县域西南，乡政府设在祁各庄村西，距县城8.30公里。辖20个村，面积47.52平方公里。2004年全乡总户数6748户，其中回族5户，非农业926户；总人口21 196人，其中回族9人，非农业938人；农业劳动力9823人；耕地总面积2751公顷，粮食播种面积3815.60公顷；农业总收入42 336万元，农业纯收入7806万元；财政收入911万元；农民人均纯收入4207元；粮食总产量22 048吨；农机总动力50 682千瓦。农业以种植业为主，1994年10月开始发展大棚瓜菜，当年建棚27.47公顷，到2004年已达200公顷。其中洼子村产"洼子"牌西瓜以其品质优良畅销北京。工业有金属制品、印刷装订、特种工艺等行业，主要企业有国华金属结构厂、益利印刷装订有限公司、中美合资华兴铸造有限公司、烽台电工器材厂等。有八百户工艺品制造专业村。文教卫生机构有文化站1个，中学1所、小学6所，中心卫生院1所、农村医疗诊所20个。

祁各庄乡基本情况统计表

表1-3-6

单位：户、人、公顷、吨、千瓦、元

指标 年份	户数		人口		农业 劳动力	耕地 总面积	粮食 总产	农业机械 总动力	农民人均 纯收入
	合计	其中 回族	合计	其中 回族					
1986	5501	6	20 612	17	9285	2956	13 164	10 296	628
1987	5864	6	21 015	19	9953	2956	13 373	10 274	631
1988	6048	5	21 580	13	10 196	2952.07	13 372	10 615	670
1989	6130	10	22 182	13	10 338	2952.07	15 983	11 519	707
1990	6624	2	22 324	5	10 311	2947.20	16 713	12 848	708
1991	6432		22 493		10 876	2946.87	17 583	15 502	834
1992	6429	9	22 207	13	10 427	2942.27	18 731	16 873	930
1993	6802	3	22 078	3	10 160	2942.20	20 518	19 596	1216
1994	6637	8	21 906	13	9939	2942.20	13 938	23 153	1713
1995	6627	9	21 837	12	10 097	2941	22 258	24 504	2776
1996	6601	8	21 619	8	9921	2940	23 723	29 798	3449
1997	6571	8	21 590	8	9955	2940	24 801	32 656	3823
1998	6747	9	21 747	9	9695	2939	25 613	39 624	3880
1999	6799	9	21 747	9	9876	2939	18 967	40 598	3946
2000	6603	3	21 373	7	10 032	2939	19 155	43 400	4116
2001	6677	2	21 331	2	9524	2939	22 947	40 300	4138
2002	6669	11	21 375	15	9810	2939	23 273	41 262	4202
2003	6616	5	21 506	9	9908	2817	21 983	48 739	4204
2004	6748	5	21 196	9	9823	2751	22 048	50 682	4207

2004 年祁各庄乡各行政村情况统计

表 1-3-7   单位：人、公顷、吨、元

项目 村	建村时间	户数		人口		农业劳动力	耕地面积	粮食总产	农民人均纯收入
		合计	其中回族	合计	其中回族				
祁各庄	明洪武	401		1498		698	221.07	1571	4191
陈家府	明初	274		878		406	136.40	978	4177
半边店	明末	68	1	237	2	114	21.93	196	4206
宋各庄	明末	238		768		358	80.60	717	4203
西关	无考	600	1	1822	2	963	236.40	1802	4222
大东关	元末	370		1131		540	193.07	1651	4222
小东关	明末	234		744		375	99.87	822	4136
洼子	明末	195		693		356	82.60	688	4392
毛庄	明末	153		539		261	73	639	4350
田各庄	明永乐	551		1779		875	247.80	1591	4278
谭台	明洪武	543	1	1732	2	842	156.73	1513	4252
窝坨	明初	177		605		289	84.47	705	4179
八百户	元末	253		899		420	146.47	1003	4361
大小辛庄	明洪武	215		779		348	116.47	905	4208
辛杜庄	清	79		301		134	49	319	4259
窄坡	明洪武	278		1048		513	146	1034	4065
谢疃	明	274		950		475	162.40	914	4012
冯兰庄	明初	716		2664		1252	420.87	3196	4170
定福庄	明末	208	1	740	2	383	127.53	978	4154
亮甲台	明洪武	122	1	451	1	221	100.33	650	4235

陈府乡

位于县域东南部。乡政府设在陈府村，距县城 4.50 公里。辖 21 个村，面积 23.76 平方公里。2004 年全乡总户数 3361 户，其中回族 89 户，非农业 362 户；总人口 11 938 人，其中回族 280 人，非农业 454 人；农业劳动力 4249 人；耕地总面积 1356 公顷，粮食播种面积 1751.80 公顷。农业总收入 30 480 万元，农业纯收入 5265 万元；财政收入 299 万元；农民人均纯收入 4106 元；粮食总产量 10 211 吨；农机总动力 30 867 千瓦。农业以种植粮食为主，2000 年以后，畜牧业不断发展，全乡有 1300 户从事养殖业，2004 年牛羊饲养量分别达到 17 700 头、28 500 只。工业近年发展较快，有制砖、印刷装订、木制家具、特种工艺等行业。较大企业有民族工艺实业

有限责任公司等。文教卫生机构有文化站 1 个，中学 1 所、小学 6 所，卫生院 1 所、村医疗诊所 21 个。

陈府乡基本情况统计表

表 1-3-8　　　　　　　　　　　　　　　　　　单位：户、人、公顷、吨、千瓦、元

| 指标
年份 | 户数 | | 人口 | | 农业
劳动力 | 耕地
总面积 | 粮食
总产 | 农业机械
总动力 | 农民人均
纯收入 |
	合计	其中 回族	合计	其中 回族					
1986	2575	117	10 768	327	4940	1563.93	7554	4927	430
1987	3085	119	10 880	341	5194	1563.93	7643	5306	437
1988	3253	119	10 962	337	5382	1563.40	6981	5348	480
1989	3263	120	11 168	335	5718	1563.40	7406	5297	553
1990	3460	107	11 788	332	5847	1563.33	7718	6158	565
1991	3472	107	11 836	337	6109	1563.27	8432	6215	612
1992	3767	108	11 894	340	9125	1560.47	8421	6728	810
1993	3775	109	11 815	323	9187	1559.93	9313	7327	1080
1994	3794	109	11 858	324	4281	1559.93	6373	8576	1290
1995	3504	105	11 851	298	4166	1559	9899	9016	2290
1996	3616	105	11 824	283	4160	1559	10 379	12 105	3027
1997	3614	90	11 853	298	4183	1559	11 763	13 442	3579
1998	3614	90	11 955	283	4213	1559	11 913	18 036	3760
1999	3614	90	12 156	283	3969	1559	8782	18 489	3820
2000	3267	87	11 981	261	4096	1559	9972	23 000	3955
2001	3299	89	12 019	261	4095	1559	10 440	26 600	4018
2002	3326	89	12 083	267	4103	1559	9973	27 217	4080
2003	3336	89	12 103	280	4206	1365	10 570	29 307	4098
2004	3361	89	11 938	280	4249	1356	10 211	30 867	4106

2004 年陈府乡各行政村情况统计表

表 1-3-9　　　　　　　　　　　　　　　　　单位：人、公顷、吨、元

| 项目
村 | 建村
时间 | 户数 | | 人口 | | 农业
劳动力 | 耕地
面积 | 粮食
总产 | 农民
人均
纯收入 |
		合计	其中 回族	合计	其中 回族				
东杨辛庄	明洪武	178		686		272	98.93	594	3895

项目 村	建村 时间	户数 合计	户数 其中 回族	人口 合计	人口 其中 回族	农业 劳动力	耕地 面积	粮食 总产	农民 人均 纯收入
吴辛庄	明末	174		633		246	74.87	542	3675
蒋店子	明初	117		394		150	68.73	472	3843
兰庄户	明洪武	120		544		203	81.07	550	3970
后营	明洪武	66	8	238	19	94	28.67	201	3875
王指挥屯	明洪武	198		706		258	87.73	588	4260
王唐庄	明洪武	93		374		136	44.33	345	4110
北小庄	清末	50		190		75	29	197	4658
许官屯	明洪武	101		346		118	50	365	4010
沙岗子	宋末	87		309		121	32.73	197	3705
小坨头	唐末	77		310		108	35.13	228	4016
大坨头	唐末	243		885		340	97	666	4485
刘各庄	宋末	230		952		327	106.13	204	4409
荣马坊	明洪武	247		982		332	127.20	774	3885
陈府	明初	148		502		196	69.13	555	4210
侯官屯	明末	84		318		107	50.20	298	3950
南太平庄	无考	130		523		150	74.47	523	4800
马家庙	明末	162		675		209	95.87	614	4145
漫兴营	明初	177	25	678	99	211	105.67	638	3575
威武屯	清	148		603		186	101.40	575	4440
东厂	明永乐	169	43	656	168	196	91.20	548	4100

邵府乡

位于县域西北部，乡政府设在邵府村，距县城 8 公里。辖 8 个行政村，面积 22.18 平方公里。2004 年全乡总户数 2709 户，其中回族 1 户，非农业 293 户；总人口 9266 人，其中回族 1 人，非农业 341 人；农业劳动力 4300 人；耕地总面积 1320 公顷，粮食播种面积 1806.70 公顷；农业总收入 43 454 万元，农业纯收入 4479 万元；财政收入 419 万元；农民人均纯收入 4270 元；粮食总产量 10 427 吨；农机总动力 19 342 千瓦。农业以粮食种植和畜禽养殖为主，农业特色种植项目主要有苗木、花卉、牧草、瓜菜等，代表企业有天一农林科技有限公司、廊坊金涛玉米粉业有限公司、绿源苗木有限公司等。工业有建筑材料、机械加工、冶金铸造、工艺美术等行业，主要企业有创新彩钢结构工程有限公司、新东方冷轧板带有限公司，有以双臼新型建材、邵府村珐琅、南贾各庄村骨雕为代表的集群经济专业村。文教卫生机构有文化站1个，中学1所、小学2所，卫生院1所、村医疗诊所8个。

邵府乡基本情况统计表

表1-3-10　　　　　　　　　　　　　　　　单位：户、人、公顷、吨、千瓦、元

指标 年份	户数		人口		农业 劳动力	耕地 面积	粮食 总产	农业机械 总动力	农民人均 纯收入
	合计	其中 回族	合计	其中 回族					
1986	2425		8672		3761	1532.33	7414	5759	650
1987	2447	1	8921	8	3804	1532.33	7466	6128	701
1988	2492	1	9159	5	3905	1532.33	7537	5894	744
1989	2503	2	9286	8	3979	1532.33	7788	6272	806
1990	2915	2	9381	7	4067	1532.27	8490	6016	810
1991	2822	4	9395	6	4103	1532.27	9170	6990	830
1992	2835	4	9350	6	4125	1531.93	9357	7939	920
1993	2850	3	9219	3	4021	1531.93	10 752	9484	1176
1994	2837	3	9144	3	3878	1531.93	6720	9565	1660
1995	2822	1	9075	1	3946	1532	11 382	9890	2589
1996	2810	1	9070	1	4130	1532	11 450	12 407	3122
1997	2794	1	8978	1	4130	1531	12 069	13 774	3690
1998	2819	1	9089	1	4079	1531	12 237	18 023	3860
1999	2688	1	9355	1	4102	1531	6680	18 282	3920
2000	2689	2	9332	3	4200	1531	8867	17 200	4074
2001	2687		9347		4160	1531	10 602	20 761	4100
2002	2700	2	9344	6	4215	1531	10 911	21 192	4260
2003	2696	2	9255	6	4215	1361	9918	18 048	4265
2004	2709	2	9266	7	4300	1320	10 427	19 342	4270

2004年邵府乡各行政村情况统计表

表1-3-11　　　　　　　　　　　　　　　　单位：人、公顷、吨、元

项目 村	建村 时间	户数		人口		农业 劳动力	耕地 面积	粮食 总产	农民 人均
		合计	其中 回族	合计	其中 回族				
邵府	明洪武	499		1825		925	302	2278	4190
大仁庄	明洪武	258		960		451	194.20	1370	4263
南贾各庄	明初	193		705		245	100.73	632	4302

项目 村	建村 时间	户数		人口		农业 劳动力	耕地 面积	粮食 总产	农民 人均
		合计	其中 回族	合计	其中 回族				
太平庄	明永乐	332		1292		675	210.27	1509	4304
尚各庄	明末	123		466		267	74.93	517	4203
牛万屯	明中期	185		638		281	108.20	713	4231
双臼	元末	509		1900		1039	339.07	2372	4263
岗子屯	明洪武	317		1139		435	201.60	1388	4292

附 村名由来

大厂镇

大 厂：传说，古时这里是一片荒草地，人烟稀少，明初皇家曾在此设过马场，俗称"大场"。最早来这里居住的是孙姓和王姓家族，沿用"大场"之名。明嘉靖年间，海姓先祖海南悉从沧州迁居"大场"，因海南悉在朝为官，随之而来的人逐渐增多，形成了以海姓家族为主的小村落。随着土地的开垦和农作物的收获，为区分麦收的打场，"大场"逐步演化成"大厂"。

侯驸马：建于明永乐年间。因此地原有侯姓驸马墓，先是看坟人在这里定居，后发展成村，故名侯驸马庄。

金 庄：明初金姓在此地定居，后发展成村，金姓为首户，故名金家庄，后简称金庄。

六合庄：明末清初，王姓六户先后从后店迁至此地定居立庄，邻里和睦相处，故名六合庄。

后 店：明初，王姓哥俩来此地立村，当时霍各村后有一座大庙称前殿，因该村位于大庙之后，故称后殿，后演变为后店。

西马庄：明代马姓在此地为顾家看坟，后发展成村，称小马庄。1958年建队时为区分本县重名村，以方位定名，因在马庄之西，故名西马庄。

霍各庄：明永乐年间霍、杜两姓来此地立村，起名为霍杜庄，后杜姓外迁，改名霍各庄。

芦 庄：明嘉靖年间何姓定居何厂，后分支芦庄，1958年芦庄、何厂、东地三个村合建一个生产大队，将三个村统称芦庄。

前丞相：明将领陈元胜于鲍邱河两岸跑马占地48顷，地中有坟，为某朝丞相墓地，后于鲍邱河南北两岸各建一村，河南称前丞相庄，（河北称后丞相庄，今属三河市），1958年以后简称前丞相。

河西营：明初，曾在洵河东西两岸各扎一营，此地为河西营地，称河西营。后刘、王二姓搬迁至此，建舍立庄，循用河西营之名。

小里庄：明永乐年间建村，因村小而李姓居多，故名小李庄。1958年改称小里庄，其意是，距县城不足一里。

小　厂：明永乐年间建村，此地原是一片水洼草地，曾为燕王牧场，因与大厂近临而又小于大厂，故名小厂。

小　务：始建于明，因村内有一座庙，名福庆庵，故名务里庵（村里有一座庙的意思）。约在清初，外姓逐渐迁入，李姓居多，改名为李家务，后因与三河县李家务重名，又改名小务。

大马庄：明永乐年间建村，原名马庄，因该地曾为燕王马圈，故名。1958年建大队时，为区分重名村改称大马庄。

于各庄：明末建村，于、刘为大户，故名于刘庄，后因刘姓无嗣，清初改为于各庄。

王必屯：明军皮匠解甲归田在这里定居立庄，名王皮屯，至清初易名王必屯。

东、西马各庄：明初这里原有一座关帝庙，庙中有一尊关公骑坐赤兔马的塑像，后于庙的东、西两侧各建一村，东为东马各庄，西为西马各庄。

袁　庄：明洪武年间立庄，村中袁姓为首户，号称袁老爷，管辖周围几个村，权势很大，故名袁家庄，后易名袁庄。

东、西彭府：明初，彭姓移此立村，名彭家务。1958年以村中关帝庙为界划分两个村，庙东为东彭府，庙西为西彭府。

梁　庄：明初移民至此地定居，因梁姓是大户，故名梁家庄，后改称梁庄。

西杨辛庄：此地原是一片水草洼地，俗称草甸子，明初，杨姓迁居此地立村，名为杨甸，后有汉族人迁入，为表示回汉两族人民心心相印，共建家园，故改名为杨心庄，后演变为杨辛庄。为区分重名，故加西字名西杨辛庄。

夏垫镇

夏　垫：隋唐时期称夏泽（因地势低洼，每逢夏季汇鲍邱河水面成泽，故名夏泽）。元末明初，杨、王、左、刘等姓相继来此定居，分南街、北街、三刘庄、西店、金家房子等村，后经发展几村连为一体，统称夏垫，有垫泽成基之意，到明末清初发展为京东名镇。

东小屯：明永乐年间建村，因李姓居多，故称李家屯，后因邓姓迁入，改名邓小屯，其后演变为东小屯。

北贾各庄：建村于明，因贾姓居多，故名贾各庄，后因同县两村重名，于1958年改名北贾各庄。

永太辛庄：明代建村，原名辛庄。清初，杨、张两户迁入，为各宗族友爱相处，故将村名变为永太辛庄。

潘各庄：据三河县志记载，康熙十八年（公元1679年）本地发生强烈地震，房屋倒塌，受灾严重，幸存者在断裂带旁重建家园，故名傍各庄，后演变为潘各庄。

大棋盘：明朝建村，呈方形，似棋盘，故名棋盘村。因与邻村重名，改名为大棋盘。

小棋盘：明朝建村，呈方形，似棋盘，故名棋盘村。因与邻村重名，改名小棋盘。

小定福：明末建村，原名马庄，又名廖庄，均以姓得名。为表达村民向往富裕生活之愿望，于清代改名定福庄。因与邻村重名，故易名小定福。

北　坞：最早在这里居住的是汉族靳、赵、曹三姓，名东务。明永乐年间，何姓先祖失兀喇、阿颜沙、阿匝丁及其子辈——大火者、二火者、三火者由南京上源县北迁，先至何厂，又分支东务，亦名回回务。万历年间，回族李姓由南京上源县二龙岗北迁，先于盐山，后至此地。后因南寺头、东务两个回族村分别位于夏垫南北，素有南庄、北庄之称，故将东务易名北坞。

北王庄：明代建村。原分王庄、后道、小扬庄。1962年三村为一个大队，因王庄较大，王姓居多，故统称王庄，为区分重名，按所处方位，改称北王庄。

二里半：明初建村，原名王家窑。康熙十八年（公元1679年）地震，受灾严重，重建新村后改叫王新庄。因距夏垫西门二里半，故于清末改称二里半。

北太平庄：明洪武年间建村，名倪家岗。清初倪姓劫皇纲于高楼，官府派兵缉拿，倪姓潜逃，村民为求安生度日改名太平庄。1982年地名普查时为区分重名村，按所处方位，定名为北太平庄。

兴隆庄：明洪武年间建村，名倪家岗。清初倪姓劫皇纲于高楼，官府派兵缉拿，倪姓潜逃，土地荒废，村民为求吉利，早日发家，安生度日，故改名兴隆庄。自此倪家岗分为太平、兴隆两个庄。

东　庄：明初建村，原名义和庄，因位于夏垫东侧，隔鲍邱河相望，一桥相连，故易名东庄。

祁　屯：明初，祁姓来此定居，后发展成村，因祁姓大户，故名祁家屯，1958年易名祁屯。

芮　屯：明末建村，芮姓为首户，故名芮家屯，后简称芮屯。

毛　场：毛姓于明末清初在此立庄，名毛家厂，后易名毛场。

王果子庄：清末这里原为旗人领地，属王姓所管，立村名王庄。后因生活较为富裕如同蜜果，故易名王果子庄。

马　坊：明末建村，名马庄，后因马姓在该村开设染坊，俗称马家染房，年长日久，人们习惯将马庄叫马坊，遂易之。

南寺头：最早在这里居住的是汉族郝、金二姓，名小南庄，建有一庙，名北大寺。明初，回族杨姓先祖杨国正在朝为官，后随京都北迁，先在三河为官，后定居在北大寺之南，故将小南庄易名南寺头村。经数百年发展，形成以杨姓为主的回族聚居大村，并建有一清真寺，名南大寺。

赵沟子：明末建村，因南临鲍邱河，北有赵姓将军墓地前泄水沟，故名赵家河沟，后简称赵沟子。

苇子庄：明代这里有一个大苇塘，芦苇长势茂盛，后于苇塘两侧立村，故名苇子庄。

陈辛庄：明初始建村落，名小新庄。清代，陈姓为村中大户，故改称陈家辛庄，

1949 年后简称陈辛庄。

褚各庄：相传建村于明中叶，因村西有一严姓太监墓地而得名严家套。后与临出阁庄发展为一体，易名褚各庄。

韩家府：明朝中叶建村，名狼家府，因苇子庄回族杨姓墓地近邻村东侧，据以狼克羊的迷信传说，故定名狼家府。后因此名不利回汉民团结，于清朝顺治年间易名韩家府。

南王庄：明初，随军大将王姓兄弟俩解甲归田，定居此地，后发展成庄，名虎头村，又名王家营，俗称小王庄，为区分重名村，于 1949 年易名南王庄。

土　营：明洪武年间，燕王扫北时曾在此地大土岗处安营扎寨，名土营，后建村，循用此名。

祁各庄乡

祁各庄：明洪武、永乐年间，为抵御异族侵扰，采取实边政策，先后数次从内地移民至幽燕之地，祁姓家族随移民从山西洪洞县北迁至此地定居立庄，名祁各庄。

谢　疃：明朝顾、姚、焦、孟几家随移民从山东迁居此地立村，名兴家疃。此村习武人多，盗匪或散兵游勇进村骚扰多被打死或断其臂、腿，素有"卸腿村"之称，后逐渐演变为谢疃村。

田各庄：明永乐年间，田、姚二姓移居此地，后多有逃荒者到这里落户，故名往户庄，至明末清初田姓发展为首户，易名田各庄。

谭　台：此地有一高台，潮白河水旋绕而过，台下有一深潭，水深莫测，明初，随军将士大刀刘海认定为风水宝地，故在高台处立村，名潭台，后逐渐演化为谭台。

大小辛庄：明初，唐、何二姓随军迁居此地，立村名新庄。清末又于村东建一新村，名小辛庄，新庄易名大辛庄。后二村合一。

辛杜庄：清朝刘姓先祖刘功臣由谭台迁居此地，俗称新房子，以后凡迁来定居者，刘家均舍地助其建房、逐渐发展成村，循用新房子村名。杜姓迁至新房子南又建一村，名杜新庄。20 世纪 50 年代末两村合并，取其村名首字之音改名辛杜庄。

窄　坡：明初，移民随军至此，因村落建在一个狭长地带，故名窄城。民国年间，奉军测绘地图，误"城"为"坡"。自此易名窄坡。

毛　庄：据古钟铸文记载，明末建村，钟上铸有 24 个姓氏，毛姓为首，故名毛家庄。1958 年改称毛庄。

亮甲台：唐王征东在此遇雨，遂于普池河东岸高地安营扎寨，晾晒盔甲，在河中高台处放牧军马。自此，河东岸高地称晾盔甲，河中高台谓晾马台。明初移民至此地，于高地立村，先称亮马台，至清末改称亮甲台。

八百户：相传元末建村，初时只有八户，故名八家户；明初移民此村，户、口俱增，易名八百户。

西　关：早在汉朝，西关是顺天府渔阳郡最西部一个关口，故名西关。后逐渐形成村落，循用西关之名。

大东关：元末建村，西关王姓家族分裂，一支迁出，于村东北另建新村，名东关。明移民至此落户，户、口俱增，故易名大东关。

小东关：明朝末年，李姓几户从大东关迁出，在村东北另建新村，名小东关。

冯兰庄：据古钟铸文记载，明初建村，因在古钟铸文中，冯、郎为首姓，故名冯郎庄，民国年间称冯栾庄，1958年改为冯兰庄。

窝坨：原有一古庙，名水托寺，潮白河水穿其庙而过，明初建村，又因此地多沙，逢大风过后，遍地是沙窝、沙坨，常将道路堵塞，故名窝坨。

洼子：明末建村，因地势低洼，孙姓为首户，故名孙家洼子。后因外姓迁入甚多，易名洼子里。1958年后简称洼子。

陈家府：陈姓于明初建村，名陈府，后在顺天府为官，易名陈家府。

定福庄：明末建村，因陈姓为大户，故名陈府庄。后陈姓无嗣，易名小定福。为区分县内重名村，1958年改称定福庄。

半边店：明末建村，村中原有一座关帝庙，庙东属香河县，庙西属三河县，一庙分两边，故名半边殿。后因潮白河水不断改道，庙东住户逐渐外迁，1958年后易名半边店。

宋各庄：明末建村，宋姓居多，故名宋各庄。因修河堤把村庄分为两部分，堤里称小宋各庄，堤外称大宋各庄。后因小宋各庄连年遭受水灾，逐渐迁至堤外，二村合一，仍称宋各庄。

陈府乡

陈府：程姓自明初定居此地立庄，名程府。明初，陈姓从吴桥迁来，后程姓无嗣，故易名陈府。

刘各庄：宋末建村，曹、刘两姓居多，故名曹刘庄。明末，清兵入关时曹姓外迁，易名刘各庄。

东厂：明初这里是牧场，因位于大场之东，故名东场。明永乐年间吴姓来此定居，后发展成庄，循用东场之名，后易名东厂。

大坨头：据《大小坨头遗址考察录》考证，大坨头名始于唐末，因此地有个大沙坨子而得名，立村后循用此名。

小坨头：据《大小坨头古墓群考察录》考证，小坨头名始于唐末，因初建时仅有四五家，又北靠沙丘而立，故名。

荣马坊：明洪武年间，荣姓立庄，名荣家马坊。后因荣姓被控谋反，祸灭九族，幸存者外逃，葛姓迁居该村，易名荣马坊。

沙岗子：此地原有一大沙岗，宋末，李姓先祖李三荒在大沙岗南侧立庄，名沙岗子。

许官屯：明洪武年间，许、陈、刘三姓在此地建村，因许姓人在朝为官，故名许官屯。

王唐庄：此地原有一大坑塘，明初，王姓先祖王金随军来这里，在坑塘东侧建舍立庄，名王塘庄。清末唐姓迁来，为友好相处，改"塘"为"唐"。

北小庄：王姓于清末立村，名小王庄。因重名于1943年易名小庄。1958年改称北小庄。

侯官屯：此地原有侯姓朝官墓地，初时只有守墓人居住，明末形成村落，名侯官屯。

威武屯：这里原有旗人墓地，看坟人赵、叶、朱三姓定居此地，并依当时旗人权势，定名威武屯。

南太平庄：原是陈府李家的场院，为看场方便，高姓全家常年定居这里，后发展成村，定名太平庄。1982年地名普查时，为区分县内重名村，加"南"字名南太平庄。

后　营：明初，明军曾在这里安营扎寨，此地为燕王后营。明末，温、黄两家来这里定居立庄，循用后营之名。

王指挥屯：王指挥屯原有王指挥墓地。王姓当年在朝为官，官拜指挥之职（武官），因带刀上殿斥和主战而被斩，死后葬在此地，后人建舍守墓，于明洪武年间形成村落，故名王指挥屯。

兰庄户：此地原为兰姓墓地，守坟者常年居住在这里，逐渐形成村落，名兰家庄巢，后演化为兰庄户。

蒋店子：此地低洼，原是一片荒草地，俗称草甸子，明初蒋姓来这里垦荒种地，后逃荒者聚居形成村落，名蒋家店子，清代名蒋家店，1958年改称蒋店子。

漫兴营：此地原为"响马"营地，后因被剿，"响马"四散，俗称漫撒营。明初建村循用漫撒营之名，乡民为求兴旺发达，于清末易名漫兴营。

吴辛庄：明末建村，吴姓为首，故名吴家辛庄。民国年间，称吴辛庄。

东杨辛庄：明初，杨、王两姓移民来这里定居，杨姓居东，立村东杨庄；王姓住西，立村西王庄。民国初年，改称杨辛庄。后为区分重名村，故名东杨辛庄。

马家庙：马姓先祖于明朝末年迁居此地立村，因村西有一座古庙，故名马家庙。

邵府乡

邵　府：明初，邵姓随军官员退役定居此地，后发展成村，邵姓为首户，故名邵府。

双　臼：元末明初形成村落，因修建园通寺时，挖出两个舂米石臼，依物定名双臼。

牛万屯：明朝中叶建村。"麒麟王爷"为村中首户，养牛发家，号称屯牛万头，故名万牛屯。后有母牛生一奇兽，舐食铁器，王姓不辨，以为怪物，命杀之。消息传入京城，皇帝降旨索取奇兽，旨诏无奉，王姓人被斩，家破。自此村落东移，易名牛万屯。

尚各庄：明末建村，名砖台庄。王姓为首户，有一"响场"，相传场内埋有数十口大缸，缸中吊有铜铃，缸上铺板覆土，每逢打场放碡（指碌碡，圆柱形，用来轧谷物），场内便发出嗡嗡响声，邻村可闻，号称"响场王爷"。因嗜好养鸽，清初犯"家养天贼千口"之罪，被抄斩，家破，村落北迁今址。据村内古钟铸文载，清光绪年间，旗人尚阁老退出旗籍，入民籍定姓吴，退隐此村，遂易砖台庄为尚阁老庄，后演变为尚各庄。

太平庄：明永乐年间冯姓人流落此地，以窝棚栖身，后逐渐发展成村，故名冯家窝棚。相传清乾隆帝御驾亲征，平定江南，凯旋回都，途经该村，为取吉祥，易名太平庄。

岗子屯：此地多沙岗，明初曾在这里屯兵，张、王、何、邱四姓随军至此定居立庄，名岗子屯。

南贾各庄：明初张龙、张虎兄弟迁居此地，兄居东称东庄户，弟住西谓西庄户。后逐渐发展，两村合一，易名佳哥庄，至清代，演变为贾各庄。1958年为区分县内重名村，根据方位，定名南贾各庄。

大仁庄：明初，曾、付二姓随军官员定居此地立庄，名曾、付大人庄，后逐渐演变为大仁庄。

第二编　自然环境

　　大厂县位于燕山纬向构造带的南缘。具体地质构造位置是：三河至迁安弧形褶带以南和涞源至乐亭断裂带以北地区，属纬向构造带展布区。燕山运动早期，新华夏系开始产生发展，华北平原沉降带出现，并波及纬向构造带南缘。从此，这一地区逐渐沉降为华北平原的北部边缘。燕山运动晚期至喜山运动，新华夏系进一步发展，除大规模沉降外，还形成一系列北北东走向的断裂带。冀中凹陷中的一组断裂带延入县域，即程各庄至夏垫断裂带。县域则被断裂带中的夏垫断裂和香河断裂所夹持。进入新生带后，两个断裂带间大幅度下沉，形成著名的大厂凹陷。大厂凹陷沉降的最深点在县域西南25公里的通州区觅子店一带，钻进3162米未穿透上第三纪地层。物探推测总深度超过5000米。县域正处在凹陷东部的翘起部分。县内地层表层为第四纪全新世黏土、亚黏土。钻探验证，地下上部为第四纪更新世河湖相夹海相及冰川沉积，厚约500至600米，下部为上第三纪河流相湖相碎屑岩沉积，最底部为中上元古代白云岩及白云质灰岩。地貌形态为平原区。但由于邻近燕山山区，地形上略有差异。西北部略高，最高高程为24.5米，东南部略低，高程最低为10.5米。流经县域的河流有鲍邱河、潮白河。

　　大厂县属暖温带湿润气候区，为大陆性季风气候。总特点是四季分明，光照充足，春冬干燥雨雪少，夏季炎热多雨，秋季凉爽宜人。1964年（是年开始有气象记录）至1985年，年平均日照总时数2814.1小时，年太阳辐射量为133.798千卡/cm^2，历年平均气温为11.3℃，无霜期平均为185天，年平均降水量602毫米，风向以西北风为主，全年平均风速为2.9米/秒。

　　大厂县水资源由地表水、地下水两部分构成。潮白河在县内流程16公里，县内流域面积43.2平方公里。1962年至1980年年均过境流量10.2亿立方米。1982年以后除汛期外基本断流。鲍邱河在县内流程13.89公里，县内流域面积132.8平方公里。汛期最大流量119.3立方米/秒。20世纪70年代分别在夏垫、韩家府、芦庄建三座水闸，蓄水量100万立方米。随着工农业用水增加，地下水水位不断下降，1973年至1979年平均水位埋深5米。1982年6月，一般埋深18米，最大埋深23.4米。

　　根据1989年土地利用现状调查，全县总面积176.29平方公里。其中耕地11 581.54公顷，园地78公顷，林地133.59公顷，居民点及工矿用地2878.18公顷，交通用地804.53公顷，水域1675.77公顷，未利用土地477.59公顷。土壤以褐土为主，其次是潮土，还有少量的草甸地土、沼泽土和风沙土。

1985年以前县内气象灾害主要有旱灾、涝灾、低温连阴雨、雷雨大风、冰雹。旱灾年几率为31.8%，以春旱为多，几率为81.8%。1965年、1972年发生严重旱灾，受灾面积均超过8万亩，成灾面积分别为5.64万亩、3.64万亩。沥涝灾害发生几率45.5%，1956年8月11日至16日连续降雨315.3毫米，淹地7.2万亩，成灾4万亩。1964年8月13日和26日，两次降雨淹地7.5万亩，成灾5万亩。生物灾害主要是虫灾，1983年发生三伏粘虫，受灾面积3.5万亩，主要集中在南寺头、陈辛庄、小务等村，重灾地块玉米叶被暴食一光。地质灾害只有地震一种，历史上发生强震1次。清康熙十八年七月二十八日巳时（1679年9月2日）发生8级地震，县域位于震中区。夏垫周围"地陷数尺"、"四面地裂、黑水涌出"，造成人员重大伤亡（三河县"压死男女2677人"）。1976年7月28日，唐山地震波及县域，造成710人伤亡，47 976间房屋损坏。

1986年至2004年，年均日照时数2491.5小时，年平均气温12.02℃，年均降水量564.4毫米。与1964年至1985年比较，年均日照数减少322.6小时，年平均气温上升0.72℃，年均降水量减少37.6毫米。降水减少，水资源不足，但由于多年坚持农业水利建设，抵抗旱灾的能力加强，19年间农业未因干旱而受损失。随着城镇化进程加快，项目建设增加，耕地由1985年的11 581.54公顷减少到2004年的10 310公顷。

第一章 气 象

大厂县历年平均气温为11.9℃（1982年至2003年的资料，下同），极端最高气温为40.6℃，出现在2000年7月1日，极端最低气温为零下22.3℃，出现在2001年1月15日。年平均降水量为580.60毫米，降水量最多年份为1994年，降水量为1071.80毫米，降水量最少年份为1983年，降水量为327.60毫米。年平均日照时数为2530小时，全年日照百分率为57%。年平均无霜期为205天。年平均十分钟风向风速为2.1米/秒，年平均大风日数为10.70天。

第一节 四季特征

大厂县位于华北平原北端，处在北纬39°49′17″至39°58′56″，东经116°48′20″至117°03′55″。按中国气候区划属暖温带亚湿润气候区，大陆度为62.20，是四季分明的大陆性季风气候。

春季（3月至5月），冷空气势力明显减弱，温度回升快而不稳定，月平均气温（1982年至2003年的资料，下同），由3月的5.4℃至5月的19.7℃，平均每月上升7.2℃。季降水量75.60毫米，占全年的13%。蒸发量为566.10毫米，大风较多，日照充足。

夏季（6月至8月），暖湿空气活跃，雨量充沛，降水强度大且集中，降水量406.80毫米，占年总量的70.10%。季平均气温为25.1℃，极端最高气温为40.6℃，形成高温高湿的气候特点，易沥涝成灾。

秋季（9月至11月），秋季天高气爽，风和日丽，气候宜人。季平均气温12.2℃，月平均气温从19.9℃降到3.8℃，平均每月降温8℃。季降水量89.70毫米，占年总量的15.40%。初霜日期平均在10月18日。

冬季（12月至次年2月），盛行偏北风，空气干燥寒冷，降水量偏少，仅8.50毫米，占年总量的1.50%。季平均气温为-2.9℃，极端最低气温为-22.3℃。11月29日土壤稳定冻结，最大冻土深度可达70厘米。

第二节　日　照

全县年平均日照时数为2530小时，春季日照最多，为720.60小时，占年总量的28%；冬季日照最少，为550.60小时，占年总量的22%。全年日照百分率为57%，≥0℃和≥10℃期间的日照时数分别为2009.30小时和1517.80小时，占年总数的79%和60%。

1982年至2004年各月及年日照时数

表2-1-1　　　　　　　　　　　　　　　　　　　　　　单位：小时

年份 月份	1982	1983	1984	1985	1986	1987	1988	1989	1990	1991	1992
1	222.20	210.70	204.20	197.00	219.10	172.80	不测	不测	不测	185.10	192.00
2	197.50	207.30	177.80	150.70	223.50	202.80	不测	不测	不测	186.60	235.50
3	232.60	242.90	235.10	221.80	239.00	225.80	不测	不测	不测	181.20	180.70
4	285.30	233.80	202.90	243.30	268.30	223.80	不测	不测	不测	222.60	256.20
5	278.00	251.80	267.00	188.90	279.00	280.00	不测	不测	不测	247.40	273.10
6	235.60	281.60	228.10	258.50	263.00	228.90	不测	不测	不测	274.00	264.10
7	234.20	254.70	248.50	195.70	186.50	265.10	不测	不测	167.50	216.60	218.60
8	235.10	230.70	230.40	181.00	233.10	238.30	不测	不测	205.30	287.30	206.30
9	271.60	217.40	236.50	185.00	293.80	281.30	不测	不测	200.40	199.00	230.40
10	206.30	200.60	219.40	201.60	213.10	206.80	不测	不测	235.10	226.20	220.20
11	183.60	210.10	168.40	206.70	214.80	176.50	不测	不测	154.70	180.30	190.70
12	211	209.70	170	186.70	148.60	194.10	不测	不测	189.70	137.10	141.40
全年	2793	2751.30	2588.10	2416.90	2782	2695.80	不测	不测	不统	2543.40	2609.20

年份 月份	1993	1994	1995	1996	1997	1998	1999	2000	2001	2002	2003	2004
1	167.70	162.60	212.10	196.80	202.90	164.90	200.40	168.30	156.10	162.90	160.10	188.90
2	195.00	151.60	210.70	220.40	176.10	179.80	217.50	228.50	158.50	181.20	156.50	192.60
3	239.30	260.90	234.20	217.60	245.00	197.50	155.00	264.40	257.70	224.90	146.20	228.80
4	251.40	238.40	264.20	261.20	273.00	183.20	235.40	236.60	210.20	199.80	192.80	252.60
5	280.60	255.70	279.70	308.30	265.10	263.30	261.50	292.40	302.70	241.60	191.80	254.30
6	255.70	262.90	188.90	233.40	255.60	163.90	250.40	267.70	187.90	157.70	219.90	191.70
7	183.90	194.50	198.70	136.90	208.10	168.90	222.70	235.50	217.90	199.90	163.50	164.30
8	244.60	188.60	157.60	135.70	227.60	236.50	223.10	180.70	231.70	182.00	216.80	175.30
9	258.10	277.20	178.30	206.50	242.70	195.90	173.50	246.50	229.30	217.50	145.60	192.10
10	214.70	214.60	181.10	185.70	286.50	166.90	221.90	165.90	154.40	205.10	193.60	194.50
11	148.80	115.00	227.00	167.20	118.30	161.40	177.90	153.10	190.20	187.70	90.70	178.30
12	198.80	154.10	187.70	189.70	114.40	186.60	189.10	169.40	160.70	88.30	190.30	130.20
全年	2638.60	2476.10	2520.20	2459.40	2615.30	2268.80	2528.40	2609.00	2457.30	2248.60	2067.80	2343.60

第三节　温　度

全县历年平均气温为 11.9℃。1 月最冷，平均气温为 -4.7℃；7 月最热，平均气温为 26.1℃。极端最低气温为 -22.3℃，极端最高气温为 40.6℃，分别出现在 2001 年 1 月 15 日和 2000 年 7 月 1 日。无霜期 205 天，最长 237 天，最短 173 天。生长季（≥0℃）278 天，积温 4639.1℃；生长活跃期（≥10℃）205 天，积温 4257.9℃；安全成熟期（≥20℃）111 天，积温 2675.5℃。

1982 年至 2004 年各月及年平均气温

表 2－1－2　　　　　　　　　　　　　　　　　　　　单位：℃

年份		1982	1983	1984	1985	1986	1987	1988	1989	1990	1991	1992
月份	1	－7.1	－3.7	－6.3	－6.1	－5.1	－5.8	－4.4	－3.4	－6.4	－3.6	－2.6
	2	－0.6	－2.9	－3.6	－3.2	－2.8	－1.4	－2.9	－0.3	－1.9	－1.4	0
	3	6.0	5.5	2.8	2.3	5.5	3.3	3	6.9	6.5	3.5	5.4
	4	15.1	13.8	12.6	13.4	14.1	12.5	13.5	14.8	12.6	12.7	14.2
	5	20.9	20.3	20	18.2	19.9	18.7	18.9	19.9	18.3	18.6	19.5
	6	23.8	25.3	24.4	23	24.2	22.7	24.2	24	23.8	23.6	22.7
	7	25	26.9	26	25.3	24.4	25.6	25.5	25.2	25.2	25.3	26.4
	8	25.5	25	24.8	24.6	23.9	24.4	24.4	24.5	25	26.2	24.4
	9	19.5	21.5	19.4	18.2	19.3	20.7	20.5	18.8	20	19.9	19.8
	10	14.1	12.8	13.1	13.3	10.7	13.3	13.7	13.3	14.5	12.9	11.6
	11	4.4	5	4.2	2.9	3.1	3.1	5.6	3.7	5.1	3.6	2.1
	12	－2.6	－1.3	－3.9	－4.5	－2.5	－1.6	－1.4	－1.4	－2.1	－3.2	－1.4
年平均气温		12	12.4	11.1	10.6	11.2	11.3	11.7	12.2	11.7	11.5	11.8

年份		1993	1994	1995	1996	1997	1998	1999	2000	2001	2002	2003	2004
月份	1	－5	－3.4	－2.5	－3.7	－5.8	－4.4	－2.3	－7.9	－7.1	－1.6	－4.1	－4
	2	0.3	－8	5	－1.7	－3	1.6	1.7	－2.8	－2.2	1.8	－0.1	1.3
	3	6.6	4.2	6.5	5.2	7.2	7.3	4.4	7.1	6.3	8.6	5.7	6.6
	4	12.9	16.2	13.6	13.2	14.2	15	14.2	13.8	13.8	13.4	14.6	15.1
	5	20.1	19.3	18.5	20.3	19.6	19.8	19.4	19.7	22.2	21	20.4	19.2
	6	24.5	26	23.5	24.3	24.4	23.4	25.2	26.1	25.1	23.3	23.7	23.9
	7	24.6	27	25.3	25.3	28.2	26.6	28.1	29.4	26.6	26.9	25.9	25.1
	8	24.4	26.3	24.9	23.7	26.5	25.0	25.6	25.2	25	25.2	25	23.8
	9	20.2	20.2	18.5	20	18.5	22.3	20.4	20.7	20.3	19.7	19.6	19.5
	10	12.8	13.3	13.7	12.3	13.4	15.1	12	12.1	13.2	10.1	11.8	12.3
	11	2.9	5.1	5.9	3.3	4.8	3.8	4.8	2.2	3.9	2.3	2.7	5.3
	12	－2	－2.5	－1.6	－8	－2.4	－4.1	－1.9	－2	－3.7	－3.6	－1.1	－1.8
年平均气温		11.9	12.6	12.2	11.8	12.4	12.9	12.6	12	12	12.3	12	12.2

各级界限温度出现日期及其持续日数和积温

表 2 - 1 - 3

项目 界限温度	平均初日	平均终日	持续日数	活动积温
≥0℃	2 月 22 日	11 月 25 日	278 天	4631.9℃
≥10℃	4 月 3 日	10 月 23 日	205 天	4257.9℃
≥20℃	5 月 26 日	9 月 13 日	111 天	2675.5℃

0 厘米、5 厘米、10 厘米各月平均地温

表 2 - 1 - 4

单位:℃

月份 深度	1	2	3	4	5	6	7	8	9	10	11	12	年
0 厘米	−5.4	−0.8	8.3	16.1	23.3	28	29.2	27.9	22.1	13.4	3.4	−2.8	13.4
5 厘米	−3.2	−1.2	4.8	13.7	20.9	25.4	27.5	26.7	21	12.9	4	−1.5	12.6
10 厘米	−2.5	−1.1	4.2	13.1	18	24.2	26.7	26.1	21	13.4	6.7	0.6	12.4

第四节　降　水

　　全县年平均降水为 580.60 毫米,80% 年份降水量为 425.60 毫米。历年平均降水量以 7 月最多,为 182.40 毫米;12 月最少,为 2.50 毫米。降水量最多年份为 1994 年,降水量为 1071.80 毫米;降水量最少年份为 1983 年,降水量为 327.60 毫米。1995 年至 2004 年,除 1995 年、1996 年、1998 年降水量较常年偏多一成至两成,2003 年降水量较常年略偏少外,其余 6 年的降水量均较常年偏少,平均偏少 27%,特别是 2000 年降水量不足常年的 60%,降水明显不足。

1982 年至 2004 年各月及年降水量

表 2 - 1 - 5　　　　　　　　　　　　　　　　　　　　　　　　　　单位：毫米

月份＼年份	1982	1983	1984	1985	1986	1987	1988	1989	1990	1991	1992
1	5.40	0	0	1.60	0	6.60	1.20	5	5.80	0	1.90
2	2.10	1.20	0.30	5.40	3.20	2.10	0.40	0	21.90	0.10	0
3	2.70	3.30	0.20	11.90	21.90	21.10	4.60	1.20	38.40	24.40	0.20
4	7	73	31.40	16.10	3.80	37.70	4.70	11.80	45.50	37.80	3.10
5	11.60	20.20	20.60	61.30	6.70	129.90	26.60	19.50	95.50	47.50	23.30
6	108.60	23.40	150.90	27.20	140.90	80.20	33.70	57.40	69.20	137	63.40
7	319.80	69.70	64	217.90	227.10	96.50	296.80	104.60	339.20	249.90	94.40
8	213.80	86.60	328.20	191.30	81.80	360.50	188.60	83.20	84.50	63.80	155.20
9	7.50	23.80	60.60	40.60	80.90	88.90	62.80	86.50	37.50	74.10	67.40
10	14.50	24	2.90	7.10	11.90	0.20	12.80	13.30	0	17.20	52.90
11	6.20	2.40	6.80	27.40	5.10	32.70	0	10.70	6.60	6.50	15.90
12	0	0	8.70	0.60	6.10	1.60	0.20	0	0.10	6	0
年降水量	699.20	327.60	674.60	608.40	589.40	858	632.40	393.20	744.20	664.30	477.70

月份＼年份	1993	1994	1995	1996	1997	1998	1999	2000	2001	2002	2003	2004
1	2.90	0	0	0.40	7.30	0.70	0	10.90	14.90	0	8.50	0.70
2	0.60	4.20	0.20	0	0.50	13.60	0	0	3	0.10	2.50	9
3	0	0	2.50	1	5.60	7.90	17.70	8.20	0	6.10	23.90	0
4	16	1.20	2	5.40	14.10	63.40	31.30	12.60	6.80	25.80	14.80	22.70
5	8.20	119.90	62	4.70	24.50	71.10	40	62.90	8.70	10.40	66.80	64
6	75.70	28	96.80	45.50	60.80	129.70	48.50	18.50	113.60	113.10	180	84.20
7	187.10	610.90	239	236.70	170	216.10	108.60	27.90	178.60	75.90	18.90	113.70
8	59.90	264.90	177.60	353.30	70	80	13.20	146.20	65	89.50	76.40	76.80
9	33.10	27.30	72.90	54.30	49.30	22.40	92	19.60	11	48.20	54.90	81.60
10	4.60	2.20	11.70	39.30	22.30	53.40	21.20	26.20	46	49.70	81.40	13.60
11	48.10	11.90	0	4.60	6.90	8.10	20	5.40	16.40	0	39.50	9.70
12	0.50	1.30	0	2.30	11.10	0.60	2	0.20	3.80	6.80	0	2.90
年降水量	436.70	1071.80	664.70	747.50	442.40	667	394.50	338.60	467.80	425.60	567.60	478.90

第五节　风向　风速

风向以西北为主。全县多年平均风速为 2.10 米/秒，年大风日数平均为 10.7 天，春季多大风天气，3 月、4 月平均出现大风分别为 1.7 天、2.2 天。

1982 年至 2004 年最大风速、风向及日期一览表

表 2 - 1 - 6　　　　　　　　　　　　　　　　　　　　　　　　　　单位：米/秒

年份	1982	1983	1984	1985	1986	1987	1988	1989	1990	1991	1992	1993
最大风速	14	16	16	13.30	18.70	13.30	16	12.30	12	21.30	11	15.30
风向	NNE	NNW	NNE	WNW	NNW	NW	NW	WNW	WNW	NNW	WNW	WNW
出现日期	4 月 8 日	4 月 6 日	9 月 16 日	3 月 8 日	1 月 3 日	3 月 20 日	4 月 21 日	11 月 17 日	5 月 19 日	10 月 18 日	4 月 18 日	4 月 9 日
年份	1994	1995	1996	1997	1998	1999	2000	2001	2002	2003	2004	
最大风速	11.30	11	14.70	12.30	15	15	20.30	19	17.30	15.70	15.70	
风向	NNW	WNW	WNW	WNW	N	WNW	NW	WNW	NNW	WNW		
出现日期	2 月 8 日	10 月 30 日	6 月 23 日	1 月 1 日	2 月 7 日	11 月 24 日	4 月 6 日	1 月 1 日	3 月 21 日	2 月 9 日	2 月 13 日	

注：N 指北风，E 指东风，W 指西风，S 指南风。

表 2 - 1 - 7

1982 年至 2004 年各月及年平均风速

单位：米/秒

年份 月份	1982	1983	1984	1985	1986	1987	1988	1989	1990	1991	1992	1993	1994	1995	1996	1997	1998	1999	2000	2001	2002	2003	2004	平均
1	2.60	2.50	2.40	2.60	2.50	2.30	2.60	1.90	1.90	1.60	2.10	1.80	1.80	1.90	1.80	1.40	1.70	2.30	2.50	1.90	1.80	2.90	2.40	2.10
2	2.50	3.20	3	2.90	3	2.70	2.90	2.10	1.70	2.10	2.30	1.90	1.90	1.70	2	1.70	1.80	2.80	2.60	2.10	1.90	2.30	3.20	2.40
3	3.20	3.20	3.40	3	2.60	2.90	3.30	3.10	2.20	1.90	2	2	2.20	2.30	2.40	1.50	1.70	2.50	3.10	4.00	3.30	2.30	2.80	2.60
4	3.50	3.30	3.40	3.20	3	2.50	3.80	2.30	3	2.20	2.60	2.20	2.20	2.30	2.30	1.70	1.80	2.40	3.30	2.70	3.50	2.60	2.40	2.70
5	3.70	2.80	2.50	2.60	2.60	2.50	2.90	2.40	2.60	2	2.10	2	2.20	2.30	2	1.70	1.60	2.20	2.40	2.30	2.00	2.10	2.20	2.40
6	3	2.80	2.60	3.10	2.60	2.20	2.70	2.70	2.10	2.10	2.10	2.20	2	2	2	1.80	2.30	2.30	2.10	2.30	2.70	2.30	1.80	2.30
7	2.30	2.40	2.20	1.70	1.90	2.10	2	2.10	1.70	2	2	1.70	1.80	1.70	1.80	1.70	1.70	2.00	2.20	1.70	1.90	1.90	1.70	1.90
8	1.60	1.90	2.30	2	1.50	1.80	1.30	1.40	1.30	1.30	1.60	1.20	1.40	1.20	1.30	1.30	1.60	1.70	1.40	1.70	1.50	1.50	1.10	1.50
9	2.30	1.90	1.60	1.80	1.70	1.60	1.60	1.60	1.40	1.60	1.80	1.70	1.60	1.50	1	1.50	1.90	1.50	1.20	1.40	1.80	1.30	1.40	1.60
10	1.80	1.80	2.40	2	1.80	1.90	1.90	1.80	1.10	2.30	1.70	1.60	1.60	1.70	1.20	1.70	1.90	1.90	1.80	1.80	2.30	2.00	1.30	1.80
11	2.30	2.60	2.20	2.80	2.50	2.10	2.70	1.90	1.30	1.90	1.80	1.80	1.30	1.50	1.90	1	2.10	2.00	2.00	2.20	2.50	2.10	2.20	2
12	2.90	2.80	3.10	2.80	2.20	2.20	2.30	2.10	1.80	1.60	2	2.30	1.60	1.70	1.70	1	1.90	2.50	2.10	3.10	2.10	2.90	1.90	2.20
年平均	2.60	2.60	2.60	2.50	2.30	2.20	2.50	2.10	1.80	1.90	2	1.90	1.80	1.80	1.80	1.50	1.90	2.20	2.20	2.30	2.30	2.20	2	2.10

1982 年至 2004 年各月大风（大于、等于八级）日数

年份／月份	1982	1983	1984	1985	1986	1987	1988	1989	1990	1991	1992	1993	1994	1995	1996	1997	1998	1999	2000	2001	2002	2003	2004	平均
1	1	1	0	0	1	0	2	0	0	0	1	0	0	0	0	0	1	1	2	1	4	1	1	0.70
2	0	3	2	1	0	0	3	0	0	2	0	1	1	0	0	0	1	0	1	0	1	1	5	1
3	2	1	3	2	1	3	4	2	0	0	1	0	0	0	0	0	0	0	4	6	6	2	4	1.70
4	4	6	1	1	3	0	7	0	3	2	2	2	2	0	0	0	0	0	5	3	7	2	0	2.10
5	6	0	0	0	1	0	3	2	1	0	0	0	0	0	0	0	0	0	0	1	0	1	1	0.70
6	3	3	0	0	0	1	1	2	2	1	1	2	0	0	0	0	0	1	2	2	3	1	0	1
7	0	3	3	0	1	0	1	0	0	0	0	0	0	0	0	1	0	1	0	1	1	0	0	0.70
8	0	0	3	0	0	0	0	1	1	2	0	1	1	0	0	0	2	1	0	0	0	0	0	0.70
9	1	0	1	0	0	0	0	1	1	0	0	0	0	0	0	0	0	1	0	0	0	0	0	0.30
10	0	0	0	0	0	1	0	0	0	3	0	0	0	0	0	0	0	2	0	0	1	4	0	0.50
11	1	5	0	1	1	0	2	0	1	0	0	1	0	0	0	0	0	1	0	0	0	1	0	0.60
12	3	1	1	0	0	0	0	0	4	0	0	0	0	0	0	1	1	0	1	3	0	4	0	0.80
年合计	21	23	13	6	9	5	23	8	13	11	6	8	3	0	0	1	5	8	15	18	24	17	11	0.90

第六节　气象预报

一、现代气象观测

地面气象观测为三次人工观测。

观测项目：云、能见度、天气现象、气压、空气的温度和湿度、风向和风速、降水、日照、蒸发、地面及浅层温度、雪深、冻土。

观测仪器：温度表（气温、地温）、风向风速计、温度计、湿度计、气压表、气压计、日照计、雨量器、量杯、雨量计、蒸发皿、冻土器、量雪尺等，云、能见度、天气现象为目测项目。

数据传输：利用2M光纤及时准确地将地面气象数据传输至省气象台。

各乡镇自2004年建设了自动雨量（温度）站，准确及时的一手雨情资料能够为各级领导和防汛抗旱指挥部门进行科学决策提供可靠的依据。

二、气象预报发布

县气象局负责行政区域内的气象监测、预报管理工作，及时提出气象灾害防御措施，通过警报机广播、电话"12121"、电视天气预报栏目、大厂气象小报等方式向社会发布气象情报、气象预报和灾害性天气警报。

三、机　构

县气象局始建于1964年1月，是省一般站，隶属廊坊市气象局与当地政府双重领导管理，2004年有编制7人。主要工作职能：气象基本业务、地方气象服务和气象执法，包括地面观测、科技服务、电视天气预报、避雷检测和人工影响天气等工作。

第二章　自然资源

第一节　水资源

一、地表水

县域地表水资源由自产地表水、入境客水及潮白河引水三部分组成。

自产地表水：主要来自降水，因超渗雨量产生天然径流形成自产地表水资源。自产全部水量，除部分存蓄在河渠、坑塘外，大部分排出县境。通过径流分析，年平均自产径流深83.58毫米，径流量1471.02万立方米。鲍邱河蓄水能力97万立方米，骨干渠蓄水能力205万立方米，支渠蓄水能力15万立方米，坑塘蓄水能力339万立方米，总蓄水能力656万立方米，年平均蓄水量260万立方米，仅占自产地表水量的17.70%。

入境客水：主要来自三河市及北京市顺义区。客水面积约177.70平方公里，其中，鲍邱河138.80平方公里，尹家沟28.10平方公里，一干渠10.80平方公里，1986年至2004年平均入境水量1599万立方米。客水集中在汛期入境，过境下泄，拦蓄利用量极低，故可利用量略之不计。

潮白河引水：大厂县水务局与北京市通州区水务局结成友好局，每年向通州区水利部门求援，通过谭台引水闸引水，解决沿总干、一、三分干2000公顷农田灌溉用水。1986年至2004年，年平均引水量1310万立方米，入渗蒸发量360万立方米，下游排泄量240万立方米，利用量710万立方米。

县内地表水总量为4380.02万立方米，自产地表水和入境客水集中分布在汛期，除少量入渗补给地下水外，大部分直接排泄出境，可利用率低。潮白河引水分布在非汛期，受通州区水利工程控制，引水量不稳定。

二、地下水

1. 地下水资源量及时空分布

县域地处燕山山前冲积扇的中下部，属洵河和潮白河冲积平原，第四系地层分布全县，其中含水沙层占成井深度30%以上，以中细沙为主。富水条件好，为全淡水区，水化学类型以重碳酸盐型为主，矿化度小于0.50g/l，水质符合工业、农业用水要求。以150米深度为界划分为浅层地下水和深层地下水，深层水底界暂定为300米。通过均衡法计算出浅层地下水平均年综合补给量为3282万立方米，综合排泄量为 3458 万立方米，均衡差为－176 万立方米，浅层地下水资源量为 2939 万立方米，可利用量为 2792 万立方米。深层地下水资源量为 1582 万立方米。限采量 560 万立方米。

地下水动态变化受降水和人工开采的控制。年初至 3 月中旬为相对稳定期，受侧向径流补给，水位稳中有升。3 月中旬至 6 月中旬为农业集中灌溉水位下降期，6 月初为年度最低水位。全县 17 眼观测井统测结果显示，1986 年至 1999 年水位埋深平均在 14.60 米。2000 年至 2004 年持续干旱，开采量增加，低水位平均埋深 20.60 米，最大埋深 27.20 米。6 月中旬以后，由于降水量增加，开采量锐减，浅层地下水大幅度回升，到 9 月中旬达到年度最高水位。2000 年以前平均高水位埋深为 5.90 米，2000 年至 2004 年平均高水位埋深为 11 米。

2. 水质及污染情况

水质：浅层地下水评价因子为 pH 值、总硬度、溶解性总固体、硫酸盐、氟化物、硝酸盐氮、亚硝酸盐氮、氨氮、氯化物、高锰酸钾指数、挥发酚、氰、砷、汞、六价铬、镉、铅、铁、锰等十几项。评价标准为《地下水质量标准》GB/T14848－93，评价方法为单项组分评价和综合组分评价。监测井点为夏垫、祁各庄、陈府三眼监测井。综合评价分值分别为 7.93、7.20、4.55，即夏垫、祁各庄为水质极差的 V 类水，不宜饮用，陈府为水质较差的 IV 类水。

深层地下水含氟量除部分地区超标外，其他指标符合饮用水标准。

污染情况：浅层地下水超标物质有铁、锰、氟、亚硝酸盐氮、氨氮、挥发酚。其中铁、锰、氟超标率在 97% 以上。铁、锰和氟系原生污染，其他 11 项污染物为次生污染，其污染源来自生活排污、工业排污、农药、化肥等。

第二节　土地资源

一、土地分类

1. 耕　地

1949 年，县域内用于种植的耕地 13 468 公顷。1956 年，全县耕地增加到 13 670 公顷，比中华人民共和国成立初期增加 1.50% 。此后，随着水利、交通、工业及城镇乡村建设等事业的发展，全县耕地逐年减少。至 2004 年，全县实有耕地 10 310 公顷，比 1949 年减少 3158 公顷，有效灌溉面积 10 310 公顷，占总耕地的 100% 。

2. 园　地

到 1986 年年底，全县有 18 个村保留着成片果园，总面积为 35.67 公顷。1990 年至 1994 年，县政府调整农业种植结构，发展果园 700 公顷。至 2004 年，全县园地面积减少至 273.70 公顷。

3. 林　地

1996 年，林地面积为 130.70 公顷，其中有林地 17.80 公顷，灌木林 1 公顷，疏林地 58.30 公顷，未成林造林地 12.50 公顷，苗圃 41.10 公顷。至 2004 年，林地面积达 1149.40 公顷。

4. 居民点及工矿用地

城镇用地：1995 年 9 月 1 日，大厂镇地籍调查统计，城区总面积 352.10 公顷，其中国有土地建设面积 138.50 公顷，占总面积的 42.60%，集体土地建设用地面积为 67.50 公顷，占总面积的 20.80%。集体土地建设用地中，个人使用宅基地的 1970 宗，面积为 58.40 公顷；商业、工业、村集体土地建设用地等面积为 2.50 公顷；用于镇集体占地 4.50 公顷；其余为道路绿化等用地。另据 1996 年土地利用现状变更调查统计，除县城外，还有夏垫镇，面积 375 公顷，祁各庄乡 43 公顷。至 2004 年，全县城镇用地 798 公顷。

农村居民点：除在两个镇区的 8 个行政村外，还有 97 个行政村，平均 1.75 平方公里一个村庄。县域内大部分村庄都是明清以后建立的。建村时，人口较少，有的 3 户至 5 户，有的 10 户至 50 户不等，占地面积相对较少。随着社会的发展，所有村庄都呈扩大的趋势。据统计，自 1949 年至 2004 年，全县村庄面积由 1059 公顷增加到 2539.80 公顷。

独立工矿用地：1996 年统计，全县各类企业达到 1876 个，占地 546 公顷，比 1955 年增加 400 倍。至 2004 年全县独立工矿用地为 892.90 公顷。

特殊用地：1989 年土地详查结果表明，全县有特殊用地 70.70 公顷，其中大厂镇 21.80 公顷，夏垫镇 25.80 公顷，祁各庄乡 8.80 公顷，陈府乡 4.80 公顷，邵府乡 5.50 公顷，王必屯乡 4 公顷，此后，随着全县各项事业的发展，特殊用地也在逐步增加。至 2004 年，全县特殊用地为 99.20 公顷（其中清真寺占地 3.90 公顷）。

到 2004 年，全县居民点及独立工矿用地共占地 4329.90 公顷。

5. 交通占地

铁路：1975 年，通坨铁路大厂段建成，占地 33.80 公顷。1981 年改建京（北京）秦（秦皇岛）电气化铁路，由单轨改双轨，占地增加到 42.30 公顷。至 2004 年，铁路占地无变化。

农村道路：2004 年，全县农村道路用地 280 公顷。

公路：2004 年，全县有乡级以上公路 9 条，总长 74.60 公里，总占地 143.70 公顷。

到 2004 年，共占地 466 公顷。

6. 水　域

据 1989 年 6 月大厂县土地利用现状调查表明，全县水域面积为 545 公顷；其中：河流水面 185 公顷，坑塘水面 360 公顷。至 2004 年，水域占地为 555.30 公顷，其中：河流水面 185.10 公顷，坑塘水面 370.20 公顷。

7. 未利用土地

据 1989 年土地详查结果表明，全县有未利用土地 477 公顷，占全县总面积的 2.80%。在未利用的土地中可开垦地 415 公顷，占 93%。到 2004 年，由于生产、生活的发展影响，使未利用土地增加到 515.70 公顷，其中：荒草地 59.30 公顷，沙地

4.80 公顷，田坎 3.60 公顷，其他 448 公顷，分别占未利用地的 11.50%、0.90%、0.70%、86.90%。在未利用土地中有 326 公顷荒地可进行开发复垦。

二、土壤类型

根据《大厂回族自治县土壤志（1985）》记载，全县土壤中以褐土为主，占全县总面积的 60%；其次是潮土，占 39.30%；再次为草甸地土、沼泽土和风沙土，占 0.70%。

表 2-2-1

土壤分类系统表

土类	亚类	土属 俗称	土属 学名	土种 俗称	土种 学名	面积（公顷）
褐土	潮土化褐土	面砂潮黄土	砂壤质洪积冲积物潮化褐土	砂潮黄土	砂壤质潮褐土	528.44
				砂底黏潮黄土	砂壤质底黏潮褐土	291.90
				砂底姜潮黄土	砂底姜潮褐土	12.41
				砂底黏体姜潮黄土	砂壤质底黏体姜潮褐土	18.45
		潮黄土	壤质洪积冲积物潮土化褐土	潮黄土	轻壤质潮褐土	4992.97
				底砂潮黄土	轻壤质底砂潮褐土	33.55
				底黏潮黄土	轻壤质底黏潮褐土	474.75
				体黏姜潮黄土	轻壤质底黏体姜潮褐土	9.39
				底姜潮黄土	轻壤质底姜潮褐土	192.92
				腰黏底姜潮黄土	轻壤质腰黏底姜潮褐土	26.84
				体黏姜潮黄土	轻壤质底黏体姜潮褐土	18.45
				黏姜潮黄土	中壤质潮褐土	3167.27
				底姜潮黄土	中壤质底姜潮褐土	10.23
				黏底姜潮黄土	中壤质底黏姜潮褐土	238.22
	褐土性土	砂丘土	砂壤质褐土性土	黄砂丘土	砂壤质褐土性土	35.22
潮土		潮砂土	砂质冲积物潮土	潮砂土	砂质潮土	23.53
		砂两合土	砂壤质冲积物潮土	砂两合土	砂壤质潮土	107.36
				砂底黏底姜两合土	砂壤质底黏地姜潮土	18.45
		两合土	冲积物壤质潮土	两合土	轻壤质潮土	2917.31
				腰砂两合土	轻壤质底腰砂潮土	58.72
				底砂两合土	轻壤质底砂潮土	95.62
				底黏两合土	轻壤质底黏潮土	82.20

续上表

土类	亚类	土 属		土 种		面积（公顷）
		俗称	学名	俗称	学名	
潮土	潮土		黏质冲积物潮土	黑土漏风土	中壤质潮土	1690.99
				腰砂黑土漏风土	中壤质腰砂潮土	12.41
				底姜黑土漏风土	中壤质底姜潮土	748.20
		胶泥土		胶泥土	黏质潮土	30.20
	盐化潮土		盐质冲积物硫酸盐—氯化物盐化潮土	轻姜轻盐碱土	轻壤质轻盐化潮土	291.89
				底姜轻盐碱土	轻壤质底姜轻盐化潮土	36.91
				底黏底姜轻盐碱土	轻壤质底黏底姜轻盐化潮土	35.23
		盐两合土		体姜中盐碱土	轻壤质体姜轻盐化潮土	26.84
				中盐碱土	轻壤质中度盐化潮土	43.62
				底砂中盐碱土	轻壤质底砂中度盐化潮土	23.49
				腰砂底姜中盐碱土	中壤质腰砂底姜中盐化潮土	11.07
				底姜轻盐碱土	中壤质底姜轻盐化潮土	45.29
	沼泽化潮土	黑黏土	黏质沉积物沼泽化潮土	黑黏土	黏质轻度沼泽化潮土	25.16
草甸土	草甸土	荒砂土	砂壤冲积物草甸土	荒砂土	砂壤质草甸土	52
	沼泽化草甸土	湿荒砂土	砂质冲积物沼泽化草甸土	湿荒砂土	砂质强度沼泽化草甸土	48.65
			砂质冲积物沼泽化草甸土	湿荒砂土	砂质轻度沼泽化草甸土	21.81
沼泽土	沼泽土	苇茬土	砂质冲积物沼泽化草甸土	苇茬土	砂质沼泽土	8.56
风砂土	风砂土	砂丘土	风积物风砂土	砂丘土	风砂土	14.26

三、土壤养分

1996 年 4 月，农林局按照土种和千亩耕地一个土样的标准，取耕层土样 176 个，经室内化验，对全县土样耕层的肥力状况分析：目前土壤耕层有机质含量大多在 1.20% ~ 1.70% 之间，从化验的 176 个土样看，有机质含量在 1% 以下的有 2 个，在 1% ~ 1.30% 的有 43 个，1.30% ~ 1.50% 的有 69 个，1.50% 以上的有 62 个，全县加权平均值为 1.44%，比 1980 年土壤普查时增加 0.26%；全县的土壤耕层全氮含量多在 0.08% ~ 0.12% 之间，加权平均值为 10.46/10000；全县耕层碱解氮多在 60 毫克/公斤 ~ 100 毫克/公斤，加权平均值为 80.14 毫克/公斤；由于土壤碳酸钙含量较丰富，pH 值在 8 ~ 8.50，呈微碱性反应，并且耕层土壤全年含水量较低，土壤中的磷素易被固定，而释放较难，由于近年来比较注意磷素化肥的施用，耕层速效磷含量增加较快，这次取土化验速效磷的加权平均值为 26.69 毫克/公斤，比 1980 年土壤普查时增加 21.49 毫克/公斤；土壤耕层速效钾多在 60 毫克/公斤 ~ 100 毫克/公斤之间，加权平均值为 93.96 毫克/公斤，在当前生产条件下，施用钾肥仍有较显著的增产作用。

主要土壤耕层（20 cm）微量元素含量表

表 2－2－2

微量元素 / 土壤名称	铁 （毫克/公斤）	铜 （毫克/公斤）	锰 （毫克/公斤）	锌 （毫克/公斤）
面砂潮黄土	6	0.99	3.40	0.30
潮黄土	4.30 ~ 6.50	1.12 ~ 2.23	2.60 ~ 3.90	0.22 ~ 1.16
两合土	5.20 ~ 9.40	0.91 ~ 1.18	4 ~ 4.50	0.34 ~ 0.38
胶泥土	1.11	1.44	3.10	0.34
盐两合土	6.20 ~ 9.90	0.97 ~ 1.11	4.30 ~ 4.50	0.27 ~ 0.38

四、土壤分布

北部潮褐土区：包括夏垫镇祁屯、马坊以北和鲍丘河以东大厂镇金庄、侯驸马两个村，土壤主要为壤质潮褐土，其中中壤所占比例较大。地势较高，地下水位较深，易旱不易涝，土壤保肥性能较好，有机质易释放而不易积累，有机质含量多在 1.20% ~ 1.60%，全氮为 0.07% ~ 0.12%，速效磷为 13 毫克/公斤 ~ 22 毫克/公斤，速效钾为 75 毫克/公斤 ~ 93 毫克/公斤。

东南低洼潮土区：包括祁各庄乡冯兰庄东部，大厂镇王必屯、梁庄、袁庄村、东西彭府村和陈府乡中、南部。另有邵府乡大仁庄和祁各庄乡亮甲台以及祁各庄北部。

其特点为：地势低洼易涝，排水困难，渠灌条件较好，尤其陈府乡南部地多人少，土壤盐化，耕作粗放，有机质含量为 1.32% ~ 1.84%，全氮含量为 0.09% ~ 0.14%，速效磷为 15 毫克/公斤 ~ 26 毫克/公斤。

沿河潮土区：分布在祁各庄乡窄坡、小东关、陈家府一线西南，因潮白河泛滥沉积所成潮土，质底为轻壤至中壤，也有一小部分重壤。地下水位较高，有河水补给，故地下水充足，且渠灌发达，土壤潜在肥力高，土壤保肥供肥力强，旱涝保收。有机质含量 1.30% ~ 1.80%，全氮 0.11% ~ 0.16%，速效磷 17 毫克/公斤 ~ 29 毫克/公斤。

西南砂土区：位于祁各庄乡西北至中部，是潮白河古河道形成的缓岗，土壤为砂壤质潮褐土，土质偏砂，漏水漏肥，通气性好，气性微生物活动旺盛，土温高，地下水位低，有机质很易分解而难于积累，土壤肥力低，冬春风沙大，对农作物不利，但井灌、渠灌条件好，土壤有机质含量 0.90% ~ 1.30%，全氮 0.06% ~ 0.11%，速效磷 12 毫克/公斤 ~ 20 毫克/公斤，速效钾 69 毫克/公斤 ~ 86 毫克/公斤。

中部潮褐土区：以上四区域外，夏垫镇南部、邵府乡、大厂镇大部分地区、祁各庄乡的冯兰庄、陈府乡北部均属此区。土壤以壤质潮褐土为主，也有小部分壤质潮土，质地砂黏适中，地下水 2 米 ~ 3 米，灌溉条件较好，土壤肥力中等，其中也有经多年培肥而肥力增高的土壤，如大厂镇小务、小厂、河西营等村的耕地。此区有机质含量在 1.35% ~ 1.90%，全氮 0.08% ~ 0.14%，速效磷 14 毫克/公斤 ~ 24 毫克/公斤，速效钾 76 毫克/公斤 ~ 94 毫克/公斤。

第三节　野生动物

1986 年后，增加的野生动物：美国白蛾、杨扇舟蛾、春尺蠖、天幕毛虫、舞毒蛾、潜叶蝇、美洲斑潜蝇、金针虫、小麦吸浆虫、杨白潜叶蛾、杨白透翅蛾。

第四节　地热资源

大厂县地热田包括大厂县域的全部，三河、香河的局部，分布面积大于 250 平方公里。地热田位于三级大地构造单元大厂凹陷内，西界为夏垫断裂，东界为香河断裂；凹陷内发育有第四系至下第三系地层，厚 800 米至 2500 米；之下为中上元古界至下古生界碳酸盐岩储热含水层。石油地质勘探资料证明，大厂县地下热水资源丰富，具有开发前景。

一、地热地质条件

1. 地　层

本区地层自上而下为：

第四系。冲积亚黏土夹粗砂层，含砾砂层，厚 258 米至 550 米，分布广泛。

上第三系明化镇组上段。灰黄色、杂色泥岩、红色泥岩夹白色含砾砂岩，厚 0 米至 871 米，分布在县域北部和东部。

上第三系明化镇组下段。浅棕色、棕黄色泥岩夹灰白色、黄色中粗砂岩、含砾砂岩，厚 0 米至 801 米，分布在县域南部。

下第三系沙河街组。暗灰色泥岩夹砾岩、油页岩及褐煤，厚 0 米至 1500 米，分布在县内的大厂凹陷区。

侏罗白垩系。深灰色、紫红色、灰绿岩泥岩、砂砾岩、凝灰岩、火山岩夹油页及薄煤层，厚 0 米至 1500 米，分布在县域南部的凹陷中。

寒武奥陶系。灰色石灰岩、白云质灰岩、泥质灰岩、紫红色页岩，厚度大于 1000 米，分布在县域北部的局部地区。

中上元古界。灰白色含燧石条带白云岩夹泥质白云岩及页岩，厚度大于 3000 米，分布在县域醋凸起区及县域北部的凹陷中。

2. 地质构造与岩浆活动

地质构造区位于华北断陷与燕山台褶带两个 II 级大地构造单元的交接地带。区域内可划分为三个 III 级大地单元。

宝坻凸起区：位于县域以东，以西马家窝至钳屯的北东向香河断裂与大兴凸起为界，凸起区基岩埋深 320 米至 650 米新生界地层之下，以中元古界碳酸盐地层为主，古地形与地质构造复杂。

大厂凹陷区：东部以香河断裂与宝坻凸起区为界，西部以夏垫断裂与大兴凸起为界，包括县域的大部。新生界地层厚 1000 米至 2600 米，其中第四系厚 400 米至 550 米，上第三系厚 380 米至 800 米，下第三系厚 530 米至 1100 米。下复基岩在大厂县城以北为中上元古界和下古生界碳酸盐岩地层，以南为中生界地层。

大兴凸起区：位于北东向的夏垫断裂带以西的北坞村至谭台村一带。基岩深埋 390 米至 600 米，以中上元古界地层为主，亦有少量下古生界地层。上覆第四系冲洪积地层。夏垫断裂带走向北东，北起潘各庄，南至八百户村，断裂带宽度 400 米至 600 米，为一条性质复杂的活动断裂，多次发生强烈地震，现在仍以构造差异每年 4 毫米的运动速度在活动，西侧上升，东侧下降。

3. 岩浆活动与火山岩

本县岩浆活动为两期：一为燕山期中基性辉绿岩的侵入，见于岗子屯石油地质勘探钻孔和三河煤矿；二为喜山期安山玄武岩喷发，见于香河断裂以东的宝坻凸起区。

二、地热地质特征

根据《河北省地下热水开采利用水文地质远景区划报告》，本县属中低温地下热水区，成因类型为传导型。储热构造，可分为三种：

1. 孔隙裂型储热层

由第三系泥岩所夹砂岩、砂砾岩地层构成，分布在构造凹陷区，水温 38℃ 至 55℃。

2. 岩溶裂隙型储热层

由上中元古界与寒武奥陶系碳酸盐岩地层构成，主要分布在构造凹陷区新生界地层之下，水温60℃至72℃。

3. 构造断裂地热异常带

沿夏垫活动构造断裂带，在北坞村南夏5号地震地质勘探钻孔，孔深559.60米至612.33米，有43℃地热异常；岗子屯村东北厂2号石油土质勘探钻孔，孔深840米至880米发现有48℃地热异常；大棋盘村南井深80米供水发现有短暂的温梯度2.83℃/100米。1996年7月1日成井时的静水位3米，水位降深32.67米时的涌水量为65.21立方米/小时，单位涌水量1.96立方米/小时。水化学类型为生碳酸钠型，矿化度667毫克/升，pH值7.64，矿化物含量9.60毫克/升。

三、地下热水资源的远景评价

大厂地热田具有开发远景的地下热水资源有：

1. 元古界碳酸盐岩岩溶裂隙储热含水层

分布在县城至夏垫的大厂凹陷区，埋深1000米至2500米，水温60℃至70℃，单井涌水量500立方米/时至1200立方米/时，分布面积100平方公里左右。夏垫1井已开发利用。

2. 第三系孔隙裂隙型储热含水层

分布在全县除北坞至谭台局部地段的整个县域内，面积达140平方公里左右。据夏垫1井钻探资料，在1800米至1853米的下第三系底部杂色砂砾岩中漏水有进无出，水温达46.5℃至51.9℃。

3. 夏垫构造断裂隙型储热构造含水层

分布在北起潘各庄、二里半村，经岗子屯至八百户一带。埋深599米至1600米，已在地质勘探钻孔和供水井中发现43℃至48℃热水，且储热含水层埋藏浅。

第三章　自然灾害

第一节　气象灾害

一、冰　雹

1986年后，冰雹成灾两次。1987年5月下旬出现较大雷阵雨伴有5级～6级大风，造成小麦倒伏、减产，7月初部分乡镇降冰雹，约200公顷农作物受灾。1990年

6 月 29 日夜间，县域出现了冰雹天气，其中以祁各庄乡、邵府乡较为严重，冰雹最大直径为 5 厘米，全县共有 44 个村庄有不同程度的损失。农业受灾面积 3934.53 公顷，其中玉米受灾 3185.07 公顷，绝收 1108.40 公顷；棉花和其他作物受灾 532.27 公顷，绝收 302.33 公顷；瓜果、菜类受灾 217.20 公顷，绝收 140.67 公顷。房屋也有不同程度的损失，折合经济损失 101.90 万元。总共折合经济损失 1122.20 万元。

二、干　旱

1986 年以后，多数年份降水偏少，干旱几率未减，但由于多年的农田基本建设投入，使用机井和从北京市引进中水灌溉，使旱情得到缓解，未形成灾害。

三、沥　涝

初秋涝，约 7 年一遇，平均几率为 13.60%。涝年，几率 45.50%（包括偏涝年），2 年一遇。1994 年 7 月 12 日凌晨 6 时至 13 日凌晨 6 时，受 6 号台风的影响，24 小时全县普降暴雨。此次降雨来势凶猛，覆盖面大，雨量集中，全县平均降雨 357 毫米。降雨量最大的夏垫镇为 412.90 毫米，最小的陈府乡达 303 毫米，是有资料记载的最高记录。加之承接顺义、三河西部上游客水，鲍邱河形成 1000 立方米/秒的洪峰，超过最大泄洪能力的 11.50 倍（鲍邱河最大泄洪能力为 80 立方米/秒），鲍邱河普遍漫溢。全县工农业生产和人民生命财产遭受巨大损失。截止到 16 日晚，全县死亡 4 人，受灾户达 25 000 户，占总数的 82.80%，受灾人口为 97 000 人，占总人口 90.70%。其中重灾乡镇 4 个，重灾村 18 个，重灾户 5200 户，重灾人口 21 000 人。受灾农作物 10.27 万公顷，占总耕地面积的 87.50%，减产 50% 以上的 2000 公顷，绝收 2000 公顷，大棚菜 8.33 公顷被冲毁，损失 4900 万元。20 公顷鱼塘漫溢或冲毁，损失鱼 45 万公斤。砸死和冲走牛、羊、猪 210 头（只），家禽 5 万余只，畜牧水产损失达 470 万元。有 300 户正房倒塌计 1300 余间，倒塌侧房 1500 余间，因进水地基下沉断裂造成危房 8000 余间，近万人畜转移。3000 余户财产受到严重损失，其中小麦、玉米等粮食被水淹 750 万公斤，被冲走数万公斤。19 座砖窑全部进水，8 座倒塌，损失砖坯 6000 万块，50 家工厂进水，部分原材料，机器设备被冲走或淹没，部分房屋倒塌，直接损失 700 多万元。冲毁电话线杆 70 根，185 个配电室进水，3 个被冲走，12 台变压器被淹，造成 20 个村断电。92 所中小学不同程度受灾，造成校舍严重漏雨 1396 间，危房 264 间，倒塌围墙 669 米，总计损失 290.48 万元。水利工程在此次暴雨洪水中毁坏严重，共冲毁闸桥 10 座，冲毁跌水 16 座。夏垫闸所变压器及配电、土建工程被冲毁，冲毁淤死机井 456 眼，防汛通讯线路全部中断，断线 30 公里，倒杆 86 棵，累计造成经济损失 877 万元。据统计，此次灾害造成全县直接、间接经济损失 1.20 亿元。

洪涝灾害发生后，县委、县政府连夜召开紧急会议，主要领导带队冒雨奔赴防洪抢险第一线，查看灾情，同时，立即向全县人民发出了全力以赴抗洪抢险的紧急动员令，各乡镇、各单位组织党员、干部和广大人民群众迅速投入到抗洪抢险、恢复生产、安置灾民的战斗中去。防汛抗旱指挥部明确了"三保"的救灾指导思想：一是确保灾民的生命安全，保障灾民的基本生活；二是重点保通讯设备、变电站，自来水，液化气站，粮油站、桥、闸、涵、公路干线、银行、排水设施等重点部门；三是保重点企事业单位。

水利部门千方百计发挥现有水利工程设施效益，努力把洪涝灾害损失减小到最低限度。一是吴辛庄排水站连续 3 天 2 夜开车排水，共开车 30 余小时，排除积水 200 余万立方米，使吴辛庄洼积水迅速排除；二是组建以工程技术人员为主的 20 人抢险队，昼夜抢修水毁工程；三是认真总结这次暴雨成灾的经验教训，牢固树立防大汛、抗大洪的指导思想，制定、完善全县水利的长远规划，增强抗御洪涝灾害的能力。

匡正 上述暴雨灾害在 1995 年出版的《大厂回族自治县志》中误记在 1993 年内。2003 年 5 月 28 日，出现暴雨、大风天气，对全县的小麦造成严重灾害。

四、雪

2003 年 11 月 6 日夜间，全县普降大雪，平均厚度 30 厘米，降水量达 26.90 毫米。全县 5 个乡镇中降雪量最大的是夏垫镇，雪厚达 40 厘米。全县 866.67 公顷项目造林被大雪压弯的树木 466.67 公顷，全县压折 400 公顷树木，直接经济损失 120 万元，造林保存率降低 40%。

第二节　生物灾害

据大厂县植保公司档案记载，从 1986 年至 2004 年危害全县农作物生产病虫草害主要有玉米大小斑病、麦蚜、棉苗蚜、棉铃虫、玉米螟、麦田杂草、玉米田杂草等。

玉米大小斑病：大发生年为 1996 年，发生面积 6000 公顷，造成玉米减产 2250 吨。

小麦蚜虫：大发生年为 1986 年至 1987 年、1991 年至 1993 年、1995 年至 1999 年、2001 年至 2004 年，累计发生面积 7.44 万公顷，累计防治面积 7.97 万公顷，挽回粮食损失 41 448.50 吨，实际损失 8682 吨。

小麦吸浆虫：2004 年有轻度发生，个别地块有中度发生。发生面积 2000 公顷，防治面积 600 公顷，挽回粮食损失 50 吨，直接经济损失 60 吨。

棉铃虫二代：大发生年为 1994 年至 1995 年、2001 年，累计发生面积 800 公顷，累计防治面积 2700 公顷，挽回粮食损失 60 吨，实际损失 67.50 吨。

棉铃虫三代：大发生年为 1995 年、2001 年，累计发生面积 400 公顷，累计防治面积 1500 公顷，挽回粮食损失 29 吨，实际损失 52 吨。

玉米螟一代：大发生年为 1999 年至 2000 年，累计发生面积 1500 公顷，累计防治面积 600 公顷，挽回粮食损失 475 吨，实际损失 365 吨。

玉米螟二代：大发生年为 1999 年，发生面积 6300 公顷，防治面积 1300 公顷，挽回粮食损失 300 吨，实际损失 1125 吨。

麦田杂草：大发生年为 1996 年、1998 年、2001 年、2002 年，累计发生面积 26 000公顷，累计防治面积25 400 公顷，挽回粮食损失 16 250 吨，实际损失 1700 吨。

玉米田杂草：大发生年为 1996 年、1998 年、2002 年、2004 年，累计发生面积 28 000 公顷，累计防治面积 27 400 公顷，挽回粮食损失 11 125 吨，实际损失 1300 吨。

大豆田杂草：大发生年为 2002 年，发生面积 30 公顷，防治面积 30 公顷。

附：地　震

1987 年 5 月 22 日，祁各庄发生 4 级地震。地震时听到犹如火车开来的隆隆声，室内悬挂日光灯管来回摆动，在楼上的人感到微微晃动。

第三编　居　民

县域内商周时代已有人居。大量移民迁入是在明清时期。1949 年，境域内总人口 52 968 人，1955 年，全县总人口 59 557 人，其中农业人口 58 328 人，非农业人口 1229 人；非农业人口占总人口的 2.11%；回族人口 11 554 人，占总人口的 19.81%。建县后，部分干部、工人、教师及大中专毕业生响应党的支援少数民族地方经济社会发展的号召纷纷来大厂工作、定居，为大厂发展作出了重要贡献。改革开放后，因县域经济发展较快，又毗邻北京，吸引大量外地人口迁入。至 1985 年为 92 012 人，其中非农人口 8822 人，占总人口的 9.59%；回族人口 19 432 人，占总人口的 21.12%。农村劳动力人口 39 006 人，全部职工人口 8563 人。

1986 年后，由于继续贯彻计划生育政策，全县基本上达到低生育水平，人口质量得到提高。随着产业结构的调整，农村中从事第二、三产业的人数呈增加趋势，城镇中从事第三产业的人数增长更快。全县非农业人口数量呈上升趋势。2004 年，全县人口为 111 686 人。其中非农人口 23 640 人，占总人口的 21.17%；回族人口 26 863 人，占总人口的 24.05%；农村劳动力人口 42 560 人，城镇在岗从业人员 8314 人。

第一章　人口变动

中华人民共和国成立后，县内人口状况发生很大变化。20 世纪 70 年代实行计划生育以后，人口繁衍从无控制转为有计划，从高速增长转为较平稳增长。随着改革开放的深入，农民进城经商、招引人才、农转非等，使人口流动数量加大，人口变动频繁。

第一节　自然变动

一、出　生

1986 年，全县出生人口 2066 人，出生率为 21.99‰，1987 年出生人口达到 1978 年以后的最高峰，为 2117 人。此后出生人口大体呈下降趋势，至 2004 年，全县出生人口 844 人，人口出生率为 7.56‰。

二、死　亡

1986 年，全县死亡 544 人，死亡率为 5.80‰。至 2004 年 19 年间死亡最多的年份为 2000 年，死亡人口 822 人，死亡率 7.40‰。死亡最少的年份为 2001 年，死亡人口 295 人，死亡率 2.60‰。

三、自然增长率

由于长期实行计划生育政策，19 年间全县一直保持较低生育水平，人口自然增长率除 1986 年至 1989 年 4 年外，其余均在 7.50‰以下。

1986 年至 2004 年人口自然增长表

表 3－1－1　　　　　　　　　　　　　　　　　　　　　　　　单位：人、‰

项目 年份	总人口	出生人口	死亡人口	自然增长率
1986	93 948	2066	544	16.30
1987	96 244	2117	519	16.80
1988	98 814	1949	629	13.30
1989	102 439	1907	608	12.90
1990	104 544	1455	681	7.50
1991	105 434	1385	628	7.20
1992	106 210	1303	684	5.90
1993	107 104	1110	691	3.90
1994	108 004	1024	666	3.30
1995	108 673	928	627	2.90
1996	108 829	830	737	0.80
1997	109 271	889	623	2.50
1998	110 358	828	637	1.70
1999	111 112	884	782	0.90
2000	110 927	1159	822	3
2001	111 336	845	295	5
2002	111 738	1071	574	4.50
2003	112 046	868	482	3.50
2004	111 686	844	540	2.70

第二节　社会变动

1986 年，迁入人口 180 人，迁出人口 250 人。多数年份迁出比迁入多，尤其在 1999 年以后。2004 年，迁入人口 1129 人，迁出人口 1320 人。由于受升学、毕业分配的影响，往来户口迁移的主要群体是大、中专学生。

1986 年至 2004 年户口迁移情况表

表 3－1－2　　　　　　　　　　　　　　　　　　　　单位：人

年份	迁入			迁出		
	合计	男	女	合计	男	女
1986	180	100	80	250	120	130
1987	170	80	90	210	100	110
1988	190	120	70	150	90	60
1989	140	60	80	200	70	130
1990	240	180	60	350	200	150
1991	230	170	60	280	90	190
1992	250	180	70	230	80	150
1993	270	190	80	240	60	180
1994	270	180	90	210	60	150
1995	290	200	90	262	82	180
1996	300	220	80	180	50	130
1997	420	300	120	220	70	150
1998	760	400	360	770	400	370
1999	900	500	400	1100	500	600
2000	1176	576	600	1258	500	758
2001	939	439	500	1076	500	576
2002	995	495	500	1189	600	589
2003	894	494	400	963	500	463
2004	1129	429	700	1320	520	800

第三节　人口流动

以流入人口为主，从职业构成来看，主要集中在劳动密集型行业，如建筑业等，且人员文化程度偏低；从增长速度来看，总体呈增长趋势；从地区构成来看，多为内蒙古、黑龙江、贵州、河南等地区迁来；从人员去留意向来看，多有长期生活、工作意向。

1986 年至 2004 年暂住人口数字表

表 3 - 1 - 3

单位：人

年份	暂住人口数字	年份	暂住人口数字
1986	900	1996	2100
1987	1000	1997	2300
1988	1100	1998	2750
1989	1400	1999	2800
1990	1700	2000	2350
1991	1800	2001	2400
1992	1900	2002	2600
1993	2000	2003	2500
1994	2100	2004	2750
1995	2200		

第二章　人口构成

第一节　性别构成

1982 年以前女性人口一直多于男性人口，从 1983 年起男性人口多于女性人口。性别比为 100.90（女 = 100，下同）。1985 年性别比为 100.60。1986 年至 2004 年，除有两年女性多于男性（2000 年性别比为 99.40，2003 年性别比为 98.90）外，其余年份男性均多于女性。

性别比例表

表 3 - 2 - 1

单位：人

年份 \ 指标	男	女	性别比 （女 = 100）
1986	47 006	46 942	100.10

续上表

指标 年份	男	女	性别比 （女＝100）
1987	48 647	47 597	102.20
1988	49 990	48 824	102.40
1989	51 613	50 826	101.50
1990	52 458	52 086	100.70
1991	52 996	52 438	101.10
1992	53 537	52 673	101.60
1993	54 047	53 057	101.90
1994	54 700	53 304	102.60
1995	54 992	53 681	102.40
1996	55 122	53 707	102.60
1997	55 352	53 919	102.70
1998	55 979	54 379	102.90
1999	56 158	54 954	102.20
2000	55 305	55 622	99.40
2001	56 015	55 321	101.30
2002	55 905	55 833	100.10
2003	55 714	56 332	98.90
2004	56 171	55 515	101.20

第二节　年龄构成

第五次人口普查（2000 年 7 月 1 日）0 岁~14 岁人口 26 218 人，占总人口的 23.27%，比第四次人口普查（1990 年 7 月 1 日）时低 4.95 个百分点。15 岁~64 岁人口 77 351 人，占总人口的 68.66%，高于第四次人口普查时 4.18%。65 岁以上人口 9089 人，占总人口的 8.06%，高于第四次人口普查时 0.80%。

第五次人口普查（2000 年 7 月 1 日）年龄构成表

表 3-2-2　　　　　　　　　　　　　　　　　　　　　　　　　　　　单位：人、%

年龄别	人口数			占总人口数的百分比		
	合计	男	女	小计	男	女
总计	112 658	56 839	55 819	100	50.45	49.55

年龄别	人口数			占总人口数的百分比		
	合计	男	女	小计	男	女
0 岁~4 岁	5288	2833	2455	4.69	2.51	2.18
0 岁	1130	589	541	1	0.52	0.48
1 岁	1029	546	483	0.91	0.48	0.43
2 岁	996	565	431	0.88	0.50	0.38
3 岁	1056	541	515	0.94	0.48	0.46
4 岁	1077	592	485	0.96	0.53	0.43
5 岁~9 岁	6630	3468	3162	5.89	3.08	2.81
5 岁	1211	649	562	1.07	0.58	0.50
6 岁	1200	623	577	1.07	0.55	0.51
7 岁	1205	633	572	1.07	0.56	0.51
8 岁	1407	718	689	1.25	0.64	0.61
9 岁	1607	845	762	1.43	0.75	0.68
10 岁~14 岁	14 300	7257	7043	12.69	6.44	6.25
10 岁	2056	1048	1008	1.82	0.93	0.89
11 岁	2698	1373	1325	2.39	1.22	1.18
12 岁	3120	1562	1558	2.77	1.39	1.38
13 岁	3591	1842	1749	3.19	1.64	1.55
14 岁	2835	1432	1403	2.52	1.27	1.25
15 岁~19 岁	9053	4653	4400	8.04	4.13	3.91
15 岁	2099	1089	1010	1.86	0.97	0.90
16 岁	1760	885	875	1.56	0.79	0.78
17 岁	1729	863	866	1.53	0.77	0.77
18 岁	1953	978	975	1.73	0.87	0.87
19 岁	1512	838	674	1.34	0.74	0.60
20 岁~24 岁	6868	3585	3283	6.10	3.18	2.91
20 岁	1356	709	647	1.20	0.63	0.57
21 岁	1398	735	663	1.24	0.65	0.59
22 岁	1410	733	677	1.25	0.65	0.60
23 岁	1285	685	600	1.14	0.61	0.53
24 岁	1419	723	696	1.26	0.64	0.62
25 岁~29 岁	7887	3986	3901	7	3.54	3.46
25 岁	1339	683	656	1.19	0.61	0.58

续上表

年龄别	人口数			占总人口数的百分比		
	合计	男	女	小计	男	女
26 岁	1395	714	681	1.24	0.63	0.60
27 岁	1549	744	805	1.37	0.66	0.71
28 岁	1740	867	873	1.54	0.77	0.77
29 岁	1864	978	886	1.65	0.87	0.79
30 岁~34 岁	10 326	5210	5116	9.17	4.62	4.54
30 岁	2183	1098	1085	1.94	0.97	0.96
31 岁	1927	1001	926	1.71	0.89	0.82
32 岁	2104	1069	1035	1.87	0.95	0.92
33 岁	1820	894	926	1.62	0.79	0.82
34 岁	2292	1148	1144	2.03	1.02	1.02
35 岁~39 岁	10 850	5207	5643	9.63	4.62	5.01
35 岁	2387	1183	1204	2.12	1.05	1.07
36 岁	2571	1262	1309	2.28	1.12	1.16
37 岁	2933	1423	1510	2.60	1.26	1.34
38 岁	1942	901	1041	1.72	0.80	0.92
39 岁	1017	438	579	0.90	0.39	0.51
40 岁~44 岁	8032	3938	4094	7.13	3.50	3.63
40 岁	1311	593	718	1.16	0.53	0.64
41 岁	1271	623	648	1.13	0.55	0.58
42 岁	1847	899	948	1.64	0.80	0.84
43 岁	1778	868	910	1.58	0.77	0.81
44 岁	1825	955	870	1.62	0.85	0.77
45 岁~49 岁	9365	4766	4599	8.31	4.23	4.08
45 岁	1893	995	898	1.68	0.88	0.80
46 岁	2079	1052	1027	1.85	0.93	0.91
47 岁	1748	876	872	1.55	0.78	0.77
48 岁	2059	1044	1015	1.83	0.93	0.90
49 岁	1586	799	787	1.41	0.71	0.70
50 岁~54 岁	6658	3478	3180	5.91	3.09	2.82
50 岁	1628	830	798	1.45	0.74	0.71
51 岁	1640	874	766	1.46	0.78	0.68
52 岁	1109	549	560	0.98	0.49	0.50

年龄别	人口数			占总人口数的百分比		
	合计	男	女	小计	男	女
53 岁	1129	603	526	1	0.54	0.47
54 岁	1152	622	530	1.02	0.55	0.47
55 岁～59 岁	4301	2373	1928	3.82	2.11	1.71
55 岁	960	527	433	0.85	0.47	0.38
56 岁	901	506	395	0.80	0.45	0.35
57 岁	806	443	363	0.72	0.39	0.32
58 岁	801	443	358	0.71	0.39	0.32
59 岁	833	454	379	0.74	0.40	0.34
60 岁～64 岁	4011	2142	1869	3.56	1.90	1.66
60 岁	815	450	365	0.72	0.40	0.32
61 岁	683	382	301	0.61	0.34	0.27
62 岁	813	435	378	0.72	0.39	0.34
63 岁	826	441	385	0.73	0.39	0.34
64 岁	874	434	440	0.78	0.39	0.39
65 岁～69 岁	3433	1639	1794	3.05	1.45	1.59
65 岁	807	371	436	0.72	0.33	0.39
66 岁	721	346	375	0.64	0.31	0.33
67 岁	727	362	365	0.65	0.32	0.32
68 岁	638	316	322	0.57	0.28	0.29
69 岁	540	244	296	0.48	0.22	0.26
70 岁～74 岁	2589	1108	1481	2.30	0.98	1.31
70 岁	684	296	388	0.61	0.26	0.34
71 岁	492	209	283	0.44	0.19	0.25
72 岁	593	258	335	0.53	0.23	0.30
73 岁	435	188	247	0.39	0.17	0.22
74 岁	385	157	228	0.34	0.14	0.20
75 岁～79 岁	1682	710	972	1.49	0.63	0.86
75 岁	396	166	230	0.35	0.15	0.20
76 岁	333	144	189	0.30	0.13	0.17
77 岁	321	140	181	0.28	0.12	0.16
78 岁	344	141	203	0.31	0.13	0.18
79 岁	288	119	169	0.26	0.11	0.15

续上表

年龄别	人口数			占总人口数的百分比		
	合计	男	女	小计	男	女
80 岁～84 岁	897	331	566	0.80	0.29	0.50
80 岁	239	92	147	0.21	0.08	0.13
81 岁	195	68	127	0.17	0.06	0.11
82 岁	171	68	103	0.15	0.06	0.09
83 岁	169	67	102	0.15	0.06	0.09
84 岁	123	36	87	0.11	0.03	0.08
85 岁～89 岁	365	127	238	0.32	0.11	0.21
85 岁	80	33	47	0.07	0.03	0.04
86 岁	93	31	62	0.08	0.03	0.06
87 岁	95	25	70	0.08	0.02	0.06
88 岁	65	30	35	0.06	0.03	0.03
89 岁	32	8	24	0.03	0.01	0.02
90 岁～94 岁	102	23	79	0.09	0.02	0.07
90 岁	42	13	29	0.04	0.01	0.03
91 岁	25	4	21	0.02		0.02
92 岁	8		8	0.01		0.01
93 岁	16	5	11	0.01		0.01
94 岁	11	1	10	0.01		0.01
95 岁～99 岁	19	3	16	0.02		0.01
95 岁	7		7	0.01		0.01
96 岁	6	1	5	0.01		
97 岁	5	2	3			
98 岁						
99 岁	1		1			
100 岁及以上	2	2				

第三节　农业、非农业人口构成

　　1986 年，全县总人口 93 948 人，其中非农业人口 9507 人，农业人口 84 441 人，非农业人口占总人口的 10.12%。随着机关和企事业单位的农民合同工转为正式工和国家不断分配的大中专毕业生等增多，非农业人口比例逐渐上升，但上升速度一直比较缓慢，到 1992 年，非农业人口上升到 13 362 人，占总人口的 12.58%。在计划经济时期，非农业人口就业、粮油供应等占有优势，因此很多人都想尽办法把农业户口转为非农业户口。1993 年，由于有了花钱买非农业户口的政策，农村中很多富户便出钱买非农业户口。是年非农业人口数量较上年增加 1548 人，达到 14 910 人，占总人口的 13.92%，较上年增加 1.34 个百分点。两年后，非农业人口的各种优惠待遇逐渐被取消，买非农业户口的人越来越少，非农业人口增长速度恢复正常。到 2004 年，全县总人口 111 686 人，其中非农业人口 23 640 人，农业人口 88 046 人，非农业人口占总人口的 21.17%。

农业、非农业人口构成表

表 3－2－3 　　　　　　　　　　　　　　　　　　　　　　　　　　　单位：人

年份	总人口	农业人口	非农业人口
1986	93 948	84 441	9507
1987	96 244	86 211	10 033
1988	98 814	87 865	10 949
1989	102 439	90 810	11 629
1990	104 544	92 508	12 036
1991	105 434	93 059	12 375
1992	106 210	92 848	13 362
1993	107 104	92 194	14 910
1994	108 004	91 887	16 117
1995	108 673	91 648	17 025
1996	108 829	91 284	17 545
1997	109 271	91 152	18 119
1998	110 358	91 909	18 449
1999	111 112	92 285	18 827
2000	110 927	91 556	19 371
2001	111 336	91 495	19 841
2002	111 738	91 433	20 305
2003	112 046	91 447	20 599
2004	111 686	88 046	23 640

第四节　职业构成

一、农村劳动力职业构成

1985 年，全县有农村劳动力 39 006 人，其中农林牧渔业从业人员 34 649 人，占总劳动力的 88.80%。乡镇办工业从业人员 2040 人，占总劳动力的 5.20%，其他行业从业人员 2317 人，占总劳动力的 6%。1986 年以后，乡镇企业发展迅猛，吸纳了大量农村劳动力，使农村劳动力职业构成发生了大变化。第一产业（农林牧渔业）从业人员减少，第二（工业、建筑业）、三产业（包括交通运输、商饮、卫生、文教、金融、服务、公务管理、其他行业）从业人员大量增加。1990 年，全县有农村劳动力 44 199 人，其中第一产业 27 491 人，占总劳动力的 62.20%，较 1985 年下降 26.60 个百分点；第二产业 11 229 人，占总劳动力的 25.40%，较 1985 年上升 20.20 个百分点；第三产业 5479 人，占总劳动力的 12.40%，较 1985 年上升 6.40 个百分点。1990 年以后，农业机械化进程加快，农业生产从种到收，实现了全程机械化，农村出现大量剩余劳动力。县委、县政府把加快发展第二、三产业，引导农村剩余劳动力向第二、三产业转移，作为发展县域经济，增加农民收入的重要举措。大力引进项目，发展非公有制经济，组织农村劳动力向非农产业流动，使农村劳动力职业构成有了根本性改变。2004 年，全县有农村劳动力 42 560 人。其中：第一产业 19 909 人，占总劳动力的 46.80%。第二产业 12 851 人，占总劳动力的 30.20%。第三产业 9800 人，占总劳动力的 23%。

农村劳动力职业构成统计表

表 3 - 2 - 4　　　　　　　　　　　　　　　　　　　　　　　　　　　　单位：人

年份	总劳动力	性别		行										业
		男	女	农林牧渔业		工业	建筑业	交通运输	商饮业	金融业	服务业	文教	机关团体	其他
				合计	其中种植业									
1990	44 199	23 137	21 062	27 491	24 604	8259	2970	1616	968	159	298	224	251	1963
1995	40 817	20 514	20 303	20 524	18 448	9308	3561	1975	1751	119	676	2903		
1999	39 885	20 703	19 182	19 746	16 843	9011	3083	2317	2836	100	807	248	344	1393
2004	42 560	22 122	20 438	19 909	16 836	9311	3540	2888	4328	126	886	368	447	757

二、城镇劳动力职业构成

1986 年以前城镇人口就业以第二、三产业为主，第二产业就业人数占总人数的比例高于第三产业，1990 年从事第二产业的人数占总人数的 51.50%，从事第三产业的人数占总人数的 47%。此后第二产业、第三产业从业人数占总人数的比例呈现此消彼长的趋势。2004 年，第二产业从业人数占总人数的 18.80%，多数从事制造业；第三产业从业人数占总人数的 80.40%，从事商业餐饮业、教育和公共管理者居多。

城镇在岗从业人员统计表

表 3 - 2 - 5

单位：人

年份	合计	农林牧渔业	制造业	电力及水供应业	建筑业	交通邮电运输通讯业	批发零售餐饮业	金融保险业	房地产业	社会服务业	卫生体育社会福利业	教育文化广播电视	科研技术服务	机关团体
1990	10 777	90	4537		1008	265	1673	284	127		274	920	32	1567
1995	10 190	24	3071	206	661	304	1567	407	40	118	314	1488	32	1958
1999	9002	41	1668	241	106	291	1100	473	33	232	380	2164	18	2255
2004	8314	65	1142	355	68	341	628	360	30	57	671	2263	16	2318

第三章　人口素质

第一节　身体素质

随着经济的发展，人民生活和医疗卫生条件的改善，人口自然素质及健康水平也在不断提高。2004 年，全县应检中小学生 18 129 人，实检 17 999 人，其中，中学生体检 10 321 人，小学生体检 7678 人，体检率 99.30%。建立健全了学生健康档案。

一、疾病检出

1. 视力低下

1982 年中小学生视力检查总眼数为 5322 只，视力减退 810 只，占总数的 15.22%。2004 年中学生共检出视力低下 5224 人，视力低下率 50.60%，小学生视力低下 1447 人，患病率为 18.80%。学生学业负担过重是造成视力减退的主要原因。

2. 龋　齿

1982 年中小学生进行龋齿检查，男生患病率为 29.92%，女生 33.95%。2004 年共检出患龋齿 2634 人，患病率为 14.60%，活动龋牙数 2238 人，龋失牙 186 颗，其中小学生患龋人数为 1443 人，患病率为 18.80%，多发生在 9 岁至 11 岁。总体上较 1982 年有大幅度下降。

3. 沙　眼

1982 年沙眼患病率男生 24.15%，女生 23.25%。2004 年共检出 1439 人，患病率为 8%。

4. 内　科

共检出心脏疾患 4 人。

5. 外　科

脊柱弯曲 1 人，四肢畸形 1 人，皮肤病 1 人。

二、身高、体重

各年龄段学生身高、体重评价表

表 3 - 3 - 1

年龄	性别	学生人数	身高（厘米）			体重（公斤）		
			实检人数	平均数	标准差	实检人数	平均数	标准差
14	男	3	3	169	6.56	3	59	19.97
14	女	6	6	160.50	3.67	6	58.50	9.40
14	小计	9	9			9		
15	男	76	76	169.99	6.02	76	61.74	10.14
15	女	116	116	160.16	5.36	116	54.85	9.19
15	小计	192	192			192		
16	男	240	239	171.23	5.45	240	61.92	10.31
16	女	346	346	159.22	5.15	346	53.49	7.63
16	小计	586	585			586		
17	男	359	359	170.89	5.49	359	63.69	11.69
17	女	415	415	159.08	5.06	415	54.37	7.64
17	小计	774	774			774		
18	男	177	177	170.82	5.24	177	64.34	9.97
18	女	166	166	158.89	5.07	166	54.30	7.18
18	小计	343	343			343		
19	男	53	53	172.23	6.34	53	67.91	10.35
19	女	36	36	159.03	5.68	36	54.75	7.52
19	小计	89	89			89		
20	男	5	5	175.40	3.21	5	73.60	10.83
20	小计	5	5			5		
22	男	1	1			1		
22	小计	1	1			1		
全部	男	914	913			914		
全部	女	1085	1085			1085		
全部	合计	1999	1998			1999		

2004 年 18 岁平均身高男生比 1982 年增加 2.38 厘米，女生比 1982 年增加 0.61 厘米；平均体重男生比 1982 年增加 6.62 千克，女生比 1982 年增加 2.38 千克。

三、胸围、肺活量

各年龄段学生胸围、肺活量评价表

表 3 - 3 - 2

年龄	学生人数	胸 围						肺活量					
		实检人数	上等人数	中上人数	中等人数	中下人数	下等人数	实检人数	上等人数	中上人数	中等人数	中下人数	下等人数
14	9	9	3	1	4	1		9		1	6	2	
15	192	192	18	18	120	31	5	192	18	23	104	23	24
16	586	586	26	50	298	150	62	586	59	81	307	76	63
17	774	774	58	71	355	200	90	774	70	105	393	129	77
18	343	343	26	20	185	68	44	343	47	55	166	54	21
19	89	89	6	12	46	20	5	89	15	26	36	8	4
20	5	5	1		3	1		5		3	2		
22	1	1			1			1			1		
全部	1999	1999	138	172	1012	471	206	1999	209	294	1015	292	189

四、常见病百分率升降

按照卫生部、教育部《关于印发全国学生常见病综合防治终期考评方案的通知》精神，参照《全国学生常见病综合防治方案技术规范》，本着实事求是的原则，2003 年，以 1992 年学生六病防治情况为基线材料，2000 年与 1995 年相比，学生六病防治各项指标的达标进展情况进行考评，六病防治率除 2000 年肥胖率较 1995 年有所上升外，其余均达到稳中有降。

蛔虫感染率，1995 年比 1992 年下降了 53.50%，2000 年比 1995 年下降了 58.08%。

沙眼患病率，1995 年比 1992 年下降了 20.10%，2000 年比 1995 年下降了 33.60%。

贫血患病率，1995 年比 1992 年下降了 15.20%，2000 年比 1995 年下降了 25.10%。

龋齿，12 岁年龄组，龋齿患病率 1995 年比 1992 年下降了 19%，2000 年比 1995

年下降了 23.40%。

视力低下，1995 年比 1992 年下降了 1.60%，2000 年比 1995 年下降了 38.30%。

营养不良，1995 年比 1992 年下降 18.10%，2000 年比 1995 年下降了 27.30%。

肥胖，1995 年比 1992 年下降了 18.90%，2000 年比 1995 年上升了 15.40%。

第二节　文化素质

1986 年后，教育事业有很大的发展。继 1993 年全县普及九年义务教育后，更加快了普及高中教育的步伐，全民文化素质有较大提高。1990 年第四次人口普查全县高中（含中专）文化程度的有 8419 人，大学（含大专）文化程度的有 607 人。到 2000 年第五次人口普查时，高中（含中专）文化程度的有 11 984 人，大学（含大专）文化程度的有 2167 人，分别比 1990 年增长了 42.30%、25.70%。文盲和半文盲由 1990 年的 14 507 人，下降到 2000 年的 6352 人。

1990 年、2000 年人口文化程度统计表

表 3－3－3

年份	总人口	高中		中专		大专		大本		研究生		文盲、半文盲	
		人数	‰	人数	‰	人数	‰	人数	‰	人数	‰	人数	‰
1990	104 273	7042	67.53	1377	13.21	486	4.66	121	1.16			14 507	139.13
2000	112 658	8999	79.88	2985	26.50	1758	15.60	375	3.33	7		6352	56.38

第四章　计划生育

县内人口发展历经三个阶段。新中国成立前，经济落后，人民生活贫困，瘟疫盛行，为高出生、高死亡、低自然增长阶段。新中国成立后，人民生活水平逐步提高，医疗卫生条件不断改善，加之受多子多福等传统观念影响，人口增长速度较快，为高出生、低死亡、高自然增长阶段。自 20 世纪 70 年代起，由于计划生育政策的贯彻落实，人口数量开始得到有效控制，1992 年至 2004 年，人口快速增长势头得到控制，为低出生、低死亡、低增长阶段。全县人口与计划生育基本上达到低生育水平，人口质量得到提高。

第一节　管理机构

1986 年，县级计划生育管理机构是计划生育委员会。乡（镇）、村均建有计划生育管理机构，三级计划生育工作网络基本形成，共有工作人员 665 人，其中专职 345

人。1996年4月原计划生育委员会改为计划生育局，是年2月，县直计划生育办公室成立。2002年机构改革，撤销县直计划生育办公室，其职能、人员划归县计划生育局。局下设6个职能股（室、站），其中行政股室2个：办公室、政策法规股；事业股室4个：规划统计股、流动人口股、宣传站、技术服务站。局机关行政、事业编制合计29名，其中行政编制11名，事业编制18名。到2004年，全县有乡镇计划生育人员58人，村专干107人，育龄妇女小组长423人。乡镇设有计划生育办公室主任、政法员、流管员（流动人口管理员）、四术员、药具管理员、宣传员、统计员、协会秘书长。

第二节　晚婚晚育

1986年后，延续1963年形成的晚婚晚育状况。1985年抽样调查，青年男女初婚年龄为23.50岁。1997年9月修改后的《河北省计划生育条例》规定，按法定婚龄推迟3年以上结婚的，为晚婚；已婚育龄妇女24周岁以上第一次生育的为晚育；实行晚婚的，奖励婚假15天；实行晚育的，奖励产假45天；奖励婚、产假期间，享受正常婚、产假待遇。2003年7月新修订的《河北省计划生育条例》规定，在原有奖励晚婚、晚育条款的同时，给予男方护理假十天。全县女性初婚晚婚率1986年至1997年在50%左右（1989年达到56.97%），1990年至1993年在35.89%至43.22%之间，1994年至2003年在45%左右，2004年全县女性初婚晚婚率42.24%。

第三节　节制生育

1986年，有计划生育技术站（室、点）41个，有专业技术人员56名。各站（室、点）均有手术床、地灯、高压电动消毒锅及小型手术器械等配套设备。继续实行免费发放避孕药具，免费施行计划生育手术。自觉实行结扎和补救手术的男女干部职工，假期工资照发，农村人员给予补贴。1986年底，全县落实各种节育措施的达13617人，其中男结扎243人，女结扎7065人，上环6309人。综合节育率达85.68%。1989年3月起，执行《河北省计划生育条例》，凡未安排生育的育龄夫妻，必须落实安全可靠的节育措施，并按规定接受检查。凡是计划外怀孕的，必须采取补救措施。对计划生育受术者，按规定给予节育假；接受节育手术确需其配偶护理的，给其配偶7天至10天护理假，国家工作人员、企业事业单位职工和计划内临时工，在上述假期内，照发标准工资，视为全勤，不影响全勤奖；村民可以由所在乡、村给予适当补助。已婚育龄夫妻使用避孕药具和施行节育手术的费用，按国家规定报销。2003年7月新修改的《河北省计划生育条例》规定，重点加强计划生育技术服务，计划生育技术服务机构和从事计划生育技术服务的医疗、保健机构，应当在各自的职责范围内，针对育龄人群的特点，开展人口与计划生育基础知识宣传教育，对已婚育龄妇女开展孕情检查和随访服务工作，承担计划生育和生殖保健的咨询、指导和技术服务。计划生育服务人员应当指导公民选择安全、有效、适宜的避孕节育措施。1986

年至 2004 年，县、乡分别建立了计划生育技术服务站，村级都建有计划生育活动室。有专职技术人员 15 名，药具员 109 名。县、乡（镇）技术服务站均配有 B 超机、乳透仪、显微镜、妇科治疗仪等先进设备。在开展孕检普查的同时，为广大育龄妇女生殖健康提供了优质服务，县技术服务站开展了优生检测，免费生殖健康服务等活动，深受群众好评。2004 年，全县已婚育龄妇女 22 535 人，上环 8491 人，一孩上环率为 85.74%，结扎 10 776 人，结扎率为 83.23%；应用药具 1964 人，综合节育率为 94.21%，有效控制了人口增长。

第四节　优生优育

1986 年，继续推行"一对夫妇只生一个孩子"的政策。规定从领取《独生子女证》之日起，到子女 14 周岁止，对独生子女父母由双方所在单位每月分别发给不低于 5 元的奖金。到 1995 年，独生子女年龄由 14 周岁延长到 18 周岁。到 2003 年 7 月独生子女父母奖金由每月 5 元提高到 10 元。2004 年 10 月 1 日前，全县实际领取独生子女证家庭 1897 户，独生子女父母人数 3794 人。独生子女入托费由男女双方所在单位一方报销 30%。同时县妇幼保健、防疫等有关部门每年定期做好儿童防疫接种和身体检查工作及育龄妇女妊娠期、分娩期的检查。县、乡（镇）、村三级计划生育部门用国策门、知识宣传板块、乡村文化大院、标语等形式，进行优生优育宣传教育。至 2004 年年底有 2794 对育龄夫妇领取《独生子女光荣证》，全县一孩率达 76.83%，计划生育率为 97.24%，人口自然增长率为 2.70‰。

第五节　流动人口计划生育管理

为加强流动人口计划生育管理工作，成立县流动人口计划生育管理工作领导小组，由一名副县长任组长，计划生育、公安、工商、卫生、文教、劳动等部门为成员单位。县计划生育局流动人口管理股负责日常管理工作。县委、县政府出台了《流动人口计划生育管理的有关规定》，严格落实"一证管多证"制度。实行计划生育合同制度，要求各单位、各部门在办理相关证照时，对流入县内人员实行合同管理。自 1986 年，随着经济发展，外来人口流入逐年增加，2004 年流入县内人口达到 2750 人，流出人口 679 人。

1986 年至 2004 年计划生育情况统计表

表 3-4-1

年度 \ 类别	已婚育龄妇女总数	落实节育措施					独生子女领证率%
		合计	上环	男结扎	女结扎	综合节育率%	
1986	17 309	13 617	6309	243	7065	85.68	19.67
1987	18 106	15 643	6792	282	8569	90.92	14.19

续上表

类别 年度	已婚育龄妇女总数	落实节育措施					独生子女领证率%
		合计	上环	男结扎	女结扎	综合节育率%	
1988	19 197	15 523	5399	278	9846	86.96	7.22
1989	20 184	17 219	5869	273	11 077	91.91	8.03
1990	20 755	18 358	6229	263	11 866	92.85	8.04
1991	21 195	18 707	6274	210	12 223	93.75	8
1992	22 282	19 761	6804	250	12 707	93.92	8.03
1993	23 229	20 811	7070	258	13 483	93	7.99
1994	23 648	21 158	7331	242	13 585	93.77	8.41
1995	24 499	21 782	7958	238	13 586	91.96	7.80
1996	24 190	21 834	8092	219	13 523	92.57	7.71
1997	24 239	21 601	8124	213	13 264	92.38	8.67
1998	24 121	21 538	8308	188	13 042	92.90	9.35
1999	24 360	21 475	8590	168	12 717	92.45	9.76
2000	24 133	20 838	8296	151	12 391	92.12	10.37
2001	24 041	20 473	8412	136	11 925	91.41	11.07
2002	23 540	19 882	8462	115	11 305	91.43	12.10
2003	23 139	19 395	8613	99	10 683	90.97	12.87
2004	22 850	19 267	8491	100	10 676	91.53	13.01

第四编　民族　宗教

大厂回族聚居区于明永乐年间形成。伊斯兰教随回族迁居而传入。新中国成立后，回族人口逐年增长，由 1955 年 11 554 人增加至 2004 年 26 863 人。县委、县政府积极贯彻落实中国共产党的民族宗教政策，实行民族区域自治，发展平等、团结、互助的社会主义民族关系，保障公民宗教信仰自由。大力发展民族经济及各项民族事业。民族团结进一步加强，宗教活动依法有序，民族宗教界人士积极参与全县物质文明、精神文明、政治文明建设。回、汉族人民以及与其他少数民族之间互敬互助，和睦相处，从未发生过任何民族纠纷，使全县的经济及各项事业始终在稳定和谐的社会环境中快速发展。

第一章　民族构成和分布

1986 年，全县总人口 93 948 人，其中回族 19 838 人，占总人口的 21.11%。

1990 年第四次人口普查，全县有 10 个民族，其中汉族 82 453 人，占总人口的 78.87%，分布于全县六个乡镇；回族 21 537 人，占总人口的 20.60%，占少数民族人口的 98.70%，分布在大厂镇、夏垫镇、王必屯乡、陈府乡、邵府乡等，大厂镇回族人口分布最多，占全县回族总人口的 47.90%，邵府乡分布最少，占全县回族总人口的 0.04%；满族 158 人，占少数民族人口的 0.70%，主要分布在大厂镇和祁各庄乡；蒙古族 66 人，占少数民族人口的 0.30%，主要分布在大厂镇、夏垫镇和祁各庄乡；壮族 44 人，占少数民族人口的 0.20%，主要分布在大厂镇、夏垫镇和祁各庄乡；朝鲜族 6 人、黎族 3 人、锡伯族 3 人、苗族 2 人、傣族 1 人，占少数民族人口的 0.07%，集中分布在大厂镇和祁各庄乡。

2000 年第五次人口普查，全县有 18 个民族，其中汉族 88 056 人，占总人口的 79.38%，分布于全县六个乡镇；回族 23 054 人，占总人口 20.78%，占少数民族人口的 93.70%，大厂镇回族人口最多，有回民人口 12 707 人，占全县回族总人口的 55%，其次是夏垫镇，有回民人口 10 097 人，占全县回族总人口的 43.70%，邵府乡分布最少，只有 4 人，占全县回族总人口的 0.02%；满族 1144 人，占少数民族人口的 4.65%，比 1990 年第四次人口普查时增长 6.24 倍，主要分布在大厂镇、夏垫镇、邵府乡、祁各庄乡；蒙古族 287 人，占少数民族人口的 1.10%，分布在大厂镇、夏垫镇、祁各庄乡、邵府乡、陈府乡；壮族 54 人，占少数民族人口的 0.20%，主要分布在大厂镇、夏垫镇和祁各庄乡；朝鲜族 34 人，占少数民族人口的 0.13%；藏族、苗族、维吾尔族、彝族、布依族、达斡尔族、锡伯族、侗族、瑶族、土家族、傣族、仫佬族均不满 10 人，占少数民族人口的 0.11%，其中瑶族、侗族、土家族、仫佬族各 1 人，分别居住在大厂镇、夏垫镇和祁各庄乡。

2004 年，全县总人口 111 686 人，其中回族 26 863 人，占总人口的 24.05%。

第二章　回族习俗

第一节　节　日

大厂回族传统节日与伊斯兰教源源相传，主要有三个，即开斋节、古尔邦节和圣纪节。

一、开斋节

时间是伊斯兰教教历十月初一。《古兰经》规定，成年穆斯林每年都要封斋一个月。伊斯兰教历每年九月为斋月。在斋月的最后一天，寻看新月，见月后的第二天即行开斋（若没有见月，斋满即可开斋），故称"开斋节"。这天早晨，穆斯林沐浴净身，盛装洁服，聚集清真寺，举行会礼。下拜后，亲友互访，赠送油香，招待宾朋，共庆节日。

二、古尔邦节

时间是伊斯兰教历十二月十日。节日由古阿拉伯宗教传说演变而来。相传，先知伊卜拉欣夜梦安拉命他宰自己的儿子伊斯玛仪勒，以考验他对安拉的忠诚。次日，当伊卜拉欣遵主命举刀要宰他的儿子时，安拉念其虔诚，即刻命天仙遣一只黑头白羊代替。古阿拉伯依此传说宰牲祭祀，伊斯兰教继承了这一习俗。大厂的穆斯林通常在节日的头一天宰鸡、羊、牛等，所宰牛羊肉被分割成三份，一份自食，一份送亲友，一份拿"乜贴"，并于当日炸油香，互相馈赠。宰牲节清晨，众穆斯林沐浴后，严整衣冠，到清真寺会礼。会礼之后，游坟诵经，缅怀先人；招待宾朋，互相祝贺。

三、圣纪节

即为圣人穆罕默德办纪念会之意，时间是伊斯兰教历三月十二日。这一天既是穆圣诞生纪念日，又是穆圣归真纪念日，因而又叫"圣忌"或"圣祭"，大厂地区俗称办"圣会"。办圣会的时间不一定在这一天，可提前、错后。办圣会这天，穆斯林会聚清真寺，炸油香、宰鸡、牛、羊。礼拜之后在清真寺聚餐，主要食物有油香、肉粥、米饭、炒菜（其食物来源于穆斯林集聚）。

第二节　婚丧衣食

一、婚　姻

大厂回族的婚姻习俗随着时代的变迁而不断变化，但婚礼上的宗教仪式一直坚持着，这个仪式就是写"伊扎布"（证婚词），此仪式从古代一直延续至今。新中国成立后，婚姻当事人到政府有关部门登记领取结婚证书后，在结婚这天请阿訇主持婚礼。阿訇坐在椅子上，他的前面放着一张桌子，上面备有笔墨、红纸，新婚夫妇站在桌前，待双方亲朋到齐后，阿訇将结婚具备的四个条件，一是双方父母允许，二是男女情愿，三是证物即订婚时男方送给女方的信物，四是证人即媒人，以及结婚年月日用阿拉伯文字写在红纸上，谓之写"伊扎布"，并吟诵经文。诵毕，阿訇用汉语讲解"伊扎布"内容，然后新娘新郎用阿拉伯语承诺阿訇是否愿娶愿嫁的问话。不会阿拉伯语者，阿訇一般会提前告之，也有的阿訇用阿文问后又译成汉语，让新婚夫妇用汉语答诺。然后，两家男亲家行"拿手礼"（双手相握），诵赞圣词。女方再婚者，其婚礼仪式与初婚者大体相同，但必须在其前夫"无常"（去世，后同）100日后阿訇方予主婚。

二、丧　葬

大厂地区的穆斯林"无常"前一般都要请阿訇讲"伊玛尼"。请阿訇念"清真言"、"作证言"，提醒要"无常"的人，祈求安拉恕罪、开恩、收留"亡人"。如果病人已咽气再做这种仪式，则认为是一种憾事。

土葬、速葬、薄葬是穆斯林丧葬习俗。即3天之内必须"出埋台"（埋葬），不得使用棺椁，尸体完全置于墓穴内土地上，不许有陪葬。

附：回民干部墓地

回民基地是县政府及民族事务部门投资建立的一项公益事业，主要是为妥善处理外地来大厂工作的回族干部、工人以及亲属之后事。回民墓地位于县城小里庄村，面积2000余平方米。2000年，墓地委员会筹资10余万元，整修了墓地。墓穴建造排列有序，院内种植松柏和绿化植被，墓地四周筑有围墙。

三、服　饰

大厂穆斯林，上年纪的人喜欢穿黑白两种颜色的衣服。在一部分穆斯林中，男子戴白色或黑色圆顶无沿小帽，女子则头束风棵，只露面部。其他服饰同汉族一样，没什么明显区别。

四、饮食禁忌

饮食方面，大厂回族与其他地区穆斯林一样主要有两大禁忌，一是禁饮各种酒类。二是禁吃猪肉、自死物、血液、凶猛的动物等和不诵安拉之名屠宰的畜禽。

回族穆斯林饮食概括起来，"可食的，如畜禽之类，牛、羊、鸡、鹅是也；山野之类，獐子、兔、鹿是也；水潜之类，鱼、虾是也；飞禽之类，天鹅、野鸭是也。其不可食者有七：惯于刁抢者不可食，鹰、鹞之类是也；性之残酷者不可食，虎、狼之类是也；形异于常者不可食，鳖、鳝、刺猬之类是也；淫秽不堪者不可食，豚、犬是也；乱群而生者不可食，驴、骡之类是也；半途而化者不可食，猫、鼠之类是也；有大功于世者，若牛亦不可轻宰是也"。（王岱舆著《正教真铨》）

第三节　清真饮食

由于民族、宗教、区位等多方面因素，逐步形成了独特的大厂清真食品。随着时代的进步和经济的发展，这些丰富的清真食品大都得以继承、流传和发展，创出新的特色和品味。

一、清真八大碗

在大厂回族的饮食文化上，"清真八大碗"久负盛名，广为流传，主要原因有两个：一是这里的回族群众信仰伊斯兰教，按教规不许饮酒，不饮酒就不用预备那么多炒菜；同时教规教义上提倡节俭，反对铺张，任何铺张浪费者都是"古那海"（罪过）。二是历史上，大厂回族人民生活十分贫苦，而回族人民又十分好客，为此勤劳智慧的回族群众创造了这种独特的宴席形式——"清真八大碗"，既节俭，又表达了宴客的氛围。这"八大碗"中有牛肉、"杂碎"、胡萝卜、长山药、海带、白菜、粉条、丸子、炸豆腐等，均为炖制，以八碗为限，灵活配伍。稍富裕者可上两碗杂碎、两碗肉；较清贫者，可仅上"菜帽"，下面一律用胡萝卜或白菜垫底。"八大碗"虽然用料普通，但制作讲究，风味独特。其中炖牛肉、炖杂碎是大厂家常菜中的精品，以多年烹饪经验，加上佐料齐全、微火慢炖，而达到色香味俱佳。胡萝卜、海带、长山药、白菜、炸豆腐等，既廉价，又符合现代饮食之道，从医药学、营养学、保健学等多方面都显示出其科学、独到之处。

二、京东肉饼

大厂的京东肉饼，有几百年的历史。古镇夏垫位于京津唐三角中心，是京东地区繁华的集镇。从东到西一条商业街，两侧饭店鳞次栉比，大都以烙肉饼为主，路过客商吃一顿烙肉饼，既节约时间，又经济实惠，而过去当地的回族人民贫苦又不饮酒，赶集上店坐饭馆，能吃上一顿烙肉饼已很知足了。1770年清乾隆帝路过夏垫，曾品尝过京东肉饼，对其色香味赞不绝口，使其名声大振，至20世纪90年代，有关京东肉饼的记载和报道，不断刊载于北京各大报刊，使其享誉京城。

传统的清真食品本小利薄，昔日的夏垫街，独间小筒子房的饭馆一家挨一家，竞争激烈，促使烙肉饼的手艺越来越高，一家一个味，一辈传一辈，越做越出名。新中国成立前夕，夏垫镇上杨记京东肉饼的手艺传到杨井禄这辈时，已是远近闻名。20世纪50年代初，班禅额尔德尼·确吉坚赞、乌兰夫等中央领导到大厂曾特意品尝京东肉饼，赞不绝口，当时由杨井禄之子杨文中主灶。后来，杨文中被请到民族文化宫专为中央领导烙肉饼。中共十一届三中全会以后，杨氏传人杨华生（杨文中之子）继承祖业，在夏垫镇102国道北侧开了一家"同益轩——京东老字号"饭店，传承先人手艺。

京东肉饼肉馅采用上好的牛羊肉、香油、黄酱、豆豉等多种佐料，将鲜肉剁碎，加入花椒、大料、白芷等二三十种中药配成的佐料水，放在瓷盆内"味"起来，使佐料与肉润味。和面更有讲究，使用面尺和面，要达到一定的稀软程度。特别是制作时不用擀面杖，全手工制作。烙出的肉饼呈半透明状、皮薄、馅匀、软和，吃不到一点硬边儿，放上一天也不会发硬。吃到嘴里香软可口，回味绵长。

三、芝麻酱烧饼

大厂的芝麻酱烧饼在京东很有名气，县域集镇、村街，都有烧饼铺。用的是上好的白面、麻酱、芝麻仁，一般采用特制土炉灶，先烙后烤，烙出的烧饼个大、层多、酱厚、芝麻匀，烤熟之后呈小鼓包状，趁热食用，外酥里软，酱香芝麻脆。大厂的烧饼铺早已开到了天津、北京等城市。

四、油香、散目仁、肉粥

油香，主料是小麦粉，加入少量盐、白矾，经"揣面"（揉面）、"醒面"（发酵）制成饼状，放在香油中炸熟，起鼓，成金黄色，吃起来绵软适口，咸香适宜。主要用于回族的三大节日、婚、丧、忌日等馈赠亲朋好友，也可作为点缀宴席的主食。油香一直被认为是表示礼仪的高级清真食品。

散目仁，用白面擀成比碗口大的圆形面片，中间加上芝麻仁和红糖，折成三角形状，与油香一起用香油炸脆。吃起来酥脆香甜，这种清真食品，是油香的"附属品"，起到"锦上添花"的喜庆效果。还有一种利用黏面装豆馅做成三角形过油炸的被称为"黏散目仁"。

肉粥，是用小麦、玉米去皮碾仁加上牛羊肉、脂油及其他佐料长时间用特制大锅微火熬制而成。熬熟之后，稀稠适中，吃起来热乎乎口感咸香不腻，一般与八大碗为伍，但食用场合仅限于丧事、忌日宴席和"圣忌节"清真寺聚餐。

五、烤肉、糕点、切糕

清真食品，经几百年的广泛传播，成为大众化食品，但与大厂有着不同的历史渊源，如烤肉、糕点、切糕等。

北京烤肉宛，"三百年炉火旺盛，三百年烤肉飘香"，称得上是北京烤肉的鼻祖和发源地。它的创始人是大马庄宛氏先人。烤肉宛第一代掌柜是于300多年前推着牛羊肉车由大厂进京的，历经数年在北京扎下了根。烤肉宛的烤肉从选料到切片、入味、烤制都十分讲究，吃起来香醇可口，鲜嫩宜人。如今烤肉在大厂已不多见，却在北京享有盛名。

大厂清真糕点，分布广泛，历史上北坞、南寺头、大厂等回族村都有点心作坊，做出的糕点花样繁多，清香适口，早在清末，这些糕点买卖就做到了天津、北京、通州乃至塞北的围场。中共十一届三中全会以后，清真糕点经北京市场销往四面八方。

切糕，作为传统的清真食品，县内几个较大的回族村，如大厂、芦庄、小厂、北坞、南寺头等村都有专做切糕的作坊，推车卖切糕者到处可见，从味道到"刀功"，各有代代相传的绝活。新中国成立前，切糕买卖做到天津、北京，创大字号，使大厂的清真饮食文化广为传播。

六、大厂肥牛

大厂牛羊饲养、贩运及屠宰加工，历史悠久。夏垫镇牛市，早在明朝末年即已兴隆，20世纪初达到鼎盛时期，占地达24公顷，每逢"中秋"，上市的牛达几千头，早晨牛叫声能传出四五里。基于回族的宗教信仰，人们多以食用牛、羊肉为主，有烧、烤、炖、涮等食用方式。涮，则以涮羊肉为主，1987年，国内第一家采用现代化屠宰方式的中德合资华安肉类有限公司在大厂建成，20世纪90年代初一种被称为"肥牛"的牛肉品种在大厂诞生。"肥牛"是指从分割牛肉选取的、适用于火锅用的优质牛肉，品种细分，主要有外脊、眼肉、上脑、腹肉、生食等，各品种按品质上又细分为S级、A级、B级等，大约占整体牛肉的40%。能生产肥牛的肉牛，生长环境应气温较高，吃精饲料，肉质纤维较细。3龄至5龄，体重在450公斤以上的去势公牛品种，主要是鲁西牛、晋南牛、南阳牛、秦川牛等。肥牛与传统涮羊肉吃法相结合，形成颇具特色的"大厂肥牛火锅"。20世纪90年代中期，"大厂肥牛火锅"先后经协力、华安、福华、通达等肉类有限公司推出面市，迅速红火起来。20世纪90年代末，以福华为首的牛羊肉类加工企业，将"肥牛火锅"这一新生清真特色食品推向全国大市场，建立"肥牛火锅连锁店"打进北京、天津、沈阳、石家庄、唐山、廊坊等城市，名扬全国。2004年，全国各地的"大厂肥牛火锅城"已有168家。县职能部门综合华安、福华两家公司的工艺，质量标准，参照国家推荐性标准的有关规定，制定命名了"伊乡肥牛"（"伊乡"即"伊斯兰之乡"）的农业地方标准。这一标准，反映了大厂按伊斯兰教规屠宰加工优质牛肉的特点。

纯正的"伊乡肥牛"具有鲜明的特色：采用伊斯兰教屠宰方式加工，色泽鲜艳，呈大理石花纹；口感细嫩，入口绵润，回味无穷。再配以新鲜蔬菜和中药配方制成的调料和汤料，开胃健脾，营养丰富，一年四季均可食用。

第三章　民族政策

第一节　民族干部政策

民族干部和爱国爱教的伊斯兰教界人士，是民族地区经济发展和社会稳定的重要力量。大厂县委、县政府在民族干部的选用上坚持"三高"战略，即选拔高标准，培养高起点，使用高比例，使少数民族干部数量不断增加，素质不断提高，结构日趋合理。全县少数民族干部数从建县初期的100名发展到2004年的635名，增加五倍多，全县乡镇、局级班子中90%以上配备了少数民族干部。2004年，全县干部中，有县级干部33名，其中回族干部7名，占同级干部总数的21.21%，科级干部440名，其中回族干部108名，占同级干部比例总数的24.55%，两项均高于回族人口所占全县人口比例。

第二节　贸易优惠待遇

福华肉类有限公司、华安肉类有限公司根据民委发〔2004〕11号和冀民宗字〔2004〕14号的文件规定，被确认为河北省"十五"期间第二批少数民族特需用品定点生产企业，享受民族贸易和民族用品生产优惠利率贷款，给予利差补贴，现行补贴标准为年利率2.88%的优惠政策。

第三节　升学优惠政策

冀教考成〔1997〕3号文件规定："少数民族自治县的少数民族考生，录取时可照顾 15 分（专升本科班 10 分）"。河北省委、省政府〔2000〕55 号文件规定："在省内少数民族学生大中专升学考试中，继续实行自治县少数民族考生照顾 10 分的政策。"1997 年以后，民族宗教局共为初、高中少数民族学生升学开具民族成分证明 4000 余人次，使少数民族学生享受到优惠待遇。

第四章　发展民族经济

　　回族群众历史上就有饲养、屠宰牛羊的传统，但一家一户的传统作坊式生产已不能适应市场经济发展的要求。为使畜牧业真正成为大厂县经济发展的龙头产业，造福一方百姓，县委、县政府在广泛调研的基础上，提出了"规模膨胀，链条延伸"的畜牧业发展新思路。1997 年以后，相继涌现了一批以冯殿华为代表的回族青年致富带头人。县委、县政府始终把为群众发展经济提供服务作为自己的政治责任，为当地群众发展经济营造良好的创业环境。苇子庄村是个回汉合居村，也是远近闻名的宰羊专业村，为使羊肉顺利进入大城市，一方面规范屠宰、加工程序，一方面积极与北京有关部门联系，建立了打入北京的"绿色通道"，使这个村走上了致富路。

　　依托大的肉牛屠宰、加工企业，采取"公司＋农户"的形式推广养牛，是大厂县帮助回族农民致富的一个新途径。梁庄村是一个只有 180 户的小村，97% 是回族群众，县直有关部门在了解到华安公司从外地购进牛的成本后，和公司算了一笔账：由公司出钱买架子牛放到农民家里育肥，到出栏时由公司收回。这样，不但解决了农民的资金问题，公司也降低了成本，实现了企业与农户双赢。梁庄村有 80% 的农户申请加入公司加农户的肉牛养殖业，有 40 多个农户扩建牛舍，购进架子牛。2004 年，全县已有 400 多个农户通过这种形式增加了收入，户均收入万元以上。

第五章　清真寺管理与清真食品市场督查

第一节　清真寺管理

　　为给广大回族同胞提供一个理想的礼拜场所，县委、县政府认真执行党的宗教政策，先后恢复、维修、重建 16 座清真寺，满足了广大信教群众宗教活动的需要。在此基础上，每年的回族三大节日（开斋节、古尔邦节、圣纪节），县四大班子领导深入到清真寺慰问伊斯兰教界人士和穆斯林群众，与回族群众一同欢庆佳节。

　　为使宗教活动能依法有序进行，县民族宗教局从未放松对清真寺的管理检查。对 16 座清真寺制定了五项管理责任制，即民主管理责任制、教务管理责任制、财务管理责任制、外事管理责任制、稳定管理责任制，层层落实责任，实行责任追究。注重16 座清真寺的稳控工作，落实清真寺阿訇为责任人、寺管会主任为第一责任人的稳控责任制。与此同时，建立、健全了县、乡、村三级宗教工作管理网络，层层建立严格的责任制，做到了"横向到边，纵向到底"。民族宗教局每年都与各清真寺签订年度稳控责任状。将 2004 年国务院第 426 号令《宗教事务条例》制作成框，发放到各清真寺，悬挂在明显位置，定期检查各寺学习、落实情况。

大厂县清真寺统计表

表 4 - 5 - 1

分布	名称	原寺址位置	现寺址位置	始建时间（年）	恢复开放时间（年、月）
大厂镇	大厂清真寺		县城南部	明永乐年间 1403～1424	1982.10
	大马庄清真寺		大马庄村西南	明代	1984
	芦庄清真寺	芦庄村西北	芦庄村西南	明正德年间 1506～1521	1984.06
	霍各庄清真寺		霍各庄村西	明正德年间 1506～1521	1982.06
	小厂清真寺	小厂村南部	小厂村中北部	清康熙年间 1662～1722	1982
	梁庄清真寺	梁庄村西南	梁庄村西	清雍正年间 1723～1735	1982
	杨辛庄清真寺		杨辛庄村西	清同治二年 1863	1983
夏垫镇	北坞清真寺		北坞村西	始建时间无考，明万历四十五年（1617 年）扩建	1980.01
	南王庄清真寺		南王庄村中部	明建文年间 1399～1402	1982
	南寺头清真寺		南寺头村西	明弘治年间 1488～1505	1982.11
	夏垫清真寺	夏垫村南部	夏垫村中部	明万历年间 1573～1619	1984
	陈辛庄清真寺		陈辛庄村西	清康熙年间 1662～1722	1985
	北坞清真女寺		北坞村东北部	清光绪元年 1875	1980.01
	苇子庄清真寺		苇子庄村东南部	清光绪年间 1875～1908	1981.05
陈府乡	东厂清真寺	东厂村西	东厂村西北	清道光年间 1821～1850	1981
	漫兴营清真寺		漫兴营村中部	清咸丰年间 1851～1861	1981

第二节　督查清真食品市场

清真食品市场是引发民族矛盾纠纷的敏感区，做好清真食品市场监督检查工作至关重要。按照 1999 年 11 月 29 日河北省第九届人民代表大会常务委员会第十二次会议通过的《河北省清真食品管理条例》，每年定期对清真食品经营单位进行两次检查。分片以大厂、夏垫为重点，深入到清真食品生产企业、饭店逐户检查，对检查出的问题限期整改。同时，加大宣传力度，对全县各摊点发放《河北省清真食品管理条例》近 1000 份，稳定并进一步规范了清真食品市场。

第六章　宗　教

第一节　伊斯兰教

伊斯兰教于明朝初期随回族的迁来而传入大厂，新中国成立时县内有回族村 19 个，回族人口 10 276 人，他们绝大部分信仰伊斯兰教。新中国成立后特别是党的十一届三中全会以后，县委、县政府全面落实党的民族宗教政策，回族群众的宗教信仰受到法律保护，宗教活动依法有序进行，在信教群众中弘扬爱国爱教精神，努力使宗教与社会主义制度相适应，广大信教群众在共产党的领导下与全县人民共创和谐社会。

传　承

县内伊斯兰教传承方式主要是经堂教育，清真寺均设有经堂，一是阿訇对海里凡（清真寺学生）进行教育，培养接班人；二是在寒暑假开设短期培训班对少年儿童进行宗教常识教育。此外，家庭内部长辈向晚辈传授伊斯兰教知识。还有阿訇利用各种机会（如在清真寺举行重大活动，回族的婚丧活动等）向群众讲解，也有人通过阅读有关书籍获取宗教知识。

礼　拜

礼拜是伊斯兰教重要活动，虔诚的穆斯林坚持每天五次礼拜，县内称之为"五时不脱"，开斋节、宰牲节等节日参加礼拜的人最多，许多长期在外的人都要按时赶回，有"千里赶尔代（开斋节的礼拜）"之说。

封　斋

县内也叫"把斋"。多数老年人和部分中青年能坚持每年一个月的封斋，有些不能坚持把斋的人，则在斋月内"出散"一些财物或做其他的善事。

交纳天课

天课是每个穆斯林家庭在一年的收入中减去生活所需后剩余里拿出一部分交给清真寺或贫困人家，过去可以交钱也可以交物，现在都交纳现金，少则 5 元、10 元，多则千元，清真寺将收到的钱转交给贫病之人。

第二节　天主教

1986 年，全县信仰天主教者 22 户，107 人，活动场所主要是通县贾后疃教堂。1995 年，县境内共有信仰天主教者 25 户，142 人，到 2004 年年底天主教徒共有 24

户，89 人，主要分布于谭台、八百户、大小辛、荣马坊、漫兴营、于各庄，无教堂和神甫，荣马坊的教徒活动地点是香河县挠子庄教堂。

第三节　宗教人士

1986 年以来，历届人大代表、政协委员中，伊斯兰教界人士都占有一定比例，他们积极参政议政、献言献策，有力地促进了全县经济和社会各项事业健康、快速、有序的发展。切实加强民族宗教干部队伍和教职人员队伍建设，采取自己培养、向中国伊斯兰教经学院输送等方式，着力培养年轻一代爱国爱教的伊斯兰教界人士。有 32 名海里凡念经挂帐充任清真寺教长，3 人从中国伊斯兰教经学院毕业。全县 30 名阿訇，绝大多数都是年轻人。这些年轻阿訇爱国爱教，具有一定文化和经学水平，能把党的宗教政策和国家法律、法规贯彻到日常教务中去，受到各级领导和信教群众的好评。

对宗教教职人员采取"季度上站"的形式进行培训。主要是进行民族宗教政策、法规、爱国主义、社会主义和时事政策教育，增强党和政府同宗教界的密切联系，提高宗教界人士的法制观念和独立自主、自办方针的认识。县宗教管理部门每年对宗教活动场所依法进行年度检查，检查包括驻寺阿訇的理论政策水平，依法管理、依法传教能力，遵守国家法律、法规和财务管理、收支等内容，使清真寺寺管会、驻寺阿訇提高了依法治寺、依法传教的能力和水平。

县委、县政府还注重引导宗教与社会主义相适应。广大宗教界人士积极响应党和政府的号召，挖掘宗教中的积极内涵，利用各种场合、各种机会向群众宣讲教义中与中华传统美德、当代法律法规、科学文明生活方式相一致的内容。婚礼上，作为主持人的阿訇在讲解"伊扎布"时宣传婚姻自主，反对包办。教育年轻人要相敬相爱，同甘共苦，承担赡养老人、抚养子女的义务。在葬礼上号召大家要学习亡者的优良品德，检讨自己的过错，人生一世要多做善事。每当开斋节、宰牲节，阿訇讲"卧尔兹"时都要讲搞好民族团结，遵守国家法律，艰苦奋斗，勤劳致富，反对酗酒、赌博等不良行为。宗教界人士为县内民族团结、经济发展、社会稳定作出了重要贡献。

第五编 人 物

　　1995 年出版的县志《人物传》记载 19 人，依次为骆驼李、烤肉宛、杨开甲、门国英、王世田、铁宝亭、郭金铎、何臣、肖景三、刘贯予、李尚武、郭铸珊、魏庆珍、徐进、王以仁、陈捷三、海洪清、杨小仙、王德福。本志补记 1986 年前逝世人物杨文广、何凤如，并对前志记述内容不足的陈捷三作补充记述；本届修志立传 17 人，共计 20 人。人物简介共记述 13 人。

第一章 人物传

杨文广

　　杨文广（1912—1974），原名杨广和。生于 1912 年 12 月。祖上 300 多年前从山东逃难落户大厂回族自治县杨辛庄。自幼出身清苦，1933 年招婿入赘小厂村马家，因受当地村霸挤兑，杨文广的岳母改嫁大马庄村。杨文广一家只能流浪、投亲、要饭。

　　1943 年冬，经当时的平三蓟联合县十区区委书记徐进介绍，杨广和化名杨文广参加冀东军分区十四分区回民队。一直担任侦察任务。曾单枪匹马在三河抓获日伪军 12 人，乔装打扮深入敌人内部，端掉日本炮楼。在三河田辛庄战斗中，作战机智勇敢，火线入党。身经百战，获得"孤胆侦察英雄"称号。

　　抗日战争胜利后，被编入东北野战军，任侦察班长。先后参加辽沈、平津战役，因战功卓著，荣获东北解放纪念章、华北解放纪念章等军功章 10 余枚。新中国成立初期，作为少数民族战斗英雄代表，荣获中央人民政府颁发的纪念章一枚，并应邀登上天安门城楼观礼。

　　在回民队抗战期间，曾以机智勇敢在三河皇庄与伪回支展开殊死战斗，俘虏大厂横行乡里的恶霸"星星"、"月亮"伪回支头领。

　　在解放战争"四平战役"中，表现突出，敌人的子弹射透其左肋下方，肠子流出来，杨文广自己用毛巾堵住伤口，坚持和敌人肉搏，在与敌人厮杀时，又被敌人刺刀刺断右手手指，在身负重伤的情况下，仍然顽强地坚持战斗，直到最后胜利。但这次战役造成他终身残废，后被确定为甲级乙等残废军人。

在解放天津战役中，杨文广以机智灵活令敌人闻风丧胆。双枪连打连中，打死打伤敌人数百人。中华人民共和国成立后，转业天津市和平区任保卫科长。因家属不适应天津市里生活而自愿回到大厂回族自治县大马庄。之后，任村党支部书记、村委会主任。一生刚直不阿，对党忠诚，"文化大革命"中，曾挺身而出，保护了不少革命老同志。1974年因病去世，享年63岁。

何凤如

何凤如（1904—1979），回族，香河县香椿营村人，原名李福长。幼年丧父，家中贫困，兄弟两人随母亲乞讨为生，行乞至大马庄村时，被一李姓人家收留，遂取名李福长。长大后以给地主扛活谋生。1942年2月，王以仁来到大厂地区开展党的地下工作，具有革命倾向的李福长成为第一批发展的对象，被吸收为骨干分子，自此化名何凤如。

1942年4月，何凤如等骨干成员被党组织送往盘山根据地培训。归来后，成立了大厂地区地方民族武装——回民队，何凤如被任命为队长。回民队在何凤如指挥下英勇作战，给当时驻扎在京东一带的日伪军以沉重的打击。何臣任大队长后，何凤如改任副大队长。何臣牺牲后，何凤如担任大队长。至全国解放战争胜利，何凤如一直战斗在回民队中，先后担任连长、副支队长等职。

1949年全国解放后，何凤如留在三河县农会工作。大厂回族自治县成立后，于1956年任县农林局局长，直至1964年退休。其间，曾在县文化馆兼任馆长。1979年10月5日逝世。

陈 祥

陈祥（1927—1987），潘各庄村人，1949年入党，1948年至1951年在本村当干部，1951年9月至1954年1月任三河县人代会常务委员会秘书，1954年1月至1955年3月任三河县监委会秘书。1955年4月至1958年8月在大厂县委组织部工作，1958年8月至1961年1月任蓟县大厂公社组织部部长，1961年2月至1962年6月任大厂工委组织委员，1962年6月至1963年12月任大厂县委组织部副部长，1964年1月至1965年1月任陈府公社管委会主任、代理书记，1965年1月至1966年12月任大厂公社党委书记，1967年1月至1968年1月"靠边站"，1968年1月至1974年9月任大厂公社革委会主任、党委书记，1974年9月至1979年2月任大厂县革委会生产部副主任，1979年2月至1981年4月任大厂县革委会计划委员会副主任，1981年起任大厂县政府副县长。1987年6月15日逝世。

陈捷三

陈捷三（1918—1990），原名杨德增。生于 1918 年 2 月 19 日，回族，霍各庄村人。自幼在本村读私塾，辍学后在家种地。16 岁去北京"祥聚公"糕点铺学徒，两年后回家务农。1941 年 3 月参加革命。1943 年 2 月加入中国共产党，是中国共产党在大厂地区创建的地方民族武装——冀东十四军分区回民队（简称"大厂回民队"）创始阶段最早的 7 名成员之一。历任：冀东区基干大队班长，基干大队长；回民队排长，副指导员；冀东十四军分区通县大队回民连政治指导员，总支书记；冀东区十四军分区三河县大队回民连政治指导员，大队长；冀东区十四军分区平三团营长，参谋长；冀东区教导五师十八团副团长；华北独立一团副团长，坦克一师炮兵团副团长。

1952 年年底，陈捷三参加中国人民志愿军入朝作战，任某部坦克一师炮兵团副团长职务。1953 年年底负伤回国。1955 年 6 月，任总后勤部某仓库主任，被授予上校军衔。1959 年 6 月获中华人民共和国三级独立自由勋章 1 枚，三级解放勋章 1 枚。1963 年任总后勤部某仓库主任并晋升大校军衔。

1969 年年底，离职休养。按组织规定，他当时作为正师职干部（1965 年为 12 级，1983 年定为行政 11 级），可在地市一级城市干休所休养，但他毅然决然回到原籍——大厂回族自治县这片哺育自己成长、自己为之洒过鲜血的热土定居。

陈捷三是回族人民的杰出代表。在抗日战争最艰苦的年代，他怀着挽救民族危亡的雄心大志，毅然走出温暖的家庭，踏上了抗日杀敌的战场，在血与火的战斗中，他由一名淳朴的回族子弟成长为一名政治坚定、军事过硬、智勇双全的指挥员。他始终以优秀共产党人的高尚品质和表率风范带领大厂回民队这支民族武装驰骋在杀敌的战场。在日夜兼程的行军路上，他打起精神领着大家唱歌，给大家讲笑话，鼓舞士气；发现有的战士疲惫不堪时他就上前替他们背枪，鼓励他们不要掉队；每到一地，战士们休息了，他却马不停蹄地去详察地形，谋划战斗方案。每一次战斗，他都是身先士卒，临危不惧，果敢机智地指挥战斗。1944 年春，在著名的天兴庄（现在三河境内）战斗中，担任排长的陈捷三，与 73 名战友并肩作战，同三四千日伪军激战一昼夜，创下歼敌 300 余人，而回民队仅有 1 人轻伤，并神出鬼没般突出重围的辉煌战绩，受到军分区的通令嘉奖。

陈捷三不仅是一名出色的军事指挥员，还是一位威震敌胆的特等射手。在马庄（现在三河境内）战斗中，他用一杆"三八大盖"压制了敌人的机枪阵地，一枪一个地消灭了多次企图在坟头上架设重机枪的十几个日本鬼子，为战斗胜利赢得了宝贵的时间。

在异常残酷、激烈的岳各庄（现在北京市平谷区境内）战斗中，陈捷三冒着敌人交叉火力的封锁，只身猛冲，把一名负伤的战友救下火线，接着又带领一个排的战士，冒着纷飞的弹雨，冲上敌人的机枪阵地，吓得敌人惊慌失措，仓惶而逃，群众和伤员得以突围……

1946 年 7 月 29 日，发生了震惊中外的"安平事件"，陈捷三指挥大厂地区回民队配合主力部队在潮白河东岸香河一带 38 里战线上，英勇地阻击敌人 40 多天之久，打死、打伤美蒋军队 1300 余人。

1947 年冬，陈捷三作为一名营级指挥员成功地指挥了著名的周庄子（现在三河境内）战斗，以一个营的兵力全歼了当时不可一世的顽敌"松江部队"（叛徒张松江带的一支队伍）一个营，击毙了张松江，缴获了大量的枪支、弹药等军用物资，解放军无一伤亡，再创辉煌战绩。

从抗日战争到全国解放战争，陈捷三转战南北，出生入死，经历大小战斗数百次，屡立战功。在冀东大地上到处留下了他战斗的足迹。他的英名与功绩永远铭刻在冀东人民心中。

陈捷三离休回乡后，保持革命晚节，保持战争年代那种艰苦朴素的作风，自觉执行党的组织纪律，时刻保持着战争年代革命军人的本色。

他作为大厂县军龄最长、职务最高的离休干部，从不以功臣自居，生活极为简朴。他从部队回大厂时，组织配备的家具一件没带，只用了几个废弃的弹药箱，就把屈指可数的几件伴随他多年的旧家具装了回来。他家的家具、摆设比普通干部家庭都要简陋。他不仅自己生活俭朴，对子女同样严格要求。在他影响下，六个子女都老实本分，勤劳朴实，从不以"高干子弟"自居。每逢节假日，全家聚集在一起时，他总以战争年代战友们那些催人泪下的英雄事迹教育后人，要求他们牢记革命胜利果实的来之不易，要求他们自立自强，克己奉公。他最关爱的幼子杨玉杰，转到大厂读完中学就被他送到农村老家当农民，连户口都由"非农业"转为"农业"。后来，杨玉杰在农村入伍当了三年条件十分艰苦的工程兵，复员后又被分配到煤矿、化肥厂当工人。直到最后工厂停产，下岗干临时工，这期间，陈捷三没有为改变儿子的处境和前途，向部队和地方组织打过一次招呼，伸过一次手。他的大儿媳和二儿媳一直是农业户口，按照他的地位，完全可以帮助"转非"，但他没有这样做，别人主动帮忙，也都被他婉言谢绝了。

陈捷三戎马一生，即便离休在家，也是心系部队，心系战友，始终保持着革命军人淳朴、正直的作风。一身草绿色军装伴随了他几十年，直到颜色完全褪去，依然穿在身上，永远不失军人的风度。"文化大革命"期间，一些回民队的老战友受到冲击，陈捷三丝毫未被眼前的极"左"思潮所吓倒，关键时刻挺身而出，为老战友们出具证明，使得他们免受不白之冤。他虽然自己生活节俭，但对待战友、同志却非常慷慨，一旦得知回民队老同志子女结婚、盖房或生活困难时，总是主动解囊相助。1969 年从部队回来时，仅一年时间他就捐赠了自己积攒多年的 7000 多元钱。20 世纪 70 年代买粮、买油、买肉都要凭票证限量供应，他便将自己节省下来的粮票、肉票送给常年患病和生活贫困的同志。有一年冬天，大女儿托人买了三斤羊肉想给他滋补身体，但他却在女儿走后，辗转将这三斤羊肉送到了当年一起并肩作战的老战友家中。

陈捷三作为高干，本可以享受多项政府福利，但他把自己的生活水准和普通老百姓拉平。1976 年，唐山大地震波及大厂。老百姓都住进临时搭建的简易房里，上级专门派人前来为他搭建简易房，而他在感谢的同时婉言谢绝了，亲自动手与子女一起将简易房搭建好。离休的 20 多年里，陈捷三没有向组织提过一条要求，还想方设法为组织节省开支。20 世纪 80 年代初，组织上决定给每位离休老干部安装一部电话，他却以自己不在工作岗位上，家里闲着用不着为由而始终没有安装，为的是给国家一次性节约 3000 多元钱。1984 年，根据相关政策，部队上给陈捷三拨了一笔建房专款，地方政府应当为他解决一块宅基地。但他不向政府伸手，自己拿出 1000 多元钱（相当于当时五个月的工资）将老宅前一个水坑填平作为宅基地。20 世纪 80 年代中后期，他虽年迈多病，但为了节省医疗费，他无论病大病小都在县医院治疗，而且看病时都是由子女用自行车接送，从不用公车。即使住院，也未请过护理人员，全部让子女照顾，没给国家添一点麻烦。

晚年的陈捷三初衷不改，他用自己"夕阳的余晖"发光发热，为党的百年大计作奉献。他常常抱病给年轻一代做革命传统教育报告。作为抗日战争时期那支著名的、传奇式的回族革命武装——大厂回民队的创始人之一，采访他的人络绎不绝，他无论自己身体状况如何，都予以热情接待，如数家珍地追述那些大大小小的战斗，忆及当年那些为国捐躯的战友们时，每每声泪俱下，痛哭失声。他在晚年为培养、教育革命后代，奉献了自己的全部心血。1985 年，被廊坊军分区评为"模范离休干部"。1988 年中央军委授予独立功勋荣誉章 1 枚。

1990 年 8 月 13 日，陈捷三与世长辞。在临终之际，他还留下"不开追悼会，从简治丧，安葬故土"的遗嘱。为党和人民可谓"鞠躬尽瘁，死而后已"。

陈捷三以他对党对革命对人民的无比忠诚，在冀东革命史上，为大厂地区回族武装的建立、发展、成长、壮大，为冀东这片土地的开辟，立下了不可磨灭的功勋。他是大厂回汉族人民的骄傲。

王熊飞

王熊飞（1915—1991），潘各庄村人。少时家境贫寒，读过 4 年私塾，13 岁去北京小粮店学徒，15 岁去东北奉军当兵。16 至 18 岁回家种地。1942 年参加革命，同年 8 月加入中国共产党。受党组织派遣，打入敌伪政权内部，公开职务是剿共自卫团团长、动员谍报主任等。暗中监视伪保甲长，搜集、传送情报，掌握敌方动态。开展除奸、扩员、开辟新区、征收粮款等工作。经王熊飞和其他党员的暗中积极工作，先后使通唐公路以北 13 个村的剿共自卫团成为表面上应付敌伪，实际上为共产党八路军工作的人。1943 年日伪为了阻止年轻人参加八路军，加强了对敌占区青年的控制，经常到各村查户口，如果发现少了人就割村干部的头。王熊飞和党支部其他成员先是把参军青年送出去，然后向敌人报告说是被八路军捉去了，用此办法一年内动员潘各庄村 30 多名青年参加抗日。在抗日战争最残酷的阶段，王熊飞动员组织村内一批党员干部在自己家房子底下挖地道，总共有 30 多丈，在日军大"扫荡"时曾有效隐蔽了八路军伤病员。由于王熊飞在险恶的环境中立场坚定、英勇无畏，积极工作，1944 年 10 月起成为脱产干部，先后任区武装大队副大队长、大队长等职。1948 年 1 月至 1949 年 5 月任东北支前担架连连长，参加辽沈战役，在锦州歼灭战、营口阻击战中率担架连在战场前沿抢救伤员。因表现突出，战后担架连被评为"模范担架连"。

　　1949年5月至1951年10月，先后任三河县四区区长、区委书记，带领全区人民发展生产，恢复经济。工作中，他"积极肯干不怕吃苦，热情很高说干就干，精神好"（三河县委组织部语）。1951年11月至1952年1月，入中共河北省委党校学习，1952年至1955年在河北省工业厅重工业局任机关专职党支部书记。1955年任大厂回族自治县筹备委员会副主任。1956年任通县专区手工业办事处党支部书记。1958年以后任大厂乡党总支书记、蓟县大厂回族自治区人民公社党委副书记、夏垫公社党委副书记、大厂县拖拉机站站长等职。工作作风上一贯从实际出发，注重实效，反对空喊政治口号和不符合实际的做法。1959年担任中共蓟县大厂回族自治区人民公社委员会副书记时，天天到各管区、大队检查工作指导生产。当时正是极"左"思想泛滥时期，一些不正常的做法令他非常反感。是年春耕大忙时见到冯兰庄管区每天都有人扫大街，他就找到管区负责人，对他说："你的大街上总有人扫，整天扫地干什么！扫大街吃不饱，过去谁整天扫大街呀，你考虑一下，不应干的事，不用死乞白赖干，要抓重点。"针对当时的"大跃进"，王熊飞说："我在各项工作中总是主张闷头干……你喊（指高喊政治口号）也不管事。""什么叫大跃进，你非得把人累死了，才算大跃进？"1959年一些生产队饲养猪只过多，由于管理不善死了很多。在邵府管区分片召开的猪只发展现场会上，他公开提倡把生产队80%的猪只下放到社员户养。此举招致很多人反对，有的产生抵触情绪，有个管区下放工作进展缓慢，王熊飞找到管区负责人说："你的管区猪只下放得不快，你们死了多少猪呀，如果多往下放，死不了那些猪。"那个负责人说："我们放下400多口啦，如果再放就剩母猪和大猪了。"王熊飞说："放得少，还要多放，大的放到社员户有什么不好？"在贯彻农业"八字宪法"时有的干部提出播种越密越好，王熊飞在各生产队指导生产时加以纠正，说："不能种得太密，我们没有那么多的肥，太密了尽出'枪杆'（不结玉米的空秧）。"王熊飞以实事求是的工作作风赢得老百姓的赞誉，而他自己却被某些人说成是"右倾"、"落后"，"文化大革命"中受到错误批斗。1972年2月才恢复工作，任祁各庄公社党委副书记，4月任祁各庄公社"革委会"副主任。1978年6月离休，1991年11月病逝。

白志斌

　　白志斌（1917—1992），曾用名白三莫，回族，无极县高头村人，出身贫穷。1942年3月入党。1930年至1933年在家读书，后因家庭条件所限辍学，在肉房当雇工。1937年至1943年务农并参加革命工作，在支部从事宣传工作。1943年11月通过组织安排到藁城县四区农会任组织委员。1943年12月至1944年8月任正定县"回建会"主任。1944年9月至1945年1月任"藁无"县"回建会"主任。1945年2月至1945年10月在藁城县政府任事务秘书。1945年11月至1946年12月在藁城县第五区公所任秘书。1947年1月至1947年9月任正定县民政科科长。1947年10月至1948年8月，任正定县第四区教育助理。1948年9月至1949年2月任正定县第四区副区长。1949年3月至1950年4月任正定县第四区宣委。1950年5月至1950年8月任正定县第三区宣委。1950年9月至1951年7月任获鹿县监察委员会秘书。1951年8月至1955年3月调河北省民族事务委员会任科员、副科长。

1955年起，白志斌调大厂工作，任县检察院检察长。1956年4月至1958年3月任县监委书记。1958年4月至1960年4月任蓟县大厂公社党委第二书记。1960年4月至12月在石家庄党校学习。1961年1月至1962年3月反"五风"，没有工作。1962年4月至1962年6月任大厂回族自治区党委副书记、区长。1962年7月至1963年5月任县政府副县长。1963年6月至1964年9月任县社主任。1964年10月至1966年7月在霸县、香河搞"四清"，任指导员。1966年8月至1970年2月"文化大革命"中受审查。1970年3月至1972年6月下乡锻炼。1972年7月至1976年10月任县粮食局副局长。1976年11月至1981年4月任县委常委、革委会副主任。1981年5月任县委常委，县人大常委会副主任。1983年8月离休。1992年6月因病逝世。

杨守义

杨守义（1927—1993），曾用名杨文元，1927年3月出生，回族。原籍大厂回族自治县大马庄。8至10岁读回文两年，11岁至15岁念小学四年毕业，16岁至22岁学徒做拉锁七年。因拉锁工厂倒闭，1948年6月回家半路途中被国民党抓去补入十六军九四师二八二团三营十二连当兵三个月，1948年9月于察哈尔省怀来县康庄车站被解放，入伍补入一九二师后勤修械所工作三个月，调补到师警卫班当战士。1949年11月又调到六十四军炮兵团警卫连。1950年11月调军兵工营二连，并加入党组织。历任班长、排长、连长、营长等职，1951年12月编到六十四军一九零师警卫营二连当副班长。曾参加解放战争和抗美援朝战争。历任班长、排长、连长、营长等职。

在朝鲜战场上先后参加八次战役。在五次战役中立三等军功。曾参加上甘岭战役，在上甘岭战役中，任副班长，作战机智勇敢，打死打伤百余名敌人而立军功。朝鲜战场上，火海中勇救落难群众和儿童，受到朝鲜人民赞誉。因战功卓著曾获东北、华北解放纪念章、"八·一"和平勋章等数枚。战斗中身体多处负伤，被定为三等残废军人。

1954年以营职转业地方工作，自愿弃职。先在大厂回族自治县轧花厂工作，后返乡任村委会干部。期间，用废弃的钟表发条手工制作小刀，作工精美，为上等手工艺品，在百货公司有专柜销售，受到用户好评。1965年被选为县五届人民代表大会代表。1970年任县综合厂保管，系一级钳工，带徒弟若干名，对工作兢兢业业，对下属体贴入微，对公物爱之倍加，勤俭节约，生活简朴。多次被评为先进工作者和优秀共产党员。

1980年后，因身体不适，由组织安排，多次到保定荣军医院疗养。一生耿直，为人谦和、诚实，口碑极佳。1993年3月，因病去世，享年66岁。

刘立国

刘立国（1972—1994），满族，高中文化，河北省宽城县人，1990 年 11 月参军，在武警廊坊支队大厂中队服役。入伍后，刘立国认真学习科学文化知识，严格要求，刻苦训练，积极向党组织靠拢，出色完成各项工作任务，曾先后 8 次受到嘉奖，多次被评为"优秀士兵"、"优秀班长"、"擒敌能手"等称号。1994 年 7 月 12 日至 13 日，全县普降大到暴雨，鲍邱河洪水暴涨，沿河两岸村庄、农田大部分泡在水中，供电、交通、通讯中断，县防汛指挥部决定调武警中队参加抢险救灾。13 日 6 时许，班长刘立国与 11 名战友在指导员的带领下，承担鲍邱河泄洪任务，刘立国第一个冲到最危险的地段，挥锹挖土，连续奋战 4 个小时，与战友们一道完成了任务。18 时 15 分，中队再次接受任务，泅渡鲍邱河，给被洪水围困 30 多个小时的金庄村民送照明器材，刘立国自告奋勇加入泅渡突击队，他把 9 支手电筒和 10 包蜡烛用绳子捆在腰际，跃入激流，在指导员的带领下与另几名战友和地方干部向 400 米宽的河对岸游去。当游到离岸边 30 米的时候，刘立国因身体负重大、体力不支，被巨大的漩涡卷入洪流之中，无情的洪水吞噬了他年仅 22 岁的生命。国家防汛抗旱总指挥部、人事部、水利部、解放军总政治部联合授予他"1994 年度全国抗洪模范"称号。武警总部于 7 月 25 日批准他为革命烈士，8 月追认他为中国共产党党员。为表彰刘立国在抢险救灾中舍生忘死的革命精神，公安部、武警部队首长联合签署命令，为刘立国追记一等功，并号召全体官兵向刘立国同志学习。

丁连芳

丁连芳（1925—1994），原籍蓟县咀头村，1939 年加入蓟县抗日革命队伍，1947 年到武清县三区区委会工作，同年 10 月加入中国共产党，在秋后的一次战斗中，因表现出色受到武清县委的表彰。由于工作认真，又勤于学习，受到上级领导的重视，1952 年 8 月被推荐到河北建设学院学习，同年 12 月返回武清任区委书记。1954 年 8 月到政法学校学习，1955 年 6 月返回武清县后任检察院检察长。1959 年 2 月至 1961 年 6 月任安次县北旺公社党委书记。1961 年 6 月至 1962 年 9 月任安次县法院院长。1962 年 9 月至 1965 年 3 月任中共安次县监委会书记。1965 年 3 月至 1966 年 3 月任中共安次县委副书记。

1966 年 3 月起，丁连芳调大厂县工作，任四清工作组临时党委委员。1966 年 7 月至 1967 年 3 月任县委副书记。1967 年 3 月起任县革委会常委、副主任。1973 年 8 月起任县委副书记兼任县革委会副主任；1981 年 5 月兼任县人大常委会副主任。1984 年 1 月离休。1994 年 10 月 2 日因病逝世。

杨 忠

杨忠（1939—1994），冯兰庄村人，初中学历，1956年8月参加工作，1957年8月加入中国共产党。1956年至1973年先后在县供销社、工委办公室、县委办公室、县直机关党委、邵府公社、陈府公社、县革委会政治部、县委办公室工作。1973年至1982年任王必屯公社党委书记。1982年至1987年任县农林局局长。1987年至1994年任县政府副县长。

1973年秋的一天，一个身材魁梧的人，身背铺盖卷，头戴"蘑菇头"大草帽，风尘仆仆地来到王必屯公社梁庄村的农业方田化工地上，扔下铺盖，脱去上衣，抄起铁锨，和大家干在一起，他就是34岁的公社党委书记杨忠，一上任就一头扎到当时最贫困落后的回族村——梁庄。当时的梁庄，正像那段民谣所唱"日值两毛八，进家房要趴，掀起锅盖眼巴巴，端着面盆借八家"。他从公社良种场找来豆腐渣、豆皮、高粱分给乡亲们度饥荒。接着抓农田水利建设，白天穿着短裤、背心，推车、舞锨和小伙子一对一比着干，晴天一身汗，雨天一身泥；夜晚带领村干部访贫问苦，研究工作；午夜还要去查看浇地的情况。他吃在梁庄，住在梁庄，吃的是每天一家的贴饽饽、棒渣粥，住的是老百姓家的热炕头。1976年7月唐山地震波及梁庄，房倒屋塌，他又把铺盖卷搬到了简陋的地震棚，从规划设计到备料施工都亲临一线，经过3年艰苦奋斗，建起600多间红砖瓦房，结束了梁庄村除去清真寺无瓦房的历史，一个布局合理、街道整齐、绿树成行的新梁庄诞生了，一时成为全县学习的榜样。梁庄人记得，他一连三个大年三十都是与梁庄人一起度过的。他当了十年公社书记，铺盖卷在梁庄放了十年，直到调到县里，这套铺盖卷才离开梁庄，而这十年间，梁庄已彻底甩掉了贫穷的帽子，迈入全县先进村行列。

杨忠担任副县长后，一直分管农业。1988年组织全县干部群众大搞"农业丰收竞赛"，当年夏粮单产、总产双创历史最高水平，受到国务院和省政府表彰和奖励。1990年全县粮食亩产507公斤，成为廊坊市率先突破亩产千斤的县，小麦亩产突破300公斤跨入"全国小麦高产县"的行列。1988年至1989年，组织全县"平原绿化达标"，使林木覆盖率由原5.8%上升到10.34%，受到林业部和省政府表彰。1988年采取"向上争取一点，乡镇拿一点，村户筹一点"的办法，多渠道筹集资金，集中投入，搞防渗管道建设，到1990年，共铺装地下管道59.2万米，配套机井1243眼，灌溉麦田10万亩，成为廊坊市第一个实现农田浇地管道化的县。为改变几千年农民"面朝黄土背朝天"的耕作方式，一直致力于提高农业机械化水平，由于他的努力，到1993年全县农机保有量达2.66万台（件），农机总值突破5500万元，80%以上的农田作业被机械化所代替，10万亩小麦实现从种到收的全程机械化，总体水平居全省之首。从农民的长远利益考虑，精心谋划发展畜牧业，以后畜牧业成为大厂县特色产业，杨忠做了打基础的工作。

杨忠分管民政、残联工作，无论多忙，也要定期到全县各乡镇敬老院、贫困户、残疾家庭走访看望，为他们解决大量实际问题，1991年3月作为全国唯一的县级特邀代表参加中残联主席团一届三次会议，在会上破格作了45分钟的发言，中残联的一位领导当场插话说："我们全国各地的领导者若都像杨忠同志这样，我们的残疾人事业将大有希望。"

作为汉族干部，杨忠以身作则维护和发展民族团结，自参加工作的那天起就把民族工作作为"当干部的第一课"牢记在心。在家里，全家人跟他一起吃"回民伙"，在外开会，他上"清真餐桌"，对清真寺落成、"海里凡"毕业典礼等活动，他有请必到，同回族同志一样拿"乜贴"，回族同志家里有事，他也去"随份子"，身为汉族，分管自治县的民族工作且很出色，这其中不知耗费了杨忠多少心血。

杨忠在工作上习惯于白天下基层，晚上处理公务，且绝大部分时间住在工作单位。对下属要求严格，批评直截了当，尊重知识分子，注重解决群众的生活问题。在农林局担任局长期间，"双职工"有一方在农林局上班的，经他努力都能分到房子，下属有困难找他，他都能通过各种途径帮助解决。

杨忠一生乐于助人，在梁庄"蹲点"时，年仅十七八岁的回族青年王凤林，父母双亡，带着两弟一妹过日子，偏又患了重病，已写下遗书，杨忠得知后，当即带他到了廊坊地区医院，在他的恳求、担保及热忱之心感召下，医院为王凤林注射了一支特效针剂，挽救了这个青年的生命。后来王凤林成家立业，常说："没有杨忠书记就没有我今天的一切。"

杨忠早年丧父，母亲含辛茹苦带大全家，早年母亲的教诲对他影响至深，使他一生保持农家子弟的本色，粗茶淡饭，不吸烟不饮酒，待人随和。但对亲属要求极严，妻子在县内一家效益不好的集体企业上班直至退休。教育子女尊敬师长，在冯兰庄村，他是有名的孝子，直至担任副县长后，对母亲的话语从不顶撞，困难时期，宁可自己省吃俭用，也要每月为母亲尽上几元钱的孝心，1990年母亲病逝后，他常因工作忙没有更多时间孝敬老人而感到遗憾。

杨忠一生大部分时光从事农业、农村和农民工作，对弱势群体倾注真情，在几十年的工作中与自治县回汉各族群众结下深情。1994年12月9日，杨忠在身体极度不适的情况下仍坚持工作，突然发病，倒在办公桌前，经抢救无效逝世，终年55岁。

海久恒

海久恒（1919—1996），原名海德才，回族，出生于大厂村一个贫穷的农民家庭，自幼好学，少年时学习汉文学、日语，早年随父到多伦经商，宰牛、卖肉、送牛奶。1940年，日本特务孙茂荣得知海久恒懂日语后，为了讨好日军，强迫海久恒作日本翻译，并答应给予丰厚的待遇，海久恒想尽一切办法逃出了多伦，气急败坏的孙茂荣带领日伪军一路追赶，行至北京时，怕遇见八路军，未追至家中，海久恒才幸免于难。

回到大厂后，海久恒立即加入了民兵组织，参加地方抗日斗争，1943年在日伪强化治安时，海久恒参加了中国共产党，与李尚武、王以仁等人一起进山受训，接受革命教育。1944年春天，受上级党组织派遣返回大厂地区，在三区区委从事宣传、组织、民运工作。1947 年至 1949 年先后任一区、四区区委书记，负责大厂、皇庄一带的革命工作，在血与火、生与死的考验中，始终对革命事业忠心耿耿。他不但自己投身革命还鼓励全家人跟着党走，在解放前革命最艰难的时期，海久恒带动正在上大学的弟弟海洋参加了革命工作，随后又鼓励哥哥海德有、妹妹海德茹、弟媳何凤雨积极为党工作，争取他们入团、入党。

1950 年，海久恒调三河任县委宣传部部长，1951 年任三河县长，那时，刚刚解放，百废待兴。短短一年间，海久恒跑遍了全县各个乡镇，住过条件相当落后的 10 多个村庄，与农民同吃同住，指导农民增加生产、恢复经济，解决实际问题。1953 年调通县专署任统战部副部长、民委主任。1957 年春天回大厂任县委书记、县长。1958 年 12 月任蓟县县委副书记、县长。此时正值困难时期，身为大县（包括今天津市蓟县，河北省三河市、大厂县）之长，不搞特殊，与人民群众同甘共苦，有空就到生产队中与社员同劳动，帮群众解决具体困难。在严重缺粮的日子里蓟县粮食局给他家里送了一袋土粮，他让警卫员送了回去。

1962 年海久恒重返故乡大厂，任县委书记。当时大厂经济相当落后，为让农民的生活水平有所提高，身体强壮、性格豪爽的海久恒经常一个人骑自行车下乡，带领群众种试验田、推广丰产技术，向群众嘘寒问暖，其豪爽、风趣、幽默的谈吐很受农民喜欢，群众都说他很好接触。单位食堂看他每天工作辛苦，想让他在单位吃点好的，他说："现在国家还很困难，农民生活还很艰苦，作为国家干部，不能只想着享受。"坚持回家吃饭。他对家人要求严格，侄子多次找他安排工作，都被严词拒绝。他教导自己的亲属"决不能搞特殊化，假如都上班了，那么多土地谁去种，种地也是光荣的，也能给国家作贡献"，但他得知大厂村的马德全家庭条件十分困难，就主动帮助其安排了工作。海久恒生活十分清苦，穿的裤子也是用拆下来的旧被里做的，就连子女结婚时也吃和平时一样的饭。但群众遇到生活上的困难找到他时，他会拿出自己的工资帮助解决，下属马英民的家庭条件困难，妻子又患病，他始终给予帮助。1966 年海久恒遭受"文化大革命"冲击被迫停止工作，1973 年落实政策，先后在廊坊地区知青办、畜牧局、地委统战部工作。1983 年海久恒因患病离休。病危时仍挂念自己曾工作战斗过的蒋福山老区人民，并嘱托弟弟海洋去看看农民生活是否有所改变。1996 年 2 月，海久恒因病逝世。逝世后只为老伴留下 7000 元的养老金。

冯春沂

冯春沂（1935—1998），双臼村人，中专文化。1951 年入伍，先后在通县军分区教导大队卫生训练队、河北军区干部大队、华北军区驻唐山车站军人代表办事处等服役。1955 年 5 月在总参军事交通学校铁路系学习，1958 年 11 月至 1967 年 3 月先后在 0029 部队铁路管理处任调度员、计划助理员、战勤参谋。1967 年 3 月至 1979 年 10 月在国防科工委廿基地铁管处任干事、副股长、政治协理员、通信总站政治处副主任、主任，1979 年 10 月至 1984 年 4 月在国防科工委廿基地勤务回收站任副政委。

1984 年 4 月转业到大厂，先后担任县委政法委调研员、司法局局长、公安局局长、政法委副书记、人大副主任等职务。1986 年 8 月被评为部队转业干部先进个人，并出席廊坊地区军队转业干部先进个人代表会；1989 年被县政府记大功一次；1990 年 7 月被廊坊市委、市政府授予"模范转业干部"称号。

冯春沂先后当选中共通信总站第一、二次代表大会代表、委员、常委、纪委书记，中共廿基地第一次代表大会代表，大厂县第四、五次党代会代表。

1998 年 11 月，冯春沂病逝。

杨守元

杨守元（1934—2002），回族，苇子庄村人。20 世纪 50 年代担任村干部，1963 年加入中国共产党。1965 年起任村治保主任。在几十年的治保工作中，始终兢兢业业，未有一丝懈怠。白天劳动，夜晚巡查，对不法之事坚持原则以法处之，以理服之。杨守元干治保经常遇到一些阻力，遭到一些人报复。常有一些受到过处理的人及其亲属当众骂他，也有人将他家菜园的蔬菜全部毁坏，1973 年有人唆使精神病人到他家打闹，将橱柜锅碗砸烂。但这一切丝毫没有动摇杨守元治保工作的决心，他的凛然之气令不法之徒胆怯，使全村乡亲感到平安。为了做好治安工作，他不但对本村集体财产，各家各户及其社会关系等情况了如指掌，而且对周边各村各种情况烂熟于心。1989 年 3 月村北地里架设的光铝线被盗，案发后杨守元一面组织人员保护现场，一面向公安机关报案，后来通过一个收破烂的人找到光铝线的线索，同公安干警顺藤摸瓜，终将案犯抓获。由于杨守元的辛勤工作，几十年来，特别是改革开放以来，苇子庄社会稳定，民族团结，经济快速发展，现已成为闻名遐迩的富裕村。从 1965 年到 1999 年，杨守元和他所带领的村治保会先后 10 次被评为市、县先进治保主任和先进集体。2002 年 7 月 15 日病逝。

左金铨

左金铨（1949—2003），夏垫村人，大专学历。中国书法家协会会员，河北美术协会会员，中原书画院校聘高级美术师。1965 年 9 月初中毕业后考入蓟县师范学校；1968 年 12 月毕业，下乡到霍各庄村。1969 年 12 月参加工作，在县文化馆任美工。1970 年 12 月调邵府中学教书。1971 年 11 月调县文化馆，后任馆长。1990 年 8 月至 1996 年 3 月，先后任县文联副主席、主席、县委宣传部副部长。少年时期左金铨受长兄左金铎（河北美术家协会会员）影响学习绘画，后拜国家著名书画家孙克刚、梁岩为师，书画艺术逐步完善并形成了独特的个人风格。书画作品多次在国内及日本、美国、巴西、法国等国展出、获奖，并被多家国内外博物馆收藏。《中国美术书法界名人名作博览》，《纪念甲午战争 100 周年美术书法选》、《西莞杯全国书画大赛精品》等书画专集收录其大部分作品。其所书鲁迅赠日本画师语和毛泽东的诗句"云横九派浮黄鹤，浪下三吴起白烟"两件作品赴日本展出，被日本鸟取县等博物馆收藏。《敦煌道中》获日本第二十四回国际书道展览最高奖——日本国际书道联盟奖。1988 年，左金铨在廊坊举办个人书画展，中国美术家协会副主席白雪石、徐悲鸿纪念馆馆长廖静文分别致信祝贺并亲笔题写展名。1996 年 3 月至 2002 年 4 月任县文化局局长。在职期间组织开展群众文化活动，辅导业余文艺人才，积极地推动本地区的文化发展。左金铨一生培养文艺人才百余名，其中，十余名学生考入天津美术学院、北京理工学院等高等院校，其余已成为大厂县文化领域的中坚力量。为了推动大厂书画艺术的发展，他利用自身在国家书画界的影响和关系，积极开展对外文化交流活动，先后邀请国家著名书画家梁岩（吉林画院高级美术师、著名中国人物画家）、王友谊（第六、七、八届全国中青年书法展评委、中华世纪坛世纪宝鼎撰写者）等人来大厂讲学、交流，有利地促进了县内书画艺术水准的提升。在其带动下，多名中青年书画爱好者先后在国家级书画大赛中获奖、入选，在京津廊（坊）地区产生了一定的影响。1985 年由左金铨参与发起的北京、天津、河北地区"幽燕十县书画、摄影展"已延续至今，被评定为省级展览。2003 年 1 月病逝。

吴宏友

吴宏友（1954—2004），夏垫村人。1972 年 12 月入伍，1976 年加入中国共产党，服役期间历任战士、排长、副连长、连长、副营长、营长，因工作积极、完成任务出色，荣立二等功一次、三等功四次。1987 年 1 月转业到中国人民银行大厂支行工作。1987 年 2 月，调入县人民法院，先后在夏垫法庭、县法院行政庭工作，历任助理审判员、审判员、副庭长、庭长、审判委员会委员、院党组成员。从部队转业到法院工作后，他克服工作繁重的困难，先后参加了全国法院干部业余法律大学法律专科、省高院审判人员任职资格专项培训等学习，并在审判实践中努力钻研和学习司法业务。正是靠这种勤勉，他很快从一个法律专业的"门外汉"成为审判一线的行家里手。

吴宏友在审判工作中始终依法办案、秉公执法、勤勤恳恳、一心为民，为司法事业尽到了一名法官的全部责任。2000 年 5 月，吴宏友主办原告大厂某公司与被告某工程处加工承揽合同拖欠门窗款纠纷一案。原告为被告加工定做塑钢门窗，工程竣工后，被告以种种理由拖欠原告门窗款 60 万元，经过一年多的催要，原告没有追回一分钱，便诉至法院。审理过程中，吴宏友经过深入调查，合理运用财产保全措施，终于为原告挽回全部经济损失。原告法定代表人刘某为表示感谢，来到吴宏友的家，送上现金 5000 元，被吴宏友坚决回绝。刘某以为他嫌少，第二天又将 10000 元送到家中，这回吴宏友狠狠地批评了他，严厉指出其行为的违法性。面对钱物，吴宏友坚持不是自己的不要，当事人的更不收。有人说他胆小，有人说他傻，他说，当法官要对得起肩上的天平，不能让老百姓戳脊梁骨。在吴宏友的眼里，群众的事再小也是大事，自己的事再大也是小事。他说，老百姓是我们的衣食父母，为了老百姓的事，再苦再累，即使是付出生命，我也心甘情愿。一个冬天的傍晚，已经下班了，吴宏友最后一个走出法庭大门，这时匆匆赶来一位老太太，怒气冲冲地拦住了他，原来，老太太是因为家务事和儿女闹翻了，步行 10 余里路，来法院状告儿女不履行赡养义务。了解完情况后，已是晚上 7 时多了。按说此事没有立案，他可以告知老人明天到立案庭立案，然后再做处理，但看着老人花白的头发、疲惫的神色，吴宏友当即找来书记员和司机，带着老太太赶往她家，把老人的儿女叫到一起。吴宏友将老太太倾诉给他的苦水都复述给他们，对于儿女平时给予老人的孝敬给予了肯定，对于他们在老人需要关怀时而没有给予足够的关心提出了批评。然后吴宏友又单独和老太太交谈，对老人的情绪悉心地抚慰。面对吴庭长如此真情地调解自己的家庭矛盾，老人及儿女都非常感动，纷纷表示今后一定要相互理解，过好日子。看到老太太一家人矛盾消除，吴宏友才放心离去，此时已是夜里 11 时多了。

吴宏友时常对庭里人讲，法院承担着化解社会矛盾维护社会稳定的重任，特别是行政审判工作，协调的是干群关系，更要树牢大局意识，当好干群矛盾的"缓冲带"，绝不能使矛盾激化。2002 年 4 月，他主办了县交通局申请执行 25 名被申请执行人拆除公路旁非法建筑的行政非诉执行案件。这 25 户被申请执行人得知消息后，情绪非常激动，有声称要上访的，有喊着要拼命的，事态十分紧张。吴宏友迎难而上，他带领法庭干警连续三天深入到当事人家中。逐门逐户向他们讲法律，讲政策，讲情理，一户一户地做耐心细致的思想工作。正是由于吴宏友的工作做深了、做细了、做实了，当事人的态度从坚决反对、抵触，逐步转变为主动配合，从而促成这 25 户在无一人被采取强制措施的情况下，自行拆除了非法建筑。这一案件的执行结果得到县委领导的充分肯定。

吴宏友担任夏垫法庭庭长 10 年，共审理过 880 余件民事案件，无一发还改判，无一引起群众上访，调解率高达 87%，夏垫法庭连续 10 年被县法院评为先进集体，连续 4 年被廊坊市中院荣记集体三等功，1998 年被省高院荣记集体二等功，并授予全省"五好法庭"光荣称号，他本人也多次受到县委政法委和县法院嘉奖，4 次被中院记三等功，2 次被评为全市法院系统十佳法官。调任县法院行政庭庭长后，他认真审理每一起行政诉讼案件，妥善处理每一起行政非诉执行案件，创下了大厂法院行政审判"零"申诉、"零"上访的纪录。

2004 年 2 月，吴宏友在高烧 40.3℃的情况下，仍开庭审理案件，最终昏倒在审判台上。3 月 11 日因癌症晚期经抢救无效去世。4 月 12 日，河北省高级人民法院为他追记个人一等功。最高人民法院院长肖扬得知吴宏友的事迹后批示："吴宏友同志是多么好的人民法官啊！妻子下了岗，儿子没分配工作，家庭负担繁重，还负债生活，但他甘于清贫，一心为民，最后倒在审判台上，为党为人民为司法事业奉献了一生！"中共河北省委书记白克明强调："应组织好学习、宣传活动。"河北省长季允石批示："英年早逝，殊为痛惜；浩然正气，堪称楷模！"

杨湘林

杨湘林（1921—2004），回族，南寺头村人，高中文化。民主人士。1949 年 3 月至 1950 年 12 月任双臼小学教员，1951 年 1 月至 1952 年 2 月任北坞完小教导主任，1952 年 3 月至 1952 年 11 月在大厂完全小学任校长，1952 年 11 月至 1956 年 12 月在大厂中学任教导主任，1956 年 12 月至 1958 年 10 月任大厂县人委副县长，1958 年 10

月至 1959 年 10 在保定政法学院学习，1959 年 10 月至 1960 年 10 月任蓟县人委副县长，1960 年 11 月至 1962 年 10 月任蓟县政协副主席，1962 年 10 月至 1965 年 10 月任大厂县人委副县长，1965 年 11 月至 1966 年 8 月任夏垫中学校长，1966 年 9 月至 1972 年 4 月遭受"文化大革命"冲击，1972 年 5 月至 1980 年 9 月任大厂中学副校长，1980 年 9 月至 1981 年 4 月任大厂革委会副主任，1981 年 5 月至 1987 年 5 月任县人大副主任。2004 年 8 月病逝。

王振华

王振华（1933—2005），回族，大厂三村人。1942 年至 1947 年在天津读书，1947 年至 1952 年在天津学徒。1952 年 10 月参加工作，在大厂回族自治区政府任文书，1956 年至 1980 年先后在县农林局、县委办公室、县"五·七"干校、祁各庄公社、水利局等单位工作。1980 年 10 月任中共大厂公社委员会书记。1981 年 7 月任中共夏垫公社委员会书记，在此期间正值农村经济体制改革起步阶段，一些干部群众长期受"左"的思想禁锢，对刚刚出现的各种形式的责任制不理解甚至有些责难。王振华在对比农业生产责任制与原生产方式的利害关系后，认为农业生产责任制是调动农民生产积极性，解放生产力，促进农村经济发展的好方式，应迅速推行。于是他顶着重重压力，毅然决定在全公社范围内全面推行家庭联产承包责任制。工作中他深入到生产队，耐心向社员讲解党的政策，宣传实行责任制的好处，亲自与社员签订承包合同，到 1982 年年初全公社就完成了土地承包。他重视教育，在财力紧张的情况下拨款 20 万元建立了一所当时标准很高的镇办初级中学，解决了夏垫镇南半部初中学生上学难问题。同时镇政府出资完成了北坞小学、赵沟子小学的危旧房改造。1985 年 5 月任县经委主任，为发展工业做了大量工作。1987 年 6 月王振华被选为县人民政府副县长，分管工业、交通、供电、邮电等工作，1990 年 4 月被选为县人民政府县长。在任副县长和县长期间，王振华坚决贯彻执行党的路线、方针、政策，坚持改革开放，从实际出发制定大厂县发展策略，强调大厂要发展必须抓畜牧产业，大厂要发展必须上项目。经过多年努力，畜牧产业不断壮大，成为大厂的支柱产业，那个时期引进的美资企业——福喜食品有限公司，一直是食品工业的龙头企业，为大厂发展作出了重要贡献。

在几十年的工作生涯中他牢记为人民服务的宗旨，与群众打成一片，保持着与人民群众的密切联系，由于工作的需要，他经常住在农村，吃百姓家的贴饽饽，睡农民家的热炕头，有空就帮老百姓家干活，挽起裤腿，赤着脚，和泥、抹房、脱坯什么活都干，割麦子、打场样样都行，看不出他是个干部，倒像是老乡家里的普通一员。

王振华热情支持地方志工作，1992 年县志办在编修县志时想在志书中安排一张反映县城全貌的照片，摄影师爬上县城内几座高大建筑物，从几个角度拍摄都不理想，他知道此事后，亲自到空军某部，诚恳地请求部队支援，部队首长为其精神感动，派一架直升机，带上摄影师，在县城及夏垫等地上空飞行两小时，拍摄了一些极其珍贵的图片资料。2005 年 5 月 25 日，因病逝世。

杨学智

杨学智（1925—2005），1925 年 9 月生，南寺头村人，回族。1932 年 1 月至 1937 年在南寺头小学读书。1937 年 11 月至 1939 年 10 月，在北京学徒。1939 年 10 月在张家口市当小商贩。1940 年 6 月加入宝坻县伪警备队，为三等兵。1941 年 5 月转入香河县伪保安队、香河县日本宪兵队工作组，历任三等兵、上等兵、下士班长、中士班长。1945 年 6 月回南寺头村种田。1945 年 7 月加入八路军，历任战士、班长、排长、副连长、连长。参加过庄户突围战、歼灭"松江部队"、宝坻县城攻坚战、香河县阻击战、热南阻击战等重大战斗。后参加中国人民志愿军，历任连长、营参谋长。参加过金城南阻击战等著名战斗。1953 年 10 月至 1955 年 10 月，先后在人民解放军炮兵第七预校、沈阳高级炮校学习。1956 年 11 月任济南军区炮兵指挥军官训练大队战术主任、教员。1957 年 12 月至 1964 年 7 月任人民解放军某部野战炮营营长。某炮兵团司令部副参谋长。1955 年 9 月被授予大尉军衔。1963 年 9 月晋升为少校军衔。1964 年 7 月转业，任大厂县工业交通局副局长、供电局副局长、油厂副厂长等职。1981 年离职休养。1989 年 3 月廊坊地委批准其享受地专级离休干部待遇。2005 年 11 月病逝。

宋振元

宋振元（1931—2006），原籍北京市，1949 年 8 月入党，1948 年参加工作，任宛平县供销社会计。1950 年至 1953 年任平谷县银行会计。1953 年至 1957 年任通州专区地委总务科副科长、科长。

1957 年调大厂工作任供销社财务科科长，1972 年至 1978 年任土产公司经理，1978 年至 1984 年任食品厂经理，1984 年至 1987 年任商业局局长，任局长期间，他看到，随着"开放搞活"政策的实施，第三产业迅速发展，各种经济成分的商业网点不断增加，对国营商业提出了新的"挑战"。要使国营商业在激烈的市场竞争中求得生存和发展，就必须跳出封闭经营的"小圈子"，树立大商品经济新观念，而要做到这一点，关键是改革。为适应发展需要，先后对饮食服务业实行租赁，并制定了奖惩办法，取得了良好的经济效益。宋振元按照新时期的用人标准，打破"只有干部身份才能当领导"的传统观念，提出既看文凭、又看水平，既看学历、又看能力，以水平和能力为主的原则，先后提拔 10 名中青年干部职工担任了公司和局股室的领导。他们上任后，改革经营方式，在扩大购销，繁荣市场上大做文章，创出一流的效益。宋振元对商品的购销调存和财务各环节非常熟悉，但从不满足于数字报表和情况汇报，绝大部分时间深入公司、门店指导工作，他常说："作为一个领导干部，不能总是坐在办公室里靠电话指挥，凭'遥控'办事，而应深入实际，扎扎实实为基层解决问题。"为使公司能够更好地开展业务，他不顾自己的身体，亲自为下属各公司联系各种适销商品。使商业工作跨入了全区先进行列，全系统经济效益连续两年居全区首位。1987 年起任县人大常委会副主任。1992 年 2 月离休。2006 年 4 月 23 日因病逝世。

哈吉·马振武阿訇

哈吉·马振武阿訇（1922—2009），1922 年 7 月 16 日出生于河北省大厂回族自治县大马庄马氏掌教世家。他是马氏自明初迁入大厂第九代世袭伊玛目。马阿訇自幼从父马德贤伊玛目学习《古兰经》。1936 年，15 岁的马阿訇离家赴天津当海里凡。师从张景田阿訇。开始接受以常志美为代表并以苏非派见长的山东学派经堂教育。在此后 13 年里，先后师从沧州的张世成阿訇，承德的李继瀚阿訇，北京的山国庆阿訇、马谦益阿訇、马士诚阿訇学习阿语、波斯语和伊斯兰教经典。曾在北京牛肉湾清真寺亲受杨明远大阿訇指教四年，受益匪浅。1949 年 11 月，年方 28 岁的马阿訇在北京宣武区教子胡同清真寺挂幛（毕业），应聘宣武区后河沿清真寺任阿訇。

早在新中国成立初期，马阿訇在北京掌教期间，就曾经用经堂语汉文、小儿锦、阿拉伯语对照翻译过 7 卷《古兰经》，很受伊斯兰教界欢迎。后来，因种种原因散失社会，未能形成系统的版本。中国共产党十一届三中全会后，拨乱反正，恢复了宗教信仰自由政策，1979 年 9 月 1 日，党和政府为他落实了政策，恢复了宗教职业。马阿訇再次开始翻译《古兰经》。

马阿訇翻译《古兰经》完全是用业余时间完成的。自新中国成立初期掌教以来，马阿訇教习 100 余位海里凡，仅党的十一届三中全会以后就培养出 12 位阿訇，他们分别在天津、山东、辽宁、河北等地掌教。阿訇高徒张建现在沧州北大寺荣任。为维护民族团结促进社会和谐稳定作出了贡献。自 1979 年以来，马阿訇先后在大厂回族自治县，沧州市，北京市昌平区、密云区、顺义区，张家口，承德隆化等地驻寺，历任大厂回族自治县政协二、六届委员、县伊斯兰教协会副主任、承德地区政协委员、隆化县政协委员、承德市政协委员等社会职务。除了为广大穆斯林主持日常婚丧的宗教仪式外，还热心清真寺公益事业。帮助筹建了沧州建国街清真寺、大厂回族自治县小厂清真寺和大马庄清真寺，并积极协助党和政府做好伊斯兰教工作。就是在这样繁忙的教务、寺务工作中，马阿訇千方百计克服重重困难，每日挤出一定时间，通宵达旦，挑灯夜战，兢兢业业，潜心翻译《古兰经》，历时 15 载，终于在 1996 年 6 月，由宗教文化出版社出版。

这部经典是由著名学者白寿彝先生题写序言，全国政协常委、中国伊斯兰教协会会长安士伟大阿訇，副会长兼秘书长宛耀宾先生题写贺词。这部经典不仅继承和发扬了伊斯兰文化，而且填补了我国用经堂语汉文、小儿锦、阿拉伯文三种文字对照翻译《古兰经》的空白；而且全部文稿 70 万字均用手写体。不仅为伊斯兰教界提供了教材，也为中外伊斯兰教研究工作提供了重要的资料。《中国穆斯林》、《民族艺林》、《乡音》、《甘肃穆斯林》、《河北民族宗教》、《河北穆斯林通讯》、《廊坊社会科学》，以及《人民政协报》、《河北日报》、《廊坊日报》等报刊都进行了报道。马阿訇翻译古兰经的事迹，还被宁夏人民广播电台记者徐向君先生以《遥远的回声》为题，编入《天南地北回族人》一书。

此外，专门研究与评论我国全部《古兰经》译本，连续在上海《阿拉伯世界》开辟专栏的中央民族大学林松教授，20世纪90年代先后发表了16篇评论。其中介绍马阿訇译本的文章近2万字，西安《伊斯兰研究》季刊分两期全文转载。

马阿訇多才博学，完成小儿锦注《古兰经》翻译后，仍每日黎明即起，从未停止译作。整理编写了一部阿拉伯故事寓言集，暂定名为《百灵赞》。马阿訇独树一帜的书法作品在全国很有影响。他用阿拉伯语"清真言"写成的巨幅"福·寿"条幅，曾参加全国回族自治地方书法展，被北京民族文化宫收藏。马振武阿訇保存的手抄本《教法经》，字体工整、流畅，长36公分，宽30公分，厚18.8公分，重2650克，共528页，每页17行，中间是正文，四边有注解。经典《教法经》手抄本共4册，在华北乃至全国也属罕见，是非常珍贵的伊斯兰文化遗产。在马振武家族中传了十四代，约二百余年。2005年开斋节之际，他将此书捐赠给沧州市运河区清真西寺。

为完成宗教功课，1997年，年已76岁高龄的马阿訇，自费朝觐，完成主命。成为当代很有影响的哈吉，2009年4月20日，享年88岁的马阿訇因病顺主归真。

马振武共有3个儿子、1个女儿，长子是古建筑家，次子是国家一级瓦工，三子是民营企业家，现任北京市富祥伟业董事长；女儿在北京工作，现已退休。

第二章　人物简介

朱玉岭

1953年8月17日生，西马庄村人，中共党员。1979年8月在北京参加工作，先后在新街口食品店、西单菜市场、西外副食店基层店、西单食品公司、新街口购物中心任副经理、经理。1994年4月出任北京万方实业总公司副经理兼西单食品开发公司、新街口购物中心经理、党总支书记。1996年4月起任北京华天饮食集团公司总经理、党委副书记，聚德华天控股有限公司董事、总经理、党委书记。

朱玉岭领导下的聚德华天控股有限公司，是在原北京华天饮食集团公司的基础上改制而成立的股份制公司。拥有鸿宾楼、砂锅居、烤肉宛、烤肉季等20个老字号品牌，40余家不同风味的饭庄和餐馆，这些企业大都是经营百年以上的历史名店。经营网点遍布西城区，在海淀区和朝阳区有3家分店，在外省有3家特许加盟店。公司在职职工2000余名，有技术职称职工上千名，其中技师和高级技师106名，在国内外烹饪大赛上，有100多人次获得金、银奖牌或奖杯。多年来，聚德华天以抢救、保护和振兴中华老字号为己任，以塑造聚德华天管理品牌和企业特色品牌为主线，抢抓机遇，严细管理、灵活营销，改制创新，使传统的餐饮企业在激烈的市场竞争中连续多年保持了稳步发展的态势，取得了经济效益和社会效益的双丰收。2004年公司实现收入 2.1 亿元，实现利润 2700 万元，上缴税金及社保基金 6500 余万元。先后承担了北京亚运会、远南残运会、世界妇女大会、第 21 届大运会、全国"两会"和国务院办公厅机关的餐饮服务工作，都出色地完成了任务，受到社会各界的赞誉。

朱玉岭是西城区第十二届、十三届人大代表，北京市第十一届、十二届人大代表。1995 年被评为全国商贸系统劳动模范、北京市劳动模范，1996 年至 2004 年连续评为北京市、西城区优秀共产党员标兵，2000 年被评为全国劳动模范，"全国五一劳动奖章"获得者。

冯福路

男，汉族，1963 年出生，河北省大厂回族自治县西马庄人，中共党员，大专毕业。主要社会兼职有中国工笔画学会副会长、中国民营企业家联合会常务理事、廊坊市工商联四届执委会委员、县工商联副会长、县收藏家协会会长等。现任金之路园林工程有限公司董事长兼总经理。1990 年开始自学园林专业，并从事园林工作，1994 年被评定为园艺师职称，1994 年 7 月加入中国共产党，1996 年被评为县"十佳青年"，1997 年被评为县"十佳岗位标兵"，1998 年被评为"廊坊市青年星火带头人"、"廊坊市百品大王明星"，2000 年被评为"河北省农村优秀实用人才"，2002 年被评为经济师，2003 年 1 月被评为园林高级工程师，同年 3 月被共青团中央、农业部评为"全国农村青年致富带头人"、"植树造林先进户"，2004 年获县"农业发展先进典型"，2005 年被评为"廊坊市十佳造林育苗大户"，2006 年 12 月被河北省林业局、河北省人事厅，河北省总工会授予"河北省林业工作先进个人"。

从事园林工作十几年来，认真学习业务，勇于实践，敢于创新。把公司从小做大，从公司最初有苗木基地 20 亩，发展到现在苗木基地 1600 亩。2002 年出资一亿元人民币，由国家工商总局核准，成立金之路园林工程有限公司、金之路市政工程有限公司。公司注册资金 5000 万元，员工 315 人，有中高级职称人员 38 人，高级技能人员 48 人，是目前本地区一家规模大，实力强、颇具影响力和竞争力的园林绿化施工企业。同时公司员工的思想、业务素质不断提高，企业业绩不断攀升，公司管理井然有序。

十几年来，冯福路同公司一班人主持、设计完成了一些有较大影响的大中型绿化工程，如：三河市第五小学绿化工程. 三河市教师进修学校园林绿化工程、中央储备粮三河直属库绿化工程、北京空军物资库绿化工程、廊坊市卫生学校园林绿化工程、北京运河人家度假村园林绿化工程、廊坊市和平路北延绿化工程、京承高速公路绿化工程、三河市南出口综合改造工程等。工程质量、安全评定等级全部为优良，受到了建设单位的好评和上级主管部门的肯定。其中，在 2001 年 5 月 25 日，北京运河人家绿化工程中，公司组织了从山地移植胸径在 25cm，高 10m，树龄在 80 年以上的超大规格油松 26 棵，由于安排周密，措施得当，技术过硬，使任务顺利完成，没有出现任何事故，树木成活率 100%。这在同行业是非常罕见的。同时在施工过程中，积累了不少经验，攻克了许多技术难题，培养了一批园林技术骨干，为公司今后的发展奠定了良好的基础。

2008 年，公司与中国美术家协会，中国工笔画学会共同主办，出资 1000 万元，在中华世纪坛世界艺术馆独家承办了"全国第七届工笔画大展"，本次展览是中国工笔画学会作为国家一级民间社团正式批建后的首次大规模活动，得到美术界同仁的广泛支持和工笔画界的普遍重视。

冯福宽

回族，经名穆罕默德·阿里。河北省大厂回族自治县人。1963 年毕业于西北大学中文系。陕西人民广播电台高级记者。中国作家协会会员，中国音乐家协会会员。陕西省第八届政协委员。中国回族学会常务理事。陕西穆斯林对外文化经济促进会副会长，陕西河北商会名誉会长。1991 年被评为陕西省先进统战工作者，1995 年荣获陕西省民族团结进步先进个人称号，1993 年荣获国务院特殊津贴专家称号。著有诗集《山花赋》、《穆斯林之歌》、《黄土魂》、《绿色的黄土高原》、《从文学到艺术——兰花花》，散文集《回坊风情录》、《艰难的脚步》，广播剧集《消失在声音里的青春》、《苍茫的高原》，长篇小说《大迁徙》、《命运》、《为了后世的天堂》，专著《陕西回族史》、《丝绸之路上的回响》，中、英、阿文画册《中国陕西回族穆斯林》，歌曲《山丹丹花开红艳艳》（合作），叙事长诗《兰花花》改编成广播、影视作品，在全国各地电台、电视台播、映，改编成大型叙事表演合唱，参加《西北音乐周·西安音乐会》、《西北音乐周·兰州音乐会》、第二届《北京合唱节》，同名诗剧、叙事表演合唱并出版 CD 光盘。诗剧《兰花花》获陕西省首届开拓创作奖，诗集《绿色的黄土高坡》获陕西省少数民族团结进步奖，广播连续剧《风雪昆仑山》、《延安之声》、《大地长龙》获中宣部"五个一"工程奖。

对于冯福宽的创作，《人民日报》、《陕西日报》、《民族文学》、《回族文学》、《中国穆斯林》等报刊发表了上百篇评论文章，合计 30 余万字。《回族文学》评论说，他的作品"是回族儿女从胸中喷发出的心灵之火"，"是回族历史的形象化再现"。《民族文学》评论说，"从不同角度展现了回族人民的灵魂，传达了回族人民的风韵"。《人民日报》评论说，堪称是"穆斯林的生活史、命运史、心灵史、风俗史"。

冯福宽的作品，收藏在北京国家图书馆、美国国会图书馆，介绍、流传到中亚、东南亚、阿拉伯的一些国家和地区，他的传略收入《中国回族大辞典》、《中国少数民族专家学者辞典》、《中国文学艺术家传集》、《中国当代文艺名人辞典》、《中国作家大辞典》、《中国音乐家名录》等 10 余部辞典，同时入选《中国回族文学史》。

王春海

1962 年 4 月 8 日生，祁各庄乡西关村人，中共党员。1985 年河北大学毕业，法学学士，分配到河北日报社。高级编辑职称。先后在河北日报驻廊坊地委记者站、政治生活部、城市经济部、群众工作部、信息联络部等从事记者或编辑工作，历任副主任、主任等职务。

从事新闻工作20多年来，采编了一批政治性、思想性、理论性、可读性俱佳的在省内外产生较大影响的新闻作品。2002年9月有关霸州市某乡居民阎某承包乡政府附近某娱乐城，乡政府一年拖欠饭费10余万元，致使无钱周转被迫停业，此报道获全国省市区好新闻一等奖，一年后才有新华社披露公款吃垮饭店的报道；针对一些高校学生借不到助学贷款面临辍学危险的现象，在策划采编的相关内参中，提出进一步完善助学贷款政策的必要性，人民日报内参予以转载后，得到李岚清副总理批示；2000年8月18日，根据记者调查编发了"英雄刑警"不是执行公务遭袭而亡的内参，获省好新闻特等奖；报道沙河市某村农民刘某承包一荒山，经一家四代16年的辛勤劳动，荒山披上绿装，2000年，当治山的关键时期却贷不到款了，个别人乘机吃拿卡要，人民日报内参转载后，朱镕基总理和省委主要领导作了批示。有30多篇作品分别获得省"五个一"工程奖，省新闻奖特等奖、一、三等奖，全国省市区党报新闻一、二等奖，全国党报优秀内参一、二、三等奖，全国省级舆论监督好新闻一、二、三等奖。

李世宝

曾用名李士宝，号墨农，别署独晒斋、蚓耕堂主，男，回族，1969年10月生，本县霍各庄村人。大学学历，中共党员，九岁受父兄影响开始习练书法，师承金石书画大家石开先生，后参加中国书协培训中心书法创作班学习并得到旭宇、王友谊、刘文华、张继等名师指点。书法作品自2000年以来先后十几次入选、入展中国书法家协会全国第二届行草书大展，全国第二届隶书大展、全国第二节草书大展等权威性大展。连续三年入展《书法导报》2005、2006、2007年国际书法篆刻年展，《书法导报》创刊18周年全国书法精品展，并获2007年年展银奖。2005、2006年连续两年入展西泠印社首届手卷、楹联、扇面书法作品展，首届诗书画印大展。2006、2007、2008、2009连续四年特邀第一届、第二届、第三届、第四届加拿大中华诗书画大展。2007年参加中日议员、公务员书法作品展和第四届中国—马来西亚书法作品交流展。2008、2009年入展中国伊斯兰教协会、国家民委全国第三届回族书画展和新中国成立60周年全国穆斯林书画艺术大展。作品获得中国文联、中央电视台首届全国电视书法大赛青年组一等奖、世界华人书画艺术大展金奖。2003、2004年连续两年在全国"羲之奖"的评选中被评为优秀作品，同时在中国书法家协会会员优秀作品征集评选活动中被评为百强作品，作为名家多次特邀参加全国性书法展赛，被"皇威杯"全国书法大赛评委会授予终身艺术成就奖。2005年在大厂县委、县政府组织的十佳青年评选活动中被授予优秀青年称号，2006年获第六届廊坊市文艺繁荣奖（优秀奖），2007年因勇斗窃贼被县政府授予见义勇为先进个人荣誉称号，2008年被评为全县拔尖人才。书法作品先后在毛泽东文学院、敦煌艺术馆、中央电视台书画院、中国美术馆、中国军事博物馆、中国国家博物馆等处展出并收藏。个人辞条及书法作品入编《中国书协会员优秀作品集》、《中国书协会员百人作品精选》、《当代名人手札墨迹》、《中国书法家作品精选》等六十余部典籍，先后被中国文联和中国书画艺术研究中心评为"百名书法家"、"百杰书画家"；被中国书画家联谊会授予"百名中国书画名家"的荣誉称号。在《黄河文艺家》、《诗书画》、《中国书画家报》、《华夏美术家》、《消费日报》、《科技时报》、《书法报》、《书法导报》、《廊坊文艺》多家报刊上刊登专辑。北京电视台、凤凰卫视、廊坊电视台等媒体均曾有过报道。同时涉猎诗词、书法理论的研究，创作了大量的诗词作品并有《尊重艺术规律下的创新精神实现书法文化品格的诗意性回归》、《中国书法在后现代时代如何实现软着陆的思考》等多篇论文在专业刊物上发表，在全国书法界产生一定的反响。

2008年年初调到大厂县文联工作。任职以来先后策划并组织了中国科学院和大厂回族自治县书画家交流笔会、纪念新中国成立60周年全国书画名家作品邀请展等一系列大型文化活动。参与主编了《伊乡情书法篆刻集》、《和谐之光——大厂书法篆刻集》。2008年由中国国际出版社出版了个人专集《独哂斋墨痕》。

现为中国文人书法家协会理事、中国书画艺术家协会理事、中国艺术促进会常务理事、北京人民画院理事、中国书法家协会会员、河北省书法家协会行书专业委员会委员、中国硬笔书法家协会会员、廊坊市硬笔书法家协会名誉主席、中国榜书艺术研究会会员、伊乡书社社长、大厂县文联副主席。

崔涛

男，汉族，1970年出生于河北省三河市。1990年就职大厂回族自治县文化馆，2002年任馆长。中国书画艺术研究会会员，中国文艺家协会会员，河北省摄影家协会会员，廊坊市摄影艺术家协会理事，政协廊坊市第四、五届委员会委员，政协大厂回族自治县第八届委员会特邀委员。

参加工作以来，积极从事群众文化推广与普及工作，1997年获河北省"群众文化热心人"称号；1998年获文化部"全国优秀文艺辅导员"称号，2000年至2003年连续四次获廊坊市文化系统先进个人称号。2004年获廊坊市文化艺术节先进个人称号，市政府通报表彰。1990年至2005年，倡议组织"京东风情"北三县书画艺术联展、"友谊之桥"北三县迎新春文艺演出、"大厂、香河戏迷文艺演出"，先进经验被廊坊市文化局在全市文化系统推广。组织全县"群众文艺汇演"、"夏秋彩色周末演出"、"文化下乡演出"等大型专场演出活动100余次，组织大型书画艺术展览10余次，带领业余文艺骨干参加国家、省、市级行业调演、比赛30余次，扶持建立"夕阳红"音乐社、"宋各庄书画社"、"老年合唱团"、"鲍邱潮诗社"和村街秧歌队等群众文化文艺团体12个，辅导青少年书画爱好者100余人，其中，11人考入天津美术学院、东方美术学院等专业院校。组织参与中华诗词学会培训部、中国科学院文联、天津书画联谊会等对外文化交流活动10余次。

个人书法作品入选全国"民族情"书画联展，民族文化宫永久收藏、入选全国"金龙杯"书画大赛、获河北省"纪念红军长征60周年"书画大赛二等奖。美术作品获全国青年小幅油画展三等奖、"燕赵群星奖"廊坊选拔赛特等奖。摄影作品获全国青年摄影大赛优秀奖、河北省县际联赛二等奖。有 3 篇专业论文入录《文化大视野——全国文化博物论文集》、《群众文化研究》等国家级专业刊物。

郭庆旺

1964 年 2 月出生，陈府乡刘各庄村人。1984 年 7 月毕业于东北财经大学获得学士学位，1989 年、1994 年先后获得东北财经大学经济学硕士、博士学位，1996 年、2002 年先后到荷兰蒂尔堡大学、澳大利亚国立大学作高级访问学者。1984 年 7 月到1998 年期间，先后在东北财经大学税务系任教研室副主任、东北财经大学出版社任副社长、中国人民大学财政金融学院博士后流动站做研究工作、中国人民大学出版社副总编辑。1999 年 1 月以来任中国人民大学财政金融学院副院长、院长，中国人民大学中国财政金融政策研究中心主任，中国财政学会常务理事，中国税务学会常务理事，中国国际税收研究会理事、学术委员会副主任，民政部专家咨询委员会委员；财政部教材编审委员会委员，教授职称，大连市首届十大青年科技标兵，"北京市培养新世纪社科人才百人工程"人选，被人事部授予"全国优秀博士后"称号，教育部第四届优秀青年教师奖、享受国务院政府特殊津贴。出版 16 部专著、12 部译著，发表 23 篇论文，完成 9 个研究项目，其中 5 个学术成果获奖。

果锡森

1962 年 10 月 28 日出生，祁各庄乡陈家府村人。1982 年参加工作，研究生学历，中国电视艺术家协会会员，河北省影视家协会常务理事，廊坊市影视家协会主席。河北省摄影家协会会员，河北青联委员。自 1990 年 2 月起，先后担任大厂县委办公室副主任、县委宣传部常务副部长、县广播电视局党组书记、局长等职；1998 年 9 月起任廊坊电视台台长、廊坊市广播电视局副局长等职。

果锡森从事电视工作以来，主持策划的十几部（台）大型文艺晚会和电视纪录片、专题片，先后在中央电视台播出，并多次在国内外荣获奖项，其中，2002 年策划的电视纪录片《军训营记事》入选法国菲帕影视节和加拿大蒙特利尔电视节；主持策划的《春色满园》电视文艺晚会荣获 2003 年度河北省电视文艺一等奖；2005 年中央电视台第三套大型文艺晚会《欢乐中国行——廊坊印象》担任主策划，晚会在央视三套播出后创下收视率最高记录；策划的电视纪录片《一个台湾老人的心愿》荣获 2005 年中国广播电视学会纪录片二等奖。主编的电视人物访谈录《与时代同行》一书由中国文联出版社出版发行。

邝德龙

1956 年 2 月生，大厂镇芦庄村人，1979 年 1 月入党，本科学历，济南军区空军政治部文化工作站站长。空军大校军衔。主任技师（高级工程师）职称。

1974 年高中毕业后在芦庄村副业工作。1976 年 2 月以后历任济南军区空军司令部新兵连战士、济南军区空军政治部电影队放映员、电影队电影组长（正排）、电影队电影组长（副连）、电影队电影队长（正连）、济南军区空军政治部影视设备维修站站长（副团 9 级）、济南军区空军政治部文化工作站站长（副师，技术 7 级）。

自 1988 年成立影视站和文化工作站以来，作为第一任站长，面对全区部队影视设备陈旧，维修人员少，部队线长面广等困难，创造性地开展工作，发挥全站人员的主观能动性，坚持每年不少于两个月组织文化服务队下基层为部队检修影视设备，尤其重视深入每个边远艰苦的海岛连队，累计行程 5 万余公里，为部队检修影视设备达 2000 余台（件），为部队节省了大量资金，较好地保持了部队影视设备的良好状态。组织举办了 13 期放映员培训班，负责培训班的管理工作，对一些重点和难点课目亲自任教，先后授课 2000 多学时，为部队培训 1000 多名合格放映员。积极开展学术研究，1992 年和 1993 年在《电影放映技术》杂志上发表了《用万用表调试 G 型录相机带仓盒的简单方法》、《怎样排除井冈山 103 A－X2 型放映扩音机底壳向整流设备打火的特殊故障》、《提高疝光灯能力利用率的几点建议》等维修经验文章。1994 年和 1996 年先后编辑出版了《中华兵林传统武德观览》一书，任副主编；《基层政治教育小顾问》一书，任副主编；1999 年编辑出版了《党性修养百题谈》一书，任副主编。因工作突出多次立功受奖。

赵瑞芳

女，满族，1938 年 8 月生，河北省三河市人，中学高级教师。1955 年毕业于通县师范，同年 7 月到大厂县任教，先后在大厂完小、祁各庄完小、邵府公社文教室任教师、教导主任、校长、公社总校长。期间为普及农村文化，创办"耕读教育"。1965 年创办了全县第一所农民集体出资的中学——邵府农中。1974 年 4 月至 1994 年 4 月任大厂回民中学校长、党支部书记。带领全校师生调查研究，改进教法，总结出当代中学生的"十大"思想特点，探索出"八大"教育方法，从而形成了稳定的教学秩序，多次获全市高考人均升学率前三名。曾先后撰写《当代中学生思想特点初探》、《对中学生进行法制教育初探》等八篇文章，受到专家好评。曾获"河北省优秀园丁"称号。被列入《一代教育功臣》一书。

徐长山

东小屯人。毕业于北京理工大学。1969 年 12 月入伍，现任总装备部装甲兵工程学院政教室主任、教授，大校军衔。1969 年 12 月以后，历任坦克十二师四十六团汽车连战士、班长，坦克十二师四十六团三营书记，北京理工大学光学系学员，装甲兵工程学院政教室教员、副主任、主任，中国自然辩证法研究会理事，全军政治理论教材编审委员，装甲兵工程学院学位委员会委员。长期从事政治理论教学工作，硕士研究生导师，获军队教学成果一等奖 3 项。主编教材和著作 16 部，主要是：《自然辩证法概论》、《现代科学技术基础》、《江主席装备建设理论》、《现代科学技术革命与马克思主义》、《科学研究艺术》、《新时期军人道德修养》、《科学技术发展史》、《军事技术辩证法》和《马克思主义哲学疑难问题研究》等。两次荣立三等功、一次荣立二等功、全军育才金奖、军队岗位津贴、学院优秀党支部书记。

曹广录

1956 年 10 月生，大厂镇侯驸马村人，1972 年 12 月入伍，本科学历，大校军衔。入伍后历任战士、班长、营部书记、政治处干事、政治理论教员、政治理论教研室副主任；1998 年 5 月任廊坊陆军导弹学院政治部副主任；1999 年 9 月任基础部政委；2003 年 4 月改任基础部主任；2004 年 9 月由于院校调整，改任炮兵指挥学院三系政委。自任教以来，有数十编论文发表。其中 1993 年撰写的《论毛泽东军队民主思想及其在新时期的运用》获全军纪念毛泽东诞辰 100 周年理论研讨会优秀论文奖，总参系统一等奖；《关于发展社会主义市场经济对建设有中国特色社会主义民主政治的运用的几点思考》获全军中国特色社会主义理论研讨会优秀论文奖，总参系统一等奖；参与编写了全军统编教材《中国特色社会主义建设概论》获 1993 年全军第二次政治理论研究优秀成果评选特等奖；参与了《军人修养纵横谈》（主编），《中共虎将与名战》（副主编），《军事大辞海》、《基层干部管理工作手册》、《大学生军训手册》（主编），《中学生军训手册》（主笔），《军旅导航》（主编）等 20 多本书籍的编写工作；2001 年 9 月被抽调参加总参"七一讲话"宣讲团（六名成员之一）到总参所属单位作巡回宣讲。2002 年下半年参与完成了《总参团以上干部和机关干部十六大精神专题学习提要》。1985 年和 1993 年两次记三等功；2001 年 7 月获得总参兵种部建党 80 周年"优秀党务工作者"荣誉称号。

邵宝仓

1942 年 9 月出生，祁各庄乡西关村人。1963 年毕业于河北昌黎农业专科学校，中共党员，高级农艺师。1984 年推广全国棉花增产新品种、新技术（地膜覆盖），在全县 4.5 万亩棉花生产中，推广地膜棉花 1.53 万亩，居全省第一位，产量 102 公斤，居全省第六位，省政府颁发奖状予以奖励。在推广小麦新技术中，总结出适应大厂县的"优种、大畦、适宜播量、三肥、四水、除病虫草"十六字模式化栽培技术，1989 年被省政府授予"优秀科技工作者"称号。在"河北省 150 万亩冬小麦综合配套增产技术"项目中以第 7 名完成者荣获农业部 1994 年全国农牧渔业丰收奖三等奖。

第六编 基础设施

　　1955 年建县时，县城主要街道有东大街、旧南街、荣昌街 3 条，均为狭窄、弯曲的土路。公共设施有粮站、供销社、卫生所等 3 处。城内生活用水靠人工提取，排水靠自流，没有照明设施。经过 30 年的建设，到 1985 年城区面积由 0.63 平方公里扩展到 1.77 平方公里。街道拓宽并铺成柏油路，水电基本满足供应，有商店、邮局、公共汽车站、中小学校、幼儿园。县城各项功能俱全，初步形成全县的经济、政治、文化中心。新中国成立前，农村住宅大多为以土、木、秫秸为建筑材料的土坯房，门窗窄小，室内阴暗，人均住房 2 平方米。新中国成立后，居民住宅质量不断提高，砖土木、砖木房屋增多。20 世纪 50 年代末，全县行政村全部通电通邮，村村建有小学校、医疗诊所。1985 年，有 49% 的村庄用上自来水。

　　新中国成立前，县境内有北京经夏垫至三河汽车路（后名为京榆公路、京沈公路、京哈公路、国道 102 线）。1957 年、1958 年先后修建夏垫—大厂、京沈公路大厂段碎石公路。1971 年两路改造成柏油路。到 1985 年，有公路 21 条，总长 81.7 公里，其中柏油路 56.9 公里。有货运汽车 699 辆，完成运量 2.42 万吨，周转量 12 640 千吨公里，1975 年 8 月通坨铁路建成通车，1985 年在此基础上建成的双线电气化铁路——京秦铁路从县内通过，县内有车站 1 座。国、省干线公路改造升级。2004 年开始实施"村村通油路"工程，当年修路 27 条，总长 31.67 公里。全县交通网络不断完善。

　　建县后，邮电事业发展迅速。1955 年 4 月建邮电局，当年实现乡通邮、通电话，并开设电报、长途电话业务。1957 年，农村全部通邮、通电话。1985 年，业务总量达至 21.6 万元，业务收入 16.8 万元。

　　新中国成立前，流经县域的潮白河、鲍邱河常泛滥成灾，冲毁村庄，淹没农田。新中国成立后，特别是建县后，水利建设从未间断过，县委、县政府带领全县人民，以改土治水为中心，对洪涝旱碱进行综合治理，到 1985 年，开挖以"群英渠"为中心的主要排灌渠道 25 条，总长 120.9 公里，动土方 471 万立方米，修筑堤防 12.8 公里，建闸、涵、桥 364 座，扬、排水站点 19 座，实有机井 1653 眼，使全县耕地按 5 年一遇的排涝标准得到治理。水浇地面积达 7600 公顷。

　　1956 年 10 月，在国家有关部门工程技术人员指导下，利用国家拨款 340 万元建成第一座 35 千伏变电站。电源为通县发电厂。站内安装主变压器 3 台、总容量为 1500 千伏安。以 10 千伏高压分 4 路向外送电，用电村 38 个。到 1985 年先后在城关、夏垫、化肥厂、祁各庄各建一座 35 千伏变电站，形成覆盖全县的电网，年用电量2934 万千瓦时。随着国民经济的快速发展和人民生活水平的提高，电力供应紧张的矛盾越来越突出。为突破这一制约经济和社会发展的瓶颈，1987 年建 110 千伏变电站一座。1998 年，国家拨专款帮助大厂县兴办电力事业，一、二、三期农网建设与改造工程先后竣工，全县电力供求紧张状况逐步缓解。

大厂县环境保护工作始于 1981 年，工作重点是解决电镀和化学工业的污染问题。首先是对电镀厂布局进行调整、治理，严格控制新电镀厂上马，关闭污染重、距离生活区近的工厂，请北京环保工程技术人员帮助设计治理方案，对保留下来的电镀厂分批进行治理，电镀污染基本得到控制。化肥厂经多次治理，污染程度有所缓解。同时，县政府重视与经济发展相伴的环境污染问题，加大环境治理力度，顺利通过ISO14001 环境管理认证和国家环保总局 ISO14000 国家示范区创建工作的现场验收。

1986 年以后，城乡建设日新月异，基础设施逐步完善。大厂镇、夏垫镇的小城镇建设已具一定规模，吸引越来越多的人们去定居、学习、工作。农业上，建设农田节水灌溉工程，安装地下防渗管道，疏浚河渠打机井，使粮食生产在连年干旱的情况下仍稳产高产。信息产业，固定电话和移动电话用户迅猛增加。2004 年固定电话用户 34 314 户，平均每 1.07 个家庭拥有一部电话。移动电话用户 30 000 余个，平均每3.57 个人拥有一部移动电话。

第一章　城乡建设

第一节　城镇建设

一、规划管理

1. 总体规划

1984 年 1 月，编制县城总体规划，8 月完成。规划期限到 2000 年。规划提出，县城要凭借毗邻京津唐三大城市的地理优势，在现有工业基础上，大力发展传统食品加工业与畜产品加工业；到 2000 年，城镇人口可发展到 2 万人，城镇建设用地 2.19平方公里，人均 106.20 平方米。1984 年 11 月 25 日，河北省城乡建设环境保护厅批准《大厂回族自治县县城总体规划》。1991 年，为适应经济发展，调整县城总体规划：到 2000 年，城镇人口为 2.60 万人，城镇建设用地 3.49 平方公里。1996 年 8 月聘请河北省城乡规划设计研究院再次编制县城总体规划，规划期限为 15 年，分为两期：近期规划期限为 1996 年至 2000 年；远期规划期限为 1996 年至 2010 年。县城性质：全县的政治、经济、文化中心，依托京津，发展以机械、服装、食品工业为主，具有民族特色的城郊型城市。人口规模：15 年内，县城人口将持续增长。非农业人口以机械增长为主，综合增长率按 8% 计算，农业人口以自然增长为主，综合增长率按 1% 计算。县城人口发展规模：2000 年为 3 万人，2010 年为 5 万人。用地规模：1995 年县城现状建设用地 270.13 公顷，人均建设用地 142.02 平方米，按照《城市用地分类与规划建设用地标准（GBJ137－90）》规定，确定规划期末人均建设用地为 119.60 平方米，建设用地规模为 5.98 平方公里。发展方向：县城应主要向北、西方向发展。保持"单核心集中式"布局形态。形成"公共设施居中、生活居住环绕、工业仓储靠边、道路六横八纵网状穿插"的城市结构。1998 年 3 月，此规划经廊坊市政府审议批准。

2. 规划执行及调整

县城总体规划编制完成后，因城市规模发展较快，规划已相对滞后，部分区域的功能分区、用地性质及公用设施分布需要调整。原县城总体规划因编制时间较早，且近期建设规划已经到期，强制性内容皆未纳入，需进行调整补充。2004 年聘请河北省城乡规划设计研究院对县城总体规划进行编调，编制的内容：一是调整总体规划；二是重新编制 2004 年至 2010 年的近期建设规划，重点是将强制性内容纳入近期规划，同时结合国民经济"十一五"规划，在搞好城区规划的同时，做好近期建设规划，为今后的全面改造及加强城乡结合部管理、改善城区总体环境打好基础。

1999 年 3 月开始编制祁各庄、邵府、陈府三乡总体规划，河北省建设勘察研究院承担编制工作，近期规划 1999 年至 2005 年，远期至 2015 年，于 2000 年 6 月经县政府批准实施。2003 年聘请北京大学城市规划设计中心对夏垫镇暨工业园区进行总体规划编制，并顺利通过专家评审，并在河北省小城镇建设成果展上获得一等奖。

二、市政建设

1. 道 路

1986 年县城道路主要有：东大街、西大街（此两街后改名为大安街）、西环路、和平路、北大街、东环路、荣昌街、羊市街、北环路。1988 年，改建北大街、西大街；1991 年新建永安路、北新街、金升街（后命名），城区路网基本形成。1996 年至 1998 年县政府投资 1600 万元，将华安路与大安街（原东大街、西大街）由一块板改建成三块板，并进行绿化美化。2003 年实施县城环城路改造工程，投资 2000 万元，包括北辰街、东环路、金升街三条道路，全长 3851 米，其中北辰街、东环路采用三块板结构，所有管线均改为地下，两侧人行道进行彩化，并进行高档次绿化，道路建设标准属有史以来最高，2004 年 8 月建成。

县城道路总长 16.80 公里，道路面积 25.80 万平方米，人均道路面积 16.40 平方米。主要道路有：

大安街：道路长 2035 米，红线宽 30 米，道路结构为三块板，1998 年建设，机动车道宽 14 米，非机动车道宽 3 米×2，人行道宽 3.5 米×2。

华安路：县城西部主要交通要道，道路长 2041 米，红线宽 44 米，道路结构为三块板，机动车道宽 16 米，非机动车道宽 5 米×2，人行道宽 7 米×2，1996 年建设。

北辰街：道路长 2088 米，红线宽 44 米，道路结构为三块板，机动车道宽 16 米，非机动车道宽 4 米×2，人行道宽 3.50 米×2，2003 年 9 月正式破土动工。

东环路：道路长 875 米，红线宽 44 米，道路结构为三块板，2003 年 9 月正式破土动工，机动车道宽 16 米，非机动车道宽 4 米×2，人行道宽 3.50 米×2。

永安路：道路长 866 米，红线宽 20 米，道路结构为一块板，车行道宽 7 米，人行道宽 6.5 米×2，1989 年至 1990 年建设。

荣昌北街：道路长 862 米，红线宽 25 米，道路结构为一块板，车行道宽 12 米，人行道宽 6.5 米×2，1987 年建设。

荣昌南街：道路长 235 米，红线宽 25 米，道路结构为一块板，1987 年建设，车行道宽 12 米，人行道宽 6.5 米×2。

和平路：道路长 858 米，红线宽 25 米，道路结构为一块板，1996 年至 1997 年建设，车行道宽 10 米，人行道宽 7.5 米×2。

金升街：道路长 888 米，红线宽 44 米，2003 年 9 月对车行道进行改造，机动车道宽 14 米。

2. 排 水

根据气象资料统计，每年 6 月中旬进入汛期，城区日最大降雨量 200 毫米，汇水面积 300 万平方米，径流系数 0.40。

随着城区面积不断扩大，居民人口和工业企业的增多，城市污水越来越多，加重了排水负担。为满足排水需要，保证城区安全度汛，在每年汛期到来之际，都要对城区所有排水管道、排水出口和雨水井进行彻底清理。截至 2004 年，县城排水管线主次干管长度 21.10 公里，排水明沟 4 公里，日均污水排放量 2795 立方米，投资累计 600 万元。形成东北至鲍邱河、东南至三干渠两个城市排水主要出口。

三、房地产

1989 年以前，以县财政建公产房、各单位自建职工住宅的形式解决职工住房。1989 年以后，开始试行住房制度改革，由财政统一征地、职工自建住房、统建住宅楼、单位给予部分补贴形式解决职工住房问题。1992 年 7 月，县建设委员会组织成立了县内第一家房地产综合开发公司，此后房地产业开始正式发展起来。

至 2004 年，县内有房地产开发公司 8 家。分别是：房地产综合开发公司，1992 年 7 月成立，2002 年 4 月划归县房管局管理，2004 年 4 月公司改制成汇儒房地产开发有限公司，主要工程：光明里小区、永安小区一期工程、二期工程，建筑面积 15 万平方米；廊坊亿人房地产开发有限公司，主要工程：东方比华利别墅区，建筑面积 1.45 万平方米；天津百乐房地产开发公司，主要工程有百乐公寓，建筑面积 1.50 万平方米；天亿实业有限公司；福华房地产开发有限公司，主要工程为福华庄园，建筑面积 7.47 万平方米；河北丰泽房地产开发有限公司；文翔房地产开发有限公司，主要工程：中国·大厂清真牛羊肉交易中心，建筑面积 1.80 万平方米；开化县愚泰房地产开发有限公司大厂分公司，主要工程：兴华苑一期，建筑面积 8900 平方米。

1994 年 2 月成立房地产交易管理所，负责房地产交易市场的行政和业务管理；制定房地产交易活动规则，指导交易活动；审查交易当事人资格，验证交易标的物权属，办理申请登记、权属转移签证等交易过户手续；负责房地产勘测及价值、价格的评估；组织并配合物价、工商行政管理等检查机构查处房地产交易活动中的违法行为；提供有关房地产交易法律、政策的咨询服务。2000 年 1 月成立房地产交易中心，主要职能：组织引导有房地产经营资格的单位和个人进入固定市场；受理房地产的买卖、租赁、互换、抵押、赠与、拍卖、典当、转让、析产、继承、兼并、价拨、划拨、拆迁等评估、登记业务；接受房地产交易的委托代理业务；为交易当事人提供交流信息、市场行情、洽谈协商等中介服务；宣传房地产交易政策规定，维护交易市场秩序。1994 年 4 月 18 日，交易管理所办理第一笔房产过户手续，该房产坐落于永安里一条 6 号，建筑面积 105 平方米，成交价格 2 万元。到 2004 年年底，大厂县房地产管理局共办理房产交易手续 804 个，建筑面积 6.40 万平方米，成交额 2990 万元。

四、建筑企业

1986 年，全县有集体和个体建筑企业 17 个，总人数近 2000 人。至 2004 年，全县有建筑企业 4 个，从业 1326 人。其中县建筑安装公司规模最大。其前身是 1970 年成立的大厂县建筑队。1978 年 11 月正式更名为大厂县建筑安装工程公司。1984 年资质认定四级，1986 年晋升为三级。1984 年 3 月成立大厂县第二建筑工程公司，隶属县城建局。1992 年 3 月，将 2 个建筑公司合并，建立大厂县建筑安装工程公司，并晋升为二级资质企业。2000 年 3 月由城建局下属企业变为县政府直属企业。

1986 年以后承建的主要工程有永安小区、华安公司、福喜公司、金建度假村、大厂清真寺、招待所宾馆、县社供销大厦、政府办公楼等。

五、公用设施

1. 供水设施

自来水公司承建全县供水设施，隶属于县计划局；1987 年归县建设局管辖；2000 年 4 月划归县水务局，并更名为大厂县城乡供水总公司。公司属事业单位，实行企业化管理，自收自支、自负盈亏。2004 年年底有干部职工 69 人。

公司原有深井 3 眼，水塔 1 座。1987 年进行扩建，征地 0.67 公顷，打深井 2 眼，日供水能力 5000 立方米，实行井群式供水。

随着县城生产能力的逐渐增强和人民生活水平的不断提高以及楼房迅速增多，井群式供水存在水压低，含沙多，已不能满足日益增长的供水需求。2000 年县委、县政府将改造县城供水列入“为民办的十件实事”之一，公司自筹资金 700 万元，新打深井 2 眼，新建 2000 立方米清水池 2 座，实行二次加压，加氯消毒，使水质符合国家饮用水标准，水压稳定在 0.24 百帕～0.28 百帕。同时对供水管网进行全面改造，解决跑、冒、滴、漏问题。在此基础上又投资 30 万元建起了自动化控制系统，实行电脑管理。2004 年县城水厂日供水能力达到 2 万立方米，满足了县直机关、企事业单位和城镇居民及县城周边村街生产、生活用水需求。2002 年公司根据县委、县政府加快夏垫民族工业园区建设的决定，为促进哑铃型（大厂、夏垫两镇及连接两镇的大香公路沿线）经济格局的形成，开始筹建夏垫水厂。公司自筹资金 600 万元，征地 0.67 公顷，打深井 2 眼，建 1000 立方米清水池一座。2004 年 1 月已向夏垫镇区、民族工业园区和周边村街用水户供水，日供水能力 1 万立方米。

2. 供热设施

第一热力公司成立于 1991 年 7 月，有 4 吨锅炉、6 吨锅炉、10 吨锅炉各 1 台，实际供暖面积 14.50 万平方米；第二热力公司建成于 1995 年，有 4 吨锅炉 3 台、6 吨锅炉 2 台，实际供暖面积 10 万平方米；第三热力公司建成于 1997 年，有 6 吨锅炉 3 台、10 吨锅炉 1 台，实际供暖面积 14.40 万平方米；第四热力公司建成于 2002 年 5 月，有 6 吨锅炉 3 台，实际供暖面积 8.10 万平方米。2004 年，城区有四个热力供应站，锅炉总吨位 90 吨，总供热能力 69 万平方米，实际供暖面积 47 万平方米。供热管网基本将环路以内全部覆盖，能够满足县城发展及单位、住宅的供暖需求。

3. 照明设施

1956 年县城通电，开始使用电灯照明。1984 年，城区主街均安装路灯。2004 年，大安街路灯 108 盏、西环路 100 盏、和平路 20 盏、荣昌北街 21 盏、荣昌南街 7 盏、永安路 20 盏、影西路 21 盏、荣华市场 13 盏、北辰街 124 盏、东环路 52 盏。

六、园林绿化

20 世纪 80 年代，县政府曾几次投资，在城内主街发展绿地。县城绿化覆盖率已于 1996 年达到了小康县城的标准，2000 年随着"一人一树"活动的开展，绿化品种、绿化面积又有新的提高。为切实加强县城的绿化管理，进一步提高城区绿化水平，根据中共廊坊市委、市人民政府《关于印发〈大厂回族自治县机构改革方案〉的通知》（廊字［2002］71 号），设置大厂县园林局（二级局），隶属县建设局，主管全县园林绿化工作。至 2004 年，县城建成绿地面积 9.15 公顷，绿化覆盖率 2.4%，人均公共绿地 0.87 平方米。2004 年全县 6 家单位荣获省市级园林式单位称号，其中建设局、烟草公司、供电局、金建公司 4 家单位获得省园林式单位称号。

七、环境卫生

1. 卫生设施建设

建县以后，各项环卫设施逐步发展。1987 年旧城改造，翻修大安街，新建公厕 8 所，垃圾池 26 个，增加果皮箱 50 个。2004 年年底，硬化面积 9 万平方米，地下管道 6000 延米，给水 5000 延米。

2. 城镇卫生清扫

1988 年以前，县城卫生清扫由县环卫队管理，人员较少，设备简陋，1988 年成立了市政管理所，增加车辆，配备人员，做到街道一日两清扫，厕所三日一清掏，垃圾日产日清。

第二节　乡村建设

一、规　划

1976年7月28日，唐山地震波及县域，多数村庄房屋不同程度遭到破坏，其中重灾村36个。当年县委提出"重建家园"的号召，各公社分别制定出农村建房规划，农村建房始向排子房、宽街道过渡。1984年各乡镇编制镇乡区总体规划，按功能分区的要求，各乡镇分别对工业区、商业区、文教卫体区、行政区、生活区做出科学详尽规划，从此，乡镇区结束了盲目建设的历史，开始按规划进行。

二、建　设

1. 道路建设

20世纪60年代以前，农村道路弯多狭窄，均为土路。1966年开始"方田林网"建设，将农村道路调直加宽。1972年以后，修建了厂谭路、邵府路、祁夏路等柏油路。1976年地震后，在"重建家园"中对村内街道进行改造。到1985年有98个村调整了街道。改革开放，壮大了农村集体和个人的经济实力，各村先后通过集体投资或村民集资对村内外道路进行硬化。

20世纪90年代在创建小康村活动中，南寺头、东庄、六合庄、芦庄等一些村，修建了连接本村与交通干线的柏油（混凝土）路，谓之"小康路"，总长52公里。2004年开始实施"村村通油（混凝土）路"工程，是年，有28个村实现通油路，共修路27条，总长31.67公里。

2. 饮水改造

从1979年起在饮用水含氟超标的村采用打深井的方法降低含氟量，1985年有64个村完成降氟改造。近8万人饮用符合标准的低氟水，到1992年3月所有饮水含氟量超标的村完成了降氟改水工作，全县农村均实现自来水入户，大厂成为廊坊市第一个无氟害化的县。自来水公司成立后，除承担向县城供应自来水任务外，还向大厂周边村街供应生活用水。2004年夏垫水厂建成，向夏垫镇区、开发区及周边的北王庄、大棋盘、祁屯等村供应自来水。

3. 房屋建设

20世纪80年代以前，农民住房以土坯房为主，改革开放以后，富裕了的农民开始建造砖瓦房。20世纪90年代以后，农民的收入不断增加，建房标准不断提升，向高大、宽敞发展，而且装修愈来愈豪华，房屋宽度由5米逐渐延长到5.50米、6米、

7 米，少数已达到 8 米，柱高由 2.40 米逐渐增加到 2.80 米、3 米、3.20 米。装修上，20 世纪 80 年代以前一般讲究"四白落地（四面墙刷白）"，而到 21 世纪，一般住房要用铝合金或塑钢门窗，屋内顶装天花板，地铺瓷砖。个别富户盖起了 2 层或 3 层的楼房。

4. 文明生态村建设

根据省委、省政府和市委、市政府部署，2004 年 6 月，县委、县政府启动文明生态村建设。为使创建活动积极稳健地开展，县委、县政府于 6 月 9 日制发了《大厂回族自治县关于全面推进文明生态村创建工作的实施意见》，明确了创建文明生态村主要任务、工作目标和基本标准。成立以县委书记、县长为主任的创建工作推进委员会，委员会下设 7 个工作组：综合协调组、规划建设组、基础设施建设推进组、政治文明建设指导组、精神文明创建和宣传组、社会稳定组、资金协调组。落实了包村单位。按照县委的安排，各工作组和包村单位立即到位，开展工作。村党支部、村委会把创建文明生态村作为最大的村务，用全部精力抓好这项工作，创建活动热火朝天地开展起来。各村在工作组和包村单位的帮助下，全民动员，清除街道上的柴草垃圾，主要街道铺装柏油路面，安装路灯，栽花种树；建文明大院，完善文体设施，制定"村规民约"，成立红白理事会、禁赌会等群众自治组织，村干部依法行政，村务公开。至 2004 年年底，大厂三村、大厂四村、河西营、北坞四村、祁屯、南四头、冯兰庄、田各庄、双臼、陈府等村率先完成创建任务，达到文明生态村的基本标准。

第三节　管理机构

一、建设局

1987 年 3 月，建立城乡建设土地管理局。1988 年 8 月改建城乡建设环保局，1990 年 10 月又改建为城乡建设委员会。1996 年机构改革，撤销城乡建设委员会，成立建设局。2002 年 4 月园林局（县建设局内设机构）成立。到 2004 年内设科室有办公室、城建科、建管科、质监站、招标办、稽查办、计财科，下属单位园林局、热力公司。共有干部职工 31 人。

二、综合执法局

城区综合执法局于 2002 年 4 月成立。下设办公室、财务室、法规股、监察股、执法一中队、执法二中队、市政管理所，共 26 人。到 2004 年机构、人员无变化。

三、房地产管理局

1989 年前，房管所隶属财政局。1990 年房管所划归建设局。2000 年 1 月升格为房地产管理局，是建设局直属二级局；2002 年 4 月，成立县房地产管理局，是县政府直属事业机构。2004 年下设科室有办公室、房政稽查股、城市建设综合开发管理股、监察室，人员编制 16 人。

第二章　交通运输

第一节　公　路

1986 年以后，随着国民经济发展，公路建设被各级主管部门提到重要日程，每年都要安排一些公路、桥梁的新改建及大中修工程，公路建设迎来了一个大发展的时期。公路等级稳步上升，交通环境不断得到改善，有力地促进了自治县经济的发展。这期间的公路建设主要呈现两大特点：一是 1986 年至 1994 年，公路建设以国省干线、地方道路旧路改建为主，基本上维持原有的公路结构及公路等级；二是 1995 年至 2004 年，随着交通运输量不断加大，公路建设在进行旧路改建的同时，提高了公路等级、路面结构及公路沿线的绿化、美化，营造了畅、洁、绿、美的交通环境。

一、道　路

1. 国　道

途经境内的国道有京哈公路（在国家路网中编号 102 线）一条。路段西起三河市燕郊镇东（公路桩号 K41 + 700）止于三河市李旗庄镇西（公路桩号 K47 + 700），全长 6 公里。1986 年 8 月至 1987 年 11 月进行了全线改建，路基由原来的 10 米，加宽到 21 米，路面由 7 米加宽到 19 米，分快慢车道，按一级公路标准设计施工。大厂段由香河公路站负责施工。路面结构为：一般路段快车道 35 厘米灰土，10 厘米泥结碎石，5 厘米沥青贯入，3 厘米沥青砼（混凝土）路面；慢车道 25 厘米灰土，3 厘米沥青表处。城镇段快车道 25 厘米灰土基层，22 厘米水泥砼路面；慢车道为 25 厘米灰土基层，3 厘米沥青表处。1995 年按照省交通厅统一部署，对境内南侧桩号为 K45 + 174.34—K47 + 700 段，北侧桩号为 K45 + 174.34—K47 + 200 段进行大修，全长 2276 米。施工仍按原路面宽 21.40 米进行，路面结构为 33 厘米石灰土底基层，15 厘米石灰土稳定碎石基层，5 厘米沥青砼路面。4 月 2 日开工，10 月 20 日竣工。2000 年对桩号为 K44 + 420—K47 + 000 段进行大修罩面，全长 2.58 公里，路面宽 21 米，7 月 1 日开工，8 月 22 日竣工。2003 年对桩号 K44 + 425—K47 + 700 段进行大修，全长 3.50 公里，路面宽 21 米。结构：慢车道局部 20 厘米二灰碎石挖补，路面全幅 5 厘米中粒式沥青砼 + 6 厘米粗粒式沥青砼 + 下封层 + 中间 15.50 米宽 18 厘米冷再生。6 月 11 日开工，10 月 30 日竣工。

2. 省　道

大香线是县境内唯一一条省道，为县内主要公路运输线。北起夏垫与102线相接处，南至香河县城，县内全长13.20公里。

1997年前称夏安线，全线共分为两段，以大厂县城为界北段称夏厂路，由夏垫西立交桥，经南寺头、土营、褚各庄、霍各庄、六合庄、大厂县城与厂香路相接。南段称厂香路，经王必屯、袁庄至香河六百户止。1997年夏安线全线改建，北段改线为由夏垫煤矿路与102线相接处，经毛厂、赵沟子、六合庄、霍各庄、大厂县城与南段相连（其中煤矿路口——六合庄路口段，原为县道康六线一段，在1997年省道大修改造后，被提升为省道）。

1997年，为适应不断发展的交通运输需要，提高夏安线公路等级，更好地服务于自治县的经济建设，根据河北省交通厅《关于夏安线改建方案的批复》，对夏安线全线进行改建。其中野外段路基宽12米，路面宽11米，两侧各设0.30米路肩石，1米绿化平台，过街段两侧为0.50米排水方沟。霍各庄段路面加宽到16米，路面结构为：双层15厘米灰土+15厘米二灰碎石+7厘米沥青砼路面。3月15日开工，10月30日竣工。夏安线改建工程的完成将路面宽度、路面等级等公路技术指标提升了一个新层次，全线达到二级公路水平，从此夏安线更名为大香线。

2000年对大香线K7+700—K9+800段即县城西环路进行中修罩面。7月20日开工，8月25日竣工。结构：局部5厘米LH—30中粒式+2厘米LH—15细粒式沥青砼挖补，全线3厘米沥青砼罩面。2004年对大香线县城段（西环路）2公里进行大修，6月11日开工，8月28日竣工。

3. 县　道

县道共有两条，总长26.60公里。

（1）侯谭线：起点为天津市蓟县侯家营，经三河市新集镇、皇庄镇，于刘各庄东进县域，经大厂县城、河西营、祁各庄至谭台友谊大桥，线路全长39公里，县境内全长22.43公里，包含三条原县级公路，即东段厂新线4.90公里、中段县城东环、北辰街3公里和西线厂谭新线14.53公里。

1991年10月至1993年8月，为促进城乡经济发展，新建厂谭新线，全长7.65公里。起县城西大街，经河西营、大仁庄、毛庄、祁各庄中学与厂谭旧线（原厂祁段，经东西马各庄、冯兰庄、祁各庄）相接，路面结构为：30厘米双层灰土+4－8厘米沥青油面，其中K0+000—K0+879为14米宽路面，K0+879—K7+650为7米宽路面。1996年4月至10月对厂谭线祁各庄——谭台段进行大修，其中桩号K0+000—K1+400段，全长1.40公里，路面宽10米，结构为30厘米双层灰土+3厘米中粒式沥青砼+1.50厘米细粒式沥青砼罩面，两侧路缘石为水泥砼路牙。桩号K1+400—K6+000段，全长4.60公里，油面宽7米，路面结构30厘米双层灰土+3厘米中粒式沥青砼+1.50厘米细粒式沥青砼罩面。

2003年侯谭线被河北省发改委、河北省交通厅列为国债资金建设项目，对其进行改造。工程分两期进行，第一期8月1日开工，10月30日竣工，县城汽车站——东县界段按平原微丘三级公路设计施工，路基宽8.50米，路面宽7米。路面结构为：

对原路面破损处用 20 厘米石灰土挖补后，做 30 厘米双层二灰碎石，铺筑 7 厘米沥青砼面层。县电视台——谭台友谊大桥段按平原微丘二级公路施工，该段内对谭台路口处弯道，进行线形调整，其他路段线型不变，路面宽度除祁各庄乡过街段为 10 米宽外，其他路段为 9 米宽。路面结构为：20 厘米二灰碎石挖补，30 厘米双层二灰碎石基层，7 厘米沥青砼面层。第二期 2003 年 9 月 1 日开工，2004 年 10 月 30 日竣工。东环路和北辰街采用三块板结构形式，车行道宽 16 米，分隔带各 2 米，非机动车道各 4 米，两侧人行道 3.50 米。路面结构：主车道 18 厘米石灰土底基层，30 厘米双层二灰碎石基层，8 厘米沥青砼面层，辅道结构形式 15 厘米石灰土底基层，15 厘米单层二灰碎石基层，8 厘米沥青砼面层，人行道采用防滑彩色釉面砖，路沿石采用 C30 砼预制路缘石。金升街路面宽度为 14 米，路面结构：10% 灰土路床，20 厘米二灰碎石基层，8 厘米沥青砼面层。整个工程历时一年零三个月，侯谭线改建完工极大地提高了县级公路的通行环境，绿化美化了县城，提升了县城形象。

（2）李大线：起点为北京市顺义区李随村，终点为大厂。经南寺头、陈辛庄、土营、六合庄与省道大香线相接，全长 6.70 公里，路面宽 9 米。该路段原称夏厂路，为省道夏安线的一部分，1997 年夏安线改建后，降级为县道，改称大香支线，后又改称李大线。

1997 年省道夏安线改建时，对李大线进行了大修罩面，全线铺筑 7 厘米沥青砼路面，并更换了路沿石。同时，由于该线陈辛庄、土营村前路段的弯道设计不合理，曾多次发生交通事故，因此，在大修时，对该弯道进行了重新设计改造，并加宽路面，提高了行车安全，减少了交通事故的发生。

4. 乡镇道

邵府路：东起大香线六合庄，经西马庄、南贾各庄至邵府，全长 5.30 公里，路基宽 8 米，路面宽 4 米，1975 年 10 月建成。1998 年对太平庄至邵府 1 公里进行大修。

厂谭旧路：1972 年以民工建勤方式组成施工连队建成。起东马各庄东，经西马各庄、冯兰庄至祁各庄，全长 7.30 公里，路基宽 7 米，路面宽 4 米，沥青砼表面处治。此路为县道厂谭线的组成部分，1993 年厂谭新线建成后，此路改称厂谭旧路，降级为乡道。此后，未投入资金进行日常养护及大中修，路面坑槽、病害较多，车辆通行能力差。2004 年对严重损坏的路段进行局部坑补；对祁各庄、冯兰庄、东西马各庄三段过街段破除旧路面重做路基、铺筑 18 厘米二灰碎石，4 厘米沥青砼油面共 1.60 公里。

陈吴路：自侯谭线小务村东起，经东厂、陈府、太平庄、兰庄户、蒋店子至吴辛庄，全长 5.70 公里，路基宽 6 米至 7 米，路面宽 3.50 米至 4 米，1986 年修建。

大厂镇路：西起大厂清真寺至粮食局止。全长 1.18 公里，路面宽 4 米至 6 米，1972 年建成后，未进行过路面维修和养护，20 世纪 90 年代中期，在达"小康村"目标中，部分路段改建成水泥砼路面。

祁夏路：南起侯谭线毛庄桥，经邵府向北至双臼全长 6.80 公里，路面宽 4 米。1990 年建成了邵府至双臼段，即邵双路；1997 年修通了由毛庄桥经邵府村至邵府乡段。

5. 村　道

在 20 世纪 90 年代"达小康"建设中，全县共修村道 52 公里，或水泥砼路面，或沥青砼路面。2004 年，按照省、市全面实现"村村通油（水泥）路"的统一部署，完成 28 个行政村 27 条村道，共计 31. 67 公里油路，全部达到四级路标准。

二、桥　梁

县境内主要公路桥梁分布：国道桥梁 3 座，即鲍邱河桥、二里半桥、小定福桥。省道桥梁 3 座，即砖厂桥、一干桥、三干桥。县道桥梁 6 座，其中侯谭线上有 4 座，即团结渠桥、邵陈沟桥、毛庄桥、八百户桥；李大线上有 2 座，即祁家沟桥、土营桥。乡镇道桥梁 2 座，祁夏路 1 座，即邵双桥；陈吴路 1 座，即陈府桥。

大厂县 2004 年公路桥梁统计表

表 6 - 2 - 1

序号	桥名	所在路线	跨径及桥长	设计载重	修建年限	总体状况评定等级	桥位桩号
1	二里半桥	102 线	跨径 8M，桥长 15. 64M	汽 - 20，挂 - 100	1986 年改建 1998 年大修	二类	K43 + 780
2	鲍邱河桥	102 线	跨径 13M，桥长 60. 07M	汽 - 20，挂 - 100	1987 年建成 2003 年大修	二类	K44 + 451
3	小定福桥	102 线	跨径 5M，桥长 9. 24M	汽 - 20，挂 - 100	1986 年建成 1998 年大修	二类	K46 + 779. 20
4	砖厂桥	大香线	跨径 13M，桥长 43. 04M	汽 - 20，挂 - 100	1997 年建成 2003 年大修	二类	K4 + 128
5	一干桥	大香线	跨径 8M，桥长 27. 15M	汽 - 20，挂 - 100	1997 年扩建	二类	K4 + 885
6	三干桥	大香线	跨径 10. 70M，桥长 35. 63M	汽 - 20，挂 - 100	1997 年建成	二类	K9 + 863. 60
7	八百户桥	侯谭线	跨径 16M，桥长 26. 50M	汽 - 20，挂 - 100	1999 年建成	一类	K12 + 086. 40
8	毛庄桥	侯谭线	跨径 16M，桥长 35. 68M	汽 - 20，挂 - 100	1994 年建成	三类	K6 + 218. 30
9	邵陈沟桥	侯谭线	跨径 7M，桥长 16. 70M	汽 - 20，挂 - 100	1992 年建成	二类	K5 + 250

续上表

序号	桥名	所在路线	跨径及桥长	设计载重	修建年限	总体状况评定等级	桥位桩号
10	团结渠桥	侯谭线	跨径 6M，桥长 15.20M	汽－20，挂－100	1992 年 8 月建成	二类	K0＋991
11	祁家沟桥	李大线	跨径 5M，桥长 27.50M	汽－13	1970 年建成	三类	K0＋984
12	土营桥	李大线	跨径 5M，桥长 33.70M	汽－20，挂－100	1987 年建成	三类	K5＋450
13	邵双桥	祁夏路	跨径 16M，桥长 37.75M	汽－20，挂－100	1995 年建成	二类	K3＋650
14	陈府桥	陈吴路	跨径 6M，桥长 13M	汽－13	1994 年扩建	二类	K1＋400

第二节 运　输

一、货　运

1. 专业货运

1986 年，全县共有专业运输集体企业 2 个，即交通局运输公司、供销合作社储运公司。运输公司有车辆 22 部，其中，"解放" 15 辆、"黄河" 4 辆、小型货车 2 辆、铲车 1 辆。年完成运量 14 千吨，周转量 753 千吨公里。储运公司有车辆 8 部，其中，"解放" 5 辆、"东风" 2 辆、食品车 1 辆。年完成运量 0.25 千吨，周转量 1389 千吨公里。随着改革开放的深入，个体营运车辆不断增加，专业运输市场相对缩小，集体专业运输企业与个体营运户相比，存在经营不活、成本过高等不利因素。1986 年，交通运输公司效益滑坡，出现亏损，公司折价出卖 "解放" 汽车 9 辆。1987 年运输公司实行集体承包制。1995 年，运输公司专业运输队采取 "集中管理，单车运营" 的办法来提高经济效益，但效果不明显，年底运输公司专业运输队被迫停产。储运公司经历与运输公司相同，到 2000 年停产。

2001 年，由县化工博览经销处成立专门从事危货运输的 "博览危险货物运输队"，年完成运量 1 万吨，产值 1600 万元。

2. 社会团体运输

在改革开放后社会企事业单位和乡村个体户营运车辆迅速增长。1985 年年底，纳入行业管理的社会车辆共有 450 辆。其中，国营 210 辆、集体 240 辆，年完成运量 9.95 千吨，周转量 6415 千吨公里。1986 年后，县域基础设施建设进入了快速发展阶段，特别是国省干线的改扩建，加大了基本运输的运量，年完成运量100千吨，周转量6810千吨公里。之后，在运管部门依法管理下稳步发展，到1994年运输车辆增到1070辆，年完成运量426千吨，周转量33 368千吨公里，分别是1986年的4倍、3倍和4倍。其中个体运输占到总量的80%以上。1995年，受运输市场疲软的影响，全县年运量下降了34%。从1996年运量又开始逐步回升，增长较快的是个体运输户。到2004年，营运货车1598辆，完成运量495千吨，周转量43 284千吨公里。

1986年至2004年货运情况统计表

表6-2-2

项目 年度	汽车（辆）	生产情况	
		运量（千吨）	周转量（千吨公里）
1986年	202	100	6810
1987年	235	110	8301
1988年	241	126	9828
1989年	286	180	13 760
1990年	386	235	17 954
1991年	682	254	19 868
1992年	720	314	24 598
1993年	910	390	30 552
1994年	1070	426	33 368
1995年	1080	280	20 410
1996年	1088	310	22 500
1997年	1055	310	21 500
1998年	1142	320	27 000
1999年	1145	322	27 135
2000年	1148	447	38 000
2001年	1264	464	41 021
2002年	1076	487	41 605
2003年	1331	458	40 327
2004年	1598	495	43 284

二、客　运

1. 长途客运

1986年在原有大厂至北京客运线的基础上又开通大厂至天津线路。到1986年底，交通运输公司专业客车发展到 5 辆，开通班线 2 条，其中北京 1 条、天津 1 条。是年客运量 8 万人，周转量 405 万人公里。随着客运市场的逐步放开，个体客运户迅速发展起来，并纳入行业管理。由于个体运输还处在初期阶段，经营状况不稳定，多为一户一车，自车自开，或雇用司机，或经营一段时间后转卖他人等。专业客运队在人员、费用、经营等方面不如个体灵活，在激烈的市场竞争中，逐渐显现出劣势，直至转买给职工自行经营。1988 年 8 月，由个体客运户开通大厂至廊坊客运班线，每天往返 1 辆次。随后逐渐开通了围场、张北、沽源、鸦鸿桥等线路。这期间，运营票价是按照国家、省、市物价部门核定的票价为 0.146 元/人公里。1990 年客运量达到10.20 万人，周转量 655.90 万人公里。截至 2004 年，长途客运班车已达 32 辆，线路有：大厂——北京（14 辆），大厂——天津（5 辆），大厂——廊坊（9 辆），大厂——围场（1 辆），大厂——张北（1 辆），大厂——沽源（1 辆），大厂——鸦鸿桥（1 辆）。年客运量达 54 万人，周转量 3041 万人公里。

2. 短途客运（小公共）

1998 年 5 月，为方便百姓出行，采取公办民营的方式投入 20 辆小公共汽车，开通了县内短途客运班车，行驶 4 条线路，即县城——武窑、县城——夏垫、县城——吴辛庄、县城——渔具城。县城——吴辛庄、县城——渔具城不久就停驶。2004 年，又新增加 10 辆胜利牌汽车开通了马家庙——县城——燕郊，并率先在全市实现"村村通客车"。年客运量 4 万人，周转量 38 万人公里。

3. 客运站点

1986 年，共有 3 个汽车站，即大厂汽车站、夏垫汽车站、祁各庄汽车站，有停车站点 11 个。1989 年，廊坊市运输公司为进一步改善停车、候车环境，在县城东侧大安街与东环路交叉路口处新建大厂汽车站，正式投入使用，其中人财物及经营权归廊坊市运输公司直接管理。夏垫、祁各庄汽车站于 1985 年底停业。2004 年，按照"村村通客车"的要求，在原祁各庄汽车站址重新建立 103 平方米的汽车站。同时，在县城及各主要交通线建立候车亭 29 个。

4. 出租车

建县前后，民间出租车行业除去部分畜力车从事客运外，多见的是自行车，时称"二等车"，1970 年以后，汽车客运迅速发展，加之自行车已成为人们普遍交通工具，"二等车"行业逐渐消失。机动出租车始于 1988 年，当时有 18 辆三轮摩托车运营。1990 年微型轿车、面包车等出租汽车逐渐增多，三轮摩托逐渐减少。1994 年，交通运管部门将出租车纳入行业管理，出租车已经发展到 42 辆。到 2004 年，出租站点达到 11 个，分别设立在汽车站路口、县医院门口、大安街中心路口、西环红绿灯路口、北大街交通局路口、华安公司路口、王必屯村口、祁各庄乡路口、夏垫路口、夏垫路口西 930 站、煤矿路口。全县共有出租车 151 辆。2003 年前，年收取服务费每辆 25元。2003 年后，年收取服务费每辆 40 元。

第三节　铁　路

京秦（北京至秦皇岛）铁路自西向东横穿县域北部，1973 年 2 月破土动工，

1975 年 8 月建成通车。1982 年 3 月开始进行双线电气化改造，1985 年 12 月完工。县内段长 6.40 公里，立交桥 2 座、中桥 1 座、涵 9 座。有车站 1 个，位于夏垫村，名为"大厂站"，有客运室 1 个，货场 1 个。至 2004 年无变化。

第四节　管理机构

1986 年，交通局内设办公室、财务室、交通战备办公室，下属单位 5 个，即公路管理站、运输管理站、养路费稽征站、交通监理站、运输公司。1987 年 7 月，交通监理站移交公安局管辖。1992 年 12 月，根据县委、县政府关于鼓励行政事业单位创办经济实体的指示精神，交通局成立大厂县物资开发总公司、通达物资材料公司、通达运输服务公司、汽车贸易公司。后由于经营不善均被取消。1996 年 3 月，运输公司破产。1996 年 9 月，建立机动车综合性能检测站。1997 年 4 月，建立汽车驾驶员培训学校。1997 年 12 月，稽征站与养路费上划为廊坊市交通局管理。2000 年 6 月15 日，大厂收费站正式启动。2001 年 6 月 2 日，根据省交通厅精神，大厂收费站开始撤站，6 月 8 日完成撤站工作，原收费站人员全部妥善安置，交通局共接纳收费站人员 25 名。2004 年，交通局内设机构未变，下属单位 4 个，即公路管理站、运输管理站、机动车综合性能检测站、汽车驾驶员培训学校。全系统共有干部职工 293 人。

第三章　邮　电

第一节　邮　政

一、邮　路

1986 年，邮路共有两条，一条是北京、燕郊、大厂、三河返京的邮路，到大厂的时间为 9 时 30 分左右；另一条是廊坊、香河、大厂、三河、燕郊，再由大厂、香河返回廊坊的邮路，到大厂的时间分别为 12 时 40 分和 15 时 50 分左右。县内邮路有大厂至夏垫、大厂至祁各庄两条，全程 38 公里，频次为每天一次。投递线路共有 11条，县局 7 条、夏垫支局 2 条、祁各庄邮政所 2 条，覆盖全县所有村庄。至 2004 年未变。

二、函　件

1986 年，函件收寄量为 25.93 万件，1987 年至 2004 年共收寄函件 1102.25

万件。

三、特快专递

大厂特快专递业务开办时间为1995年，特快专递业务是邮政为用户提供的最快邮递业务。可为用户寄递时间性很强的信函、包裹。特快专递在机场发运和海关通关方面，均能得到优先安排。大厂邮政1995年至2004年的特快专递业务量分别为：1209件、1950件、2968件、3515件、4863件、5839件、7819件、9960件、10 954件、13 000件。

四、集邮业务

集邮业务主要有新邮预定、零售票品、集邮用品和各种邮资封片。1995年至2004年的新预定业务量分别为：100套、130套、150套、150套、180套、200套、220套、250套、300套、300套、350套。

五、报刊发行

1998年，共设立7个报刊零售点，其中邮政营业厅1个，外设报刊亭6个，销售各种报纸、杂志、通信充值卡等。报刊发行工作在1999年实现了全部联网，2004年底实现网内系统升级，提高了内部处理速度，用户报刊订阅时限比以前大大延长。并对报刊短缺情况制定了"三日内补送，十五日内退款"的服务承诺。1995年至2004年代办的发行报刊种类数量为：4790种、4819种、4918种、5019种、5309种、5469种、5509种、5809种、5869种、6004种。

六、邮政储蓄

1986年开办邮政储蓄，截至2004年收储资金为1.30亿元。邮政储蓄提供了个人定活期存取款、代收各类通信费、代理国债、代理基金、代办各家保险公司的柜台险、代发工资及养老保险、代扣地方税务局税款等多种业务。2000年开办邮政绿卡业务，全国通存通兑。为方便城乡居民的消费需求，在县城内设立了2处POS机，在县城和夏垫商业街投放了2台ATM（自动柜员）机。

七、机　构

1986年邮电局负责全县邮电行政管理和开展业务工作。1998年9月邮、电分营后成立邮政局。内设办公室、财务室及营业、投递班组，下辖夏垫邮政支局和祁各庄邮政所。为完善业务管理，2002年年底，成立了8个专业部：函件部、储蓄部、速递部、保险部、电信部、物流部、集邮部、发行部，局机关设财务部、稽查部、办公室。

第二节 电 信

一、固定电话

中国网通（集团）有限公司大厂县分公司，其前身为大厂县邮电局，于1998年9月邮、电分营后成立大厂电信局，内设市场部、运行维护部、综合办公室。2002年9月12日更名为河北省通信公司大厂县分公司，2004年中国电信企业分拆组合后成立中国网通（集团）有限公司大厂县分公司。

1955年，全县只有1台50门磁石交换机，21个用户。1962年，交换机发展到100门，用户53户。1985年发展到650门，用户419户。到2004年发展到交换机总容量35 000门，电话34 314部，全县电话普及率为80%。户线53 170线，户均1.20线。交换网点25个。传输利用SDH光缆自愈网，所有的交换网点达到集中监控，通信线路网络覆盖全县105个行政村。开办有固定电话、电报、数据、固定电话增值业务以及IC、IP、200、300和固定电话充值卡等各类卡式业务。

二、移动电话

河北移动通信有限责任公司大厂县分公司（公司成立前移动电话业务先后由邮电局、电信局管理）于1999年9月挂牌成立。时有员工11人，移动电话用户1000个。

2004年拥有包括1家主营业厅（大厂营业厅）和3家自办营业厅（夏垫营业厅、祁各庄营业厅和邵府营业厅）在内的4个营业场所。基本均匀分布在整个辖区内，移动电话包括全球通、神州行、动感地带三大品牌，开通了主叫号码显示、呼叫等待、呼叫保持、三方通话、短信息、移动秘书、信息点播、IP电话等语音业务，并相继开通了GPRS、WAP、WLAN、移动梦网、随e行等多项数据增值业务，在很大程度上满足了各个阶层移动用户的需要。在传输网建设方面，分公司辖区内已建成祁各庄、谭台、邵府、夏垫、毛场、六合庄、大厂三村、前丞相、陈府、杨辛庄、广播局等15个传输基站和国际渔具城、金建温泉度假村等5个信号直放站。网络覆盖全县。公司有员工30人，移动电话用户30 000余个，营业收入3000多万元。

第四章 水 利

1986年以后，全县贯彻"加强领导，统一规划，注重实效"的水利建设方针。

在工程建设上以巩固、提高、恢复、扩大工程效益为主，采取防洪、除涝、抗旱相结合，开源节流、引蓄水相结合，大力开展农田节水灌溉工程建设，推广应用防渗节水新技术。至2004年，共动土石方1.86万立方米，新建、改建、扩建水利工程24项。配套机井1679眼，机井保浇面积7333.33公顷，安装地下防渗管道45.27万米。水利基础设施的不断加强，为农业丰产丰收奠定了基础。

第一节　农田水利

一、井　灌

到2004年年底全县耕地面积10310公顷，配套农用机井1679眼，机井保浇面积7373.33公顷，全县平均农用机井密度为9.50眼/平方公里。其中，大厂镇平均9.40眼/平方公里、夏垫镇平均9.80眼/平方公里、祁各庄乡平均11.10眼/平方公里、陈府乡平均8眼/平方公里、邵府乡平均7.70眼/平方公里。按保浇面积计算，全县平均单井负担面积4.40公顷。

从1989年开始，全县推广使用地下防渗管道输水灌溉。利用聚乙烯塑料管埋入地下，取代土渠输水，以防渗节水。首先在王必屯乡搞试点，成功之后，全县大面积推广。1992年全县实现了浇地管道化。1992年3月29日，中央人民广播电台以"大厂县实现浇地管道化"为题进行了报道。到2004年年底，全县总机井中有832眼农用机井配套有地下防渗管道，管道长度45.26万米，控制灌溉面积4450公顷，占水浇地面积的61%。其中：大厂镇配套地下防渗管道机井315眼，管道长度17.87万米，控制灌溉面积1380公顷；夏垫镇配套地下防渗管道机井300眼，管道长度15.23万米，控制灌溉面积1773.33公顷；祁各庄乡配套地下防渗管道机井41眼，管道长度2.04万米，控制灌溉面积146.67公顷；陈府乡配套地下防渗管道机井28眼，管道长度2.35万米，控制灌溉面积207公顷；邵府乡配套地下防渗管道机井148眼，管道长度7.77万米，控制灌溉面积943.33公顷。

二、喷　灌

1991年水务局引进1台喷灌设备，在河西营村安装试验成功后，首先从村集体经济状况较好、班子得力的村开始，宣传推广使用喷灌灌溉技术用于大田作物，类型为移动式喷灌系统。到1998年年底，喷灌设备安装达到了最高峰，喷灌面积达到1210公顷，涉及41个村庄。其中：大厂镇42.67公顷，涉及2个村；夏垫镇731.33公顷，涉及22个村；祁各庄乡76公顷，涉及14个村；邵府乡360公顷，涉及3个村。在实际使用过程中，喷灌节水效果确实显著，但也存在实际问题，一是喷灌不适宜黏土壤大田作物灌溉，一般麦田浇1~2遍水，水源条件好的浇3遍水，使用喷灌由于灌溉次数少，不能满足农作物生长需求。二是一家一户浇地，拆装设备需要一定人力、物力和技术，个人没有能力完成。三是对村干部责任心要求高，需集体经济条件好，舍得投入。四是设备管件易损。到 2004 年年底，使用喷灌的面积仅有夏垫镇的 4 个集体服务良好村庄的 149. 33 公顷。

三、渠 灌

全县渠灌均属于谭台灌区。谭台灌区控制灌溉面积 1 万公顷，有效灌溉面积 8466. 67 公顷。灌区内干渠主要有总干渠、一分干渠、三分干渠，总长 29. 30 公里。1995 年干渠改成了平底深渠。总干渠：西起谭台进水闸，东到谢疃分水闸，全长 4800 米，底宽 15 米，边坡 1：2.50，纵坡 1/8000，上口宽 50 米 ~ 60 米。一分干渠：从谢疃分水闸至褚各庄村南入鲍邱河，全长 9000 米，底宽 5. 50 米，边坡 1：2.50，纵坡 1/8000，平均深 6 米。三分干渠：从谢疃分水闸，至大坨头村东北入鲍邱河，全长 1. 55 万米，底宽 7 米，边坡 1：2.50，纵坡 1/5000，深 4 米 ~ 5 米。干渠蓄水能力 205 万立方米，支渠蓄水能力 15 万立方米。据不完全统计，谭台灌区改成平底深渠后每年通过潮白河引水 1310 万立方米，可解决灌区 7333 公顷农作物用水的需求，据测算，使用地上水灌溉比使用地下水灌溉每亩节省资金 10 元左右，每年农民可减少支出 100 多万元。

四、防洪工程

潮白河：大厂县段北起通州干校，南至定福庄，全长 12. 80 公里。建县后曾多次治理。1986 年，谭台浆砌石护坡接长 60 米，并对谭台西堤顶加高，总长 400 米，两项工程投资 4 万元。1987 年，谭台浆砌石护坡接长 60 米，投资 5 万元。1998 年谭台护坡接长 40 米，新做石埝 2 道，并做土戗台 240 米，总计动土 1 万立方米，投资 7. 70 万元。1989 年，谭台护坡接长 40 米，投资 6. 50 万元。1997 年在西关村东南修建干砌石护坡，总长 1300 米，动土 1. 24 万立方米，砌石 3200 立方米，投资 30 万元。2000 年，在西关南新建 1 道铅丝笼石埝并对原 11 道埝维修，接长动土 4600 方，投资 25 万元。2001 年，在田各庄西柳甸洼排闸下游做浆砌石护坡 100 米，动土 0. 65 万立方米，投资 25 万元。

鲍邱河：北起北贾各庄，东至许官屯出县境，全长 20 公里。1976 年秋至 1977 年两次工程使河道增大了泄洪能力。1986 年，维修芦庄闸桥，投资 5 万元。1989 年，维修夏垫、韩家府两座闸桥，投资 3 万元。1990 年维修夏垫、韩家府、芦庄三座闸的钢闸门，并更换了全部止水，投资 5 万元。1993 年，维修芦庄闸桥，投资 3. 40 万元。2004 年，对芦庄闸桥彻底维修，并更换了 4 台启闭设备，动土 2. 10 万立方米，投资 100 万元。

五、除涝工程

1990 年，新建韩家府村东桥及两座跌水（使水流突然下降的台阶，在水利工程中称为跌水），并新建潘各庄、祁屯、赵沟子三座扬水点，总投资 24 万元。1991 年，对总干渠、一分干渠、三分干渠进水闸进行了维修，并新建三香沟漫兴营桥，总投资 16.10 万元。1992 年，新建总干渠大小辛庄跌水、谢疃跌水、一干渠岗子屯跌水，投资 6.50 万元。1993 年，新建三分干冯兰庄桥跌水及一分干岗子屯跌水，投资 4.50 万元。1994 年，新建跃进渠尾水闸及三分干河西营跌水、亮甲台跌水，投资 18.80 万元。1995 年 3 月至 1996 年年底，完成了三分干机械化清淤工程，全长 15 公里，完成土方 34 万立方米，投资 204 万元。1996 年修建柳甸洼排水涵洞，总长 800 米，动土 1.10 万立方米，投资 16 万元，具备三河市大小柳甸及田各庄村北共 11.60 平方公里的排沥功能。2003 年，重建一分干南王庄桥，投资 24.60 万元。维修三分干袁庄桥，由原设计拖 5.40 吨提高到汽 10 吨标准，投资 10 万元。2004 年在夏垫 102 国道南渔具城修建排水涵洞，总长 250 米，动土 0.25 万立方米，具备夏高路段约 4 平方公里的排沥功能。

六、扬、排水站

县内扬水工程主要有谭台扬水站、陈家府扬水站、谢疃扬水站、牛万屯扬水站、小坨头扬水站、土营扬水站、夏垫扬水站、潘各庄扬水站。1986 年以后，由于连年干旱，河道断流，地上水枯竭，县管和下放到乡镇管理的扬水站相继停用，乡镇管的扬水站（点）逐渐报废，1990 年以后每当谭台灌区引水时，村民浇地均自建临时扬水点进行提水灌溉。

吴辛庄排水站是全县唯一的一座排水站，1972 年，国家投资 9 万元，在吴辛庄村南建成，1978 年 5 月至 8 月，投资 23.60 万元进行改建。担负吴辛庄洼 15.20 平方公里的排涝任务。每到雨季水务局及时进行试车运行，使之保持良好的排涝工作状态。

第二节　管理和服务机构

1986 年以后，水利建设工作逐渐由单一为农业服务，转变到为整个国民经济服务，随着水利工作重心的转移和水利设施的不断完善提高，为充分发挥水利在防洪保安、除涝减灾、抗旱增效和服务"三农"等方面的作用，水利管理和服务机构进行了调整。

一、县级管理机构

1986 年，水利局下设办公室、工程股、农水股、机井股、多种经营股、财务股，共计 6 个股室。干部职工 45 人。1990 年撤销机井股、多种经营股，设水政水资源办公室。2000 年，经县机构编制委员会批准，撤销大厂县水利局，成立大厂县水务局。同时组建水政监察大队。2004 年水务局下设办公室、工程股、农水股、水政水资源办公室、财务股。局机关干部职工 54 人。

1986 年水利局下属管理机构 12 个，其中：扬水站 4 个，排水站 1 个，堤防管理所 1 个，闸所 3 个，灌区中心管理站 1 个，水利仓库 1 个，机井队 1 个。1992 年水利局为集中管理抗旱经费，为农民提供抗旱服务，成立抗旱服务站。2003 年建立水务局节水示范中心。到 2004 年年底水务局下属管理单位为 14 个。

二、乡镇村管理和服务组织

1986 年以后，各乡镇水利工作由一名副书记或副乡镇长分管，乡镇水利站具体负责本乡镇水利工程建设、维修、管理。每年春冬季节各乡镇根据实际情况，按上级安排部署，自行实施水利基本建设工程。小型桥、闸、涵等排水设施自己筹措资金，自建自管。2004 年全县有农用机井 1679 眼。机井管理方式有三种：942 眼机井实行股份合作制形式；15 眼机井实行承包制；722 眼机井仍归村集体管理。2004 年全县有 68 个村自建供水工程，实现自来水入户，56 347 人饮用自来水。村街的自建供水工程全部为村委会集体管理，为村民提供服务。

第五章　电　力

第一节　供电设施

一、110 千伏变电站

1987 年 3 月建成 110 千伏变电站，4 月投入运行。有主变压器 1 台，20 000 千伏安。110 千伏输电线路长 8 公里，T 接于通城线，1990 年增容 20 000 千伏安。1999 年 3 月新架两回 110 千伏输电线，即翟各庄 220 千伏变电站至大厂站，长 10.83 公里。翟香线 T 接至大厂站，长 1.64 公里。1999 年年底，有 35 千伏出线 2 回，分别是大夏线、大祁线，10 千伏出线 8 回。2004 年，主变增容至 2×31 500 千伏安。

二、35 千伏变电站

1986 年，有 35 千伏变电站 4 座：大厂变电站、夏垫变电站、化肥厂变电站、祁各庄变电站，安装变压器 8 台，总容量 11 115 千伏安。此后，撤掉大厂 35 千伏变电站、化肥厂变电站，1995 年 12 月建成棋盘变电站、2003 年 11 月建成工业变电站。至 2004 年共有 35 千伏变电站 4 座，主变压器 11 台，总容量 80 000 千伏安。10 千伏出线覆盖全县。

第二节　电网改造

一、一期农网改造工程

1998年10月至2000年5月完成一期农网改造工程4项：改造35千伏变电站两座，换真空开关17台，投资27.12万元；更新高损配变，110台变压器增容，改造台区252个，投资226.65万元；10千伏线路建设及进村65.34公里，投资269.99万元；农村低压电网改造105个村和县城低压电网改造工程，投资1895.87万元。总投资2419.63万元。2001年12月5日一期农网改造工程经华北电力集团公司验收合格。

二、二期农网建设与改造工程

二期农网改造工程从2002年11月开始施工到2002年12月底竣工，新架10千伏水利线路44.46公里，投资198.76万元，顺利通过华北电力集团公司验收。

三、三期城网建设与改造工程

从2003年3月开始启动的三期城改工程，于2005年9月底竣工，包括：3座35千伏变电站改造；10千伏线路建设33.23公里；新增和更换公用配电变压器57台12795千伏安；新增及改造配电台区57个；低压电网及一户一表改造6500户低压线路41.20公里；县城一户一表配套服务设备。总投资为1089.93万元。

第三节　电费收缴与电力管理

1985年成立乡（镇）电管站，与原电力服务站合二为一，县局对乡镇电管站人、财、物实行统一管理。农村电工属村委会领导，电管站进行业务指导，工资由农村低压维管费中支付。5个乡镇电管站各自担负本辖区内行政和其他单位的供电任务。乡镇电管站抄表收费到各行政村和其他用电单位配电变压器二次测总表，汇总后上交县局财务。住户用电由各村电工、会计抄表收费，汇总后上交乡镇电管站。电费收交存在中间环节，"权力电"、"关系电"、"人情电"和搭车收费现象难以杜绝，农村电价偏高，农民负担过重，严重制约了农村电力事业的发展。

随着农村经济的发展和农民生活水平的提高，农村用电增长速度较快，农村对供电质量的要求越来越高，原农村电网建设与改造速度已不能满足农村用电快速增长的需求。农村电力资产属集体所有，农村电网建设与改造的资金由村集体筹措，但绝大部分村无力筹措，造成农村低压电网严重老化，安全用电难以保证，线损增高，到户电价难以控制在合理水平。县供电局于 1998 年开始对 105 个行政村进行农网改造，2000 年年底完工。2000 年 11 月 15 日撤销大厂镇电管站、夏垫镇电管站、祁各庄乡电管站、陈府乡电管站、邵府供电营业所。其人、财、物纳入局统一管理，实现了县、乡（镇）电力一体化管理。2001 年 7 月 22 日接管 105 个农村综合变压器电力用户，电价执行省物价局批复的农村到户电价。接管后的农村电费、电价管理实行五统一（统一电价、统一抄表、统一发票、统一核算、统一考核）、四到户（销售到户、抄表到户、收费到户、服务到户）、三公开（电价公开、用电量公开、电费公开）制度。消除了乱收费、乱加价、乱摊派、"权力电"、"关系电"、"人情电"等不良现象。

1986 年至 2004 年电力供应一览表

表 6 - 5 - 1

年代	购电量（千千瓦/时）	售电量（千千瓦/时）	线损率（%）
1986	32 833	32916	5. 56
1987	29 062	29 769	3. 55
1988	34 992	34 989	7. 80
1989	37 212	37 307	5. 64
1990	37 766	37 768	5. 76
1991	4163. 40	4245. 90	5. 82
1992	51 558	49 862	5. 47
1993	61 650	59 661	5. 59
1994	66 577	65 197	5. 34
1995	65 904	65 197	4. 68
1996	77 200	76 187	6. 19
1997	81 677	81 130	4. 02
1998	79 333	78 788	4. 07
1999	105 800	103 950	4. 30
2000	12 430	120 570	4. 52
2001	129 150	126 360	2. 16
2002	150 200	145 560	3. 09
2003	163 487	157 816	3. 47
2004	189 174	183 195	3. 16

第四节 管理机构

1986 年供电局是全县电力工作的管理机构，受县政府领导。1989 年 5 月，县供电局人员、设备、财产上划归属廊坊市农电管理局。局机构设 5 科 1 室，即供电科、用电科、计财科、人事劳资科、多种经营科、办公室。2004 年下设科室有办公室、人事劳资科、供电科、用电科、安保科、计财科。

第六章 环境保护

随着国民经济的快速发展，环境污染日趋严重。县政府通过逐步建立和健全环保专门机构，进一步加强对环境管理工作的领导，狠抓"三废"（废水、废气、废渣）和噪声的治理，使全县环境污染的趋势有所控制，工厂排放废水的达标率逐步提高。特别是在环保宣传、环境执法、治理老污染源、控制新污染源等方面取得了阶段性的成果，1999 年，被廊坊市委、市政府命名为环境保护实绩突出县。

第一节 管理机构

1996 年 4 月，机构改革中新建环保局，挂靠建设环保局。1996 年 8 月，成立县环境保护局，为县政府直属事业单位，内设办公室、监理股、污控股。1999 年 10 月，成立环境监测站。2003 年 4 月，成立 ISO14001 认证推进办公室，为常设股级机构。2003 年 12 月，监理股更名为环境监察大队。到 2004 年年底，县环保局内设办公室、监察大队、污控股、ISO14001 认证推进办公室、监测站，工作人员 28 名。

第二节 环境污染

2003 年 3 月至 6 月，对县辖区内的所有污染源进行了调查，结果显示：全县共有污染源 61 家，其中重点污染源 27 家，全县每年废气排放量 6.50 万吨，废水排放量 30.10 万吨。国道两侧重点污染源 5 家，其中废气排放量 3647.96 吨，废水排放量 7756.50 吨；省道两侧重点污染源 8 家，其中废气排放量 14 966.30 吨，废水排放量 46 253 吨；河流两侧共计污染源 3 家，其中废气排放量 5757 吨，废水排放量 9448 吨。工业的发展使得污染物排放量增加，而生态环境单一，加之县域面积小，环境容量小，调节能力差，因而环境压力较大，环境问题日益突出。

一、大气污染

因工业和生活燃煤排放的烟尘，二次扬尘及汽车尾气等造成大气污染日益严重，尤其是冬季，大量集中燃煤产生的二氧化硫和烟尘对大气污染不断加剧。由于季风较多，气候干燥，城区绿化覆盖率低和农村林网减少，造成的二次扬尘已经成为主要污染物之一；由于机动车数量的大幅度增加，机动车尾气污染大气环境加剧，夏秋两季焚烧农田作物秸秆对大气污染日益突出。根据环境监测数据分析，大气环境质量保持在国家二级水平。大气主要污染物为可吸入颗粒物。

二、水环境污染

县域地面水环境容量早已饱和，河流水质仍有恶化趋势，因此，地面水环境的整治迫在眉睫。水域污染的主要污染因子是化学耗氧量COD、生物耗氧量BOD、氨氮。县内的主要河流有：潮白河、鲍邱河及群英渠（群英渠的源头是潮白河）。河流两侧的污染源以牛羊屠宰、食品加工、钢压延加工、熟料造纸行业为主，这些企业排放的污染物主要有悬浮物SS、化学耗氧量COD、生物耗氧量BOD、石油类等，据水务、农业部门测定，这些河流只能供农田灌溉用。

2000年至2004年全县污染物排放量统计表

表 6 - 6 - 1

污染因子 \ 年份	2000	2001	2002	2003	2004
化学需氧量排放（吨）	2350	2340	2260	2070	1890
氨氮排放量（吨）	300	300	300	300	300
二氧化硫排放量（吨）	1980	1970	1950	1900	1880
烟尘排放量（吨）	1970	1960	1950	1900	1850
工业粉尘排放量（吨）	1100	1090	1070	1040	1000
工业固体废物排放量（吨）	30	30	30	30	30
工业固体废物综合利用率（%）	97.40	97.40	97.43	97.43	97.43

第三节　环境治理

大厂县政府力争创造环境优势，打造"环境平台"，促进经济可持续发展。经过多年治理，环境污染的势头得到遏制，环境质量不断改善，全县工业企业都建有配套的污水治理设施，且大部分企业能保证正常运转，2004年空气质量二级和好于二级的天数为 315 天。

一、关停污染企业

1996 年 8 月，国务院下达限期关停 15 种污染严重的小企业的决定，县内属于此类的企业是电镀厂，大部分采取个人承包经营方式，企业设备陈旧、工艺落后、污染严重。县政府按照国务院的通知要求，组织公安、工商、税务、环保、供电等部门强行断电、收照，使全县 13 家电镀厂全部关停，后经市政府批准，保留了 2 户规模较大有一定治污能力的电镀厂。

二、消除县城黑烟囱

环保形象工程之一是消除黑烟囱，减少大气粉尘污染。1997 年，大厂县总投资 260 多万元，共治理黑烟囱 11 座，安装斜多管式除尘器 7 台，更新锅炉 4 台，使县城、国道、省道两侧可视范围内锅炉烟尘达标率在 90% 以上。全县生产性锅炉经治理全部达标，至 2004 年县域已建成 4 座热力站，实现大安街"无烟一条街"的目标。"环保形象工程"建设已见成效，在规定区域内基本消灭黑烟囱，烟尘排放达标率在 93% 以上，在廊坊市处于领先地位。

三、"一控双达标"

《国务院关于环境问题的决定》中提出：到 2000 年全国所有工业污染源达到国家或地方规定的标准，各省、自治区、直辖市要使本辖区主要污染物排放总量控制在国家规定排放指标内，环境污染和生态破坏加剧趋势得到基本控制；直辖市及省会城市、经济特区城市、沿海开放城市和重点旅游城市的环境空气及地面水环境，按功能区分别达到国家规定的有关质量标准。简称"一控双达标"。

1999 年至 2000 年，本县全面开展"一控双达标"工作。对污染企业逐家下达限期治理通知书，对 1996 年以后新、扩、改项目进行拉网式检查，确保 1996 年以后所有建设项目审批率、"三同时"（新建、改建、扩建的基本建设项目、技术改造项目、区域或自然资源开发项目中的防治环境污染和生态破坏的设施必须与主体工程同时设计、同时施工、同时使用）执行率为 100%。对排污申报登记和排污口进行规范化管理。截至 2000 年 9 月底，6 家市级重点治理企业提前一个月完成治理工作，顺利通过廊坊市环境保护局验收。10 月底，全县 65 家排污企业全部达标。据统计，全县共投入环保治理资金 1700 多万元。

四、整治违法排污

2003 年至 2004 年，每年在全县范围内开展一次整治违法排污企业，保障群众健康环保专项行动，在专项行动中采取明察和暗访相结合，行政监督与群众举报相结合等方式，深入基层，深入现场，严肃查处以下问题：群众反映强烈，严重危害群众身心健康和正常生活的饮用水源污染、烟尘污染、居民区噪声污染等问题；重点流域、重点区域和重点行业的违法排污问题；建设项目违反环境评价问题。环保专项行动连续开展两年，杜绝了严重污染环境、破坏生态的违法行为，保障群众的健康，使环境质量不断改善。

五、把好项目审批关

随着改革开放、招商引资工作的不断深入，建设项目环境管理工作越来越重要，做好建设项目环境管理工作，对控制新污染源的产生，改善区域环境质量，遏制环境恶化和生态破坏的发展趋势，发挥着重大作用。环保局建设项目审批实行联合办公、分头把关，认真行使第一审批权和一票否决权，严格执行核发排污许可证制度和"三同时"制度。任何建设部门未经环保部门审批，计划部门不予立项，土地部门不予批地，工商部门不予发给营业执照，供电部门不予供电。凡是有污染的建设项目，未经环保部门做环境影响评价的不核发排污许可证。凡是有污染的建设项目，必须实行"三同时"，否则将视其污染程度，给予经济、行政和刑事处罚。1999年至2004年全县新增工业企业290个，全部执行"三同时"制度，大部分排污企业的治污设施都能正常运转。

六、建立环境监测站

1999年10月，建环境监测站，位于环保局四楼，站内仪器设备总值达20万元，有721E型紫外/可见分光光度计、AY120型岛津托盘电子分析天平、PHS－3B型精密PH计、FC－1型粉尘取样仪、WQY－1型遥感式光电测烟仪、GH－60E型自动烟尘（气）采样器、TH－1000C型总悬浮颗粒采样器、TH－3000A型大气日均浓度采样器、化学耗氧量测定仪、烟气检测望远镜和声度计。有本科及大、中专文化程度的科技人员4名。开展烟尘浓度、汽车尾气、噪声等检测项目并发布空气质量周报。

第四节　环境管理体系认证

ISO14001环境管理体系是国际公认的环境管理模式，通过认证工作，可以提高大厂县的知名度，建立与国际接轨的绿色通道，树立全新的环保思路和新的环境管理模式。2002年，开始认证准备工作，2003年4月，成立ISO14001环境管理体系认证办公室；5月18日，通过了中环认证中心审核，标志着大厂县的认证工作步入规范化轨道；7月，全县32个认证主体部门全面展开了此项工作。3年中，大厂县ISO14001环境管理认证和ISO14000国家示范区创建工作成绩显著。2003年至2004年全县投入大量资金，用于全县环境保护和生态环境建设工作，在城市生活污水处理、生活垃圾无害化处理、城乡绿化美化、农业生态保护、环境监测站建设、环保队伍机构建设、建设项目环境保护联合把关、产业结构布局、中小学环境教育、全民环境意识等方面有了长足的进步和提高，取得了前所未有的突破，全县各级各部门对环境保护工作的重视程度空前提高。2005 年 1 月，大厂县顺利通过了国家环境保护总局对 ISO14000 国家示范区创建工作的现场验收。

第七编　经济总情

　　1986年以来，历届县委、县政府紧紧围绕经济建设中心，以改革为动力，以开放促发展，发挥区位优势、民族优势，强化强县意识，实现快速发展。第一产业，稳定和完善家庭联产承包责任制，并先后实施了费改税，取消农业税，种粮直补等一系列惠农政策，稳定了粮食生产。大力发展畜牧产业、林业和瓜菜种植业，拓宽了农民增收致富的渠道。2004年全县第一产业增加值达到42 437万元。比1986年增长2.34倍（可比价，下同）。第二产业，20世纪80年代实行的承包经营制和后来进行的企业产权制度改革，不断为产业发展注入动力。招商引资工作成绩显著，壮大了县域经济实力。至2004年全县第二产业增加值119 986万元，比1986年增长15.05倍。第三产业，流通企业不断改革经营机制，鼓励公平竞争，城乡市场购销两旺，2004年，社会消费品零售总额44 979万元；金融业积极贯彻国家金融政策，加大金融对国民经济的支持力度，2004年各项贷款余额达80 639万元；交通运输业蓬勃发展，2004年，全县有汽车11 294辆，公路通车里程158公里，公路运输货运量495千吨，货物周转量43 284千吨公里；邮电业迅猛发展，2004年业务总量2338万元，固定电话用户34 314户，移动电话用户31 700余户。2004年第三产业增加值63 052万元，比1986年增长11.68倍。随着国民经济的发展，人民生活水平得到大幅度提高。2004年，城镇居民人均可支配收入8994元，农民人均纯收入4829元。城镇和农村居民的恩格尔系数分别为30%和37.60%，人民生活总体达到小康水平。

第一章　经济总量

第一节　主要经济指标

一、地区生产总值

　　1955年地区生产总值892万元，经过30年的发展，到1985年，地区生产总值达到 9020 万元，增长了 9.11 倍。1986 年后，城乡经济体制改革全面展开且不断向纵深发展，极大地解放了生产力，自治县经济实现跨越式发展。2004 年，全县实现地区生产总值 225 475 万元，比 1955 年增长 77.08 倍，比 1986 年增长 10.18 倍。1986 年至 2004 年年平均增长 14.35%。分阶段看：七五末（1990 年）比六五末（1985 年）增长 1.03 倍，八五末（1995 年）比七五末（1990 年）增长 1.57 倍，九五末（2000年）比八五末（1995 年）增长 1.13 倍，2004 年比九五末（2000 年）增长 0.15 倍。

1986 年至 2004 年地区生产总值统计表

表 7 - 1 - 1　　　　　　　　　　　　　　　　　　　　　　　　　　　　单位：万元

指标 年份	地区生产总值 （当年价）	其　中			地区生产总值 （可比价）	其　中		
		一产	二产	三产		一产	二产	三产
1986	11 028	3373	5549	2106	13 911	4620	6618	2673
1987	14 131	3840	7486	2805	16 954	4761	8675	3518
1988	18 781	4311	10 593	3877	20 264	4509	11 503	4252
1989	21 652	4955	11 950	4747	22 422	4842	12 540	5040
1990	24 106	5327	13 182	5597	24 649	5695	13 357	5597
1991	28 554	5730	15 975	6849	28 361	5920	15 924	6517
1992	36 109	8756	18 523	8830	32 795	7466	17 463	7866
1993	45 612	10 436	23 778	11 398	39 523	8611	21 668	9244
1994	66 855	15 655	34 127	17 073	51 028	8745	29 933	12 350
1995	90 328	22 215	44 486	23 627	63 447	9998	38 130	15 319
1996	117 172	24 048	60 144	32 980	79 769	11 290	50 015	18 464
1997	137 715	25 531	72 183	40 001	93 491	12 192	59 515	21 784
1998	151 906	26 923	80 715	44 268	107 161	12 852	70 059	24 250
1999	164 390	23 839	92 960	47 591	119 806	12 533	81 364	25 909
2000	186 721	25 350	109 775	51 596	134 905	13 344	93 693	27 868
2001	187 112	23 055	110 786	53 271	135 714	13 744	92 194	29 776
2002	195 098	23 930	114 568	56 600	145 214	14 472	99 201	31 541
2003	209 902	35 721	114 684	59 497	145 359	14 631	97 713	33 015
2004	225 475	42 437	119 986	63 052	155 534	15 436	106 214	33 884

二、农业总产值

1986 年以后，农业和农村工作坚持以效益为中心，以科技为动力，以推动土地有偿承包，大力增加农业投入为手段，以提高农业机械化服务水平，发展节水型农业为重点，以强化社会化服务体系建设，增强社会保障服务功能为补充，促使全县农业发展跨上了一个新台阶。到 1992 年，农业总产值达到 13 231 万元，比 1986 年增长 60.77%。1992 年后，种植业在提高单产、确保总产、稳定人均占有粮食的基础上，瞄准京津市场需求，调整种植结构，发展林果、瓜菜。养殖业由自给自足型向商品效益型转轨，发展一批牛羊专业村、专业户，形成饲养、贩运、屠宰、加工、销售"一条龙"。加工业，瞄准城市生活消费水平的变化，调整、提高农畜产品的加工水平和结构，纳入以拓宽城市市场扩大农畜产品加工规模的发展轨道。大力发展饲料加工业，纳入以扩大养殖业规模，提高饲料产量，以提高饲料产量推动养殖业发展的良性循环体系。到 1999 年全县农业总产值达 44 558 万元，比 1992 年增长 1.1 倍不变价，其中种植业占 51.48%，畜牧业占 43.75%。2000 年以后种植业发展平稳，畜牧业发展较快。2004 年，农业总产值达 98 045 万元，比 1999 年增长 23.16%，其中种植业占 37.37%，畜牧业占 58.19%。

1986 年至 2004 年农业总产值统计表

表 7 – 1 – 2　　　　　　　　　　　　　　　　　　　　　　　　　　单位：万元

年份	农业总产值（90 年不变价）	其中			
		农业	林业	牧业	渔业
1986	7017	4928	138	1845	106
1987	6805	5095	140	1453	117
1988	7092	4953	177	1815	147
1989	7292	5270	154	1707	161
1990	8480	6201	146	1951	182
1991	9325	6629	169	2308	219
1992	11 281	7479	152	3399	251
1993	12 850	7906	167	4477	300
1994	14 368	7546	187	6258	377
1995	18 785	9859	194	8209	523
1996	20 371	10 291	230	9220	630
1997	22 553	11 379	212	10 160	802
1998	23 943	12 241	162	10 630	910
1999	23 633	10 466	240	11 872	1055
2000	25 832	12 128	238	12 134	1332
2001	27 207	12 741	219	13 219	1028
2002	28 681	13 250	154	14 111	1166
2003	31 303	11 712	207	18 182	1192
2004	32 037	11 971	177	18 643	1245

三、工业总产值

1986 年全县工业总产值为 10 724 万元。1987 年起，坚持从壮大企业实力、增强企业活力入手，积极推行承包经营制。围绕市场需求转换经营机制，调整产品结构，引用政策激励，调动积极因素。加上乡镇企业迅猛发展，工业总产值上升较快。到"七五"末达到 32 601 万元，比"六五"末增长 2.34 倍。"八五"期间已拥有一定数量的主导行业、企业集团、大户企业和拳头产品。电机厂增投入、上技改、扩规模。1992 年实现产值、收入超亿元，利税超千万元的业绩，成为"中二型企业"。在其带动下逐渐形成钢压延行业，成为大厂县支柱产业。河北雅萌企业集团、河北京大铜床厂、耀华金属制品厂为生产铜床的大户企业，其产品畅销全国，1996 年被评定为"中二型企业"。华安肉类有限公司"八五"期间工业总产值从 3000 万元上升至9450 万元，在它的影响下大厂县牛羊屠宰加工业快速发展，也带动了食品行业。"八五"末工业总产值达到 160 644 万元，比"七五"末增长 3.19 倍。"九五"期间非公有制经济发展较快，尤其是个体私营经济迅速崛起。"九五"末工业总产值为456 595万元，比"八五"末增长 1.89 倍。2001 年至 2004 年为平稳发展时期，2004 年全县工业总产值 555 793 万元，比"九五"末增长 24.83%。

1986 年至 2004 年工业总产值统计表

表 7 - 1 - 3 单位：万元

类型 年份	工业总产值（现行价）	工业总产值（90 不变价）									
		总计	国有	集体	股份合作	股份制	私营	联营	外资	个体经营	其他企业
1986	10 724	123 612	2433	7024				1121		1783	
1987	15 086	17 050	3306	8670				1727	509	2838	
1988	22 904	24 671	4829	12 496				2264	1114	3968	
1989	28 926	30 428	6575	16 164				1598	1316	4775	
1990	32 601	33 284	7818	17 460				1479	1515	5012	
1991	40 518	40 871	10 416	20 912				1938	1570	6035	
1992	56 865	53 692	14 076	26 424				2673	2000	8519	
1993	84 346	75 692	16 874	42 174				2324	3300	11 020	
1994	128 723	118 539	17 059	56 273				6651	6824	31 732	
1995	160 644	139 535	21 585	65 995				3019	7841	41 095	
1996	221 284	186 214	22 998	88 360				12 575	12 033	50 248	
1997	286 940	237 234	24 264	121 116			3390	6129	15 461	66874	
1998	330 127	289 585	26 629	25 952	8154	362	21 941	661	19 496	186 315	75
1999	375 002	331 860	54 774	12 759	3199	371	17 092	486	168 31	226 265	83

类型 年份	工业总产值（现行价）	工业总产值（90 不变价）									
		总计	国有	集体	股份合作	股份制	私营	联营	外资	个体经营	其它企业
2000	456 595	402 991	72 044	12 671	1941	2471	23 504	467	19 550	270 280	63
2001	473 547	420 625	88 738	9320	1925	6833	29 973	470	25 014	258 294	58
2002	485 772	446 472	80 906	10 159	1163	23 943	33 042	30	31 852	265 377	
2003	500 598	439 808	12 360	10 113	2338	69 919	55 292	420	28 673	260 693	
2004	555 793	503 048	17 464	7038	1104	125 546	66 849	91	32 203	252 721	32

四、社会消费品零售总额

1986 年开始进行流通体制改革，推行"四放开"（经营、价格、用工、分配）和门店、柜组个人承包及合股经营，初步搞活了商业，全县社会消费品零售总额逐年上升。1986 年为 4590 万元，1988 年为 6181 万元，1990 年为 6263 万元。1991 年以后商业体制改革继续深化，个体商业得到发展，形成多元化所有制结构，竞争加剧，促进了商业的发展。这一时期，穆斯林商厦、烟草综合楼、人民商场等商业设施建成使用，方便了人民群众购物。1993 年，社会消费品零售总额首次突破亿元大关，达10 230 万元。1995 年为 18 074 万元。1996 年为 21 860 万元。1998 年为 31 631 万元。2000 年，流通领域开始进行产权制度改革。公有制商业中，国有和集体所有资产全部退出，干部职工全部转换身份，基层门店完全交由职工自主经营。2000 年社会消费品零售总额 40 295 万元，2004 年为 44 979 万元。

表7－1－4　1986年至2004年社会消费品零售额统计表

单位：万元

项目 年份	社会消费品零售总额	按销售地区分组		按行业分组					按经济类型分组					
		县的零售额	县以下零售额	批发零售贸易业	餐饮业	制造业	农业生产者	其他	国有经济	集体经济	股份合作	股份制	其他	其中：个体
1986	4590	1948	2642	3086	412	737	137	218	2415	932			1243	1106
1987	4997	2365	2632	3035	278	1002	175	507	2883	954			1160	905
1988	6181	2924	3257	3894	322	1262	195	508	3848	1046			1287	972
1989	6769	3397	3372	4382	339	1272	233	543	3981	1460			1328	1022
1990	6263	3218	3045	3753	341	1149	305	715	3654	1188			1421	1046
1991	7700	4180	3520	4762	375	1317	317	929	5294	776			1630	1263
1992	9185	5998	3187	6006	399	1445	352	983	5391	2053			1741	1334
1993	10 230	5053	5177	8334	363	1117	4 164	620	3326		2284	1808		
1994	13 918	7857	6061	11 252	408	1758	5 007	188	3678		3052	2432		
1995	18 074	7518	10 556	12 370	612	3440	16 525	469	4851		7754	5930		
1996	21 860	7184	14 676	13 195	3470	3097	20 986	563	3231		12 066	9754		
1997	26 361	10 625	15 736	17 307	3626	3103	23 257	676	5407		13 278	10 685		
1998	31 631	12 080	19 551	20 546	4302	3963	28 207	321	6567	1981	15 762	12 713		
1999	35 978	15 069	20 909	23 846	4269	4357	2900	606	10579	7897	18	1882	15 602	12 338
2000	40 295	16 840	23 455	26 081	4687	5935	2940	652	7692	10 265	2	146	22 190	18 344
2001	44 338	19 554	24 784	28 741	5244	6597	3060	696	7697	10 963			25 678	21 950
2002	47 894	20 029	27 865	29 754	5383	8353	3382	1022	5742	12 298			29 854	23 950
2003	47 890	23 607	24 283	29 867	4224	7199	5616	984	10 449	8201	745	2	28 493	22 084
2004	44 979	19 732	25 247	28 252	5223	7479	3482	543	9872	9056	820	1261	23 970	22 932

五、财政收支

1986 年财政收入 899.30 万元,财政支出 858.50 万元。1987 年财政收入突破千万元关口,达 1036.20 万元。1988 年财政支出超过千万元,为 1390.50 万元。2000 年财政收入突破亿元大关,达 10 006 万元,比 1986 年增长 10.13 倍。2004 年财政收入 12 617 万元,比 1986 年、2000 年分别增长 13.03 倍和 26.09%。财政支出 14 477 万元,比 1986 年增长 15.86 倍。

六、固定资产投资

1986 年至 2004 年全社会固定资产投资共完成 51.67 亿元,年均增长 23.68%。1992 年以前投资额时起时落,从 1993 年起逐年上升,到 2002 年达到 70 068 万元,比 1986 年、1992 年分别增长 79.91 倍、10.16 倍。2003 年开始出现下滑,是年,全社会固定资产投资共完成 64 433 万元。2004 年为 39 733 万元。

城镇固定资产投资。1986 年至 2004 年基建与技改投资共完成 25.67 亿元,房地产投资共完成 1.47 亿元。

农村固定资产投资。1986 年至 2004 年,农村非农户共完成固定资产投资 12.33 亿元,其中农林牧渔业 4775 万元,制造业 78 811 万元,交通运输业 939 万元,社会服务业 20 450 万元,其他行业 18 275 万元。农户共完成固定资产 7.87 亿元。

表 7 - 1 - 5　　1986 年至 2004 年全社会固定资产投资统计表

单位：万元

年份	全社会固定资产投资	1. 城镇固定资产投资					2. 农村固定资产投资		其中：国有及其他经济类型	施工项目个数
		基建与技改	房地产	城镇集体	其他投资	城镇个人	农村非农户	农户		
1986	866	603						203	603	8
1987	2290	510				53		1727	510	10
1988	3671	1437				139		2095	1437	20
1989	1183	136		65		449		533	136	6
1990	3669	540		180		93		2856	540	11
1991	6529	1398		398		164		4569	1398	18
1992	6281	1368	15	413		285	2041	2159	1383	29
1993	9977	1425	60	594		1226	2109	4563	1485	45
1994	14 776	4130	1041	208		444	3837	5116	5171	63
1995	21 728	11 172	259	271		614	4007	5405	11 172	91
1996	27 452	13 004	315	170		320	9020	4623	13 319	72
1997	35 030	13 375	636	852		311	120 06	7850	14 011	152
1998	41 040	15 765	290	419		1901	15 930	6735	16 055	218
1999	49 106	20 006	1430	551	445	1565	14 328	10 781	21 436	149
2000	56 142	26 047	2500	1516	4803	2822	11 142	7312	28 547	160
2001	62 769	37 307	1100	823	4245	2366	14 534	2394	38 407	148
2002	70 068	46 172	90	947	2520	1383	16 977	1979	46 262	177
2003	64 433	39 371	2155	2588	1700	543	13 130	4946	41 526	139
2004	39 733	22 965	4807		2240	901	5927	2893	27 772	72

第二节 第一产业

一、农林牧渔业

农 业

1986 年粮食种植占地面积 8308.87 公顷，占耕地面积的 70.13%，粮食总产 56 691 吨，其中夏粮播种面积 5714.80 公顷，总产 21 336 吨；秋粮播种面积 8308.87 公顷，总产 35 355 吨。经济作物播种面积 2109.87 公顷，占耕地总数的 17.81%。其中棉花播种面积 934.40 公顷，总产 300 吨；油料播种面积 1172.40 公顷，总产 1099 吨。蔬菜播种面积 706.87 公顷，占耕地面积的 5.97%，总产 21 114 吨。瓜类种植面积 140.67 公顷，占耕地面积的 1.23%，总产 2304 吨。其他农作物 558.16 公顷，占耕地面积的 4.71%。种植业总产值 3504 万元。1986 年以后对种植结构进行调整，粮食种植面积基本稳定，棉花和油料种植面积大幅减少，蔬菜和瓜类种植面积大幅增长。由于积极推行农村经济体制改革和推广农业科学技术，各种农作物产量都有很大提高。2004 年粮食种植占地面积 8713.20 公顷，占耕地面积的 72.61%，粮食总产 85 085 吨，其中夏粮播种面积 6074 公顷，总产 35 698 吨；秋粮播种面积 8713.20 公顷，总产 49 387 吨。经济作物播种面积 478.87 公顷，占耕地面积的 3.99%，其中棉花播种面积 73.20 公顷，总产 59 吨，油料播种面积 405.67 公顷，总产 640 吨。蔬菜播种面积 2582.60 公顷，占耕地面积的 21.52%，总产 185 191 吨。瓜类播种面积 224.53 公顷，占耕地面积的 1.87%，总产 9901 吨。种植业总产值 26 107 万元。

林 业

1986 年，全县四旁植树 205.80 万株，其中当年新植 17.30 万株。育苗面积 43.90 公顷，其中当年新育 9.93 公顷。林木产量 1250 立方米，木材采伐量 2083 立方米。干鲜果树面积 71.20 公顷，4.49 万株。果品产量 31.68 万公斤，其中干果树 2289 株，干果产量 1.15 万公斤，鲜果树 4.26 万株，鲜果产量 30.53 万公斤。林业总产值 49 万元。1987 年开始平原绿化达标县建设。此项工程完工后，林地面积增加，随后又逐年加大林网林带建设。到 1999 年全县有林地面积 2051 公顷，果树面积 50.20 公顷，果品产量 3360 吨，其中干果产量 60 吨，鲜果产量 3300 吨。2003 年开始实施三北四期绿化、三环同建等项目。2004 年，全县有林地面积 2876 公顷，林木产量 300 万株，木材采伐量 480 立方米。果树面积 401 公顷，果品产量 4014 吨，其中鲜果 4009 吨。林业总产值 337 万元，比 1986 年增长 28.26%。

畜牧业

1986 年，全县牛存栏 10 000 头，出栏 5900 头；羊存栏 27 400 只，出栏 23 200 只；猪存栏 36 000 头，出栏 33 600 头。实现畜牧业总产值 1070 万元。此后，县委、县政府从县情出发，发挥回族群众擅长牛羊贩运、饲养、屠宰加工和距离京津大城市近的优势，把发展畜牧业作为富民强县的战略举措。制定引导、扶持政策，强化科技服务，畜牧业逐步成为主导产业。1995 年，人均养牛、人均向社会提供商品牛、百亩耕地产牛肉三项指标名列全国第一。2004 年全县牛存栏 59 000 头，出栏 183 300 头；羊存栏 73 500 只，出栏 160 600 只。猪的养殖也有较大发展，2004 年存栏 496 头，出栏 754 头。实现畜牧业产值 69 510 万元，比 1986 年增长 9.10 倍。

渔业

1986 年，全县淡水养殖面积 178 公顷，水产品产量 256.50 吨，实现渔业产值 51 万元。2004 年淡水养殖面积 342 公顷，水产品产量 2856 吨，实现渔业产值 2081 万元，比 1986 年增长 10.75 倍。

二、农业生产条件

1986 年以后，由于农业不断增产增收和国家对农业实行"多予，少取，放活"的政策，调动了农民对农业生产投入的积极性，逐步提高了农业生产条件。

农　机

1986 年，全县农业机械总动力 51 705 千瓦。每万亩耕地占动力 29 千瓦。其中大中型拖拉机 191 台，引擎动力 7884 千瓦；小型拖拉机 563 台，引擎动力 4784 千瓦。电动机 4435 台，总动力 34 578 千瓦。柴油机 186 台，总动力 2049 千瓦。小麦联合收割机 1 台。20 世纪 90 年代，农业机械化进程加快，到 1997 年大中型拖拉机有 343 台，小型拖拉机有 2410 台，联合收割机 284 台。农业机械总动力 148 000 千瓦，每万亩耕地占动力 84.50 千瓦，比 1986 年分别增长 1.86 倍、1.91 倍。在全省农机系统考评中，农机人均保有量、劳动力人均占有农机动力、农机作业量、小麦联合收割机百亩密度、小麦精播面积、玉米精点播面积等项居全省第一。1992 年以后，农业机械继续发展。2004 年，全县农业机械总动力 232 800 千瓦，每百亩耕地占动力 150.53 千瓦，其中大中型拖拉机 278 台，引擎动力 12 746 千瓦，小型拖拉机 3742 台，引擎动力 43 833 千瓦，大中型配套农具 922 台，小型配套农机具 6285 台。排灌机械 2986 台，总动力 50 652 千瓦，其中电动机 2406 台，动力 45 654 千瓦，柴油机 580 台，动力 4998 千瓦，农用水泵 16 310 台，联合收割机 333 台，动力 12 922 千瓦。植保机械 1677 部，动力 3354 千瓦。加工机械 30 136 千瓦，农用运输车 5262 辆，动力 52 700 千瓦。其他机械 26 457 千瓦。农机总动力和每百亩耕地占动力比 1986 年分别增长 3.05 倍、4.19 倍。

电　力

1986 年，全县有 35 千伏变电站 4 座，安装主变压器 6 台，总容量 11 115 千伏安。全年农村用电量 2713 万千瓦时，平均每百亩用电 15 265 千瓦时。这时期电力供需矛盾突出，农业用电得不到满足，每年春灌之时，一天之内数次停电，对农业生产影响很大。1987 年 4 月，110 千伏变电站投入运行，初步缓解了电力供应紧张的矛盾。以后随着国家电力供应的增多，逐步满足了农业对电力的需求。1990 年，农村用电量 2821 万千瓦时，平均百亩用电量 15 962 千瓦时。1998 年，农村用电量 3604 万千瓦时，平均百亩用电量 20 564 千瓦时。2004 年，农村用电量 4878 万千瓦时，平均百亩用电 31 542 千瓦时。

机 井

1986 年，全县有机井 1666 眼，电机配套 1496 眼，有效灌溉面积 143 403 亩，1994 年后机井数量维持在 1724 至 1788 眼之间。配套率 95% 以上。2004 年，全县配套农用机井 1679 眼，机井保浇面积 7376.67 公顷，平均单井负担 66 亩。

化 肥

1986 年至 1990 年全年化肥施用量由 2036 吨逐年递增至 2974 吨。1991 年化肥施用量上升至 13 660 吨，1997 年达到 17 247 吨。1998 年开始回落，是年施用量 16 562 吨。1999 年施用量 14 806 吨。2000 年至 2004 年施用量在 15 239 吨至 15 583 吨之间。2004 年化肥施用量为 15 554 吨。

三、农村经济收入

1986 年，全县农村经济总收入 12 252 万元。其中农业收入 4487 万元，在农业中，种植业收入 3025 万元，林业收入 148 万元，牧业收入 950 万元，副业收入 313 万元，渔业收入 51 万元；工业收入 5963 万元；运输业收入 556 万元；建筑业收入 353 万元；商饮服务业收入 597 万元；其他收入 296 万元。扣除农村经济总费用 5703 万元，农村经济纯收入 6549 万元。2004 年，全县农村经济总收入 514 072 万元，比 1986 年增长 40.96 倍，其中农业收入 46 141 万元，比 1986 年增长 9.28 倍，在农业中，种植业收入 22 841 万元，林业收入 222 万元，牧业收入 21 430 万元，渔业收入 1648 万元；工业收入 308 212 万元，比 1986 年增长 50.69 倍；建筑业收入 11 495 万元，比 1986 年增长 31.56 倍；运输业收入 10 570 万元，比 1986 年增长 18.01 倍；商饮服务业 51 928 万元，比 1986 年增长 85.98 倍；其他收入 85 726 万元，比 1986 年增长 288.61 倍。

农村各业收入占总收入的比重，1986 年农业 36.60%，工业 48.70%，运输业 4.50%，建筑业 2.90%，商饮服务业 4.90%，其他收入 2.40%。2004 年农业 9%，工业 60%，建筑业 2.20%，运输业 2.10%，商饮服务业 10%，其他收入 16.70%。

第三节 第二产业

一、工 业

1986 年，全县有各类工业企业 2221 个，从业人员共 9491 人，完成工业总产值 10 724 万元。主要行业有机械、化学、食品、建材、特种工艺、服装等，主要厂家有电机厂、制油厂、化肥厂、水泥厂、冷冻厂、食品机械厂、服装厂等。经过近 20 年的发展，到 2004 年，全县有工业企业 3166 个，从业人员 8314 人，完成工业总产值 555 793 万元。主要行业有钢压延加工、食品加工制造、机械制造、印刷及记录媒介复制、服装、非金属矿物制品、工艺美术等。主要企业：廊坊金华实业有限公司、金铭冷轧板带有限公司、鑫恒基冷轧带钢制管有限公司、华安肉类有限公司、福华肉类有限公司、福喜食品加工有限公司、华映食品机械有限责任公司、廊坊燕北畜牧机械集团有限公司、益利印刷有限公司、彩虹光盘有限公司、中纺汉东（大厂）服装有限公司、民族工艺品有限公司等。

二、建筑业

1986 年，全县有集体和个体建筑企业 17 个，从业人员近 2000 人，完成总产值 1100 万元。2004 年有国有、集体、私营建筑企业 4 个，从业人员 1326 人。完成建筑业总产值 9844 万元。承建的主要工程有永安小区、福喜食品加工有限公司、金健度假村、大厂清真寺、招待所宾馆、县供销大厦、政府办公楼等。

第四节　第三产业

一、批发零售贸易、餐饮业

1986 年，全县有国营、集体、个体批发零售贸易单位 1700 余个，完成批发零售贸易 3086 万元。餐饮业近 300 家，完成餐饮业零售额 412 万元。1986 年以后商家数量变化不定，时多时少，而批发零售贸易和餐饮业零售额逐年上升。到 2004 年，全县有各类批发零售贸易单位 1200 个，完成批发零售贸易额 28 252 万元，餐饮业 230 余家，完成餐饮零售额 5223 万元。

二、交通邮电业

1. 交　通

1986 年至 2004 年县内国、省、县干道长度没有变化，但先后完成了国道 102 线、省道大香线、侯谭线等道路大厂段升级改造。1992 年，开始乡村道路建设。2004 年，全县公路通车里程 158 公里，其中国道 6 公里，省道 13.20 公里，县道 26.60 公里，乡村道路 112.20 公里。1986 年公路运输货运量 100 千吨，货运周转量 6810 千吨公里，客运量 8 万人，周转量 405 万人公里。2004 年，公路运输货运量 495 千吨，货运周转量 43 284 千吨公里，客运量 54 万人，客运周转量 3041 万人公里。

2. 邮政　电信

1986 年，邮寄函件 25.93 万件，报纸发行 193.29 万份，杂志发行 11.87 万份。电话交换机总容量 1100 门，电话用户 349 户。邮电业务总量 24.40 万元。2004 年邮寄函件 159.90 万件，报纸发行 146.90 万份，杂志发行 2 万份，邮政业务总量 592 万元，电话交换机容量 35 312 门，固定电话用户 34 314 户，移动电话用户 31 700 户，互联网用户 2233 户。

3. 金 融

1986 年，全县企业存款 1045 万元，居民储蓄 2208.60 万元，人均存款 235 元。1991 年居民储蓄达 11 978 万元。1996 年企业存款达 11 591 万元。2001 年企业存款 29 270 万元，居民储蓄 95 456 万元。2004 年企业存款 47 564 万元，居民储蓄 117 906 万元，人均存款 10 537 万元。分别比 1986 年增长 44.50 倍、52.40 倍、43.90 倍。1986 年，全县各项贷款余额 5880.30 万元，其中发放工业贷款 1348.20 万元，技术改造贷款 17 万元，商业贷款 5074.10 万元，农业贷款 1652.50 万元。1995 年发放各项贷款合计 35 072.70 万元，其中短期贷款中工业贷款 6175.80 万元，商业贷款 8252.40 万元，建筑业贷款 330 万元，农业贷款 2705.60 万元，乡镇企业贷款 8905.80 万元，私营及个体工商业贷款 2 万元，三资企业贷款 346 万元；中长期贷款中技术改造贷款 3009 万元，基本建设贷款 753.70 万元。2004 年各项贷款 80 639 万元，比 1986 年增长 12.70 倍，其中短期贷款中工业贷款 11 461 万元，商业贷款 5004 万元，建筑业贷款 200 万元，农业贷款 24 893 万元，乡镇企业贷款 12 130 万元，三资企业贷款 1900 万元，私营企业及个体贷款 5049 万元；中长期贷款中基本建设贷款 863 万元，技术改造贷款 3000 万元。

第二章　经济体制

第一节　农业体制

一、家庭联产承包责任制

1982 年，全面实行家庭联产承包责任制。1985 年，针对农民担心政策变化，不敢投入，地块零散不便耕种等问题，根据中共中央 1984 年一号文件精神，全县农村开始调整重分责任田，延长土地承包期 15 年。同时将原生产队拥有的农机具、大牲畜等作价卖给农户，鼓励农民向土地增加投资，培养地力，提高产量。农民的疑虑消除了，生产积极性大大提高。以后几年，土地承包按照"大稳定，小调整"的原则，大多数村都进行了小规模的调整，使土地经营逐渐适应了农村经济的发展。1999 年，进行第二轮土地延包工作，此次土地承包期为 30 年。至 2004 年有 101 个村完成延包工作，涉及农户 22 302 个，共承包 8905.6 公顷土地。

随着农村分工分业的发展，有越来越多的农民离开土地，从事非农职业，从而出现土地经营权流转现象。为保证当事双方的合法权益，县有关部门建立了土地流转合同签订登记制度。至 2004 年全县土地经营权流转总面积 542.05 公顷，签订流转合同

1873 份。

二、土地使用

实行家庭联产承包责任制初期，多数村庄按用途将土地分为粮田、棉田、其他作物种类田，其中粮田、棉田必须按村委会要求统一种植，其他土地可由农户随意种植蔬菜、小杂粮等。后由于棉花生产成本高，产量不稳定，价格波动大等原因，很多农户不再种棉花，于是将土地重新调整，调整过程中注意发展商品生产的需求，扩大了农民自主经营的土地，农民可根据市场需求和自己的特长，或种植蔬菜、杂粮、药材等，或搞养殖。苇子庄村马占江从 1985 年到 1997 年承包 2 公顷耕地，5.33 公顷荒地，种植粮食、蔬菜，树木，用省吃俭用攒下的钱买车马，打机井。他带领子女们精耕细作，年均收入 3 万余元。于各庄村 2001 年在村北建养殖小区，占地 1.33 公顷，有 10 个养殖大户建起牛、猪、狗等养殖场，均产生了良好的效益，其中李长军年养牛 120 头，获利 2 万多元，李长福年养猪 130 头，获利近 3 万元。祁各庄乡从 20 世纪 80 年代起发展西瓜生产，形成了以洼子村洼子瓜为代表的品牌产业。2004 年全县有 48 个村 860 个专业户从事蔬菜瓜类生产，总播种面积 2800 公顷。

三、农村资产管理

为加强农村集体所有的土地、林木、农田水利、农业机械、建筑物等资产的管理，在 1986 年至 2004 年间多次进行了资产清查，并对村集体资产管理新机制进行了推广。

1987 年开展的清理村集体资产工作，摸清了家底，理顺了账目，解决了多年来的农村财务管理混乱状况，处理了一批侵占村集体资产的个人，有效防止了村集体资产的流失。

1991 年开展清理村集体资产工作，规范了资产和财务管理制度。

1998 年开展的村集体资产清产核资工作，核销了账实不符的集体资产，使账面真实反映出集体资产状况。

2000 年，农业税费改革后，村集体收入减少，有部分村集体承受不住农业机械维修和更新费用负担，这些村对农田井泵管理体制进行了改革，原由村集体管理的井泵承包给各农户（同一地块农户承包井泵设施），村集体与各农户签订承包合同，井泵资产所有权不变，仍然归村集体。这种模式有效降低了村集体开支，减小了村集体的开支压力。截止到 2004 年年底，已进行井泵改革的村达 40%。

四、农村收益分配

自实行家庭联产承包生产责任制后，农民自主经营，除上交国家、集体税金及费用外，剩余部分留归农户自有。

表 7 - 2 - 1　　　　　　　　　　　　　　　　　　　　　　　　　　　　　　单位：万元

年度＼项目	总收入	总费用	净收入	各项分配	
				国家税金	农民所得
1986	12 252	5703	6549	476	5124
1987	16 269.60	9163.40	7106.20	581.80	5393.20
1988	23 615	15 259	8356	704	5868
1989	28 609	19 147	9462	982	6467
1990	35 468	25 623	9845	1093	6836
1991	46 123	35 580	10 543	1097	7686
1992	53 809	42 023	11 786	1194	8598
1993	82 191	67 048	15 143	1561	10 953
1994	137 217	115 327	21 890	1971	15 690
1995	195 987	163 141	32 846	2121	25 545
1996	259 533	219 921	39 612	2651	31 039
1997	332 863	289 570	43 293	2784	34 563
1998	346 921	302 914	44 007	2801	35 783
1999	438 618	393 315	45 303	3418	36 247
2000	471 366	425 508	45 858	3896	38 935
2001	558 008	510 819	47 189	3765	39 430
2002	498 787	452 450	46 337	3668	40 152
2003	498 220	452 164	46 056	3277	40 057
2004	514 072	467 422	46 650	3644	40 208

　　从表内数据看出，农村经济总收入在 1986—2001 年期间持续增长，农民所得也随之增长，以 1994 年增幅较大，达 67%。至 2001 年，农村经济总收入为 558 008 万元，农民所得为 39 430 万元。2002 年、2003 年农村经济总收入略有下降，2004 年又开始增长，而农民所得在此期间未受影响，还在缓慢增长。

第二节　工业体制

一、所有制

1. 国营—国有工业

1986 年，全县有国营工业企业 13 家，涉及机械、食品、化工、印刷、自来水、供电等行业，有干部职工 2092 人，实现工业总产值 2051 万元，占全部工业总产值的 19.10%。1991 年国营工业企业有 15 家。1992 年，经过体制改革，国营工业改名为国有企业。1993 年从业人员最多，达 2619 人。1998 年许多企业经过改制，从国有工业中退出，国有工业企业只剩 4 家，从业人员 1281 人。2001 年国有工业实现工业总产值 84 073.60 万元，为历史上完成产值最高的一年，占全部工业总产值的 17.25%。2004 年全县有国有工业企业 4 家，从业人员 511 人，实现工业总产值 19 294.70 万元，占全部工业总产值的 3.47%。

2. 集体工业

1986 年，全县有集体工业企业 170 家，其中县办 10 家，乡镇办 39 家，村办 121 家，从业人员 9939 人，实现工业总产值 6118 万元，占全部工业总产值的 57%。1994 年是集体企业最多的一年，为 180 个，实现工业总产值 59 742 万元，占全部工业总产值的 46.41%。1997 年是集体工业实现产值最高的一年，达 139 969 万元，占全部工业总产值的 48.78%。1998 年经过改制后，有集体企业 64 家。2004 年全县有集体工业企业 30 家，实现工业总产值 7676 万元，占全部工业总产值的 1.38%。

3. 私营个体工业

1986 年，全县有个体工业户 1730 家，实现工业总产值 1569 万元，占全部工业总产值的 14.63%。1997 年，全县有私营企业 33 家，个体工业户 1962 家。实现工业总产值 88 365 万元，其中私营 4263 万元，占全部工业总产值的 1.49%，个体 84 102 万元，占全部工业总产值的 29.31%。此后私营个体工业发展较快，到 2004 年有私营企业 111 家，个体工业户 2994 家，实现工业总产值 353 178 万元，占全部工业总产值的 63.54%。其中私营企业 73 858 万元，占 13.29%；个体 279 320 万元，占 50.25%。

4. 外资工业

1987 年，县内第一家外资企业建成投产，实现工业总产值 509 万元，占全部工业总产值的 2.99%。1996 年，有外资企业 4 家，实现工业总产值 20 361 万元，占全部工业总产值的 9.20%。1998 年，有外资企业 7 家，实现工业总产值 19 489 万元，占全部工业总产值的 5.90%。2004 年，有外资企业 8 家，实现工业总产值 35 579 万元，占全部工业总产值的 6.40%。

5. 其他经济类型工业

包括股份合作制、股份制、联营等。1986 年，全县有联营企业 308 家，实现工业总产值 986 万元，占全部工业总产值的 9.20%。1998 年，全县有股份合作制企业 6 家，股份制企业 1 家，联营企业 2 家，实现工业总产值 10 447 万元，占全部工业总产值的 3.16%。2004 年，全县有股份合作制企业 2 家，股份制企业 15 家、联营企业 1 家，实现工业总产值分别为 1220 万元、138 710 万元、100 万元，在全部工业总产值中的比重分别为 0.22%、24.96%、0.02%。

二、管理体制

1. 企业自主权

1984 年以前，全县公有制企业在计划经济体制下政企不分，政府通过行政手段管理企业，企业是政府的附属物。1984年，根据国务院《关于进一步扩大国营工业企业自主权的暂行规定》，县内国有企业开始从生产经营计划、产品销售、产品价格、物资选购、资金使用、资产处置、机构设置、人事劳动管理、工资奖金、联合经营等十个方面进行改革，企业开始有了部分自主权，增强了企业活力。1992年，企业领导体制改革进一步深化，全县县办企业全部实行了经营承包责任制，企业逐步从政府的"附属物"变为自主经营单位。厂长享有生产经营、劳动人事、机构设置、投资决策、工资及奖金分配等权利。1993年开始的企业产权制度改革，使企业真正成为自主经营、自负盈亏、自我约束、自我发展的法人实体和市场竞争主体。

2. 领导体制

1978年以前企业实行党委负责制。1978年7月开始实行党委领导下的厂长负责制。1986年企业全部实行厂长负责制，厂长为企业法人代表。企业改制后，建立董事会、股东会、监事会，实行董事会领导的总经理（经理）负责制。

3. 经营方式

20世纪80年代初，县办企业实行以利润包干为主要内容的经济责任制。1987年开始实行承包制。在"包产值、包利润，保上缴利税、保技术改造、保资产增值，企业的经济效益与职工的工资总额挂钩"的"二包三保一挂钩"的推动下，当年完成了5项技术改造，总投资206万元。增创产值248万元，新增利税50万元，增加创外汇66.8万美元；开发5种新产品，其中AC7A铝镁合金和TC120钢板仓获得河北省优秀新产品三等奖。3个企业取得了外贸出口产品质量许可证，服装厂生产的男女上衣和女裤等3种产品获得全省评比第一，木器厂生产的金漆镶嵌仿古家具被北京外贸商检局评定为出口免检产品。化肥厂一手抓技术改造、更新设备，一手抓工艺管理，降低成本，很快扭转了一季度亏损30.8万元的局面，到年底盈利110万元，成为经委系统利润大户。实行承包制后，很多企业存在着"一包就灵，以包代管"的不正确认识，忽视了企业的基础管理工作，严重地影响了企业的发展。为此，从1989年开始深化企业内部改革，狠抓承包经营责任制的落实。除了经营者的责、权、利必须统一外，还必须层层分解、层层承包，使企业各个层次，直到每个职工的责、权、利都落实到人头，做到"千斤担子众人挑，人人身上有指标"，使完成承包任务得到保证。采取多种形式，搞活企业内部分配。根据厂情，实行一厂一策，区别对待，灵活多样，让企业按照自己的实际，解除旧的体制，实行效益工资、结构工资、计件工资等多种形式的分配制度。职工竞争意识增强，生产效率大为提高。推行全面质量管理。各企业建立健全了质量保证体系，实行质量否决权制度，建立以岗位定人，以人定责，以责定奖的岗位目标责任制，保证了产品质量的显著提高。1998年学习邯钢经验，降低产品成本费用，挖掘内部潜力、降低成本费用，以提高竞争能力，电机厂高频焊管分厂通过进一步加强企业管理，挖潜降耗，薄利多销，冷轧带钢生产成本费用降低10%，既占领了市场又取得了良好效益。

1993年开始县办企业产权制度改革工作，至2004年，实行股份制或股份合作制改造的有16家，这些企业按照《公司法》和国际惯例进行经营管理。原电机厂于2002年3月改制为廊坊金华实业有限公司后投资6000万元，建Φ406焊管生产线，年产大口径焊管 10 万吨，公司再次被评为"河北省百强企业"，焊管产品被评为"河北省名牌产品"，当年上缴税金 1314 万元。2004 年，公司投资 1400 万元，对生产设备和设施进行更新改造，进一步提高企业生产技术水平和能力。是年实现产品销售收入 8 亿元，实现利税 2000 万元。

第三节　商业体制

一、国有商业

1. 管理机构

国有商业分为商业、物资、粮食、外贸、石油、烟草、医药等系统，分别设有商业局、物资局、粮食局、对外贸易管理局、烟草专卖局、药监局等行政管理机构。其中商业局、物资局、粮食局、石油公司均建于 1986 年以前，2002 年机构改革中撤销，分别成立商业办公室、物资总公司、粮食办公室。河北省石油公司大厂县分公司 2000 年改称为中国石油化工股份有限公司河北大厂石油分公司。对外贸易管理局成立于 1988 年 6 月，1996 年转为经济实体。烟草专卖局成立于 1990 年 6 月，1991 年 6 月上划廊坊市烟草专卖局。医药管理局成立于 1990 年 11 月，2001 年 4 月撤销，建立药品监督管理局，2003 年实行省属垂直管理。

2. 经营机制

1986 年 9 月，商业系统对经营体制进行改革：实行批零分开，将批零企业改建为批零独立经营单位；转制经营，实行店内外集资的股份制，对已实行租赁经营的饮食服务业门店，期满后，有条件的转为集体所有，个别小店折价卖给个人。1987 年 9 月，商业、物资系统有 7 家公司实行承包制。1992 年 2 月，商业系统实行"四开放"（经营、价格、用工、分配）政策。1993 年 6 月，实行"国有民营"，将柜组商品一次性卖给个人，职工每月向公司交纳一定数额的房屋、柜台租金和管理费，其余税费由承包者负责。2000 年 8 月，商业系统 8 个单位全部实行租赁经营。2003 年 7 月，商业、物资系统进行企业产权制度改革。至 2004 年，商业系统 7 个单位全部完成了改制工作，国有资产全部退出，企业折价卖给个人经营，200 多名干部职工转换身份。物资系统有 4 个公司完成改制，有 3 个公司改制工作在进行中。

粮食系统，1986 年粮食收购继续实行合同定购。粮油供应继续实行凭证和议价供应两种。1993 年起敞开供应。1994 年 5 月粮食经营实行政策性业务和商业性经营两条线运行机制。6 月，粮食零售价格全面放开，并允许个体经营粮油。是年底，全县共有个体粮油经营单位 25 家，形成国家、个体竞争经营局面。

二、供销合作

1986 年以后，继续实行经理（主任）任期目标责任制。1987 年，班组（柜台）

实行承包制，职工全部实行劳动合同制，人员工资实行档案工资与效益工资相结合的办法，这在一定程度上调动了干部职工的积极性。生产资料公司的职工深入全县乡村的田间地头，调查了解农业生产所需物资情况，有针对性地调度农膜、化肥、农药等商品，并坚持送货下乡。为方便农民，他们长期坚持化肥卖斤、农药卖两，深受农民欢迎。1996年，县供销社将全系统分为五大集团，实行一级所有、两级核算、分级经营，调动了各基层单位和机关职工的积极性。2001年开始进行企业制度改革，2004年年底结束，经营领域社有资产全部退出，所有基层销售门店由职工买断，实行个体经营。

第三章　产业结构

第一节　三次产业结构

1986年地区生产总值11 028万元，第一产业增加值3373万元，占地区生产总值的30.60%；第二产业增加值5549万元，占地区生产总值的50.30%；第三产业增加值2106万元，占地区生产总值的19.10%。此后，县政府采取措施，继续积极稳妥地调整产业结构，巩固发展第一产业，大力发展第二、三产业，经过近20年的努力，产业结构调整初见成效。2004年地区生产总值225 475万元，第一产业增加值42 437万元，占地区生产总值的18.80%；第二产业增加值119 986万元，占地区生产总值的53.20%；第三产业增加值63 052万元，占地区生产总值的28%。

三次产业结构表

表7-3-1　　　　　　　　　　　　　　　　　　　　　　　　　　　单位：万元

年　份	地区生产总值	第一产业		第二产业		第三产业	
		增加值	占%	增加值	占%	增加值	占%
1986	11 028	3373	30.60	5549	50.30	2106	19.10
1987	14 131	3840	27.20	7486	53	2805	19.80
1988	18 781	4311	23	10 593	56.40	3877	20.60
1989	21 652	4955	22.90	11 950	55.20	4747	21.90
1990	24 106	5327	22.10	13 182	54.70	5597	23.20
1991	28 554	5730	20.10	15 975	55.90	6849	24
1992	36 109	8756	24.20	18 523	51.30	8830	24.50
1993	45 612	10 436	22.90	23 778	52.10	11 398	25
1994	66 855	15 655	23.40	34 127	51.10	17 073	25.50

续上表

年　份	地区生产总值	第一产业		第二产业		第三产业	
		增加值	占%	增加值	占%	增加值	占%
1995	90 328	22 215	24.60	44 486	49.20	23 627	26.20
1996	117 172	24 048	20.50	60 144	51.30	32 980	28.10
1997	137 715	25 531	18.54	72 183	52.40	40 001	29
1998	151 906	26 923	17.70	80 715	52.80	44 268	29.10
1999	164 390	23 839	14.50	92 960	56.50	47 591	29
2000	186 721	25 350	13.60	109 775	58.80	51 596	27.60
2001	187 112	23 055	12.32	110 786	59.20	53 271	28.47
2002	195 098	23 930	12.27	114 568	58.72	56 600	29.01
2003	209 902	35 721	17	114 684	54.64	59 497	28.30
2004	225 475	42 437	18.82	119 986	53.21	63 052	27.96

第二节　产业内部结构

一、第一产业结构

1986 年第一产业总产值 5121 万元，其中种植业产值 3504 万元，占第一产业总产值的 68.42%；林业产值 183 万元，占第一产业总产值的 3.57%；牧业产值 1070 万元，占第一产业总产值的 20.89%；副业产值 313 万元，占第一产业总产值的 6.12%；渔业产值 51 万元，占第一产业总产值的 1%。"七五"期间第一产业总产值增长了 20.85%，但内部结构没有发生明显变化。1992 年县第六次党代会上明确了"八五"后三年和"九五"期间农业发展的指导思想："强化'城郊型'大农业意识，以民族优势发展畜牧业，以区位优势发展种植业和农畜产品加工业，走高效、高质、高产，大农业、大流通、大服务的新路子。"从此开始调整第一产业内部结构，在稳定粮食生产的基础上，扩大蔬菜、瓜类生产和林业生产，着力发展畜牧业。1995 年（"八五"末）第一产业总产值 18 785 万元，比 1990 年（"七五"末）增长 121.52%。其内部各业产值按在第一产业中的比重依次为，种植业 9859 万元，占 52.48%；牧业 8209 万元，占 43.70%；渔业 523 万元，占 2.78%；林业 194 万元，占 1.03%。1996 年以后，畜牧业产值占第一产业总产值的比重不断上升。1999 年为 44.20%，2001 年为 46.20%。种植业内部调整主要是发展蔬菜和瓜菜，1995 年种植 22 029 亩，2002 年种植 44 360 亩。2004 年第一产业总产值 98 045 万元，其中种植业产值 26 107 万元，占第一产业总产值的 26.63%；牧业产值 69 510 万元，占第一产业总产值的 70.90%；渔业产值 2081 万元，占第一产业总产值的 2.12%；林业产值 337

万元，占第一产业总产值的0.34%。

二、第二产业结构

县内第二产业主要为工业，建筑业在第二产业中所占比重只有个别年份在10%以上（1986年为10.24%，1991年为10.42%），其余均在10%以下。1992年为8.17%，1996年为6.05%，2001年为4.37%，2004年为4.42%。工业行业结构，1986年排在前十位的行业依次为非金属矿物制品业，产值1112万元，占工业总产值的10.37%；机械制造业，产值992万元，占工业总产值的9.25%；工艺美术业，产值819万元，占工业总产值的7.64%；食品业，产值633万元，占工业总产值的5.90%；化工业，产值476万元，占工业总产值的4.44%；服装业，产值436万元，占工业总产值的4.07%；家具业，产值263万元，占工业总产值的2.45%；金属制品业，产值165万元，占工业总产值的1.54%；造纸业，产值140万元，占工业总产值的1.31%；印刷业，产值41万元，占工业总产值的0.38%。2004年排在前十位的行业依次为黑色金属压延业，产值145 000.70万元，占工业总产值的26.09%；食品业，产值77 212.20万元，占工业总产值的13.89%；非金属制品业，产值12 500.40万元，占工业总产值的2.25%；机械制造业，产值12 061.40万元，占工业总产值的2.17%；金属制品业，产值3610.60万元，占工业总产值的0.65%；家具、木材加工业，产值3336.20万元，占工业总产值的0.60%；印刷及记录媒介复制业，产值2927.20万元，占工业总产值的0.53%；造纸业及纸制品业，产值2669.30万元，占工业总产值的0.48%；服装业，产值1923.40万元，占工业总产值的0.35%；工艺美术，产值1239.70万元，占工业总产值的0.22%。

三、第三产业结构

1986年运输邮电业实现产值588万元，商业饮食业实现产值1710万元。1990年运输邮电业实现产值1295万元，商业饮食业实现产值2545万元。1994年运输邮电业实现增加值3432万元，占第三产业增加值的20.10%；商业饮食业实现增加值5773万元，占第三产业增加值的33.80%。1998年运输邮电业实现增加值15 217万元，占第三产业增加值的34.40%；批发零售贸易餐饮业实现增加值14 305万元，占第三产业增加值的32.30%；金融保险业实现增加值2140万元，占第三产业增加值的4.80%；房地产业实现增加值3569万元，占第三产业增加值的8.10%；其他服务业实现增加值9037万元，占第三产业增加值的20.40%。2004年，运输邮电业实现增加值20 045万元，批发零售贸易餐饮业实现增加值19 566万元，金融保险业实现增加值3169万元，房地产业实现增加值5050万元，其他服务业实现增加值15 222万元，分别占第三产业增加值的31.80%、31%、5%、8%、24.20%。运输邮电业和批发零售贸易业是第三产业中的主要产业，一直占有50%以上的比重。1993年至2004年，运输邮电业占第三产业的比重除1993年至1995年低于30%以外（三年分别为 20%、21%、23.70%），其他年份均在 30% 以上，最高 1996 年为 34.90%，最低 2003 年为 30.60%。批发零售贸易餐饮业占第三产业的比重在 29.60%（1996 年）至 36.70%（1993 年）之间。1997 年至 2004 年金融保险业占第三产业的比重最高为 2003 年，6%，最低为 1999 年，4.40%。房地产业占第三产业的比重除 2002 年 22.20% 外，其余年份在 7.80% 至 8.20% 之间。其他服务业占第三产业的比重除 2002 年的 8% 外，其余年份在 20.40% 至 24.20% 之间。

第四章 人民生活

1986 年以来，由于正确执行改革开放政策，国民经济保持了较快的增长，人民的生活水平不断提高，在实现了由温饱到小康的跨越后，又向富裕迈进。到 2004 年农村居民人均纯收入 4829 元，人均消费支出 2780 元，恩格尔系数 37.60%；城镇居民人均可支配收入 8994 元，人均消费支出 6399 元，恩格尔系数 30%。

第一节 农村居民生活

一、收 入

1986 年，农民收入的渠道包括：从集体得到的收入，家庭经营收入和其他非生产性收入。县统计局对 7 村 70 户农民抽样调查，每人纯收入为 598 元。其中，从集体得到的收入 88 元，占 14.70%；家庭经营收入 461 元，占 77.10%；其他非生产性收入 49 元，占 8.20%。20 世纪 90 年代以后，县委、县政府从农村实际出发，因势利导，引导农民调整产业结构，在发展乡镇企业的同时，发展畜牧业和特色种植业，向城镇转移农村剩余劳动力等措施发展农村经济，拓宽农民增收致富渠道，农民年人均纯收入由 1990 年的 856 元增加到 1999 年的 4078 元，增长了 3.76 倍。2004 年农民人均纯收入为 4829 元，比 1986 年增长了 7.10 倍，其中，基本收入（包括家庭经营收入、工资收入）4463 元，占 92.40%；转移性收入（继承遗产、接受赠产）262 元，占 5.40%；财产性收入（储蓄、股息等收益）104 元，占 2.20%。

二、支 出

随着收入的增长，消费支出也相应增长。2004 年消费支出 2780 元，比 1986 年增长 4.40 倍。农村居民的生活质量不断发生变化。经历了由追求吃饱穿暖到追求健康时尚、提高品质的转变。

1. **食品支出**

1986 年农民食品支出 251 元，占全部消费支出的 49.10%。改革开放之初，农民刚刚解决了温饱问题，在食品消费上，吃的粮食为自家承包地上所产。主食有用小麦粉制作的烙饼、馒头、面条等，用玉米面做的饽饽、窝头等。由于县内不产大米，所以吃大米饭的时候不多。蔬菜，多数家庭有菜园种些时令菜，只供自家食用，秋后家家储存大白菜，以备冬天食用。肉食，除少数富裕户能天天食肉外，多数农家只在过年过节时吃上一点。随着收入的不断增长，农民在食品消费上由吃饱向吃好转变，食品种类增多，档次提高。过去很少吃的大米饭，逐渐成了餐桌上的主角，与白面食品平分秋色，祖祖辈辈期望的"大米白面"如今已成为现实，很多家庭卖掉自己生产的粮食，去买东北精制大米和名牌富强粉。即使到了冬天也能天天吃上鲜艳水灵的错季蔬菜，肉、蛋、奶已是多数农家想吃就吃的东西。随着生活节奏加快，很多人选择了在外吃早点，午餐晚饭买熟食，亲朋聚会去饭店，食品消费支出增长加快，到2004年达1045元，比1986年增长3.20倍。

2. 衣着支出

20世纪80年代的农民在穿衣上还是强调俭朴的，多数人自己或请人缝制衣服鞋子，很少买成衣。布料以便宜耐穿的化纤为主。1986年人均衣着支出42元。改革开放不仅使人们在经济上得到实惠，而且也改变了人们的思想观念。农民尤其是年轻农民在收入增长后，衣着上开始追求时尚。请服装专业人员量体缝衣是为了显示个性。大多数人则以购买成衣为主，款式有西服、休闲、运动、牛仔、唐装、中山装。御寒服装有防寒服、羽绒服、皮夹克、保暖内衣、棉袄、棉裤、毛衣、毛裤等。人均衣着消费支出不断上升，1990年为58元，1994年突破百元，达128元，1999年达到160元，2004年上升至178元。

3. 住房支出

20世纪90年代以前，农村建房墙体为外砖里坯，木料以杨、榆、槐、柳为主，木制门窗。20世纪80年代建一所房子约耗资三四千元，1986年，人均住房支出105元。从20世纪90年代开始农民建房向高档化发展，住房支出大幅上升，到2004年人均住房支出达538元。房子越盖越大，建材越来越优良。土坯已经没人用了。稍富裕些的用东北红松、黄花松做柁檩，安装铝合金或塑钢门窗。一所房子造价约为十万元。近几年，农村中富裕户，有的在村中建起二至三层楼房，有的在城镇购买住宅楼。据2003年11月统计，县城70多幢楼房近3000家住户中，40%以上是农民。

4. 生活用品及其他支出

1986年农民生活用品及其他支出人均125元，其中燃料支出30元，文化生活服务12元。在此前后，农民所用燃料以作物秸秆为主，只有到冬天买一点煤取暖。文化生活的主要内容为听广播、看电视电影，全县农村三分之一家庭有电视机、电风扇等家用电器，家具有大衣柜、酒柜、三屉桌等，还有一部分家庭保留使用老式大墙柜。随着收入水平的提高，生活用品等支出也相应增长，1990年173元，1995年458元，1999年874元，2004年上升至1019元。彩电逐渐地取代了黑白电视，冰箱、空调、洗衣机相继进入了寻常百姓家，相当一部分家庭使用了席梦思、组合柜、沙发等新潮家具，摩托车成为基本的代步工具，富裕户已有小轿车。电话和手机已普及。除少部分家庭为了照顾老人的生活习惯而用秸秆烧炕，绝大部分家庭用燃煤土暖器取暖。普遍使用灌装石油液化气或煤炭做饭。一部分家庭厨房内备有电磁炉、微波炉等现代化厨具。

5. 恩格尔系数

1986年至1995年农村居民恩格尔系数在49.1%至59%之间，处于温饱水平。1996年为47.2%，2001年下降至39.80%，2004年为37.60%。

第二节　城镇居民生活

一、收　入

1986年，全县有职工9491人，全年支付工资总额945.60万元，人均工资996.30元。据大厂县《一九九一年国民经济和社会发展情况的统计公报》披露，1990年，人均工资1855元，城镇居民人均纯收入1267元。1995年始，县统计局开展全县住户调查，抽取30户为样本，以此反映全县城镇住户生活水平。人均可支配收入1995年4487元，1997年5143元，1999年6146元，2001年7287元，2004年8994元。10年间城镇居民人均可支配收入增长了100.40%

二、支　出

2004年城镇居民人均消费支出6399元，比1995年增长106.80%。

1. 食品支出

1986年以后，食品消费上有两大变化：一是食品结构。1986年以后的几年中仍实行粮油及副食品凭证定量供应，粮食种类主要有面粉和玉米面，油为棉籽油，只有逢年过节才供应少量的大米和香油。随着改革开放的深入，粮油及食品供应得到极大的丰富，人们可以充分地选择适口、营养、安全的食物。粮食类用量下降，肉、禽、蛋、奶和新鲜蔬菜用量上升。二是食品档次。如今餐桌上的肉食品是经过科学处理的，鲜嫩可口，蔬菜尽量选择无公害的。家里自制的少了，购买熟食的多了。有很多家庭隔三差五地全家去饭店消费，享受美食。2004年城镇居民人均食品消费支出1920元，比1995年增长33%。城镇居民恩格尔系数为30.00%，比1995年下降16.7个百分点。

2. 衣着支出

20世纪80年代，中老年人穿衣比较保守，男性着中山装者居多，女性多穿西服。面料以化纤为主。年轻人则多追求时髦，紧随京津二市流行之后。20世纪90年代以后随着收入增加和思想观念转变，人们在着装上追求个性化和时装化，西服、休闲服、运动服、牛仔服、唐服、裙装等种类繁多，五颜六色，材质有化纤、棉、麻、毛、丝绸等。收入较高者和年轻人还追求服装的高档化，花千元或几千元买套衣服是件很寻常的事。1995年人均衣着支出447元，2004年上升至765元。

3. 家庭设备用品及服务支出

由于收入的增加，加快了家庭现代化的步伐，电冰箱已普及，很多家庭使用上了微波炉等电炊具，超过一半的家庭有淋浴热水器。许多有老人或孩子无人照料的家庭雇用家政服务员。2004 年城镇居民用于家庭设备用品及服务的人均支出为 765 元，比 1995 年增长 71.10%。

4. 医疗保健支出

20 世纪 90 年代以前，人们没有保健这个观念，只是被动地应付疾病。从 20 世纪 90 年代起，人们开始注重保健，越来越多的人服用保健品和购买保健器材。1995 年人均医疗保健支出 165 元。1995 年以后，一方面因生活水平提高，人们在医疗保健上的支出也随之提高。另一方面药品涨价，加大医疗保健的支出。2004 年城镇居民人均医疗保健支出 389 元，比 1995 年增长 1.36 倍。

5. 交通与通讯支出

1986 年前后，人们普遍使用的交通工具是自行车，长途旅行的目的地也就是北京、天津等地。出行方式是乘坐汽车或火车。通讯手段主要是寄信，有急事则发电报或打电话。除极少数领导外，一般人没有家庭电话。随着经济和社会的发展，人们的活动范围越来越大，很多人有了汽车，旅游或商务活动采用自驾车方式。乘飞机的人也多了起来。从 1994 年起，用了三五年时间就普及了固定电话，移动电话紧随其后，迅速成为人们最主要的通讯工具。一些家庭连接上了互联网。交通通讯支出是所有消费支出中增长最快的。2004 年人均支出 619 元，比 1995 年增长 3.87 倍。

6. 教育文化娱乐支出

普及高中教育，高校扩招是教育支出增长的主要原因。其次还有一部分家庭为使孩子受到更好的教育，选择了异地学校或民办学校。在文化娱乐方面，电视机不断上档升级，由普通机型到纯平、高清、背投、等离子、液晶。影碟机几乎家家都有。旅游热不断升温。20 世纪 80 年代旅游目的地为北京、承德、北戴河等地，近年已扩展到国内各个旅游景点，还有不少的人涉足国外，如东南亚、西欧等。城镇人均教育文化娱乐消费支出由 1995 年的 284 元上升至 2004 年的 888 元。

7. 居住支出

1986 年城镇居民大部分住的是公产房，每月只交很少的房租。1990 年后住房制度开始改革，逐渐由福利分房向商品房过渡。购房支出不断增加。1995 年人均 305 元，1999 年人均 410 元，2004 年人均 1025 元，10 年间增长 2.36 倍。

第八编　农　业

　　新中国成立前，县域内受旧生产关系束缚和长期战乱影响，生产力低下，耕作粗放，抵御自然灾害能力很低，粮食亩产不过70公斤，灾年收成更差。新中国成立后，经社会主义改造，解放了生产力。20世纪50年代至70年代开展的兴修水利、兴办电力、农田基本建设、推行农业机械化、推广农业生产新技术等项工作，夯实了农业发展的坚实基础，农业生产能力逐渐增强。1982年后，由于家庭联产承包责任制的实行，农民吃粮问题得到根本解决。1985年，粮食总产达5216万公斤，亩产442公斤，分别比1949年增加1倍、4.9倍。1953年至1985年，向国家交售粮食13 656万公斤，棉花2961万公斤，油脂358万公斤。1985年，总产值达3467万元。其中种植业2522万元，林业43万元，牧业751万元，副业125万元，渔业26万元，分别比1949年增加2.6倍、2.8倍、3.8倍、1.6倍、8.6倍、12倍。人均生活水平达544元，比1958年增加7倍。

　　1986年以后，农业继续实行家庭联产承包制。1998年土地延包30年，2001年，实行费改税，2004年起逐年降低农业税率，一系列惠农利农政策的实施，调动了农民生产积极性。在稳定粮食生产的同时调整产业结构，引导有条件的地方扩大瓜菜种植面积。林业先后完成首都周围绿化工程、平原绿化达标县、国家三北四期绿化工程等项目，实施"三环同建工程"。2004年农林渔业产值28 535万元，其中种植业产值26 107万元，粮食产量85 085吨，林业产值337万元，渔业产值2081万元，农民人均纯收入4829元，比1985年分别增加9.51倍、9.35倍、63.02%、6.84倍、79.03倍、7.88倍。

第一章　区划与开发

第一节　区　划

一、区划概况

由于县域面积不大，气候、地域差异不明显，不划分农业区域。但根据独特的民族和区位优势，仅把全县分为两个类型区，即畜牧养殖屠宰加工区和瓜菜种植加工区。

畜牧养殖屠宰加工区，包括大厂和夏垫两个镇，这两个镇凭借民族和传统优势，在畜牧养殖、贩运、屠宰、加工等方面已初具规模。2004年两个镇的牛羊养殖、贩运户占全县从事牛羊养殖、贩运农户总数的75%；全县牛羊屠宰加工户1900户，全部集中在大厂和夏垫两个镇，其中宰牛户1800户，宰羊户100户。

瓜菜种植加工区，包括陈府、邵府、祁各庄3个乡，发展瓜菜生产主要是区位优势明显，与北京市中心的距离比北京市的远郊县还要近，流入北京市场有运距近、成本低、易保鲜等优势。这3个乡的瓜菜种植无论是从技术更新角度还是从产量收入方面，在全县名居前列，颇具发展潜力。

二、资源调查

第一次农业资源调查始于1982年4月，共分10个专业组，参加资源调查的人员共计149人（包括乡镇），到1983年年底全面完成调查任务，共完成成果报告46篇，约44万字、图138张、表183张。此次调查基本摸清了县内农业资源的底数，为农业、农村经济发展提供了可靠的数字依据。

第二次农业资源调查于2004年8月全面启动，共涉及18个专业组，至年底有外业调查任务的专业组已完成外业调查，没有外业调查任务的专业组已搜集出相关数据资料，开始撰写资源报告。

三、农业资源动态监测及补充调查

1982年成立农业区划办公室，负责全县农业资源的调查、动态监测与管理，研究农业资源的可持续利用。20年中，共完成各类农业资源调查及补充调查任务50余次，完成有价值的调研报告80余篇。

第二节　综合开发

1988 年至 1990 年实施了 1933.33 公顷土地治理项目，1995 年实施了 666.67 公顷土地治理项目。2002 年 12 月，河北省农业开发办公室正式批复 2003 年大厂县为农业开发项目县。在取得开发县资格以后，共实施了土地治理项目 2 个、农业科技示范项目 1 个。

一、2003 年项目批准、实施和效益

2003 年经省、市批准，实施了第一个农业开发项目——"优势农产品饲料粮基地项目"，开发治理面积 400 公顷，总投资 218 万元。主要建设工程：清淤渠道 7.80 公里，新打配套机井 18 眼，铺设地下防渗管道 10 公里，安装变压器 5 台，架设低压线路 5.60 公里，新建桥、闸、涵 13 座，改良土壤 400 公顷，推广良种 400 公顷，整修农路 15.90 公里，栽植农田防护林 1.30 万株。另外购置农机具 2 台，科技培训 1500 人次。经过一年多的努力建设，此项目于 2004 年 4 月全部竣工，并于 5 月顺利通过了廊坊市农业开发项目统一检查。

2003 年项目区经过开发治理后，年节约水量 16 万立方米；新增粮食产量 120 万公斤；新增种植业总产值 108 万元；项目区农民人均纯收入由原来的 3795 元增加至 3937 元，新增纯收入总额达 42.30 万元；新增灌溉面积 108 公顷；改善灌溉面积 292 公顷；新增节水灌溉面积 186.67 公顷；新增除涝面积 13.33 公顷；新增农田林网防护面积 23.33 公顷，通过营造方田林网，使项目区林木覆盖率提高 6 个百分点。

二、2004 年项目批准、实施和效益

经省、市批准 2004 年度分别实施中低产田改造项目和粮食新品种引进及配套技术示范项目，总投资 275 万元。

"中低产田改造项目"选择大厂镇的袁庄、东彭府、西彭府、杨辛庄 4 个村为项目区，开发治理面积 333.33 公顷，总投资 251 万元。主要建设内容包括：新打配套机井 23 眼，修复配套旧井 6 眼；铺设地下防渗管道 26.83 公里；安装变压器 4 台，架设供电低压线路 1.61 公里；整修农路 14.78 公里；新建桥、闸、涵 29 座，维修桥 1 座；渠道清淤 10.52 公里；栽植农田防护林 1.15 万株；购置农机具 14 台件；科技培训 1500 人次。

"粮食新品种引进及配套技术示范项目"总投资 24 万元，全部为市级财政无偿资金。引进示范推广"郑单 958"优质粮饲兼用玉米 100 公顷，引进示范推广"中优 9507"优质专用小麦 100 公顷，示范推广农业部最新科技成果玉米"少、免耕直播"技术，以及进行小麦和玉米种植管理新技术的培训。

2004 年项目区经过开发治理后，新增灌溉面积 120 公顷；改善灌溉面积 213.33

公顷；新增节水灌溉面积200公顷；年节约水量49万立方米；增加农田林网防护面积253.33公顷；新增农机总动力169千瓦；新增主要农产品生产能力125万公斤；新增种植业总产值115万元。项目区农民收入增加总额100万元，人均纯收入增加340元。项目区森林覆盖率由原来的9%增加到12.60%。项目区水资源达到供需平衡，实现水资源可持续利用。

第三节　产业化

农业产业化工作于2002年6月归属到农业开发办公室后，共完成农业产业化各类调研报告9篇，完成农业产业化经营"百点示范"工程各项指标任务的上报工作。全县以牛羊为主的畜牧主导产业已经形成，2004年农业产业化经营率达到66.80%。

2002年至2003年度、2004年至2005年度，两家省级农业产业化经营重点龙头企业福华肉类有限公司、华安肉类有限公司全部通过省级重点龙头企业监测，并挂牌命名。2004年3月，申报的两个农业特色种养专业乡、4个农业特色种养专业村获市政府挂牌命名表彰，分别是夏垫镇牛羊养殖屠宰专业乡、邵府乡肉牛羊养殖专业乡和祁各庄乡洼子村西瓜种植专业村、苇子庄肉羊屠宰专业村、大坨头肉牛养殖专业村、北坞三村肉牛羊养殖屠宰专业村。

第二章　种植业

第一节　谷　物

1986年以后，县域内种植的谷物主要有玉米、小麦、高粱、谷子等。玉米、小麦生产一直占主导地位，播种面积、产量位居各种作物之首。19年中，总体上看，谷物播种面积、产量呈上升趋势，播种面积由13 078公顷增加至2004年的14 142公顷，增幅8.14%；总产由53 639吨增加到2004年的82 572吨，总产增幅53.94%，播种单产由4101公斤/公顷增加到5839公斤/公顷，播种单产增幅42.38%。1996年播种面积为13 849公顷，全县6000公顷小麦玉米两茬粮食作物通过专家验收，实现吨粮田。

一、玉　米

早熟玉米为旱作直播，中熟玉米1990年以前为麦畦间作，1990年以后逐渐改为旱作直播，晚熟玉米麦收后播种。1986年单产4680公斤/公顷，总产31 516吨，占谷物总产的58.70%。2004年单产达到5881公斤/公顷，总产46 556吨，占谷物总产的 56.40%。

二、冬小麦

1986 年播种面积 5684 公顷，单产 3735 公斤/公顷，总产 21 242 吨，占谷物总产的 39.60%。2004 年，播种面积 6074 公顷，单产达到 5877 公斤/公顷，总产 35 698 吨，占谷物总产的 43.23%。

三、高　粱

1986 年至 1989 年平均播种面积 240 公顷，占谷物总播种面积的 1.80%，单产 1892 公斤/公顷，总产 454 吨，占谷物总产的 0.85%。2004 年播种面积 151 公顷，单产 2106 公斤/公顷，总产 31.70 吨，占谷物总产的 0.39%。

四、谷　子

1986 年播种面积 196 公顷，占谷物总播种面积的 1.50%，总产 417 吨。1995 年单产 3788 公斤/公顷，创历史单产最高水平。1999 年，播种面积仅为 7 公顷，单产 1950 公斤/公顷，总产 13 吨。2000 年以后播种面积为零。

表 8-2-1

1986 年至 2004 年农作物产量统计表

单位：公顷、吨、公斤

年份	耕地面积	谷物占耕地面积	谷物播种面积	谷物总产	谷物平均产量 占地单产	谷物平均产量 播种单产	冬小麦 面积	冬小麦 单产	冬小麦 总产	玉米 面积	玉米 单产	玉米 总产	高粱 面积	高粱 单产	高粱 总产	谷类 面积	谷类 单产	谷类 总产
1986	11 849	7306	13 078	53 639	7342	4101	5684	3735	21 242	6730	4680	31 516	237	1958	464	196	2123	417
1987	11 843	7416	13 104	56 035	7556	4276	5677	3360	19 079	6882	5033	34 646	245	2055	503	138	1845	255
1988	11 803	7403	13 118	54 407	7349	4148	5711	3825	21 905	6912	4620	31 922	247	1650	408	103	1665	172
1989	11 789	7405	13 127	59 965	8098	4568	5713	4290	24 548	7035	4950	34 823	230	1905	437	81	1830	148
1990	11 782	7590	13 397	64 092	8444	4784	5807	4620	26 859	7281	5025	36 624	228	2115	483	68	1845	126
1991	11 780	7537	13 343	67 936	8951	5092	5807	4320	25 106	7281	5790	42 174	204	2685	539	50	2355	117
1992	11 764	7576	13 516	71 349	9418	5279	5940	5265	31 313	7317	5385	39 363	216	2745	591	39	2115	82
1993	11 756	7606	13 546	77 654	10 210	5733	5940	5505	32 714	7356	6015	44 228	216	2940	637	33	2250	75
1994	11 753	7446	13 379	47 736	6411	3568	5933	4846	28 752	7205	2581	18 597	208	1649	343	33	1333	44
1995	11 731	7812	13 745	87 650	11 220	6377	5933	6367	37 778	7366	6652	48 997	203	3695	750	33	3788	125
1996	11 711	7690	13 849	87 235	11 344	6299	6133	6349	38 983	7470	6383	47 683	187	2668	499	33	2121	70
1997	11 704	7767	13 926	92 847	11 954	6667	6159	6770	41 699	7560	6686	50 544	203	2567	521	33	2212	73
1998	11 684	7933	1410	94 872	11 959	6729	6167	6556	40 433	7560	7097	53 726	174	3695	643	33	2121	70
1999	11 679	7960	14 126	67 846	8523	4003	6167	6675	41 163	7800	3375	26 295	154	2445	375	33	2121	70
2000	11 666	7917	14 076	71 759	9064	5098	6159	6676	41 119	7763	3900	30 275	154	2370	365	7	1950	13
2001	11 662	7943	14 157	84 247	10 606	5951	6160	6555	40 422	7765	5565	43 400	154	2775	425			
2002	10 517	8068	14 237	84 242	10 441	5917	6156	6569	40 440	7917	5492	43 479	151	2139	323			
2003	10 517	8068	14 142	77 418	9596	5474	6074	5820	35 351	7917	5276	41 770	151	1967	297			
2004	10 310	8068	14 142	82 572	10 235	5839	6074	5877	35 698	7917	5881	46 556	151	2106	318			

第二节　豆　类

1986 年以后，县域内种植的豆类以大豆、红小豆、绿豆为主。1986 年至 2004 年，豆类播种面积在 362 公顷至 898 公顷之间，1990 年播种面积最大，898 公顷，1998 年播种面积最小，362 公顷。2004 年豆类播种面积 432 公顷，单产 2493 公斤/公顷，总产 1077 吨。

一、大　豆

1986 年至 1989 年大豆种植多为套种，进入 20 世纪 90 年代，逐渐转变为春季和夏季直播。1986 年至 2004 年大豆的播种面积在 288 公顷至 665 公顷，占豆类播种面积的 66.70% 至 84.10%。播种面积最低年份在 2004 年，为 288 公顷，最高年份在 1988 年，为 665 公顷。单产在 1747 公斤/公顷至 3491 公斤/公顷，单产最高为 1995 年的 3491 公斤/公顷，最低为 1999 年的 1747 公斤/公顷。总产在 800 吨至 1900 吨之间，总产最高在 1993 年，最低年为 2002 年。最高总产是最低总产的 2.30 倍。1986 年至 1989 年播种面积平均 618 公顷。单产 2185 公斤/公顷，总产 1350 吨。1990 年至 1999 年播种面积年均 429 公顷，单产 2584 公斤/公顷，总产 1109 吨。2000 年至 2004 年，播种面积年均 341 公顷，单产 2058 公斤/公顷，总产 702 吨。2004 年大豆播种面积 288 公顷，单产 2247 公斤/公顷，总产 647 吨。

二、红小豆

红小豆种植多采取套种形式。1995 年、1999 年、2001 年种植面积为零，其他年份播种面积在 23 公顷至 356 公顷之间，分别占豆类总播种面积的 4.40% 至 42.30%，波动幅度较大。播种面积最高在 1991 年，356 公顷，最低在 1998 年、2000 年，23 公顷。单产最高为 1996 年，2350 公斤/公顷，最低为 1988 年，915 公斤/公顷。总产在 31 吨至 603 吨之间，最高在 1993 年，603 吨，最低在 1997 年及 1998 年，31 吨。1986 年至 1989 年播种面积年均 152 公顷，平均单产 1228 公斤/公顷，总产 187 吨。1990 年至 1999 年，播种面积年均 198 公顷，年均总产 1676 公斤/公顷，总产 332 吨。2000 年至 2004 年（除 2001 年外），播种面积年均 57 公顷，年均单产 1936 公斤/公顷，总产 110 吨。2004 年播种面积 68 公顷，单产 4103 公斤/公顷，总产 279 吨。

三、绿　豆

1989 年恢复种植，面积 45 公顷，单产 885 公斤/公顷，总产 40 吨。1990 年至 1999 年中，种植面积年均 54 公顷，单产 1431 公斤/公顷，总产 77 吨。1995 年、1998 年、1999 年、2001 年种植面积为零，1996 年种植面积 24 公顷，1997 年和 2000

年两个年度种植面积为 166 公顷。1997 年绿豆单产 2211 公斤/公顷，总产 367 吨，为 1989 年以后最高产量。2000 年至 2004 年中，平均播种面积 99 公顷，单产 1487 公斤/公顷，总产 147 吨。2004 年种植面积 76 公顷，单产 1987 公斤/公顷，总产 151 吨。

表 8-2-2

1986 年至 2004 年豆类播种面积及产量统计表

单位：公顷、公斤、吨

年份	豆类播面	豆类单产	豆类总产	其中：大豆			红小豆			绿豆		
				面积	单产	总产	面积	单产	总产	面积	单产	总产
1986	648	2248	1457	533	2438	1299	115	1388	159			
1987	846	2053	1737	651	2250	1465	195	1395	272			
1988	791	1813	1434	665	1980	1319	126	915	115			
1989	840	1835	1541	624	2070	1294	171	1215	207	45	885	40
1990	898	1987	1784	611	2160	1321	241	1695	409	460	1170	54
1991	841	2043	1718	444	2400	1065	356	1695	603	41	1238	50
1992	733	2151	1577	442	2400	1058	258	1845	477	33	1275	42
1993	730	2590	1891	443	2925	1294	262	1695	444	25	1545	39
1994	683	1575	1076	404	1678	678	239	1485	355	40	1075	43
1995	373	3491	1302	373	3491	1302						
1996	573	2752	1577	366	3036	1111	183	2350	430	24	1500	36
1997	529	2582	1366	339	2855	968	24	1292	31	166	2211	367
1998	362	3041	1101	339	3156	1070	23	1348	31			
1999	529	1740	924	529	1747	924						
2000	528	1597	843	339	1909	647	23	1522	35	166	970	161
2001	502	1890	946	502	1884	946						
2002	433	1896	821	289	2114	611	68	1059	72	76	1816	138
2003	433	1908	826	289	2128	615	68	1059	72	76	1829	139
2004	432	2493	1077	288	2247	647	68	4103	279	76	1987	151

第三节 薯类 棉花 油料

县域内种植的薯类以甘薯为主。油料作物以花生、芝麻为主。薯类、棉花、油料种植面积均呈减少趋势，且产量不稳定。

1986 年至 2004 年油料、棉花、甘薯类播种面积及产量统计表

表 8 - 2 - 3 单位：公顷、公斤、吨

| 年份 | 油料 | | | 其中： | | | | | | 棉花 | | | 甘薯 | | |
| | | | | 花生 | | | 芝麻 | | | | | | | | |
	面积	单产	总产	面积	单产	总产	面积	单产	总产	面积	单产	总产	面积	单产	总产
1986	1174	936	1099	565	1778	1005	609	158	94	934	645	300	355	3458	1229
1987	1011	986	997	559	1583	885	452	248	112	845	36	307	376	3773	1419
1988	983	699	687	559	1065	599	424	210	88	954	360	343	365	3525	1286
1989	925	941	870	527	1320	697	398	435	173	887	105	99	365	3345	1220
1990	902	884	797	559	1335	746	343	150	51	335	525	174	347	3525	1225
1991	819	1197	980	497	1680	836	322	450	144	704	330	236	333	3840	1275
1992	858	987	847	570	1260	722	288	435	125	655	495	321	349	4185	1460
1993	925	1136	1051	568	1530	871	357	510	180	150	675	101	343	4860	1670
1994	817	840	686	528	1076	568	289	408	118	306	546	167	340	2676	910
1995	716	1196	856	458	1548	709	258	570	147	207	658	136	329	4173	1373
1996	707	1130	799	465	1471	676	242	508	123	184	321	59	318	4365	1388
1997	697	1506	1050	458	1917	878	239	720	172	107	485	52	311	4238	1318
1998	683	1561	1066	451	1996	900	232	716	166	96	542	52	311	6878	2139
1999	550	1605	883	384	2040	784	166	600	99	95	555	52	244	7080	1728
2000	456	1500	684	304	1967	598	152	566	86	95	537	51	244	6713	1638
2001	441	1787	788	297	2190	652	144	945	136	92	630	58	244	8940	2183
2002	409	1790	732	270	2207	596	139	978	136	73	767	56	214	6542	1400
2003	409	1790	732	270	2207	596	139	978	136	73	767	56	214	6463	1383
2004	405	1580	640	2690	1914	515	136	919	125	73	808	59	213	6742	1436

第四节　蔬菜和瓜果类

一、瓜　菜

1. 设施瓜菜

大、中、小棚瓜菜：1986 年至 1993 年只有小面积中、小拱棚瓜菜生产，面积 30 公顷，亩均产量 3000 公斤，亩产值 2500 元。1994 年后，大棚发展速度较快，同时小拱棚种植也有所增加，以祁各庄乡面积最大，分布最广，全乡 20 个村，除毛庄外，其余 19 个村都建有大棚。主要原因，一是生产技术简单，生产周期短，投入少，效益高。投入产出比为 1：3.92。二是有优惠政策。洼子村、定福庄村 1995 年至 1997 年间建棚免收土地承包费，为每棚发放水泥柱子 30 根，竹竿 10 根。1994 年至 2004 年，大棚面积由 60 公顷增至 130 公顷，种植模式为一年两种两收，上茬为嫁接西瓜，平均亩产西瓜 4500 公斤，亩产值 4500 元；下茬为秋延西红柿，亩产量 4000 公斤，亩产值 4600 元，全年亩产值为 9100 元。2003 年大棚瓜菜单产和效益创历史纪录，西瓜亩产达 6000 公斤，亩产值 5600 元，下茬西红柿亩产 6500 公斤，亩产值达 5000 元，全年亩产值达 10 600 元。在大棚生产中，也有个别农户在下茬西红柿收后，再种一茬油菜、茴香或菠菜，实行 1 年三种三收，每亩可增收 1000 元左右。中棚主要用于早春甘蓝、菜花等蔬菜和食用菌生产，面积 14 公顷，年亩产值在 4200 元。小拱棚面积到 2004 年发展到 60 公顷，种植模式为上茬嫁接西瓜，下茬大白菜，全年亩产值在 4200 元。

日光温室蔬菜：1986 年至 1994 年，温室主要是采光和保温性能较低的简易阳畦和海域式温室，冬季只能种植叶类蔬菜。1995 年，首次从固安县引进了采光和保温效果较好的冀优Ⅰ型日光温室，填补了深冬不能生产茄果类蔬菜的空白，在小务村西北和小里庄村南集中连片建棚，占地面积共 8 公顷。1996 年至 1998 年在种植业结构调整中，以发展冬季日光温室为重点，制定优惠政策，一是资金扶持，信用社为新发展棚菜户提供小额贷款；二是物资扶持，一些经济条件比较好的乡、村可无偿为建棚户提供部分物资，如大厂镇河西营村，在建棚时每棚发放水泥柱子 43 根，竹竿 400 根，约折合人民币 1000 元；三是政策倾斜，对新建棚户一律免收 3 年土地承包费，免收农林特产税，用电电价一律按农用标准执行。期间，又从固安县引进了冀优Ⅱ型日光温室。先后建造 62 公顷，其中河西营 8 公顷、小务 8 公顷、亮甲台 5 公顷、定福庄 6 公顷、小东关 3 公顷、芮屯 6 公顷、潘各庄 6 公顷、岗子屯 4 公顷、威武屯 8 公顷、王唐庄 4 公顷、陈府 4 公顷。2000 年，新引进了增温快、保温好、蓄热明显的"廊坊 40 型"日光温室，河西营新建了 6 个，占地 2 公顷，漫兴营村建了 13 个，占地 4 公顷。

日光温室在种植上主要有两种模式：①嫁接黄瓜一年一茬周年生产，品种多为津优系列，平均亩产 7500 公斤，亩产值 1.15 万元，最高的可达 1.60 万元。②一年两茬连作生产，有芹菜——番茄，黄瓜——黄瓜，番茄——黄瓜，番茄——番茄，平均亩产量 7500 公斤，亩产值 1.70 万元。也有部分菜农在温室内实行连作与间作套种相结合，可实现一年多种多收，如种秋茬黄瓜——冬茬茼蒿（或油菜、水萝卜）——春甘蓝——夏豇豆，一年可比其他模式多收 1500 元左右。

2. 露地和地膜瓜菜

1986 年至 1993 年，瓜菜生产主要以露地和地膜为主，种植面积稳定在 848 公顷，随着栽培技术的提高，由原来的每年一茬至两茬变为三茬至四茬，复种指数由 170% 提高到了 320%，因此单产和产值也大幅度提高。1986 年瓜菜总产量 23 419.16 吨，亩产值 700 元，到了 1994 年露地和地膜瓜菜平均亩产量达 5304 公斤，亩产值达 3500 元。1994 年后，设施瓜菜面积增加，露地和地膜瓜菜面积逐年减少。露地瓜菜品种有大白菜、萝卜、甘蓝、菠菜、黄瓜、架豆、莴笋、油菜、茴香、茼蒿、西葫芦等。地膜瓜菜品种以西瓜、甜瓜、大蒜、水萝卜等为主。前丞相村 15 户菜农上茬种地膜小甜瓜，下茬种露天黄瓜共 5.2 公顷，上茬亩产甜瓜 2000 公斤，下茬亩产黄瓜 3500 公斤，全年亩产值 4200 元，亩纯收入 3000 元。陈府乡马家庙村，地膜大蒜与糯玉米连作面积 4 公顷，上茬亩产蒜薹 330 公斤，蒜头 1250 公斤，亩产值 2930 元，下茬亩产鲜玉米 1500 公斤，亩产值 950 元，全年亩产值达 3880 元。

二、推广引进新技术、新品种

1. 推广新技术

从 1986 年起，引进推广的新技术有灰地膜秋延西瓜栽培技术，麦茬茄子种植技术，西瓜嫁接技术，大棚西瓜三蔓整枝技术及三膜覆盖技术，大棚西瓜二次结瓜技术，黄瓜嫁接技术，棚内二氧化碳施肥技术，香菇废旧菌棒再利用技术，棚内膜下微灌技术，白灵菇、双孢菇高产栽培技术，香菇反季节高产栽培技术（夏季），番茄侧枝二次结果技术。

大棚西瓜嫁接：为解决西瓜重茬种植病害严重的问题，1994 年从北京市顺义县引进了此项技术，并进行了改进创新，嫁接方法为顶插接法，创新点是斜穿透砧木（原方法不穿透砧木），此法一是加大伤口愈合面积，二是加强接穗的牢固性，提高成活率。当时推广面积 5 公顷，到 2004 年推广面积达 330 公顷。西瓜生产中此项技术的应用率达 100%，亩单产 4500 公斤，最高亩产达 6000 公斤。增产 30%，亩增收 2000 元。

黄瓜嫁接：1996 年首次引进推广了日光温室黄瓜嫁接技术。砧木采用黑籽南瓜，接穗大多为山东密刺、长春密刺等品种。到 1999 年种植面积最高达 50 公顷。黄瓜于 9 月中旬播种，下旬嫁接，10 月中旬定植，采收期从 12 月至翌年 6 月底，长达 7 个月，亩产 7000 公斤，比直播黄瓜亩增产 3000 公斤，亩增收 4000 元左右。陈府乡威武屯村李向东种两个温室的嫁接黄瓜，亩产达 8500 公斤，亩收入突破 1.60 万元。

温室内二氧化碳吊袋施肥：1997 年引进推广面积 7 公顷，主要在定福庄、亮甲台、潘各庄、小务、威武屯等村温室内使用，通过增加温室内二氧化碳浓度，提高蔬菜光合作用，达到抗菌增产目的。喷药次数减少四分之一，增产幅度 15% ~20%。

西红柿侧枝换头一次结果：2003 年引进推广 10 公顷，2004 年推广面积 160 公顷。此项技术应用，使西红柿由原来一茬采摘 3 穗果变为两茬 6 穗果（包括侧枝 3 穗果），平均单产 7500 公斤，增产 35%，亩增收 1800 元。

2. 引进新品种

西　瓜：1986 年至 1993 年西瓜品种以丰收一号、二号和郑杂系列为主。1994 年开始引种京欣一号，因其皮薄、沙瓤、含糖量在 12% 以上，种植面积逐年扩大，1998 年祁各庄乡政府为此注册了"洼子瓜"、"沾刀炸"两个商标，形成品牌西瓜。到 2001 年京欣一号品种种植面积 240 公顷，应用率达 95%。2002 年由于西瓜种植面积增加，大量西瓜需销往外地，开始引种了耐裂、耐贮运的品种。到 2004 年，京欣一号、京欣二号，种植面积达 300 公顷。1994 年至 1996 年，在西瓜砧木品种选用上，全都用葫芦。1997 年从山东德州引进了新砧木全能铁甲（系国外白籽砧，用南瓜与国外白籽南瓜杂交而成），经过洼子村和定福庄示范证明，用全能铁甲砧木嫁接的西瓜抗病和耐低温能力明显优于葫芦，而且生长旺盛，可节省三分之一的底肥和追肥用量，增产幅度 30% ~40%，单瓜均重 7 公斤，亩产 5000 公斤以上，亩增收 1500 元左右。到 2004 年，全能铁甲应用面积 310 公顷，占西瓜种植面积的 93%。

黄　瓜：1986 年至 1995 年，黄瓜当家品种为长表密刺和新泰密刺等。1996 年引进了高产抗病品种，有山东的李氏 21、雷育王等品种，主推品种李氏 21，种植面积 12 公顷。1997 年，引进了津研系列黄瓜和春秋露地生产专用品种，大棚黄瓜品种多为津优 1 号、津优 2 号、津优 3 号，露地黄瓜品种为神农青 5 号。其中，津优 2 号和津优 3 号表现突出。瓜条顺直、商品性好、产量稳定、抗病性好，推广面积 60 公顷，逐渐淘汰了其他温室黄瓜品种。2003 年又引种了抗寒抗病高产棚室生产黄瓜品种津优 30 号，种植面积 10 公顷。

西红柿：1986 年至 1995 年西红柿当家品种为主粉 802、佳彩 155 等。1996 年引进了抗病高产品种中杂 9 号，推广面积 42 公顷。1998 年，首次引进了"美国大红"，产量较高，种植面积 25 公顷，但由于当地人习惯购买浅粉色西红柿，未得到大面积推广。2000 年引进了大果型粉红西红柿 1857，平均亩产在 5000 公斤以上，成为主推品种，种植面积 300 公顷，沿用到 2004 年，并逐步淘汰了其他西红柿品种。此外，为了市场需求，于 2003 年还引种了东圣一号世纪星等硬果型西红柿，主要特点是耐贮运、货架时间长，推广面积 30 公顷。

青　椒：1986 年至 1996 年，青椒品种以茄门为主，属农家品种。1997 年引种了高产杂交种中椒四号，种植面积 26 公顷。1998 年从北京永乐店中以农场引进了国外品种以色列青椒，主要在河西营村日光温室内种植，面积达 6 公顷，最大单椒重 1 公斤，平均单椒重 0.45 公斤。2000 年引种了中椒七号，生产面积 22 公顷，沿用至 2004 年。

甘　蓝：1986 年至 1995 年以中甘十一为主。1996 年引进 8398，成为当家品种，推广面积 16 公顷。2001 年引进 8132 品种，推广面积 10 公顷。以上 3 个品种，延续至 2004 年。

花椰菜（菜花）：1986 年至 1994 年以荷兰雪球为主，只有小面积生产。1995 年后引进了日本雪山，平均单球重 2.30 公斤，最大单球重达 3 公斤，平均单产达 5000 公斤，推广面积 22 公顷，延续至 2004 年。

架豆：1986 年至 1993 年，架豆品种以当地农家品种"白不老"为主。1994 年引进了杂交种双丰一号、双丰二号，推广面积 40 公顷。1996 年引进了冬季日光温室专用品种泰国架豆王和绿龙一号。2000 年引种了玉豆王品种，推广面积 42 公顷，沿用至 2004 年。

特色菜：1996 年引种了以色列黄色和红色樱桃番茄。1997 年引种樱桃萝卜、韩国金皮西葫和黑美丽西葫。1998 年引种了白花芥蓝、菊花菜、美松菜、京水菜、雪里金花。1999 年引种了七彩椒和香椿芽菜。2000 年引种太空青椒和太空番茄。2001 年引种食用芦荟和食用仙人掌。2002 年引种紫甘蓝、西兰花、水果黄瓜。2003 年引种白苋、紫背天葵。2004 年引种球茴香、四九菜心等。

三、无公害蔬菜生产

1998 年，经农业部环境保护科研监测所实地考察，全县 5 个乡镇 2333.33 公顷农田的土壤、大气、灌溉水各项指标均符合无公害农产品生产指标规定，获得环评认证，被河北省农业厅定为首批无公害生产县。2002 年农业局成立无公害蔬菜检测中心，检测室面积 35 平方米，配备了 TU－1800 型紫外分光光度计，负责对全县瓜菜产地及市场进行有机磷农药和硝酸盐残留的定性检测。

1. 无公害精品菜基地

分布在夏垫镇的潘各庄、太平庄、芮屯，大厂镇的小务、小里庄，陈府乡的陈府、威武屯、漫兴营等，占地 200 公顷，主要生产黄瓜、西红柿、芹菜、青椒等，年产无公害蔬菜 1.80 万吨。

2. 无公害西瓜生产基地

以洼子、定福庄、宋各庄、陈家府、半边店、小关东、西关、祁各庄等村为重点生产区，采用大棚、小拱棚、地膜 3 种形式生产，主栽品种为京欣系列，占地面积 300 公顷，年产西瓜 1 万吨以上，总产值 1100 多万元。

3. 无公害食用菌基地

涉及大厂镇河西营、金庄、小务及祁各庄乡的小东关、祁各庄、谭台等村，占地 18 公顷，生产品种有香菇、平菇、黑木耳、双孢菇等。以上 3 个基地的建立，带动了全县瓜菜生产向标准化、规模化、效益化方向发展，使各项新技术得到快速普及，良种应用率达 100%，在全县 105 个行政村中，已有 48 个村从事不等面积的瓜菜生产，并形成专业村 2 个（洼子西瓜生产、河西营食用菌生产），专业户 860 个。

表 8 - 2 - 4

西瓜效益对比表

单位：元

年份	1987	1988~1993			1994~1995				1996~1998			1999~2002		2002~2004		
种植形式	露地	露地	地膜	小拱棚	露地	地膜	小拱棚	大棚	地膜	小拱棚	大棚	地膜	大棚	露地	地膜	大棚
亩投入	200	250	400	600	300	400	650	1300	450	700	1600	600	1800	600	750	2000
亩产值	750	950	1450	1900	1100	1500	2500	4400	1600	2400	5300	2550	4600	25	2850	4600
亩效益	550	700	1050	1300	800	1100	1850	3100	1150	1700	3700	1950	2800	1900	2100	2600

表 8 - 2 - 5

蔬菜大棚、温室效益对比表

单位：元

年份	1994		1995~1999		2000~2004	
种植形式	大棚	温室	大棚	温室	大棚	温室
亩投入	上茬西瓜：1300 上茬西瓜：1600		下茬白菜：200 下茬番茄：1300	黄瓜：3200	上茬西瓜：1800 下茬番茄：700	香菇：20000 番茄（两茬）：3200
亩产值	西瓜：4400 白菜：1000		西瓜：5300 番茄：4600	11500	西瓜：4600 番茄：5200	35000 17000
亩效益	西瓜：3100 白菜：800 两茬：3900		西瓜：3700 番茄：3300 两茬：7000	8300	西瓜：2800 番茄：4500 两茬：7300	15000 13800

1986 年至 2004 年瓜菜生产统计表

表 8 - 2 - 6 单位：公顷、公斤、吨

年份	蔬菜			瓜类			瓜菜总面积	瓜菜总产量
	播种面积	亩产量	总产量	播种面积	亩产量	总产量		
1986	706.87	1991	21 110.70	140.67	1092	2304.20	847.54	23 414.90
1987	630.40	2021	19 110.60	118.67	876	1559.30	749.07	20 669.90
1988	559.27	1909	16 014.70	126.73	1254	2383.80	686	18 398.50
1989	606.20	2221	20 195.60	137.73	1286	2657	743.93	22 852.60
1990	969.53	2893	42 072	65.71	1047	1032	1035.24	43 104
1991	857.27	3423	44 017	103.80	2267	3529.70	961.07	47 546.70
1992	990	3910	58 064	112.53	2966	5006	1102.53	63 070
1993	1261.07	3126	59 131	134.53	2070	4177	1395.60	63 308
1994	1237.80	5304	98 479	94.67	2438	3462	1332.47	101 941
1995	2016.60	4816	145 679	118.67	2635	4690	2135.27	150 369
1996	1317.33	5241	103 561	113.07	2552	4328	1430.40	107 889
1997	1352.87	5193	105 382	128.87	2882	5571	1481.74	110 953
1998	1419.80	5984	127 441	95.53	2625	3761	1515.33	131 202
1999	1429.06	5951	127 565	95.53	2761	3956	1524.59	131 521
2000	1555.27	6496	151 546	154.60	3023	7010	1709.87	158 556
2001	2323.60	4780	166 602	279.87	2532	10 629	2603.47	177 241
2002	2678.40	4456	179 024	278.93	2575	10 774	2957.33	189 798
2003	2668	4589	183 651	278.93	2289	9577	2946.93	193 228
2004	2582.60	4780	185 172	224.53	2940	9902	2807.13	195 074

第五节　花卉　药材

一、花卉栽培

　　规模栽植起步较晚，1986 年至 1990 年为一家一户的零星栽植。1991 年西马庄村冯福路开始花卉栽培，后发展为木本花卉、园林植物生产。1992 年大厂镇东彭府村

开始建立温室大棚进行花卉栽植，面积为 0.13 公顷。主要栽培木本花卉，品种有月季、丁香、茉莉等。2004 年花卉栽植主要以观赏苗木和盆栽植物、草皮为主，面积为 56 公顷，主要品种为法桐、白皮松、柏树、大小黄杨、女贞等。

二、药材种植

适合县内土地栽培的药材有板蓝根、黄杞等。2002 年在冯兰庄、洼子、窄坡、王果子等村进行板蓝根实验种植，实行订单种植，面积达 2 公顷。2003 年 10 月，板蓝根获丰收，根、叶平均亩产 480 公斤，按照林业局与安徽亳州国奥药材公司签订的产销合同，该公司于 2004 年 1 月 14 日收购了全部药材，农民亩纯收入达到 1000 元左右，是种植大田作物的两倍。

第三章 林 业

第一节 育 苗

一、县苗圃场

场地在小东关，育苗主要品种为杨树、刺槐等。1992 年停办。

二、乡镇苗圃场

1986 年乡镇级苗圃共有 33.33 公顷，主要繁育一些小美旱、山海关等杨树。1988 年乡镇级苗圃发展到 53.33 公顷。1990 年后乡镇级苗圃维持在 30 公顷，主要繁育绿化美化苗木，品种以欧美 107 杨、108 杨，中林系列 2001 杨、2025 杨，中林 46 杨，廊坊杨，三倍体毛白杨等为主，美化树种以法桐、白皮松、柏树、银杏等为主。1992 年停办。

三、农户苗圃场

1986 年以后，农户苗圃总面积达 6.70 顷。2000 年，国家实施林业六大工程，从承德引入 2 户育苗大户，带动育苗业发展。同年育苗面积 100 公顷。2001 年育苗面积 140 公顷。2003 年育苗面积 157 公顷，主要品种为杨树欧美 107、108 杨，中林系列 2001、2025 杨，中林 46 杨，廊坊杨，三倍体毛白杨等为主。2004 年，育苗面积

160 公顷。

林业局为规范苗木市场，加强苗木质量管理，依据《中华人民共和国种子法》为育苗户在审核的基础上办理苗木生产许可证和经营许可证，2004 年共为全县育苗户办理生产许可证和经营许可证 70 份。

四、育苗效益分析

以中林 2001 为例：每亩速生杨苗圃效益分析第一年种条的成本效益，因品种而异，一般为每亩 1878 元左右。

1. 亩成本费用

土地承包费，200 元/亩；种条费，每根 3 元，每根出 10 节（一般为 10 节～15 节），每节 0.30 元，每亩插 3000 株左右，共需 900 元；底肥，地施农家肥 2500 公斤，计 200 元；耕地，40 元；剁条、插条每亩 6 个工时，每工 15 元，计 90 元；浇地水、电费，每遍 10 元，年浇水 8 遍，计 80 元；除草、防病虫，每年 300 元/亩；追肥，每年 2 遍，计 68 元。

2. 当年种条收入

第一年秋可平茬出种条出售，每亩产条 2500 根，每根种条 2 元，亩收入 5000 元。除去成本，亩纯收入 3122 元。

成苗种植成本效益，亩成本，第一年采条后，第二年继续如第一年管理，管理费需 2000 元，第三年春季可出售成苗 2000 株。每亩出成苗 2000 株，每株按 3 元计算，可以收入 6000 元，扣除成本，亩收入 4000 元。每亩造林苗圃 3 年纯收入 7172 元，平均年收入 2374 元。

第二节　植树造林

一、林网林带

1986 年大厂县被列入首都周围绿化工程项目县，完成林网林带绿化 186 公顷，防护面积 6366 公顷。1987 年开始平原绿化达标县建设，有林地面积达 654 公顷，森林覆盖率由 1987 年的 5.87% 上升到 10.20%，1988 年完成累计植树 98 万株，1989 年通过国家、省平原绿化达标验收，获全国平原造林绿化达标铜牌。在此基础上又逐年加大林网林带建设。1990 年完成造林面积 167 公顷。1995 年有林地面积达 1820 公顷，森林覆盖率 13.86%。2000 年，全县有林地面积 2440 公顷，森林覆盖率达 14.70%。

为提高群众植树造林积极性，县政府出台了优惠政策并创新造林机制。2003 年，开始实施三北四期项目建设，根据县委、县政府下发的关于扶持鼓励造林绿化的有关规定，重点工程造林后，经林业局验收合格，由县政府每亩补助 50 元。各乡镇也分别制定了优惠政策。造林机制上主要采用以下方式：树随地走；大户承包制，彭府村王有江承包村南6条秃渠秃路，植树2.50公顷，2000株，一季实现农田林网化；拍卖制，水务局将1.64公里长潮白河大堤的土地使用权拍卖给沿线20户村民，一季植树3.70万株，一次性完成45公顷绿化任务；股份制，夏垫镇北务四村采用股份制发展环村林26.70公顷；集体栽植分户管理，陈府乡大坨头村对造林地统一规划、统一购置苗木，造林后树木分到各户管理，完成造林6.70公顷。

二、项目造林

三北四期绿化项目　2003年年初，县政府争取到国家三北四期绿化项目，开始实施绿色通道工程，引入国债项目资金130万元，工程总任务866.70公顷，其中环城林面积60公顷、102国道绿化10.30公顷、夏安路绿化174.50公顷、县级公路绿化427.60公顷、潮白河左岸绿化119.80公顷、环村林94.50公顷。涉及全县5个乡镇，以潮白河、省道夏安路、县、乡级公路两侧及生态脆弱沙荒地、环城林绿化为重点。项目实施过程中，由一季造林变为春、秋两季造林，由人工挖坑变为机械挖坑，项目完成之后农田林网控制率达92%，被评为通道绿化先进县。

三环同建项目　2004年开始实施，引入国债项目资金300万元，该项目包括，环城林：规划面积266.70公顷，县城周围建设一条宽300米绿化带；环乡镇林，规划面积400公顷，在除大厂镇外的4个乡镇政府所在地周边建设一条200米宽的绿化带；环村林，规划面积1333.33公顷。在全县每个自然村周边建设一条100米宽的绿化带。

截至2004年，全县有林地面积3933.33公顷，其中项目造林2866.70公顷，营造速生丰产片林666.70公顷，方田林网400公顷，森林覆盖率达28.80%。

三、四旁植树

1986年四旁植树128.56万株，428.20公顷。1989年平原绿化达标后，四旁有林树137万株，折合面积423.30公顷。1990年完成四旁植树148万株，折合面积493.30公顷。1991年至1995年期间四旁植树252万株，折合面积840公顷。1996年至2000年期间四旁树274万株，折合面积913.33公顷。2001年至2004年期间四旁树发展到420万株，折合面积1400公顷。

第三节　林业收益

一、果　品

1986年全县果园面积66.90公顷，以苹果、梨、桃和葡萄为主。果品总产130

吨；1990 年树木进入盛果期，产量达到 530 吨；1991 年果园面积 14 公顷，零星果树 5 万株，果品总产 672 吨。1992 年进行农业结构调整，新发展果园面积 666.70 公顷。1995 年干鲜果品总产 2000 吨；1997 年果品产量达到 4540 吨。2004 年部分果树老龄化，被砍伐更新，果园面积为 400 公顷，果品总产 4010 吨。

二、林木产量与木材采伐量

1986 年至 2004 年林木产量、木材采伐量多年在 2000 立方米以上，最多年份为 1990 年，分别达到 3300 立方米、5000 立方米；最少年份为 1992 年，分别为 33 立方米、60 立方米。

林木产量与木材采伐量年度统计表

表 8 - 3 - 1 单位：立方米

年份	林木产量	木材采伐量
1986	1250	2083
1987	1527	2545
1988	1465	2442
1989	2200	4500
1990	3300	5000
1991	1742	2903
1992	33	60
1993	893	1625
1994	104	306
1995	1452	2420
1996	1964	3273
1997	2033	3888
1998	1215	2025
1999	1231	2052
2000	1231	2052
2001	631	1052
2202	264	440
2003	468	780
2004	230	480

第四章　渔　业

1986年全县渔业养殖面积178公顷，养殖品种主要是草、鲤、鲢、鳙四大鱼类，年水产品产量256.50吨，产值106万元。

1986年以后，水产品产量、水产业产值均以10%以上的速度递增，涌现出东庄村邱德生、大棋盘村李树江等承包坑塘面积3.33公顷以上的亩渔业单产千斤以上、亩效益达千元以上的规模渔业生产科技示范户。1992年成功引进革胡子鲶2000尾，并实现当年引种、当年养成、当年见效，亩产达到1000公斤，亩效益1500元，此后相继引进了日本百鲫、湘云鲫、彭泽鲫、罗非鱼、罗氏沼虾、大口胭脂鱼等名优鱼类新品种。全县水产品产量于1995年突破千吨大关，1998年突破两千吨大关。1999年全县渔业产值突破千万元大关，达到1055万元。

2001年至2004年，渔业生产进入稳定期，全县水产品产量稳定在2600吨左右，渔业产值稳定在1200万元左右，渔业养殖面积稳定在347公顷左右。休闲渔业进入一个发展的高峰期：1994年起，夏垫镇大棋盘村养鱼户李树江开展专业休闲垂钓，垂钓塘面积达到2.33公顷，年垂钓量1万多公斤，此后相继有太平庄村养鱼户肖志龙、夏垫村养鱼户杨金顺、东庄村邱德生、金庄村肖振合，开展了专业休闲垂钓业务。

到2004年年底，全县渔业养殖面积342公顷，水产品产量达到创纪录的2856吨，渔业产值1245万元。休闲垂钓坑塘达到了133.33公顷，年垂钓产值600多万元。

1986年至2004年渔业生产统计表

表8-4-1　　　　　　　　　　　　　　　　　　　　　　单位：公顷、吨、万元

年份	养殖面积	水产品产量	渔业产值
1986	178	257	106
1987	180	280	117
1988	223.33	350	147
1989	226.67	381	161
1990	227.33	432	182
1991	230	521	219
1992	205.73	598	251
1993	213.33	771	300
1994	223	887	377
1995	240	1226	523

年份	养殖面积	水产品产量	渔业产值
1996	253	1505	630
1997	265.67	1870	802
1998	318	2205	910
1999	421	2426	1055
2000	424	2691	1332
2001	425	2374	1028
2002	346	2605	1166
2003	344	2764	1192
2004	342	2856	1245

第五章 农业服务

第一节 种植技术

一、种植形式

1986年至1989年，全县粮食生产采取上茬小麦、下茬玉米套种模式种植。1990年至2004年，转变为一年两熟的小麦、玉米连作种植形式和一年一熟春玉米种植形式。

二、改土施肥

1986年以后，随着农户养殖业的发展，牛羊过腹还田面积不断加大。农家肥的施入量不断增加，亩施用量3000公斤以上。到2004年除养殖户对有机肥施入量较大（亩均达5000公斤以上）外，其他户的有机肥施入逐渐减少，亩均不足1000公斤。

进入20世纪90年代，随着55型旋耕机的普及，夏玉米收获后普遍采用旋耕方式耕翻土壤，耕深15厘米至20厘米。到1999年，随着玉米秸秆还田机引进和推广，玉米秸秆机械还田面积不断扩大，2004年机械还田面积5066.67公顷，对土壤改良起到很大促进作用。

化肥施用一直凭经验施入氮、磷、钾单元肥或复合肥。1996年，在亮甲台村推广了小麦玉米两茬测土配方施肥技术。1997 年全县推广配方施肥 4333.33 公顷。2004 年，配方施肥面积 13 333.33 公顷。

三、栽培技术

1. 玉 米

1986 年以后，玉米种植主要以大田平播为主，即春播和麦茬夏播。栽培技术主要有，一是由高产型品种向优质高产品种转变，1996 年至 2004 年，逐步推广粮饲兼用优质玉米。二是适时播种。春玉米播种期受天气影响较大，一般遇雨播种，有的转为中茬播种，播期 5 月 10 日以后。夏玉米播期 6 月 20 日至 25 日，比 1986 年以前推迟 5 天左右。三是科学施肥。1986 年以前，底肥施用采取农家肥与氮磷两种化肥混用方法。1986 年以后，底肥增加了钾肥。1996 年推广配方施肥技术。玉米追肥采取前轻后重的施肥方法，即小喇叭口期，在 7 月中旬至 7 月底追尿素 15 公斤，大喇叭口期即 8 月中旬追尿素 10 公斤。2003 年，推广夏玉米铁茬播种，面积 5066.67 公顷。2004 年因夏玉米后期贪青晚熟，为促进早熟，推广了剥穗苞叶增产技术，增产 5% 以上。

2. 小 麦

1986 年至 1995 年，推行了优种大畦低播量、四水三肥、除病虫草的模式化栽培技术。优种即选用中高产、抗倒伏的品种，大畦宽 7.50 尺。低播量即每亩 10 公斤至 15 公斤左右。四水三肥即封冻水、返青水、拔节水、灌浆水，底肥、追肥、叶面喷肥。除病虫在小麦扬花后防治白粉病、蚜虫。1996 年至 2004 年采取优种大畦、适量适期、三肥四水、除病虫草的模式化栽培技术。选择优质、高产、抗逆性品种，如京 9428、中优 9507、北农 66、农大 3214 等，畦宽一丈。三肥四水即底肥、起身肥、后期叶面喷肥，冻水、拔节水、孕穗水、灌浆水，返青时喷洒除草剂。抽穗期防吸浆虫成虫，后期防蚜虫。

四、病虫害防治

1. 病害种类和防治

小麦有锈病、散黑穗、腥黑穗、丛矮、白粉病，玉米有大小斑、黑粉、青枯病，棉花有枯黄萎病、立枯病、炭疽病、角斑病、轮纹病等。1986 年以后，玉米、小麦病害通过抗病品种的引进和推广，病害发生得到有效控制，发生面积较小，未造成重大损失。

2. 虫害种类和防治

种 类：小麦有蚜虫、红吸浆虫、麦叶蜂，玉米有玉米螟、玉米耕葵粉蚧、玉米蚜虫、玉米蓟马，棉花有蚜虫、棉铃虫、红蜘蛛、造桥虫、菜青虫。多食性及地下害虫有黏虫、东亚飞蝗、蝼蛄、地老虎、金针虫、蛴螬等。

防 治：进入 20 世纪 90 年代，由于春耕和秋耕普及，消灭大量虫源。同时在玉米、小麦防虫上推广包衣种子，减少了苗期地下害虫危害。鸟虫害发生时，农户主要采用手动喷雾器和肩负式机动喷雾器喷洒农药除治各种害虫。2000 年以后，逐步禁止使用高毒高残留农药代之以高效低毒低残留农药。

第二节　良种繁育和引进

　　1986 年以后，全县作物种子引进试验推广工作主要依托种子公司和两个乡级种子站来完成。2000 年 7 月国家颁布实施《中华人民共和国种子法》，放开种子销售市场，允许个人经销种子，2004 年全县种子经营单位达到 17 家。

一、谷　物

1. 玉　米

　　1986 年至 1990 年，玉米当家品种主要以京杂 6、黄 417、迁单 1 号、冀单 15、丹玉 13、承单 2、京早 7、沈单 3、保单 4、太合 1、京早 8、唐育 1、唐抗 1、博单 1、沈单 7、掖单 4、中单 2、中原单 4 等品种。其中沈单 3、京早 7、保单 4、京早 8、唐育 1、唐抗 1、博单 1、中单 2、中原单 4 等品种到 1990 年逐渐淘汰。其余品种一直沿用到 1995 年，以后逐渐淘汰。1991 年种子公司引进了掖单 9、烟单 16、唐玉 5、掖单 12、掖单 13 这 5 个品种，烟单 16 连续推广了 3 年，到 1999 年被淘汰，其他 3 个品种到 1997 年逐渐淘汰，推广期间 1995 年掖单 12 达到 700 公顷，掖单 13 达到 3000 公顷。1992 年至 1994 年新引进了农大 60、农大 65、唐抗 5、掖单 19、掖单 20、掖单 51、掖单 52、京早 10、138、西玉 3 号 10 个玉米品种。其中农大 60、农大 65、唐抗 5、掖单 52、西玉 3 号 5 个品种作为主推品种。其中唐抗 5 的产量、性状稳定，亩产 400 公斤至 500 公斤，沿用到 2004 年。1997 年至 1999 年新引进了新唐抗五、农大 108、海东 06、莱玉 2、冀单 58、冀承单 10、中单 5384、京玉 1、郑单 14、鲁原单 14、京早 11、农大 3138、屯玉 1、屯玉 4 等玉米新品种。其中，新唐抗 5、农大 108 这 2 个品种产量等性状表现突出，新唐抗 5 作为夏播主推品种，农大 108 作为春播主推品种进行大面积推广。新唐抗 5 到 2002 年才逐渐淘汰。农大 108 一直沿用至 2004 年。2000 年至 2004 年种子公司，为发展畜牧养殖业，重点引进了粮饲兼用玉米品种，主要有农大 80、农单 5、郑单 958、承玉 5、冀单 26、涿 2817、陕单 902、京早 13、三北 8、沈试 29、宽协 3591、平玉 5、蠡玉 6、鲁单 981、平单 1、京科 25、京玉 7、泰玉 2、唐玉 10 等玉米新品种。其中，农大 80、郑单 958、冀单 26、涿 2817、宽协 3591 这 5 个品种作为主推品种，沿用至 2004 年。

2. 小　麦

　　1986 年至 1987 年，小麦主推品种有京双 16、丰抗 7、丰抗 8、丰抗 10、农大 146 等品种。1989 年引进了 837 号、京 411、冀农 2 号，3 个小麦新品种。京 411 因其稳产高产性好，适合高密度种植，受到农民的欢迎，此品种被作为 1989 年至 1997 年主栽品种推广。1990 年至 1995 年，引进了京 312 号、8445、京冬 6、京冬 8 等小麦新品种，其中京冬 6 号 1992 年引进后，推广了 4 年，到 1995 年被京冬 8 号逐渐替代，因其产量性状好，抗倒抗病发芽能力强，而被农民接受，一直沿用到 2004 年，但面积不大。1998 年种子公司引进了京 9428、京核 9410 这 2 个品种，在王必屯、东厂、大厂三村、大仁庄、亮甲台等 8 个村种植，面积 444.67 公顷。京 9428 因其品质好、抗逆性强、产量稳定，作为当家品种在全县推广，一直沿用到 2004 年。2000 年至 2004 年，引进了农大 3291、农大 3214、京 9483、北农 66、中优 9507 等品种。截至 2004 年，全县小麦品种有京 9428，面积 2500 公顷；农大 3214，面积 660 公顷；京冬 8 等 330 公顷；农大 329，1660 公顷；中优 9507 为 330 公顷；其他品种如中麦 17、北农 66 等 1200 公顷。优种普及率达到 95% 以上。

3. 高 粱

1986 年主推品种原杂 10。1987 年推广了三尺三，到 1989 年以后逐渐淘汰，同年引进了辽杂新品种作为接班品种，取代三尺三。1991 年推广品种冀张。随着粮食增产，高粱不再作为粮食进行种植，面积逐渐减少。

4. 谷 子

1986 年至 1989 年，谷子种植以豫古 1 号为主。1990 年以后，谷子种植面积逐年减少。

二、大 豆

1986 年至 1989 年品种主要有密角黄、丹豆 5、开农 8、78 - 05、铁丰、冀豆 5、冀豆 6、冀豆 7 等。其中丹豆 5 推广使用到 1991 年，同年引进了科丰系列品种。1992 年引进了中黄 6、中黄 8 等中黄号系列品种，作为当家品种推广，一直沿用至 2004 年。

三、棉 花

1986 年至 1989 年棉花主要品种为鲁棉 2 号、无毒棉、廊棉 1 号、冀棉 11、鲁棉 6。1990 年至 1996 年棉花品种以南棉 3 号、711 棉、SGK - 321 等抗病棉为主。1997 年至 2004 年，引进品种以高产抗虫棉品种为主，如 33B、99B、冀棉 668 等品种。2004 年棉花品种以 99B、冀棉 668 为主，占棉田面积的 80% 以上。

四、芝 麻

1986 年以后，芝麻品种仍以传统品种冀芝 2 号为主，1987 年种子公司引进了文芝 1 号品种。1990 年以后，芝麻种植面积逐渐减少。

第三节　林果栽培和病虫害防治

一、林果栽培

1. 林果技术

植　树：推广调沟栽树及 ABT 生根粉沾根技术。

苹　果：1986 年开始，利用下垂枝和外围枝结果，转变为对枝组的精细修剪，采用 3 米×3 米、3 米×4 米的密植栽培，细长纺锤形的整形技术。

桃：采用 2 米×4 米、3 米×4 米的密植栽培，采用三叉整枝和丫字形整枝，以主枝上小结果枝组为主，结合使用 PP333 技术，进行生长季修剪。1992 年推广的桃树三档育苗法，获廊坊市林业局高额丰产奖。

葡　萄：1995 年开始由棚架栽培发展为篱架和双篱架栽培，采用 1 米×1 米和 1 米×0. 50 米的密植栽培，辅以人工授粉套袋等技术。

2. 良种的引、繁、育

在果树上，结合 1992 年农业结构调整，苹果重点引进了红富士、新红星等，1998 年大东关村由北京通县张家湾引进葡萄新品种美国红提、柯尔卡、黄意大利、京秀、京亚、美人指、87－1 等新品种。2001 年引进黄金梨、晚秋黄梨新品种，进行老梨园改造，高接换头，并引进中华圣桃、晚秋红蜜、永清蜜桃等 20 多个新品种。

1999 年引进中林系列杨，廊坊杨、欧美杨、毛白杨、香花槐、四倍体刺槐、火炬树等。2001 年从北京林科院引进的 038 杨、中绥 12 杨等，已经是植树造林的当家品种。全县杨树优种推广率100％。

3. 设施果树栽培

1999 年在祁各庄乡发展大棚葡萄，占地 0. 07 公顷。2001 年，在陈府乡漫兴营村发展大棚桃，共建大棚 8 个，占地 1 公顷。2002 年威武屯村发展大棚 2 个。

4. 林间套种

林粮间作：农作物品种有大豆、花生、甘薯、绿豆等。亩纯收入 150 元至 200 元左右。既提高土地利用率，也使片林当年见收益。

林苗（花）间作：栽植密度大部分采用 3 米×4 米或 4 米×4 米株行距，选择一些耐荫性较强、植株生长较慢如云杉、侧柏、桧柏等绿化苗木。林苗间作的时间为 1 年至 3 年，在林木树冠郁闭以前出圃。

林草间作：牧草品种有紫花苜蓿、草木樨、鲁梅克斯等。可以在林地周边地区围栏，养殖柴鸡、鸭等家禽，树木为家禽遮荫，家禽吃草吃虫且不啄树皮，粪便肥地，与林木形成良性生物循环链。

林菜间作：第一年、第二年行间可进行西瓜、大葱种植。第二年、第三年可在行间种植如青椒、茄类、油菜、圆白菜等。

林果间作：根据土壤情况，第一年、第二年也可以树木行间发展草莓、树莓等低矮果树栽培，亩效益在 500 元左右。

5. 杨树速丰栽培技术

整地方式：片林采用挖大坑、开大沟或沟内挖大坑等整地方式。大坑为长 × 宽 × 深 = 1 米 × 1 米 × 1 米，开沟为 1 米宽，0.50 米深沟内挖坑为 0.60 米 × 0.60 米。挖坑后施入适量基肥；选苗：选择 2 年根 1 年苗，基径为 3 厘米，苗高 3 米以上，主干通直，根系完好和无病虫害苗木；栽植密度：在水源条件好的地方，可采用株行距为 2 米 × 3 米，旱地以 2 米 × 2.50 米为宜；栽植：根部灌水法，在树苗定植好后，分 3 次回填，表土先回填，每填 1 次用脚踩实，中间提一下苗，使树根伸展开，最后浇水埋严。这种方法可节省大量用水。回土时施入基肥，但应避免肥料集中于根部造成烧根。群众把这种方法总结为三埋、二踩、一提根。较大地提高了成活率和生长量；肥水管理：根据条件，栽后 5 年内，每年早春树叶萌发前浇 1 次萌发水，进入生长旺期浇 1 次至 2 次生长水，结合浇水，每株追施肥 0.50 公斤，晚秋浇 1 次封冻水。

二、森 防

森防工作自 1986 年至 2001 年归属林果站，2003 年成立森防站。

1. 预测预报

2001 年 9 月建成国家级森林病虫害防治检疫标准站，配备完整的预测预报基础设备。继而成为国家级森林病虫害中心测报点，主测对象为美国白蛾、杨扇舟蛾。到 2005 年监测面积为 2386.67 公顷，共设 32 个监测点，其中 16 个为临时监测点，16 个为固定监测点，形成县、乡、村三级测报网络。

2. 林业有害生物普查

1986 年后主要病虫害有杨树溃疡病、杨扇舟蛾、杨尺蠖、白杨透翅蛾、舞毒蛾等。2003 年 11 月至 2005 年 1 月，对 105 个行政村用材林、防护林、经济林、四旁树和未成林造林地、苗圃等普查，查清林业有害生物 169 种，其中虫害 76 种，病害 49 种，有害植物 44 种，制作标本 120 盒，拍摄林业有害生物形态和被害状照片 330 张。

3. 病害防治

杨树溃疡病：主要危害多种杨树，还能危害核桃、苹果等树种。新移栽树木和树势衰弱的树木受害严重。被害植株，轻则影响生长，重则枯梢，严重的整株死亡。防治方法有三种，一是根据适地适树原则，选择抗病品种；二是发病期，先用小刀将病斑刮除，然后用 40% 的福美砷 50 倍液、70% 的甲基托布津或 50% 的退菌特 100 倍液涂抹伤口，均有良好的防治效果；三是树干涂白，于 4 月上、中旬和 7 月下旬对新栽幼树进行树干涂白（石硫合剂、食盐、生石灰、水的比例为 1∶1∶6∶20），防止病菌侵染发病。

杨树黑斑病：危害叶片，正面出现黑褐色小斑点，严重时大部分叶片枯死，引起落叶。防治方法有 2 种，一是对黑斑病和白粉病可在发病初期全树喷洒 70% 甲基托布津 1000 倍液、50% 的扑海因 1000 倍液或 64% 杀毒矾可湿性粉剂 800 倍液等；二是锈病可在发病初期全树喷洒 15% 粉锈宁可湿性粉剂 1000 倍液、70% 甲基托布津可湿性粉剂 1000 倍液或 25% 三唑酮可湿性粉剂 1500 倍液均可。

毛白杨锈病：主要危害毛白杨，以毛白杨幼苗、幼树受害最重。以危害叶片为主，还危害芽、叶柄、嫩枝。症状，在叶片正面形成小斑点，随即在背面出现分散的黄色粉堆，严重时叶背布满黄粉，病叶提前脱落。防治方法有三种，一是春季树木萌芽时，摘除病芽烧毁；二是清除病落叶，减少病菌来源；三是在发病期间喷洒 50% 退菌特 500 倍液，50% 多菌灵 800 倍液或 50% 代森铵 1000 倍液。

4. 虫害防治

20 世纪 80 年代后期、90 年代森林虫害防治主要使用有机磷农药。随着人们对环境重视程度提高和昆虫抗药性的增强，进入 2000 年后，森林虫害防治逐渐向使用高效低毒低残留的农药、生物制剂方向发展，同时采取了"以鸟治虫、以虫治虫、以菌治虫"的新型防治模式，采取多种措施，科学治理。

美国白蛾：世界性检疫害虫，危害严重、分布范围广、繁殖力强、传播途径广，主要危害臭椿、榆树、桑树、毛白杨、法桐等。严重时树木食成光杆，留下网幕。2003 年 9 月在苇子庄村发现该虫。防治方法有高枝剪除幼虫网幕，深埋或焚烧；火把焚烧幼虫网幕；树干基部绑草帘吸引老熟幼虫化蛹，集中烧毁；用苏云金杆菌或美国白蛾病毒防治幼虫；4.50% 高效氯氰菊酯乳油 2000 倍液全树淋洗式喷洒；飞机防治，2004 年 5 月 15 日至 21 日，利用"运五"和"R44"飞机对夏安路、厂谭路、潮白河大堤、一分干、三分干及 80 个自然村进行飞防。面积 4000 公顷，飞防 41 架次，空中历时 30 小时，喷洒药液 21 吨，所用药剂为生物制剂灭幼脲 1 号。防治有效率 97%，虫株率降至 0.10%，虫口率减退率 91%。

杨扇舟蛾：又名杨树天社蛾，危害杨、柳树，危害期长，危害性大。防治方法，一是生防技术，利用天敌如舟蛾赤眼蜂，小茧蜂、黑卵蜂等，幼虫期喷洒白僵菌、青虫菌等生物制剂；二是人工防治，幼虫 3 龄前，摘除虫苞，消灭虫源；三是化学防治，幼虫危害期全树喷洒 2.5% 功夫乳油 3000 倍液，20% 灭扫利乳油 3500 倍液或 20% 菊马乳油 2000 倍液。

蛀干害虫：蛀食林木木质部，留下蛀道，影响生长，降低材质，20 世纪 90 年代危害较重，主要以化学防治为主。防治方法，一是及时清除被害木、枯立木、风折木等，在毛白杨栽植区清除散生桑树、构树等；二是幼虫期利用磷化锌毒签、磷化铝片、胶囊等插入排粪孔防治在木质部为害的幼虫；三是对卵及未注入木质部的幼虫，敲击刻痕，击死卵粒和幼虫；四是成虫发生期，向成虫集中活动和补充营养的树冠、枝条喷洒 20% 菊杀乳油 1500 倍液或高氯乳油 1500 倍液，也可利用成虫假死性，进行人工捕杀成虫；五是保护和招引啄木鸟。

杨尺蠖：俗称"吊死鬼"。吐丝下垂，取食林木幼芽，危害严重时，将树木食成光杆。在芦庄、潮白河大堤处发生严重。结合肥水管理，人工挖除虫蛹，人工捕杀落地准备化蛹的老熟幼虫，成虫发生期在树干基部涂 10 厘米宽的胶环，或围 15 厘米宽塑料薄膜，或在树干基部培土呈圆锥形，锥面撒一层细砂土，阻止雌蛾上树产卵；幼虫发生期采用 4.50% 高效氯氰菊酯 1500 倍液、1.80% 阿维菌素乳油 2000 倍液、吡虫啉可湿性粉剂 1000 倍液、5% 啶虫脒乳油 3000 倍液防治。

膜间网蝽：危害杨、柳，成虫以口针插入叶肉内，使叶子的内含物浸溶，而后吸食液汁，常常造成树叶全部脱落。宋各庄村发生严重。防治方法，一是利用天敌，如异色瓢虫、大草蛉、中华草蛉、广腹螳螂等；二是人工防治，清理落叶，消灭越冬成虫；三是化学防治，在成、幼虫发生期，全树喷洒 2.50% 敌杀死乳油 2500 倍液或 20% 菊马乳油 2000 倍液。

金龟子类害虫：主要有华北大黑鳃金龟、铜绿丽金龟、黑绒鳃金龟等。防治方法，成虫发生期全树喷洒 40% 辛硫磷乳油 1000 倍液、高效氯氰菊酯乳油 1500 倍液或京绿 1000 倍液。

第四节　农机服务和管理

一、农机具

1986 年随着经济体制改革的不断深入，市场在农业机械化发展中的作用逐渐增强，国家用于农业机械化的直接投入逐步减少，对农机的计划管制日益放松，允许农民自主购买和使用农业机械，农业机械得到迅猛发展。随着农业和农村经济的发展，农业机械已成为农民改善生产条件、提高劳动生产率、增加收入的重要手段，农民对农业机械需求不断上升。到 2004 年全县农机总动力 23.28 万千瓦，百亩动力 150 千瓦，农机保有量达到 3.24 万台件。

1. 耕种机具

1986 年大中型拖拉机保有量 191 台，以后几年大拖数量逐年下降，到 1991 年已减少 21 台，保有量仅有 170 台。1992 年以后大中拖逐年增长，最多时（1999 年）达到 367 台。大中拖主要以铁牛 55 马力的拖拉机较多，占总保有量的一半以上，1996 年大中拖购买时属北京地区的二手车较多，动力达不到所披挂农机具的要求，一些农民开始购买 60 马力至 70 马力拖拉机。小拖拉机 1986 年的保有量是 563 台，国家在小拖拉机的推广上给予的补贴较多，使小拖的发展较快，一直呈上升趋势，到 2004 年发展到 3742 台。20 世纪 80 年代农民使用手扶拖拉机也比较普遍，2004 年手扶拖拉机的保有量仅有 12 台，逐步被淘汰。

1986 年全县有播种机具 134 台，机播面积 2800 公顷，大部分农户还使用传统的耕种模式，用耢子耕地，人工撒种。1990 年开始推广使用播种机，当年全县已拥有播种机 522 台。1994 年推广圆盘式玉米点播机，由于不适合当地的地情，出苗不齐，不受农民欢迎。1995 年开始推广"农哈哈"角式播种机，推广成功，当年推广 737 台。由于小拖的保有量高，配套机具也多，到 2001 年配套机具 4984 台，2004 年同小拖配套的机具有播种机、秸秆还田机、打埂机、压麦子用的压轨，部分配套农机具是农民在实践中自己研制出来的。

1997 年省划拨专项资金用于秸秆还田机的试验、推广。是年从保定购买小牛王牌玉米秸秆还田机，当年推广 20 台，但同小拖拉机配套动力达不到转数。1998 年开始推广同大拖或小麦联合收割机配套的天津锤爪式秸秆还田机和河北藁城切片式秸秆还田机，河北藁城生产的切片式秸秆还田机推广成功。1998 年推广 36 台，2004 年秸秆还田机保有量达到 254 台。

2002 年秋承担省农机保护性耕作项目，开始推广免耕播种机，搞百亩示范田，虽部分农户达到增产效果，但因机械不符合当地耕作制度，推广进度缓慢，2004 年免耕播种机仅有 6 台。

2. 收获机具

1986 年有大脱粒机 738 台、小脱粒机 628 台、扬场机 285 台、联合收割机 10 台。大部分农民还使用人工收割小麦、玉米等农作物。农民对小麦联合收割机顾虑较多，持观望态度，不敢用。联合收割机推广缓慢。1992 年，小麦割晒机达到 300 台，收割小麦 1333 公顷，占全部耕地面积的 20%，同年小麦联合收割机达到 89 台，收割小麦 2967 公顷，占总耕地面积的 50%，以后逐年递增，到 2004 年增长到 338 台，机收小麦面积 6073.33 公顷，小麦机收率 100%。

2000 年农机局购买 1 台天津富康—3 型玉米联合收获机，组建了玉米联合收获、还田、旋耕作业服务队，实现玉米联合收获机具零的突破。当年示范作业 33.33 公顷，2001 年小厂村农户购买 1 台玉米联合收获机。2004 年联合收获机保有量达到 4 台，收获玉米 266 公顷。

3. 提水机具

1986 年机井 1666 眼，1989 年下降到 1580 眼，以后逐年增加，1996 年后稳定在 1800 眼左右，2004 年有机井 1788 眼，井泵基本配套。20 世纪 80 年代部分水泵为离心泵，由于地下水位下降，90 年代大部分为潜水泵，1990 年各种水泵 1903 台，以后逐年增长，2004 年增长到 3237 台。群英渠、鲍邱河、潮白河沿岸，遇到沟河有水，用柴油机带水泵抽地上水浇地。

4. 植保机械

1986 年大部分农民还使用手动喷雾器，1992 年以后机动喷雾器逐年增加，1993 年机动喷雾器有 78 台，到 2004 年机动喷雾器达到 385 台。

5. 运输机械

1986 年仍然以传统的运输工具为主，有胶轮大车、大挂车、双轮车、平推车。1990 年全县有汽车 136 辆、三轮摩托车 439 辆、大挂车 122 辆、胶轮大车 5516 辆、双轮车 6654 辆、平推车 12 750 辆。1993 年以后大挂车、胶轮大车、双轮车、平推车逐渐减少，取而代之的是农用运输车。2004 年农用运输车发展到 4436 辆。

6. 农副产品加工机具

1986 年磨面机 177 台、碾米机 40 台、轧花机 25 台、弹花机 20 台、榨油机 10 台，以后有所增长，但增长速度不快。2004 年农副产品加工作业机械 436 台，其中粮食加工机械 342 台、棉花加工机械 46 台、油料加工机械 48 台。

二、农机服务

1. 维 修

1986 年以后有县办电机维修 1 处，即农机化研究所，长年负责县内水泵、电机的维修，其余维修均为个体经营，2004 年农机维修点 63 个。

2. 跨区作业

1993 年组织县内 40 台小麦收割机到河南许昌等地作业，在河南作业两站后返回县内作业，同年组织河南收割机到县内作业，连续几年后，因路途远，许多机手自发结队而行，不再参加农机部门的组织，2003 年受"非典"影响停止此项工作。

三、农机管理

县农机管理机构 1 个，有工作人员 89 人，其中一半属于专业技术人员。

20 世纪 80 年代各乡镇大都设有农机站。属集体经济组织，有数量不等的拖拉机等农机具，为辖区内农村服务，并负责辖区内农机技术人员管理。由于乡镇农机站的经营方式明显不适应市场经济发展的要求，到 2004 年已消失。

2004 年村集体农机服务组织 8 个。部分村把农机承包给个人，每年向村交纳部分承包费和机械折旧费，实行自主经营、独立合算、自负盈亏，这种形式由于农民基本上不需要数额较大的一次性投入，花钱不多、收入较高，因此发展很快，到 2004 底，集体所有的大拖拉机、收割机实行承包经营 492 台，占大拖和小麦联合收割机总数的 72％。

第六章　农业经营管理

第一节　管理机构

1986 年农林局设有农经管理站负责农村财务管理、农民负担监督管理、土地承包管理、农村收益分配报表统计等工作。1997 年 4 月建立农村合作基金会县联会第二营业部，由农经站具体管理并负责对乡镇合作基金会资金协调和审计、监督。1999 年 5 月 10 日，按照上级主管部门的通知要求，营业部 11 日停止一切存、放款业务后平稳过渡到农村信用社联社。1997 年 12 月建立农村财务审计所，职责是与审计局、检察院等部门协作，共同完成农村财务审计监督工作，审计人员实行持证依法审计。1997 年至 2004 年农村财务审计所共审计 89 个财务单位，累计审计金额 10 214 万元，查处违法案件 3 件。

第二节　财务管理

一、财会队伍

1986 年至 2002 年，全县 105 个行政村，每村设专职会计 1 名、专（兼）职出纳员 1 名。2003 年，全县实行农村财务委托代理制度，乡镇农村财务结算中心设总会计 1 名、总出纳 1 名、专职会计 2 名至 4 名、村级设专（兼）职出纳员 1 名。至 2004 年未变。

二、财会账目

1. 账目设置

1986 年至 1996 年，设立现金日记账、粮食明细账、总分类账和固定资产、产品物资、收支、农户（社员）往来、其他往来明细账。还有低值易耗品、各项提留和劳动工分登记簿。1997 年，设立现金日记账、总分类账、银行存款日记账，固定资产、农户往来、其他往来明细账等。1986 年至 1996 年，使用的会计科目 24 个，1997 年有 30 个，至 2004 年未变。

2. 记账形式

1982 年至 1996 年，全县农村会计记账使用现金收付记账法；1997 年改为借贷记账法，至 2004 年未变。

3. 记账凭证

记账凭证共有 4 种，即现金收入凭证、现金支出凭证、转账凭证、综合凭证。

三、村级资金管理、账目核算

1986 年至 1992 年，村集体自行管理村有资金，自行核算经济业务往来，记结账。1992 年，全县农村财务实行"村有乡管"制度，村集体资金在所有权、使用权不变的前提下，全部交由乡镇农经站集中统一管理，经济业务核算、记结账由村集体处理。2003 年全县实行村级资金和账目乡镇管理的农村财务委托代理制度，村集体委托乡镇农村财务结算中心代管村级资金和核算村级经济业务往来，记结账。截至 2004 年年底，委托乡镇农村财务结算中心代管的村集体 99 个。

第三节　农民负担监管

1992 年县政府出台了《关于贯彻实施〈农民承担费用和劳务管理条例〉的意见》，先后建立以下制度：一是建立农民义务工和劳动积累工的出工制度；二是统一票据管理制度，乡村向农民收取提留统筹费必须使用《河北省农村提留统筹费专用收据》；三是提留统筹预决算制度，各乡村按法定程序制定预决算方案，并报县农经站，预算方案要定期公布于众，接受群众监督；四是农民负担监督卡制度，乡村完善监督卡的内容和管理办法，严格按卡内项目收费，杜绝卡外收费，负担卡入户率要达到100％；五是专项审计制度，对提留统筹费的提取和使用情况，每年开展两次专项审计。

2000年进行了农村税费改革。2004年，国家出台了取消农业特产税、降低农业税税率和实行对种粮农民直接补贴三大政策，当年县农业税税率降低3个百分点，由7％降至4％。全县粮食直接补贴总额124万元。

1991年至2000年农民负担统计表

表8-6-1   单位：万元

年份	合计	村提留	乡统筹	人均负担（元）	占上年人均纯收入%
1991	482.74	365.93	116.81	51.74	7.06
1992	502.22	373.01	129.21	53.77	6.53
1993	515.60	434.30	81.30	55.44	6.03
1994	495.70	367.80	127.90	53.94	4.58
1995	613.04	450.26	162.78	66.93	3.92
1996	777	555	222	85.10	3.08
1997	775.47	410.70	364.77	84.94	2.51
1998	711	408	303	78.13	2.05
1999	732	395	337	80.61	2.01
2000	683	389	294	75.20	1.84

2001年至2004年农民负担统计表

表8-6-2   单位：万元

年份	合计	农业税	附加	人均负担（元）	占上年人均纯收入%
2001	706	589	117	77.33	1.82
2002	695	579	116	75.54	1.70
2003	693.99	578.33	115.67	76.26	1.65
2004	335.56	279.47	56.09	36.81	0.79

第四节 土地承包管理

1989年，县政府下发了［1989］36号文件《关于我县农村完善家庭联产承包责任制的试行意见》，将土地承包管理工作授权给农林局主管。全县22 750个农户，承包土地10 217.60公顷，全部签订了土地有偿使用承包合同，合同每户1式3份，户存 1 份，村留 1 份，乡镇农经站存档备查 1 份。1999 年，为全面贯彻落实中央"土地承包期 30 年不变"政策，进行了第二轮土地延包，对全县农村土地重新签订土地承包合同，并发放土地经营权证。截至 2004 年年底，全县所辖的 105 个村，有 101 个村全部完成了土地延包（30 年），发包土地面积 8905.60 公顷，占应发包土地面积（9310 公顷）的 95.70%，全县有 22 302 个农户签订了土地承包合同，领取了土地经营权证书，占全县农户总数（24 055 户）的 92.70%。夏垫村、北王庄村、兰庄户村、沙岗子村第二轮土地延包工作未能完成。全县预留机动地 298.80 公顷，占总耕地面积的 3%，未超出中央政策规定 5% 的比例。

在土地流转工作中，农业局统一印制下发了省农业厅监制的《农户承包地使用权流转合同书》，建立了土地流转合同签订登记制度。截至 2004 年年底，土地经营权流转总面积为 542.10 公顷，其中以转包方式流转的面积为 212.40 公顷，以转让方式流转的面积为 41.30 公顷，以互换方式流转的面积为 30.20 公顷，以出租方式流转的面积为 215.50 公顷，以入股方式流转的面积为 16.70 公顷。应签订流转合同 1950 份，实际签订流转合同 1873 份。

第五节　农林综合执法

为加强农业、林业的执法力度，于 1997 年 5 月成立"综合执法站"。农业方面，为加强农药管理，自 1998 年开始对农药经营实行许可证制度，2000 年对全县 15 家符合条件的农药经营户发放了《农药经营许可证》，2001 年取缔了 3 家有违规行为的农药经营单位。2004 年重新办证，共有 9 家符合条件的农药经营企业办理了《农药经营许可证》。

2001 年开始在全县范围内禁止销售、使用甲拌磷、治螟磷、对硫磷、甲基对硫磷、内吸磷、杀螟威、久效磷等农药。

2003 年，为开展毒鼠强等禁用剧毒杀鼠剂专项治理，积极落实杀鼠剂产品使用全国统一的标签和标识的规定，对杀鼠剂经营进行规范管理，积极实施杀鼠剂经营资格核准制度和统一购买发放制度，彻底清理了无证经营鼠药、游商、游贩走街串巷经营鼠药的销售行为，使灭鼠工作更加规范化、科学化、法制化。全县共设立了 3 个鼠药经营点，核发了鼠药经营许可证，定点供应溴敌隆等鼠药。

2000 年至 2004 年全县种子经营单位由原种子公司独家经营，发展到 17 家，综合执法站加强了对种子市场的管理，重点检查五个方面：一查经营的种子是否合法，种子是否经过审定；二查经营种子质量是否合格；三查种子的标签内容是否齐全；四查种子有无包装；五查种子经营档案，经营许可证是否齐全。种子市场秩序稳定，没有种子案件发生。

林业方面，1998 年以后，贯彻执行《中华人民共和国森林法》，严格采伐管理，坚持重栽严管，控制采伐的原则，严格执行五不准：一是不完成全年造林任务的不准采伐树木；二是上年度采伐后，没有及时完成更新造林的不予审批；三是主要公路、河渠、农田林网没有扩建改造任务的不批；四是造林以后管护制度不落实、无人管护、保存率低达不到 85% 以上的不批；五是林木权属不清、有林权争议的不批。把林木采伐有效地控制在省、市下达的采伐限额指标之内。到 2004 年收发放采伐许可证 168 份。

2000 年以后，对流动性的不经检疫、无木材运输证，擅自调运的单位和个人，采取途中补检的办法上路检查，严格检查擅自运输苗木、花卉、种子、木材等的车辆。县域内非法调运林木行为得到控制。

第七章　机　构

第一节　农业局

1986 年，农林局内设办公室、土肥站、林果技术管理服务站、农业技术推广站、农经管理站、农机监理站、农业生产办公室，下属种子公司、植保公司、原棉场、苗圃场、原种场、农机供应公司、农研所、农业广播电视学校。1992 年 8 月，林果技术管理服务站分为林业技术站和果树技术站。1997 年建立综合执法站、蔬菜办公室、园林站，农业生产办公室并入农业技术推广站，同时依托农林局农经管理站建立农村合作基金会县联会第二营业部和农村财务审计所。1999 年土肥站与技术站合并，同年 5 月 10 日，农村合作基金会县联会第二营业部，移交到县信用社联社。2002 年 4 月，农林局改称农业局（内设林业局，挂农业局、林业局两块牌子）。2003 年，成立森防站原科学技术局所属的新能源股划归农业局，成立新能源办公室。2004 年，农业局内设办公室、农业技术推广站、农经管理站、蔬菜办公室、新能源办公室、林业技术推广站、森防站、综合执法站，下属种子公司、植保公司、原棉场、原种场、苗圃场、园林站。

第二节　农业机械管理办公室

1986 年农林局下设农机管理站。1991 年农机管理站从农林局分开，成立农业机械管理局，下设办公室、管理站、监理站、农机化培训学校、机动车驾驶员培训学校、农机化研究所。2002 年 4 月机构改革，农业机械管理局改为农业机械管理办公室，仍辖原有科室，至 2004 年未变。

第三节　农业开发办公室

1986 年区划委员会办公室为常设机构，列事业编制。1988 年 4 月，区划办与土地局合署办公。1989 年 2 月，在区划办内增建农业开发办公室，一套班子，两块牌子。1990年7月，土地管理局与区划办分开办公。1991年7月，区划办设区划股和项目股。1998年2月，下设科室有区划股、开发股、综合办。2002年8月，将开发股、区划股、综合办合并为开发项目股，同年12月，区划办公室更名为农业开发办公室。2004年，下设科室有开发项目股和综合股，编制6人。

第九编　畜牧及相关产业

大厂县回族群众自古就有饲养牛羊的传统。1986 年以后，县政府注重发挥这一优势，按照"规模膨胀，链条延伸"的发展思路，经过 19 年的发展，形成集养殖、贩运、屠宰、加工、销售于一体的产业化格局，成为华北地区最大的牛羊集散地。2004 年，全县牛羊饲养、屠宰量分别达到 45 万头和 100 万只，从业人员超过 1 万人，占全县劳动力总数的 30%，畜牧业及相关行业产值占地区生产总值的比重由 1978 年的 2% 上升到 40%，上交税金 3000 余万元，占财政收入的 1/3，农民人均纯收入的 35% 来自畜牧业，产业化经营率达到 69.50%。全县人均养牛、百亩耕地产肉牛、人均提供商品牛 3 项指标连续 9 年居全国第一，被农业部命名为"全国商品牛生产基地县"和"肉牛产业化示范县"，被列入全省第一批 22 个产业化典型之一。

第一章　政策与措施

第一节　政　策

1978 年 12 月，夏垫镇北坞村村民杨文清悄悄北上内蒙古贩牛，成为大厂改革开放以后的第一个从事长途牛羊贩运的人。在他的带动下，部分回族群众也开始贩牛经商，率先富裕起来。县政府注意到了这一现象。在当时的历史背景下，牛作为生产工具私自屠宰和贩运是受限制的，县政府为了让更多的群众富起来，经讨论研究，正式下发《关于大力发展菜牛的意见》和《关于大力发展养牛、富县裕民的决定》两个文件，第一次允许个人养牛、长途贩运、自繁自养、自由出售和议价议销。文件下发后，农民养牛迅猛发展，卖牛难问题又摆在了县政府面前，为此县政府又制定了《关于解决大厂县回民卖牛难的问题》的文件，帮助养牛户拓宽销售渠道。同时要求各有关部门要大力支持养牛业，农业银行要设法多为社员提供牛羊养殖资金；粮食部门要搞好饲料配制加工；收购加工单位要认真搞好收购、推销；畜牧部门要搞好科学技术传授，不断总结推广饲养经验，加快育肥进程，同时要加强畜牧兽医队伍建设，努力做好防病灭病工作。由于政策落实到位，各有关部门服务到位，牛羊养殖由

1976 年的 1504 头发展到 1985 年的 8464 头。1979 年至 1985 年共饲养肉牛 2.10 万头，获利润 426 万元。羊的饲养量 1986 年达到 5.06 万只。养殖业的发展使农村剩余劳动力得到了充分的利用，并通过秸秆过腹还田为农业提供了大批优质粗肥，促进了种植业的发展。

　　1986 年以后，县委、县政府把发展畜牧业作为农民致富达小康的重要举措，制定了一系列扶持发展政策。1990 年 3 月 9 日，县委、县政府下发《关于大力发展养殖业的意见》；1991 年 12 月县政府批转了《关于加强畜禽产品检疫和卫生管理工作的报告》；1992 年县政府批转了畜牧局《关于开发利用秸秆、加快养牛发展的意见》；围绕市场需求采取综合措施，对传统型畜牧业进行改造，推动全县畜牧业向优质、高产、高效迈进。到 1995 年形成了以"小规模，大群体"为主要特征的发展格局。1995 年畜牧产业产值达 8209 万元，占农业总产值的 43.70%，与畜牧业相关的加工企业完成产值 10 亿元，占全县工业企业产值的 70%，税收 502.30 万元，占全县财政收入的 13%，农民年人均畜牧业纯收入 800 元，占农民年人均收入的 33%。畜牧业及相关行业劳动力达 1.70 万人。1997 年 4 月 25 日河北省第八届人民代表大会常务委员会第二十六次会议决定，批准《大厂回族自治县畜牧业条例》，1997 年 7 月 1 日起施行。从此县委、县政府把发展畜牧业从实现农民脱贫致富提升为发展全县经济的立县产业，制定了"规模膨胀、链条延伸"的总体思路。培育壮大龙头企业，影响带动全县畜牧养殖、加工单位提高经营水平，壮大生产规模，引导产业链条向畜产品精深加工、扩大产品销售范围和发展餐饮业等领域延伸。到 2004 年，畜牧业产业化经营率已达 69.50%，产值 69 510 万元，占农业总产值的比重达到 70.90%。

第二节　措　施

一、成立组织

　　从 1986 年到 2004 年的各届人民政府都建立了畜牧产业发展领导小组，由政府主要领导任组长，1987 年以后，针对畜牧产业发展实际，专门设立畜牧产业化办公室，负责扶持督导产业发展。1999 年，在县政府的指导下华安肉类有限公司成立了全县第一个养牛协会，在全国率先推广"公司＋农户"养殖模式，由公司为农户免费提供架子牛、养殖技术和防疫等一系列服务，按保护价回收，农户负责育肥，按照协议实现利益共享。县政府组织成立养牛协会督导机构，监督运行情况，保护公司和农户的利益。

二、培育龙头企业

　　1987 年，全国第一家中外合资肉类加工企业——华安公司落户大厂。经过十几年经营，年产值由 360 万元增加到 9000 余万元，固定资产从 2300 万元增加到 1.20

亿元。在华安公司的示范带动下，1997年，冯殿华个人投资1680万元建成的福华肉类有限公司，到2004年，资产总额已达2亿元，拥有2个分厂，40余家肥牛火锅连锁店，150余家加盟店，牛羊屠宰加工能力由5万头（只）发展到13.50万头（只）。此后又成立了跃华、万福盛、顺达等现代化屠宰加工企业，形成了龙头企业群。有关单位严格执行进企业收费"两证一书一卡"（"两证"：收费许可证、收费资格证；"一书"：进企业收费标准通知书；"一卡"：企业交费登记卡）制度，文明执法，杜绝乱收费现象发生。实行全面的收费公示制度。按照国家、省关于畜牧业标准化发展的总体要求，建立以国家标准、行业标准为主体，以地方标准为补充，涵盖产地环境、生产过程、产品质量、包装标签、储运等各个环节的畜牧质量标准体系。引导龙头企业和大型养殖场开展HACCP（危害分析与关键控制点）ISO9001质量管理等国际认证和管理工作，在生产、加工、销售等领域全程实施标准化运行。先后有华安肉类有限公司、华安肉制品有限公司、福华肉类有限公司获得ISO 9001质量管理等国际认证。

三、实施品牌战略

建成全国第一家省级牛羊肉检测中心。成立畜牧产业协会，制定《大厂回族自治县畜牧业发展条例》和《大厂回族自治县伊乡肉牛屠宰加工规程》、《大厂回族自治县伊乡肥牛质量标准》等地方性法规，以立法规范行业行为，防止不正当竞争。为促进个体屠宰健康发展，县政府帮助企业向国家工商局申请注册代表大厂县民族特色和文化内涵的"京穆"、"伊乡"两个大众品牌。经过多年生产经营，开发生产出的13类60余种不同部位、不同档次、不同食用方法的牛羊肉系列产品，满足了不同层次的消费需求，占领了北京70%的清真牛羊肉市场。

四、宣传推介畜牧产业

在国家、省、市级媒体上多次播发有关大厂畜牧业发展情况。接待各类畜牧业参观考察团200多个，5000多人次。在2004年省"10·18"农产品交易会上，成功举办了廊坊有奖赛牛大会，评出的"金牛王"和"金牛皇后"分别以3.20万元和2.30万元的价格拍卖成交。

第二章 牛 羊

第一节 繁 育

历史上，牛的养殖以自繁自养为主。较大的村庄有一两头公牛，多数村庄可以做到配种不出村。1955年成立县畜牧局，内设配种业务，同时开展了品种改良工作。在计划经济时期，各生产队都进行役牛繁育工作，以满足农业生产之需。20世纪80年代起牛的繁育随市场变化而变化。

1986年，全县共存栏基础母牛7800头。随着役用价值的消失，农户从饲养母牛逐步转向育肥肉牛，母牛存栏量逐年下降。1990年，基础母牛存栏4920头，到1998年下降到3847头。2002年，基础母牛存栏只有2310头，这时起犊牛价格一直攀升，部分养牛户开始饲养母牛。2002年，邵府村刘志刚从陕西购买优质秦川牛50头、鲁西公牛1头，采取犊公牛育肥出售、母牛饲养扩繁的一种自繁自养方式，到2004年底基础母牛存栏150头，年产犊牛130头左右，养殖获利80万元左右。2003年，夏垫镇刘长江自筹资金150万元建立了优质黄牛扩繁场，2004年基础母牛存栏250头，年产优质犊牛200头左右，直接获利120万元。到2004年年底，全县基础母牛存栏10 600头，百头以上母牛扩繁场2户，50头以上的母牛扩繁场20个，专业扩繁户180家，母牛总养殖户3812户。

养羊自古就是农户的传统饲养业之一，自繁自养是县养羊业的主要特点。县内多数农户都养羊，有的自家有种公羊，没有种公羊的，则利用别家种公羊配种。随着养羊规模的扩大，养羊专业户和羊场一般都培养优良种羊，既可满足本家繁育之需，又可进行品种改良。

大厂历史上多饲养黄牛，是蒙古牛与本地牛杂交的后代。1988年，由于肉牛饲养业的兴起，开始引入西门塔尔、海伏特等公牛，对本地蒙杂牛开始改良，改良率占70%。1992年后，根据市场需求，加快了黄牛改良步伐，畜牧局在增加县家畜改良站实力的基础上，又在每个乡镇各建立1个改良站，建立了4个个体改良点。所有工作人员都经过正规培训。2000年对全县黄牛广泛地进行了西门塔尔牛改良，共改良优质母牛1680头。2002年县家畜改良站引进了优质鲁西黄牛种精粒5000粒，推广使用了人工授精技术，减少了疫病的传播，确保了县域内优畜优种。2004年引进优质奶牛种精粒600粒，共改良优质奶牛500头。

1986年，全县羊饲养量为5.06万只，其中存栏2.74万只，出栏2.32万只，品种为本地绵羊和山羊，绵羊占总饲养量的12%，山羊占总饲养量的88%。1988年，畜牧水产局先后引进小尾寒羊种羊605只，经过3年扩繁，到1991年发展到2400只，之后几年为发展小尾寒羊的鼎盛时期，1998年达到4.32万只，本地绵羊的饲养

第
九
编
　
畜
牧
及
相
关
产
业

量逐渐减少。由于小尾寒羊精料要求高，出肉率低，越来越不受市场欢迎，逐渐退出养殖业，而用本地绵羊与小尾寒羊杂交，繁育出优质品系后代，具有生产性能良好、抗病能力强、出肉率高、精料要求低、易饲养等特点，深受广大养殖户和市场的欢迎。1998 年，引进波尔山羊种羊 200 只，建立了廊坊市最大的波尔山羊基地——华澳育种有限公司。

第二节　饲　养

一、牛

新中国成立前，较富裕户一般养牛 1 头至 2 头，县域年存栏 1000 头，绝大部分为役用。新中国成立后，在人民政府禁杀耕牛的政策保护下，役牛发展很快，1955 年年底，存栏达到 4465 头。1960 年后，牛存栏数时起时落，到 1976 年为 3288 头。农村经济体制改革后，养牛业开始发展，1983 年存栏达 4944 头。过去的养牛为种田，逐步演化为养牛为致富，养牛业逐渐成为支撑县域经济的重要产业。

1. 肉　牛

1986 年，牛的饲养量为 1.59 万头。品种以蒙杂牛为主，占总饲养量的 68%；其次是西门塔尔、海伏特、黑白花、夏洛莱等，占总饲养量的 32%。有 40% 的牛为肉用，45% 的牛为役用，15% 的牛为肉役两用。1988 年后，役用价值逐渐消失，随之而来的是大量的肉牛饲养，并且出现了短期育肥的饲养方式。到 1994 年年底，全县肉牛的饲养量为 7.86 万头，比 1985 年增加了 4.65 倍。1994 年以后，根据市场需求，肉牛的品种由蒙杂牛为主过渡到四大品系黄牛（秦川牛、晋南牛、鲁西牛、南阳牛）和蒙杂牛并存。1993 年，华安公司率先建立了现代化的肉牛饲养场，并引进了利比赞、皮尔、蒙特等品种，1999 年创建了"公司＋农户"模式，即由公司出钱购买牛，放到农户饲养，育肥后公司回收，利益分成，梁庄、杨辛庄、王必屯等村加入这种模式的农户较多。2001 年，县政府与世界发展银行合作，放贷 1100 万元，实施了小额贷款帮助养牛户解决资金问题，共有 50 家规模饲养场获贷。2002 年，县内最大的私营屠宰加工企业福华公司建立了福华育肥牛场，存栏 1000 头全部为鲁西黄牛。其间出现一批存栏百头以上的饲养户，陈府乡大坨头村吴连生，自筹资金 100 万元，建立了现代化的肉牛饲养场；陈府乡侯屯村刘亚兰建立了存栏 300 头的现代化肉牛养殖场；邵府乡尚各庄村杨伟出资 200 万元，建立了存栏 500 头的现代化养殖厂。大坨头、王指挥屯、梁庄、北坞三村、侯屯、大仁庄等村成了养牛专业村。到 2004 年年底，全县肉牛饲养量 24.23 万头，比 1985 年增加了 17 倍，其中存栏 5.90 万头，比 1985 年增加了 7 倍，出栏 183 300 头，比 1985 年增加了 34 倍，发展成 5 个肉牛养殖小区，即大坨头养牛小区、土营养牛小区、尚各庄养牛小区、北坞三村养牛小区、南寺头养牛小区。有万头牛场 1 个，即华安公司育肥牛场；千头牛场 2 个，即福华育肥牛场、跃华育肥牛场；百头牛场 83 个；规模养殖场（户）273 家。有养牛专业村 18

个，总饲养户达 9800 多户。品种有四大品系黄牛，占总饲养量的 35%；西门塔尔、海伏特、利比赞、夏洛莱等改良品种占总饲养量的 28%；蒙杂牛占总饲养量的 35%，其他杂种牛占 2%。

2. 奶 牛

1986 年，全县奶牛存栏 300 头，到 1994 年发展到 420 头。之后在市场调控下，奶牛养殖发展很快。2002 年，夏垫镇南寺头村杨广文投资 100 万元，建立了集饲养、挤奶、出售为一体的现代化奶牛场，奶牛存栏 70 头，当年获利 45 万元。到 2004 年年底，全县奶牛存栏达 1082 头，建立奶牛养殖小区 2 个，即南寺头奶牛小区、北坞奶牛小区，入区户数达 12 户。全县规模养殖户 12 家，总饲养户数 83 户。

2004 年重点养殖户情况表

表 9－2－1

姓名	地址	品种	年饲养量（头、只）	单头养殖投入（元）	养殖总投入（元）	养殖总利润（元）	资金回报率
吴连生	陈府乡大头坨村	南牛	200	4780	956 000	186 420	19.50%
刘亚兰	陈府乡侯屯村	南牛	320	4850	1 552 000	422 400	20.30%
刘志刚	邵府乡邵府村	秦川牛	180	4540	817 200	173 250	21.20%
杨 伟	邵府乡尚各庄村	南牛	400	4870	1 948 000	370 120	19%
何培发	夏垫镇土营村	蒙杂牛	580	2480	1 438 400	332 270	23.10%
杨广文	夏垫镇南寺头村	奶牛	5 78	9270	723 060	405 600	56.10%

二、羊

20 世纪 80 年代以前，羊的饲养以农户散养为主，多者五六只，少者一两只。1986 年全县饲养量为 5.06 万只，户均 2.43 只。90 年代，养羊业进入了高速发展期，出现一批养羊专业户和规模羊场，1999 年饲养量达到 18.07 万只，户均 7.37 只。2004 年，饲养量为 23.41 万只，比 1986 年增加 3.63 倍，其中存栏 7.35 万只，比 1986 年增加 1.68 倍，出栏 16.06 万只，比 1986 年增加 5.92 倍。百只以上的规模羊场 68 个，养羊专业户 2486 户，总饲养户达 4896 户。

2004 年重点养殖户情况表

表 9 - 2 - 2

姓名	地址	品种	年饲养量（头、只）	单头养殖投入（元）	养殖总投入（元）	养殖总利润（元）	资金回报率
马德林	大厂镇河西营村	小尾寒羊与本地绵羊杂交羊	248	85	21 080	29 760	141%
刘德才	大厂镇河西营村	小尾寒羊与本地绵羊杂交羊	260	87	22 620	31 200	138%

1986 年至 2004 年牛、羊养殖统计表

表 9 - 2 - 3

单位：百头、百只

年份 \ 指标	牛存栏	牛出栏	羊存栏	羊出栏
1986	100	59	274	232
1987	115	85	277	224
1988	140	125	303	252
1989	149	114	330	259
1990	156	112	350	320
1991	163	131	304	399
1992	179	168	312	412
1993	217	218	339	352
1994	309	477	430	529
1995	368	1056	478	771
1996	406	1224	504	976
1997	430	1349	549	1083
1998	426	1386	578	1159
1999	511	1441	646	1261
2000	532	1728	669	1451
2001	536	1754	683	1474
2002	557	1780	740	1530
2003	546	1806	726	1565
2004	590	1833	735	1606

第三节　屠宰加工

20世纪70年代末，夏垫公社苇子庄有几户回民在改革开放后，做起了宰羊卖肉生意，从邻村买来羊，宰了后再到集市上卖肉。看到他们赚了钱，越来越多的人纷纷效仿。苇子庄羊屠宰加工的规模不断扩大，几年后，便成为远近闻名的专业村。继苇子庄之后，北坞、南寺头成为宰牛专业村。1980年牛羊养殖量不断增长，牛羊卖出难的问题日益突出，县政府建起了一座年加工2000吨的牛羊肉冷冻厂，初步缓解了牛羊购销矛盾。1985年，县委、县政府引进中德合资企业——华安肉类有限公司。公司建成后，一直是县内畜牧业发展的龙头企业。在华安公司的影响和带动下，县内相继建成了福华、跃华、万福盛、顺达等现代化屠宰加工企业。随着现代化设备和先进技术的引进，牛羊肉加工不断向精深发展，提升了产品的科技含量，增强了市场竞争力。1992年建立福喜食品有限公司。其后华安公司、福华公司在北京等20多个城市开设火锅城，将畜牧产业链条延伸至餐饮业领域。至2004年，全县有大、中、小型屠宰加工企业20家，熟食加工企业3家，屠宰加工专业村6个，屠宰加工户1000余户，年屠宰牛羊100万头（只）。

一、牛羊清真屠宰加工企业

华安肉类有限公司　1985年引进，1987年5月建成投产。公司由联邦德国安努斯出资兴建，股权为两国四方所有，即安努斯占股50%，中国牧工商总公司占25%，河北省畜牧局、大厂县政府占25%。总投资9000万元，占地5.30万平方米，从德国引进全套的屠宰生产流水线和加工技术，严格按照伊斯兰教规生产，采用密闭式、恒温控制、立体作业、屠宰不离空架轨道的生产流程，以及先进的肉后成熟工艺为核心的整套牛肉加工技术，由此成为新中国成立后唯一符合欧共体（现欧盟）卫生标准的肉食品加工企业。产品不仅进入高档宾馆、酒店、国宴和驻华使馆，替代了进口产品，又为进入中国的外国餐饮企业，诸如韩国料理、日式料理、美式汉堡等提供了原料保证，是肥牛系列产品的创始者。在占领国内牛肉市场制高点的同时，华安肉类有限公司实行"双轮驱动"的发展战略，积极拓展国际业务，产品销往朝鲜、中国香港、约旦、阿联酋等国家和地区。公司通过了ISO9001质量体系认证、无公害畜产品产地认证和食品安全控制体系HACCP认证。华安肉类有限公司的建立，使中国肉类行业一举达到了国际先进水平，带动了中国畜牧业的发展。国家领导人田纪云、班禅额尔德尼·确吉坚赞、司马义·艾买提和德国前总理科尔曾先后来到公司参观指导工作，对公司的发展业绩和对社会的贡献给予了高度评价。公司效益逐年攀升，年产值由建厂初期的360万元增加到2004年年底的9000余万元，固定资产从2300万元增加到1.20亿元。

福华肉类有限公司　福华肉类有限公司总占地面积73 612平方米，于1997年10月18日建成投产，生产能力为年屠宰牛7万头、羊10万只。公司创建时自投资金

1680万元，2004年固定资产投入累计2亿元。

福华公司是集饲养、屠宰、加工、销售、餐饮为一体的民营企业，也是完全按伊斯兰教方法屠宰加工的现代化清真肉类加工企业，属中国清真食品协会会员单位，并列为协会信得过企业。已注册"京福华"产品商标。1998年至2001年连续四年被中国农业银行河北省分行命名为"AAA"级信用企业，并已取得ISO9002国际质量体系认证。2004年销售收入达1.80亿元，利税150万元。

2000年年初，公司在黄骅市投资3000万元兴建的黄骅福华肉类有限公司，占地4.67公顷，年屠宰加工优质牛3万头、羊4万只。在北京市通州区注册"京福华"餐饮公司，在公司本部、北京市区、通州区、怀柔区、廊坊市、沧州市自有肥牛火锅城10多座，总营业面积2万平方米。另有包括北京、天津、上海、石家庄、沈阳、山东、山西、内蒙、河南等省市的加盟连锁店100余家。公司有育肥牛场1个，年出栏优质育肥黄牛1万头。

顺达肉类有限公司　顺达肉类有限公司前身为县联合冷冻厂，位于县城西北角。1981年7月筹建，1982年投产，总投资81万元。厂区面积3.90万平方米，建筑面积1446平方米。有职工61人。主要设备有50吨冷藏牛肉库1个、屠宰车间1个、动力车间1个。经营品种有牛肉、牛蹄筋、牛里脊、牛眼、牛胆汁、牛黄、牛鞭、牛骨、牛皮等。主要销往北京、广州、天津的中高档饭店、罐头厂等单位。1984年12月，投资65万元进行扩建。1985年，由于产品成本增加，牛肉销路不畅，收利甚微。1988年作价300万元被华安肉类有限公司收购。新址迁至县城北环路北芦庄与前丞相交界处，占地面积2.09万平方米，投资275万元，土建总面积为3172平方米，主要从事牛羊屠宰加工、挑选红小豆等业务，设计生产能力牛羊屠宰量为牛1.80万头/年，羊2万只/年，选豆1000吨/年，冷库贮藏量为300吨。

1993年6月10日冷冻厂与天津大陆科技发展公司联合组建三友食品公司，双方各投资50万元生产盐渍菜，出口日本等国，当年该厂出口盐渍蔬菜240吨。

1999年3月至2003年5月冷冻厂与福华肉类有限公司合作，为福华肉类有限公司大厂分公司。

2002年11月18日改制，由企业内部职工出资组建股份制企业，为顺达肉类食品有限公司。厂区占地面积1.89万平方米，主要建筑面积4715平方米，制冷设备3台套，冷库容量300吨。年屠宰加工能力肉牛1万头、羊3.50万只。职工107人。至2004年公司拥有固定资产315.40万元，职工100人，公司内部设备齐全，符合质量标准的屠宰线一条，设计屠宰加工能力为牛3万头、羊5万头，公司拥有冷藏库3个，可储存成品600吨。全部按照伊斯兰教方式屠宰，并经过先进的肉类后成熟技术处理分部位精选加工，牛源主要是中国四大肉牛体系（鲁西黄牛、晋南牛、秦川牛、南阳牛），其首选品系为鲁西黄牛。在京、津、华北、东北及南方大中城市享有盛誉，2004年屠宰牛5000多头，实现销售收入2450万元。

万福盛肉类有限公司　2001年7月1日，新信（香港）有限公司和中国电器进出口有限公司投资6000万元在102国道南侧建立大厂万福盛肉类有限公司，注册资本3500万元，是中港合资的股份制现代化大型肉类屠宰加工企业。新信（香港）有限公司占 52.50% 的股份，中国电器进出口有限公司占 47.50% 的股份。公司占地 2.33 万平方米，职工 150 名，具有全套国际先进水平的荷兰屠宰设备，建有容量近 百吨的速冻库和千余吨的成品库，固定资产达 5000 万元，具备年屠宰加工 10 万头肉 牛生产能力。2004 年 10 月公司通过 ISO 9001 质量管理体系和 HACCP 食品卫生安全 体系认证。是年，公司定期向西亚等国家出口冰鲜冷牛肉。在国内与多家大型超市、 高档饭店、大型熟食厂建立长期而稳定的供货关系。

二、肉食品加工企业

福喜食品有限公司 福喜食品有限公司是于 1991 年年底建立的一家美国独资企 业，位于夏垫镇穆斯林商贸大街 171 号。

公司占地面积 3.31 万平方米，建筑面积 1000 平方米。生产设备有牛肉产品线、 鸡肉产品线和鱼肉产品线。牛肉线设备包括粗绞肉机、搅拌机、精绞肉机、去骨器、 成型机、速冻机、金属探测仪、码摆机、喷码机、封箱机。鸡肉线设备包括：绞肉 机、乳化机、搅拌机、成型机、裹浆机、裹粉机、油炸机、速冻机、金属探测仪、封 口机、喷码机、封箱机。鱼肉线设备包括电锯、裹浆机、裹粉机、速冻机、金属探测 仪、喷码机、封箱机。产品主要市场在北方，也有少部分产品销往南方。拥有管理人 员 21 人，生产员工 133 人。2004 年固定资产为 48 656 万元，利润总额为 11 380 万 元，上交税金为 970 万元。

跃华食品有限公司 跃华食品有限公司是在跃华清真肉类有限公司基础上兴建的 一家生产清真熟肉制品的民营股份制企业，位于夏安路后店段西侧。2000 年 9 月筹 建，2001 年 8 月 18 日正式投产。公司占地 9332 平方米，累计投资 2000 万元，其中 机械设备投资 500 万元，主要机械设备有灌肠机、去筋机、搅拌机等，由意大利、丹 麦、德国进口，具有世界先进水平，建筑安装工程投资 1000 万元，包括生产车间、 冷库、保鲜库、辅助车间等 3200 平方米，办公楼、宿舍楼、餐厅等 1200 平方米。员 工 120 人，聘请了专业技术熟练工和应届大学毕业生，生产工序为解冻——分割—— 腌制——滚揉——斩拌——灌制——蒸煮——熏制——消毒——包装——入库等，层 次严格紧密，分工合理，设备设计生产能力 10 吨／日。

产品主要为清真熟肉制品，分 6 大类 80 多个品种，包括风干类、酱制类、糜肉 类、香辣类、欧式灌制类和烤制类，原料肉采用跃华肉类公司出口的排酸牛肉和正大 集团纯正清真鸡肉，熟肉制品肉质鲜嫩、口感独特、包装讲究、方便卫生。公司还生 产各种火锅调料。

公司采用连锁和加盟超市的直销方式，在北京、天津、廊坊等地建立了办事处。

三、专业村

苇子庄羊屠宰加工专业村 苇子庄位于夏垫镇东南，大香路东侧。2004 年全村 人口 1108 人，其中回族 602 人。中共十一届三中全会以后，在回族群众中悄然兴起宰羊卖肉行当。骑自行车到周边村庄买羊，屠宰加工后，到邻近集市卖肉。买羊范围不断扩展，羊肉销售延伸至北京、天津等大城市。至1990年出现贩运、屠宰加工、副产品收购、销售等专业分工。全村从业农户达80%，年屠宰羊20万只，交税8万元，农民收入中有32%来自屠宰加工产业，成为县内当时由穷变富的典型。1992年购羊地域扩展到西北至内蒙古锡林浩特，东北至黑龙江省广阔的扇形区域，年屠宰量最高达40万只。羊肉加工向精细发展，制品有分割肉、羊肉卷、羊肉片、肥羊。产品销往北京、天津、石家庄、上海、深圳等地。2002年以后，由于牧区实行限养政策和外地屠宰加工增加，羊源紧缺，年屠宰量下降至30万只。为满足加工企业生产能力，保证市场供应，从张家口、唐山、秦皇岛以及黑龙江等地购进羊腔（胴体），年贩运量1400余吨。2004年全村有羊屠宰专业户80户，羊肉加工15户，羊货加工5户，羊皮收购6户，其他副产品收购加工10户。羊肉外销4户，从业500余人。

北坞牛屠宰加工专业村　北坞村位于县域西北，南邻102国道，有4个行政村，总人口4862人，其中回族4711人，牛屠宰历史悠久。20世纪80年代初，牛屠宰业渐成规模，至2004年全村有宰牛户150户，从业1000余人。年屠宰量21.90万头。屠宰的牛大部分为外购，全村有贩牛人员440人。2004年从张家口、内蒙古等地购进21万头，占屠宰量的95.90%。小部分为自养，全村有养牛专业户200个，其中500头以上牛场3个，100头以上牛场23个。2004年出栏肉牛5000头，占屠宰量的2.30%。另外还从外村农户购进4000头，占屠宰量的1.80%。村内有牛肉深加工专业户1户，2004年生产肥牛等4000公斤，产值29.90万元。副产品加工专业户311家。牛肉外运销售专业户80户。

第四节　产品销售

一、厂家自销

各肉类生产企业均设有销售部，业务以批发为主、零售为辅。大型企业在北京、天津等地设有零售点，或在超市设专柜。华安公司、福华公司在20多个城市设有火锅城或加盟连锁店，每天出动专用车辆将肉制品及火锅汤料送达。

二、个体贩运

随着牛羊屠宰加工业的兴起，产生了一批个体贩运户。最初他们使用的运输工具是自行车。贩运范围为周边的县城、集市，最远到北京。由于消费者对卫生要求越来越高，销售范围扩大，运输工具经历了自行车、货运摩托车、封闭货车、食品专用冷藏车的变化。至2004年，全县有个体贩运户200多户，日均贩运量5万公斤。

三、专业市场

大厂牛羊货夜市 1995 年建立，是牛羊熟货批发市场。日均上市交易 200 家，日均交易量 5000 公斤，卖家为县内牛羊货加工个体户，买家有县内贩运个体户及京津等市餐馆经营者。

中国·大厂清真食品交易商城是农业部 2000 年批准立项的清真牛羊肉定点批发市场。位于夏垫 102 国道南侧。商城占地 6.66 万平方米，建筑面积 6.80 万平方米，总投资 1.18 亿元。2004 年完成土建工程，开始招商。

第三章　其他畜类

第一节　猪

1986 年，本地猪已基本绝种，农户饲养的猪大多是杂种猪。1992 年后，根据国家政策和市场需求变化，畜牧部门积极推广良种选育，品种为大白和大约克夏等，由于没有健全的育种改良方案，引进品种放任自流，乱交乱配，致使猪只品种杂乱，品质低下。1995 年以后，国家发布了《种畜禽管理条例》，在政策的保护下，陆续从北京各大种猪场引进长白、大白、杜洛克、皮特兰等优质种猪 8962 头，经过 9 年的良种繁育，到 2004 年年底，存栏优质母猪 6400 头；育肥猪全部为上述品种二、三元杂交后代。

1986 年年底，猪的全年饲养量为 6.96 万头，其中存栏 3.60 万头，出栏 3.36 万头。1994 年至 1995 年受市场影响，加上自然灾害，饲养量大幅度下降，1995 年年底猪存栏 4 万头。1996 年至 2004 年，随着农业机械化程度的提高，剩余劳动力逐渐增多，畜牧产业逐渐成为振兴农村经济的增长点，养猪业呈稳步上升趋势，部分养猪户从庭院养殖逐渐走向规模养殖，陈府乡小坨头村王万超建了万头猪场，带动了周边村庄养猪业的发展。2001 年，出现了东马各庄、西马各庄、六合庄、太平庄、洼子村等养殖专业村。2004 年年底，猪饲养量达 12.50 万头，比 1986 年增长了 79.59%，其中存栏 4.96 万头，比 1986 年增长了 37.78%；出栏 7.54 万头，比 1986 年增长了 124%。全县共有养猪户 2310 户，其中零散养殖户 1760 户，存栏 50 头以上的规模户 412 户，存栏 100 头以上的 138 户；千头猪场 15 个。养猪小区 5 个，即袁庄养殖小区、西马各庄养殖小区、六合庄养殖小区、邵府养殖小区、太平庄养殖小区；万头猪场 2 个，即万超养殖场、帅林综合养殖场。万超养殖场 1990 年建成，现存基础母猪 500 头，年生产优质仔猪 1 万头以上，育肥猪存栏 3000 头，年出售优质育肥猪 1.20 万头。帅林综合养殖场 2000 年建成，现存基础母猪 350 头，为二元种猪场。

2004 年重点养猪户情况表

表 9 - 3 - 1

姓名	地址	品种	年饲养量 （头、只）	单头养殖投入 （元）	养殖总投入 （万元）	养殖总利润 （万元）	资金 回报率
王万超	陈府乡 小坨头村	二元	7360	780	574.08	176	30.70%
肖志文	邵府乡 太平庄村	大白猪	1200	795	95.40	27.36	28.70%

1986 年至 2004 年养猪数量表

表 9 - 3 - 2　　　　　　　　　　　　　　　　　　　　　　　单位：百头

年份　　　　　指标	存栏	出栏
1986	360	336
1987	234	226
1988	284	220
1989	270	199
1990	302	225
1991	316	278
1992	373	330
1993	419	350
1994	409	403
1995	400	569
1996	418	663
1997	443	723
1998	434	762
1999	447	774
2000	470	570
2001	473	593
2002	480	689
2003	489	724
2004	496	754

第二节 马 驴 骡

1986 年，全县马、驴、骡存栏 4562 头，其中马存栏 1651 头，驴存栏 1479 头，骡存栏 1432 头，主要为役用。1988 年以后，随着现代化农业的发展，马、驴、骡大牲畜逐渐失去了役用价值，饲养量逐年减少。2004 年年底，3 种家畜总存栏为 2900头，主要品种为蒙古马和太行驴，养殖农户 226 户。

第三节 兔 狐狸

一、兔

1986 年全县存栏 505 只，品种为獭兔、丹麦白，北京白兔、法比等，只有 63 户饲养。1987 年，职业技术中学教师吴亮，从张家口农业专科学校引进法比种兔 20只，当年扩繁到了 580 只。1988 年，畜牧水产局从哈尔滨引进哈白兔 400 只，采取由农户寄存放养，单位回收。到 1992 年年底，兔存栏 3400 只，养殖户达 430 户。之后，由于销售不畅、价格低等因素，养兔业发展不快。2004 年年底，全县兔的饲养量为 7500 只，其中存栏 5000 只，出栏 2500 只。

二、狐 狸

1996 年，受国内特种养殖热的影响，全县共有狐狸饲养户 43 户，饲养数量为1800 只。1998 年后，狐狸养殖逐渐减少，到 2000 年已无饲养。

第四节 狗 猫

自古农户就有养狗、养猫的习惯。1986 年，全县狗存栏 1.73 万只，猫存栏 1.15万只。1988 年至 2001 年，由于使用大量违禁药剂灭鼠，猫、狗吃了毒鼠后中毒死亡，造成猫、狗饲养量大幅度下降。2001 年，由于"毒鼠强"等高毒、高残留鼠药被禁止销售，猫、狗饲养量逐渐恢复，到 2004 年年底，狗存栏量达 2.32 万只，猫的存栏量达 1.58 万只，饲养户数 13 580 户。

第四章　家　禽

第一节　鸡

　　历史上，农村几乎户户养鸡。1986 年全县鸡饲养量为 32.40 万只，其中存栏 17.50 万只，出栏 14.90 万只。品种主要为本地柴鸡，占总饲养量的 63%，基本上都是庭院散养，总户数为 7800 户；其余为星杂 288 和北京来航，占总饲养量的 37%，大部分为规模养殖，总饲养户数 128 户。1988 年成立畜牧局小东关良种孵化场，年孵化优质鸡雏 20 万羽。随后农机修造厂与中国牧工商总公司联合成立了试验鸡场，主要饲养京杂 579、海兰—海赛克斯等蛋用商品鸡。到 1994 年鸡的饲养量达 58.30 万只，其中存栏 31.60 万只，出栏 26.70 万只，总饲养户数为 8100 户，1000 只以上的大户 28 户。1998 年，东马各庄村奈有金投资 100 万元建成鑫兴养殖场，年存栏优质蛋鸡 4 万只，主要品种为农大 3 号和海兰克斯鸡。2000 年，祁各庄乡孙德金自筹资金 200 万元，建立了帅林综合养殖厂，年存栏优质蛋鸡 4 万只，年利润 100 万元，并获得了绿色食品认证。2001 年，由夏垫畜牧兽医水产站牵头，在尚各庄、双臼、南贾各庄等村放养肉鸡，总放养户数达 98 户，年饲养量达 45 万只。2003 年，大厂职业中学教师杨金祥在祁各庄乡原职业中学试验基地投资 100 万元兴建了金祥蛋鸡饲养场。2004 年 10 月，三河燕龙饭店在双臼村南建立了燕龙生态养殖基地，总占地面积 6.67 万平方米，设计年饲养肉鸡 150 万只。到 2004 年年底，全县鸡的饲养量为 142.77 万只，比 1986 年增加了 3.41 倍；其中存栏 66.99 万只，比 1986 年增加了 2.83 倍。2004 年，全县有养鸡专业户 9786 户，存栏 500 只以上的 1200 户，存栏 2000 只以上的 216 户，存栏 5000 只以上的 72 户，存栏 1 万只以上的 16 户，鸡的品种主要有海兰、海赛克斯鸡占总饲养量的 31%、农大 3 号占总饲养量的 12%、三黄鸡占总饲养量的 39.20%、罗曼占总饲养量的 3%、乌鸡占总饲养量的 5%、本地柴鸡占总饲养量的 9.80%。

2004 年重点养鸡户情况表

表 9 - 4 - 1

姓名	地址	品种	年饲养量（万只）	养殖总投入（万元）	养殖总利润（万元）	资金回报率
孙德金	祁各庄乡	蛋鸡	2.5	75	26	34.70%
奈有金	大厂镇东马各庄村	蛋鸡	2	70	24	141%

第二节 鸭 鹅

1986 年，全县鸭、鹅的饲养量为 3.90 万只，其中存栏 1.30 万只，出栏 2.60 万只。鸭的品种为北京白鸭杂种和麻鸭。北京白鸭杂种占总饲养量的 60%，麻鸭占总饲养量的 40%。鹅的品种为农家狮头鹅杂种。2004 年，鸭、鹅的饲养量为 17.01 万只，比 1986 年增加了 3.40 倍，其中存栏 6.61 万只，比 1986 年增加了 4.10 倍；出栏 10.40 万只，比 1986 年增加了 3 倍。养殖户 4300 户。

第三节 鸽子 鸵鸟 大雁

一、鸽 子

1986 年，全县鸽子存栏 6800 只，以家庭饲养为主。1994 年发展到 8900 只，主要品种为北京白鸽、美国落地王、本地柴杂鸽。到 2004 年，存栏量为 13 678 只，饲养户 548 户。

二、鸵 鸟

1998 年，成立了廊坊市第一家鸵鸟养殖场——京津鸵鸟场，当时存栏 40 只。到 2000 年发展到 482 只。由于经营管理不善和受市场因素的影响，于 2002 年 10 月破产。

三、大 雁

1998 年，大棋盘、小棋盘等村饲养大雁 8760 只，饲养户数达 148 户。2000 年发展到 16 848 只，饲养户数 243 户。之后由于市场因素，到 2004 年存栏降到 3800 只，饲养户 124 户。

第五章 饲 料

第一节 秸秆利用

秸秆一直是牛羊的主要饲料，加工简单，仅铡碎而已。20 世纪 70 年代开始推行青贮法，但未被群众接受。1986 年以后随着农民发展养殖的积极性不断提高，畜牧局大力推广青贮饲料和氨化秸秆。秸秆经过青贮、氨化处理后，具有适口性好、消化率高、营养丰富和耐贮存等优点。1993 年，畜牧局引进了秸秆养牛示范县项目，据统计，立项前的 1992 年全县氨化秸秆 1.87 万吨，青贮秸秆 0.45 万吨，秸秆处理利用率为 27%。经过三年的项目实施，1995 年氨化秸秆 3.36 万吨，青贮秸秆 2.20 万吨，同时推广微贮新技术，微贮秸秆 1.02 万吨，秸秆处理利用总量达到 6.58 万吨，秸秆处理利用率达到 60.20%，到 2004 年年底，全县秸秆青贮 12 万吨，微贮、氨化秸秆 3.10 万吨，永久性青贮窖 440 个，秸秆处理利用率达到 95%。

第二节　饲料种植

1999 年开始引进并推广饲料作物，品种有皖草 2 号、紫花苜蓿、鲁梅克斯 K - 1 酸模、冬牧 70 黑麦、串叶松香草。1999 年牧草种植面积 15 公顷，其中皖草 2 号 5 公顷、鲁梅克斯 5 公顷、紫花苜蓿 5 公顷。平均单产鲜草 50 吨/公顷，总产 750 吨。2000 年至 2001 年是牧草种植面积最大的年份。2000 年牧草种植扩大到 83 公顷，其中皖草 2 号 50 公顷、紫花苜蓿 15 公顷、鲁梅克斯 10 公顷、冬牧 70 黑麦 4 公顷、串叶松香草 4 公顷。平均单产鲜草 46 吨/公顷，饲草总产 3818 吨。2001 年牧草种植面积 72 公顷，其中紫花苜蓿 15 公顷、鲁梅克斯 4 公顷、皖草 2 号 50 公顷、冬牧 70 黑麦 2 公顷、菊苣 1 公顷。平均鲜草单产 43 吨/公顷，饲料总产 3096 吨。2002 年至 2003 年平均种植面积 26 公顷，品种有紫花苜蓿、皖草 2 号，紫花苜蓿面积 20 公顷，皖草 2 号 6 公顷，平均鲜草单产 63 吨/公顷，总产 1638 吨。2004 年种植面积 20 公顷，主要以紫花苜蓿为主，平均鲜草单产 3.75 吨/公顷，总产 75 吨。

第三节　饲料加工与经营

1983 年，粮食局下属企业饲料公司建立。经营饲料有骨粉、鱼粉、豆粕、麸皮等。进入 20 世纪 90 年代，随着畜牧业的发展，先后涌现了多家饲料生产、经营企业，饲料产品逐渐丰富、齐全。1996 年有饲料生产、经营企业 10 家。到 2004 年年底，全县饲料生产、经营单位 20 家，主要有职教中心饲料厂、宝顺饲料经销处等。饲料生产的范围扩大到畜禽配合饲料、浓缩饲料、水产料。经营品种有单一饲料、配合饲料、浓缩饲料、添加剂预混合饲料、精料补充料、添加剂等。

第六章　管理与服务

第一节　机　构

　　1986 年畜牧水产服务公司设一室三股，即办公室、畜牧股、兽医股、水产股，下属单位畜牧水产供销公司、兽医院、家畜改良站、畜禽良种场、渔场。1987 年 4 月成立动物检疫站。1988 年 8 月，撤销兽医股、兽医院，成立畜禽防治站，与动物检疫站合署办公。1988 年 12 月，撤销畜牧水产服务公司，建立畜牧水产局。1989 年 7 月，成立乡镇兽医管理委员会。1991 年 5 月，成立药械批发部。1992 年 7 月，成立兽医卫生监督检验所，与动物检疫站一套人马，两块牌子，合署办公。1992 年 10 月成立东风汽车配件供销处。1993 年 5 月，撤销畜禽防治站，恢复兽医股，建立财务股、氨化站。1994 年 2 月，成立畜牧水产总公司。同年 11 月，成立祁各庄乡兽医站。1995 年成立水产养殖服务中心，与水产股合署办公。1996 年 4 月，成立饲料工业办公室。1996 年底，撤销畜牧水产总公司。1998 年年底撤销氨化站。1999 年 7 月，成立综合执法大队、督办室、项目办公室。7 月畜牧局干部职工自筹资金 50 万元在祁各庄乡半壁店村北建立了京东潮白肉类股份制有限公司。9 月成立人事股。1999 年，恢复陈府兽医站、夏垫兽医站。2000 年 10 月恢复大厂镇兽医站、成立邵府乡兽医站。2001 年 10 月，药械批发部更名为畜禽防治站。2002 年 9 月，畜牧股、兽医股、水产股合并成畜牧兽医水产股，成立饲料股，撤销人事股。10 月，大厂镇兽医站和县兽医院合署办公。12 月，县兽医院成立第二分院。2003 年 4 月，建立公路动物防疫监督检查站，属县兽医卫生监督检验所派出机构。

　　2004 年年底，畜牧局内设办公室、畜牧兽医水产股、饲料管理股。下属单位有畜牧水产供销公司、动物检疫站（兽医卫生监督检验所、公路动物防疫监督检查站）、家畜改良站、畜禽防治站、大厂镇畜牧兽医水产站（县兽医院）、夏垫镇畜牧兽医水产站、祁各庄乡畜牧兽医水产站、陈府乡畜牧兽医水产站、邵府乡畜牧兽医水产站、东风汽车配件销售处、京东潮白肉类有限公司。共有在职干部职工 100 人。

第二节　动物疫病防治

　　1986 年，各乡镇均设有兽医站，共有兽医 16 人，其中祁各庄兽医站于 1989 年撤销。随着畜牧产业的不断发展，县政府投入大量资金健全完善基层动物防疫体系建设。1987 年成立县动物检疫站，依法实施产地检疫、屠宰检疫。1992 年成立县兽医卫生监督检验所，与动物检疫站合署办公，一套人马，两块牌子。借用办公用房 4 间，有人员 8 名。1994 年，畜牧局重新组建祁各庄兽医站。1998 年，在祁各庄公路南侧购得 2 层楼房 1 栋，作为祁各庄乡兽医站，有工作人员 3 人。1995 年，投资 30 万元建占地 4000 平方米、建筑面积 500 平方米的县动物检疫站新站址，购置了仪器设备，建立了高标准化验室，使县级检疫站具备了疫病诊断与疫情检测能力。2000 年，开始实施无规定动物疫病区建设项目，建立县级疫病诊断中心，投入 80 万元用于购买仪器设备，对规定的 19 种动物疫病进行防疫、检疫和监测。2001 年以后，相继新建、扩建陈府乡、邵府乡、大厂镇、夏垫镇兽医站或畜牧兽医水产站，总投资 69 万元，总建筑面积 1050 平方米。2003 年 4 月，建立公路动物防疫监督检查站，属于县动物卫生监督检验所的派出机构。至 2004 年，县、乡动物疫病防控体系建设全部健全、完善。

自 2000 年，县政府、畜牧局先后多次通过公开招录大中专毕业生充实到县、乡防检疫机构，2003 年，省政府办公厅冀政办［2003］35 号文件出台后，县政府将乡镇动物防疫站定为公益性事业单位，列入财政预算，通过公开招录的形式落实了乡镇站 29 个财政编制，解决了乡镇站人员匮乏、待遇低下等问题，稳定了乡镇站动物防疫队伍。到 2004 年年底，县、乡动物防疫体系队伍达到 60 人，其中县动物检疫站 14 人、县动物疫病诊断中心 6 人、大厂镇兽医站 10 人、夏垫镇兽医站 8 人、祁各庄乡兽医站 8 人、陈府乡兽医站 8 人、邵府乡兽医站 6 人。

1986 年至 2004 年，先后建立了县重大动物疫病防治指挥部、高致病性禽流感防治指挥部、口蹄疫防治指挥部，全面负责指挥、协调重大动物疫病防控工作。同时，将动物防疫经费列入了县财政预算，并足额拨付，保证了动物防疫工作的顺利开展。动物疫病防治工作已经步入正轨，防疫工作实现了春秋两季强制免疫与平时按程序免疫有机结合，乡镇防疫员实行了防疫责任制，划分了防疫责任区，结合县情，在县域范围内实施了《关于在全县实行动物饲养、报告制度，依法进行强制免疫的规定》。动物疫病防治工作取得很大成绩，消灭了马传贫、马鼻疽、牛布鲁氏菌病，牛结核病达到稳定控制标准。县域内无重大动物疫情发生。猪瘟、鸡新城疫，禽霍乱、球虫病、猪弓形体、附红细胞体、猪传染性胃肠炎、仔猪黄白痢、水肿病、牛羊猝死症、羊痘、猪繁殖与呼吸障碍综合症且有散在发生。面向全社会，公开引进畜牧科技人才，实行技术人员包乡镇、养殖场、养殖大户制度，主动深入养殖场（户）进行技术指导。建立健全县、乡镇、村（场）三级"育、繁、推"相结合的动物品种改良体系，推广杂交改良、胚胎移植等高新技术，提高动物优种覆盖率。2004 年，全县动物优种覆盖率达到 90%。

病 例：1999 年 4 月 26 日晚，福华肉牛育肥牛场外购的 34 头牛发现患有高度疑似 O 型口蹄疫症状，畜牧水产局立即向廊坊口蹄疫防治指挥部报告，廊坊市"防五"指挥部派专家组到现场诊断核实，确诊为 O 型口蹄疫。次日凌晨，在市指挥部专家组的指挥下，县指挥部成员单位密切配合，采取深埋、焚烧等无害化处理措施迅速扑灭疫源。

第十编　工　业

　　新中国成立前，县域内有少量私营和个体手工业。1946 年至 1952 年，贯彻保护、发展私营和个体手工业的方针，工业生产得到较快发展。1953 年至 1957 年，完成工商业社会主义改造，私营工业和个体手工业合建成 8 个联合社。1955 年建起全县第一家全民企业——铁工厂（后改名电机厂、廊坊金华实业有限公司）。1957 年，全县有工业厂家 2 个。是年，产值 105 万元，利润 1 万元。此后相继建成制油厂、轧花厂、砖瓦厂。1962 年后，逐步建立起服务于农业的工业体系，同时建起经济核算、产品质量、劳动分配等管理制度，产品、质量、效益同步增长。1966 年完成产值 221 万元、利润 22 万元，利润率 9.9%。1969 年社队企业逐步兴起。1976 年年底，工业产值达到 1501 万元、利润 154 万元，利润率 10.2%。中国共产党十一届三中全会以后，对企业进行全面改革、整顿和技术改造。到 1985 年，工业厂家达到 1674 个，职工 14 619 人。完成产值 8415 万元，实现利润 2035 万元，利润率 24.2%。初步形成以机械、建材、食品、服装、铸造、造纸、印刷、特种工艺为主的多门类工业体系。全县有 15 种产品分别获得国家和省、地区级奖励，有 4 类 13 种产品出口，远销世界 27 个国家和地区。

　　1986 年，有国营、集体、个体等工业企业 2221 个，完成工业总产值 10 724 万元，全部从业人数 9491 人。1987 年后实施以承包经营为主的体制改革，1993 年实行企业产权制度改革，使原国有、集体企业形成自主经营、自负盈亏、自我约束、自我发展的法人实体和市场竞争主体。经济运行质量有明显提高。2004 年全县工业企业 3166 家，全部从业人员 8314 人，实现工业总产值 555 793 万元。

第一章　工业体制

第一节　国营工业

　　1986 年全县国营工业企业有电机厂、农机修造厂、制油厂、化肥厂、水泥厂、冷冻厂、饲料公司（属粮食局）、印刷厂（属文教局）、自来水公司、酿造厂、皮革厂、水利构件厂、供电局 13 家。有干部职工 2092 人，实现工业总产值 2051 万元，占全部工业产值的 19.10% 。1987 年迎春机械厂建成。1990 年建骨粒厂。1991 年建成面粉厂。1992 年有国营工业企业 14 个（其间化肥厂、皮革厂先后停产），全部从业人员 1765 人，实现产值 56 865 万元。

第二节　国有工业

1992 年，落实《转换经营机制条例》，在坚持和完善承包经营责任制基础上采取委托经营、租赁经营、仿三资企业经营、国有民营、股份制等资产经营形式，逐步建立现代企业制度，原 14 家国营企业改为国有企业。至 1997 年，粮食局饲料公司、酿造厂先后停产，新建企业有太乙饮料厂、热力供应站。从业人员增至 2692 人，总产值达到 26 111 万元，占全部工业总产值的 9.10% ，利税总额 2192 万元。1998 年，大部分企业经过改制从国有工业中退出，国有工业企业只剩 4 家，即电机厂、面粉厂、供电局、自来水公司。从业人员 894 人，总产值 26 931 万元，占全部工业总产值的 8.20% ，利税总额 2855 万元。2001 年，华安肉制品有限公司建成投产，原中外合资企业华安肉类有限公司成为国有。至此，全县国有工业企业有 6 家。2002 年电机厂经过改制从国有企业中退出，面粉厂停产。至 2004 年国有工业企业有 4 家，即供电局、华安肉类公司、华安肉制品公司、城乡供水公司。从业人员 368 人，实现工业总产值 19 294.70 万元，占全部工业总产值的 3.47% 。

附　化肥厂

建于 1976 年，占地面积 108 721 平方米，其中生产建筑面积 6005 平方米，主要设备 66 台（套）。合成氨的生产能力为 1.50 万吨，折合碳铵产量 6 万吨，拥有固定资产原值 1028 万元，净值 726.90 万元。流动资金 38.69 万元，其中国有资金 20.69 万元，企业固有资金 18 万元。银行贷款 1212.67 万元，其中流动资金贷款 623.10 万元，专项贷款 589.57 万元。共有干部职工 681 人，其中固定工 90 人，合同工 256 人，临时工 335 人。

潜亏情况：账面数按照会计制度应摊入成本而未摊的，产成品成本高于销售价和数量亏库而形成的损失，累计 946.66 万元。

欠债情况：该厂共有债务 1843.30 万元，由于燃料、动力价格大幅度上涨，投放产出成反比，成本高、消耗大，成品销售不畅，边生产边积压，造成资金紧张，无力支付贷款利息、燃料款和电费等。包袱沉重，致使经济效益下滑，潜亏严重。

根据上述情况，县经委与化肥厂提出两种意见：一是继续开车生产，继续亏损，稳定职工队伍，花钱买团结；二是彻底停产下马，转产找出路。1991 年 11 月 14 日，经县政府批准化肥厂停产。

第三节　集体工业

1986 年全县有集体工业企业 170 个，其中县办 10 个、乡镇办 39 个、村办 121

个；从业人员9939人，其中县办1492人、乡镇办3235人、村办5212人；总产值6118万元，其中县办1177万元、乡镇办2499万元、村办2442万元，集体工业总产值占全部工业总产值的57%；全年利润1642万元，其中县办81万元，乡镇办725万元，村办836万元。1997年，集体工业企业124个，其中县办10个、乡镇办46个、村办68个；总产值139 969万元，其中县办5225万元，乡镇办66 070万元，村办68 674万元，集体工业总产值占全部工业总产值的48.80%；县办和乡镇办全年利税总额7100万元，其中县办334万元，乡镇办6766万元。1998年经过改制，全县集体工业企业还有64个，其中有规模以上企业（年销售收入500万元以上）9个，即雅萌集团、京大集团、华丰铸造厂、祁各庄水泥构件厂、北方集邮公司、服装厂、水利局水泥厂、大厂镇砖厂、兴建水泥构件厂。总产值29 585万元，占全部工业总产值的9%。2004年全县有集体工业企业30个，其中规模以上企业1个，即燕北畜牧机械厂，总产值7676万元，占全部工业总产值的1.38%。利润总额512.30万元。

第四节　股份合作工业

1998年开始出现股份合作企业，全县共6个，完成工业总产值9296万元，占全部工业总产值的2.80%。1999年股份合作企业达到10个，其中有3个进入规模以上企业行列，分别是华丰铸造、益恒水泥厂、兴建水泥构件厂，完成工业总产值3614.50万元，占全部工业总产值的1%。3家规模以上企业实现利润总额306.90万元，其中税金159.10万元。2004年，全县有股份合作企业2家，其中益恒水泥厂为规模以上企业，完成工业总产值1220万元，占全部工业总产值的0.22%。

第五节　股份制工业

1998年原食品机械厂经过改制成为县内第一家股份制工业企业——华映食品机械有限公司，是年实现产值398万元，利税41万元。产值占全部工业总产值的0.10%。2002年股份制企业发展到6个，即彩虹光盘公司、金铭冷轧公司、兴达公司、华丰铸造有限公司、宝生带钢公司、跃华肉类公司。年内实现总产值26 231.60万元，占全部工业总产值的5.40%，利润868.30万元，税金161.60万元。2004年全县股份制企业有金华实业公司、金铭冷轧公司、宝生带钢公司、鑫恒基带钢公司、彩虹光盘公司、顺达肉类公司、华丰铸造公司、宏海木业公司、北方集邮用品公司、春和食品公司、跃华肉类公司、凯迪纸制品公司、益利印刷公司、跃华食品公司、烽台电工公司15个。实现产值138 710万元，占全部工业总产值的24.96%，利润总额299.30万元。

第六节　私营工业

新中国成立前，县域内没有私营工业。新中国成立特别是中共十一届三中全会后，私营工业得到快速发展。1997 年全县有私营工业企业 33 个。完成产值 4263 万元，占全部工业总产值的 1.49%。此后，县委、县政府采取有力措施，大力发展非公有制经济，至 2004 年私营工业企业达 111 个，完成产值 73 858 万元，占全部工业总产值的 13.29%。其中福华肉类公司、国华金属结构厂、永发油脂加工厂等企业规模大、效益好。3 家企业资产总计 11 888.90 万元，共完成产值 30 790.90 万元。尤其是福华肉类公司，2004 年产值达 8566.60 万元，比 1998 年增长 37.20 倍。

第七节 联营工业

1978 年，在改革开放政策鼓舞下，联合体工业发展迅速。1985 年，联合体工业达到 243 家，从业人员 1823 人。1986 年全县有联户经营工业企业 308 个，年内实现产值 986 万元，占全部工业总产值的 9.20%。由于经营管理、收益分配上的原因，此种形式的企业越来越少，1997 年有 80 个，实现产值 753 万元，占全部工业总产值的 0.20%。2004 年有 1 个，产值 100 万元，占全部工业总产值的 0.02%。

第八节 外资工业

1987 年第一家中外合资企业华安肉类有限公司建成投产，年内实现产值 509 万元，占当年全部工业总产值的 2.99%。1992 年 5 月美国独资企业福喜食品加工有限公司建成投产，1993 年实现产值 1500 万元，当年外资工业总产值 4700 万元，占全部工业总产值的 5.57%。引进的其他外资企业主要有真味食品有限公司、埃比莫汽车配件有限公司、雅阁包装装潢有限公司、东日铁木工具有限公司、健秋人参滋补有限公司、佰亿食品有限公司、浩丽工艺品有限公司、大弘工艺有限公司、华泰塑料制品有限公司、京潮纺织服装有限公司、立东化工有限公司、味美食品有限公司、西亚斯食品配料有限公司、劲泰公司、艾帝斯公司、万福盛肉类公司、可诺奈食品公司、华兴铸造公司、中纺汉东公司。上述企业有的经营较好，有的投产两三年就停产了。到 2004 年，外资企业有福喜食品公司、华兴铸造公司、艾帝斯食品公司、中纺汉东公司、可诺奈食品公司、万福盛肉类有限公司等 8 家，工业总产值 35 579 万元，占全部工业总产值的 6.40%。

第九节 个体工业

1986 年，全县个体工业企业 1730 个，完成工业总产值 1569 万元，占全部工业总产值的 14.60%。此后个体企业个数逐年减少，至 1989 年，全县还有 1334 个。从 1990 年起个体工业发展加快，企业个数逐年增多，总产值在全县工业中所占比重越来越大。至 2004 年，全县有个体工业企业 2994 个，工业总产值 279 320 万元，占全部工业总产值的 50.25%。

第二章 改 制

第一节 改制过程

县国有集体企业产权制度改革工作开始于1993年。1994年至1997年，先后在华映食品机械有限公司和三新食品有限公司等5家企业搞了股份制改革试点，在改制后出现了较强的发展活力。2001年9月3日成立由县委、县政府主要领导任组长的产权制度改革工作领导小组。按照"产权清晰、权责明确、政企分开、管理科学"的要求，对全县国有企业实施产权改制。

改制工作遵循政策有依据、程序要合法、做好职工的工作。由各企业制定改制方案，在职工代表大会、党员代表大会、党政领导班子、中层领导干部中讨论，形成决议，实现国有资产退出，改变企业性质。转变职工身份，严格遵守国家劳动法律、法规和政策，确保企业在改制中和改制后职工的合法权益不受侵害。新公司股权设置，由内部职工出资组建股份制企业，建立法人治理结构。方案实施过程中坚持公开、公平、公正，按照法律和政策规范进行运作，确保企业稳定和生产经营秩序的正常，确保国有资产不流失，确保银行债务不悬空，确保企业不逃废债务，确保企业改制顺利完成。

第二节 改制企业选介

一、电机厂

企业概况 电机厂建于1955年。改制前已发展成县办国有中一型企业，厂区占地面积159 522.57平方米，在册职工1213人，分南、北两个分厂，南分厂位于大厂县城，主要生产轧机、焊管机、冶金机械产品及配件，北分厂位于夏垫镇，主要生产各种高频焊管和冷轧带钢，年生产能力30万吨。

由廊坊至信会计师事务所审计后，经廊坊益华会计师事务所评估，截止到2001年7月30日，资产总额31 206.60万元，其中流动资产25 473.97万元、固定资产4001.73万元、长期投资200万元、无形资产（土地使用权）1530.90万元；负债总额25 153.79万元，其中流动负债25 149.99万元，长期负债3.80万元；企业资产总额6052.80万元，其中待处理财产净损失1978.48万元、实际净资产4074.32万元。评估结果得到省财政厅确认。

改制形式 由4074.32万元减去土地使用权价值、公益金、安置职工费用等，还剩余319.21万元，由内部职工一次出资买断，先售后股。

新公司股份全部由内部职工持有，按照经营者控股、骨干占大股、职工有其股的原则，设定公司经营者持股数份额50%，经营管理层人员持股20%，中层管理和业务骨干人员持股20%，职工持股10%，依据《中华人民共和国公司法》和入投情况，组成了3个至5个持股会。

2002年3月19日注册成立"廊坊金华实业有限公司"。

二、联合冷冻厂

企业概况 冷冻厂建于1988年，厂区占地面积1887.35平方米，主要建筑面积4715平方米。制冷设备3台套，冷库容量300吨，屠宰加工能力牛1万头、羊3.50万头。有职工91人，离退休16人，共计107人。

从2002年5月开始，由县体改办、县工业办具体指导完成企业清产核资工作，廊坊至信会计师事务所完成审计工作，并出具审计报告。企业资产情况，由三河诚成会计师事务所完成资产评估，截止到2002年8月31日，企业资产总额为316.33万元，其中土地评估值为169.80万元，其他资产146.53万元；负债总额609.65万元，其中欠银行借款本金和利息512.86万元，其他负债96.79万元；企业净资产为－293.32万元。

改制形式 做到改制工作一步到位，即国有资本全部退出，职工身份全部转换，先售后股。由内部职工共同出资组建有限责任公司，接收冷冻厂全部资产、债权、债务，接收和安置全体职工，并以安置的形式转换身份。

职工安置：按照廊政［1998］98号文件规定，每个在职职工的安置最低限为4000元，最高限为2.40万元。

股权设计：新公司股份全部由内部职工持有，每股设定人民币500元，总股本为4900股，按照经营者持大股，职工有其股的原则，设定企业经营者达到控股水平，职工自愿入股。

新公司治理机构：新公司拟设董事5人组成董事会。设监事3人组成监事会，公司经理由监事会聘任或解聘。

新公司"大厂县顺达肉类食品有限公司"于2002年11月18日正式挂牌营业。

三、食品机械厂

企业概况 华映食品机械有限公司位于夏垫镇102国道南侧，占地面积26 506平方米，生产建筑面积5678平方米，主要生产食品机械。经批准，1994年7月原食品机械厂改制组建股份制企业，注册资本金176万元。经过几年运作企业得到了较快发展，注册资本金增加到384万元，个人资本经过扩股，已占总资本的60%，达到230.40万元，集体股本为153.60万元。

改制形式 为确保企业持续发展，该公司通过学习和领会省、市、县有关会议精神，根据廊［1998］98号文件，经过全体股东大会讨论决策，进一步深化改革，改制到位，进行第二次改制。

安置职工按每年工龄600元至800元计算，最低4000元，最高2.40万元。离退休人员医疗费等共需268.16万元，尚缺114.56万元，只能用公司所占土地解决，企业所占地面积34.37亩，按每亩8万元估算，合计为274.96万元，扣除114.56万元，集体资产还余160.40万元。

为加大经营者的激励效应，促进发展，根据职代会决议，并报县经委研究同意，拟将剩余的160.40万元集体资产以配股的形式，量化给企业全体职工，分配比例为3：3：2：2，即分别以剩余资产的30%、30%、20%、20%部分，分别配送给企业经营者、其他高层管理人员、企业中层管理人员和普通职工，具体的分配方法由公司自行运作。

本次配股资产160.40万元，连同以前改制为个人配股的38.10万元，共计为198.50万元，仍为集体资产，个人只享有企业收益的分配权，即只有利润分红权，没有所有权、继承权和处置权。按公司内部岗位责任设置配股，股以岗定，人随岗变，因调出、辞职、退休、退养等脱离岗位者，其配股由公司收回，作为配股使用。

经县政府2000年10月11日第26次常务会议研究同意并予批复。

经过此次改制，华映公司为全体职工出资组建的股份制企业，职工以其出资额承担企业经营风险，以出资额和持有的集体配股分享企业盈利。产权清晰、责权明确、自主经营、自负盈亏、自治自律是独立的法人实体和市场竞争主体。

四、服装厂

企业概况 服装厂建于1973年，是县办集体小型企业。截至2000年6月底，在册人员171人。厂区占地面积15 239平方米，建筑面积12 948平方米，设备、设施396台套，以生产出口服装为主，年生产能力70万件。企业资产总额1418万元，负债总额1292.83万元，净资产为125.20万元，资产负债率91%。

改制形式 根据《中华人民共和国城镇集体所有制企业条例》和企业改制有关文件精神，鉴于企业的实际情况，以零资产形式整体转让给法人代表刘玉森，企业改制后，不再属于集体所有制企业，刘玉森对企业的资产和负债拥有所有权和处置权。

职工安置：刘玉森全部接收和妥善安置企业职工（包括离退休人员），遵守和执行劳动法律、法规、政策和规定，按时发放工资（或生活费）和缴纳社会保险费，确保职工的合法权益。职工与企业可以继续沿用原企业签订的劳动合同，也可以重新签订劳动合同，工龄连续计算，到退休年龄时企业免费办理退休手续。

改制运作：整体转让方案经企业职工代表讨论通过，全体职工同意，报请县政府研究同意，并批复。于2001年3月7日改制。原服装厂更名为"四达力伟制衣有限公司"。

五、胶印厂

企业概况 胶印厂成立于1963年，是县办集体企业，占地6128平方米，在册人员 122 人，其中离退休人员 35 人。截止到 1997 年 8 月 31 日，企业账面资产总额 732.89 万元，负债总额为 6142.27 万元，所有者权益 92.62 万元。

资产评估情况：经过清产核资及县审计师事务所资产评估结果为资产总额 482.97 万元（不包括土地使用权 73.54 万元）。流动资产 186.89 万元，固定资产 296.08 万元，负债总额 626.40 万元，企业净资产为 −143.43 万元（不含土地价值）。

改制形式 由于企业净资产为负数，整体改制的难度大。根据改制的有关政策和借鉴有关单位的改制做法，结合企业的实际情况，拟将有活力的资产从整体中分离出来，用分离出的资产承担等额债务，内部职工在零资产的基础上募集股金，成立股份合作制企业。并于 1997 年 11 月 10 日经县政府批复，成立了"大厂县印刷有限责任公司"。公司在运营到 2000 年后，由于市场等原因，形成亏损，企业资产总额 322.29 万元，负债总额 663.34 万元，净资产为 −341.05 万元，资产负债率 206%，亏损严重且扭亏无望，无力偿还到期债务。经过职工讨论同意申请破产，于 2000 年 7 月 31 日经批准，宣布破产。

六、特艺厂

企业概况 特种工艺厂成立于 1973 年，位于县城西大街，属县办集体所有制企业，占地 11 387.90 平方米，全部职工 60 人，主要生产蒙镶制品和景泰蓝制品。

经评估，企业总资产 394.67 万元，负债为 374.77 万元，净资产为 19.90 万元。

改制形式 由净资产中的 19.90 万元无偿划给新改制企业 12 万元，由全体职工共同出资一次性买断，优惠 30%。从 1996 年 10 月 30 日经济体制改革办公室批准改制为"同泰工艺品有限公司"。

七、金漆家具厂

企业概况 金漆家具厂成立于 1969 年，位于县城西大街，属县办集体企业，占地 13 315 平方米，有职工 123 人，主要生产金漆家具、红木家具等。

经评估确认，总资产为 267.79 万元，负债总额为 231.32 万元，企业净资产为 36.47 万元。

改制形式 从企业净资产 36.47 万元中无偿划给新改制企业 25.07 万元，由全体职工共同出资一次性买断，优惠 30%，经批准于 1996 年 9 月 15 日成立"天际家具有限责任公司"。

八、修造厂

企业概况 农机修造厂成立于 1971 年，是县办全民所有制企业，在册人员 233 人，占地面积 18 380 平方米，2 个分厂即畜牧机械厂和钢板仓厂。

经评估企业总资产为 679.63 万元，负债总额 1154.70 万元，企业净资产为

−475.07万元。

改制形式　在零资产基础上，成立有限公司，原企业不撤销，承担资产和债务。新公司如再需用原企业资产，可以再承担等额债务。经县政府批复，于1997年12月27日成立了"大厂机械制造有限公司"。

公司成立后到2000年，基本属于停产半停产状态，因企业运营管理机制不完善等原因，资产负债率已到239.30%，形成资不抵债，无法进行经营，后经申请批准于2000年破产终结。

第三节　未改制企业

砖瓦厂　该厂位于芦庄村北，1971年在原砖瓦生产合作社基础上建立。1974年12月，厂址由夏垫迁往芦庄村。1985年有职工170人，1999年10月该厂执行独立经营责任制，经营期5年，企业有42门、18门轮窑各一座，45砖机、40砖机生产线各一条等重要生产设备。企业经营注重向管理要效益，向质量要效益，不断进行技术改造，提高产品竞争力，累计生产机砖1.60亿块，上交税金达60多万元。砖瓦厂是一种资源消耗型企业，不仅大量破坏土地、消耗能源，而且破坏生态、污染环境，国家出台政策，禁止使用和限制生产实心黏土砖，推广应用新型墙体材料。据此该企业按照国家发改委《关于进一步做好禁止使用实心黏土砖工作意见》，以2003年的实际产量为基数进行核产整顿，以每年降产20%的速度递减产量进行生产，直至停产或转产。

第三章　主要行业

第一节　食品业

1986年食品加工制造企业有油厂、食品厂、冷冻厂，年生产食用植物油517.75吨、糕点349吨、牛羊肉800吨、面粉5400吨（油厂面粉车间生产），完成工业总产值633万元。1987年5月华安肉类有限公司投产，年生产牛羊肉1.49万吨。1992年9月福喜食品加工有限公司投产，生产麦当劳食品，年产值1500万元。1995年永发油脂肉类加工厂投产，年产精制食用牛油7.70万吨。1997年福华肉类有限公司投产，年生产牛羊肉8000吨。2000年，全县食品工业有面粉、食用油、糕点、牛羊肉制品等类企业及个体户500家，从业人员5000多人，产值8亿元，占全县工业产值的22.50%，上缴税金占全县财政收入的31%，食品行业收入占农民人均收入的33.90%。2001年1月经省、市食品工业办公室审核验收，国家食品协会认定，大厂为国家级"食品工业强县"。2001年以后又先后有跃华食品有限公司、华安肉制品公司、可诺奈公司、艾帝斯公司等企业相继建成。2004年全县食品工业企业25个，从业人员 1421 人，其中屠宰及肉类加工企业 17 个，年产鲜牛肉 1515 吨、冻肉 23 691 吨（其中牛肉 22 279 吨，羊肉 1084 吨，鸡肉 55 吨，猪肉 273 吨）、食用动物脂油 3830 吨、熟肉制品 12 645 吨；蔬菜水果加工企业 1 个，年产蔬菜水果制品 4615.27 吨；食品制造企业 5 个，实现产值 77 212.20 万元。

第二节　服装业

1986 年服装鞋帽制造企业有服装厂、羊毛衫厂。从业人员 346 人，年产服装 36.40 万件、布鞋 3.10 万双，产值 436 万元。1993 年产量最多，生产服装 66 万件、布鞋 8000 双，产值 1721 万元。1994 年停止生产布鞋，服装产量在 50 万件上下。1998 年起产量下降。2004 年服装企业有中纺汉东（大厂）服装有限公司、中纺森诚服装公司宏运达服装厂，从业人员 581 人，年产服装 38.10 万件，完成工业总产值 1923.40 万元。

第三节　家具、木材加工业

1986 年家具制造企业有木器厂，年生产木制家具 3987 件。1987 年北京金漆镶嵌厂大厂分厂建立。1989 年后河北京大铜床厂、耀华铜床厂、雅萌铜床厂相继建成投产。至 1996 年生产铜床的企业达 140 多家，年产铜制及其他床具 15 万件，产值超过 3 亿元。2000 年宏海木业有限公司建立，从业人员 108 人，年产强化木 2131 立方米。2004 年有家具制造企业 7 个，从业人员 217 人，年产木质家具 4200 件，金属家具 90 307 件，产值 3336.20 万元。

第四节　造纸及纸制品业

1979 年，夏垫公社投资 60 万元建造纸厂。1986 年，全厂有职工 138 人，固定资产原值 53 万元，产值达 140 万元，利润 26 万元。1990 年耀华造纸厂建成。1994 年耀华纸箱厂建成。2000 年耀华箱板造纸厂建成，生产瓦楞纸及纸箱。2003 年 6 月凯迪纸制品有限公司建成，生产综合类纸制品，年产纸箱 1800 万平方米，产值 1000 万元。2004 年有造纸企业 2 个，从业人员 79 人，年产瓦楞原纸 6845 吨、箱板纸 485 吨，产值 959.20 万元。纸制品企业 8 个，从业人员 292 人，年产纸制品纸板容器 6868.20 吨，产值 2669.30 万元。

第五节　印刷和复制业

1986 年印刷企业有文教局印刷厂、县印刷厂，从业人员 134 人，完成产值 41 万元。此后益利印刷有限公司、聚鑫印刷有限公司、创格印刷事务有限责任公司、红旗印刷厂、祁各庄中学印刷厂、方正印刷有限公司等相继建立。2004 年全县印刷业有 9

家企业，从业人员 471 人，年多色印刷 32.50 万对开色令，单色印刷 138 656 令。装订及其他印刷服务企业 6 家，从业人员 219 人，年产本册 149.70 万册，产值 2930.90 万元。1999 年 12 月彩虹光盘有限公司建立，有员工 94 人，年产光盘复制品 3064.60 万张，完成工业总产值 2927.20 万元。

第六节　化工业

1986 年，化肥工业仅化肥厂 1 家，有职工 598 人，年产合成氨 7941 吨，化肥（折标）5443 吨，完成工业总产值 476 万元。1991 年 11 月停产。1990 年 12 月残联福利釉料厂建立。1999 年 10 月夏垫泡花碱股份合作公司建立。2001 年 7 月丰盛化工厂建立。2003 年 5 月，联锦粘合剂厂建立。2004 年全县化工企业有 4 个，从业人员 53 人。年产硅酸钠 56 760 吨、化学试剂 15 吨、造纸及类似工业用整理剂 15 吨，完成工业总产值 317.60 万元。

第七节　非金属矿物制品业

一、砖　瓦

1986 年，有县办砖瓦厂 4 个，乡村办砖厂 23 个，从业人员 3800 人，年产黏土砖 16 385 万块、瓦 246 万片，完成工业总产值 808 万元。1986 年以后，国家限制黏土砖生产，不许建新厂，原有砖厂在划定的取土区内黏土用尽时自行关闭。至 2004 年全县有砖厂 21 个，从业人员 1671 人，年产黏土烧结砖 51 372.60 万块，完成工业总产值 4264.70 万元。

二、水　泥

1975 年，水利局在夏垫建水泥厂。1986 年有从业人员 172 人，年产水泥 8924 吨，完成工业总产值 45 万元。1998 年停产。2001 年冀宏水泥有限公司建立。2002 年旭东水泥有限公司建立。至 2004 年全县有水泥生产企业 2 个，从业人员 140 人，年产水泥 92 099.69 吨，完成工业总产值 1111.10 万元。

三、水泥制品

1986 年，水泥制品企业有水泥厂（生产机井管）、大厂镇水泥构件厂、夏垫镇水泥构件厂、祁各庄水泥构件厂等 4 个。2004 年水泥制品生产企业有 8 个，从业人员 207 人，年产水泥预制件 20 293 立方米、水泥排水管 3460 米、水泥混凝土砖 260 万块、建筑砌块 19 010 立方米，完成工业总产值 7124.60 万元。

第八节　钢压延加工、金属制品业

一、钢压延加工

1988年电机厂兼并皮革厂，成立"京冀联营高频焊管厂"，生产高频焊管和冷轧带钢。1989年产焊管17 404吨、1992年产带钢18 562吨。1999年宝生带钢制管有限公司建立。2000年金铭冷轧板带有限公司建立。2001年鑫恒基冷轧带钢制管有限公司建立。至2004年钢压延加工企业6个，从业人员1459人，年产冷轧板40 862吨，冷轧窄钢带193 585吨，焊结钢管163 609吨，完成工业总产值145 000.70万元。

二、金属制品

1986年金属制品企业有国兴实业有限公司、帅林畜牧机械厂、大厂县五金水暖厂等，主要产品有厨具、畜牧饲养器械、机械附件等。1992年以后建立的企业有谭台科产实验厂（1992年10月）、仁合金属制品制造有限公司（1995年2月）、振兴金属制品有限公司（1997年10月）、华兴厨具厂（1998年2月）、祁连金属加工厂（1999年12月）、迎春粮储设备有限公司（2000年5月）、美寓铝塑门窗厂（2001年3月）、鑫泰彩钢公司（2001年3月）、创新彩钢结构工程有限公司（2003年12月）、运达金属结构有限公司（2003年10月）。至2004年共有金属制品企业14个，从业人员401人，年产金属结构体及构件312.26吨、金属制门窗39吨（650件套）、金属丝1840吨、金属制烹饪炊具135吨，完成工业总产值3610.60万元。

第九节　机械制造业

一、通用设备制造

1986年通用设备制造企业有华映食品机械有限责任公司（原食品机械厂）、华丰铸造有限责任公司（原华丰铸造厂）等。生产铝镁合金铸件、铁铸件等。1992年7月京华轴承制造有限公司建立。1998年6月大厂县机械加工厂建立。1999年，海成机械设备厂、德峰精密机械有限公司、京华新产品开发实业有限公司、大厂河西营机械厂相继建立。2004年以后建立的企业有华东铸造厂、新兴铸造厂、华兴铸造有限公司。至2004年全县通用设备制造业企业有11个，从业人员1524人。年产升降机50台、液压泵295 800台、轴承零件734吨、衡器80台、金属紧固件40吨、铸铁件17 544吨、金属锻件250吨，完成工业总产值9146.70万元。

二、专用设备制造

食品工业专用设备 此设备生产企业是华映食品机械有限责任公司，主要产品有斩拌机、切菜机、食品切片机、面条机、和面机等。1986 年有职工 2442 人，完成产值 151 万元。2004 年有员工 108 人，产肉制品加工机械 59 台。

畜牧机械 1987 年燕北畜牧机械厂建立，有员工 48 人。1998 年改为廊坊燕北畜牧机械集团有限公司。2004 年有员工 160 人，年产畜禽饲养设备 9656 台、家禽饲养机械 9589 台、家畜饲养机械 67 台。产品销售收入 3480.90 万元，上缴税金 53.90 万元，利润 109.50 万元。

医疗器械 1995 年 10 月养光医疗设备厂建立，2003 年 6 月圣高生物技术有限责任公司建立。全县生产医疗器械的企业只此 2 家，2004 年有从业人员 48 人，年产病房护理设备及器具 3362 台，完成工业总产值 397.50 万元。

三、电气机械及器材制造

1986 年电气机械制造企业有电机厂（2002 年改制为金华实业有限公司），有员工 334 人，年产电机 1558 台，产值 350 万元。1988 年电机产量达到最高，是年产节能电机 181 台、电机 3202 台，1995 年停产电机。1992 年 9 月，力川通讯器材厂建立。1996 年 4 月，北方电工合金有限公司建立。1999 年 8 月远达灯具配件厂建立。2001 年 12 月海鑫机电设备有限公司建立。2003 年 5 月荣欣电器设备厂建立。6 月，烽台电工器材有限公司建立。2004 年全县电气机械及器材制造企业有 6 个，从业人员 180 人，年产漆包线 500 吨，电力电容器成套装置 760 套，电路开关、保护装置 48 620 台，电线 80 千米，家用电炉灶 136 个，家用厨房电清洁器具 535 个，灯座、插头及插座 3600 万个。完成工业总产值 2517.90 万元。

第十节　工艺美术业

1986 年，生产厂家有县特艺厂、窄坡珐琅厂、尚各庄珐琅厂、京东工艺品有限公司、南贾各庄象牙雕刻厂等 20 余家，职工 2203 人，固定资产原值 91 万元，年产值达 819 万元，利润 241 万元。其中县特艺厂有员工 287 人，完成工业总产值 7 万元。1988 年 6 月景森珐琅厂建立。1993 年长运工艺厂建立。1997 年 12 月民族工艺品有限公司建立。至 2004 年全县工艺美术品生产企业 14 个，从业人员 455 人，年产景泰蓝工艺品 711 940 件，铜、铁、锡制工艺品 48 万件，漆器工艺品 61 万元，金漆镶嵌 1200 件，完成工业总产值 1239.70 万元。

表 10-3-1

1986 年至 2004 年主要工业品产量表

产品 年份	合成氨 （吨）	碳酸氢铵 （吨）	鸡舍 （吨）	钢板粮仓 （座）	交流电机 （千瓦）	制管 （吨）	带钢 （吨）	牛肉 （吨）	木制家具 （件）	服装 （万件）	布鞋 （万双）	腈纶衫 （万件）	斩拌机 （台）	红砖 （万块）	红瓦 （万片）
1986	7940.9	31 765.3	6186	4	5265.8				3987	36.40	3.10			3587	246
1987	10 733	45 298	12 047		18 662				3907	32.70	1.60		92	3014	311
1988	11 195	8097	27 152	9	16 756				3355	42.90	2.40		60	4340	361
1989	14 524	10 314	4835	33	10 457			165	3165	50.60	2.20	10.90	200	4474	279
1990	9278	6744	7281	72	7060			232	4007	58.90	2.50	3.60	200	3244	350
1991	99 521	42 404	8605	55	2044	14 448		470	5326	56	3	8	170	3344	308
1992			3930	60	1063	23 951		310	5150	63	0.80	7	44	2611	320
1993			4442	70	247.6	26 997		126	5264	66		9	33	3329	300
1994			1930	60		26 509		127	6602	46		15	23	4600	
1995			1052	36		32 929		154	5360	46.60		10		2574	
1996				20		32 334	29 837	38	4333	60.90		11	49	2600	
1997				2		28 143	46 970	259	2218	49		5.90	15	3165	
1998				5		11 300	64 515	379	2492	14.20		9.50	28	2985	
1999				28		151 162	74 635		1851	8.40			27	1830	
2000						204 307	80 318		1895	9			17	1630	
2001						79 018	224 143		276	13.50			19	2526	
2002						217 278	49 679		145	16			32	1936	
2003						155 553	60 067			13.80			32	2063	
2004						154 699	77 785			2.50			59	1785	

第四章　重点企业

廊坊金华实业有限公司　前身为建于 1955 年的铁工厂，是大厂县第一家县办国有企业，厂址在县城北大街路西，1959 年改名机电联合厂，1962 年又称铁工厂，1969 年称农机厂，1973 年称电机厂，2002 年 3 月称廊坊金华实业有限公司。

建厂初期，铸造铁犁片和家用铁锅等，逐步发展到生产和修理简单的农机具，如铡草机、碾米机、脱粒机等。1959 年开始生产 J 系列中小电动机，逐步发展到生产发电机、潜水泵、砂轮机等机电产品。1978 年开发生产冶金轧辊。1985 年与清华大学合作，投资 27.5 万元，开发生产 YDFJ 型纺织高效节能电动机，产品获"河北省优秀新产品三等奖"。1986 年肖金杰任电机厂厂长、法人代表。企业占地面积 48 715 平方米，建筑面积 20 481 平方米，固定资产 185 万元，产值 333 万元，利税 84 万元（利润 48 万元，税金 36 万元）。1987 年该厂生产的 YDFJ 型纺织高效节能电动机被选入国家级优秀新产品名录，纳入 1989 年度国家重大新产品试产计划，1991 年获"河北省优质产品"奖。1987 年，投资 60 万元，对机加工车间进行一期改造，建车间1000 平方米，增加机加工设备 5 台，扩大冶金轧辊生产能力，开始生产成型机。同年，开发生产了高频焊管（薄壁异型管）。1988 年，投资 114 万元，对机加工车间进行二期改造，建车间 1500 平方米，增加机加工设备 28 台，扩大冶金轧辊和成型机生产能力。同年 7 月，兼并国有企业磷肥厂（皮革厂），厂址在夏垫，当年投资 250 万元，建高频焊管生产项目，扩大焊管生产能力，并与首钢联营，成立"京冀联营高频焊管厂"，是电机厂的分厂。从此，企业由位于大厂县城的大厂电机厂和位于夏垫的京冀联营高频焊管厂组成，两个企业的称号一直沿用到 2002 年 3 月企业改制更名前。1989 年，与中国华能工程技术开发公司联营，引进资金 500 万元，扩大高频焊管生产能力 1.5 万吨/年。同年企业被河北省机械工业厅授予"河北省飞龙企业"荣誉。1990 年投入资金 320 万元，建重型配件车间，加工重型配件。建冷轧带钢单轧生产线，开发生产冷轧带钢。1991 年，投入资金 780 万元，建冷轧带钢四连轧生产线一条，年产能力 3.5 万吨。扩大重型配件加工能力达到 700 吨/年，扩大焊管生产能力达到 3.5 万吨/年，被河北省政府授予"省级先进企业"称号。异型焊管被评为"河北省优质产品"。1992 年投资 213 万元，增加大型机加工设备 6 台，扩大重型配件加工能力 300 吨/年。到 1992 年底企业占地面积 159 523 平方米，建筑面积 22 766平方米，固定资产 2169 万元，实现工业总产值 10 532 万元，产品销售收入 10 234 万元，利税 1080 万元（利润 821 万元，税金 259 万元），首次实现了产值、收入超亿元，利税超千万元的业绩，被廊坊市政府命名为"小巨人企业"，被河北省机械工业厅授予"优秀企业"，被河北省政府生产办公室、统计局、财政厅、劳动厅、人事厅评定为"中二型企业"，由小型企业成为中型企业，实现了跨越式发展，成为大厂县骨干企业，企业法人代表肖金杰被河北省政府授予"河北省劳动模范"荣誉。1993

年投资 286 万元建热轧生产线，年产线材 1.8 万吨。同年，企业被国家统计局列入"中国 500 家最大电器机械及器材制造企业"，排位第 138 位。1994 年投资 540 万元，增加重型配件加工设备 7 台，改扩建辊片、结构、钳工车间 3700 平方米。同年，被河北省经济贸易委员会、统计局、财政厅、劳动厅、人事厅评定为"中一型企业"。1995 年投资 1099 万元，扩建重型配件车间 1780 平方米，建第二条冷轧带钢四连轧生产线，增加冷轧带钢生产能力 3 万吨/年。同年，企业与北京重机研究所共同开发 CK 系列立体停车库。1996 年和 1997 年分别投资 422 万元和 138 万元，改扩建带钢回火窑和热处理车间，建热处理车间 1144 平方米，增加热处理设备 3 台。当年，企业被河北省用户委员会评定为"用户满意产品生产企业"。1998 年投资 1700 万元，建厚壁焊管生产线四条，建热镀锌管生产线一条，形成厚壁焊管生产能力 7.5 万吨/年，热镀锌管生产能力 2.5 万吨/年。1999 年投资 1202 万元，建 Φ165 焊管生产线一条，建第二条热镀锌管生产线，年增加焊管能力 6 万吨，年增加热镀锌管能力 2.5 万吨。企业被河北省政府授予"河北省先进企业事业单位"，厚壁焊管被评为"河北省优质产品"。2000 年，在企业内部开展 ISO9002 1994 版质量认证工作，取得质量管理体系认证证书。企业被评为"河北省百强企业"，法人代表肖金杰被河北省政府授予"河北省优秀企业家"荣誉。2001 年，投资 300 万元，改造和完善废水处理设施。

2001 年，按照上级的安排部署，根据国家的改制政策，经过企业职工代表大会讨论同意，开始进行企业产权制度改革工作，7 月 26 日县里成立了以四大班子领导为主，各职能局局长为成员的电机厂产权制度改革领导小组，负责领导和组织电机厂的改制工作。经过九个月的大量工作，在"公开、公平、公正"的原则下，领导小组严格按照国家法律、法规运作，在确保国有资产不流失、企业债务不逃废，职工合法权益不受侵害，使企业真正成为自主经营、自负盈亏、自我发展、自我约束的独立的法人实体的前提下，2002 年 3 月 19 日电机厂顺利完成产权制度改革，组建成由内部职工持股的股份制企业，名称为廊坊金华实业有限公司，注册资本金 3000 万元，董事长肖金杰。同年，公司投资 6000 万元，建 Φ46 焊管生产线，年产大口径焊管 10 万吨。公司再次被评为"河北省百强企业"，焊管产品被评为"河北省名牌产品"。2002 年年底，廊坊金华实业有限公司上缴税金 1314 万元，仍属大厂县骨干企业。

2003 年，完成 ISO9001 2000 版质量管理转版认证工作，取得认证证书。"京冀"牌焊管商标被河北省工商局授予"河北省著名商标"，公司被授予"河北省著名商标企业"。2004 年，公司投资 1400 万元，对生产设备和设施进行更新和改造，进一步提高企业生产技术水平和能力。公司取得产品出口经营权，注册资本金由 3000 万元增加到 16 000 万元，法人代表肖金杰被河北省政府授予"河北省优秀民营企业家"荣誉。到 2004 年年底，廊坊金华实业有限公司占地面积 18 万平方米，主要建筑面积 5 万平方米，资产总额 3.7 亿元，股东权益 1.8 亿元，注册资本金 1.6 亿元，公司员工 1000 人，主导产品为高频焊管、冷轧带钢和冶金机械设备制造与加工，年实现产品销售收入 8 亿元，实现利税 2000 万元。1995 年至 2004 年，企业每年平均上缴税金 1000 多万元，已累计上缴税金约 1.2 亿元。1986 年以后，企业内共有 4 人获得"河北省劳动模范"称号，有一人获得"河北省五一劳动奖"。

服装厂 1973 年，在缝纫、鞋业社基础上建立服装厂。1986 年 9 月，服装厂被评定为河北外贸定点生产厂。12 月，燕野牌女西裤被评为省优质产品。同年服装厂通过三级计量和省级全面质量达标验收。1987 年 3 月 25 日，在廊坊地区轻化局组织的全区的服装评比会上，服装厂生产的男女上衣、女夹克衫、女防寒服分别获得第一名。TOPPE 公司与该服装厂年订货量 20 万件，占该厂总产量 50% 以上，4 月服装厂"轻纺出口产品基建项目"审查验收合格，6 月全面推行技术升级。1989 年 5 月建立分厂羊毛衫厂，9 月羊毛衫分厂从服装厂分出，成为独立核算的经委直属企业。1990 年 3 月，为扩大生产能力，服装厂投资 75 万元，购置手编机圆头锁眼机、万能绣花机、双针机等设备 98 台（套）。4 月征用大厂三村土地 2627 平方米扩大厂区。1992 年服装厂投资 90 万元，进行技术改造。1998 年以后，受国际、国内经济影响，服装厂经济效益日益下降，为了扭转被动局面，该厂以 70 万元价格将县城西大街（大厂建行对面）于 1987 年自建的闲置车间楼（占地 1666.75 平方米）一次性转让给大厂经（金）建实业有限公司。1999 年羊毛衫厂宣布破产，羊毛衫厂工人及债权债务全部移交到服装厂。2001 年 3 月服装厂进行改制，以零资产方式（60 万元起价）转让给刘玉森个人，并与主管部门签订转让协议。2002 年以后，主要生产边贸和内销棉服、羽绒服、衬衣、童装，主要销往俄罗斯和国内市场，年产量为 10 万件至 15 万件。企业在 2000 年通过 ISO 9002 质量保证体系认证，2003 年通过 ISO 9001 - 2000 转版认证，改制后的企业全部接收服装厂的债权、债务，并接收全体职工。2004 年企业占地面积 1.13 万平方米，建筑面积 1.20 万平方米，主要设备有平缝机、双针机、穿带机、三针五线机、上腰机、耙边机、曲线花边机、包缝机、验针机、整烫等设备 566 台（套），固定资产原值达 786 万元。企业占地面积 15 239 平方米，建筑面积 12 948 平方米，生产及辅助设备 396 台（套），在册人员 155 人，离退休 78 人。

华映食品机械有限公司 建于 1973 年，原名配件厂。1985 年改名食品机械厂。厂址在夏垫镇京哈公路南侧。1986 年 12 月该厂生产的 ACTA 铸造新产品通过省级鉴定，填补国内合金材料的空白，并在国内首次应用于食品机械中去。1987 年 9 月被中国包装食品机械协会吸收为会员并被选为理事。1992 年 3 月新建铸工车间和抛光氧化车间，6 月试制成功 ZB - 5 型小型斩拌机。1993 年初铝镁氧化成套设备流水线全面投产，新购车床 5 台。1994 年 7 月改制为股份制企业，更名为华映食品机械有限公司，董事长王振玉。生产主要项目铸造与机加工、斩拌机、茯苓饼机、切肉机等食品机械。1996 年 6 月自行研发新产品 IB - 80 型斩拌机。2000 年 10 月华映公司进行二次改制，公司真正转变为独立法人实体和市场竞争主体。企业注册资本为 384 万元，公司占地 2.59 万平方米，资产总额 1066.70 万元，负债总额 439.96 万元，资产负债率为 41%。同时通过了 ISO9002 - 1994 质量认证。2004 年企业有干部职工 108 个，其中工程技术人员 8 名，公司占地面积 2.65 万平方米，建筑面积 9000 平方米（生产建筑面积 5678 平方米），有铸造及机器加工设备 94 台（套），性能检测设备 7 台（套），企业资产总额 775 万元，流动资金 258 万元。企业年灰铁铸造能力 3000 吨，机加工 20 万小时，以对外加工配套为主业，自有产品肉食斩拌系列（ZB - 80 型、ZB - 50 型、ZB - 20 型、ZB - 5 型）、食品切片机、切菜机及铝镁合金阳极氧化，其中斩拌机产品 1987 年获得"河北省优秀新产品三等奖"、1990 年获"振兴河北经济奖"，产品主要销往全国各地及东南亚地区。

廊坊燕北畜牧机械集团有限公司　廊坊燕北畜牧机械集团有限公司前身是 1983 年春建成的燕北鸡笼厂。厂址在夏垫村，时有工人 18 人。1987 年该厂迁至 102 国道北侧，占地 1440 平方米，新厂建筑面积 846 平方米，有专职技术人员 3 人、生产工人 45 人，产品主要销往山东、山西、内蒙古、北京等地。1992 年扩建，占地 13 054 平方米，建筑面积 5598 平方米。1993 年与中国农业科学院和中国农业大学"联姻"，注册资金 50 万元，挂牌"中国农业科学院技术开发公司燕北畜牧机械厂"，成为中国农业科学院和中国农业大学的科研、生产基地，有生产工人 132 人，管理和技术人员 28 人。1998 年 4 月企业改为廊坊燕北畜牧机械集团有限公司，董事长刘永怀。注册资金 2223 万元。1999 年 12 月，通过 ISO9001 国际质量体系认证，同时取得自营进出口经营权。公司依托中国农业科学院和中国农业大学，注重新产品的研发和售后服务，经营农牧业生产设备的设计、制造，现代农牧场和农产品加工厂的规模设计、制造工程，农牧业项目的咨询、评估及农牧业工程技术人员的培训和技术指导，农牧业生产项目和现代农牧工程项目研究与新产品开发，国际贸易等项业务。公司始终坚持"依靠科技、强化监控、以人为本、预防在先、产品一流、服务至诚"的质量方针，达到"主要部位零部件一次交验合格率为 100%，出厂产品合格率达到 100%"的质量目标。产品遍销全国（除台湾省）各地及东南亚、中东、非洲、朝鲜、韩国等 20 多个国家和地区。2004 年产品销售收入 3480.90 万元，上缴税金 53.90 万元，利润 109.50 万元。

1993 年，9RFL － 20E 型高效节能热风炉获吉林金奖，并获得国家专利，专利号为 93222854.2，2001 年 12 月被评为国家质量检测质量信得过产品，2003 年 9 月评为河北省著名商标企业，2002 年 11 月经中国市场研究中心认定，"燕北"为中国质量服务、信誉 AAA 级企业，2004 年 3 月中国轻产品质量保障中心，确认"燕北集团"为畜牧机械产品质量、信誉双保障示范单位，被评为"廊坊市文明经营，优质服务先进单位"。

华丰铸造有限责任公司　位于夏垫村西，董事长杨文举。前身为夏垫公社农机修配厂。1986 年改建为华丰铸造厂，时有干部职工 26 人，厂区占地 400 平方米，建筑面积 200 平方米，固定资产 11.70 万元，没有固定产品。1988 年开始为国内钢琴厂家生产钢琴铁板。企业经过短暂的发展，至 1990 年干部职工达 120 人，其中高级职称 1 人、中级职称 5 人、技师 20 人。设备 50 台套，厂区占地 1 万平方米，建筑面积 7000 平方米，固定资产 243 万元。1998 年企业成功进行股份制改造。1999 年产品开始出口，先后与日本、韩国、德国、美国进行贸易往来。2000 年被评为廊坊市百强企业。2002 年 8 月通过 ISO9001 － 2000 标准质量管理体系认证。2004 年被河北省技术监督局推荐为优秀企业及名优产品，并入选《河北省企业与产品质量信息年鉴》（2003 版至 2004 版），是年全公司有干部职工 400 人，其中高级职称 3 人，中级职称 22 人、技师等 50 人。设备 170 台套，厂区占地 1.98 万平方米，建筑面积 1.30 万平方米，固定资产 1556 万元。1988 年至 2004 年共生产钢琴铁板 37.35 万架，销售收入 1.60

亿余元，上缴税金1025.80万元，利润1000.30万元，出口创汇97.90万美元。

华兴铸造有限公司（中美合资） 建于1999年8月，原为个体铸造厂，位于祁各庄乡谭台村。2003年与美国STAR合资成立中美合资华兴铸造有限公司，占地面积2.33万平方米，总投资2200万元，其中固定资产600万元，有职工600人。其中大专以上3人、高中168人、初中以下429人，公司主要从事各类铸造管件生产和铸造模具的设计，企业产品均用环保型材料。可用于饮用水、地下管道等多个领域，与国外树立了牢固的业务关系，产品出口率100%，公司年可生产铸造管件1.20万吨，其生产能力和产品质量处于国内领先水平。2004年该企业实现产值5600万元，纳税280余万元。

国华金属结构厂 建于2000年5月，位于祁各庄乡商贸小区，属私营企业，占地4.67万平方米，有职工500人，大专以上5人、高中90人、初中以下405人，总投资2000万元，其中固定资产投资1500万元。主要从事卫星接收天线线性传动器的研制和生产，属出口型企业，生产设备全部由台湾引进，其生产技术和产品质量均达到国际领先水平。企业自成立后，逐年加大固定资产投入，扩大生产规模，滚动发展。从2000年至2004年的短短4年时间，企业年产值从建厂时的3400万元增至1.10亿元，年纳税由建厂时的不足100万元增至近400万元。

益利印刷有限公司 前身为益利印刷厂，2002年与北京教育出版社合资兴建益利印刷有限公司，位于祁各庄乡商贸小区，占地2.33万平方米，总投资2200万元，其中固定资产1800万元，有职工180人，其中大专以上4人、高中25人、初中以下151人，主要从事教学教材的印刷及装订生产，公司引进德国海德堡彩色印刷生产线一条，使公司的生产技术和生产能力达到国内领先水平。2004年该公司又投资620余万元，再次扩大生产规模，新建车间2000平方米，并新上了部分生产设备。全年实现产值1800万元，纳税近200万元。

凯迪纸制品有限公司 位于夏垫镇民族工业园区，占地面积2.74万平方米，建筑面积6467.78平方米，成立于2002年7月18日，于2003年6月18日正式开业运营，是由美籍华人、法籍华人以及国内社会自然人共同发起并合资兴建的综合类纸制品包装企业，有员工109名。有瓦楞生产线1条、水墨印刷机2台、模切机2台，有瓦楞纸箱成型设备16台（套），设计年生产纸板3000万平方米，年生产纸箱1800万平方米。公司全面推行以ISO9000国际质量标准体系为中心的现代管理，于2004年2月3日获得质量管理体系认证书。

华安肉制品有限公司 2000年3月建成，投资5600万元，占地6万平方米，采用德国技术和传统的中式秘方生产鲜、冻、分割猪肉以及风干类、烟熏类、冷切类、水晶类、涂抹香肠类、熟制火腿类、早餐肠类、培根类、酱卤类、新含气类等十大类熟食肉制品，有冷藏库、冷藏配送车和销售冷藏柜组成的专业"冷链"物流，确保了食品质量。产品是星级高档宾馆、使馆、商社、超市首选，销往国内、国际市场。公司通过了ISO9001质量体系和HACCP食品安全与卫生控制体系认证。

福喜食品有限公司（详见第九编畜牧及相关产业）

福华肉类有限公司（详见第九编畜牧及相关产业）

顺达肉类有限公司（详见第九编畜牧及相关产业）
跃华食品有限公司（详见第九编畜牧及相关产业）

第五章　管理和服务机构

县内工业因其所有制和所属单位不同而有多家管理机构。县属全民企业、县属集体企业由经济委员会管理。乡镇企业由县乡镇企业管理局管理，各乡镇设有经委，负责乡镇企业规划、项目、资金、技术引进等项工作。村办企业由村党支部、村委会领导管理。部门办企业（文教印刷厂、水利构件厂等）由所属部门管理。政企合一单位（供电局）自行管理。

一、经济委员会

1956 年建立工业科。1958 年 4 月改建地方工业局。1962 年 6 月成立工业交通局。1968 年 9 月撤销。1972 年复建。1973 年成立工业局。1983 年改称经济委员会。1986 年下设办公室、财政科、技术科、生产科、政工科。管理企业有电机厂、化肥厂、修造厂、冷冻厂、皮革厂、服装厂、木器厂、印刷厂、特艺厂、砖瓦厂、食品机械厂、供销公司。至 1987 年 11 月增设的科室有保卫科、企管科。1994 年设职教科。1996 年 5 月设统计科。2002 年 4 月撤销经济委员会。

二、乡镇企业管理局

1962 年成立手工业联社。1977 年建社队企业管理局。1984 年改称乡镇企业管理局。1986 年内设生产科、技术科、办公室。下属单位有安装公司、物资回收公司。1990 年 2 月增设财务审计科。2002 年 4 月撤销。

三、工业管理办公室

2002 年 4 月经济委员会和乡镇企业管理局合并，成立工业管理办公室。下设办公室、财务科、科技科、劳资科、生产科、企管科、统计科、政工科、墙改办（墙体材料改革办公室）。至 2004 年未变。

第十一编　商　业

县内回族人民自古擅长经商。夏垫镇、大厂镇在明清两代就已商铺林立。新中国成立后，人民政府为发展商业建立了覆盖全县的国营、集体商业网络，发展了国民经济，方便了人民生活。1955 年年底全县商业 322 家，其中国营、集体 69 家，个体 253 家，年社会商品零售额 360 万元。1958 年，社会商品零售额 555 万元。此后，个体商业受到限制。1978 年中共十一届三中全会后，商业体制改革解除了对个体商业的限制。到 1985 年全县共有商业饮食服务业 1809 家，比 1955 年增加 4.62 倍。社会商品零售总额 4600 万元，比 1955 年增加 11.78 倍。

1986 年后商业体制改革向纵深发展。1987 年推行承包经营责任制，1993 年起推行企业产权制度改革，国营、集体商业逐步退出市场，民营商业覆盖了全县商贸市场，形成了商品丰富、购销两旺、市场繁荣的新局面。2004 年，社会消费品零售总额 44 979 万元，比 1985 年增加 8.78 倍。批发零售贸易业零售额 28 252 万元，比 1985 年增加 7.29 倍，餐饮业零售额为 5223 万元，比 1985 年增加 15.27 倍。

第一章　商品流通

第一节　国有商业

一、体制改革

1986 年后，商业系统在经营体制和管理上进行了一系列的改革。

按照国务院〔1986〕56 号文件精神和河北省商业厅、廊坊地区商业局关于进一步搞好小型企业改革的具体要求，县商业局于 1986 年 9 月 2 日制定并实施了三项改革措施：第一，改革经营体制。实行批零分开，有计划地将批零企业改建为批零独立经营单位，首先将百货公司批零分开，零售商场为商业局直属公司级企业，按照国营小型企业改革方针，实行"国家所有、集体经营、照章纳税、自负盈亏"的管理制度；第二，实行转制经营。将糖烟酒公司第二门市部作为试点，实行店内外集资的股份制经营，完成各项交纳后，留利部分按一定比例提取公积金、公益金，占用公司的固定资产和流动资金，在规定时间内偿还，新增资产归集体所有；第三，已实行租赁经营的饮食服务业门店租赁期满后，有条件地转为集体所有，个别小店折价卖给个人经营，其余门店继续租赁。

1987年9月2日，县政府召开承包企业招标答辩会，商业局五金公司原经理康万普、商场主任王辛力、商业局机关王庆生3人参加了答辩，结果康万普以承包方案先进合理中标。9月24日，经县公证处公证，正式签订了为期4年的经营承包合同，康万普也成了商业企业通过竞争应聘上岗的法人代表第一人。

1991年3月，商业局决定拆除饮食服务公司旧址上的建筑物，新建商业综合楼一幢，定名为穆斯林商厦。12月13日，将糖酒公司、饮食服务公司迁到穆斯林商厦，总的要求是"统一管理、核算到组、单独报表、盈亏互补"。1992年2月10日，商业局决定将穆斯林商厦定为系统"四放开"试点单位，即经营、价格、用工、分配放开。

1993年6月30日，商业局就深入改革发出文件。各柜组、门店实行"四定一奖"（定销售、利润、人数、资金，完成上述任务按比例提奖）和"国有民营"的原则，将柜组商品一次性卖给个人，职工每月向公司交纳一定数额的房屋、柜台租金和管理费，其余税费由承包人负责；对停薪留职的商业系统内职工（包括合同制工人），凡办理停薪留职者，月上交公司保职费不少于本人月基本工资额加合同制工人保险金（正式工人退休统筹金）。原已办理的，各公司重新进行登记清理，一律按新规定执行，否则正式工除名，合同工解除合同。

1995年9月，全系统8个企业法人代表与280名干部职工签订了劳动合同书，从而打破了传统的双轨制用工办法，加快了企业改革进程。

1997年9月，经县政府批准，百货大楼改为股份制企业，改制后名称为旌联商贸有限责任公司。设有董事会和监事会，并由全体股东投票选举产生（每三股一张选票）。截止到9月底，全系统入股职工人数为199人，占系统职工总数95%，筹集股金72.90万元。

2000年8月，根据中共十五届四中全会《中共中央关于国有企业改革和发展若干重大问题的决定》所指示"要从实际出发，继续采取改组、联合、兼并、租赁、承包经营、股份合作制、出售等多种形式，放开搞活国有小企业"和县委七届六次全委（扩大）会议安排部署，商业局决定对所属8个单位全部实行租赁经营，具体办法：企业为职工提供经营场所，按营业面积、柜台收取租金；可以采取由职工个人承租、合伙承租、企业法人承租等形式；承租者一律自筹资金、自负盈亏、依法经营、保证上交。承租期间，各种劳保、福利、一切费用（含个人养老保险及大病统筹金等）全部由承租者承担；承租期间保留职工档案工资，个人按时交纳养老保险及大病统筹金，计算工龄，执行法定退休制度；实行"三统一"管理办法，即统一上缴税金、统一经营布局、统一制度管理。

在全员租赁改革中，全系统8个独立核算单位合并为5个，即百货大楼、荣华商城、第二糖酒公司、饮食服务公司、食品公司。原糖酒公司、五交化商城、采购供应站只保留建制，人员全部合并到上述 5 个单位。全系统国有流动资产全部退出流通领域。

2002 年年初，在县委及有关部门主要领导积极参与、支持、帮助下，与华联香百超市有限公司多次洽谈协商，引进华联香百超市大厂店项目，对方总投资 500 万元，其中设备投资 100 万元，其余 400 万元为商品资金，并安排了 80 多人就业。

2003 年 7 月，按照廊坊市人民政府廊政〔2003〕97 号文件和县企业产权制度改革领导小组大企改字〔2003〕1 号文件《关于进一步加快国有（集体）企业产权制度改革的安排意见》精神，商业系统着手企业改制工作，经过 8 个月大量艰苦细致的工作，到 2004 年 4 月，全系统 7 个单位全部完成了企业产权制度的改革，国有资产全部退出，227 名干部职工全部解除了劳动合同关系。

二、商品购销

国营商业经营方式为批发兼零售，以此满足人民群众生产生活需求，平抑物价，稳定市场。同时采取多种渠道，组织城乡物资交流，疏通渠道，活跃经济。1978 年后，国营商业实行计划分配与市场调节相结合的经营方针，为进一步做好采购和供应工作，拓宽进货渠道，先后按需求增加上千种县内适销对路商品。从 1986 年至 2004 年，可分为两个时期，即 1986 年至 1989 年，是以计划经济为主、市场经济为辅互为补充时期；1990 年至 2004 年，是全部市场经济时期。

1. 商品购销渠道

商品购进：商业局系统各公司主要负责全县城镇居民生活用品的供应。另外，食品公司负责全县城乡人民的肉食品（猪、牛、羊肉）的供应。在以计划经济为主、市场经济为补充的时期，城镇居民的生活必需品，如火柴、碱面、肥皂、食糖等，还有一些紧俏的商品，如自行车、缝纫机、手表等，大部都是凭票或户口本供应。大厂县一直属于北京市的跨供经济区域，所有的紧俏物资货源全部来自北京二级批发站，主要有北京市百货公司供应站、北京市纺织品公司、北京市针棉织品批发站、北京市鞋帽公司、北京市文化用品公司批发站、北京市糖烟酒公司、北京市钟表公司、北京市五金公司、化工公司、交电公司供应站等。随着改革开放政策的深入和城镇居民生活水平的提高，光依靠"二级站"已不能满足市场日益增长的需求，为了解决市场"吃不饱"的问题，各批发、零售单位纷纷走向外埠市场进行议购采购，把进货渠道延伸到省外，"触角"伸向工厂。仅 1987 年，百货、五金、烟酒、食品 4 个公司先后同全国 13 个省市，近百家单位建立了进货关系，直接从工厂进货达 900 万元，占全系统全年进货总额三分之一以上。仅五金公司先后从天津购进议价名牌自行车就达 3600 辆。自 1990 年后，按比例供应的货源彻底"断顿"。商业系统所经销的各种商品全部实行了自采自购。食品公司牛、猪、羊肉的货源，60% 以上来自本县农村。

商品销售：在计划经济占主导时期，由于大厂县属北京经济区、跨供县，从民族政策和商品计划分配上占有优势，批发业务销售上是"以外地为主、本县为辅"，在满足本县市场同时，主要批发市场在京东的"一省六市"，一省即辽宁省，六市为北京市、秦皇岛市、唐山市、绥中市、锦州市、锦西市，有些商品甚至"返流"到北京部分区、县，与上述省市建立业务关系达 350 多户，年销售 1700 多万元。市场经济的确立，从根本上动摇了三级批发公司赖以生存的基础，特别是伴随着生产厂家的自产自销、零售企业的直购直销、供销社企业的联购分销等购销纷争的新趋势和新格局，使三级批发业务受到致命冲击，由受到采购者冷遇直至无人问津，外地的所有批发业务销售点全部中断。百货、五金、糖酒公司的批发业务于 1992 年前后关停。零售业务，各企业门店柜组积极改善服务态度、提高服务质量，并开展了多种形式的促销活动，如展销、代销、访销、联销等，1988 年全系统各公司召开各种商品展销会 53 次，成交额达 1102 万元。

1986 年至 2004 年商业系统商品销售额统计表

表 11－1－1　　　　　　　　　　　　　　　　　　　　　　　单位：万元

年份	金额	年份	金额
1986	986.50	1996	2507.80
1987	1090.40	1997	1747
1988	1613.30	1998	1981
1989	1460.20	1999	2330
1990	1267	2000	774.30
1991	2400.22	2001	897
1992	2501.40	2002	918.90
1993	1368.90	2003	910
1994	1676.90	2004	918
1995	1976.70		

2. 商品购销种类

纺织品、针棉织品、日用百货、服装鞋帽、文化用品、五金交电、化工原料、烟酒茶糖、肉类果品、糕点副食等十大类。

1986 年和 1990 年主要商品购、销统计表

表 11－1－2

品名	单位	1986 年		1990 年	
		购	销	购	销
布匹	百米	7392	9490	4403	6587
火柴	件	1200	1350	1140	1120
自行车	辆	6695	9138	7865	8973
手表	只	4208	5569	1410	2240

品名	单位	1986 年		1990 年	
		购	销	购	销
缝纫机	台	501	1014	208	403
洗衣机	台	782	1213	2646	2633
电视机	台	1315	5503	2050	3570
酒	吨	271	634	207	98
糖	吨	310	644	576	209
收录机	台	2348	3740	3995	5696

3. 商业网点

全县共有商业网点 32 个，其中管理、批发、加工生产企业网点 17 个，从业人员 227 人。按商品类别统计：百货网点 3 个，从业人员 63 人；五交化网点 4 个，从业人员 68 人；食品（肉禽蛋）网点 6 个，从业人员 26 人；糖烟酒网点 4 个，从业人员 70 人。按企业性质区分：企业管理机构即县公司 6 个（兼营工业品批发业务的 1 个，兼营农副产品收购批发业务的 1 个）；工业品批发机构 6 个；农副产品收购批发机构 5 个（其中县以下 4 个，加工生产机构 1 个）。零售饮食服务、修理业网点 15 个，从业人员 142 人。其中零售网点 5 个，从业人员 101 人，营业面积 1500 平方米（综合副食 2 个，营业面积 500 平方米。百货 2 个，营业面积 618 平方米。五交化 1 个，营业面积 382 平方米）；饮食业网点 4 个，从业人员 17 人，营业面积 425 平方米；修理业网点 6 个，从业人员 24 人，营业面积 374 平方米（旅店 1 个、理发店 1 个、浴池 1 个、照相馆 1 个、日用品修理部 1 个，其他服务网点 1 个）。

三、公司简介

1. 百货公司

1955 年建立。占地 4174 平方米，营业面积 340 平方米。以批发为主，兼营零售。1986 年，营业面积 2700 平方米。1990 年 9 月，为适应经营形势需要，提高经济效益，经研究决定将百货公司与百货大楼分建，百货公司以批发业务为主，百货大楼以零售业务为主，实行独立核算。分建后的百货公司共有员工 40 人，占用资金 175 万元，下设针棉织品、日用百货、鞋帽、文化、纺织服装、个体、夏垫综合 7 个批发部，年销售额达 600 万元。后由于完全进入市场经济，工业自销，供销社实行联销分销，零售自采日益扩大，导致三级批发业务严重下滑，于 1992 年 5 月 6 日停业。百货大楼共有员工 70 人，占有资金 140 万元，下设针织、百货、床上用品、文具、钟表等 17 个柜组，年均销售额 700 万元，其中 1993 年达 1122 万元。2000 年停业。

2. 五交化公司

1985 年 5 月建立。营业面积 462 平方米。下设零售商场、电讯修理、家电、五金批发部各 1 个。1986 年，有员工 64 人，占用资金 140 万元，批发零售兼营。批发下设五金化工、电工、家电和夏垫综合批发站 4 个批发部，年均销售额 600 万元；零售下设电工、家电、五金、化工、修理 5 个柜组，营业面积 382 平方米，年均营业额 200 万元。2000 年因拆迁停业。2004 年 4 月，完成企业产权制度改革，国有资产退出，职工与公司解除劳动关系。

3. 糖酒公司

1985 年 4 月建立，以批发为主，兼营零售。营业面积 920 平方米。1986 年以后，营业面积 500 平方米，下设一、二批发部，年均营业额达 300 万元。2004 年 4 月，完成产权制度改革后，企业出售给个人。

4. 食品公司

1962 年 10 月建于夏垫。1963 年迁至县城。1964 年，供销社所属的祁各庄、夏垫两个猪肉站划归食品公司。1981 年年底，副食品类由食品公司划归供销社经营。1985 年 4 月，糖、烟、酒、糕点类商品划出。1986 年以后，下设城关、夏垫、祁各庄、陈府、邵府 5 个生猪收购、肉食供应站和城关牛羊收购、肉食供应站，年销售 140 万元。1990 年前后相继停业。2004 年 4 月完成改制。

5. 饮食服务公司

前身是 1955 年成立的合作饭店。1986 年以后，下设回民饭店、汉民饭店、浴池、大车店、照相馆、钟表修理、理发等 7 个单位，营业面积 570 平方米，年均营业收入 35 万元。1991 年回民饭店、钟表修理、汉民饭店因拆迁等原因相继停业。2004 年 4 月，完成改制。

6. 荣华商城

总投资 559 万元，建筑面积 4000 平方米，是 2000 年县委、政府列为全县十件大事之一，并做到当年立项、当年竣工、当年营业。一楼为香河华联香百超市大厂店，整体引进，营业面积 1700 平方米，员工 52 名，21 个柜组，经营品种达万种以上，年销售额达 800 万元，是大厂县规模最大的集生鲜、食品、百货、餐饮、娱乐为一体的综合性超市。连续 3 年被省、市消费者协会评为"信得过"单位。二楼、三楼、四楼为个体商户，共有 40 余户，主要经营服装、鞋帽、百货等。至 2004 年，年均销售额达 400 万元以上。

四、管理机构

1986 年，商业局内设三股一室，即业务股、财务股、仓保股、办公室，下属百货公司、五金公司、烟酒公司、食品公司、服务公司，管理人员 42 人。1988 年，增设审计股、纪检组。1991 年，增设人事教育股。1996 年 10 月，成立酒类专卖股。2001 年 2 月，成立酒类商品打假领导小组，并组建酒类执法大队。2002 年 4 月，撤销商业局，成立商业管理办公室和商业总公司，内设文秘股、业务股、财务股、酒类执法大队，下属荣华商城和穆斯林商厦。至 2004 年未变。

第二节 供销合作社

一、体制改革

1. 职能演变

1986 年是供销社的所有制性质经历由集体所有制改为国营，又由国营改为集体所有制，全面恢复供销社本来面目（即农民的合作经济组织）的关键一年，从组织结构、经营管理体制等方面，初步完成了由服务于计划经济到适应社会主义市场经济的转变。

1989 年下半年，参照元氏县经验，县供销社实行了"全县一社"的改革，变原来的两级所有为一级所有，即全县组建一个"大厂回族自治县供销合作社"，取消联合社建制，基层社取消理、监事会，改为分社，县社建立合作委员会，实行主任领导下的分工负责制。县社与基社、公司由原来的协调、指导、监督、服务的关系变为领导与被领导关系。财务管理实行"统筹管理、统一分配、部分基金统分结合"的办法。人事管理上实行干部选举聘任制，职工合同制。

党中央、国务院关于供销社改革的两个 5 号文件（即中发［1995］5 号《中共中央国务院关于深化供销合作社改革的决定》、国发［1999］5 号《国务院关于解决当前供销合作社几个突出问题的通知》）陆续下达后，从根本上明确了供销社在国民经济中的地位，确定了农民合作经济组织的改革目标，对供销社的职责、功能、担负的主要任务都做了明确的界定，提出明确的要求。

2. 人事劳动管理

全面实行社员代表大会制，县供销社领导班子由全县社员代表大会选举产生，报县委批准；基层供销社领导班子由基层社社员代表大会选举产生，报县供销社批准；县供销社直属企业领导班子由企业职工代表大会（或职工大会）选举产生，报县社批准。

职工全部实行劳动合同制，竞争上岗，取消了固定工、计划内临时工、合同工的区别。专业技术人员实行聘任制。人员工资实行了档案工资与效益工资相结合的计发办法，彻底打破了固定工、铁饭碗、大锅饭的分配制度。2003 年 4 月，经县政府批准，县供销社机关工作人员实行国家公务员工资标准，纳入行政事业退休统筹。

3. 企业制度

2000 年以后，供销社改革逐步深入，发展到全面改革企业制度阶段，按照市、县政府的要求，推行"两个置换"（即企业产权置换、职工身份置换）为主要内容的企业制度改革。2001 年至 2004 年年底，利用 4 年时间，供销社系统 16 个县直企业、5 个基层供销社全部完成了改制任务，全部社有资产从商品经营领域退出；全体职工完成了身份置换，65 个基层销售门店完全交由职工自主经营。

二、购销业务经营管理

购销业务发生显著变化，主要特征是由计划经济体制下统购统销变为放开搞活，突出变化反映在两个方面，一是经营范围、品种由经营者自主选择决定；二是全面放开进货限制，可以多头进货。

改制后，职工既是经营者，也是管理者，在不违背供销社宗旨、守法经营的前提下，可以根据当地群众的需要，自主决定经营、服务项目以及具体的经营服务方式，完全打破了原来关于经营范围、品种的限制。

过去县级公司只准三级批发，基层供销社只准零售的商品流通格局完全被打破。职工可以直接到生产厂家和全国各地的商家组织货源，极大丰富了本地市场。使各项经营服务活动更加贴近群众，适应需求。

供销社所属单位经营各类生产、生活资料商品，包括食品、副食品、针织、服装、鞋帽、大小百货、文化体育、家用电器、五交化、土产日杂、建筑材料、水暖器材和以农药、化肥、农药器械为主的农资商品等各个门类，共计 5 万多个品种，比 1986 年初增长了 1.50 倍。实际商品占用资金达到 1500 万元，比 1986 年增长了 1.39 倍。

三、商品购销

1986 年至 2004 年的 19 年中，除了食盐、烟花爆竹两种特殊商品，其余所有的生产、生活资料的购销业务已经全面逐步放开经营，完全打破了国合分治、城乡界限，形成了多头进货、百家竞争、批发零售不分家的局面。

1. 农业生产资料购销

1986 年，县农业生产资料公司仍行使三级批发职能，负责对自身的门市部和各基层社生产资料门市部提供主要商品货源，并实行业务指导。

在农资商品市场逐步全方位放开的形势下，县社充分发挥县农资公司的龙头带动作用，发挥全系统 34 个农资站点的作用，自 1996 年全系统开展"一员联百户，送货到农村"活动后，坚持常年送货下乡，牢牢占领全县农资市场。1996 年至 2004 年间，平均每年为全县农民送去各种化肥 8700 多吨，农药、除草剂 9500 公斤，农药械 800 多台，粮食籽种 3 万公斤，其他商品 1 万多件，年均送货总值 1000 余万元。农资市场占有率保持在 75% 以上，为农业增产、农民增收提供了可靠保障。1986 年至 1998 年，该公司年年是被县政府表彰的"支农先进单位"。2004 年全系统农业生产资料商品销售总额为 6600 万元，比 1986 年增长了 15.50 倍。

2. 生活资料购销

1986 年，全系统 3 个企业（生产公司、土产日杂公司、食品厂），6 个基层社，负责全县农村人口的生活资料供应，并设立零售店组 45 个，基层社分销站 14 个，农村代购代销店 44 个，服务范围遍及全县农村。当年全系统销售总额 2687 万元，其中生活资料 1700 万元。随着市场经济的发展变化，农村商品零售市场全面开放。为适应新形势，1990 年，全县范围内全部收回了农村双代店的底垫资金，使这些双代店成为完全独立的个体经营者。到 2004 年年底，全系统所有零售店组已经全部转为由职工个人在接受县社宏观管理下的自主经营。经营服务领域不断拓展，经营品种、花样不断增加，服务质量、服务水平不断提高，商品销售额大幅度提高。

供销社系统 1986 年与 2004 年销售总额比较表

表 11 – 1 – 3

单位：万元，%

项　　目		1986 年	2004 年	增长率
商品销售总额		2687	18328	582
其中：	生产资料	400	6600	1550
	生活资料	1700	9328	349
	其他	587	2400	309

四、农畜产品购销和废旧物资回收

1986 年，北京市委的主要领导来县考察，建议发展蔬菜生产，争取建成直供首都的蔬菜生产基地。县政府批准县供销社建立"蔬菜公司"，专门负责组织发展全县的蔬菜生产及购、销、调运等项具体经营活动。当年，全县 6 个乡镇、47 个自然村、1670 户农民，种菜 200 公顷，并签订了购销合同，年内实际销往北京的蔬菜 35 万公斤。以后，县蔬菜公司共向东城、西城、海淀、朝阳 4 个区的蔬菜公司出售蔬菜 490 万公斤。主要品种有水萝卜、冬瓜、圆白菜等。

1986 年，全系统收购、销售大笤帚 10 万把，玉米 5000 多吨，收购、出口香港活牛 500 头（省批外贸出口指标，1979 年至 1988 年共组织出口活牛 6700 头。1989 年停止业务）。

1952 年以前，棉花自由出售。1953 年实行统购统销。由供销社负责收购、加工、上调，禁止自由贸易。1984 年，棉花收购总量达 422.60 万公斤，是历史上最多的一年。1988 年，棉花种植面积大幅度下降，全县棉花收购量由 1986 年的 398 吨下降到 96 吨。1989 年，已无棉可收。1989 年至 1993 年，棉麻公司仅靠代购、加工县外棉花维持。1993 年正式退出植棉县系列，年底，停止全部棉花购销及加工业务。

1955 年，供销社开始收购畜产品。1986 年，全系统畜产品收购额为 105 万元，主要品种有牛皮 1.10 万张、羊皮 1.70 万张、杂皮 600 张，杂骨 380 吨。随着牛羊饲养、屠宰业的不断发展，皮张收购量逐步增加。1996 年，全系统共收购牛皮 5 万张、羊皮 2.10 万张。1997 年以后，外地皮毛商涌入，形成抢购局面。1998 年畜产品收购业务停止。

废品回收始于 1955 年。1986 年，全系统废旧物资收购额为 98 万元，主要品种中：有色金属（铜、铝、锡）11 吨、废钢铁 510 吨、废橡胶轮胎 38 吨、废纸 39 吨、破布鞋 15 吨、破布 60 吨、废棉 20 吨。1992 年，停止了废旧物资回收业务。

随着各种专业市场的全面开放，农副产品、畜产品及废旧物资的收购、销售业务很快出现多头经营的局面。使原有的各专业公司基本丧失了自身职能和市场。

1988 年，外贸局成立，原属供销社的农副产品购销及外贸业务，基本全部划归外贸局。

五、专营商品管理

农药、化肥历来是供销社负责销售供应的专营商品，在《国务院关于深化化肥流通体制改革的通知》（国发〔1998〕39 号）下达后，在全县范围内逐步放开经营。文件规定供销社继续发挥职能作用，搞好供应服务，同时也允许农技推广部门向农民供应农药化肥，还允许生产厂家直接向农民供应化肥产品。全县范围内供销社所属农资服务站 34 个，其他部门设立农药、化肥经销点 20 个，个体贩销户 80 个。经营已达到全面放开。

食盐经营与管理是供销社的职责，下设盐政管理所，业务划归副食品盐业公司。食盐调拨、购销属于国家指令性计划管理。1996 年 5 月 20 日，国务院颁布《中华人民共和国食盐专营法》，规定了国家对食盐实行专营管理。1997 年，建立"盐业专营有限公司"，对全县盐业市场实行规范化、法制化经营管理。在食盐调入、供应、使用全省小包装、市场稽查监管等各项工作中，食盐专营始终保持了全廊坊市同行业先进水平，连续 8 年被评为"廊坊市食盐专营先进单位"；2002 年、2003 年连续荣获"河北省食盐专营先进单位"称号。

烟花爆竹，作为一种特殊商品，一直由供销社土产日杂公司经营批发业务（兼零售），基层供销社负责零售业务。但在 20 世纪 70 年代以后，随着各种市场的逐步开放，各地烟花爆竹集贸市场纷纷建立，打破了供销社一家经营的格局。根据国家关于对爆炸危险物品严格管理的法律法规，河北省人大常委会于 1997 年 6 月 24 日修改通过了《河北省烟花爆竹安全管理条例》，对烟花爆竹的生产、运输、销售等做出了具体规定。同年，省供销社、省公安厅联合发出了《关于对烟花爆竹实行统一经营、归口管理的通知》。1998 年 6 月省公安厅、供销社、工商行政管理局、技术监督局联合发出《关于取消烟花爆竹集贸市场 设立固定销售点的通知》。两个《通知》明确规定：坚决取消各种形式的烟花爆竹集贸市场，实行由供销合作社设立固定销售点，统一经营、归口管理。坚决禁止供销社以外的任何单位和个人从事烟花爆竹的采购、运输、批发和零售业务。1998 年 11 月，县人民政府颁布了《关于取缔烟花爆竹集贸市场 设立固定销售点的紧急通告》。县公安局、供销社、工商行政管理局、技术监督局联合发出了《关于加强烟花爆竹安全经营管理实施办法》。是年，全县统一行动，全部取缔了各种形式的烟花爆竹集贸市场及供销社以外的各种形式的经营网点，实行了由供销社选择、由公安部门审核确定固定销售点，由供销社归口管理、统一经营。并成立了"大厂县烟花爆竹安全经营管理办公室"，负责烟花爆竹专营专管各项具体工作的实施。到 2004 年，烟花爆竹专营专管工作成效显著，既保障了群众需求，又实现连续 7 年无任何安全事故，多次受到上级表扬。

六、组织机构

1986 年 8 月 25 日，召开县供销合作社第四届社员代表大会第二次会议，选举产生理事会主任 1 人，副主任 1 人；选举监事会主任 1 人。县社机关设办公室、人事教育科、财务科、业务科、物价科、基层工作指导科、多种经营科、纪检科、储保科，干部职工 38 人。县社直属企业 9 个，包括生产资料公司、土产日杂公司、储运公司、副食品公司（后改为副食品盐业公司）、棉麻公司、废品畜产品回收公司、外贸公司（后改为农产品公司）、蔬菜公司、食品加工厂。基层供销社 6 个，包括城关供销社、夏垫供销社、祁各庄供销社、邵府供销社、陈府供销社、王必屯供销社。县及基层零售店组 45 个、基层社分销站 14 个、代购代销店 44 个（代购代销员 46 名）。全系统在职干部职工 619 名。1990 年 12 月 16 日，县供销社召开第六届社员代表大会，按照"全县一社"模式，选举产生了大厂县供销合作社合作委员会，合作委员由 23 人组成，选举主任 1 人，副主任 4 人。

1986 年年初，县社建立"大厂县基层饮食服务总店"，对供销社基层饮食服务网点实行统一管理。1989 年建立福利肠衣厂。1990 年成立民族实业总公司。是年集资400 万元，建设供销大厦，1991 年 10 月建成投入使用，分为人民商场、供销宾馆两个独立核算单位。1993 年，建立电子材料厂。1994 年，饮食服务总店与北京市双桥乳品厂联合成立三新食品有限公司。2003 年供销大厦改制后建立明珠商厦。到 2004 年年底，实施依法破产的企业有肠衣厂、电子材料厂、回收公司、农产品公司（包括华夏食品厂）、粮油食品公司。

2004 年年底，县社领导班子由 1 名主任，1 名副主任组成。县社机关设 4 个综合性科室分别为办公室（包括信息科）、财务科（包括审计科、统计科）、基层工作科（包括业务科、安全科）、人事教育科。下设企业总数为 15 个，其中县直企业 10 个，即生产公司、土产日杂公司、棉麻公司、储运公司、供销大厦（明珠商厦）、供销宾馆、盐业公司、食品厂、三新公司（饮食服务总店）、民族实业总公司；基层供销社 5 个，即城关供销社、夏垫供销社、祁各庄供销社、邵府供销社、陈府供销社。有员工 106 名。在供销社门店继续从事经营服务活动的员工（指改制后已实行身份置换的人员）184 名。

第三节　个体商业

1986 年全县商业个体户 1600 家，从业人员 2400 人，商品零售额 1106 万元。1992 年以后个体商业进入快速发展时期。经营种类、数量日益增多，有日用百货、服装鞋帽、文化用品、土产日杂、食品、副食品、小家电、农业生产资料、粮油等多个门类。1991 年商品零售额 1263 万元。1998 年达 12 713 万元。2001 年为 21 950 万元。2004 年全县有商业个体户 1400 家（其中餐饮业 230 家），从业人员 2100 人，商品零售额 22 932 万元。

第二章　物　资

第一节　体制改革

1987 年打破"一层楼管理"制度，推行竞争承包。公司实行独立核算、法人承包、定死基数、超额奖励办法。燃料公司、机电化轻公司、金属建材公司、生产资料服务公司全部参加 1987 年第一轮承包和 1989 年第二轮承包。两轮承包促进了物资流通企业的发展，增强了活力，壮大了企业实力，为企业在市场经济中创造佳绩奠定了坚实基础。1990 年以后，物资企业为适应市场需要，在管理上不断创新。燃料公司车队实行了目标管理责任制，型煤生产实行劳效和计件工资制，走在廊坊市同行业改革的前列。在经营上不断更新思路，谋求新办法，树立了大市场、大流通、大买卖的经营理念。在资源上建基地，在销售上建专业市场，在服务上建网点，在提高生存能力上冲破行业界限，多种经营。实现了物资计划从主要采取指令性计划的体制，向扩大指导性计划和市场调节的方向转变；物资价格从很少反映价值和供求关系的变化，向自觉运用价值规律调节供求的关系转变；物资购销从条块分割的封闭体系向发展横向联合的开放体系转变；物资企业从单纯完成分配调拨任务、政企职责不分的体制，向增强自主经营活力、政企职责分开的体系转变。

物资局从 2000 年开始进行企业改制。2001 年物资建材总公司依法破产，迈出企业改制第一步。2003 年按照大政［2003］1 号文件《关于全县企业改制的安排意见》的要求，物资总公司把加快国有企业改制作为中心，以实现全系统国有资产尽快退出，企业转变性质，职工转变身份，改制工作全面展开。改制原则是以稳定为大局，坚持原则，用足政策，重点维护职工利益，实现平稳过渡。

到 2004 年年底，完成承债式改制的公司 2 个，即物资总公司改制为天源泰达商贸有限公司，化工轻工公司改制为大厂县诚益物资销售有限公司；整体拍卖的公司 1 个，京东摩托车销售中心；出售的公司 1 个，物资经营开发总公司；申报破产待批准的 1 个，廊坊市京东物产公司（原物产集团公司）。未完全改制的公司 2 个。

第二节　经营管理

一、物资购进

1986 年物资购进实行计划内指标与计划外自采双轨制并行，除统购物资按分配指标直接购进外，其他物资按市场需求进货，尽力满足城乡人民的需求。所购物资涉及煤炭、钢材、木材、汽车、水泥、玻璃、轮胎、二三类机电产品、化工材料共9大类上千个品种。1986年购进物资540万元，1989年随着经济体制改革的深入，物资指标分配逐渐减少，物资购进市场化。到1990年物资局发挥自身优势，抓"三靠"（一靠地理优势建仓储基地，二靠大部委建资源基地，三靠实力雄厚的大企业抓住一手资源），建立稳固的资源基地。是年物资购进总额3647万元，比1986年增长了6.80倍。1994年全国物资市场出现疲软，物资购销大幅度滑坡。1996年物资购进1376万元，比1990年下降了62%。以后7年物资购进逐年递减，到2004年仅为20万元。

二、物资销售

定点销售，1986年物资销售门市部1个，供应站1个，从业人员40人。1994年有门市部6个，服务点3个，从业人员161人。1996年门市部减少为1个，服务点3个，从业人员120人，到2004年有门市部1个，从业人员10人；1989年以后金属木建材公司、物资经销服务公司、机电设备公司相继在北京、天津、上海、石家庄、沈阳等地建立销售处，增加对外销售额；依托京津联购联销、代储代销，1989年以后，物资局与物资部、经贸部、冶金部、航天部、中汽贸等10个部属直属公司构建紧密型的联合关系，形成了以京津地产车为轴心的汽车基地，以首钢、唐钢、天津一二轧为中心的钢材基地。1993年销售京津产汽车400辆，占年总销量的68%，经销基地钢材1亿吨，占年总销量的70%；建设专业市场，1992年建京东汽车交易中心、1993年建钢材市场、1996年建京东摩托车销售市场和旧机动车辆交易市场。市场总占地3.67万平方米，总投资600万元，年平均利润60万元；多种经营，涉及广告制作、饭店经营、汽车内饰件生产、仓储设施租赁等业务，年平均利润10万元。

物资局在搞活物资流通中，攀高枝、结大户、搞批发、建实体，转换机制，企业竞争能力不断增强，效益稳步增长。1990年6月廊坊市物资系统"高指标、高效益"双高现场会在县物资局召开。1991年销售额7386万元，人均劳效1.70万元，实现利润131.90万元，商品流通费用为1.60%，比计划下降了3.20%，资金周转8天，比计划快27天，人均效益指标居全省第一。1992年经济效益大幅度增长。年内完成销售额1.82亿元，实现利税214.30万元，是县内首家销售额突破亿元的流通企业。时任局长的金志刚同志在1992年河北省物资工作会议上做了《船小敢下海，力薄靠联合》的典型发言。1993年经济效益实现新飞跃。销售额突破3亿元，实现利税300万元，销售位居全省物资行业县级十强。自1995年以后，受国家宏观经济政策调控的影响，市场供需矛盾发生转变，由卖方转向买方，致使物资行业经营出现疲软，主要职能弱化，历史遗留问题突出，银行贷款债务沉重。1996年经济效益迅速下滑，销售1390万元，利税13万元。到1998年物资经营进一步滑落，年销售额不足200万元。2004年70%企业关、停、并、转，剩余企业停业待改制。

三、企业内部管理

向管理要效益是搞好物资经营的基础。从狠抓行政、财务、储运管理入手，提高水平，企业逐步走上科学化、现代化、正规化的轨道。行政管理，依法治企，注重制度建设。1991 年完善了《物资局各项管理制度》，包括岗位责任制、业务、财务、储运、审计、物价和精神文明建设等 49 项制度，共 9 章 110 条 2.80 万字，并制成汇编，干部职工人手一册。财务管理，突出资金管理，提高资金利用率；严格财务纪律，防止经济失误，杜绝违纪违法事件；认真编制报表，做好财务分析，当好领导参谋。储运管理，作为物资流通的重要环节，一直在加大硬件投入，改善仓储环境，提高机械作业率，实现安全生产。

第三节 主要公司

一、燃料公司

前身隶属于商业局，1984 年 1 月划归物资局，单独核算。公司地址在县城东小厂村西，占地 1.73 万平方米。有干部职工 40 人。承担全县工业生产和群众生活用煤的供应。

1. 煤炭购进

煤炭是国家统购物资，计划内煤炭一律由国家统一调拨。1976 年以前，调运到通县火车站，然后再运到县燃料公司。计划外煤炭大部分去矿区拉运。1986 年至1989 年间煤炭采购实行计划内分配和计划外自购双轨制运行。期间，计划内指标逐年递减。1986 年全年完成计划内任务 27 346 吨，计划外自购 1.10 万吨，超额完成任务。计划内指标有上级计委下达任务，由上级煤炭部门统一调拨；计划外自购主要由公司业务到煤炭主产区采购或参加煤炭订货会签订合同进货。品种涉及烟煤和无烟煤（白煤）。烟煤货源地有山西大同、内蒙古、河北蔚县等，无烟煤货源地有山西阳泉、北京京西等。煤炭运输采用铁路和公路两种方式。1990 年逐步过渡到完全市场采购。到 1994 年公司始终保持煤炭购销全市同行业前三位。

2. 煤炭销售

1955 年以前，煤炭自由议价销售。县域内有 2 家个体经销点。年销量很低。1955 年后，取消个体经营，由煤建公司独家经销。生产用煤按计划供应，生活用煤凭煤证购买。为解决县内北半部煤炭供应，缓解县城煤炭供应紧张状况，1990 年 10月投资 60 万元，在夏垫建成煤炭供应站。为保护环境，减低粉尘污染，提高机械化作业能力，1992 年 10 月在刘各庄村南征地 1.67 万平方米，投资 150 万元建成现代化的粉煤生产线。在改进仓储设施上，先后购买 30 吨装载机 2 台，50 吨和 100 吨地磅各 1 部，东风挂斗车 4 辆，平整货场 2 万平方米，公司储煤场 1991 年被评为河北省物资局文明货场。公司在生产用煤供应上采取直供到户。在群众生活用煤供应上采取保证型煤库存，直接销售和送货上门服务。在城镇居民煤炭供应上认真落实国家补助政策。1988年煤炭销售居民部分由暗补改为明补，自1988年1月1日起执行。到1996年煤炭销售实行市场价格，随行就市，取消了各种补贴。1996年国家宏观经济政策调整，煤炭市场放开，个体经营竞争激烈，国营煤炭销售步入低谷，销售量锐减；个体经营户占领了煤炭销售市场。

3. 燃料公司内部机制改革

从1984年开始探索。到1988年逐步完善。一是对公司运输车队进行改革，在原基础上实行三年承包目标管理责任制。具体管理办法是"单机核算，包死基数，确保上交，完不成任务受罚，超额分成，半年返还"。二是煤炭粉料加工班组按耗承包。三是蜂煤生产，实行劳效工资和计件工资，取消原工资级别。三项措施实行后，汽车队在1989年盈利4.80万元，位居廊坊市同行之首，并作为改革典型在全市物资行业推广。2003年12月，公司按照县政府国有企业改制精神，筹集资金30万元，对24名职工置换身份。2004年年底停产。

二、金属木建材公司

公司成立于1985年，非独立核算单位。主营"三大材"（木材、钢材、建材）。1987年9月开始第一轮承包，共有干部职工17人，年内购进木材513立方米，销售619立方米；购进钢材、水泥2300吨，销售2000吨；购进玻璃2690平方米，销售2970平方米，实现利润10万元。1988年是承包经营的第一年，实现利润17万元。随后几年在计划经济向市场经济转轨过程中，公司审时度势，研究市场变化，迅速改变经营策略，开展内引外联、纵向协作经营，从传统的"三大材"转向汽车、钢材和废旧物资的购销。1990年与国家物资部再生利用总公司和劳动服务公司合资兴建物资再生利用联营厂，取得物资部废旧物资收购许可证。1991年与中国建设总公司石家庄公司联营成立石家庄公司大厂经销处。主营汽车，小轿车营销辐射到全国26个省市自治区。销售各种不同类型的车辆300台。1992年共盈利78万元。1993年，有干部职工40人，经营网点5个，分布在大厂和夏垫，占地5.33万平方米，固定资产100万元，自由流动资金120万元，实现纯利50万元。1994年开始，受整个物资流通大环境影响，经营滑坡。到1996年出现亏损、高额负债，同年3月，县政府决定把再生公司从物资局划出，由政府直接管理。1996年到2002年，公司除2001年做了一年农用车销售外再没有其他业务。公司收入主要是处理积压物资，清收各类欠款。2004年公司因严重资不抵债，依法申报破产。经大厂法院破产清算，将职工及退休人员全部安置，于7月破产终结，企业注销。

第四节 机 构

1986年，物资局下属4个公司，即燃料公司、机电化轻公司、金属木建材公司、生产资料服务公司，除燃料公司外，其余3个公司不单独核算。1987年在生产资料服务公司的基础上成立物资服务公司，生产资料服务公司同时撤销。1988年3月物资服务公司划归县经济协作办公室管理。同年6月在夏垫镇成立物资经销服务公司。1990年物资服务公司更名为物资总公司，于同年5月划回物资局管理。到1990年，全局下属5个公司，即燃料公司、机电化轻公司、金属木建材公司、物资经销服务公司、物资总公司，全部实行单独核算。有干部职工134人，机关设置办公室、财务计划科、物价审计科、业务科、储运科和安全委员会。1992年物资局组建大厂县物资（集团）公司，从业人员156人。到1993年物资局有公司9个，即燃料公司、金属木建材公司及联营公司、物资再生公司、物资实业总公司、物资总公司、物资经销服务公司、机电化轻总公司、物资开发总公司、汽车销售公司。企业实行单独核算。有干部职工161人。1996年3月，县委、县政府研究决定将物资再生公司和机电化轻总公司与物资局分离，升格为正科级单位，由县政府直管。以后再生公司更名为廊坊天成集团，机电化轻总公司组建为廊坊市京东物产集团公司。同年6月夏垫镇所属企业物资建材总公司划归物资局。同年12月物资经销服务公司通过清算重组京东摩托车销售中心。2000年7月，县委、县政府研究决定将廊坊市京东物产集团公司重新划归物资局，同时更名为廊坊市京东物产公司（降格为股级）。2002年4月在全县机构改革中，物资局改名为物资总公司，其职能、人员、经费来源、办公地点及性质不变。

第三章　粮　食

第一节　体制改革

　　1985年除个别品种以外，国家不再向农民下达农产品统购、统派任务，按照不同情况分别实行市场定购和市场收购，粮食统购改为合同定购。将粮食工业的财务体制下放到地、县管理，纳入当地财政预算，粮油工业下放后，仍隶属于县粮食系统管理。

　　1994年5月，在粮食部门统一管理下，粮食经营实行政策性业务和商业性经营两条线运行机制，业务、机构、人员彻底分开，加强粮食市场管理，掌握批发，放活零售。6月，粮食零售价格全面放开。到年底，县域内共有个体粮油门市25家，其中大厂8家、夏垫12家、其他乡镇5家，完全打破由粮食部门独家经营的局面。从1995年下半年开始停止对基层企业"供奶"，着手完善企业的各项规章制度，以制度管理企业，约束生产、经营活动，并下发了《大厂回族自治县粮食局关于在经营中的几项规定》，规范了基层企业经营活动。

　　1998年，实行"四分开、一完善"（即实行政企分开，中央与地方责任分开，储备与经营分开，新老财务账目分开，完善粮食价格机制）。县粮食局本着积极稳妥的原则，全面贯彻粮改政策，认真执行《粮油购销条例》，全面推进企业自身改革，划定收储企业与附营企业；涉及的资产、财产、债权、债务等经农发行、粮食局和原单位进行了彻底清理，本着精干、高效的原则，公开、公正，择优安排101人竞争上岗；尽可能进行内部消化，减少推向社会人员的数量。廊坊市粮食局根据实际情况，核定大厂县粮食局直属库、夏垫粮站、祁各庄粮站为收储企业，保留职工101人。2004年，粮食管理办公室制定了《关于推进粮食购销市场化改革的总体方案》，一是职工安置，二是国有资产处置，三是严格改制程序，四是落实有关政策。9月16日，将祁各庄粮站委托廊坊大正拍卖行进行公开拍卖，以390万元价格拍卖给三河恒通粮贸公司。12月24日，制油厂拍卖，成交额360万元。

第二节　粮油收购

1986年，根据国务院决定，取消粮油统购，实行合同订购，粮食品种限4个，即稻谷、小麦、玉米和大豆；油脂定购品种限3个，即芝麻、花生、棉籽，其余退出订购，自由销售。当年与全县农村签订合同107份，落实订购任务6600吨。对合同订购粮食继续实行奖售化肥政策，每50公斤小麦奖售化肥5公斤，玉米每50公斤奖售化肥2.50公斤。除收购县内农民余粮外，从外省购进玉米5175吨，大米536吨，食油1307吨。1987年，对合同订购的粮食不分粗细粮每公斤供应平价化肥6公斤，柴油3公斤，预购粮食按价款20%发放定金。

1990年，由粮食、供销、物价三部门共同研究，为便于向农民兑现，将挂钩化肥按市价折成平议差价，收购时随着购粮款将化肥平议差价一并发放到农户，当年确定磷酸二铵每吨平议差价964元，尿素每吨平议差价441元。自1991年，国家加强对粮食的宏观调控，在完成粮食订购任务之后，按照指定价格，通过市场收购的办法，转作专项储备粮。1992年，取消油脂订购，奖售化肥标准降低。1993年，粮食价格放开，但粮食定购继续保持，当年完成订购6300吨（其中夏粮3750吨、秋粮2550吨）。国务院和省政府统一规定，将奖售的化肥、柴油折成平议差价实行价外价。大豆每100公斤价外加价5.50元，小麦、玉米价外加价4.20元。2月，为了保护农民种粮的积极性，促进粮食稳定增长，国务院决定建立粮食收购保护价格制度。保护价范围，限于原国家订购和专项储备的粮食；主要品种收购保护价，按不低于国家合同订购价格制定。

1998年，河北省人民政府通知玉米、稻谷等粮食品种退出保护价收购范围。国务院于6月1日颁布《粮食收购条例》。全县粮食系统在粮食收购中，坚决落实按保护价敞开收购农民余粮，坚持户交户结，除农业税以外不代扣代收"乡统筹村提留"以及其他任何税费。2001年按照县委、县政府制定的《关于全县农税实行夏季一次性征收的实施方案》，全县农业税706万元，农业税及附加（折核小麦7064吨）的征收任务，由粮食购销企业以实物抵顶的方式向农民一次性代征。

第三节　粮食销售

一、口粮供应

新中国成立后，国营粮食部门承担市镇居民的口粮供应。从 1962 年换发粮证时开始执行天津专署发出（61）粮字第七号文件，对非农业人口的工种划分和粮食定量标准做出规定，此标准一直延续到城镇居民口粮供应取消。

分工种粮食定量标

表 11 – 3 – 1　　　　　　　　　　　　　　　　　　　　　　　　　　单位：公斤

定量　　　级别　　等别	一级	二级	三级
特重体力	26.50	24.50	22.50
重体力	20.50	18.50	17
轻体力	15.50	13.50 ~ 14.50	
干部及其他脑力劳动者	13.50 至 14		
大中学生	15	14.50	

儿童粮食供应标准

表 11 – 3 – 2　　　　　　　　　　　　　　　　　　　　　　　　　　单位：公斤

居	民		
年　龄	定量标准	年　龄	定量标准
不足 1 周岁	3	6 周岁 ~ 7 周岁	9
1 周岁 ~ 2 周岁	4	7 周岁 ~ 8 周岁	10
2 周岁 ~ 3 周岁	5	8 周岁 ~ 9 周岁	11
3 周岁 ~ 4 周岁	6	9 周岁 ~ 10 周岁	12
4 周岁 ~ 5 周岁	7	10 周岁以上	13
5 周岁 ~ 6 周岁	8		

二、议价销售

议购议销，始于 20 世纪 60 年代，主要是在集市收购和对完成征购任务后剩余粮食协商收购，用于支援灾区。1978 年以后，议购量增加，放宽了议销范围。1986 年以后，开展内购内销、内购外销、外购内销、外购外销的经营活动。议购议销数量增加，占粮食经营比重逐渐增大，不再局限于本地区，已拓宽到其他地区和出口业务。

1986年在保障县内粮食供应的基础上，初步打通了县内外、区内外、省内外的粮油销售渠道，议价销售粮油17 924吨。1988年10月居民抢购面粉，粮食部门利用各种媒体向群众做宣传解释工作，并在当月限购当月粮。全年议价销售粮油35 000吨。1989年4月1日起，城镇居民口粮供应的粮油改为限供当月粮油，不买者转为储备粮，不作废。县内议价销售和县外议价销售粮食219 140吨。1991年5月，提高粮食统销价格，食油实现了购销同价，调价期间，全县粮食市场平稳、群众情绪稳定、社会秩序安定。1992年4月起，取消油脂计划供应，实行市场调节，放开销售价格。提高粮食统购价格，实行购销同价。从6月1日起，使用全国统一印制、统一编号，并附有防伪暗记的新的市、镇居民粮食供应转移证，由县粮食局办理手续。全年完成议价销售任务4650吨。

1993年5月1日，放开粮食统销，同时停止使用兑粮证、储粮证，从而结束了实行长达36年的国家统销价格。全年县粮食系统完成国内调拨和出口粮油2450吨，其中国内调拨小麦1500吨、面粉600吨，出口玉米350吨。1994年，粮价开放后，市场价格波动较大，按统一部署，县粮食系统执行省政府最高限价，挂牌销售，抛售大米、面粉和食用油，稳定了县内粮油市场。为此，全粮食系统减少收入16.40万元。1996年县政府为平抑粮价，在两节期间，恢复使用粮本，在供应期间，粮食部门做了充分的工作准备，保证了粮油不脱销、不断档，按时保质供应。1997年粮食系统建成6家连锁店，粮油销售额为14万元。1998年起严格执行顺价销售政策。2001年销售任务主要是压库促销工作。2月份销三河国家储备库玉米11 000吨，销售额达1221万元。同时大力开拓域外市场，全年实现域外销售8034吨，销售额达787.30万元。2003年4月，"非典"疫情波及县域，针对抢购风，县政府和粮食部门向群众广泛宣传粮食供给能力。采取应对措施，调购大米1000吨、面粉1000吨、食用油100吨，平价供应市场。谭台村发生疫情后，运送1050公斤面粉、550公斤大米、205公斤食油，保证了村内40户居民和负责隔离布控人员的生活供应。全年销售政策性高价位小麦和陈化小麦1478吨，销售陈化玉米37 986吨。

三、军粮供应

按照中央确定的"先前方，后后方，先军队，后地方"的军粮供应方针，县粮食部门根据1983年1月国家商业部、国家公安部《人民武警警察部队粮食供应与管理暂行办法》的规定对武警人员执行人民解放军的供应办法，一律使用价购票。1993年5月1日，粮食统销价格放开以后，军粮供应仍维持原来规定不变。

四、票证管理

粮食统购统销期间，实行票证管理办法。

1. 供应凭证

1955 年根据中华人民共和国粮食部门的命令，市镇粮食供应实行的供应凭证有 5 种：市镇居民粮食供应证，是购粮时使用的凭证，只限指定粮店使用；机关团体粮食供应证，是各机关团体、厂矿等集体伙食单位购粮或支取粮票使用的凭证；工商行业用粮供应证，是以粮食作原料或辅助材料的工业、手工业、酿造业、熟食业、复制业、糕点业、副食业等购粮时使用的凭证；市镇饲料供应证，是市镇役畜和饲养其他动物的单位，在购买饲料时使用的凭证，在指定粮店使用；市镇居民粮食供应转移证，1989 年以后，伪造、盗窃、贩卖、涂改市镇居民粮食供应转移证的事件时有发生，国家商业部规定从 1992 年 6 月 1 日起使用全国统一印刷、统一编号，并附有防伪暗记的新的"转移证"，大厂县城镇居民由县粮食部门办理手续。以上供应凭证，在 1993 年 5 月 1 日放开粮食统销后停止使用。

2. 粮票、料票

县内流通有 3 种，一是由国家粮食部门统一印刷发行的全国通用粮票。二是由河北省粮食厅（局）印制的河北地方粮票。三是由河北省粮食厅（局）印制的河北料票。均在 1993 年 5 月 1 日粮食统销放开以后停止使用。

第四节　机　构

1986 年粮食局下设办公室、业务股、财务股、仓储科技股、议价股、工业股。1988 年增设审计股、人教股和运输股，撤销工业股。下属单位有直属库、祁各庄粮站、夏垫粮站、制油厂、面粉厂、酿造厂、饲料公司。1989 年 4 月地改市后称廊坊市大厂县粮食局。2002 年机构改革，根据《大厂回族自治县机构改革方案》撤销粮食局，改为大厂县粮食管理办公室。下设办公室、业务股、财审股、仓储科技股、工业股，下属单位有直属库、祁各庄粮站、夏垫粮站、制油厂、面粉厂。至 2004 年下属股室未变，下属单位有直属库、夏垫粮站。

第四章　石油　烟草　医药　外贸

第一节　石　油

一、石油购销

1986 年石油公司共销售石油 3974 吨，其中销售汽油 1871 吨、柴油 1828 吨、煤油 37 吨、润滑油 238 吨。公司采取批发销售，县内各企业、运输车队购油时，先从石油公司开购买票据，然后到夏垫油库提取。1989 年第一个加油站建成，石油公司有了零售业务，结束了只有批发的销售方式。随着零售业务的扩大，石油销量逐年递增。1996 年销售汽油 2560 吨、柴油 3100 吨、煤油 200 吨、润滑油 140 吨。2004 年销售石油 1.30 万吨，其中汽油 5340 吨、柴油 7500 吨、煤油 125 吨、润滑油 35 吨。

二、机　构

河北省石油公司大厂县公司，1986 年内设机构有办公室、财会股、业务股、人秘股、汽车队，下属单位有夏垫油库。共有干部职工 39 人。到 1993 年内设机构无变化，下属单位新增了大厂、夏垫、谭台 3 个加油站，有干部职工 43 人。2000 年成立中国石油化工股份有限公司河北大厂石油分公司。2004 年公司下设办公室、财务股、业务股，下属 14 个加油站，有干部职工 106 人。

加油站分布表

表 11 - 4 - 1

名　称	位　置	建成时间
中石化大厂分公司第一加油站	县城北环路芦庄路口	1989 年
中石化大厂分公司第二加油站	102 国道夏垫段	1992 年
中石化大厂分公司第三加油站	县城西环路	1998 年
中石化大厂分公司第四加油站	侯谭线窝坨村西	1993 年
中石化大厂分公司第五加油站	侯谭线刘各庄村头路南	1999 年
中石化大厂分公司第六加油站	102 国道大定福	1999 年
中石化大厂分公司第七加油站	大香线毛场村	1999 年
中石化大厂分公司第八加油站	邵双路邵府村北	1999 年
中石化大厂分公司第九加油站	大香线后店村	2000 年
中石化大厂分公司第十加油站	102 国道夏垫段	1992 年
中石化大厂分公司第十一加油站	102 国道夏垫段	1992 年
中石化大厂分公司第十二加油站	县城西环路西马各庄路口	2003 年
中石化大厂分公司第十三加油站	侯谭线小厂村北	2003 年
中石化大厂分公司第十四加油站	县城西环路华安公司对过	2004 年

第二节　烟　草

一、烟草销售

1977 年以前，农村卷烟供应以中、低档居多，"恒大"、"前门"等名牌烟货源不足，高档极少。年供应量在 266 箱至 1605 箱之间。1978 年后，中档卷烟销量较大。"石林"、"阿诗玛"、"大重九"等高档烟进货不畅。1985 年销售 3597 箱。

20 世纪 80 年代县内销售的高档卷烟主要品牌有"中华"、"恒大"、"大前门"、"石林"、"大重九"、"云烟"、"红梅"、"翡翠"。年销量 720 件，年销售金额 36 万元。中档卷烟主要品牌有"红梅"（无嘴）、"翡翠"（无嘴）、"春成"、"五朵金花"、"恒大"、"友谊"、"香山"、"八达岭"、"天坛"。年销量 2400 件，年销售金额 53 万元。低档卷烟主要品牌有"红缨"、"春耕"、"福"、"大港"、"菊花"、"金鱼"。年销 3000 件，年销售金额 33 万元。

90 年代县内销售的高档卷烟主要品牌有"中华"、"红塔山"、"云烟"、"5 5 5"、"万宝路"、"骆驼"。年销量 1800 件，年销售金额 810 万元。中档卷烟主要品牌有"石林"、"红梅"、"红山茶"、"金桥"、"中南海"（蓝）、"牡丹"、"希尔顿"。年销量 5400 件，年销售金额 864 万元。低档卷烟主要品牌有"吉庆"、"龙泉"、"金键"、"长乐"、"中南海"（白）、"五朵金花"、"北戴河"、"都宝"、"胜宝"、"天虹"、"红三角"。年销量 10 800 件，年销售金额 860 万元。

2000 年以后，县内销售的高档卷烟主要品牌有"中华"、"云烟"（珍品）、"小熊猫"、"玉溪"、"新石家庄"（特珍）、"钻石"（120 长嘴）、"5 5 5"、"万宝路"。年销量 2500 件，年销售金额 2250 万元。中档卷烟品牌有"红塔山"、"云烟"（红）、"红河"、"石林"、"钻石"（蓝）、"钻石"（紫）、"恭贺新禧"、"阿诗玛"、"红梅"、"红山茶"、"白沙"、"一品黄山"、"中南海"（10mg）、"骆驼"。年销量 1.30 万件，年销售金额 3250 万元。低档烟主要品牌有"春城"、"吉庆"、"灵芝"、"新石家庄"、"北戴河"、"牡丹"、"哈德门"、"都宝"、"前门"、"乘风"、"中南海"（软）、"双叶"。年销量 8000 件，年销售金额 720 万元。2004 年全县有销售卷烟的商店 356 个。

二、专卖管理

烟草专卖局成立后，对烟草专卖进行全面的行政管理。1992 年 1 月，《中华人民共和国烟草专卖法》施行，把卷烟、雪茄烟、烟丝、复烤烟叶、烟叶等规定为烟草专卖品，国家对烟草专卖品的生产、销售依法实行专卖管理，并实行烟草专卖许可证制度。县烟草专卖局对辖区零售户进行审批发证和年检。至 2004 年共发证 356 个。为防止假烟流入市场，要求卷烟出售前要粘贴防伪标志。2004 年共粘贴 117 万枚。

2000 年至 2004 年共查出假烟、违规经营卷烟案件 20 起，涉案数量 110 余件，金额 9 万余元。违规经营卷烟全部依法做出处罚，假烟全部没收并公开销毁。

三、机　构

烟草专卖局（公司）成立于 1990 年 6 月，前身为原商业局所属的糖业烟酒公司。烟草专卖局成立后，该公司随之从商业局划出，改称大厂县烟草公司，与烟草专卖局一套人马，两块牌子，有职工 130 人。1991 年 6 月，县政府和廊坊市烟草专卖局（公司）协商签字，大厂县烟草专卖局（公司）上划。2004 年 3 月 1 日将河北省烟草公司大厂县公司更名为河北省烟草公司廊坊分公司大厂卷烟营销部。继续保留烟草专卖局，其职能不变并与卷烟营销部合并办公。

第三节　医　药

一、管理机构

医药管理局，是隶属于县政府的医药行业管理部门，下设医药药材公司。2001 年 4 月，医药管理局撤销，建立药品监督管理局。2003 年上划为省属垂直管理，编制 13 人，内设办公室、监督股、稽查股。至 2004 年未变。

二、药品监管

1986 年依照《药品管理法》，严格监督检查药品生产、收购、销售等各个环节，统一国家规定的质量标准和药品价格，严禁出售伪劣变质药品，实行定点设卡和专人、专柜、专销、专账、专处方的"五专"管理方法。药品管理工作成绩显著，1988 年受到国家卫生部的通令嘉奖。此后，注重发挥卫生行政机关、药品使用单位、药品经营单位和基层药品检查员这 4 条线的监督网络作用。卫生局建立了由局长任组长的药品监督管理委员会，加强季度抽查、半年联查和年终总评工作；各药品使用单位建立药品监督管理组织，每月组织一次药品质量检查；村级卫生组织按行政村划片，每片由卫生院指定的乡医为药品检查员，经常对村级诊室药品质量进行监督检查；药品经营单位严把药品经销中的各个关口。杜绝了假药、劣药的流通渠道。从1990 年以后，推行了"五统一"、"五上墙"、"三把关"制度，即药房、药库制度统一、药剂人员岗位责任制统一、麻醉药品处方统一、进货登记表统一、药品瓶签统一；药房、药库制度上墙，药品效期一览表上墙，药剂人员岗位责任制上墙，药品监督检查制度上墙，药品监督管理领导小组名单上墙；把好进货关、储存关、销售关。2001 年 4 月起，药监局按照药品法律法规的要求，下大力量抓基础、抓作风，整顿和规范全县药品市场经济秩序，认真实施药品放心工程，全面履行药品监督管理职能，对全县 20 家药品经营企业、120 余个医疗机构的涉药行为进行了认真规范，使全县的药品市场得到了全面净化，群众的用药安全得到了有效保障。2004 年 10 月下旬，县医药药材公司在药监局的大力帮促下顺利通过省级 GSP 认证。

三、医药药材企业

1. 药材公司

建于 1956 年，县属国有企业。占地面积 3333 平方米，建筑面积 2600 平方米。建有三层楼房、二层楼房各 1 栋，另有平房 22 间，分别为办公区、仓储区和辅助功能区。其中仓库分为西药阴凉库 154 平方米、中成药阴凉库 176 平方米、中药饮片阴凉库 132 平方米、易串味库 24 平方米、危险品库 24 平方米，共计 510 平方米，另外有冷库 13 立方米；其他办公及辅助用房建筑面积为 600 平方米。公司经营西药 430 种、中成药 350 种、中药饮片 270 种共计 1050 个品种。药材公司所属分支零售药房 4 个，分别为大厂药房、福康药房、强生药房和康复药房。2000 年前，药材公司通过加强自身管理、积极开拓市场、完善售后服务等措施，逐步发展壮大起来，从 1 个三级批发站发展成为固定资产上千万元的国有企业，在全省同行业中名列前茅，为全县经济发展作出了重要贡献。2000 年后，随着市场竞争的激烈，企业经营难度越来越大。2003 年投入 110 万元对软硬件进行改建。2004 年，公司有职工 38 人，其中主任药师、药师、药士等技术人员占全体职工人数的 34%。年销售额为 200 万元，完成利税 30 万元。

2. 个体药店

2002 年 11 月批准开办个体药店 4 家，分别为永康药店、荣康药店、耀华药店、夏垫供销社药店；2003 年 8 月批准开办 6 家，分别是益康药店、汇福大药店、迎春大药店、永安大药店、利康大药店、耀华北辰药店；2004 年 6 月批准开办 7 家，分别是荣昌药店、百姓药店、利康药店、同益堂药店、安康药店、益民药店、同益堂邵府分店。平均每户经营企业纳税 2500 元左右。个体药店参与市场竞争对药品价格降低起到了推动作用，据统计，零售企业的药品价格较 2002 年前降低了 20 个百分点，且零售药店的经营品种丰富，平均在 1000 余个品种以上，在乡镇村街广泛分布，直接方便了群众购药、用药。2004 年，全县共有药品零售企业 21 家，分布在全县 5 个乡镇，达到了 100% 乡镇开办药品零售企业的"两网"（药品经营网络、药品监督网络）建设目标。

第四节　外　贸

一、出口商品

1. 工艺品

20 世纪 60 年代，县内即有工艺品生产，产品有景泰蓝、牙雕、蒙镶等。70 年代开始销往国外。县特种工艺厂生产的蒙古刀、炉、瓶、薰盒、酒具、刀、剑等蒙镶制品远销美国、日本、英国、德国、科威特等国。民族工艺实业有限公司是继县特艺厂后又一较大的工艺品生产企业，所产银蓝花丝摆件、圣诞挂件销往西欧、北美、东南亚等地区，年均创汇 80 万美元。

2. 机　械

1998 年，燕北畜牧机械集团有限公司开始出口该厂生产的畜牧养殖机械，到2004 年出口范围扩大到东亚、东南亚、中东、非洲等地区。共出口 3.50 万台件，销售收入 3.90 亿元。

3. 食　品

1987 年，华安肉类有限公司投产后即开始出口牛羊肉，共向朝鲜、韩国、约旦、科威特、阿联酋等国家及香港地区出口牛羊肉 800 吨。县冷冻厂 1991 年向俄罗斯出口牛肉 465 吨，1993 年向日本出口盐渍菜 240 吨。

4. 服　装

县内出口服装主要为县服装厂产品，始于 1982 年，出口 13.90 万件，到 1985 年增加到 35 万件。1986 年 9 月服装厂被评定为河北外贸定点生产厂。出口产品主要接收外贸公司的贴牌产品订单，客商提供产品样品，工厂按客户技术质量标准生产加工，种类有夹克衫、男女裤、童装、套装、风衣、棉服，年均生产量 20 万件至 35 万件，主要出口美国、英国、日本、韩国、澳大利亚、西班牙、芬兰等国家和中国香港地区。2002 年以后主要销往俄罗斯，年产量下降至 10 万件至 15 万件。

二、机　构

1988 年 6 月成立对外贸易局，内设财办室。下属单位有粮油食品出口公司、工业工艺品出口公司、福利骨粒厂、外贸民族工艺厂。1996 年机构改革中，对外贸易局转为经济实体。

第五章　专业市场

1. 大厂国际渔具城

位于夏垫镇 102 国道路南。1998 年 11 月一期工程动工兴建，1999 年 4 月 26 日竣工投入使用。占地 22 000 平方米，建筑面积 15 000 平方米，共建商贸用房 80 套和2100 平方米的展厅 1 座。2002 年 7 月完成二期工程，扩大建筑面积 10 000 平方米。2003 年 1 月二期续建综合楼工程竣工，建筑面积 9895 平方米。2006 年秋三期工程开工，建 7243 平方米商贸用房和仓储用房，300 个车位的停车场 1 座。2007 年 6 月底竣工。渔具城总占地面积 60 000 平方米，建筑面积 54 800 平方米，共有商贸用房 264套，展销用房 180 套，仓储用房 6500 平方米，总投资 7000 万元。经营日本、韩国、美国、法国、挪威、瑞士、台湾、香港等国家和地区渔具 1 万多种，经营中国国内 95% 以上的渔具。与 56 个国家和地区有贸易往来。来自全国 20 多个省市和日本、韩国的渔具制造商、经销商共 190 家成为渔具城的常住单位。国际渔具城是目前世界最大的渔具专业市场。全城从业人员 700 多人，渔具城每年组织召开全国渔具展销会 4 次～6 次，至 2006 年已举办大型展销会 45 次，参展厂商已达 65 万人次。8 年累计上缴税费 640 万元。

2. 金佰荷家具城

建于 2001 年，占地 1 万平方米，容纳商户 60 户，2001 年销售额达 1400 万元，上缴税费 10 万元。2004 年销售额 2600 万元，上交税费 14 万元。

大厂牛羊货夜市（详见第九编　畜牧及相关产业）
中国·大厂清真食品交易商城（详见第九编　畜牧及相关产业）

第六章　餐饮业

1986 年，供销社系统有基层饭店 9 家，其中包括城关供销社集兴回民饭店，祁各庄供销社回民饭店、汉民饭店，谭台汉民饭店，邵府供销社回民饭店，夏垫供销社街里回民饭店、汉民饭店，夏垫供销社北道（二里半村）回民饭店、汉民饭店。1986 年年初，县社建立"大厂县基层饮食服务总店"，对全系统餐饮服务业实行统一管理。1986 年全系统饮食服务业营业收入 78.97 万元（其中服务业 2.44 万元），实现净利润 5.07 万元（其中服务业 9400 元）。同年，"基层饮食服务总店"被省社命名为"宴春楼式饭店"（宴春楼是全省餐饮服务业的标杆式红旗单位）。1988 年，县社在县城西大街北侧，储运公司前面临街建立"供销饭庄"。是年，全系统饮食服务业营业额为 89.89 万元，实现净利润 6 万元，纳税 3.74 万元。1991 年 10 月，县供销宾馆建成投入使用，成为县城第一家集餐饮、住宿于一体的餐饮服务企业。营业面积 2467 平方米，内设高级套间和雅座。旅馆可同时接纳 90 人，餐厅 40 余餐桌，可同时招待 400 人用餐。饭菜质量上乘，民族风味独特。1992 年后，曾接待过印尼驻中国大使馆全体人员和 18 个阿拉伯国家驻华大使等国外客人。1992 年 7 月，位于县城西大街的供销饭庄停业关闭。1992 年，全系统饮食服务业营业收入为 138 万元，实现净利润 14 万元，其中，供销宾馆营业额为 60 万元，净利润 7.80 万元。1992 年至 1997 年，供销宾馆一直在县城餐饮服务企业中独占鳌头，成为婚庆喜宴的首选饭店。连续保持市、县两级授予的"双信"单位称号。1992 年、1993 两年里，供销社基层饭店先后停业关闭。1994 年，饮食服务总店利用设施、场地引进北京双桥乳品厂的资金、设备、技术联合成立"三新食品有限公司"。成为供销社第一个引进县外资金的企业。初期以冷饮制品、餐饮服务、旅店为主业，兼营纸箱加工生产。2000 年以后，以生产北京"三元"集团饮品包装箱为主业。1997 年 8 月，企业改制，供销宾馆由职工竞标承包经营。2000 年年底，供销宾馆停业。至此，供销社退出县内餐饮服务业。

个体私营餐馆（小吃店）1986 年以后在 200 家至 300 家之间，2004 年有 230 家，较著名的有康乐、顺兴、正兴和、新六合顺、鑫洋、职中饭店、津大（夏垫）、同益轩（夏垫）等。年零售额 5223 万元。

第七章　社会服务

县内服务业包括旅馆、理发、照相、浴池、钟表修理、刻字等。1986 年以后，服务业有较大发展，虽然店家增加不多，但是硬件条件有很大改善，设施现代，装修豪华，较著名的服务单位有伊都宾馆、供销宾馆、京东第一温泉度假村；南方、好再来、吉利、魔剪美容美发店；金夫人、新新娘、天益、红地毯影楼；福华洗浴中心、大东浴池等。

1. 伊都宾馆

县伊都宾馆的前身是政府招待所，位于大安街东 13 号，占地 3338 平方米，为自收自支事业单位。2001 年 11 月 20 日由财政局接管。2002 年 7 月 11 日易名为伊都宾馆。

经多方筹集资金，对伊都宾馆大门、客房楼、餐厅等进行了装修改造，实现硬化、绿化、亮化。同时注意提高企业形象，加强服务保障。作为县委、县政府的重要接待"窗口"单位，强化服务意识，圆满完成了县委、县政府交给的各项重要接待任务。2003 年"非典"期间，同时接纳两批一线医护人员到宾馆休养，提供周到细致的服务，为抗击"非典"工作作出贡献。

2. 河北大厂金建实业有限责任公司

金建实业有限责任公司成立于 1998 年，是中国信达资产管理公司下属的国有企业，位于 102 国道夏垫段北侧，占地 8 公顷，该公司的"京东第一温泉度假村"是以温泉为特色的综合性服务场所，可容纳 600 人住宿、就餐、会议、娱乐，年接待宾客14 万人次。2005 年销售额为 1127.83 万元，纳税 84.89 万元，有工作人员 140 人。

第十二编　金融　保险

　　1951 年，中国人民银行三河县支行在夏垫、大厂建立两个营业所。开展存贷款、结算等业务。1952 年 6 月，撤销大厂营业所。1955 年始建中国人民银行大厂回族自治县支行（简称人行）。到 1985 年，县内有人行、中国工商银行大厂回族自治县支行（简称工商行，与人行合属办公）、中国农业银行大厂回族自治县支行（简称农行）、中国建设银行大厂回族自治县支行（简称建行）、信用社（先归人行领导，后属农行）等机构。1985 年，各项存款余额为 3255.90 万元，是 1955 年的 350 倍。各项贷款余额为 3929 万元，是 1955 年的 40 倍。1951 年，保险业务由夏垫营业所代办。1955 年，由人行代办，1958 年停办。1982 年 4 月恢复保险业务。人行设有保险股。1985 年 6 月成立保险公司，有干部职工 7 人。是年，开办险种 7 个。从 1982 年 4 月恢复保险业务到 1985 年年底，企业财产险投保累计 50 家，机动车辆险投保 2021 辆，家庭财产险投保 502 户，麦场险承保 5.43 万亩，货物运输险投保 28 吨，养老保险投保 114 人，人身意外险投保 40 人。累计承保金额 12478.40 万元，收集保险费 61 万元。累计出险 173 起，其中企业出险 11 起，机动车辆出险 158 起，家财出险 1 起，麦场出险 3 起。共理赔 34.50 万元。

　　1986 年后，金融业在支持经济发展、居民理财等方面的作用日益突显。经过体制改革后，各金融机构在向企业化迈进的过程中，立足于地方经济发展的实际，积极拓宽服务领域、改进服务方式，多项业务均有长足发展。2004 年年底，全县企业存款 47 564 万元，居民储蓄 117 906 万元，比 1986 年分别增长 44.50 倍、52.40 倍，人均存款由 1986 年的 235 元增至 2004 年的 10 557 元，增长 43.92 倍；贷款余额 80 639 万元，比 1986 年增长 13.71 倍。1986 年县内有保险公司 1 家，全年保费收入不足 30 万元。1996 年 2 月，原保险公司一分为二，同时成立中国人民财产保险股份有限公司大厂县支公司、中国人寿保险股份有限公司大厂县支公司。2004 年，财险公司保费收入 833.10 万元，寿险公司保费收入 3500 万元。财险公司 1986 年至 2004 年赔款金额 2961.60 万元，寿险公司 1996 年至 2004 年赔款金额 2100 万元。各类年金和养老金给付额 1100 万元。

第一章 金 融

第一节 体制改革

　　1986年处于计划经济时期的中国人民银行大厂县支行（简称人行）是政府的行政部门，基本职能是经理国库，主持本辖区金融机构的资金清算，利率信贷政策管理和资金规模管理，掌管货币发行和市场流通。1995年3月《中华人民共和国中国人民银行法》颁布实施，人民银行作为中央银行，首次以法的形式予以确立。明确人民银行的任务是"在国务院的领导下，制定和执行货币政策，对金融业实施监督和管理"。在此前后，中国建设银行大厂县支行、中国农业银行大厂县支行、中国工商银行大厂县支行逐步从国有专业银行转为国有商业银行。实行自我发展、自负盈亏、自主经营、自担风险。

第二节 金融机构

一、中国人民银行大厂支行

　　建于1955年。1986年有办公室、会计国库股、计划股、出纳股。1988年10月成立金管稽核股。1998年5月，成立农村信用合作监管科（简称农金科）。1989年9月，成立保卫股。1998年12月保卫股撤销。2004年1月农金科，金管稽核股从人行整体划归银监局。同年6月，对股室设置进行调整，设办公室、调查统计股、金融管理股、国库会计股，在职人员29人。

二、中国农业银行大厂支行

　　建于1979年9月。1987年11月内部机构设有办公室、计划会计股、信贷业务部、营业部、信用合作社。2004年设办公室、客户部、信贷部、计财部。下设支行营业部、城关分理处、开发区营业所、夏垫分理处。有员工41人。

三、中国建设银行大厂支行

　　建于1979年12月。1987年11月，内设办公室和储蓄专柜。1988年至1991年陆续增设会计股、业务股、储蓄股、保卫股和房地产信贷部，下属单位有城关、和平路、北大街、夏垫 4 个储蓄所。2004 年内设办公室、信贷科、会计室、保卫科、筹资科，下设储蓄专柜、第二储蓄所。有员工 36 人。

四、中国工商银行大厂支行

建于 1986 年 7 月，内设办公室、计划股、信贷股、会计股、出纳股、储蓄股。2004 年内设办公室、核算管理部、客户经理部、营业室，下设大厂西大街分理处、夏垫分理处，有员工 46 人。

五、中国银行大厂县支行

建于 1994 年 9 月。2004 年内设办公室、业务发展部、营业部，下设大厂中心储蓄所、夏垫分理处。

六、中国农业发展银行大厂县支行

建于 1996 年 11 月，为国有政策性银行。设办公室、计划信贷部、营业室。至 2004 年末有员工 16 人。

七、县农村信用合作社联合社（简称信用联社）

成立于 1953 年。1996 年以前由农业银行管理，1996 年末与农业银行脱钩。设办公室、业务科、财务科、稽核科、保卫科。下设大厂信用社、夏垫信用社、祁各庄信用社、陈府信用社、邵府信用社。有员工 136 人。至 2004 年无变化。

八、邮政储蓄

邮政储蓄开办于 1986 年 10 月，在县邮政局、夏垫、祁各庄设立储蓄点，有员工 6 人。至 2004 年无变化。

第三节　存　款

存款项目有公共存款和居民储蓄存款两项，成为信贷资金主要来源之一。1986 年以后，公共存款改为企业存款。

一、企业存款

1986 年企业存款 1045 万元。在改革的推动下，企业逐渐摆脱计划经济时代的各种束缚，建立适应社会主义市场经济特点的经营机制，企业效益逐年提高，实力不断增强，存款年年上升，2004 年达到 47 564 万元，比 1986 年增长 44.50 倍。

二、居民储蓄

1986 年至 2004 年是全县人民收入增长较快的时期。职工年人均工资由 1986 年的 996 元到 2004 年的 11 943 元，增长近 11 倍。农民年人均纯收入由 1986 年的 598 元到 2004 年的 4829 元，增长 7 倍。在满足了人们的物质生活需要后，剩余的钱越来越多，由于没有其他的投资渠道，再加上金融系统改进服务方式，居民储蓄存款大幅上升。1986 年为 2208.60 万元，2004 年达 117 906 万元，增长 52.40 倍；人均存款由 1986 年的 235 元增长到 2004 年的 10 557 元，增长 43.90 倍。

1986 年至 2004 年企业存款和城乡储蓄存款统计表

表 12－1－1

年份	企业存款（万元）	居民储蓄（万元）	人均存款（元）
1986	1045	2208.60	235
1987	1099	3219.20	334
1988	1236	4467.60	452
1989	1296	6279.80	613
1990	1714	8962.10	857
1991	2185	11 978	1136
1992	3542	16 300	1535
1993	2528	21 866	2042
1994	4662	30 080	2785
1995	8404	40 228	3702
1996	11 591	56 514	5193
1997	12 203	68 847	6313
1998	10 974	77 813	7086
1999	11 952	84 358	7618
2000	17 348	91 227	8217
2001	29 270	95 456	8574
2002	36 453	96 285	8633
2003	42 050	106 612	9527
2004	47 564	117 906	10 537

第四节 贷 款

1955 年开办信贷业务，贷款项目主要包括农业、工商业、基本建设等。20 世纪 90 年代起，县内贷款发放方向主要是肉类及食品加工企业、工业技术改造、农村养殖业等。

20 世纪 90 年代初期，国家为支持少数民族地区经济发展，在人行发放的地方经济开发贷款中专门设置"老少边穷地区发展经济贷款"这一优惠贷款项目。从 1990 年到 1994 年，5 年间人行在上级行的大力支持下，先后对县内 13 家工业企业 21 个技术改造项目累计发放贷款 1150 万元，对于当时基础薄弱、设备陈旧、技术落后的工业经济起到了积极有效的扶植作用。使企业新增固定资产 2100 万元，吸纳劳动力就业 1000 人，投产项目实现产值 7100 万元。

县域金融机构在向企业化迈进的过程中，立足于地方经济发展的实际，选准牛羊屠宰加工业这一具有民族优势的特色产业，加大信贷支持力度，产生了显著的经济效益和社会效益。2004 年，与牛羊养殖、加工有关的产业年产值达 16 亿元以上；福喜、福华、华安等与牛羊屠宰加工有关的龙头企业已成为县域经济的有力支撑。5 家肉类及食品加工企业占用贷款 18 854 万元，相当于全县贷款总量的四分之一。

围绕发展农村经济，促进农民增收致富这个中心，大厂县金融机构积极贯彻国家有关信贷方针，全力支持农村信用社发放小额农户贷款。2002 年到 2004 年，累放小额贷款达 5 亿元，支持农户近万家，业务遍及全县 105 个行政村。人行千方百计提供资金及政策支持，为扩大小额农贷发放范围，增强信用社资金实力，人行向上级行申请支农再贷款最多达 5000 万元。在政策上，鼓励支持农村信用社进行贷款方式的创新。为支持当地牛羊养殖业的发展，满足不断扩大的屠宰加工需求，为农民增加致富渠道，农村信用社与大户龙头企业开展"公司＋农户"养牛贷款发放试点。此项业务开展近两年来，累计发放贷款近 2000 万元，解决了企业资金问题，促进了农民增收，也确保了信用社贷款质量。

随着市场经济的发展，国有商业银行信贷支持重点的转移，中小企业"贷款难"成为制约基层经济发展的大问题。在基层贷款普遍"萎缩"的大环境下，人行通过政策宣传、措施引导、服务保障，确保了全县贷款总体增势。2001 年至 2003 年 3 个年度贷款增量分别为 3674 万元、2910 万元和 2859 万元。积极推进区域性货币政策落实是近几年人行信贷工作的重点。中小企业联保贷款、最高额抵押贷款、小额担保贷款等几个贷款管理办法的实施，对缓解中小企业融资压力，加大对地方经济支持产生了显著效果。特别是最高额抵押贷款办法在全县农村信用社系统的普遍开展，惠及企业 60 家，授信总额 3 亿元，2003 年该类贷款最高增量超过 5000 万元，累放 1.20 亿元；2004 年最高增量达 8000 万元，累放 2 亿元。

表 12－1－2   单位：万元

年份	贷款	年份	贷款
1986	5880.30	1996	42 092
1987	7181.70	1997	51 197
1988	8676.70	1998	59 603
1989	10 516.60	1999	63 735
1990	12 940.90	2000	70 196
1991	16 266.30	2001	78 261
1992	20 722.60	2002	81 171
1993	23 894.70	2003	84 030
1994	27 765.80	2004	80 639
1995	35 072.70		

第五节　利率调整

利率分存款和贷款两大类。新中国成立后，曾进行过多次调整。1957 年以前，主要为统一货币而变动。1958 年实行人民公社化后，逐步下调。1980 年实行改革、开放、搞活政策后，逐步上调。

1986 年至 2004 年间，人行先后进行了 15 次存贷款利率调整。以一年期存款为例，为适应当时物价快速上涨、通货膨胀的经济形势，人民银行分别于 1988 年 9 月 1 日和 1989 年 2 月 1 日将存款利率由 7.20% 上调至 8.64% 和 11.34%；之后随着通货膨胀的缓解，于 1990 年 4 月 15 日、1990 年 8 月 21 日、1991 年 4 月 21 日，将利率下调为 10.08%、8.64% 、7.56%；从 1992 年起，人民银行于 1993 年 5 月 15 日和 1993 年 7 月 11 日分别将利率调至 9.18% 和 10.98%。随着宏观经济形势的好转，利率调控作用的显著增强，人民银行自 1996 年 5 月 1 日至 2002 年 2 月 21 日进行了 8 次利率下调，一年期存款利率 1996 年 5 月 1 日调为 9.18%，1996 年 8 月 23 日调为 7.47%，1997 年 10 月 23 日调为 5.67%，1998 年 3 月 25 日调为 5.22%，1998 年 7 月 1 日调为 4.77%，1998 年 12 月 7 日调为 3.78%，1999 年 6 月 10 日调为 2.25%，2002 年 2 月 21 日调为 1.98%。2004 年 10 月 29 日，人民银行对存款利率进行微调，将一年期存款利率调至 2.25%。

从 1988 年 9 月 10 日开始，对城乡居民 3 年期以上定期储蓄存款实行保值贴补。1991 年 12 月 1 日停止。1993 年 7 月 1 日恢复办理保值储蓄业务，1996 年 4 月 1 日起停办。

从 1999 年 4 月 1 日起实行个人储蓄存款账户实名制，居民存款凭个人身份证及有效证件，并于当年 11 月 1 日起对储蓄存款利息征收 20% 的利息税。

第十二编　金融　保险

人行利率改革政策：

计息规定改革。1993 年国务院颁布《储蓄管理条例》，确定了储蓄存款利率的计息规则。从 1995 年 1 月 1 日起，改变贷款计息规则，确定贷款在合同期内，执行合同利率，不随利率调整而调整［银传（1994）121 号］。

实行优惠利率制度。根据国家发展经济的宏观决策和党的方针政策制定的，既有利率上的鼓励也有照顾。存款方面，为了更多聚集资金和增加外汇收入，一是 1979 年 4 月 1 日起，根据［（79）银信字第 17 号］文件，适当提高华侨人民币储蓄存款利率（1996 年 5 月 1 日停办华侨人民币储蓄）。二是教育储蓄存款实行免征利息税。贷款方面，有对开发能源、发展交通运输等国家重点建设方面的贷款，有对开发新技术，从内涵上扩大生产能力方面的贷款，有对一些地区开放的开发性贷款，有支持民族地区经济发展的贷款。

实行加收罚息制度。1980 年经国务院批准，对逾期贷款加收利息 20%，对超过核定的流动资金总额的贷款、对积压物资和有问题商品占用的贷款加收利息 30%，对被挤占挪用贷款加收利息 50%。基本建设方面的逾期和被挤占挪用贷款，根据［（80）银计字第 14 号、（80）银计字第 19 号］文件，有的加倍收息，有的双倍罚息。1995 年 1 月 1 日起对逾期贷款、挤占挪用贷款不再实行在原利率的基础上加收罚息的规则，改按贷款逾期之日、挤占挪用之日的挂牌利率执行，且随利率调整分段计息［银资利管（1995）7 号］。

实行浮动利率。国务院授权人行在原定利率的基础上可以上下浮动 20%，人民银行把这个权利适当分到各个专业银行，以便基层银行扩大运用利率的权利（《关于实行浮动利率和差别利率问题》1983 年 6 月 25 日）。1993 年 9 月 3 日，河北省城市信用社贷款利率可以上浮 50%［冀银复（1993）284］。1996 年 5 月 1 日，商业银行和非银行金融机构流动资金贷款的最高上浮幅度由 20% 降低到 10%，城市信用社由 30% 降低到 20%，农村信用社降到 40%，贷款最低下浮幅度为 10%［冀银发（1996）161 号］。从 1998 年 10 月 31 日起，各商业银行、城市信用社对小型企业贷款利率最高上浮幅度由 10% 扩大到 20%，农村信用社由 40% 扩大到 50%，最低下浮幅度仍为 10%［银发（1998）502 号］。从 1999 年 4 月 1 日起对县以下金融机构（不含农村信用社）贷款利率最高上浮幅度扩大到 30%，最低下浮 10% 不变［银发（1999）99 号］。从 1999 年 9 月 1 日起各商业银行、城市信用社对中小企业贷款利率最高上浮幅度扩大到 30%，农村信用社贷款利率最高 50%，最低下浮幅度不变。

利率市场化改革加快。1996 年后利率市场化改革加快，从 1996 年 6 月 1 日起，人行对同业拆借利率不再实行上限管理的直接控制方式，由拆借双方根据市场资金供求状况自行确定。此后，金融机构对贷款利率的上浮幅度的自主确定的权力进一步加大。从 2000 年 9 月 21 日起，中国人民银行决定改革外币管理体制，放开外币贷款利率，对 300 万以上美元或等值外币存款利率由金融机构与客户协商确定，并报当地人行备案［银发（2000）267 号］。

确定人行为利率管理机关。国务院规定利率由人行集中统一管理，非金融部门一律不得自定利率［国发（1981）176 号］。1990 年 12 月 11 日中国人民银行颁布了

《利率管理暂行规定》中规定国务院批准和国务院授权中国人民银行制定的各种利率，为法定利率，其他任何单位和个人均无权变动。法定利率的公布、实施由中国人民银行总行负责［银发（1990）328 号］。1999 年中国人民银行颁发了《利率管理规定》，规定人行是经国务院授权的利率主管机关，代表国家依法行使利率管理权，其他任何单位和个人不得干预。中国人民银行制定的各种利率为法定利率。法定利率具有法律效力，其他任何单位和个人均无权变动［银发（1999）77 号］。

第二章　保　险

2004 年县内有保险公司 2 家，分别为中国人民财产保险股份有限公司大厂县支公司（简称财险公司）、中国人寿保险股份有限公司大厂县支公司（简称寿险公司）。

第一节　财　险

一、机　构

1951 年，保险业务由夏垫人行营业所代办。1955 年，由人行代办，1958 年停办。1982 年 4 月恢复保险业务。人行设有保险股。1985 年 6 月，成立保险公司。1996 年财险和寿险分设，成立中国人民财产保险股份有限公司大厂县支公司。

二、承　保

1985 年保险的种类有企业财产险、机动车辆损失险、第三者责任险、麦场失火保险、货物运输保险、养老保险、家庭财产保险。1996 年撤销养老保险，新增盗抢险和玻璃单独破碎险。2004 年 5 月，新增家和宝、人财两旺险。

1985 年全年保费收入 27.60 万元，完成全年任务的 132%。其中企业财产险保费收入 5.10 万元、机动车辆保费收入 20.80 万元、麦场失火保费收入 0.40 万元、货物运输保费收入 0.10 万元、养老保险保费收入 1.20 万。1995 年，全年保费收入 475 万元。2004 年，全年保费收入 833.10 万元，其中企业财产保费收入 52.80 万元、家庭财产保险保费收入 17.70 万元、货运险保费收入 17.40 万元、农业险保费收入 4.40 万元、责任险保费收入 4.50 万元、意外伤害险保费收入 9.60 万元、机动车辆保险保费收入 726.70 万元。

三、理　赔

保户在出险后报案，拨打电话95518。转查勘人员，确定保险责任。立案。定损员定损。保户提供所有手续（包括交警责任认定、修理的票据、医疗单证）。保险核赔人员，核定损失金额。保险理赔。通知保户领取赔款。在保户将手续提供齐全时，7日到10日内就可以领取赔款。随着保险服务项目的不断扩大，保险理赔数额逐年增大。1986年至2004年赔案共计3987起，赔款金额共计2961.60万元。

第二节　寿　险

一、机　构

公司前身为原中国人民保险公司，经国务院批准，于1996年2月与原中国人民保险公司开始分业经营，在编人员3人，合同制员工1人，下设经理室、业务室和财务室。2000年增加营销科、理赔科。2001年增设办公室。到2004年调整为6个部室，分别为经理室、综合管理部、客户服务中心、个险销售部、团险销售部和中介代理部，机关人员增加到24人（其中经理、副经理各1人），一线营销人员达到120人。

二、承　保

1996年分业以后，寿险公司在市场上销售的险种共分为四大类，分别为健康保险、意外伤害保险、养老金保险和分红型保险，共计100余个险种。先后为20多万人次提供了各类不同保险责任的保障和服务。

三、保　费

1996年当年实现保费收入60万元。到2001年，保费收入连续5年翻番上升。到2004年全年各项保费收入已突破3500万元，保险密度和深度自分业以后，始终保持在全省前列，人均保费收入远远超过全国平均水平。

四、理赔和年金给付

客户在出险后，立即报案，拨打8828552或95519，勘察人员及时到达现场，而后立案。勘察人员会书面告知客户在理赔时，所应提供的手续，手续齐全后不需要上报的案件 1 日至 7 日内可领取到赔款。

1996 年至 2004 年分业经营以后，理赔件数累计 6000 多件，赔款额支出约 2100 万元（其中单件保单的最高赔款额为 10 万元）。各类年金和养老金给付额 1100 余万元。

第十三编　中国共产党大厂县地方组织

中共大厂地方组织始建于抗日战争时期。1942 年 5 月，中共平（谷）三（河）密（云）联合县委第五区在潘各庄村发展党员。10 月，建立党支部。至 1949 年县域内有党支部 76 个，党员 540 名。在抗日战争、解放战争中，党领导回汉族人民同日本侵略者、国民党反动势力进行艰苦卓绝的斗争，最终赢得了各族人民的彻底解放。1950 年 6 月，县域大部调整为三河县二区、四区，同时建立区党委。1952 年 11 月，建立中共三河县大厂回族自治区委员会。这一时期党的工作重心是恢复经济，引导农民群众走上互助合作道路。1955 年 4 月，中共大厂回族自治县委员会建立，下辖 13 个总支部委员会，48 个支部，874 名党员。1955 年至 1985 年先后召开中共大厂县第一至第三次代表大会。历届县委坚决贯彻落实党在各阶段的路线、方针、政策，带领全县人民完成了农业、手工业和资本主义工商业的社会主义改造，开展大规模的社会主义建设。中共十一届三中全会后，在经济、文化、政治等领域进行改革，全面推进现代化建设，取得重大成就。

1986 年至 2004 年，党员队伍不断壮大和优化，基层组织逐步健全。其间共吸收新党员 2079 人，开展了四次重大教育活动，召开五次代表大会。积极推进政治体制改革，精简党政机构。各项廉政建设制度不断完善。同时，针对县情，做出一系列重要决策，指导和推动经济、文化、社会各项事业的开展。县委在发挥核心领导作用的同时，执政能力不断提高。

第一章　党　员

第一节　党员发展

1986 年以后，县委按照"坚持标准、保证质量、改善结构、慎重发展"的方针，结合县内实际，组织部每年制订发展计划，各基层党组织把发展党员列入重要议事日程，每半年专题研究一次发展党员工作，落实发展计划。通过办班学习、专人培养、压担子锻炼等措施培训入党积极分子。重点在生产第一线、知识分子、优秀共青团员、青年、妇女、学生中发展年龄35岁以下、高中以上文化程度的新党员。1986年至2004年共吸收新党员2079人。至2004年年底，全县共有党员6986人，其中男性5570人，占党员总数的79.73%，女性1416人，占党员总数20.27%；汉族5702人，占党员总数的81.62%，少数民族1284人，占党员总数的18.38%；高中以上文化程度的党员3540人，占总数的50.69%；35岁以下的党员1231人，占17.62%。按行业分：工业系统有党员536人，占总数的7.67%；交通运输、邮电等系统有党员128人，占总数的1.83%；商业、金融、房地产、公用事业系统的党员249人，占总数的3.58%；卫生、教育、科研系统的党员768人，占10.99%；农村党员3036人，占43.46%；行政机关和团体的党员2006人，占28.71%；其他行业的党员263人，占3.76%。

表 13－1－1

1986 年至 2004 年大厂县中共党员统计表

年份	总数	性别		民族		年龄						文化程度						行业分布						
		男	女	汉	少数民族	25岁以下	26至35岁	36至45岁	46至55岁	56至60岁	60岁以上	大专以上	中专	高中	初中	小学	文盲	工业	交通邮电业	商业物资	文卫	机关团体	农业	其他
1986	4907	4223	684	4065	842	120	1102	1637	1219	366	463	163	355	601	1606	1983	199	604	71	355	303	918	2642	14
1987	4988	4297	691	4154	834	122	1042	1654	1202	426	542	192	381	655	1482	2035	243	616	73	359	316	933	2674	17
1988	5205	4473	732	4313	892	119	1028	1775	1304	408	571	233	415	701	1567	2046	243	568	72	97	336	1077	2379	676
1989	5314	4567	747	4414	900	137	1003	1841	1295	467	571	268	439	776	1594	2001	236	603	64	106	307	1273	2435	526
1990	5431	4646	785	4504	927	130	1010	1849	1331	524	587	324	464	820	1625	1969	229	528	79	127	291	1273	2388	745
1991	5578	4770	808	4619	959	147	1052	1886	1371	553	569	391	481	873	1661	1961	211	584	61	124	311	1393	2387	718
1992	5664	4819	845	4704	960	122	1048	1923	1397	582	592	449	522	931	1658	1886	218	563	75	145	407	1122	2370	982
1993	5828	4948	880	4841	987	150	1101	1896	1476	621	584	524	568	956	1706	1871	203	579	77	153	384	1281	2171	1183
1994	5989	5052	937	4967	1022	173	1135	1954	1506	626	595	556	593	990	1821	1830	199	569	78	417	411	1342	2968	204
1995	6171	5200	971	5095	1076	206	1160	2025	1545	654	581	598	607	1035	1928	1815	188	555	81	424	422	1425	3015	249
1996	6201	5195	1006	5122	1079	192	1176	1789	1618	692	734	703	655	1040	1860	1803	140	546	86	492	553	1305	2946	273
1997	6362	5323	1039	5210	1152	214	1229	1731	1648	671	869	769	696	1076	1953	1734	134	518	74	501	502	1449	3069	249
1998	6408	5245	1163	5234	1174	216	912	1353	1916	602	1409	906	760	1062	2222	1387	71	483	85	247	500	1854	2939	300
1999	6541	5326	1215	5342	1199	201	909	1309	1975	656	1491	967	818	1080	2237	1370	69	482	86	247	536	2008	2972	210
2000	6644	5375	1269	5426	1218	216	921	1279	1856	744	1658	1031	882	1092	2253	1322	64	536	109	245	608	1878	2852	416
2001	6725	5414	1311	5502	1223	195	891	1256	1842	772	1739	1112	923	1104	2252	1273	61	512	114	240	685	1905	2994	275
2002	6874	5496	1378	5627	1247	287	908	1258	1803	806	1812	1256	963	1129	2176	1298	52	528	123	242	725	1962	3009	285
2003	6874	5496	1378	5627	1247	287	908	1258	1803	806	1812	1256	963	1129	2276	1198	52	528	123	242	725	1962	3009	285
2004	6986	5570	1416	5702	1284	307	924	1276	1832	826	1821	1286	985	1269	2276	1118	52	536	128	249	768	2006	3036	263

第二节 党员教育

1986 年后，县委开展的主要活动有：

"社教"活动 1991 年 10 月，开展社会主义教育活动，抽调 233 名干部到 42 个行政村开展"社教"活动。其中，县级干部 12 名，乡局级干部 75 名，一般干部 146 名。

"三讲"教育活动 2000 年 3 月，按照中央、省、市委的总体部署，在县四套班子领导中开展以"讲学习、讲政治、讲正气"为主题的"三讲"教育活动。

"三个代表"重要思想教育活动 在全县各级领导班子和干部队伍中开展了"三个代表"重要思想学习教育活动。

"树正气、讲团结、求发展"主题教育实践活动 2003 年 2 月，根据省、市委统一安排部署和大厂县发展实际，县委决定到 6 月底，在全县深入开展"树正气、讲团结、求发展，全力推进'两个率先'"主题教育实践活动。

同时，县委组织部以县、乡镇党校和农广校为阵地，加强对党员的轮训教育，每年党员轮训率均超过党员总数的 95%。健全党员"三会一课"制度，坚持每月召开一次支部会、一次支委会，举行一次党小组活动，每季度上好一次党课。通过整党、工作总结、民主评议、纪念活动、典型教育、专题讨论、外出参观学习以及利用党报、党刊、电视、广播等多种形式，多层次、多渠道地对党员进行教育，提高党员素质。到 2004 年年底，参加民主评议的党员 6874 人，占全县党员总数的 98.40%，其中合格的 6857 人，占参加评议党员总数的 98.15%。

第二章 代表大会

中共大厂回族自治县第四次代表大会

1986 年 3 月 15 日至 18 日，中共大厂回族自治县第四次代表大会召开，出席会议代表 231 名，其中男 188 名、女 43 名，回族代表 64 名。

大会听取和审议了中共大厂回族自治县第三届委员会的工作报告；听取和通过中共大厂回族自治县纪律检查委员会的工作报告；选举中共大厂回族自治县第四届委员会和中共大厂回族自治县纪律检查委员会。会议选举第四届县委委员 23 名，候补委员 4 名。

18 日，中共大厂回族自治县第四届委员会召开第一次全体会议，选举产生常务委员会委员 8 名，其中书记 1 名，副书记 2 名。常务委员的平均年龄 42 岁。大专文化的 4 名，占 50%；中学文化的 4 名，占 50%。

中共大厂回族自治县第五次代表大会

1989 年 12 月 28 日至 30 日，中共大厂回族自治县第五次代表大会召开。大会应到代表 117 名，出席 114 名，代表全县 5300 多名党员。代表中，各级领导干部 78 名，占 66.67%；各类科技人员 11 名，占 9.40%；各条战线先进模范人物 22 名，占 18.80%；妇女 21 名，占 17.95%；少数民族 35 名，占 29.91%；大专以上文化程度 18 名，占 15.38%；中专文化程度 40 名，占 34.19%。平均年龄 44.60 岁。参加大会列席人员 63 名。

大会听取和审议了中共大厂回族自治县第四届委员会的工作报告；听取和通过中共大厂回族自治县纪律检查委员会的工作报告；选举中共大厂回族自治县第五届委员会和中共大厂回族自治县纪律检查委员会。

大会提出了未来三年工作的指导思想是坚持治理整顿和深化改革的方针、以提高经济效益为中心，以科技进步为先导，强化基础，优化结构，发挥优势，推进联合，保证国民经济持续、稳定、协调地发展，保证人民生活不断改善。

大会采取无记名投票差额选举的方法，选举产生了第五届县委委员 23 名，候补委员 4 名，纪律检查委员会委员 15 名。

30 日，中共大厂回族自治县第五届委员会第一次全体会议，选举产生常务委员会委员 8 名，其中书记 1 名，副书记 3 名，常务委员的平均年龄 45.50 岁；大专文化的 4 名，占 50%，中学文化的 4 名，占 50%。

中共大厂回族自治县第六次代表大会

1992 年 12 月 20 日至 22 日，中共大厂回族自治县第六次代表大会召开。大会应到代表 118 名，出席 115 名。代表中，各级领导干部 78 名，占 66.10%；科技人员 10 名，占 8.47%；乡、镇直、农村一般党员 19 名，占 16.10%；工人 7 名，占 5.93%；妇女 21 名，占 17.80%；少数民族 38 名，占 32.20%；大专以上文化的 22 名，占 18.64%；中专、高中文化的 50 名，占 42.37%。代表平均年龄为 46.80 岁。参加大会特邀代表和列席人员 72 名。

大会审议和通过了中共大厂回族自治县第五届委员会的工作报告；审议和通过中共大厂回族自治县纪律检查委员会的工作报告；选举中共大厂回族自治县第六届委员会和中共大厂回族自治县纪律检查委员会。

大会听取了第五届委员会《树立超常意识，实现跳跃发展，为建设"人口小县，经济强县"而努力奋斗》的工作报告。

大会确定今后一个时期总的指导思想：紧紧围绕市场经济，以改革为动力，以开放促发展，坚持速度、效益并进，用足区位优势、民族优势，强化强县意识，采取超常举措，实现跳跃发展，力争全县整体经济实力赶上或超过发达地区水平。

大会选举产生中共大厂回族自治县第六届委员会委员 23 名，候补委员 4 名，纪律检查委员会委员 15 名。县委委员中连任的 14 名，占 60.87%；平均年龄 45.60 岁；大专文化的 12 名，占 44.44%；中专、高中文化的 7 名，占 25.93%；初中文化的 8 名，占 29.63%；妇女 2 名，占 7.41%；少数民族 7 名，占 25.93%。纪委委员平均年龄 45.40 岁，大专文化的 3 名，占 20%，中专、高中文化的 11 名，占 73.33%，初中文化的 1 名，占 6.67%。

22 日，第六届一次全会采用无记名投票方式选举产生常务委员会委员 10 名，其中：书记1名，副书记3名。常务委员中连任的8名，占80%。平均年龄45岁。大专文化的6名，占60%；中专、高中文化的4名，占40%。妇女1名，少数民族3名。

中共大厂回族自治县第七次代表大会

1998年2月18日至20日，中共大厂回族自治县第七次代表大会召开。出席大会的代表129名。其中，各级领导干部79名，占总数的61.24%，比上届减少4.86%；各行业一线劳模、先进工作者和工作成绩突出的知识分子、科技人员33名，占总数的25.58%，比上届增加17.11%；工人、农民、其他劳动者17名，占总数的13.18%，比上届减少12.30%。妇女25名，占总数的19.38%，比上届增加1.58%，少数民族33名，占总数的25.58%，比上届减少6.62%。年龄结构：35岁以下13名，占总数的10.08%，比上届增加5.10%；36岁至45岁47名，占总数的36.43%，比上届减少4.60%；46岁至55岁62名，占总数的48.06%，比上届增加8.10%；56岁以上7名，占总数的5.43%，比上届减少8.60%。文化结构：大专以上文化程度49名，占总数的37.98%，比上届增加19.34%；高中（含中专）文化程度44名，占总数的34.11%，比上届减少8.26%；初中及以下文化程度36名，占总数的27.91%，比上届减少11.10%。入党时期：1949年9月以前入党的1名，占总数的0.78%；1949年10月至1966年4月入党的7名，占总数的5.43%；1966年5月至1976年9月入党的47名，占总数的36.43%；1976年10月以后入党的74名，占总数的57.36%。

列席大会的有不是代表的县人大党组成员、县第六届委员会委员、县纪委委员，乡局级单位党组（党委、总支、支部）书记共计92名。

大会的主要议程：听取和审议中共大厂回族自治县第六届委员会工作报告；审议中共大厂回族自治县纪律检查委员会工作报告；选举中共大厂回族自治县第七届委员会；选举中共大厂回族自治县纪律检查委员会。

大会确定今后五年工作的指导思想是高举邓小平理论伟大旗帜，全面落实党的十五大精神，围绕建设"人口小县，经济强县"总体目标和"123"发展战略，抓住改革和开放两条主线，推进经济基础和增长方式的两个根本性转变，全面加强党的建设、精神文明建设和民主法制建设，促进经济和社会事业的全面进步，把大厂建成全国少数民族自治县中的一颗明星。遵循这个指导思想，确定今后一个时期的发展思路是打民族牌，走开放路，作京津文，唱特色戏。

大会采取无记名投票和差额选举的方式，选举产生了第七届县委委员23名，候补委员4名，纪律检查委员会委员11名。

在当选的第七届委员会委员、候补委员中有11名连任，占总数的40.74%，比上届减少11.11%。年龄结构：35岁以下7名，占总数的25.93%，比上届增加22.20%；36岁至45岁8名，占总数的29.63%，比上届减少18.50%；46岁至55岁12名，占总数的44.44%，与上届持平。文化结构：大专以上文化程度18名，占总数的66.67%，比上届增加22.23%；高中（含中专）文化程度7名，占总数的25.93%，与上届持平；初中及以下文化程度2名，占总数的7.41%，比上届减少

22.23%。入党时期：1949年10月至1966年4月入党的1名，占总数的3.70%，比上届减少37%；1966年5月至1976年9月入党的9名，占总数的33.33%，比上届减少11.11%；1976年10月以后入党的17名，占总数的62.96%，比上届增加48.20%。妇女委员3名，占总数的11.11%，比上届增加3.70%。少数民族委员5名，占总数的18.52%，比上届减少7.41%。

20日，中共大厂回族自治县第七届委员会第一次全体会议，以无记名投票方式差额选举常务委员会委员11名，等额选举书记1名，副书记3名。在新当选的11名常务委员中，有6名连任，占总数的54.55%，比上届减少25.45%。年龄结构：35岁以下的2名，占总数的18.18%，比上届增加18.20%；36岁至45岁的4名，占总数的36.36%，比上届减少13.60%；46岁至55岁的5名，占总数的45.45%，比上届减少4.50%。文化结构：大专以上文化程度的8名，占总数的72.73%，比上届增加12.73%；高中（含中专）文化程度的3名，占总数的27.27%，比上届减少12.73%。入党时期：1966年5月至1976年9月入党的4名，占总数的36.36%，比上届减少3.60%；1976年10月以后入党的7名，占总数的63.64%，比上届增加53.60%。妇女委员1名，占总数的9.09%，少数民族2名，占总数的18.18%。

中共大厂回族自治县第八次代表大会

2003年1月6日至8日，中共大厂回族自治县第八次代表大会召开。出席大会的代表131名。其中，男107名，占81.68%；女24名，占18.32%；汉族91名，占69.47%；少数民族40名，占30.53%；各级领导干部90名，占总数的68.70%；专业技术人员20名，占15.27%；先进模范人物21名，占16.03%。45岁以下的73名，占55.73%；大专以上文化程度的81名，占61.83%。

大会的主要任务是以邓小平理论和"三个代表"重要思想为指导，深入贯彻党的十六大精神，全面总结第七次代表大会的工作，讨论确定今后5年经济和社会发展的奋斗目标，以及为实现这些目标在进一步深化改革开放和加强党的建设等方面的任务和措施；选举产生中共大厂回族自治县第八届委员会和纪律检查委员会；动员和带领全县广大干部群众解放思想，振奋精神，开拓创新，与时俱进，为推动全县经济跨越式发展、各项事业全面进步而努力奋斗。

大会听取和审议了中共大厂回族自治县第七届委员会工作报告；审议中共大厂回族自治县纪律检查委员会工作报告；选举中共大厂回族自治县第八届委员会；选举中共大厂回族自治县纪律检查委员会。

大会采取无记名投票差额选举的方法，选举产生了第八届县委委员25名，候补委员4名，纪律检查委员会委员11名。

8日，中共大厂回族自治县第八届委员会第一次全体会议，以无记名投票方式差额选举常务委员会委员11名，等额选举书记1名，副书记5名。

第三章　组织机构

第一节　县　委

　　1986 年 1 月至 2004 年 12 月，中国共产党大厂回族自治县委员会历第三、四、五、六、七、八届。

　　1986 年 1 月至 3 月是县委第三届任期，该届委员会由中共大厂县第三次代表大会选举产生，有委员 21 名，候补委员 4 名。

　　1986 年 3 月，中共大厂县第四次代表大会选举产生第四届委员会，委员 23 名，候补委员 4 名，在四届一次全会上选举常务委员 9 名，书记 1 名，副书记 3 名。届内调整书记 1 名，副书记 2 名、常务委员 4 名，委员 3 名。

　　1989 年 12 月，中共大厂县第五次代表大会选举产生第五届委员会，委员 25 名，候补委员 4 名，五届一次全会选举常务委员 8 名，书记 1 名，副书记 3 名。此后调整书记 1 名，副书记 2 名，常委 5 名，委员 3 名。

　　1992 年 12 月，中共大厂县第六次代表大会选举产生第六届委员会，有委员 23 名，候补委员 4 名。六届一次全会选举产生常务委员 10 名，书记 1 名，副书记 3 名。

　　1998 年 2 月，中共大厂县第七次代表大会选举产生第七届委员会，有委员 23 名，候补委员 4 名。七届一次全会选举常务委员 11 名，书记 1 名，副书记 3 名，届内调整书记 1 名，副书记 3 名，常务委员 3 名，委员 4 名。

　　2003 年 1 月，中共大厂县第八次代表大会选举产生第八届委员会，有委员 25 名，候补委员 4 名。八届一次全会选举常务委员 11 名，书记 1 名，副书记 5 名，至 2004 年年底，调整书记 1 名，副书记 2 名，常委 2 名。

　　1986 年，县委所属常设工作机构有办公室、组织部、宣传部、统战部、农村经济指导部、政法委员会、老干部局、党史资料征集办公室、党校、县直机关党委。1987 年 3 月，建机要室（局级）、精神文明建设委员会办公室、编制委员会。1988 年 11 月编制委员会改为机构编制委员会，下设办公室。1989 年 1 月，农村经济工作部改名为县委政策研究室。5 月，建立县委廉政工作领导小组，下设办公室。1989 年 10 月，党史资料征集办公室改名为党史研究室。1990 年 1 月，县委廉政工作领导小组改名为县廉政工作指导小组，办公室名称随之改变。1990 年 12 月，成立县委研究室，撤销县委政策研究室，建立农村工作部。1991 年 5 月，机要室改为机要局，原属统战部的对台工作办公室，改名为台湾工作办公室，单独列编，为局级单位。6 月，成立社会治安综合治理委员会，下设办公室，与政法委员会合署办公。1992 年 2 月，建立直属机关工作委员会，撤销县直机关党委。1994 年 1 月，成立国防教育领导小组办公室。4月，成立信访办公室。1995年6月，成立干部考核委员会办公室。1996年4月，宣传部、统战部、台湾工作办公室、精神文明建设办公室合并成立宣传统战部。机要局并入办公室，老干部局、县直机关工作委员会、干部考核委员会办公室并入组织部，保留老干部局、县直机关工作委员会名称。廉政办公室并入纪律检查委员会，社会治安综合治理办公室并入政法委员会。1999年10月，成立保密局。2001年6月，成立处理"法轮功"问题领导小组。2002年4月，信访办公室改名为信访局。2002年4月，机构改革后，县委工作部门有办公室、组织部、宣传部、统战部、农工部、政法委员会、县直机关工委。议事机构有机构编制委员会办公室和处理"法轮功"问题领导小组办公室（县人民政府防范和处理邪教问题办公室）。部门管理机构有信访局和老干部局，分别由办公室和组织部管理。直属事业单位有档案局、党史研究室、党校、机要局。保密局设在办公室，台湾工作办公室设在统战部，精神文明建设委员会办公室设在宣传部，国防教育领导小组办公室设在武装部。

1986年至2004年中共大厂县委员会领导人名表

表13-3-1

届次	姓名	职务	任职时间	出生年月	性别	民族	学历	籍贯
三	李俊杰	书记	1986.01～1986.03	1929.06	男	回	高中	河北省孟村回族自治县
	马艳秋	副书记	1986.01～1986.03	1940.11	女	回	大学	河北省定县
	王瑞生	副书记	1986.01～1986.03	1935.12	男	汉	初师	河北省三河市
	王瑞锋	常委	1986.01～1986.03	1951.06	男	汉	大专	河北省大厂县
	安兴华	常委	1986.01～1986.03	1945.12	男	汉	大学	北京市通州区
	张学明	常委	1986.01～1986.03	1949.09	男	汉	大专	河北省大厂县
	赵润华	常委	1986.01～1986.03	1948.09	男	回	高中	河北省大厂县
	贾廷俭	常委	1986.01～1986.03	1941.09	男	汉	高中	河北省三河市

届次	姓 名	职 务	任职时间	出生年月	性别	民族	学历	籍 贯
四	李俊杰	书 记	1986.03~1987.05	1929.06	男	回	高中	河北省孟村回族自治县
	李秋烟	书 记	1987.05~1989.10	1937.10	男	汉	大专	河北省任丘县
	孙连宇	书 记	1989.10~1989.12	1938.10	男	汉	大学	河北省高阳县
	马艳秋	副书记	1986.03~1987.04	1940.11	女	回	大学	河北省定县
	王瑞生	副书记	1986.03~1988.10	1935.12	男	汉	初师	河北省三河市
	荣士通	副书记	1986.09~1988.07	1951.08	男	汉	大专	河北省三河市
	杨德广	副书记	1987.05~1989.12	1934.11	男	回	初中	河北省大厂县
	王瑞锋	副书记	1988.07~1989.12	1951.06	男	汉	大专	河北省大厂县
	吴显国	副书记	1989.08~1989.12	1956.08	男	汉	大专	河北省三河市
	贾廷俭	常 委	1986.03~1986.11	1941.09	男	汉	高中	河北省三河市
	张宝元	常 委	1986.09~1989.12	1949.12	男	汉	高中	河北省香河县
	王瑞锋	常 委	1986.03~1989.12	1951.06	男	汉	大专	河北省大厂县
	张学明	常 委	1986.03~1989.12	1949.09	男	汉	大专	河北省大厂县
	安兴华	常 委	1986.03~1989.12	1945.12	男	汉	大学	北京市通州区
	赵润华	常 委	1986.03~1989.12	1948.09	男	回	高中	河北省大厂县
	万国悦	常 委	1988.10~1989.12	1940.10	男	汉	大专	天津市武清县
五	孙连宇	书 记	1989.12~1992.10	1938.10	男	汉	大学	河北省高阳县
	吴显国	书 记	1992.10~1992.12	1956.08	男	汉	大专	河北省三河市
	杨德广	副书记	1989.12~1990.09	1934.11	男	回	初中	河北省大厂县
	王瑞锋	副书记	1989.12~1992.10	1951.06	男	汉	大专	河北省大厂县
	吴显国	副书记	1989.12~1992.10	1956.08	男	汉	大专	河北省三河市
	王振华	副书记	1990.09~1992.09	1933.06	男	回	初中	河北省大厂县
	韩 松	副书记	1991.09~1992.08		男	回	大学	宁夏回族自治区
	海德发	副书记	1992.09~1992.12	1946.07	男	回	高中	河北省大厂县
	万国悦	常 委	1989.12~1992.12	1940.10	男	汉	大专	天津市武清县
	李炳环	常 委	1989.12~1992.12	1938.01	男	回	初中	河北省沧州市
	张宝元	常 委	1989.12~1992.12	1949.12	男	汉	高中	河北省香河县
	韩连怀	常 委	1989.12~1992.12	1942.12	男	汉	高中	天津市宝坻县
	刘学库	常 委	1990.04~1992.01	1953.03	男	汉	高中	河北省大厂县
	海德发	常 委	1991.04~1992.12	1946.07	男	回	高中	河北省大厂县
	左金富	常 委	1992.01~1992.12	1947.06	女	汉	大专	河北省大厂县
	张 路	常 委	1992.12 任	1951.10	男	汉	大专	河北省唐山市

届次	姓　名	职　务	任职时间	出生年月	性别	民族	学历	籍　贯
	吴显国	书　记	1992.12～1994.11	1956.08	男	汉	大专	河北省三河市
	寇德松	书　记	1995.01～1998.01	1952.07	男	汉	大专	河北省文安县
	刘智广	书　记	1998.01～1998.02	1955.02	男	汉	大学	河北省固安县
	海德发	副书记	1992.12～1994.08	1946.07	男	回	高中	河北省大厂县
	张宝元	副书记	1992.12～1998.01	1949.12	男	汉	高中	河北省香河县
	万国悦	副书记	1992.12～1996.02	1940.10	男	汉	大专	天津市武清县
	闻志宽	副书记	1994.08～1998.01	1955.02	男	回	大专	河北省大厂县
	蒋瑞杰	副书记（挂职）	1994.09～1997.12		男	汉	大学	河北省泊头市
	杨德忠	副书记	1996.03～1998.01	1946.07	男	汉	大专	河北省大厂县
	杨连福	副书记	1998.01～1998.02	1960.05	男	回	大专	河北省大厂县
	靳德华	副书记	1998.01～1998.02	1950.11	男	汉	大专	河北省霸州市
	陈　烈	副书记	1998.01～1998.02	1962.04	男	汉	大学	河北省文安县
六	李炳环	常　委	1992.12～1994.04	1938.01	男	回	初中	河北省沧州市
	韩连怀	常　委	1992.12～1998.01	1942.12	男	汉	高中	天津市宝坻县
	杨德忠	常　委	1992.12～1998.01	1946.07	男	汉	大专	河北省大厂县
	左金富	常　委	1992.1～1998.02	1947.06	女	汉	大专	河北省大厂县
	张　路	常　委	1992.1～1996.12	1951.10	男	汉	大专	河北省唐山市
	闻志宽	常　委	1992.1～1998.01	1955.02	男	回	大专	河北省大厂县
	马瑞泉	常　委	1994.0～1998.01	1944.06	男	回	高中	河北省大厂县
	刘晓波	常　委	1994.0～1998.02	1956.01	男	汉	大专	北京市顺义区
	杨连福	常　委	1995.0～1998.02	1960.05	男	回	大专	河北省大厂县
	李树杰	常　委	1996.0～1998.02	1948.06	男	汉	中专	河北省大厂县
	刘文河	常　委	1996.1～1998.02	1951.03	男	汉	大专	河北省香河县
	杨广明	常　委	1998.0～1998.02	1950.03	男	回	高中	河北省大厂县
	郭　峰	常　委	1998.0～1998.02	1962.07	男	汉	中专	河北省香河县
	刘承永	常　委	1998.0～1998.02	1957.03	男	汉	大学	河北省任丘市

届次	姓 名	职 务	任职时间	出生年月	性别	民族	学历	籍 贯
七	刘智广	书 记	1998.02～2001.08	1955.02	男	汉	大学	河北省固安县
	沈树田	书 记	2001.08～2003.01	1951.11	男	汉	研究生	天津市宁河县
	杨连福	副书记	1998.02～2003.01	1960.05	男	回	大专	河北省大厂县
	靳德华	副书记	1998.02～1999.02	1950.11	男	汉	大专	河北省霸州市
	陈 烈	副书记	1998.02～2003.01	1962.04	男	汉	大学	河北省文安县
	杨广明	副书记	1999.03～2003.01	1950.03	男	回	高中	河北省大厂县
	郭 峰	副书记	2001.01～2003.01	1962.07	男	汉	中专	河北省香河县
	左金富	副书记	2001.09～2003.01	1947.06	女	汉	大专	河北省大厂县
	左金富	常 委	1998.02～2003.01	1947.06	女	汉	大专	河北省大厂县
	刘晓波	常 委	1998.02～2003.01	1956.01	男	汉	大专	北京市顺义区
	李树杰	常 委	1998.02～1998.12	1948.06	男	汉	中专	河北省大厂县
	刘文河	常 委	1998.02～2003.01	1951.03	男	汉	大专	河北省香河县
	杨广明	常 委	1998.02～2003.01	1950.03	男	回	高中	河北省大厂县
	郭 峰	常 委	1998.02～2003.01	1962.07	男	汉	中专	河北省香河县
	刘承永	常 委	1998.02～2000.09	1957.03	男	汉	大学	河北省任丘市
	张德荣	常 委	1998.12～2003.01	1954.01	男	汉	大学	河北省临漳县
	杨庆华	常 委	2000.07～2003.01	1962.12	男	回	大学	山东省宁津县
	王 海	常 委	2001.01～2003.01	1970.08	男	满	大专	河北省大厂县
八	沈树田	书 记	2003.01～2003.04	1951.11	男	汉	研究生	天津市宁河县
	孟繁祥	书 记	2003.04～2004.12	1959.01	男	汉	大学	吉林省白城市
	杨连福	副书记	2003.01～2004.10	1960.05	男	回	研究生	河北省大厂县
	陈 烈	副书记	2003.01～2003.11	1962.04	男	汉	硕士研究生	河北省文安县
	刘文河	副书记	2003.01～2004.12	1951.03	男	汉	研究生	河北省香河县
	张万众	副书记	2003.01～2004.10	1962.07	男	汉	研究生	河北省安次区
	李凤霞	副书记	2003.01～2004.12	1958.08	女	汉	大学	河北省香河县
	杨连华	副书记	2004.10～2004.12	1954.05	男	回	高中	河北省大厂县
	杨庆华	副书记	2004.10～2004.12	1962.12	男	回	大学	山东省宁津县
	刘俊峰	常 委	2003.01～2004.12	1963.11	男	汉	研究生	河北省广阳区
	孙绍虎	常 委	2003.01～2004.12	1962.07	男	汉	大本	河北省永清县
	杨庆华	常 委	2003.01～2004.12	1962.12	男	回	大学	山东省宁津县
	王 海	常 委	2003.01～2004.12	1970.08	男	满	大专	河北省大厂县
	李明旺	常 委	2003.01～2004.12	1962.10	男	回	大学	河北省大厂县
	张化志	常 委	2004.10～2004.12	1965.08	男	汉	研究生	河北省霸州市
	于成龙	常 委	2004.10～2004.12	1953.08	男	汉	大专	河北省大厂县

第二节　基层组织

1986 年，县委下属基层党委（组）14 个，其中党委 8 个（含 6 个乡镇党委），党组 6 个，总支 13 个，支部 281 个。1992 年 4 月，县委决定在 6 个群团组织和政府所属的 41 个局中建立党组。此后，经 1996 年撤乡并镇、机构改革、1998 年成立民族工业园区、2002 年机构改革、成立城区街道办事处，以及上级业务部门工作需要，经数次调整，到 2004 年，县委下属 9 个党委，44 个党组，党总支 21 个，党支部 340 个。

1986 年至 2004 年中共大厂县委基层组织情况统计表

表 13－3－2

年份	数字项目 系统	合计	工业	交通	农业	商业	文卫	党政	其他
1986	党委（组）	14			6			6	2
	总支	13	1	1	2	4	2	2	1
	支部	281	34	6	121	33	21	62	4
1987	党委（组）	14			6			6	2
	总支	14	1	1	2	4	2	4	
	支部	303	44	5	121	34	27	61	11
1988	党委（组）	14			6			6	2
	总支	24	3	1	2	1	2	7	8
	支部	313	43	5	122	33	28	66	16
1989	党委（组）	17	1		6			5	5
	总支	17	3					14	
	支部	314	49	5	115	31	24	77	13
1990	党委（组）	19	1		6			4	8
	总支	18	3					15	
	支部	319	44	7	113	34	21	85	15
1991	党委（组）	19	1		6			4	8
	总支	18	3					15	
	支部	328	49	5	112	23	25	100	14

数字 年份	系统 项目	合计	工业	交通	农业	商业	文卫	党政	其他
1992	党委（组）	66	1	1	6	3	3	49	3
	总支	14	3	1	2	3	1	4	
	支部	336	47	7	117	44	31	75	15
1993	党委（组）	65	1	1	6	3	3	49	2
	总支	14	3	1	2	3	1	4	
	支部	341	47	7	117	44	28	81	17
1994	党委（组）	52	1	1	6	3	3	36	2
	总支	14	3	1	2	4	1	1	2
	支部	347	50	7	117	48	28	80	17
1995	党委（组）	65	1	1	6	3	3	49	2
	总支	15	3	1	2	4	2	1	2
	支部	339	42	7	117	47	22	80	24
1996	党委（组）	65	1	1	6	3	3	49	2
	总支	18	42	4			1	5	2
	支部	364	47	7	118	53	37	83	19
1997	党委（组）	41						41	
	总支	18	3	1	2	4	2	6	
	支部	351	43	6	117	45	31	91	18
1998	党委（组）	40						40	
	总支	18	3	1	2	4	2	6	
	支部	336	44	8	111	25	27	96	25
1999	党委（组）	52						52	
	总支	19	3					15	1
	支部	340	36	8	112	24	29	103	28
2000	党委（组）	53						53	
	总支	18	1					12	5
	支部	339	32	11	108	24	25	95	44
2001	党委（组）	54						54	
	总支	17	1					10	6
	支部	297	33	9	108	18	36	93	

第十三编　中国共产党大厂县地方组织

续上表

数字 \ 系统 \ 项目 年份		合计	工业	交通	农业	商业	文卫	党政	其他
2002	党委（组）	53						53	
	总支	20	1	1		1	1	12	4
	支部	340	32	11	105	24	25	95	48
2003	党委（组）	53						53	
	总支	21	1	1		1	2	12	4
	支部	340	32	11	105	24	25	95	48
2004	党委（组）	53						53	
	总支	21	1	1		1	2	12	4
	支部	340	32	11	105	24	25	95	48

第四章　重要决策

1986 年以后，县委、县政府按照上级部署，针对县情，做出了一系列重大决策，促进了自治县的三个文明建设。

第一节　决定事项

1986 年至 2004 年，县委常委会研究讨论县政府提交议题 43 件。其中涉及改革议题 3 件，主要是关于部署工业企业推行承包经营责任制、工商企业改制及减员分流的实施办法、规定等；经济建设议题 5 件，主要涉及调整产业结构、调整财政收支、经济运行分析及需采取的措施，关于进一步扶持乡村集体企业发展若干规定等；政务议题 12 件，涉及内容包括向人民代表大会报告的政府工作报告、传达上级会议精神和贯彻落实情况、对全县经济工作安排及重大会议的安排部署；计划类议题 6 件，分别是关于城建项目规划和个人盖房公示方案、经济和社会发展长中短期规划及设想、财政支出计划、机构建立、重大活动筹备方案和政府县长分工等；城乡建设类 3 件，主要是县城机关办公楼，城市居民住房建设方案、规定和县城街道改造方案；开放类 3 件，分别是关于扩大畜牧产业规模延伸产业链条的设想、与亿阳集团合作有关事宜和创建"开放大厂"的实施意见；突发事件类 2 件，主要是安排部署全县 2003 年非典型肺炎防治情况；汇报类 3 件，县长及副县长关于经济工作、救灾情况的汇报和对下一步工作的想法。（主要议题见附表）

1986 年至 2004 年县委研究讨论县政府提交常委会议题统计

表 13 - 4 - 1

时间	地　点	主持人	议题内容	备注
1986 年 7 月 4 日	县委常委会议室	李俊杰	关于对上级来人吃住收费问题。研究财政税收工作。	
1987 年 7 月 13 日	县委常委会议室	李秋烟	部署关于工业企业推行承包经营责任制主题会议精神；研究部署贯彻落实意见。	
1987 年 10 月 16 日	县委常委会议室	李秋烟	周万才副县长汇报冷冻厂建设情况。	
1988 年 1 月 6 日	二楼接待室	李秋烟	讨论县政府党组关于服装厂改建为服装公司的请示。	
1988 年 3 月 1 日	二楼会议室	李秋烟	关于植树造林问题。关于 1988 年财政收支安排意见。	
1988 年 10 月 6 日	二楼会议室	李秋烟	审议县政府关于城建规划和个人盖房公示等方案。	
1989 年 3 月 2 日	常委会议室	李秋烟	讨论审议县政府关于自建公助家属住房的规定。	
1990 年 6 月 5 日	县委会议室	孙连宇	讨论关于建设人大政协楼等五项事宜。	
1990 年 10 月 12 日	县委会议室	孙连宇	关于电机厂技术改造问题。	
1990 年 12 月 22 日	常委会议室	孙连宇	讨论"八五"计划。讨论 1991 年市政建设项目。	
1991 年 3 月 20 日	政府小礼堂	吴显国	审议关于经济和社会发展十年规划及"八五"计划的建设（草案）	四届三次全会
1991 年 10 月 17 日	县委会议室	孙连宇	关于进一步扶持乡村集体企业发展的若干政策规定。	十一次常委扩大会议
1992 年 2 月 28 日	县委会议室	孙连宇	听取关于农业产业化、优质、高产、高效路子的具体措施。	常委第四次扩大会议
1994 年 9 月 12 日	县委会议室	吴显国	救灾工作。税收及当前农业问题。开发区工作。	党政联席会
1998 年 5 月 23 日	常委会议室	刘智广	进一步深化粮食流通体制改革的实施办法，关于粮食企业业务分离和减员分流的实施办法。	
1998 年 11 月 12 日	常委会议室	刘智广	大安街西侧改造实施方案；贯彻落实全市财政工作会议精神。	
2001 年 2 月 21 日	常委会议室	刘智广	关于乡镇财政体制的暂行办法。	

时间	地 点	主持人	议题内容	备注
2002 年 3 月 15 日	县委常委会议室	沈树田	研究《大厂回族自治县经济技术开发区工委、管委筹备方案》和《大厂回族自治县工委、管委机构设置》	
2003 年 4 月 23 日	县委常委会议室	沈树田	通报县"非典"防治情况。研究县四套班子领导分包乡镇、县直部门做好"非典"防治工作责任制的通知。	
2003 年 5 月 30 日	县委常委会议室	孟繁祥	研究召开全县"非典"防治暨经济建设工作会议有关事宜。研究审议厂谭路改造有关问题。	
2004 年 2 月 3 日	县委常委会议室	孟繁祥	研究《大厂回族自治县全面建设小康社会加快实现现代化指导纲要》。	
2004 年 4 月 29 日	县委常委会议室	孟繁祥	研究审议关于创建"开放大厂"的实施意见和关于建立大厂回族自治县投资服务中心的实施方案,关于招商引资奖励政策的规定,关于加快县域经济发展的若干优惠政策及相关情况说明。	

第二节　党政机构改革

根据中共廊坊市委、廊坊市人民政府有关文件精神,县委分别于 1996 年、2002 年做出党政机构改革的决策。

一、1996 年党政机构改革

1996 年 4 月 27 日,县委、县政府召开了全县机构改革大会,公布了机构改革及并乡扩镇方案。

县　委:机要局并入办公室,作为办公室内设独立机构;老干部局、县直机关工作委员会并入组织部,保留老干部局、县直机关工作委员会名称,办公地点、职级不变;社会治安综合治理办公室并入政法委员会。廉政办公室并入纪律检查委员会等。改革后,县委常设工作机构有 5 个,即县委办公室、组织部、宣传统战部、农工部、政法委员会。其中,县委办公室包含机要局;组织部包含老干部局、县直机关工作委员会和干部考核委员会办公室;宣传统战部包含宣传部、精神文明建设办公室、统战部、对台工作办公室;政法委员会包含社会治安综合治理办公室和流动人口管理办公室。县委直属事业单位党史研究室和党校未变。

县政府:计划委员会更名为计划局,撤销城乡建设委员会,新建建设局;撤销工商行政管理局、物价局、技术监督局，成立经济技术监督局；撤销教育委员会、文化局、体育运动委员会，合并成立文教局；爱国卫生运动委员会并入卫生局，保留爱国卫生运动委员会名称，办公地点、职级不变；撤销计划生育委员会，建立计划生育局，原有人员、编制、职级不变；撤销民族宗教事务委员会，建立民族宗教事务局。

乡　镇：并乡扩镇，将王必屯乡与大厂镇合并为大厂镇，王必屯乡撤销。

二、2002 年党政机构改革

县　委：保留纪律检查委员会机关（监察局与其合署办公）、办公室、组织部、宣传部、统一战线工作部、农村工作部、政法委员会（社会治安综合治理委员会办公室与其合署办公）、直属机关工作委员会。撤销干部考核委员会办公室，职能交由县委组织部承担，人员列入县委组织部。设立处理"法轮功"问题领导小组办公室（政府防范和处理邪教问题办公室），为县委处理"法轮功"问题领导小组的常设办事机构，设在办公室。机构编制委员会办公室是机构编制委员会的常设办事机构，既是县委的工作机构，也是县政府的工作机构。县委、县政府信访局由县委办公室、县政府办公室管理，以县委办公室管理为主。老干部局由组织部管理。台湾工作办公室（政府台湾事务办公室）设在统一战线工作部内，对外保留名称。机要局、保密委员会办公室（保密局）设在县委办公室内，对外保留名称。精神文明建设委员会办公室设在宣传部内，对外保留名称。国防教育办公室设在武装部，业务工作由宣传部和武装部共同负责。保留档案局、党史办公室、党校，为县委直属事业机构。经过上述调整，县委工作部门设 8 个，议事协调机构的办事机构设 2 个，部门管理机构设 2 个，县委直属事业机构设 3 个。

保留工会、团委、妇联、科协、文联、工商联、残联、计划生育协会、老龄委、关心下一代工作委员会、老年体育协会等群团组织。

设立伊斯兰教协会，与民族宗教事务局合署办公。

县政府：保留财政局（农业区划办公室由财政局管理，其机构、人员、经费来源渠道不变。农业产业化办公室设在农业区划办公室）。撤销计划局，成立发展计划局。保留建设局（内设园林局）、农业局（内设林业局，挂农业局、林业局牌子）、交通局。水利局更名为水务局。撤销物价局，设立物价监督检查所，挂物价局牌子。保留办公室、科学技术局、民族宗教事务局、公安局、监察局（与纪律检查委员会机关合署办公，不占机构数额）、民政局、司法局、卫生局、计划生育局、审计局。在劳动人事局的基础上，组建人事劳动和社会保障局，不再保留劳动人事局的牌子。土地管理局更名为国土资源局，地质矿产资源职能由国土资源局承担（撤销地矿办公室，其人员划入国土资源局，划入人员工资来源渠道不变）。撤销文教局，设立教育局。保留广播电视局、畜牧水产局、环境保护局。对外开放办公室更名为开放办公室，挂招商合作局牌子。统计局由政府工作部门改为政府直属事业机构。设立文化体育局（撤销文化局、体委，其人员全部转入文化体育局）、城区管理综合执法局、房产管理局（房地产开发公司划入房产管理局）。经过上述调整，县政府工作部门设 18

个，直属事业机构设 8 个。

县人大：保留办公室、法治科、经济科、教科文卫科、民族宗教科。

县政协：保留办公室、教科文卫科、宣传联络科、民族宗教科。

其他机构：成立经济技术开发区委员会，撤销民族工业园区管委会。成立城区街道办事处，为县委、县政府派出事业机构。撤销经济贸易局。

撤销粮食局，成立粮食管理办公室，在粮食局的基础上组建粮食总公司。

撤销经委、企业局，成立工业管理办公室。撤销商业局（改为商业总公司），成立商业管理办公室。撤销外贸局（改为外贸总公司），成立外贸管理办公室。撤销农业机械管理局，成立农业机械管理办公室，在农业机械管理局的基础上组建农机总公司。撤销物资局，成立物资总公司。以上单位办公地点、人员、经费来源渠道不变。保留县供销社、廊坊市天成再生利用集团公司。成立建筑公司（在建设局建筑公司基础上组建）。原享受科级待遇未列入改革方案的单位机构规格不变。

乡　镇：乡镇党委政府工作机构，本着统一、高效、精干的原则设置党政办公室、财经办公室、社会事务办公室、计划生育办公室、建设办公室。乡镇党委要根据《党章》和有关规定设立纪律检查委员会。社会治安治理委员会办公室与司法所合署办公，一个机构，两块牌子。

县委要求在机构改革中，要正确处理改革发展稳定的关系，避免出现大的震动，做到思想不散、秩序不乱、人员妥善安排、国家财产不流失、工作正常运转。严肃编制、组织、人事、财经、保密等各项纪律，在县委、县政府领导下，编制、组织、人事、财政、纪检（监察）、审计等部门要积极配合，形成合力，确保机构改革任务顺利完成。

第三节　制定发展目标

2004 年 2 月 13 日，县委召开八届二次全体（扩大）会议，会议认真分析了发展中遇到的严峻挑战及制约大厂发展的关键问题，提出全县经济发展的指导思想是以邓小平理论和"三个代表"重要思想为指导，以发展为主题，以项目建设为核心，以优化发展环境为突破口，立足于夯实基础、蓄足后劲，致力于"进位·追赶"，按照"做大县城、发展两翼、三点支撑"的经济格局，坚持"依托首都发展互补经济、挖掘优势做大集群经济、突出特色打造品牌经济"的发展方向和"横比进位、纵比提高，争做少数民族文明富裕示范县"的目标定位，重点抓好五项突破，着力开展四个创建，全力推动大厂县经济持续快速健康协调发展。

夯实基础，就是要切实抓好畜牧养殖、清真食品、机械制造、民族工艺等基础产业；切实抓好以水、路、电、暖、通讯、市场等为重点的基础设施建设；切实抓好教育、文化、卫生、科技、环保等对经济建设起基础性作用的各项社会事业。蓄足后劲，就是要千方百计招商引资、加大投入、培育新的经济增长点。

做大县城、发展两翼、三点支撑的经济格局，就是要以县城为中心、以夏垫镇和祁各庄乡为两翼，尽快形成全县经济发展的三个有力支撑，进而辐射全县、带动全局。

依托首都发展互补经济，就是充分发挥大厂县毗邻北京的区位优势，实施接轨北京、错位发展战略。挖掘优势做大集群经济，一是着力发展以肉食品加工为重点的产业集群；二是着力发展以高科技含量产品为重点的产业集群；三是着力发展以带钢、焊管、机械制造为重点的产业集群；四是着力发展具有较大规模和较高知名度的专业市场产业集群。突出特色打造品牌经济，一是打造独具特色的大厂清真食品品牌；二是打造大厂特色的休闲娱乐品牌；三是打造具有地方特色的民族文化产业品牌。

横比进位、纵比提高，争做少数民族文明富裕示范县的目标定位，就是在使经济发展速度不断提高，在各县（市区）的位次不断前移；立足现有基础，全面提高经济运行的质量和效益，使大厂各项事业走在全国少数民族自治地方的前列，成为展示少数民族文明富裕的窗口。

围绕上述发展方向和目标定位，要在整体推进的同时，着力在事关全县经济发展的五个环节上寻求突破。一是在招商引资上求突破，二是在提高畜牧产业层次上求突破，三是在加快非公有制经济发展上求突破，四是在培育第三产业上求突破，五是在小城镇建设上求突破。

为坚持以人为本，激发内在动力，着力开展"四个创建"活动，为经济发展提供有力保障。以创建"开放大厂"为目标，内抓开放，外拓空间，为经济发展注入新的活力；以创建"诚信大厂"为目标，横下决心，切实把发展的软环境治理好；以创建"实干大厂"为目标，抓班子带队伍，形成上下同心鼓劲发展的浓厚氛围；以创建"平安大厂"为目标，抓基层打基础，进一步巩固和发展安定团结的社会政治局面。

第四节　整顿思想作风

2004 年年初，县委以求真、求实、求是的勇气和作风，经过大量调查研究，查找出全县各级领导班子和干部队伍中存在的思想保守、观念滞后、精神涣散、作风漂浮、不求实效等 8 个方面问题，站在对事业负责、对发展负责、对群众负责的高度，因症施治，从 5 月 12 日起利用两个月的时间，在全县各级领导班子和领导干部中强势启动、深入开展了思想作风教育整顿活动。活动确定以治软、治散、治虚、治懒为重点，力求工作谋实策、出实招、干实事、求实效，用实干聚人心，用实干增实效，用实干增合力，用实干促发展，为发展提供有力保证。

在活动中，全县各级各部门采取多种方式深入查摆：一是领导帮助找。各乡局级单位在活动中及时与分包的县领导进行沟通，恳请领导对班子及其成员提出意见和建议，并邀请县级领导参加单位民主生活会。据统计，共有 68 个单位的民主生活会县领导亲自进行了现场指导。二是单位内部查。各单位采取召开民主生活会和内部无记名投票测评会、座谈会的形式，对班子及干部存在的问题进行相互查摆，在同志间开展积极健康的批评与自我批评，并将民主生活会上查找出的问题和不足向广大干部群众进行了通报。县二中将测评权交给每一名在校生手中，征求学生们对上至校长下至员工的意见和建议。三是社会广泛征。全县各单位共向社会发放征求意见卡（表）11 118张，窗口单位和执纪执法部门共走访服务对象4385人（户），有74个单位召开了有人大代表、政协委员、服务对象等人员参加的座谈会，参加座谈会的人员达1200人，共征求意见和建议5250条。四是恳请群众提。将征求群众意见当作一项经常性的工作，各部门在本单位明显位置设立了征求意见箱，责成专人定期开启，活动中全县各单位共新设征求意见箱56个。五是通过梳理集。各单位针对所征求到的意见和建议，责成专人进行了全面细致的梳理、统计，并形成了不同层面的《征求意见梳理情况报告》，经梳理汇总，在全县各单位所征求到的意见中，肯定类2052条，建议956条，批评类442条。

各单位领导班子和干部职工针对反馈的意见和建议，认真对照自身思想、工作、管理、服务等方面进行了深刻的剖析，共有92个单位领导班子形成了单位剖析材料，近500名科级干部形成个人剖析材料。在此基础上，各单位领导班子和领导干部围绕"创建、突破"目标，突出部门及行业的职能特点，进一步制定了班子整改方案和个人整改措施，并实行逐级审核把关，强化了方案和措施的针对性和可操作性。全县96个乡局级单位按要求上报了整改方案，上报个人整改措施475份。按照整改方案，各单位明确了近期重点解决的群众关心、领导关注、具有社会影响的实际问题，对近期不能解决或不能解决到位的问题，及时向群众做好解释工作，并制定出具体的解决计划和改进时限。县综合执法局针对城区排污管严重破损问题，派专业人员进行了实地考察、测量，制定了切实可行的工作方案，清淤12 167米，构成了城区技术含量高、整体顺畅的排污设施覆盖系统，保证了县城区内污水的正常排放。

为保证思想作风教育整顿活动的深远影响和长久效应，各单位结合整改方案和整改措施，制定完善工作机制及相关制度，建立起保持良好作风的长效机制。多单位以文字形式印发或上墙公布，窗口单位和执法部门将建立和完善的制度向服务对象公布，广泛接受社会的监督。县卫生局完善实施了病人选医生制度、对服务项目收费标准和常用药物价格公示制、住院费用每日清单制等6项制度，提高服务质量，思想作风教育整顿以后，全系统收到患者表扬信82封，锦旗6面。全县乡局级单位重新建立完善了各项制度167个，县思想作风教育整顿活动领导小组办公室汇编成册，为各单位规范自身行为和接受社会监督提供了标准。

在教育整顿活动中，县委实行县四套班子领导和督导组双重督导制度。一方面，县级领导深入分包乡镇和主管部门通过参加单位动员会、班子民主生活会，对班子和正职的梳理意见、整改措施进行把关，与正职进行谈心活动等方式，对所包单位的整顿进行全程督导。县委书记孟繁祥等县教育整顿领导小组成员先后4次听取了各单位一把手关于本单位教育整顿活动开展情况的汇报。另一方面，县委抽调人员成立6个督导组，对全县乡局级单位教育整顿活动分阶段进行指导、督促、检查、验收和评分，确保各单位按要求开展整顿活动。

为确保对教育整顿活动效果评价的客观性、公正性、准确性，县委实行五位一体综合评价的方法，对各单位活动情况按照督导组评价、社会评价、检查验收评价、县级领导评价、领导小组评价3：3：2：1：1的比例，综合记分评价。县委利用两个半天时间，分四批组织县人大代表、政协委员、企业界代表、部分离退休老干部和群众代表共 202 人采取填写评价票的方式，对全县乡局级单位整顿活动开展情况及效果进行了评价，将评判权交给社会各个层面。县委根据平时掌握情况和教育整顿综合评价结果，对整顿效果好的单位进行表彰，组织 12 个先进典型进行成果交流，同时对整顿后没有明显成效的单位一把手进行了诫勉谈话。

思想作风教育整顿活动开展两个多月，全县各级领导班子和领导干部积极参与，社会各界人士热情支持，使活动取得了明显的阶段性成果。

统一了思想，树立了实干兴县的正气。陈府乡经济发展相对缓慢，面对"村村通油路"工程任务重、资金缺等诸多困难，乡党政班子团结一心，在全县率先启动建设村村通工程。仅用两个月时间，就实现了总投资 230 万元、全长 21.60 公里的"四横一纵"路网的全部竣工通车，从根本上解决了群众"出行难"问题，赢得了广大群众的赞誉。县供电局在整顿活动中，积极争取上级资金，加大电力基础设施建设力度，投资 100 万元对祁各庄变电站、棋盘变电站、夏垫工业站进行了增容，投资 1100 万元实施第三期农网改造工程，进一步改善了自治县的用电环境。

转变了作风，实现了群众满意度的提升。一是服务意识进一步加强，农业局全力推进农业结构调整，引进新技术 22 项，新产品 26 个，发展示范区 5 个，示范村 12 个，示范户 220 户，亩均增收 400 元以上，使 1200 多户农民走上了致富路。二是工作效率有了进一步提高，技术监督局深入到大厂国际渔具城，现场为 41 家驻城单位办理了代码证书，既缩短了办证时间，又为企业提供方便，深受渔具城管委会和企业称赞。县艾帝斯食品有限公司由于生产形式良好，急需扩大冷库规模，但不清楚如何办手续，发展计划局急企业所急，在基本手续齐全、不违反政策的前提下，仅用两个小时便为该企业办完了所有的相关手续。三是服务水平有了进一步提高，建设局针对建设工程报建手续烦琐问题，成立了建设工程服务中心，所有新建、扩建、改建的建设工程项目都可以直接进入服务中心集中办理，为保证中心正常运转，该局将各职能科室集中进驻现场，联合办公，并将建设工程报批指南、报建流程图、报建所需资料、办结时间等内容上墙，极大地方便了服务对象。四是部门管理更加严格规范。教育局建立责任追究、收费公示、举报监督、联合抽查 4 项制度，规范和治理教育收费行为取得成效，社会对教育的满意度不断上升。

增强了团结力度，提高了各级领导班子的凝聚力和战斗力。建设局领导班子通过思想作风整顿活动，克服被动心理和畏难怵头情绪，使困扰自治县多年的县城东北环路改造工程全面进入实质阶段，2000 年 6 月 28 日，主路建成通车。交通局领导班子积极运作，多方联系使县城西环路（夏安线县城段）改造工程进展顺利。

促进了工作，推动全县各项任务的顺利完成。截至 6 月 24 日，大厂县累计完成财政收入 6514 万元。占全年任务的 51.70%，同比增长 8.93%，增收 534 万元。提前 7 天实现了财政收入"双过半"；项目建设蒸蒸日上，在省"5·18"经贸洽谈会上，大厂县共有 19 个项目上会签约，总投资折合人民币 10.70 亿元，总投资 1.18 亿元的清真食品交易商城、总投资 7000 万元的国华二期硅钢生产项目等一大批投资规模大、辐射带动强的项目进展迅速；党的建设和精神文明建设全面加强，在圆满完成小康宣讲工作的基础上，县委又全面启动了小康助推工程和生态文明村创建工作建设，推进了农村三个文明的协调发展。

第五章　县委经常性工作

第一节　组织工作

一、机　构

组织部，1986年内部分工有组织组、干部组、干训组。1990年增设秘书组。1995年6月新建干部考核委员会办公室，挂靠组织部。1996年8月，新建组织员办公室，协调办公室。2000年8月，撤销秘书组，成立办公室。至2004年组织部内设组室有办公室、干部组、干审组、干训组、档案组、组织组、信息调研组、组织员办公室、电教中心。

二、领导班子建设

始终坚持全面、正确地贯彻执行干部"四化"方针，把加强领导班子建设与县域经济相结合，结合经济抓党建，抓好党建促经济，使各级班子不断适应改革开放的需要。按照德才兼备原则，凭党性、凭实绩看干部、用干部。十几年中，建立健全了领导干部学习制度，培训考核制度，按照《党政领导干部选拔任用工作条例》完善了干部选拔任用工作程序。培养、选拔年轻干部，采取轮岗、交流等形式，提高年轻干部综合素质，使乡局级领导班子和干部队伍的年龄、文化、专业结构得到明显改善。每年安排部署乡局级班子民主集中制建设和召开民主生活会进行，要求各单位按时召开民主生活会，同时坚持定期检查，随机抽查乡局级班子办公会议记录、党组会议记录、民主生活会记录等，派人参加民主生活会进行监督指导。检查乡局级班子上报会议记录，对不符合要求的限期改正。

三、干部队伍建设

重点加强干部的使用管理工作，坚持年度考核，每年对全县乡局（科）级干部进行年终考察考核，双考工作严格执行个人总结、公开述职、民主测评、民主推荐、个别座谈等程序，在全面考察考核基础上，对乡局级班子和领导干部进行分类排队，对那些德才兼备、政绩突出、群众公认的干部，尤其是优秀的年轻干部，进行大胆提拔使用，对新调整干部进行跟踪考察。

四、基层组织建设

重点抓好以党支部为核心的村级组织配套建设。每年制定村级组织规范化建设实施方案，完成了以村级党支部为核心的"三位一体"（即党支部、村委会、经济合作社）的配套建设。整顿转化后进支部，建立后进村党支部基本情况档案、整顿转化情况统计表和月通报制度，制定整顿转化验收标准，定期入村督查指导。开展以"应知、应会、应干"为内容的岗位练兵活动，实行新任党支部书记岗前培训制度，考试合格者持证上岗。

五、党风廉政建设

始终将党风廉政建设贯穿于县委班子自身建设和干部队伍的严格管理之中。把思想工作、制度建设融为一体，相互促进。严格落实《党风廉政建设责任制》，每年年初县委分别与各党政班子成员签订《党风廉政建设责任状》，依照执行情况坚持督促检查。

六、知识分子工作

制定完善考核目标，每年制定下发知识分子工作要点、科技人员奖励规定、工作目标考核意见等具体政策措施。每三年选拔一批拔尖人才，建立联系制度，定期组织学习党的方针政策，了解全县经济发展情况，采取请专家讲课、外出参观等形式，开阔眼界，提高素质。对思想要求进步、工作实绩突出，靠近组织，符合党员条件的知识分子及时吸收入党。

七、选拔干部到企业挂职锻炼

1992年10月，县委制定了"关于选拔优秀青年干部到企业挂职的暂行规定"，到1993年年底共有41名机关干部到企业虚心学习经营管理知识，积极参与企业的生产、经营、管理，锻炼了意志，增长了才干，在市场经济的大潮中大显身手。

第二节　宣传工作

一、机　构

宣传部，1986年下设秘书组、党教组、宣传组、理论组、报道组。1998年宣传部下设秘书组、报道组、理论组、宣传组、党教组和干部组。到 2004 年下设秘书组、报道组、理论组、党教组、宣传组、外宣组和干部组。

县精神文明建设委员会办公室成立于 1987 年 3 月。办公室为委员会的办事机构，由县委领导，宣传部代管。1991 年 1 月，办公室曾与爱国卫生运动委员会办公室合并，实行一套班子，两个牌子，隶属县委、政府双重领导。1993 年 7 月爱委会办公室划归政府序列。

二、队伍建设

以加强业务培训为基础，全面提高宣传文化系统干部队伍素质。加强与各乡镇宣委和县直宣传文化系统各单位的工作联系和指导，通过以会代训的形式，加强业务培训；采取邀请专家授课、印发辅导材料和外出学习等多种形式对全县通讯员进行培训，截至 2004 年全县共举办各类培训班 200 余期，培训通讯员达 1000 余人次。2000年，宣传部先后制定了基层通讯员上稿表彰办法、各单位在市级以上报刊台上稿月通报制度等一系列文件，激励了通讯员的写作热情，保持通讯员队伍的稳定和发展。

以制度建设和目标量化考核为载体，加强宣传干部队伍管理，在宣传部内先后制订了各组室目标管理责任制，将每年的工作目标量化分解，责任到人；对全县宣传文化系统干部实行归口管理，建立起股级干部档案，加大宣传干部的考核力度。

三、理论学习和研究

以服从和服务改革与建设大局为前提，以县委理论学习中心组为主体，以中央、省、市重大决策及重要理论为重点内容，认真做好思想理论的学习教育工作。为落实中央提出的以科学的理论武装全党战略任务，1998 年在全市率先建立了干部理论学习激励约束机制，并强化阵地建设创办了"业余党校"，对全县干部定期进行专题辅导，1997 年、1998 年连续两次获得河北省理论教育先进县的荣誉称号。以"学习贯彻'三个代表'重要思想、加快大厂经济社会发展"为主题开展了座谈交流。2003年，以"三个代表"重要思想为内容，在全县开展了县委常委包乡镇、乡镇干部包村、村干部包户的"三级宣讲入村户"活动，对乡镇党政班子全体成员、机关干部、乡直单位主要负责人、农村党支部书记、村委会主任、重点企业党支部书记进行了宣讲。在全县副科级以上干部中开展专题辅导，围绕树立和落实科学发展观、新形势下人才需求及县内人才状况、国防形势、农业发展形势现状及发展方向等人们关注的重点问题进行形势教育。

围绕全县经济和社会发展重点，开展调查研究。县委理论学习中心组成员深入所包乡镇、企业、村，就大厂畜牧业发展，落实环境建设年部署、优化投资环境，进一步加强干部队伍作风建设、农民增收、农村稳定、基层组织建设、项目建设、环境建设等多项问题，通过座谈、走访、交流等方式，有针对性地进行实地调查，撰写了《大厂县畜牧业发展的现状、问题与对策》、《落实"环境建设年"部署，进一步优化投资环境》、《我县交通建设的现状、问题与对策》、《如何优化活化土地管理，促进经济发展》、《我县非公有制经济发展的现状、问题与对策》等多篇调研文章。

四、新闻报道

围绕全县经济和社会各项事业发展和各条战线的大事、要事以及经济、畜牧、文化等发展亮点突出主题宣传、扩大规模宣传、推进典型宣传、激活基层宣传，在市级及其以上新闻媒体刊发、播发了大量精品和重点稿件，不断提升大厂县的对外知名度和美誉度。40周年县庆期间，宣传部充分发挥职能结合全县实际编辑采写的100余篇反映全县经济和社会各项事业健康快速发展的稿件分别在国家、省、市级新闻媒体刊发。截至2004年全县共在中央电视台播发新闻消息20条、在《人民日报》发表新闻稿件70余篇、在《河北日报》发表稿件300余篇，在《廊坊日报》和廊坊电视台的各类节目中每年发表稿件和电视新闻达600余篇。先后接待中央、省、市采访团完成对"民族团结事业兴"、"大厂评剧团"等经验和典型的集中报道，形成了强大的宣传报道声势。

20年中，全县通讯员在积极工作的同时还受到全国各新闻媒体的表彰，先后有多人分别被《人民日报》、中央人民广播电台、《河北日报》、《河北经济日报》、《廊坊日报》和廊坊电视台等多家新闻媒体评为"优秀通讯员"。全县各单位通讯员采写的大量新闻稿件先后在全国、省、市、县各类新闻评比中获得大奖，2004年，宣传部两篇文章分获由中国地市报协会举办的"中国地市报新闻奖"一等奖、二等奖。为提高基层新闻宣传工作水平，营造大外宣格局，宣传部每年定期召开表彰大会，每年都有10余个单位和30余名通讯员获得"新闻报道先进单位"和"优秀通讯员"称号。

五、宣传文化

宣传部认真贯彻落实贴近基层、贴近群众、贴近实际的"三贴近"原则，大力发展群众文化，把开展丰富多彩的群众文化活动、满足广大人民群众日益增长的精神文化需求作为统一全县广大干部群众思想，鼓舞士气、凝聚合力的一条有效途径。1986年以后，每年组织学雷锋活动月、县庆庆典系列文化活动、夏秋群众文化活动及庆祝春节、元旦等各种节庆系列群众文化活动20余场次，参演人数上千人次，观众达10万人次，带动了全县机关文化、企业文化、社区文化、村镇文化、校园文化、协会文化的发展。2002年以后，群众文化活动更加蓬勃开展，极大满足了广大人民群众的精神文化需求，为全县各项事业发展营造了良好的文化氛围。

每年的春节系列文化活动由12月底开始，到来年2月底结束，历时近2个月时间，包括文艺演出、花会调演、花灯展览、体育比赛四大类十几项活动；夏秋群众系列文化活动由4月底开始至10月上旬结束，历时5个多月时间，每周五晚在县城文化广场上安排包括文艺演出、歌舞晚会、知识竞赛、歌咏比赛等形式多样的文艺活动；节庆系列文化活动以每年的五一、六一、七一、八一、十一等主要节日为契机，举办行业风采大赛和庆祝教师节、儿童节、建军节等专题文艺晚会；成立于 2003 年 9 月 17 日的大厂回族自治县新一届书法协会、美术协会和成立于是年 12 月 26 日的戏剧协会等群众文艺组织也非常活跃，春节前他们把写满祝福的春联送到老百姓家门口，并在敬老院里为老人演唱精彩的戏曲唱段。

2004 年，大厂镇大厂三村、河西营村、金庄村，夏垫镇北坞三村、南寺头村 5 个村被省委宣传部授予省级"宣传文化示范村"称号，除河西营村为自建类省级"宣传文化示范村"外，其他 4 个村分别获得省委宣传部赠送的价值 12 万元的电脑、彩电、图书、鼓乐等文体器材；祁各庄乡大小辛村、小东关村 2 个村被市委宣传部授予市级"宣传文化示范村"，分别获得市委宣传部赠送价值 2 万元的文体器材。全县省、市级"宣传文化示范村"文化活动中心图书室、阅览室、文体活动室、棋牌室等，设置齐备，丰富了村民业余文化生活，同时也带动了周边村庄开展健康向上的文化活动。

第三节　精神文明建设

县精神文明建设始于 20 世纪 80 年代。20 多年中，全县各族人民在各级党委政府的领导下，解放思想，实事求是，坚持"两手抓、两手硬"的方针，大力加强精神文明建设，全县人民的精神面貌、道德素质发生了根本性变化，各行各业文明服务水平不断提高，文明城镇建设方兴未艾。

一、公民思想道德素质建设

20 世纪 80 年代初期，改革开放春风乍起，大厂县兴起了群众性精神文明建设的热潮。1982 年，按照中央和省地部署，在党委和政府的领导下，全县城乡掀起了"五讲四美三热爱"（讲文明、讲礼貌、讲卫生、讲秩序、讲道德，语言美、心灵美、行为美、环境美和热爱祖国、热爱社会主义、热爱中国共产党）活动的热潮，活动不断深入发展。

20 世纪 90 年代，改革开放再次掀起高潮，公民思想道德建设随之深入。文明委于 90 年代初期制定了《大厂县文明公民守则》（十要十不），并编辑出版了《大厂县文明公民教育读本》，作为公民教育的基本教材，同时加强文明公民学校建设，全县各种形式的文明公民学校 10 所，各乡镇、县直各单位依托文明公民学校，采取集中学习、逐题宣讲、知识竞赛等形式分期分批地对县乡干部、企业职工、学生、个体经营者、农民和城镇居民进行较为系统的教育培训，形成全方位、广覆盖，具有大厂特色的文明公民培训格局。1997 年全县掀起"讲文明、树新风"活动高潮，倡导全社会使用"请、谢谢、对不起、再见"等文明用语，开展"向不文明行为告别"活动，清理环境卫生。一些老干部、中小学生自动组织起来到大街上规劝不文明行为。纠正交通违章行为。

2000 年以后，公民思想道德建设进入了一个新阶段。2001 年 10 月，中央颁布了《公民道德建设实施纲要》，全县掀起了学习宣传贯彻《公民道德建设实施纲要》的高潮。县委、县政府确定 2002 年 4 月为公民道德建设宣传月，文明委在县文化中心广场举办了"公民道德文明承诺"签名活动，全县各界干部群众、中小学生 2000 多人签下了自己的名字，作出了庄重的承诺。通过学习宣传贯彻《公民道德建设实施纲要》，以"爱国守法、明礼诚信、团结友爱、勤俭自强、敬业奉献"为内容的 20 字公民基本道德规范深入到全县人民心中。为了推进公民道德建设上水平，文明委于 2004 年编辑出版了《大厂县文明礼仪规范手册》，把"文明礼仪"作为新时期公民思想道德建设的内容之一。

为贯彻落实县委八届二次全会精神，推树各行各业典型，发挥示范带动作用，营造浓厚的实干兴县氛围，文明委在全县开展"系列十佳"评选活动（包括十佳公仆、十佳经济卫士、十佳杰出青年、十佳诚信之星、十佳文明户）。评选活动推出了一批在大厂县加快发展、全面建设小康社会进程中涌现出来的"干事、创业、为民"的模范典型。

二、文明城镇创建活动

把文明城镇创建活动作为精神文明建设的一项重要内容，县城和夏垫镇等具有少数民族特色的文明城镇在伊乡大地崛起，为经济发展提供了广阔舞台。基础设施不断完善，绿净美亮独具特色。建立了以政府投资为主，社会投资为辅的多元化城镇建设投资体制，城镇建设投入不断增加。县城道路建设基本形成纵横交织的道路网；夏垫镇初步形成以 102 国道和浦江路为主干的六横四纵道路框架。对城镇出入口和县城及夏垫镇主要道路多次进行高标准改造，特别是 2004 年县城东环路、北辰路、西环路大修改造工程的完成，使全县大路通衢、交通秩序进一步改善。居民小区建设跨越发展。县城已建成了一百家小区、三百家小区、永安小区、福华庄园、供电局小区、夏垫镇伊园小区等二十多个居民小区，其中永安小区、供电局小区达到了市级文明小区标准。城镇功能日趋完善。县委、县政府不仅注重主体工程建设，还特别重视配套工程建设，使城镇功能更加科学完备。县城和夏垫镇已建成的 4 个热力站、3 个自来水厂、变电站、通讯、环境卫生等基础设施建设不断升级换代。实施绿净美亮工程，提高县城文化品位。多方挖掘本地特有的民族、民俗文化资源，应用于城镇街区的设计建造。在建筑风格和建筑式样上，传统的廊柱结构与阿拉伯式穹顶结构相结合，如县城的临街商业门店、福华公寓、永安小区、夏垫镇伊园小区等充分体现了这一特色，具有鲜明的少数民族韵味。城镇建筑色彩统一规划、设计，以蓝色、绿色、白色为主色调，间以黄色，充分体现了清真文化内蕴。结合城镇亮化工程，在县城和夏垫镇中心制作了大型"金牛"饰；结合城镇美化工程，在县城和夏垫镇文化中心及重要饮食门店前树立多处"金牛"石雕，凸现了大厂县畜牧屠宰加工和清真饮食产业特色，成为少数民族城镇的标志。

城镇管理体制完善，城镇秩序井然。制订创建文明城镇工作目标责任制，全县创建文明城镇活动由县委书记、县长负总责，把创建工作任务目标分解落实到全县各个职能部门，职能部门一把手为第一责任人，规定了完成时限。2002年，结合机构改革，成立了城镇综合执法局、园林局和街道办事处，城镇管理体制进一步完善。各职能部门依据有关城镇管理法规，开展城镇秩序专项治理和集中整顿工作，县城交通、市场、环卫、社会治安秩序井然。

致力于文明行业建设，提高城镇服务水平。创建文明行业活动是推进"三个文明"建设的有效途径。县委、县政府按照抓机关带行业，抓行业带"窗口"的工作思路开展了一系列创建文明行业活动。在党政机关广泛深入地开展文明机关创建活动，进一步提高全县各单位行政、执法水平和服务水平。2003年以后，在全县党政机关（含所站）广泛深入地开展"双优"文明机关创建活动。各级党政机关结合自身特点，从养一盆花、设置吸烟区和禁烟标志、穿制服或标准化服装、粉刷墙壁、硬化道路、植绿护绿、拆墙透绿等做起，净化、绿化、美化、亮化机关环境；从设置科室分布图，实行挂牌上岗、立牌办公、讲文明用语开始，加强机关各项规章制度建设，进一步规范执法和服务行为，实现政务公开透明，做到了文明执法、热情服务，机关服务水平进一步提高，为经济发展和社会进步创造了良好的环境。在全县38个行政执法和社会服务行业中开展了"三杯"竞赛活动。20世纪90年代，在各行业中开展"四职一纠"（职业理想、职业道德、职业纪律、职业技能、纠正行业不正之风）活动，随着活动的深入，1997年，"四职一纠"演化为"公仆杯、为民杯、天平杯"竞赛，使文明行业建设更为制度化。1999年，"三杯"竞赛名称演化为"文明执法杯、优质服务杯、便民利民杯"三杯竞赛。文明委以群众满意不满意为标准，以进一步提高服务质量和办事效率为目标，每年印发群众评议票，使这项活动具有了广泛的群众基础，进一步促进了全县各行业服务水平和服务质量的提高，截至2004年年底，全县涌现出一星级窗口单位32个，二星级窗口单位38个，三星级窗口单位13个。

三、文明单位创建活动

文明单位是一个单位或部门综合性最高荣誉奖励，创建精神文明单位是一项长期的基础性、群众性创建精神文明工作，20年中，不断加强文明单位建设。对文明单位实行动态管理，严格考核考察，克服牌子到手创建到头的不良倾向。进入21世纪后，积极拓展文明单位创建活动领域，一些民营企业被命名为文明单位，保持了文明单位的先进性。为进一步提高创建水平，提升文明素质，按照省市有关文件精神，县文明委决定从2005年起，文明单位每两年一命名。坚持高标准，严把质量关，确保文明单位先进性。至2005年，全县有国家级文明单位1个，省级文明单位2个，市级文明单位42个。

四、文明村镇创建活动

在农村经济迅速发展的同时，大力开展精神文明创建活动。广泛开展创建"十星级"文明户活动。20 世纪 80 年代后，在农村陆续开展了"五好家庭"、"五好农民"、"遵纪守法光荣户"评比表彰活动。90 年代中期以后，总结既往经验，在省市级文明村中开展了创建"十星级"文明户活动，（内容包括爱党爱国、勤劳致富、文化教育、科技兴农、遵纪守法、民族团结、环境卫生、计划生育、移风易俗、家庭和睦），通过制订方案，宣传发动，自报互评，审核评定，反馈情况，发榜公布，动态管理等环节进行评比，在评比过程中，注重宣传发动，让农民了解评比活动的目的、内容、标准和方法，调动农民参与的积极性。创建文明村镇活动以"文明、民主、富裕"为中心，将一家一户难以承担的文化阵地建设和村容村貌改造作为创建文明村镇活动的重点，围绕村镇规划，经济发展、思想教育、文化建设、村容村貌开展活动，2004 年全县有 3 个市级文明村，2 个市级文明乡镇（大厂镇、夏垫镇）。

第四节　统一战线工作

一、机　构

统战部，1986 年有部长、副部长、秘书各 1 人，干事 2 人。1987 年 11 月，县委对台工作办公室成立，与统战部合署办公，增加干事 1 人。1989 年 7 月，对台办有副主任（股级）1 人。1990 年 12 月有主任（并明确为副科级）1 人，干事 1 人。1991 年 5 月对台工作办公室更名为台湾工作办公室，作为县委直接领导下主管对台工作的职能机构单独列编为局级单位。1992 年台办有主任（科级）1 人，副主任（副科级）1 人，干事 1 人。1995 年至 1997 年台办主任由统战部副部长兼任。1996 年 8 月至 2002 年 5 月，台办增加副主任 1 人。2002 年 12 月，台办主任改由统战部副部长兼任。2003 年 1 月，统战部部长由以前的政协副主席兼任改为由县委副书记兼任。2004 年年底，统战部有部长 1 人，副部长 2 人，秘书 1 人，台办主任由统战部副部长兼任，另有副主任 1 人，秘书 1 人。

二、统战宣传

1986 年以后，全县的统战工作范围不断扩大，统战对象数量逐年增多，统战工作任务日益繁重。扩大统一战线的声势和影响，营造全党重视、全社会关心支持统战工作的氛围，是统战工作的重要环节。统战部全体人员深入学习、宣传党的统战方针、政策，加大统战宣传力度，拓宽宣传渠道，普及统一战线知识，积极组织各乡镇、县直有关部门相关人员学习和培训，发放统战知识问答题。

三、协调民族宗教

统战部以促进民族经济发展、排查不稳定因素、确保宗教形势的稳定为工作重点，全面贯彻党的民族宗教政策。每年伊斯兰教重大节日，统战部领导都到各清真寺走访慰问，给信教群众送去党的温暖；1998 年，建立县乡村三级宗教工作网络，2004 年，调整完善了宗教工作网络领导小组和联络员，与村干部进一步密切了联系，特别是在宗教敏感期，统战部全体工作人员都深入到村了解信教群众思想动态，适时地对他们进行党的民族宗教政策的宣传；统战部积极为信教群众做好事、做实事，先后出面协调帮助修缮了 16 座清真寺，完善寺内各种设施，2004 年 8 月 20 日，投资 250 万元、占地面积 5000 平方米，在原址新建的大厂清真寺工程破土动工，将为广大穆斯林群众提供安全舒适的宗教活动场所。县内各民族团结互助，互相尊重，建县 50 年来，从未发生一起民族纠纷。

四、团结非公有制经济人士

改革开放以后，非公有制经济迅速增加，在创造财富、增加税收、繁荣市场、方便群众生活等方面发挥了重要作用。统战工作本着"团结、帮助、引导、教育"的八字方针，团结非公有制经济代表人士，努力帮助他们解决实际困难和问题，使统战部门真正成为党委、政府联系非公有制经济界的桥梁和纽带。1994 年，中央统战部和全国工商联下发《关于大力推动光彩事业的意见》，成立了中国光彩事业促进会后，为非公经济统战工作开辟了新天地，到 2004 年年底全县非公有制经济界共向社会公益事业捐款捐物折合人民币 120 万元，安置就业人员 1500 人，培训 580 人次，帮助 410 户 851 人脱贫。

五、对台工作

统战部积极开展对台工作，为台湾客商在大厂投资兴业牵线搭桥，积极提供各种跟踪服务。1995 年，总投资额 202 万元的台资企业劲泰工艺美术品有限公司开业，1996 年，总投资额 388 万元的台资企业欧意特电子有限公司开业，为大厂的发展注入了新的活力。

六、党外干部参政

党外干部数量逐年增加，截至 2004 年年底，有处级党外干部 4 人，科级党外干部 12 人，党外后备干部 22 人。从 2002 年起，统战部先后在文教、卫生系统设立 5 个党外人士参政议政箱，搜集整理 68 条意见建议，编辑 5 期参政议政快报，为各级领导指导工作和科学决策提供了参考。

第五节　农村工作

1989 年 1 月，农村经济指导部改名为政策研究室。1990 年 12 月，撤销政策研究室，恢复建立农村工作部。

1989 年，对全部集体耕地，进行重新发包，按土地质量，收取土地承包费、重新鉴定和完善土地承包合同，全县除照顾烈军属、五保户、困难户，减免 3.23 万元外，收取土地承包费 272.38 万元，亩均 18.42 元。在全县初步建立起土地有偿承包制度。1990 年 3 月，县委政策研究室起草了《大厂回族自治县关于完善家庭联产承包责任制实行土地有偿承包的意见》，就完善家庭联产承包责任制，实行土地有偿承包及土地承包费的管理和使用做出明确规定，使土地有偿承包作为一种制度长期坚持下去。

1990 年年底开始农村清财工作，在全县普遍推行集体资金"村有乡镇代管"，将管理权、使用权、所有权适当分离。

1993 年至 1994 年，大力开展清理整顿农民负担工作。1993 年 6 月底摸清了全县的基本情况。全县农民人均负担 70.70 元，其中人均直接负担 35.50 元，人均社会负担 35.20 元。起草了关于取消第一批涉农负担项目的通知，宣布取消 27 项达标升级活动和 12 项涉农负担项目，制定了农民负担手册，发放到户。1994 年为加强对农民负担的监督管理，根据国务院《农民承担费用和劳动管理条例》以及县委、县政府制定的《关于农民承担费用和劳务管理的规定》，制定了农民负担手册，发放到农民手中近 2 万份，被农民称为"明白卡"。

根据省、市委文件精神，筹建农村合作基金会，于 1994 年 1 月正式组建了祁各庄乡合作基金会，一年来吸收股金 100 多万元，投放农业贷款近 50 万元。并以县委、县政府名义下发《关于办好农村合作基金会的意见》和《大厂县农村合作基金会章程》［1994］5 号，相继建起了县联合会第一、第二营业部、大厂镇、夏垫镇、邵府乡和陈府乡合作基金会。于 1996 年 6 月成立了县农村合作基金会联合会并于年底融通资金达 1310 万元，有力地支持了农村经济的发展。1999 年 5 月 7 日根据市清理整顿农村合作基金会会议精神和《河北省清理整顿农村合作基金会领导小组关于农村合作基金会清产核资工作的指导意见》，集中对全县农村合作基金会的资产、负债及财务情况进行了全面、彻底清查。截至 5 月 11 日，全县基金会资产总额为 2323.50 万元，其中流动资产为 1714.60 万元，流动资产中银行存款和库存现金为 1066 万元，短期贷款为 653.50 万元，应收利息为 16.50 万元，风险准备金为 21.40 万元；长期资产为 1055.10 万元，无形递延及其他资产 53.80 万元，负债总额为 2810.50 万元，其中流动负债 2686.10 万元，长期负债 124.40 万元。当年所有者权益为 13 万元。到 11 月底，共追回欠款 508 万元。全县 7 个基金会除祁各庄清盘关闭外，其余 6 个正式并入县信用联社。

1998 年，贯彻落实党的十五届三中全会精神，根据中共中央办公厅、国务院办公厅下发的［1997］16 号文件，即《关于进一步稳定和完善农村土地承包关系的通知》，以及省委冀办发［1997］18 号和廊办发［1997］100 号文件精神，积极做好第二轮土地延包工作。充分利用广播、电视、村务公开栏、向群众发放土地延包政策宣传材料，组织人员对全县土地承包情况进行专题调查，摸清底数，建立了全县 105 个村街土地承包台账。将大厂三村、赵沟子、大仁庄三个村作为土地延包工作试点村。

组织人员进村入户，研究制定延包方案，通过召开现场会和下发简报等形式及时总结试点经验并向全县推广。建立了延包工作日报制度和督导检查制度。截至 1999 年 12 月 20 日，全县 105 个村街全部完成了土地延包任务，延包面积 10 400 公顷，分别占全县村街总数和总发包面积的 100%。全县 2.30 万个农户全部签订了承包合同，拿到了土地经营权证书，占全县农户总数的 100%。

1998 年，建立县乡村三级村务公开管理网络，县建双基办公室，乡镇建立公开办公室，配备了人员。以村务公开为切入点的农村基层民主政治建设全面展开。10 月 10 日开展了第一次民主议政日活动，统一安排全县民主议政日活动的时间、内容、程序，每季一次的民主议政日活动作为一项制度固定下来。1999 年按照"系统、规范、配套"原则和《全县基层民主政治建设三年规划》要求，不断向高标准、深层次、系统化、规范化方向发展。2001 年，全县高标准铝合金橱窗式公开栏达 90% 以上，乡镇政务、村务公开率为 100%，群众满意率 97% 以上，达到了市委提出的要求。2003 年，农村财务管理工作进一步规范，把祁各庄乡农村财务结算中心试点建设的经验推广全县。先后制定了《关于推行村级资金和账目乡镇统一管理工作实施方案》和《关于村级资金和账目乡镇管理的暂行规定》。大厂镇、夏垫镇成立了结算中心并投入使用。陈府、邵府也建成农村结算中心，完成账目交接工作。

2004 年，全面实施"三级示范"工程，制定下发了《关于农村基层民主政治建设"三级示范"工程的实施意见》，村务公开内容确定为八项，即财务收支（包括所得收益使用、干部工资发放），干部目标责任制落实，农业税征收，宅基地使用审批，计划生育政策落实，救灾款物发放，一事一议项目（包括公益事业经费筹集方案、落实及使用情况，土地及各业承包方案，集体经济项目的立项、承包方案及村公益事业建设承包方案等），村民普遍关心的其他事项。

第六节　政法工作

1986 年以后，随着改革的深入和经济社会不断发展，各类社会问题、社会矛盾日益突出。政法委加强政法各部门领导班子和队伍建设，协调指导全县政法工作，实施社会治安综合治理，狠抓矛盾纠纷排查调处，严厉打击"法轮功"邪教组织，做好铁路保护工作，组织政法各部门开展"严打"斗争。维护了全社会稳定，保证了经济建设和社会各项事业的发展。

一、机　构

政法委员会。1996 年 4 月，社会治安综合治理办公室并入。2001 年 6 月，成立中共大厂回族自治县委处理"法轮功"问题领导小组办公室和大厂回族自治县人民政府防范和处理邪教问题办公室，正科级，作为县委处理"法轮功"问题领导小组的常设办事机构，挂靠政法委。2004 年 1 月，更名为中共大厂回族自治县防范和处理邪教问题领导小组办公室和大厂回族自治县人民政府防范和处理邪教问题办公室（简称防范办）。

二、队伍建设

1995 年至 2002 年，先后开展了为人民服务大讨论、检查评议和民主总结、"三讲"教育活动、执法大检查和集中教育整顿、三清理一检查（清理不合格人员、警用车辆、小金库，开展执法检查）、"争创"活动（争当人民满意的政法干警、创建人民满意的政法单位）、转变作风年等活动，不断激励政法干警牢记为人民服务宗旨，提高政治、业务素质，在人民群众中树立政法队伍的良好形象。1999 年开展的执法大检查和教育整顿活动，政法部门进一步加强组织领导、制定可行措施，认真查纠问题，积极落实整改，查出干警违法案件 2 件，涉及干警 4 人，及时做出处理，队伍建设取得显著成效。同年 6 月，按照全国和全省政法工作会议部署，用 3 年时间在政法系统开展"争创"活动，全县涌现出 11 个"人民满意的政法单位"，24 名"人民满意的政法干警"。

2003 年 2 月 18 日起，深入开展学习贯彻"五条禁令"（严禁违反枪支管理使用规定，违者予以纪律处分，造成严重后果的，予以辞退或者开除；严禁携带枪支饮酒，违者予以辞退，造成严重后果的予以开除；严禁酒后驾驶机动车，违者予以辞退，造成严重后果的予以开除；严禁在工作时间饮酒，违者予以纪律处分，造成严重后果的，予以辞退或者开除；严禁参与赌博，违者予以辞退，情节严重的予以开除）、"约法三章"（不准在工作时间饮酒、非工作时间酗酒，违者给予纪律处分，情节严重的，予以辞退或开除；不准参加用公款支付或当事人、请托人支付的营业性消费活动，违者给予纪律处分，接受色情服务的，予以辞退或开除；不准接受有碍公正执法公务的宴请或财务，违者给予纪律处分，情节严重的，予以辞退或开除）活动，作为一项经常性的工作常抓不懈。4 月 25 日至 7 月 10 日，按照省、市政法委统一部署，在全县政法系统中开展"三不"案件（久拖不立不办、久拖不审、久拖不执）专项执法检查活动。不断完善办案制度和监督制约机制，切实解决群众告状难、诉讼难、执行难（简称"三难"）问题。5 月 10 日至 7 月 30 日，根据省、市政法委的统一部署，在全县政法系统集中开展纪律作风教育整顿活动。整个活动以坚持"政治建警、科技强警"为根本，以解决政法队伍尤其是领导班子、领导干部在思想、纪律、工作和生活作风等方面存在的突出问题为重点，以纠正行业不正之风为突破口，坚持正面教育，提高思想政治素质；坚持从严治警，加大查纠惩处力度；强化规范管理，健全完善工作机制，力争实现"四个确保"，即确保广大政法干警执法为民的思想更加牢固，确保警民关系更加密切，确保政法队伍纪律作风更加严明，确保政法机关办案制度和监督制约机制更加完善。

2004 年 7 月 1 日至 12 月底，为深入贯彻落实全省政法系统政治工作会议精神，强力推进"政治建警、科技强警"，根据省、市政法委统一要求，在全县政法系统深入开展"执法为民树形象"活动。紧紧围绕"立党为公，执法为民"这一总体要求，以建设"政治坚定、业务精通、作风优良、执法公正"的政法队伍为目标，深入开展理想信念教育、执法为民教育、严格执法教育、艰苦奋斗教育、求真务实教育、纪律作风教育，进行"三项整治"，即整治特权思想、整治侵权行为、整治失职渎职，教育和引导广大干警牢固树立执法为民思想，立足本职，扎实工作，以良好的工作作风和精神面貌，推动政法工作的创新发展，为创建"平安大厂"作出贡献。

三、社会治安综合治理

1991年1月，连续发生农电变压器被盗的事件，严重影响了农业生产。由政法委牵头，开展了"农电设施安全防护专项治理"活动。活动中，以供电部门为主，公安等部门配合，措施具体，责任明确，形成了合力，对全县601台变压器均采取了不同形式的保护措施，全年未发生变压器被拆被盗案件，效果显著。同时对群众反映强烈的十个"热点"问题，综治办制定了社会治安十项专项治理实施方案，开展专项治理活动，即严打斗争，集贸市场的治安管理，车站、商场、文化、娱乐等公共场所秩序，内部单位防盗，城镇居民区治安防范，搞好民调，预防矛盾激化，预防无赖纠纷，防止矛盾激化，农村财物纠纷防激化，农电设施安全防护等10个方面的专项治理。

1992年6月1日至7月10日，按照上级政法部门的部署开展严打活动，政法委制定了安排意见，公安局制定了详细的工作方案。通过广泛发动群众，深挖细查，仅一个月就破获各类刑事案件36起。拘捕各类犯罪嫌疑人15名，缴获赃款及赃物折款5000余元。是年深入开展打击盗窃自行车、汽车、摩托车专项斗争，8月4日县主管政法的副书记吴显国亲自组织，带领政法各部门和有关单位负责人在王必屯召开现场汇报会，介绍了王必屯开展专项斗争的具体做法，强调抓四个环节：摸（调查摸底）、查（查车、查线索、组织协查）、打（依法打击盗窃车辆的犯罪活动）、防（加强防范）四个环节。开展这项活动仅3个月，共破获刑事案件128起，查获被盗自行车372辆、机动车4辆，抓获犯罪嫌疑人29人。

1994年3月，根据上级统一部署，开展了以整顿农村社会治安秩序为重点，以打击各种刑事犯罪，扫除社会丑恶现象为主要内容，为期3个月的"春季攻势"。破获一大批刑事案件，抓获了一大批犯罪嫌疑人。全县共侦破各类刑事案件143件，其中重大案件17件。抓获犯罪嫌疑人29名，抓获在逃犯1名，打掉团伙5个，涉案成员24人，追缴赃款及赃物折款4万余元。查处教育了一批轻微违法人员。共查办治安案件5件，对11名有治安违法行为的人员进行了处罚。同时，对全县109名重点人口落实了监控帮教措施。治理了一些治安问题较多的单位和区域。在打"三伙"（抢劫团伙、盗窃团伙、流氓恶势力团伙）、除"三霸"（村霸、车霸、市霸）的同时，对冯兰庄、大厂四村、王必屯村，邵府村、夏垫供销社、102国道、夏垫镇、大厂镇进行了重点治理，通过开展法制宣传、健全治保组织、加强治安巡逻，落实各项综治措施，使这些地方的治安状况明显改观。有效地维护了全县的稳定，保障了政治敏感期限的平稳渡过。配合"春季攻势"，全县上下普遍开展了民间纠纷排查活动，共排查出各类纠纷131件，解决117件，防激化10件，制止上访4件，有力地保证了全县的社会稳定和政治安定。

1995年12月1日起，组织开展为期两个月的打击刑事犯罪"冬季严打攻势"，集中力量打击重大犯罪分子、犯罪团伙和流氓恶势力、重大在逃犯，整治治安混乱的重点地区和公共场所，进一步净化了全县社会治安环境。

1998年8月至10月，为深化全县安全文明创建活动，维护社会长治久安，政法委认真开展了"百日创安大会战"，全县共建成安全文明村85个，安全文明单位46个，安全文明小区16个。

1998年11月19日到1999年2月底，全面开展以"冬季严打整治活动"、治安隐患排查、矛盾纠纷排查治理和创建安全文明小区、村街、单位为主要内容的"一打两查三创"活动，打防并举、标本兼治，切实解决影响社会稳定的热点、难点问题，确保社会稳定，保障全县改革开放和经济建设的顺利进行。

2000年4月，按照中央和省、市的统一部署，为进一步加强全县铁路护路联防工作，从2000年至2004年，深入开展创建安全文明铁道线活动。县综治委铁路护路联防领导小组及各有关部门，深入落实社会治安综合治理领导责任制和护路目标责任制，协调联动，分工负责，严厉打击危害铁路治安的违法犯罪，大力整治复杂区段，净化铁路沿线治安环境。坚持专门队伍与群众路线相结合的原则，加强护路联防基层工作，推进各项护路联防措施进一步落实，完善铁路护路联防工作，保障全县铁路沿线治安秩序持续稳定。

第七节　信访工作

1986年县委所属机构中有信访科。1994年4月信访办公室建立，有3个股室：综合股、信访股、查办股。2002年4月，信访办公室更名为信访局。2004年下设综合办公室。

1986年至2004年共接待来信来访3373件，其中信1043件，个体访1962件，集体访368件；揭发检举类540件，申诉类213件，要求解决类1823件，建议类109件，其他类688件。

由于大厂县地处北京东大门的特殊地位位置，赋予县委、县政府维护县内政治安定和确保首都稳定的双重政治责任，1986年至2004年，历届县委、县政府领导干部认真坚持"三亲自"工作制度，即亲自接待上访群众、亲自批阅信件、亲自协调督办信访问题，并将每周三定为"领导接待日"。1986年以后，安排县委、政府领导接待日748次，亲自接待群众来访达1196批次，使一批疑难信访案件得到了妥善解决。

1986年至2004年接待人民群众信访情况统计表

表13-5-1

年份＼指标	总数	内　容					形　式		
		揭发	申诉	要求解决	建议	其他	信	个体访	集体访
1986	207	24	5	116	13	49	117	85	5
1987	233	25	4	136	15	53	123	103	7

续上表

指标 年份	总数	内 容					形 式		
		揭发	申诉	要求解决	建议	其他	信	个体访	集体访
1988	202	22	6	111	16	47	132	67	3
1989	178	17	3	99	14	45	105	69	4
1990	142	19	4	78	5	36	46	91	5
1991	90	29	1	40	4	16	55	34	1
1992	60	14	9	22	5	10	32	26	2
1993	49	11	7	25	1	5	16	26	7
1994	64	9	4	41	2	8	20	42	2
1995	106	22	4	65	2	13	42	61	3
1996	156	27	8	96	3	22	45	97	14
1997	221	31	7	146	5	32	50	154	17
1998	275	42	12	160	6	55	47	199	29
1999	329	59	30	186	4	50	25	241	63
2000	356	72	66	144	4	70	50	252	54
2001	204	38	13	77	1	75	41	115	48
2002	145	14	7	69	1	54	28	89	28
2003	182	34	15	101	2	30	34	112	36
2004	174	31	8	111	6	18	35	99	40
合计	3373	540	213	1823	109	688	1043	1962	368

第八节 党校工作

一、机 构

1986 年党校设办公室、教研室，教职工 14 人。2000 年增设函授站，2002 年将教研室与函授站合并为教研函授室。2004 年党校设办公室、教研函授室，教职工 12 人。

二、培 训

1986 年至 2004 年，党校共举办各类培训班 50 期，培训党员干部 7650 人次。培训对象包括副乡局级以上领导干部、科级后备干部、优秀中青年干部、企业政工干部、少数民族干部、妇女干部、非党员干部、理论骨干和农村党支部书记、村委会主任、乡镇企业厂长、乡镇股级干部等。

1986 年至 1992 年培训内容主要以培养党员基本素质为主，开设了马克思主义哲学原理、形势教育、马克思主义哲学纲要、国民经济管理简明教程、党的基本路线、中共中央关于精神文明建设指导方针的决议等课程。

1992 年中共十四大召开后，为提高全县广大党员、干部对社会主义市场经济理论的认识，培训内容增加了邓小平南巡讲话、社会主义市场经济概述、河北省情概述、邓小平文选等。

2000 年至 2004 年，培训内容以"三个代表"重要思想及十六大精神为主，同时还有宪法学、知识产权、农业经济管理等。

三、学历教育

2000 年 6 月建立中央党校函授学院廊坊分院大厂函授站，主要专业有法律、经济管理。并于 2001 年招收了第一批 58 名法律本科函授学员，填补了大厂县党校函授学历教育的空白。2001 年至 2004 年年底，党校共招收本科学员 248 名，专科学员 32 名。2004 年年底，已有 109 名本科学员毕业。

第九节 档 案

一、机 构

1986 年，档案管理工作由县委办公室负责。1987 年 7 月，建立档案局。1996 年，全县机构改革方案公布，档案局为政府直属事业单位。2002 年全县机构改革时，档案局被定为县委直属事业机构，内设办公室和档案馆两个股室。核定事业编制 8 人，其中局长 1 人、副局长 1 人、股级职数 2 人。

二、机关建设

档案局建立之初，实有工作人员 4 名，有档案库房五间、资料库房三间、办公室两间，共计 160 平方米，局、馆合署办公。主要设备有档案箱 55 套（其中铁质档案箱 43 套、木质档案箱 12 套）、卡片箱 2 个、目录柜 2 个、调卷手推车 1 辆、录音机 1 台、泡沫灭火器 4 个。馆藏档案 37 个全宗，4232 卷，其中永久 2542 卷、长期 1152 卷、短期 538 卷。

1991 年 4 月 20 日，新建档案馆正式动工，10 月 30 日正式迁入新址办公。档案用房总面积 500 平方米，办公用房 230 平方米，档案库房 270 平方米。主要设备有铁质档案柜 79 套，木质档案柜 12 套，卡片箱 6 个，资料架 10 个，汽车 1 辆，录音机 1

台，灭火器 4 个，微机、复印机、照相机、打字机、去湿机、吸尘器各 1 台。到 2004 年，馆藏档案 73 个全宗 11251 卷档案、5063 册资料、音像档案 54 盘、照片档案 1750 张。

三、档案管理

1987 年以后，档案局贯彻实施国家有关档案工作法规，特别是 1988 年 1 月 1 日《中华人民共和国档案法》正式实施以后，建立了《档案保管制度》、《档案接收制度》、《安全保密制度》、《档案统计与利用制度》、《档案鉴定、销毁制度》、《档案借阅制度》，编写了工代会、团代会、妇代会简介、档案利用效果、历届人代会汇编、档案发展史、大事记、组织机构沿革等资料；编制文件级分类卡片、开放档案卡片、机构建立、干部任免等检索工具手册。

1986 年至 2004 年，档案馆向社会提供档案利用 21 320 卷次、资料利用 2880 册次，使档案在存史、资政方面发挥了应有的作用。

1986 年以后，档案部门有 54 人 18 次参加省档案局和市档案局举办的档案工作培训班。1986 年至 2004 年，县档案局共培训基层档案干部 1440 人次，同时对基层档案工作实行监督、检查和指导，共有 52 个单位获得档案工作目标管理先进单位。

第十节　老干部工作

老干部局，1986 年下设机构有办公室。1997 年 10 月建医疗保健股、老干部活动中心、安置管理股。至 2004 年老干部局下设办公室、医疗保健股、老干部活动中心、安置管理股、老年大学。关心下一代工作委员会、老年人体育协会设在老干部局与老干部局合署办公。

1986 年，老干部局共接管离退休老干部 110 名，2004 年，共接管离退休老干部 854 名。其中离休干部 84 名（抗日战争时期参加工作的 20 名，解放战争时期参加工作的 64 名），退休干部 770 名。对抗日战争时期及以前参加革命工作的离休干部 20 人，护理费提高到每人每月 200 元；解放战争时期参加革命工作且年满 70 周岁的离休干部 64 人，每人每月发放护理费 120 元。其中有 6 名解放战争时期参加革命工作的离休干部因生活不能自理，经有关部门鉴定和批准，每人每月发放护理费 200 元。

定期召开老干部工作领导小组会议，研究老干部工作中出现的问题，使全县老干部离退休费同在职人员一样按时发放，离休干部医疗费全部报销。建立老干部党支部，定期组织老干部学习党的方针政策，邓小平理论和党章，提高老干部政治素质。把为老干部提供优质服务当作一件大事来抓，通过开展"六送一接"（送医、送药、送工资、送医疗费、送报刊文件、送理发上门，接老干部到县洗澡）服务活动，解除老干部后顾之忧。为使老干部老有所为、老有所乐，成立老年大学，聘请兼职教师，开设历史、书画、舞蹈、医疗保健等课程，丰富和活跃老干部晚年生活。

附　老年大学

随着中国人口老龄化社会的临进，老年教育工作备受党和政府及全社会的关注。县委、政府于 1997 年建立了大厂回族自治县老年大学，以"增长知识、丰富生活、陶冶情操、促进身心健康、服务社会"为宗旨，面向全社会招收老年人进修学习。先后开设历史、书法、绘画、卫生保健、时事政治、体育健身、英语等专业，采取聘请教师讲授与电视教学相结合的方法授课，深受广大老年人欢迎，每年都有近百人到校学习，为完善大厂县的终身教育体制作出了应有的贡献。

第十一节　党史研究

一、机　构

1986 年称党史资料征集办公室。1989 年 10 月，更名为党史研究室，至 2004 年无变。

二、党史研究

1984 年，编写的《中共大厂回族自治县党史》在系统内部印发，成为当时全国第一部内部印发的少数民族自治地方党史和省内第一部县级地方党史，以后，走访了抗日战争和解放战争时期在大厂县战斗、工作过的老首长、老领导 50 多人，获得了大量的第一手资料，参阅了三河、香河、通县、蓟县、平谷、顺义等地新出版的革命史籍、资料，对《中共大厂回族自治县党史》进行全面的研究、核实、增删和修订，在原稿的基础上，新增加 17 万字，50 余幅历史图片和 5 幅历史地图，书名为《大厂回族自治县人民革命史》，2005 年 8 月，由解放军出版社出版、发行。为弘扬爱国主义精神，以史育人，2003 年，先后前往北京、天津及周边市、县进行实地采访，搜集整理大量素材，成功拍摄大型历史文献纪录片《回民队英雄谱》并在省、市、县电视台多次播放。

在近 20 年的时间里，征集史志资料 200 余万字，编写党史专题、论文及其他文章 340 余篇，省以上报刊发表 100 余篇。1988 年以后，先后参与《河北省志·民族志》、《大厂回族自治县文史资料》、《燕赵纵横五千年》、《浴血平津》等书的编撰工作。《从农村食堂看坚持调查研究与实事求是》、《严格要求热情支持亲切关怀为教师创造良好的工作环境》、《回族人民的好儿子陈捷三》、《他始终保持着人民公仆本色》、《心系民族团结事　民宗工作写新篇》等文章先后在《党史博采》、《共产党员》、《光明日报》、《中国民族报》发表。

第六章　纪律检查

第一节　组织机构

1986 年至 2004 年，县纪律检查委员会经历了第四届、五届、六届、七届、八届。均由同次代表会选举产生，委员分别为 11 名、15 名、15 名、11 名、11 名，常委均为 7 名。

一、县纪委所属机构

1986 年，县纪委下设纪律检查科、案件审理科、来信来访科和办公室。1988 年 12 月，改为"四室"，即办公室、纪律检查室、案件审理室、信访室，各室设主任 1 人，由副科级干部担任。1989 年 9 月，来信来访室改名为控告申诉室。1990 年 4 月，增设教育研究室。1993 年 5 月，县纪委与监察局合署办公。实行一套工作机构、两个机关名称、履行两种职能的体制。合署后县纪委内部设有 8 个室，即办公室、信访室、教育研究室、案件审理室、纪检监察一室、纪检监察二室、执法监察室、廉政建设室（对外仍为廉政办，为局级建制）。2002 年 11 月，增设监察综合室。2004 年，县纪委下设办公室、廉政办、信访室、教育研究室、案件审理室、监察综合室、执法监察室、检查一室、检查二室。

1989 年 5 月，建立廉政工作领导小组，下设办公室（简称廉政办），为非常设机构，地点在县纪委。1990 年 1 月，经县委研究，将中共大厂回族自治县委廉政工作领导小组改为大厂回族自治县廉政工作指导小组，办公室名称亦随之改变。同年 11 月批准正式列为常设机构。1993 年 5 月，纪检监察合署后，廉政办称廉政建设室（对外仍为廉政办，为局级建制），合并到纪检监察机关。

二、县直机关单位纪检组织

1986 年，县经委、县社、粮食局设立纪检组。1989 年，卫生局设立纪检组。1990 年，建设局、农林局、国税局设立纪检组。1994 年，土地局、地税局设立纪检组。1995 年县人民银行设立纪检组。1996 年，财政局、劳动人事局、司法局、检察院、法院、民政局、物价局、供电局、工商局、文教局、广播局、外贸局、商业局、农行设立纪检组。1997 年，县计生局、畜牧局设立纪检组。1998 年，交通局、水务局、农机局设立纪检组。1999 年，公安局、统计局、开放办设立纪检组。2002 年，计划局、房管局、审计局、技术监督局设立纪检组。2004 年，科技局、安全局、环保局、文体局设立纪检组，纪检组长由副科级干部担任。2004 年年底，全县共设县直纪检组 40 个。

1994 年 1 月，设立县直属机关纪律检查委员会。

2003 年 9 月，县政府办公室、司法局、公安局、法院、检察院、财政局、民政局、人事劳动和社会保障局等 30 个单位设立监察室。

三、乡镇纪委组织

1992 年以前，各乡镇党委设纪检委员 1 人。2 月，各乡镇设置纪委。1996 年 4 月并乡扩镇后，五个乡镇均设有纪委。2004 年 9 月，全县各乡镇设立监察室。

第二节　纪检监察

一、领导班子及领导干部廉洁自律

领导班子廉洁自律

1993 年至 1996 年，县党政领导班子及成员和全县 83 个乡（镇）局级单位的所有副科级以上干部按要求参加民主生活会，共自查自纠出领导干部廉洁自律十二个方面的 120 余个问题，修订、补充和完善规章制度 150 余条。1997 年以后，通过召开民主生活会，对照领导干部廉洁自律有关规定，积极开展批评和自我批评，全县所有单位均上报了民主生活会记录、总结报告、自查自纠剖析材料和整改措施。

清理领导干部违反规定建房、住房

1996 年，摸清全县股级以上干部的住房、建房底数。全县县处级领导干部居住公产房的 36 人，自建住房的 30 人，集资统建的 4 人，购买商品房 2 人，购买公房的 7 人。通过申报审查，居住两套的 5 人，自建住房超占土地面积的 23 人。科级干部中居住公房的 234 人，自建住房 172 人，集资统建 55 人，购买商品房 9 人，购买公房 10 人，居住两套住房 69 人。自建住房超占土地面积的 32 人。股所级以下干部职工，居住公房 708 人，自建住房 547 人，集资统建的 407 人，购买商品房的 134 人，超占土地面积的 20 人。1997 年，所有超过标准的住房全部退出，对所有超占土地建房的按要求进行了处罚。

清理超标准配备小汽车

1984 年至 1986 年，全县新购置小汽车 30 部，其中县党政机关 14 部，乡镇机关 9 部。经过清理，有 4 部没有控购手续或资金来源不合理，逐一进行了妥当处理。1992 年以后，各单位购买小汽车由纪委、财政局、审计局进行严格审批。2002 年，对全县 66 个党政机关事业单位进行再清理，全县共有小轿车 76 辆，全部符合中办、国办［1999］5 号文件规定和中纪委七次全会提出的拖欠工资的县乡不准购买轿车的规定，不存在领导干部乘坐超标车、挪用专项资金和贷款买车等问题。

狠刹公款吃喝不正之风

1997 年，全县 81 个党政机关和企事业单位，基本实行了招待费审批卡制度。
1999 年，全县 87 个局级单位全部实行了"三费"（招待费、电话费、会议费）管理
领导审批、在财务上单独列项以及月报制度。招待费使用审批卡制度已向村级延伸，
全县招待费逐年下降。

党风廉政建设责任制

1999 年，印发了《县委、县政府领导干部党风廉政建设和反腐败工作责任分
工》、《党风廉政建设和反腐败主要任务分工》，履行"一岗双责"（党员领导干部在
做好本职工作的同时抓好党风廉政建设责任制的落实），年中召开党政领导班子成员
抓党风廉政建设情况汇报会，并分别听取分管部门一把手落实责任制情况的汇报。
2003 年，开展了"述廉、评廉、考廉"活动，制定《述廉评廉考廉实施意见》。2004
年，抓好对领导干部任前谈话、诫勉谈话、上级纪委对下级主要领导谈话等各项监督
制度的落实。对 18 名新提拔的科级干部进行了任前集中廉政谈话，对 6 名党政"一
把手"进行了诫勉谈话。集中一个月时间，在全县范围内开展廉政谈话活动。由县
党政领导班子成员和县纪委领导班子成员，同各乡镇及县直"一把手"进行谈话；
由乡镇党政主要领导和乡镇纪委书记同所辖村支部书记、村主任进行谈话；由县直部
门主要领导和纪检组长（纪委书记）同部门中层干部和基层所站负责人进行谈话，
共对 630 余名党员领导干部进行了谈话。

实行农村干部奖金、补贴及话费由村民代表议定制度

2002 年，为杜绝农村干部滥发奖金、补贴及话费等问题，县纪委制定了《关于
在农村干部中实行奖金、补贴及话费由村民代表议定的规定》，在全县 105 个行政村
推行，通过实行此项制度，使村干部领取奖金、补贴及话费标准得到了规范，既节约
了资金，又减少了干群矛盾。

建立领导干部廉政档案

1999 年，全县 486 名乡科级领导干部按国家二级档案标准建立了廉政档案。记
载每名领导干部的党风廉政情况，为加强领导干部管理提供依据。

二、专项治理

清理机关、干部脱岗经商办企业

1986 年，全县清理各类公司 78 个，按政策规定停办了 14 个。1993 年，全县共
有 33 个局级单位共办经济实体 64 个，取消 32 个企业，保留 32 个，保证了企业的健
康发展。2004 年，共清理出党政机关事业单位工作人员脱岗经商办企业的 34 名，
2005 年 1 月停发工资。

清理话机、话费

1998 年，全县共清理移动电话 146 部，其中公费报销话费的 127 部，处理后保留
公费报销话费的手机 105 部，其余违规配备的 22 部，公开处理 18 部，收回资金
39 830 元；退还企业 3 部，上缴未处理的 1 部。共清理住宅电话 330 部。自 1998 年起

取消了公款安装住宅电话和购买手机。

清理"小金库"和预算外资金

1986年，对全县83个行政事业单位、企业单位的"小钱柜"进行清理，清理出"小钱柜"22个，总金额24 267元，冻结"小钱柜"资金2347.58元。1996年，对有预算外资金收支活动的55个单位全都进行了自查自报，自查率为100%，自查自报金额611.70万元，自纠92.70万元，对33个重点单位进行了重点检查，共查出未经审批购买专控商品，未使用统一票据等六个方面的问题涉及违纪金额28.20万元，下发了《关于对重点检查出的问题的有关处理政策》，分别对18个单位进行了经济处罚。2000年，落实"收支两条线"规定，开展了自查自纠，共清理出应缴未缴财政预算外资金96万元，已全部上交国库。此后，每年各单位严格按规定执行，县纪委每年进行一次检查，对查出的问题及时纠正，并收缴违纪资金。

三、纠　风

治理"三乱"（乱收费 乱集资 乱摊派）

1993年，通过对83个局级单位全面清查和对有收费项目的39个重点单位的调查摸底，共清理收费文件133个，其中应取消和已废止的21个，涉及全县自定收费文件11个，清理审核收费项目246个，应取消收费项目25个，涉及全县自定收费项目9个。1996年以后，对公路"三乱"、企业"三乱"进行监督检查，对发现的问题进行了纠正。

纠正医药购销中的不正之风

1994年以后，县纪委、监察局与有关部门，对大厂县医疗卫生部门、药品经营单位进行监督检查，对经销伪劣药品和无证经营等问题严重的单位和个人责令当即停止经销，伪劣药品由卫生局没收销毁，保证了药品管理法的实施和人民用药安全。规范了医疗收费标准，医疗机构开大方、收红包等不正之风得到有效遏制。

纠正中小学乱收费

1995年以后，对全县中小学收费情况进行检查，当年对查出的一个中学因违反上级规定向新生收取的12万元押金，全部退还，并予以通报。2004年9月，实行教育收费"一费制"（在严格核定杂费、课本和作业本费标准的基础上，确定一个收费总额，然后一次性统一向学生收取。特指九年义务教育）。

行风评议

1999年开始，在县直15个单位开展行风建设评议考核活动。2002年，在全县48个参评单位开展民主评议行风活动。2003年，参评部门增加到52个，并将全县59个驻乡镇基层所站列入评议范围。2004年，民主评议活动，延伸至全部基层站所和县直单位97个中层科室。各参评部门通过公开承诺、设立举报电话、聘请监督员等措施，接受群众监督。参评单位开展了"阳光投诉"、听证质询等活动，对群众反映的问题进行现场解答。2004年，举办了民主评议行风建设成果展，展览500余幅鲜活生动的图片，干部职工、社会群众5000余人次观看了展览，收到了较好社会效果。

通过开展行风（民主）评议活动，部门和行业风气有了较大改观，生、冷、硬、吃、拿、卡、要现象得到有效遏制。

四、源头治理

实行行政审批制度改革，2001 年至 2004 年共清理行政审批事项 1072 项，其中保留行政审批事项 447 项，取消行政审批事项 625 项。经营性土地使用权出让按照市场机制全部实行招标拍卖挂牌出让。建设工程项目招投标覆盖率 100%，招标代理机构于 2001 年 9 月 1 日正式运作。全县 95 个行政事业单位全部实行了部门预算。2000 年，16 个行政事业单位实行财政集中支付试点，2001 年 10 月 1 日起，全县 65 个县直行政事业单位全部实行了财政集中支付，2003 年 1 月 1 日，全县 37 个中小学纳入财政集中支付管理，实现了财政资金运转的"全程监控"。政府采购于 2001 年 8 月 1 日正式运行，是年采购总金额 78 万元，资金节约了 15%。从源头上预防和制止腐败现象的发生。

解决损害群众利益的问题，至 2004 年全县共偿还拖欠工程款 2984.13 万元，偿还拖欠农民工工资 115 万元。纠正在征用土地中侵害农民利益问题，1999 年以后，补偿征地款 1585.17 万元。

五、案件查处及信访

1986 年至 2004 年，大厂县纪委监察局共接待群众来信来访 1946 件（次），510 人（次）。充分发挥信访案源主渠道作用，查处党员、监察对象共 287 名，其中受党纪处分 276 人，免于处分 7 人；受政纪处分 24 人，免于处分 1 人，其中受党政纪双重处分的 21 人。

六、党风廉政宣传教育

2003 年建立由大厂县纪委牵头，县委组织部、县委宣传部、党校、文体局、广电局、文联、大厂评剧团为成员单位的大宣教联席会议。2004 年，深入开展"立党为公，执政为民"主题教育活动，如开展党纪处分条例和党内监督条例的学习教育，举办党纪条规知识竞赛，开展正面典型教育，大力宣传学习吴宏友先进事迹，弘扬正气，并以文艺形式开展廉政教育，其中小品《随礼》参加省纪委调演，并获得一等奖，电视短片《象棋篇》在中纪委廉政公益广告大赛中入围。2004 年，又扩大了大宣教规模，把县农工部、县妇联、县工委、街道办、教育局、工商联六个单位纳入大宣教格局的范围，使大宣教单位由 7 个扩大到 13 个。大厂县纪委将评剧团纳入"大宣教"成员单位，充分挖掘评剧团独特的资源优势，寓教于乐，共同携手，加强廉政文化建设，提升了全县党风廉政宣传教育工作水平。小品《水墙》、《女陪客》等多次在中央电视台播放，受到社会各界群众的欢迎，达到了教育人民群众的目的。大厂纪委与大厂评剧歌舞团共唱"反腐戏"这一做法受到中纪委副书记刘峰岩的肯定。

第十四编　人民团体

　　1955 年以后，县内相继建立了工会联合会（简称工会）、中国共产主义青年团（简称共青团）大厂回族自治县地方组织、妇女联合会（简称妇联）、科学技术协会（简称科协）、文学艺术界联合会（简称文联）、工商业联合会（简称工商联）、计划生育协会、残疾人联合会（简称残联）、伊斯兰教协会（简称伊协）、老龄工作委员会、关心下一代工作委员会、老年人体育协会等人民团体。几十年来，各团体在中共县委领导下，完善组织建设，从自身特点出发，充分发挥职能作用，与时俱进开展各种活动，为全县"三个文明"建设作出了贡献。

第一章　工　会

第一节　组织机构

　　1986 年至 2004 年，本着"哪里有职工，哪里就要组建工会组织"的原则，各基层单位凡 25 名会员以上的建立工会委员会，不足 25 人的建立工会小组或成立工会联合会。1986 年年初，全县共有系统工会 7 个，基层工会 86 个，工会小组 450 个，工会干部 292 人，会员 3602 人，占职工总数的 57%。截止到 2004 年年底，全县共有机关事业及各类企业数 220 个，建立基层工会组织的 208 个，占应建的 94%，共有职工16 179 人，发展会员 15 768 人，占职工总数的 97%。全县共有系统工会 13 个，乡镇工会 5 个、工业园区工会 1 个、直属工会 2 个，共有工会干部 511 人，其中专职工会干部 11 人。

第二节　代表大会

　　1987 年 8 月 6 日，县工会第六次代表大会召开，参加会议的正式代表 120 人，列席代表 4 人。会议听取并审议县总工会第五届委员会的工作报告。选举产生由 17 人组成的第六届工会委员会。六届一次委员会，选举常委 5 人，其中主席 1 人，副主席

1 人。

1992 年 8 月 26 日，县工会第七次代表大会召开，参加会议的正式代表 120 人、特邀代表 6 人。大会审议并通过第六届工会委员会的工作报告。选举产生了由 17 人组成的第七届工会委员会，七届一次全委会，选举常委 7 人。其中主席 1 人，副主席 2 人。

1997 年 11 月 14 日，县工会第八次代表大会召开，参加会议的正式代表 120 人，特邀代表 6 人。大会审议并通过第七届工会委员会的工作报告。选举产生了由 17 人组成的第八届工会委员会。八届一次委员会，选举常委 7 人，其中主席 1 人，副主席 2 人。

第三节　主要活动

一、素质技能培训

1986 年 8 月，总工会与劳动人事局合办锅炉培训班，培训人数 40 人。12 月与企业局共同举办乡镇企业培训班，培训人数 50 余人。1987 年 7 月，举办了全县工会系统思想政治工作骨干培训班，各系统工会、基层工会 170 名理论骨干参加了培训。2002 年 10 月 17 日 5 名职工代表参加了廊坊市总工会在华北航天工业学院举办的廊坊市职工计算机知识比赛。

二、文体活动

1986 年 1 月 2 日至 19 日，总工会举办全县职工书画展览，展览作品 50 余幅。1986 年 1 月至 2004 年 1 月，总工会与体育运动委员会、团县委先后 7 次联合举办了职工男女乒乓球赛、象棋比赛、篮球比赛和围棋比赛。1986 年 4 月和 1991 年 7 月，总工会先后举办"有理想人讲理想"和"党在我心中"演讲会。1986 年 7 月至 2002 年 10 月，总工会先后 3 次举办法律知识竞赛、第四届世界妇女大会知识竞赛活动等。1990 年 12 月和 1991 年 2 月，总工会先后组织元旦、春节文艺晚会。2003 年 9 月 9 日，总工会邀请西安第四军医大学著名妇科专家林教授在供电局和教育局举办 2 场女工保健知识讲座。

三、扶贫济困活动

1990 年 6 月 30 日，县总工会动员全县各级工会开展为受雹灾职工送温暖活动，共发放各种补助 3000 余元，义务送瓦 15.80 万块，慰问走访 37 户受灾职工家庭。2003 年 9 月 5 日，为特困女职工席鹏彩（粮食局面粉厂下岗女工）及单亲女儿王雪薇发放单亲特困女工子女助学金 3000 元整。2004 年 8 月 31 日，总工会组织有关单位工会，先后到粮食局饲料公司特困女职工吴庆云和高级实验中学教师王原雪家，为其单亲子女发放助学补助金 3500 元。2004 年 9 月 25 日，为河北省劳动模范王茂春发放生活困难救济金 2500 元。至 2004 年，累计帮扶 360 户，发放帮扶资金 5 万元。

第二章　共青团

第一节　组织机构

1986 年 1 月，团县委所属基层团委 11 个，其中乡镇团委 6 个。1994 年 1 月，团县委所属基层团委 13 个，其中乡镇团委 6 个。1996 年 4 月，乡镇团委减为 5 个。1998 年，团县委所属基层团委 11 个，其中乡镇团委 5 个，团总支 15 个，团支部 205 个。到 2004 年 12 月，团县委所属基层团委 10 个，团总支 15 个、团支部 210 个。

第二节　团　员

在各级团组织的引导帮助下，广大青年积极进取，纷纷向团组织靠拢，全县团员总数呈上升趋势。1986 年，全县有团员 3432 名。1998 年 3640 名。2000 年 4231 名。2004 年全县 14 周岁至 28 周岁青年 15 915 名，其中团员总数 5085 名，团员占青年的比例 31.95%；女团员 2029 名，占团员总数的 39.90%；少数民族团员 959 名，占团员总数的 18.80%；初中文化的团员 1728 名，高中文化的团员 1434 名。

第三节　代表大会

1986 年至 2004 年，共召开代表大会 3 次。

1986 年 4 月 28 日至 30 日，共青团大厂县第五次代表大会召开，出席大会代表 155 人，会议审议通过第四届团县委工作报告和《关于动员和带领全县回汉族青年举改革旗帜、创四化大业、做四有新人的决议》。选举产生由 21 人组成的第五届委员会和由 6 人组成的常务委员会，选举书记 1 名、副书记 1 名。

1989 年 5 月 4 日至 6 日，召开共青团大厂县第六次代表大会。与会正式代表 153 名，列席代表 9 名。大会审议通过共青团大厂县第五届委员会工作报告；审议通过共青团大厂县第五届委员会关于团费收缴和使用情况报告；选举产生共青团大厂县第六届委员会，委员 21 名，候补委员 4 名。5 月 6 日共青团大厂县第六届委员会举行第一次全体会议，选举产生团县委常务委员会；选举产生书记 1 名、副书记 1 名。

1993 年 6 月 5 日至 6 日，共青团大厂县第七次代表大会召开。出席大会正式代表 155 名，特邀代表 1 名。大会审议通过第六届委员会的工作报告；审议通过关于团费收交和使用情况的报告；选举产生共青团大厂县第七届委员会，委员21名，候补委员4名；选举产生书记1名、副书记3名。

第四节　少先队

1986年全县有少先队组织72个，少年儿童13 156名，少先队员11 435名。1996年全县少先队大队36个，中队210个，少年儿童8034名，其中少先队员5200名。2004年全县共有7380名少先队员，少工委下辖72个大队，234个中队，1058个小队。少先队组织发展过程中开展了"雏鹰争章"（包括评比小帮手奖章、小伙伴奖章、小卫士奖章、小主人奖章）活动，受到家长和社会的欢迎。同时开展手拉手情系贫困乡小伙伴活动、情系身边小伙伴活动、手拉手读书交友活动、手拉手红领巾助困小伙伴活动，平均每年救助贫困小学生22名，结成读书小伙伴对子86对，红领巾助困小伙伴对子46对，解决全县216名贫困生的上学和部分家庭生活问题，培养了孩子之间真诚待人、关心他人、乐于助人、服务社会的良好品质，增强了孩子们集体主义精神和社会责任感。

第五节　青年志愿者

2000年5月4日，团县委组织全县500多名团员青年正式成立了青年志愿者协会，到2004年，团县委共建立青年志愿者服务站1个、青年志愿者服务基地10个，注册志愿者1330名，遍布在全县公安、税务、工商、教育和服务行业，累计为社会提供志愿服务5万余小时。青年志愿者以"奉献、友爱、互助、进步"为宗旨，服务于社会公益、助老助残、维护社会治安、美化环境、青少年帮教等领域。全心全意为城乡积极进取的困难青年、困难企业下岗青年和困难群众、伤残军人、烈军属、五保户提供服务。开展青年志愿者送书下乡活动，到农村青年中宣传讲解农技知识。每月开展一次青年志愿者大奉献活动，每次一个主题，志愿者的足迹遍布城乡。

附　青年模范冯福路

金路园林工程有限公司经理、园艺师、中共党员。1985年高中毕业，至1995年在农村任会计。1987年至1990年学完了中央农业广播电视大学财会专业的全部课程。1991年开始自学园林专业，并从事园林工作。1994年创建金路园林工程有限公司。1996年被评为大厂县"十佳青年"。1998年被廊坊市授予"廊坊市青年星火带头人"、"廊坊市百品大王明星"等荣誉称号。2004年3月被团中央、农业部评选为"全国农村青年创业致富带头人"。2004年年底，金路园林工程有限公司成为国家城市园林绿化二级资质企业，注册资金500万元，拥有资产2790万元，土地34.67公顷，带领160名青年走上了致富路。

第三章 妇 联

第一节 组织机构

一、县妇联

1986 年，县妇联有干部 6 名，其中主任 1 名、副主任 1 名。1993 年 9 月 6 日，根据中国妇女第七次全国代表大会通过的《中华全国妇女联合会章程》规定，县级妇联正、副主任改称为正、副主席。2004 年年底，县妇联有干部 5 名，其中主席 1 名、副主席 2 名。

二、乡镇妇联

1986 年，全县 6 个乡镇均建立妇联组织，各配备股级妇联主任 1 名。1996 年撤乡并镇后，乡镇妇联组织做相应调整，1996 年 5 月至 2004 年，5 个乡镇各配备股级妇联主任 1 名。

三、村街妇代会

1986 年，全县 105 个村建立妇女代表会（简称妇代会）的村 99 个，有妇代会主任 99 名。1991 年，105 个村都健全了妇代会，有妇代会主任 105 名。2004 年年底，全县有 105 个基层妇代会，107 个妇代会主任（南寺头村和夏垫村各有 2 名妇代会主任），其中 35 岁以下 5 人、36 岁至 45 岁 39 人、46 岁以上 63 人；党员 51 人、群众 56 人；高中及中专学历 31 人、初中及以下学历 76 人；进党支部 34 人，所占比例为 31.78%；进村委会 58 人，所占比例为 54.26%；选聘任职 41 人、选举任职 66 人。

四、行政事业单位妇委会

1988 年 9 月 6 日，中国妇女第六次全国代表大会通过的《中华全国妇女联合会章程》规定：在党政机关、教科文卫系统建立妇女委员会（简称妇委会）。根据《中华全国妇女联合会章程》规定，县妇联向县编制委员会提请在县直各单位建立妇女委员会。1990 年，县经委、文教局、卫生局、商业局、县联社、农业局等 24 个单位成立妇委会组织（股级机构），设妇委会主任 1 名。其中专职妇委会主任 6 名、兼职妇委会主任 18 名。2004 年年底，有 32 个行政事业单位建立妇委会，各配备妇委会主任 1 名。

第二节　代表大会

1955 年至 1985 年，县妇联会共召开 3 次代表大会。1989 年 8 月 23 日至 24 日，大厂县第四次妇女代表大会召开。出席大会的正式代表 119 名，占全县成年妇女的 0.40%。其中少数民族代表 36 名，占代表总数的 30.25%。大会听取审议了县妇女联合会第三届执行委员会的工作报告，选举产生由 25 人组成的第四届执行委员会，其中常委 6 名，正、副主任各 1 名。

第三节　主要活动

一、"双学双比"活动

1989 年年初，全国妇联与国家 12 个有关部委在全国各族农村妇女中开展了"学文化、学技术、比成绩、比贡献"活动（简称"双学双比"活动）。1989 年，县妇联协调相关 10 个单位，成立由主管农业副县长任组长、相关单位领导为成员的"双学双比"协调领导小组，下设办公室，负责"双学双比"竞赛活动的日常工作。竞赛活动以提高妇女素质为主旨，组织广大农村妇女参与到种植、养殖、加工和销售等各个领域。先后开展了"粮棉高产高效赛"、"拉手扶贫"、"庭院经济开发赛"、"新千年科技致富接力赛"、"巾帼科技致富工程"、"龙头项目赛"、"巾帼生态庭院建设"等活动，涌现出一大批科技致富的女能手。为充分发挥女能手的辐射、带动作用，变个体优势为群体优势，2001 年，成立由福华肉类餐饮公司经理沈淑芬任会长、28 名女能手组成的"双学双比"女能手协会。2001 年和 2002 年分别组织协会会员赴香河高科技农业示范园区、三河明慧养猪集团、北京朝来农艺园和福华肉类有限公司参观学习。2003 年，以农业局为依托，建立农村妇女科技指导站，随时为广大农村妇女提供理论技术指导。到 2004 年年底，"双学双比"协调单位共举办科技培训班 1685 期，投入科技人员 489 人次，接受实用技术培训妇女 5.20 万人次，以妇女为主的科技示范户 455 户；受省妇联表彰的"双学双比"女能手 9 名；受市妇联表彰的"双学双比"女能手标兵 4 名、女能手 15 名，巾帼创业带头人 6 名、龙头项目赛带头人 1 名、市场营销赛带头人 2 名、科技致富女状元 1 名、市级女科技工作者 4 名；受县妇联表彰的"双学双比"女能手 65 名。县"双学双比"协调领导小组 3 次获"省'双学双比'活动先进协调组织"称号、6 次获"市'双学双比'活动先进协调组织"称号。

原景森珐琅厂厂长李艳清是远近闻名的"双学双比"女能手。她研究掌握了珐琅瓶的生产工艺技术，创办了拥有 80 多名工人的企业，年产值达 40 多万元。李艳清开拓创业的事迹被刊登在 1995 年《今日中国》杂志上。

二、巾帼建功活动

1991 年，按照全国妇联的统一部署，县妇联在城镇妇女中开展"做四有（有理想、有道德、有文化、有纪律）、四自（自尊、自信、自立、自强）女性，为八五计划建功"（简称"巾帼建功"）活动。经协调，成立由主管工业副县长任组长、11 个相关单位负责人为成员的"巾帼建功"协调领导小组，办公室设在妇联，负责巾帼建功活动的日常工作。自 1991 年以后，县"巾帼建功"活动围绕改革和发展，以提高城镇妇女素质为目的，广泛动员妇女学政治、学文化、学科学、学技术、学管理；比理想、比质量、比服务、比成绩、比贡献。在供销、金融、卫生、商业等 10 大系统和女职工较集中的岗位开展"十行、百岗、千颗星"（即 10 个行业，百个以上先进岗位，千名先进个人）巾帼建功示范活动，激励广大妇女岗位建功、岗位成才。2002 年，围绕城乡经济发展和社区文明新风建设，协调成立 13 支共计 187 名的巾帼志愿者队伍。志愿者发扬"奉献、友爱、互助、进步"精神，结合部门特点和工作实际开展法律援助、科技推广、医疗咨询等服务。巾帼建功活动开展以来，女性就业领域不断拓宽，不仅创造了经济效益，同时实现了自身的价值。2004 年年底，受表彰的省级巾帼示范岗 3 个、巾帼建功明星 5 名、巾帼建功示范单位 1 个、"三八"红旗手 2 名；市级巾帼建功示范单位 3 个、巾帼示范岗 10 个、巾帼建功明星 22 名、"三八"红旗集体 7 个、"三八"红旗手 10 名、十佳女公仆 1 名、巾帼"十杰"6 名、巾帼标兵 4 名、再就业明星 1 名；县级巾帼示范单位 15 个、巾帼示范岗 30 个、巾帼建功明星 76 名、"三八"红旗集体 25 个、"三八"红旗手 52 名。县"巾帼建功"协调领导小组 2 次获"省'巾帼建功'先进协调组织"称号、6 次获"市'巾帼建功'先进协调组织"称号。

三、创建文明家庭活动

文明家庭创建活动分为两个阶段：1986 年至 1995 年的"五好"家庭创建活动，1996 年至 2004 年的"星级文明家庭"创建活动。1986 年以后，县妇联以提高家庭成员素质和家庭文明程度为目标，以家庭文化建设、科技文明新风进万家、家庭才艺展示等活动为载体，以开展"五好家庭"、"星级文明家庭"、"十佳文明户"、"特色文明家庭"等项评比活动为动力，开展文明家庭创建活动，以家庭文明进步带动社会文明进步。

截至 2004 年年底，受表彰的全国五好家庭 3 个；省级五好家庭 4 个、五好文明家庭 2 户、好摇篮示范户 5 个；市级五好家庭 8 户、五好文明家庭 14 户、五好文明家庭标兵 2 户、好摇篮示范户 8 个、星级文明家庭标兵 2 户、学习型家庭 1 户；县级五好家庭 26 户、星级文明户 45 个、特色文明家庭 10 户、十佳文明户 10 个。

四、"春蕾助学"活动

1995 年年初，为救助家庭贫困失辍学儿童重返校园完成学业，全国妇联、中国儿童少年基金会发起并组织实施了"春蕾计划"。县妇联和有关单位在全县发起"爱心献春蕾"助学活动倡议，在社会上得到积极响应，当时共收到 35 个单位及个人捐款 21 235 元，72 名贫困儿童得到资助。"春蕾助学"活动开展以来，县妇联健全了各种管理制度（春蕾儿童档案管理制度、跟踪走访制度、结对救助制度、及时发放救助款制度等），并在廊坊日报"春蕾计划·爱心传递"专栏报道"春蕾"动态，得到社会广泛关注。金铭精细冷轧板带有限公司、供电局、公安局、公路管理站、综合执法局、工商银行会计兼妇委会主任海明洪等单位和个人分别以不同形式对春蕾儿童进行了资助。

截至 2004 年，全县共收到爱心捐款 14.48 万元，使 219 名失辍学的儿童重返校园。先后有 2 名女童被评为省优秀春蕾女童，5 名获市优秀春蕾女童称号，3 名女童考入大中专院校。金铭精细冷轧板带有限公司被省、市妇联评为"实施'春蕾计划'先进集体"。

五、维护妇女儿童合法权益

1986 年以后，结合全民普法，县妇联制定了"一五"、"二五"、"三五"、"四五"普法规划，先后以《中华人民共和国宪法》、《中华人民共和国继承法》、《中华人民共和国妇女权益保障法》、《女职工劳动保护规定》、《中华人民共和国婚姻法》、《中华人民共和国未成年人保护法》、新《中华人民共和国婚姻法》、《男女平等基本国策》、《河北省预防和制止家庭暴力条例》为重点，通过广播、图片、集日咨询、发放宣传资料、标语口号、法律知识竞赛、专家讲座、电视专栏等形式进行宣传，推动全社会树立性别平等意识，提高了广大妇女自我维权意识。为有效维护妇女儿童合法权益，县妇联加强基层妇女组织建设，并以乡、村妇女组织为依托，建立县、乡（镇）、村三位一体的妇女维权网络。2002 年，县妇联和司法局联合建立"妇女维权岗"。2004 年，联合 14 个有关部门成立维护妇女儿童合法权益协调组，为弱势妇女提供法律服务和法律援助。县妇联每年做好妇女群众来信来访接待工作，配合和督促有关部门予以解决，为妇女群众排忧解难。截至 2004 年年底，宣传《中华人民共和国婚姻法》、《中华人民共和国妇女权益保障法》等百余场，组织法律咨询活动 82 次，举办法律培训班 48 期，万余名妇女群众受到法制教育。接待、协调妇女来信来访 395 件，代理诉讼 56 件。

六、实施"两纲"

1995 年，国务院制定并颁布《中国妇女发展纲要（1995—2001）》、《九十年代中国儿童发展规划纲要》。2001 年，国务院制定并颁布《中国妇女发展纲要（2001—2010）》和《中国儿童发展纲要（2001—2010）》（以下简称"两纲"）。

为贯彻落实"两纲"的各项指标，推动妇女儿童事业的发展，经县委、县政府批准，成立了县妇女儿童工作委员会（简称妇儿工委），下设办公室，挂靠县妇联，负责协调、指导、监督"两纲"的实施。"两纲"实施以来，妇儿工委加强对"两纲"的学习培训和相关法律法规的宣传，并从县情和妇女儿童发展现状出发，以促进妇女儿童发展为主题，以保障妇女儿童合法权益为根本，先后起草了《大厂回族自治县妇女发展计划（1995--2000）》、《大厂回族自治县儿童发展计划（1995—2000）》、《大厂回族自治县妇女发展计划（2001—2010）》、《大厂回族自治县儿童发展计划（2001—2010）》（以下简称"两个计划"）。"两个计划"经县政府常务会议讨论通过，以县政府文件形式正式颁发。妇儿工委办公室及时将纲要目标分解到位，把任务落实到责任单位，督促各级成员单位制定实施方案，推进了纲要目标任务的落实，确保了"两纲"实施的顺利开展。2004 年年底，在妇儿工委成员单位的共同努力下，基本完成各项指标年度进度。

2004 年《大厂回族自治县妇女发展计划》重点监测指标统计表

表 14 – 3 – 1

序号	监测指标	任务目标	年度实现目标
1	妇女获得经济资源的权利和机会		达标
2	妇女就业比例	40%	53%
3	城镇职工生育保险制度	建立	已建立
4	拉手扶贫结对个数和帮扶脱贫率	200 个 80%	880 个 85%
5	女干部占干部总数比例		52.29%
	县政府工作部门科级领导干部中女性比例		10.30%
6	小学适龄女童入学率、辍学率	99% 9.70%	100% 0
	初中适龄女童入学率、辍学率	97% 1%	100% 3.10%
	高中女性入学率	75%	67.78%
7	成人妇女识字比例	85%	85%
	青壮年妇女识字率	95%	97%
8	孕产妇死亡率	0.40‰	0
9	农村孕产妇住院分娩率	90%	100%
	农村高危孕产妇住院分娩率	95%	100%
10	城镇孕产妇保健覆盖率	95%	95%
	农村孕产妇保健覆盖率	85%	90%
11	生殖保健知识普及率	80%	85%

续上表

序号	监测指标	任务目标	年度实现目标
12	节育手术并发症发生率	0.04‰	0
	育龄妇女计划生育知识普及率	80%	85%
13	流动人口中妇女的卫生保健服务		达标
14	妇女艾滋病发生数量		0
15	侵害妇女合法权益和平等权利案件受案率		100%
16	侵害妇女人身权利刑事案件的结案率		100%
17	保护妇女权益的法律法规知识的普及率		85%

2004 年《大厂回族自治县儿童发展计划》重点监测指标统计表

表 14 – 3 – 2

序号	监测指标	任务目标	年度实现目标
1	孕产妇死亡率	0.40‰	0
2	出生缺陷发生率	8‰	7‰
3	城镇和农村婚前医学检查率	城镇 95%、农村 90%	达标
4	婴儿和 5 岁以下儿童死亡率	婴儿 19‰、5 岁以下儿童 21‰	12‰ 12‰
5	5 岁以下儿童中、重度营养不良率		3% 以下
6	低出生体重发生率	5% 以下	3%
7	儿童患艾滋病数量		0
8	婴儿母乳喂养率	90% 以上	92%
9	食用合格碘盐率	90% 以上	92%
10	儿童卫生保健覆盖率	城镇 95%、农村 85%	95% 90%
11	3 岁至 6 岁儿童学前教育普及率	85% 以上	50%
12	小学适龄儿童入学率、辍学率	入学率 99%、辍学率 0.50% 以下	100% 0
	初中适龄儿童入学率，辍学率	入学率 97%、辍学率 1% 以下	100% 0.50%
	高中入学率	85% 以上	82%
13	中小学专业教师学历合格率	小学专科化、初中本科化	99%
14	城镇、农村儿童家长受教育率	城镇 95%、农村 80%	98% 85%
	家长学校覆盖率	95% 以上	95%
15	儿童人身权利受侵害的刑事案件		0
16	依法维护儿童合法权益		达标

第四章 科 协

第一节 组织机构

县科协：1986 年，有在职人员 7 人，至 2004 年年底共有在职人员 8 人，下设综合办公室。

乡镇科协：1986 年，全县共有乡镇科协 6 个，1996 年撤乡并镇后有乡镇科协 5 个。

学会：1986 年至 2004 年有学会 7 个，分别为农机学会、土地学会、交通学会、林学会、蔬菜学会、计量学会、卫生学会。

第二节 主要活动

一、科普宣传

科协积极组织科技人员、专家咨询服务团成员、科普志愿者，开展科普大集、科普宣传周、629 全国科普日等活动，并坚持常年送科技下乡，推广普及农、林、牧、蔬菜、卫生等行业新技术、新成果。1996 年以后，县委、县政府加强科协人才队伍建设，配备专业技术骨干，使科协自身的服务能力、服务质量大大加强。1986 年至 2004 年，共下乡服务 1700 余次，涉及全县 105 个村，印发技术资料 10 万余份，咨询服务 4 万余人次。

二、科技培训

为推进农业产业化进程，促进农业增效、农民增收，科协坚持以农、林、牧、蔬菜等专业为重点，对秸秆青贮、农产品标准化生产、绿色无公害产品生产技术和规程、苗木栽培与管理技术等，采取集中讲课、外出参观、农时季节田间现场指导、农函大等方式，对农民进行培训，自 1986 年至 2004 年共组织各类培训 400 期次，培训 3 万余人次。

三、科普示范基地建设

科协通过多年努力，分别使洼子西瓜基地、牛万屯天一农林科技有限公司、北京爱群农业特色无公害蔬菜基地，建设成为省级、市级科普示范基地，为带动农业结构调整和经济发展起到积极推动作用。

第五章　残　联

第一节　组织机构

1989 年 12 月，成立县残联，是将残疾人社会福利团体和事业管理机构融为一体的残疾人群众团体。残联主席由政府分管领导担任，理事长为副主席，理事长主持日常工作。到 2004 年，下设办公室、康复办公室、残疾人劳动就业服务所。有理事长 1 人，副理事长 1 人，干部职工 7 人。

第二节　代表大会

县残联第一次代表大会于 1989 年 12 月 27 日召开。与会代表 109 人，会议审议通过筹备组作的题为《深化改革、团结奋斗，开创我县残疾人事业新局面》的工作报告，选举第一届主席团委员 21 人。选举县政府副县长杨忠为主席。

县残联第二次代表大会于 2003 年 8 月 29 日召开。与会代表 85 人，会议审议通过第一届执行理事会作的题为《与时俱进、奋力拼搏，全面开创新世纪我县残疾人工作新局面》的工作报告，选举产生第二届主席团委员共 25 名，推举县政府副县长张化志为主席。

第三节　主要活动

2004 年，共有残疾人 1541 人，占总人口 1.38%，其中男 972 名，女 569 名，视力残疾 144 名，占残疾人总数的 9.34%；听力残疾 28 名，占残疾人总数的 1.82%；言语残疾 130 名，占残疾人总数的 8.44%；肢体残疾 822 名，占残疾人总数的 53.34%；智力残疾 297 名，占残疾人总数的 9.27%；精神残疾 120 名，占残疾人总数的 7.79%。

一、扶贫助残

1989 年至 2004 年共争取上级扶贫资金 130 万元，建立扶贫基地一个，扶持残疾福利企业 2 个，累计扶助贫困残疾人 912 人，使贫困残疾人口减少到 135 人。累计为贫困残疾人及家庭减免生产、生活、医疗、康复、教育费用 100 余万元。

每年为 200 余名残疾人减免农业税 2.10 万元；落实贫困残疾人最低保障 185 人，每年落实保障金近 2 万元；协调建设局等单位规范残疾人无障碍设施，公共设施实现无障碍建设标准，县城盲道增至 4300 余米。

二、安排残疾人就业

全方位为城镇残疾人劳动就业服务，十几年来，共安排残疾人就业 172 人，分散、个体从业 265 人，扶助建立盲人按摩院 2 个，其中残疾青年王玉斌、李克刚、杨克臣等，身残志坚，发扬"自强、自立"精神，开公司、办诊所，为国家和社会作出了自己的贡献，也为广大残疾人树立了榜样。

三、残疾人教育

2004 年，全县共有残疾适龄入学儿童 151 人，全部在校就读，其中在特教学校就读 12 人。先后有 5 名残疾青年取得中专学历，残疾学生张艳霞，在 2002 年高考中以 564 分的优异成绩被佳木斯大学生物系录取，并获得市残联奖学金 5000 元。动员社会力量资助贫困残疾儿童 14 人次。

四、残疾人康复

1989 年至 2004 年，与卫生部门合作，共为白内障患者做手术 678 例，小儿麻痹残疾人矫治手术 52 例，肢体康复训练 32 例，脑瘫训练 26 例，弱智训练 34 例，聋儿语训 22 例，小腿装配 41 例，大腿装配 8 例。

五、残疾人信访

1989 年至 2004 年，共接待残疾人来信来访 302 人次，解决率 100%，没有发生过一起越级访和集体访事件，残疾人法律援助中心为残疾人提供法律服务 66 人次。

第六章　工商联

第一节　组织机构

1996 年 8 月，县委决定建立工商联，任命副会长 1 人，与统战部共同筹备召开县工商联首届会员代表大会。1997 年 6 月 26 日召开工商联首届会员代表大会，选举产生会长1人，副会长5人（驻会2人），秘书长1人（由1名驻会副会长兼任），执委10人。有会员65人。1999年，在5个乡镇设立分会。2002年2月2日召开第二届会员代表大会。选举产生会长1人，副会长6人，秘书长1人。截至2004年年底，有会长1人，副会长6人，秘书长1人（由1名副会长兼任），执委15人。会员213人，其中企业会员35个，个人会员178名。有驻会人员5人。

第二节　活　动

县工商联自建立以来，坚持"团结、帮助、引导、教育"的八字方针，团结非公有制人士并为他们解决实际困难，成为党委、政府联系非公有制经济代表人士的桥梁和纽带。到2004年年底，组织规模较大的企业成员培训班20余次。2004年6月，县工商联与廊坊市工商联共同邀请北京专家，为全市工商联企业管理者作短期现代企业管理培训。2005年7月组织全县非公有制企业管理者参加了由台湾著名心理学家、品牌专家授课的"企业品牌"培训班；引导成员单位和个人积极参与公益事业，组织奉献社会大型的捐款活动18次，为社会捐资共计400余万元；号召人大代表和政协委员中的会员多写建议案和提案，有80份提案被县委、县政府采纳。

第三节　光彩事业

1997年会员燕北畜牧机械有限公司董事长刘永怀投资10万元设立永怀教育基金会。会员单位顺兴饭店，为大厂镇小厂村小学建校捐助3000元。1998年副会长冯殿华先后为县城市政建设、县直二小、大厂清真寺等捐款39万多元。

到2004年，工商联系统共向社会捐款捐物折合人民币120万元。会长冯殿华向社会捐款共计100余万元。与此同时全县非公企业安置就业1500人，培训580人次，帮助脱贫410户，851人。

第七章　其他团体

至2004年，县内还有伊斯兰教协会、文学艺术界联合会、计划生育协会、老龄工作委员会、关心下一代工作委员会、老年人体育协会等群众团体组织。民间社会团体组织有书法协会、美术协会、围棋协会、摔跤协会、信鸽协会、钓鱼协会、农民体育协会、篮球协会、乒乓球协会、足球协会、武术协会、田径协会等。

第十五编　人大　政协

　　1952 年 11 月，大厂回族自治区召开第一届各界人民代表会议。人民群众第一次行使当家做主的权利。1955 年建县后至 1985 年县人民代表大会及其常委会依法行使职权，第二届至第八届人民代表大会共收到代表提案 321 件，县政府及有关部门均给予解决或答复。人大常委会随时就当时突出的社会问题组织调查视察，写出调查报告，交县政府及有关部门办理。接待人民群众信访 155 件，任免国家工作人员 104 人。1986 年至 2004 年，县人大常委会共举行常委会例会 127 次，主任会议171 次，听取"一府两院"法律、法规实施情况的汇报和工作报告 384 项，组织指导或参与有规模的执法检查 132 次。就全县改革发展的重大事项和人民群众关注的热点、难点问题做出决定、决议等 50 余项。任免国家机关工作人员 630 人次。先后制定并颁布实施了《大厂回族自治县自治条例》和《大厂回族自治县教育条例》、《大厂回族自治县畜牧业条例》、《大厂回族自治县城乡规划建设管理条例》等。

　　1963 年 11 月，中国人民政治协商会议大厂县第一届委员会第一次会议召开，从此时起，人民政协高举爱国主义和社会主义旗帜，履行政治协商、民主监督、参政议政职能，在政治、经济和社会生活中发挥重要作用。

第一章　人　大

第一节　人大代表

一、普　选

1986 年至 2004 年，大厂县经历第九届至第十三届共五次普选。

第九届至第十三届人民代表选举选民参选情况表

表 15－1－1

届别	九	十	十一	十二	十三
年份	1987 年 2 月至 5 月 16 日	1989 年 11 月至 1990 年 3 月 4 日	1992 年 10 月至 1993 年 3 月 4 日	1997 年 10 月至 12 月 25 日	2002 年 11 月至 12 月
登记选民人数	63 819	67 863	69 302	72 616	
剥夺选举权人数	2	2	2	2	
无法行使选举权人数	149	104	113	231	
参选人数	57 526	66 032	68 109	70 533	67 736
参选率%	90. 14	97. 30	98. 28	97. 13	

二、代表构成

第九届至第十三届人大代表的构成从社会各界上看无大的变化，但各届代表所占比例发生了比较大的变化。工人、干部比例下降，妇女、回族、知识分子所占比例上升明显，反映出人大代表整体素质提高。农民、非党群众所占比例基本稳定。

第九届至第十三届人民代表构成表

表 15－1－2

届次			九	十	十一	十二	十三
代表人数			119	131	135	139	139
代表构成	工人	人数	25	20	17	13	13
		比例%	21	15. 27	12. 59	9. 35	9. 35
	农民	人数	63	63	70	68	69
		比例%	53. 94	48. 09	51. 85	48. 92	49. 64
	干部	人数	48	44	48	22	28
		比例%	40. 34	33. 59	35. 56	15. 83	20. 14
	非党群众	人数	39	43	39	44	46
		比例%	33. 61	32. 81	28. 89	31. 65	33. 09
	妇女	人数	30	28	28	31	39
		比例%	25. 21	21. 37	20. 74	22. 30	28. 06
	回族	人数	34	39	37	43	48
		比例%	28. 57	29. 77	27. 40	30. 94	34. 54
	知识分子	人数	29	13	44	53	83
		比例%	24. 37	9. 92	32. 59	38. 06	59. 71

第二节　人民代表大会

第九届至第十三届人民代表大会第一次会议分别于 1987 年 6 月 2 日至 5 日，1990 年 4 月 12 日至 15 日，1993 年 2 月 28 日至 3 月 3 日，1998 年 2 月 6 日至 10 日，2003 年 1 月 11 日至 13 日召开。历届人民代表大会一次会议的主要议程：审议通过县人大常委会、县政府工作报告；审议批准财政预决算报告；审议通过人民法院、人民检察院工作报告；选举产生县人民代表大会常务委员会委员、主任、副主任和县政府县长、副县长及人民法院院长、人民检察院检察长。

第九届人民代表大会第一次会议的指导思想：总结回顾第八届人大的各项工作，研究确定以后一个时期的主要工作任务和长远目标，坚持深入开展"双增、双节"（增产节约、增收节支）运动，促进国民经济持续稳定发展，深入进行坚持四项基本原则宣传教育，坚决反对资产阶级自由化，动员和团结全县人民为开创"两个文明"建设和各项事业新局面而努力奋斗。

第十届人民代表大会第一次会议的指导思想：坚持以中共十三届四中、五中、六中全会精神为指导，总结回顾第九届人大的各项工作成绩和经验，研究确定以后特别是 1990 年经济建设和改革开放的任务和目标，动员和团结全县人民为"两个文明"建设和各项事业发展而努力奋斗。

第十一届人民代表大会第一次会议的指导思想：在中共十四大精神指导下，总结回顾第十届人大的各项工作取得的成绩和基本经验，认真学习领会邓小平南巡重要讲话精神实质，研究确定以后一个时期大厂县经济发展和改革开放的工作部署，为进一步深化改革和扩大开放，动员全县人民为把大厂县建成全省乃至全国"人口小县、经济强县"而努力奋斗。

第十二届人民代表大会第一次会议的指导思想：高举邓小平理论伟大旗帜，以中共十五大精神为指导，总结回顾第十一届人大的各项工作，确定以后全县改革开放、经济发展和民主法制建设的目标任务，动员和团结全县人民，为建设经济强县，促进国民经济持续、快速、健康发展和社会全面进步而努力奋斗。

第十三届人民代表大会第一次会议的指导思想：在县委的领导下，以邓小平理论和"三个代表"重要思想为指导，认真贯彻中共十六大精神，全面总结县十二届人大的各项工作，确定以后特别是 2003 年全县改革开放、经济发展和民主法制建设的目标任务，动员和团结全县人民，为建设"人口小县、文化大县、经济强县"，促进国民经济持续、快速、健康发展和社会全面进步而努力奋斗。

第三节　人大常委会

县人民代表大会常务委员会（简称县人大常委会）是县人民代表大会的常设机构，对人民代表大会负责并报告工作。1986 年至 2004 年年底，县人大常委会历经第九届、十届、十一届、十二届、十三届共五届。第九届至第十届任期三年，第十一届至十三届任期五年。

县人大常委会主要通过常委会议集体行使宪法、法律赋予的监督权、决定权、任免权和立法权，每两月至少举行一次会议。常委会主任、副主任组成主任会议，处理常委会的重要日常工作。

县人民代表大会及其常委会还制定了一系列规则、办法和制度，其中有议事规则，关于工作制度的若干规定，关于代表议案和建议、批评及意见办理办法，人事任免办法，人大代表职责，实施个案监督办法，关于人大代表持证视察的办法，执法检查暂行办法，关于开展述职评议工作的实施办法，主任、副主任工作分工，关于群众来信来访办理办法等。

一、职　能

行使监督权

县人大常委会对"一府两院"行使监督权：法律监督，主要监督检查宪法、法律、法规在本行政区域内的实施和执行情况；工作监督，主要是检查县人民代表大会决议及上级人大和县委重大决策和部署的执行情况。

常委会例会或主任会议听取和审议"一府两院"的执法情况汇报和有关工作专题报告。八届至十三届人大常委会共举行常委会例会127次，主任会议171次，听取"一府两院"法律、法规实施情况的汇报和工作报告384项，组织指导或参与有规模的执法检查132次。从九届人大常委会开始组织被任命的国家工作人员述职。

开展调查研究。围绕常委会会议审议的议题，由常委会各位主任带领相关科室在会前开展专题调查，就会议审议"一府两院"的有关报告提出初审意见，为常委会的审议做准备。此外，各科室就群众关心的重点、热点、难点问题进行调查研究，撰写出有情况、有问题、有建议的调查报告，为县人大常委会讨论、决定问题提供依据，或由县人大常委会批转"一府两院"研究处理。从第八届到第十三届县人大常委会期间，共撰写出专题调查报告58篇，其中有一部分调查报告经县人大常委会决定，批转"一府两院"研究处理，或供"一府两院"研究改进工作参考。

组织视察。县人大代表视察，实行集中视察与分散视察相结合。集中视察，由县人大常委会组织统一视察，或由县人大常委会各科室组织专题视察；分散视察，由各代表组组织代表就地视察，或由3名以上代表持代表证随时进行。自第八届到第十三届县人大常委会期间，共集中组织统一视察和专题视察71次，参加视察的代表1000余人次。

行使决定权

自第八届人大以后，县人大常委会就全县改革发展的重大事项和人民群众关注的热点、难点问题共做出决定、决议50余项，其中较为重要的有八届人大常委会做出的《关于认真组织学习贯彻全国人大常委会〈关于加强法制教育，维护安定团结的决定〉的决议》；九届人大常委会做出的《关于贯彻河北省人大常委会〈关于在全省开展执法检查的决定〉的决定》；十届人大常委会做出的《关于贯彻落实〈河北省关于社会治安综合治理的决定〉的决定》、《关于公布施行〈大厂回族自治县自治条例〉的决定》；十一届人大常委会做出的《关于大力推进依法治县工作的决议》、《关于切实加强行政执法的决定》、《关于以提高科技水平和经济效益为中心，以畜牧业为先导，全面推进农业产业化的审议意见》、《关于加强代表工作的决定》、《关于加强土地管理工作的规定》、《关于全面实施"升位工程"的决议》、《关于公布施行〈大厂回族自治县畜牧业条例〉的决定》；十二届人大常委会做出的《关于对县人民政府〈关于综合示范区规划编制及运行情况报告〉的审议意见》、《关于公布施行〈大厂回族自治县城乡规划建设管理条例〉的决定》；十三届人大常委会做出的《关于对"改善农村医疗卫生条件，加强农村公共卫生体系建设情况报告"的审议意见》、《关于对禽流感防治工作情况报告的审议意见》、《关于对一中建设和高中扩招情况报告的审议意见》、《关于对环境综合治理情况报告的审议意见》等。

行使任免权

依法任免国家机关工作人员并加强对他们的监督，是人大常委会的一项重要职责。八届至十三届县人大常委会共任免国家机关工作人员 630 人次。八届人大常委会（1986 年 1 月至 1987 年 6 月）共任免地方国家机关工作人员 56 人次；九届人大常委会期间共任免地方国家机关工作人员 118 人次；十届人大常委会期间共任免地方国家机关工作人员 80 人次；十一届人大常委会期间共任免地方国家机关工作人员 176 人次，补选廊坊市第二届人大代表 2 名、罢免 1 名；十二届人大常委会期间共任免地方国家机关工作人员 154 人次，接受辞职 8 名；十三届人大常委会（至 2004 年年底）期间共任免地方国家机关工作人员 46 人次，接受辞职 1 人。

行使立法权

民族立法是宪法和法律赋予少数民族地方的一项重要职权，也是推进依法治县的重要内容。八届县人大常委会以后，积极行使宪法和法律赋予少数民族自治地方的立法权，紧密结合区域实际，按照依法制法和法制统一的原则，于 1990 年制定并颁布实施了《河北省大厂回族自治县条例》。其后又分别制定实施《大厂回族自治县教育条例》、《大厂回族自治县畜牧业条例》、《大厂回族自治县城乡规划建设管理条例》三部单行条例。《自治条例》和三部单行条例的先后制定实施，将党和国家对大厂县地方优惠政策法制化，为促进大厂县经济和社会各项事业发展提供了法律保障。

《河北省大厂回族自治县自治条例》于 1980 年着手起草，1984 年调整健全《自治条例》起草领导小组，历时十年，经过 13 次较大规模修改完善后定稿。1990 年 4 月经县第十届人民代表大会第一次会议讨论通过，报经省七届人大常委会第十四次会议审议批准，1990 年 10 月 25 日召开颁布实施大会。《自治条例》作为贯彻《中华人民共和国宪法》和《中华人民共和国民族区域自治法》的地方性法规，是对大厂县全方位的规范。《自治条例》全面总结大厂县在民族区域自治建设上的 35 年的成功经验，并对新形势下大厂县各项事业发展提出了更高的要求和更长远的奋斗目标。

《大厂回族自治县教育条例》于 1993 年年底开始起草，历时一年半，1994 年县第十一届人大三次会议审议通过，1995 年报经省八届人大常委会十五次会议批准，同年 8 月正式颁布施行。《大厂回族自治县教育条例》的颁布和实施，对于发展大厂县民族教育和实施"科教兴县"战略起到了积极的推动和促进作用。

《大厂回族自治县畜牧业条例》于1997年3月开始起草，先后进行了12次重大修改和20次局部修改，经县第十一届人民代表大会第五次会议审议通过，1997年4月报经省第八届人大常委会第二十六次会议批准，县第十一届人大常委会第三十二次会议决定，于1997年7月1日正式颁布施行。

《大厂回族自治县城乡规划建设管理条例》于1999年7月开始起草，2001年2月11日经县第十二届人民代表大会第四次会议通过，报经省第九届人大常委会第二十一次会议批准，县第十二届人大常委会第二十三次会议决定，自2001年10月1日正式颁布施行。

2003年以后，县第十三届人大常委会根据《中华人民共和国民族区域自治法》和河北省立法规划的安排，积极启动了环境保护立法工作，建立了立法领导小组和起草小组，按照法制统一、突出可持续发展和以人为本及体现民族特色的原则，确定了《大厂回族自治县环境保护条例》框架，到2004年年底，完成了征求意见稿的起草工作，并开始向社会各界广泛征求意见。同时，根据省人大常委会《关于清理地方性法规中行政许可的规定及审查清理的安排意见》的要求，按照《中华人民共和国行政许可法》规定，对自治条例和单行条例进行了认真清理。经清理，三部条例（《教育条例》、《畜牧业条例》和《城乡规划建设管理条例》）共设13项，经省人大常委会审议，决定保留12项，取消1项，为进一步规范依法行政行为提供了保障。

二、代表工作

联系代表

八届人大常委会以后，认真贯彻《中华人民共和国代表法》，始终牢固树立对代表负责、为代表服务、受代表监督的思想，先后制定完善了《人大代表职责》、《关于联系代表的办法》等制度，根据实际情况采取一系列措施，不断加强和规范代表工作，努力为代表参与管理国家事务创造条件，提供保障。

县第八届人大常委会采取走出去、请上来的方式，先后组织了8次不同规模的代表座谈会，收集代表意见、建议和要求243条，人大办公室整理并经主任办公会研究后，及时交县政府处理。代表关注的县城排水难、中小学校条件差、市场管理差等一批热点、难点问题得到了妥善解决或初步解决。

县第十一届人大常委会于1995年做出了《关于加强代表工作的决定》，7月，组织召开全县代表工作会议，就贯彻落实决定精神进行安排部署，为全县代表工作更好开展提供了在思想上、组织上、制度上的保证。同年，首次在全县成功组织开展代表议政日活动。

第十二届人大常委会，围绕县委、县政府确定的第二个"项目年"目标，于2000年9月以召开代表座谈会形式，在代表中广泛开展了"假如我是投资者"大讨论活动，征集了代表对大厂县项目建设和经济发展的意见和建议，在社会上产生良好反响。

第十三届人大常委会根据形势和工作需要，对原有制度、办法进行修订的基础上，制定出台了《关于县人大代表持证视察的办法》，标志着大厂县人大代表工作初步实现制度化、规范化和科学化。

代表议案及意见、建议和批评办理

自县第八届人民代表大会第三次会议以后，共有代表议案立案 7 件，代表意见、批评及建议 548 件。代表提出的议案和意见、批评及建议经人大常委会办公室整理和主任会议专题研究后，均及时转交"一府两院"及有关部门办理，县人大常委会负责督办。

人民信访

县人大常委会认真做好人民信访工作，接待并办理群众来信来访 1118 件（次），其中来信 453 件（次），来访 665 件（次），一大批群众反映的热点、难点问题得到妥善解决，避免了缠诉和越级上访，保护了群众的合法权益，维护了社会稳定。

三、内设机构

县人大常委会自 1981 年 4 月第七届人民代表大会选举产生之初，工作机构为办公室，负责处理日常工作。1988 年 3 月 5 日，增设政法科、经济科、科教文卫科。1990 年增设民族科。至 2004 年未变。

1986 年至 2004 年县人大常委会主任、副主任人名表

表 15 - 1 - 3

届次	姓 名	职 务	任职时间	政治面目	出生年月	性别	民族	学历	籍 贯
八	海洋	主任	1986.01～1987.06	党员	1933.08	男	回	大学	河北省大厂县
	王汝斌	副主任	1986.01～1987.06	党员	1931.07	男	汉	初中	河北省阳原县
	张平柱	副主任	1986.01～1987.06	党员	1929.05	男	回	初中	河北省文安县
	杨湘林	副主任	1986.01～1987.06	群众	1921.09	男	回	高中	河北省大厂县
	满恒珍	副主任	1986.01～1987.06	群众	1933.03	女	回	大学	山东省德州市恩县
九	海洋	主任	1987.06～1990.04	党员	1933.08	男	回	大学	河北省大厂县
	王兆明	副主任	1987.06～1990.04	党员	1933.05	男	回	初中	河北省怀来县
	杨洪恩	副主任	1987.06～1990.04	党员	1931.07	男	回	初中	河北省大厂县
	宋振元	副主任	1987.06～1990.04	党员	1931.04	男	汉	初中	北京市房山区
	满恒珍	副主任	1987.06～1990.04	群众	1933.03	女	回	大学	山东省德州市恩县
	张自新	副主任	1989.02～1990.04	党员	1934.10	女	汉	初中	北京市平谷区

续上表

届次	姓　名	职　务	任职时间	政治面目	出生年月	性别	民族	学历	籍　贯
十	海　洋	主　任	1990.04～1993.03	党员	1933.08	男	回	大学	河北省大厂县
	王兆明	副主任	1990.04～1993.03	党员	1933.05	男	回	初中	河北省怀来县
	冯春沂	副主任	1990.04～1993.03	党员	1935.11	男	汉	中专	河北省大厂县
	杨启秀	副主任	1990.04～1993.03	党员	1935.06	男	回	初中	河北省大厂县
	满恒珍	副主任	1990.04～1993.03	群众	1933.03	女	回	大学	山东省德州市恩县
十一	李炳环	主　任	1993.03～1998.02	党员	1938.01	男	回	初中	河北省沧州市
	冯春沂	副主任	1993.03～1996.02	党员	1935.11	男	汉	中专	河北省大厂县
	刘世亭	副主任	1993.03～1996.06	群众	1944.01	男	汉	大学	河北省孟村回族自治县
	安茂余	副主任	1993.03～1998.02	党员	1938.10	男	回	初中	河北省大厂县
	刘洪启	副主任	1996.03～1998.02	党员	1939.10	男	汉	初中	河北省大厂县
	钟淑仁	副主任	1996.03～1998.02	党员	1945.07	女	回	高中	河北省大厂县
十二	马瑞泉	主　任	1998.02～2003.01	党员	1944.06	男	回	高中	河北省大厂县
	韩连怀	副主任	1998.02～2003.01	党员	1942.12	男	汉	高中	天津市宝坻县
	钟淑仁	副主任	1998.02～2003.01	党员	1945.07	女	回	高中	河北省大厂县
	王振元	副主任	1998.02～2003.01	党员	1943.09	男	汉	高中	河北省大厂县
	杨正凤	副主任	1998.02～2003.01	群众	1951.02	女	回	大学	河北省大厂县
十三	杨广明	主　任	2003.01～2004.12	党员	1950.03	男	回	高中	河北省大厂县
	刘景田	副主任	2003.01～2004.12	党员	1948.11	男	汉	大专	河北省大厂县
	杨正凤	副主任	2003.01～2004.12	群众	1951.02	女	回	大学	河北省大厂县
	张立民	副主任	2003.01～2004.12	党员	1951.01	男	汉	大专	河北省大厂县
	刘学清	副主任	2003.01～2004.12	党员	1951.10	女	汉	高中	河北省大厂县

第四节　乡镇人大

从 1987 年 5 月起各乡镇人民代表大会设立代表联组。联组长负责召集乡镇人民代表大会及代表联络等事宜。1990 年 3 月各乡镇召开第十届人民代表大会第一次会议，均设立人大主席团常务主席，原代表联组组长不再设立。1995 年 2 月，改设乡镇人民代表大会主席、副主席。乡镇人民代表大会每届任期三年。1986 年至 2004 年，各乡镇共召开 6 次人民代表大会，每次代表大会经准备、宣传、选民登记、推荐代表候选人、选举代表和召开代表大会 6 个阶段进行。大会基本程序有，听取和审查本乡镇人民政府工作报告；审查和批准本乡镇的财政预算和执行情况；听取和审议人大主席团工作报告；选举乡镇长、副乡镇长；选举产生本届人民代表大会主席团和主席、副主席。有时县委根据工作需要，提名任命或建议免去乡镇长、副乡镇长，并要求按法律程序办理。

第二章 政 协

中国人民政治协商会议大厂县委员会围绕县委中心工作，根据政协章程和县政协制定的规章制度，通过组织视察参观、座谈论证、开展调研、征集委员提案等形式，提出意见和建议，协助县政府开展工作，在全县经济发展和社会进步等方面发挥参政议政作用。

第一节 机 构

1986 年后，县政协常务委员会由县政协委员会主席、副主席、秘书长和常务委员组成，经政协委员会全体会议选举产生。1986 年下设办公室和科技、农林水利、文教卫生、民族宗教、人民团体、港澳台属等工作组。1990 年 3 月上述各组撤销，设办公室、宣传联络科、科技文卫科、民族宗教科。至 2004 年未变。

第二节 政协委员

县政协自 1986 年二届四次会议以后至 2004 年，历经第二届、三届、四届、五届、六届、七届委员会，每届委员会任期届满时，县委对政协的换届工作做出换届方案。县政协委员产生既注意人选的广泛性、代表性、议政能力，又考虑到连续性和稳定性，兼顾党内外、海内外、民族、地域、界别、年龄、性别等方面，经过推荐、考察、上下协商等环节确定人选，最后经县委审批。

表 15 - 2 - 1

县政协历届委员构成表

届次	时间	委员合计	政治面目		性别		界别														
			中共党员	无党派	男	女	党政干部	民主人士	科技	文教卫体	卫生	工业交通	农林水畜	民族宗教	人民团体	经企	台侨属	工商联	国民党起义投诚	中外合资企业	社会法制	社会福利	特邀
三	1987.06~1990.04	80	31	49	67	13	2	1	15	10	4	8	6	8	4	7	12	1	1	1			
四	1990.04~1993.02	90	34	56	69	21	3	3	12	12	7	10	15	11	97	1							
五	1993.02~1998.02	97	39	58	76	21	5	2	7	11	4	12	8	9	11	21	7						
六	1998.02~2003.01	96	38	58	72	24	4	1	3	8	5	17	12	6	4	21	6	2			7		
七	2003.01~	111	42	69	75	36	5	2	5	9	5	20	10	7	5	16	6	3			8	5	5

注：表头界别栏目从左至右依次为：党政干部、民主人士、科技、文教卫体、卫生、工业交通、农林水畜、民族宗教、人民团体、经企、台侨属、工商联、国民党起义投诚、中外合资企业、社会法制、社会福利、特邀

第三节　政协会议

县政协第二届、三届、四届任期为三年，从第五届起任期为五年，委员会全体会议每年至少举行一次，1986年至2004年共举行19次，会议主要议程：听取并审议县政协常务委员会工作报告；听取并审议县政协委员会提案委员会工作报告；列席县人民代表大会；听取并审议县人民政府工作报告及其他报告；大会选举事项；审议县政协委员会提案委员会关于提案审查情况的报告；通过大会政治决议。

第四节　视察与调研

三届会议期间共召开各种协商会、意见听取会20余次，就工业、农业、城镇建设、文教、卫生、工商、物价、财贸、廉政建设等十几个专题进行了协商监督，共提出意见建议160条，其中1989年在协商县棉纺厂去向的专题时，委员们从县财力、原材料、能源、技术力量，可行性条件等方面进行论证，认为应该停建。县委、政府采纳了这一意见，避免了基建的盲目性。三届会议期间开展了三次专题调查：1988年10月组织了关于加强小麦越冬管理的调查；1989年7月组织部分科技、农业部门的政协委员就夺取1990年夏粮丰收的调查；1989年10月组织部分委员对中学教育进行了调查并写出调查报告，受到县委、政府的重视。三届会议共受理委员提案103件，涉及政治、经济、文化、教育、环保等方面，其中采纳并落实63件，另外40件因条件限制暂时不能解决。

四届会议期间，组织委员开展视察活动11次。向县委、县政府提交了《小麦产量再上新台阶一定要把好"四关"》、《关于我县经济工作的建议》专题调研材料。受理委员提案134件，内容涉及工业、农业、文化教育、卫生、科技、城建、交通、水利、电力、环保、劳动人事、民族宗教、市政管理等13个方面，有关部门解决了94件，需要列入计划逐步解决的32件，因条件所限短期内不能解决的8件。其中孙爱香等委员提出的"关于在县城西区建立第二小学"一案转交县政府后引起了县领导的重视，在财政财力极为紧张的情况下投资34万元建立了第二小学，解决了县城西部小学生上学难的问题。

五届会议期间，开展专题调查和视察活动18次，形成调查和视察报告18篇，提出意见和建议100条。其中《关于三资企业的调查与建议》，不仅受到县委、政府的重视，同时在市政协二届二次会议上作了专题发言，受到了市委、市政府的重视。共受理委员提案207件，内容涉及经济工作、城乡建设、科技文卫等方面，采纳解决的130件，计划逐步解决的53件，受政策和条件限制难以解决的24件。其中周家傲等委员提出的"关于县城环境应综合治理的提案"，受到了县委、县政府的高度重视，经过周密的研究和部署，全县开展了大规模的综合治理工作，重新规划了集市布局，修建了宽广的西环路，县城环境明显改观。

六届会议期间，共组织委员视察9次，开展专题调研6次，撰写视察、调研报告

17 篇。其中《关于我县畜牧产业化调研与建议》经县委主要领导批示，县委办进行了转发；《关于加强学校管理坚持教育投入优先的建议》受到县政府的重视。共受理委员提案 203 件，内容涉及社会保障、民族宗教、科技文卫、经济工作、城镇建设等方面，其中采纳解决的 149 件，列入议事日程正在落实的 38 件，因受政策和条件限制难以解决的 6 件，其中张庆颐委员关于"筹建一所老年活动中心的提案"被列为 2000 年政府十件实事之一，并得到落实，丰富了老年人的晚年生活。

七届一次会议以后，共组织委员视察 3 次，开展专题调研 6 次，撰写调研报告 6 篇。其中《对发展畜牧产品深加工的思考与建议》在市政协全会上发言，得到了市政协领导的肯定。七届一次会议以后共受理委员提案 139 件，内容涉及大厂县政治、经济、文化、科技、教育、宗教、环保、群众生活等诸多方面，得到县政府和承办单位的重视和采纳，全部办结。其中孙德金等委员提出的"关于厂谭路大修的提案"被县委、县政府确定为重点工程，向上级争取支持资金 1068 万元，自筹资金 200 多万元，用于厂谭线的修复。

1986 年至 2004 年县政协主席、副主席人名表

表 15 - 2 - 2

届次	姓 名	职 务	任职时间	政治面目	出生年月	性别	民族	学历	籍 贯
二	杨德广	主席	1986.01～1987.05	党员	1934.11	男	回	初中	河北省大厂县
	莽克昌	副主席	1986.01～1987.05	党员	1933.07	男	满	高中	北京市顺义区
	邹 新	副主席	1986.01～1987.05	群众	1941.06	男	汉	大专	河北省大厂县
	刘世亭	副主席	1986.01～1987.05	群众	1944.01	男	汉	大学	河北省孟村回族自治县
三	王汝斌	主席	1987.06～1988.11	党员	1931.07	男	汉	初中	河北省阳原县
	王瑞生	主席	1988.11～1990.04	党员	1935.12	男	汉	初师	河北省三河市
	莽克昌	副主席	1987.06～1990.04	党员	1933.07	男	满	高中	北京市顺义区
	邹 新	副主席	1987.06～1990.04	群众	1941.06	男	汉	大专	河北省大厂县
	王 杉	副主席	1987.06～1990.04	群众	1942.09	男	回	大学	辽宁省沈阳市
	刘世亭	副主席	1987.06～1990.04	群众	1944.01	男	汉	大学	河北省孟村回族自治县
	赵德平	副主席	1987.06～1990.04	党员	1945.02	男	汉	初中	河北省大厂县
四	王瑞生	主席	1990.04～1993.02	党员	1935.12	男	汉	初师	河北省三河市
	莽克昌	副主席	1990.04～1993.02	党员	1933.07	男	满	高中	北京市顺义区
	王 杉	副主席	1990.04～1993.02	群众	1942.09	男	回	大学	辽宁省沈阳市
	邹 新	副主席	1990.04～1993.02	群众	1941.06	男	汉	大专	河北省大厂县
	刘世亭	副主席	1990.04～1993.02	群众	1944.01	男	汉	大学	河北省孟村回族自治县
	赵德平	副主席	1990.04～1993.02	党员	1945.02	男	汉	初中	河北省大厂县
	杨凤诚	副主席	1990.04～1993.02	群众		男	回	小学	河北省大厂县
	张学明	副主席	1992.03～1993.02	党员	1949.09	男	汉	大专	河北省大厂县

续上表

届次	姓 名	职 务	任职时间	政治面目	出生年月	性别	民族	学历	籍 贯
五	王瑞生	主 席	1993.02～1996.03	党员	1935.12	男	汉	初师	河北省三河市
	万国悦	主 席	1996.03～1998.02	党员	1940.10	男	汉	大专	天津市武清县
	王 杉	副主席	1993.02～1998.02	群众	1942.09	男	回	大学	辽宁省沈阳市
	张学明	副主席	1993.02～1998.02	党员	1949.09	男	汉	大专	河北省大厂县
	杨凤诚	副主席	1993.02～1995.11	群众		男	回	小学	河北省大厂县
	肖金杰	副主席	1996.03～1998.02	党员	1951.05	男	汉	大本	河北省大厂县
六	杨德忠	主 席	1998.02～2004.12	党员	1946.07	男	汉	大专	河北省大厂县
	张学明	副主席	1998.02～2004.12	党员	1949.09	男	汉	大专	河北省大厂县
	王 杉	副主席	1992.02～2004.	群众	1942.09	男	回	大学	辽宁省沈阳市
	肖金杰	副主席	1999.03～2004.12	党员	1951.05	男	汉	大本	河北省大厂县
	高宝成	副主席	2003.01～2004.12	群众	1964.01	男	汉	大专	河北省大厂县

第十六编　人民政府

抗日战争时期，中国共产党在敌后建立人民政权。1940 年 10 月后，县域大部属蓟（县）宝（坻）三（河）联合县四区，设区长、副区长。因战争需要，区划多次调整，大厂一带先后属蓟宝三、平（谷）三密（云）、平三蓟、三通（县）香（河）联合县和三河县，有时设一区、有时设二区。新中国成立前后，人民政权组织动员和领导人民群众发展生产，支援前线，参军参战，进行土地改革。1952 年 10 月，大厂回族自治区人民政府成立。1955 年 4 月 20 日，国务院批准建立大厂回族自治县。12月，大厂回族自治县第一届人民代表大会召开，选举产生县人民委员会。建县后人民政府带领全县人民全力开展经济建设，推动各项事业全面发展，虽经历了不少挫折，但也取得了前所未有的成就。

1986 年后，人民政府继续坚持以经济建设为中心，坚持改革开放，相继做出实施全方位开放、县办企业改革、建立工业园区、农业综合开发等重大决策。

第一章　政府组织机构

第一节　县人民政府

一、组成部门

1986 年县政府常设工作机构 34 个，有政府办公室、经济协作办公室、计划委员会、统计局、经济委员会、科学技术委员会、财政局、劳动人事局、公安局、司法局、民政局、审计局、物价局、工商行政管理局、交通局、商业局、乡镇企业管理局、农林局、水利局、文教局、畜牧水产服务公司、卫生局、计划生育委员会、体育运动委员会、信访办公室、民族事物委员会、广播电视局、粮食局、物资局、供销合作社、地方志编纂委员会办公室、税务局、供电局、邮电局。1996 年机构改革后县政府常设工作机构有 28 个：政府办公室、计划局、统计局、经济委员会、科学技术局、财政局、劳动人事局、建设局、公安局、司法局、民政局、审计局、技术监督局、土地管理局、交通局、乡镇企业局、农林局、区划办公室、粮食局、水利局、监察局、文教局、卫生局、计划生育局、信访办公室、经济体制改革办公室、民族宗教事务局、开发区管理委员会。2002 年 4 月进行机构改革，根据社会主义市场经济发展需要，按照精简、统一、效能的原则，调整组织机构，转变政府职能，改革后政府工作部门 19 个：政府办公室、发展计划局、教育局、科学技术局、民族宗教事务局、公安局、监察局（与纪律检查委员会机关合署办公）、民政局、司法局、财政局、人事劳动局和社会保障局、国土资源局、建设局、交通局、水务局、农业局、卫生局、计划生育局、审计局。2003 年 12 月增设安全生产监督管理局。至 2004 年无变化。

二、直属事业机构

1996 年 4 月直属事业机构有广播电视局、农业机械管理局、环境保护局、档案局、畜牧水产局、地方志编纂委员会办公室。2002 年 4 月机构改革后，直属事业机构有畜牧水产局、广播电视局、文化体育局、房地产管理局、环境保护局、开放办公室、统计局、城区管理综合执法局、地方志编纂委员会办公室，共计 9 个。至 2004 年未变。

三、双重领导机构

2004 年以上级业务部门领导为主的机构有县气象局、烟草专卖局、国家税务局、地方税务局、工商行政管理局、质量技术监督局、药品监督管理局、中国人民银行大厂支行、中国农业银行大厂支行、中国建设银行大厂支行、中国工商银行大厂支行、中国银行大厂支行、中国农业发展银行大厂支行、农村信用合作社联合社、银监局、中国人民财产保险股份有限公司大厂支公司、中国人寿保险股份有限公司大厂支公司、河北省石油集团大厂石油有限责任公司、廊坊市农电管理局大厂县供电局、邮政局、中国网通（集团）有限公司大厂分公司、河北移动通信有限责任公司大厂分公司。

四、其他机构

1996 年县政府直属经济实体有供销合作社、商业局、外贸局、物资局、医药局、物产集团公司、廊坊市天成再生利用集团公司。2002 年 4 月，机构改革时成立的其他机构有经济技术开发区管委会 、城区街道办事处、粮食管理办公室（粮食总公司）、工业管理办公室、商业管理办公室（商业总公司）、外贸管理办公室（外贸总公司）、农业机械管理办公室（农机总公司）、物资总公司、建筑公司。保留县供销合作社、廊坊市天成再生利用集团公司。至 2004 年未变 。

1986 年至 2004 年县人民政府领导人名表

表 16 – 1 – 1

届次	姓 名	职 务	任职时间	政治面目	出生年月	性别	民族	学历	籍 贯
八	马艳秋	县 长	1986.01—1987.04	党员	1940.11	女	回	大学	河北省定县
	周万才	副县长	1986.01—1987.06	党员	1941.11	男	汉	大学	河北省大厂县
	陈金文	副县长	1986.01—1987.06	党员	1941.09	男	回	大专	河北省玉田县
	王庆元	副县长	1986.01—1987.06	党员	1937.10	男	汉	高中	河北省三河市
	王 杉	副县长	1986.01—1987.06	群众	1942.09	男	回	大学	辽宁省沈阳市
	董国祥	调研员	1986.01—1987.06	党员	1930.08	男	汉	初中	天津市蓟县
九	杨德广	县 长	1987.06—1990.04	党员	1934.11	男	回	初中	河北省大厂县
	周万才	副县长	1987.06—1990.04	党员	1941.11	男	汉	大学	河北省大厂县
	王庆元	副县长	1987.06—1990.04	党员	1937.10	男	汉	高中	河北省三河市
	王振华	副县长	1987.06—1990.04	党员	1933.06	男	回	初中	河北省大厂县
	杨 忠	副县长	1987.06—1990.04	党员	1939.03	男	汉	初中	河北省大厂县
	马冀宁	副县长	1988.07—1989.11	党员	1953.01	男	回	大学	北京市
	程书志	副县长	1989.11—1990.04	党员	1938.10	男	汉	大学	河北省深县
十	王振华	县 长	1990.04—1992.09	党员	1933.06	男	回	初中	河北省大厂县
	海德发	代县长	1992.09—1993.03	党员	1946.07	男	回	高中	河北省大厂县
	周万才	副县长	1990.04—1992.10	党员	1941.11	男	汉	大学	河北省大厂县
	王庆元	副县长	1990.04—1993.03	党员	1937.10	男	汉	高中	河北省三河市
	杨 忠	副县长	1990.04—1993.03	党员	1939.03	男	回	高中	河北省大厂县
	程书志	副县长	1990.04—1992.10	党员	1946.07	男	汉	大专	河北省深县
	海德发	副县长	1992.01—1992.09	党员	1946.07	男	回	高中	河北省大厂县
	刘学库	副县长	1991.04—1992.01	党员	1953.03	男	汉	高中	河北省大厂县
	张毅明	副县长	1992.12—1993.03	党员	1955.07	男	汉	大专	河北省安新县
	马志杰	调研员	1990.04—1993.03	党员	1934.10	男	回	初中	天津市武清县
	穆祥安	调研员	1990.04—1993.03	党员	1935.10	男	回	初中	北京市通州区

届次	姓 名	职 务	任职时间	政治面目	出生年月	性别	民族	学历	籍 贯
	海德发	县 长	1993.03—1994.09	党员	1946.07	男	回	高中	河北省大厂县
	闻志宽	代县长	1994.09—1995.03	党员	1955.02	男	回	大学	河北省大厂县
	闻志宽	县 长	1995.03—1998.01	党员	1955.02	男	回	大学	河北省大厂县
	杨连福	代县长	1998.01—1998.02	党员	1960.05	男	回	研究生	河北省大厂县
十	韩连怀	常务副县长	1993.03—1998.02	党员	1942.12	男	汉	高中	天津市宝坻县
	杨 忠	副县长	1993.03—1994.12	党员	1939.03	男	回	初中	河北省大厂县
	张毅明	副县长	1993.03—1996.12	党员	1955.07	男	汉	大专	河北省安新县
	刘景田	副县长	1993.03—1998.02	党员	1948.11	男	汉	大专	河北省大厂县
一	赵德平	副县长	1993.03—1998.02	党员	1945.02	男	汉	初中	河北省大厂县
	刘世亭	副县长	1996.06—1998.02	群众	1944.01	男	汉	大学	河北省孟村回族自治县
	李洪卫	副县长	1995.03—1997.04	党员	1963.08	男	汉	大专	河北省大厂县
	杨广明	副县长	1996.12—1998.02	党员	1950.03	男	回	高中	河北省大厂县
	王振华	调研员	1993.03—1998.02	党员	1933.06	男	回	初中	河北省大厂县
	马志杰	调研员	1993.03—1998.02	党员	1934.10	男	回	初中	天津市武清县
	王庆元	调研员	1993.03—1998.02	党员	1937.10	男	汉	高中	河北省三河市
	穆祥安	调研员	1993.03—1998.02	党员	1935.10	男	回	初中	北京市通州区
	杨连福	县 长	1998.02—2003.01	党员	1960.05	男	回	研究生	河北省大厂县
	杨广明	常务副县长	1998.02—1999.03	党员	1950.03	男	回	高中	河北省大厂县
	刘晓波	常务副县长	1999.03—2002.12	党员	1956.01	男	回	大专	北京市顺义区
十	陈 烈	常务副县长	2002.12—2003.01	党员	1962.04	男	汉	硕士研究生	河北省文安县
	刘景田	副县长	1998.02—2003.01	党员	1948.11	男	汉	大专	河北省大厂县
二	赵德平	副县长	1998.02—2003.01	党员	1945.02	男	汉	初中	河北省大厂县
	刘世亭	副县长	1998.02—2003.01	党员	1944.01	男	汉	大学	河北省孟村回族自治县
	杨连华	副县长	1998.02—2003.01	党员	1954.05	男	回	大专	河北省大厂县
	张金波	副县长	1998.02—2001.02	党员	1963.09	男	汉	大专	河北省大城县
	王秋女	副县长	2001.04—2003.01	党员	1967.10	女	汉	大学	河北省文安县
	张化志	副县长	2002.06—2003.01	党员	1965.08	男	汉	研究生	河北省霸州市

第十六编 人民政府

续上表

届次	姓　名	职　务	任职时间	政治面目	出生年月	性别	民族	学历	籍　贯
十三	杨连福	县 长	2003.01—2004.10	党员	1960.05	男	回	研究生	河北省大厂县
	杨连华	代县长	2004.10—2004.12	党员	1954.05	男	回	大专	河北省大厂县
	陈　烈	常务副县长	2003.01—2003.11	党员	1962.04	男	汉	硕士研究生	河北省文安县
	张化志	常务副县长	2004.10—2004.12	党员	1965.08	男	汉	研究生	河北省霸州市
	杨连华	副县长	2003.01—2004.10	党员	1954.05	男	回	大专	河北省大厂县
	卢振闪	副县长	2003.01—2004.12	党员	1956.08	男	汉	双专	河北省三河市
	李守山	副县长	2003.01—2004.12	党员	1957.07	男	回	研究生	河北省大厂县
	张凤玲	副县长	2003.01—2004.12	群众	1968.05	女	汉	大学	河北省大厂县
	刘广营	副县长	2004.10—2004.12	党员	1964.02	男	汉	大学	河北省大厂县
	冯　幸	副县长	2004.10—2004.12	党员	1964.02	男	回	大学	张家口市宣化区
	赵德平	顾 问	2003.01—2004.12	党员	1945.02	男	汉	初中	河北省大厂县

第二节　乡镇人民政府

1986 年全县有 2 镇、4 乡，1996 年有 2 镇 3 乡，均设有人民政府。乡镇人民政府每届任期 3 年，实行乡长镇长负责制。有乡镇长 1 人、副乡镇长 3 人至 5 人。

第二章　施政纪要

第一节　贯彻执行《自治法》

《中华人民共和国民族区域自治法》（以下简称《自治法》）1984 年正式颁布实施，2001 年又作了进一步修改完善。河北省大厂县根据《自治法》制定了与之相配套的多种条例。1986 年以后，县政府认真贯彻执行《自治法》的同时，严格按照民族区域自治法和配套条例的要求规范指导政府工作，促进了经济社会协调发展、民族团结进步，全县未发生一起民族问题，维护了社会稳定；夯实了自治县发展的根基，为河北省乃至首都的稳定作出了贡献。

一、学习宣传

《自治法》和《河北省清真食品管理条例》、《大厂回族自治县畜牧条例》、《大厂回族自治县教育条例》、《大厂回族自治县城乡规划建设管理条例》颁布后，县政府多次召开专题会议，认真学习，领会精神，把握实质。同时，利用广播电视、举办培训班、印发资料等多种形式，组织全县广大干部群众认真学习，增强全县干部群众学法、懂法和依法办事的主动性、自觉性。另外，把《自治法》列入"四五"普法内容，加强考核，注重实效，在全县范围内掀起学习、宣传的高潮，真正达到家喻户晓，深入人心。

二、依法施政

在清真食品管理方面。尊重回族群众的清真饮食习惯，直接关系到民族团结、社会稳定的大局。县政府始终把贯彻《河北省清真食品管理条例》（以下简称《条例》）作为民族工作的重中之重。县长亲自抓，主管副县长具体抓。成立清真食品管理领导小组，县民族宗教局局长和工商局局长任组长，同时由民族宗教局牵头，组建了由回族群众代表、阿訇、回族工商业人士参加的清真食品市场监督员队伍，加强对贯彻清真食品条例工作的监督，确保清真食品管理条例得以全面落实，切实保障回族群众的合法权益不受侵犯。同时，组织全县广大干部群众，尤其是民族宗教界人士、回族干部和清真食品生产经营者严格执行生产经营清真食品应具备的条件：主要管理人员和关键岗位必须配备有清真饮食习惯的少数民族人员，清真食品的运输车辆、储藏容器和加工场地必须专用等，依法保护回族群众的权益，汉族干部群众自觉尊重回族的饮食习惯。严格按照《条例》要求审核发放食品准营证和清真标识牌。每年对全县18家清真食品生产企业和151家清真门店进行2~3次拉网式检查，对不符合《条例》的企业、门店予以重罚，限期整改，经检查合格后方可重新开业。通过以上措施，净化了清真食品市场，维护了回族群众的合法权益，全县未发生一起因清真食品问题引发的纠纷，巩固了团结和睦的民族关系。

在畜牧业发展方面。以牛羊为主的畜牧业是具有民族特色的立县产业。县政府认真贯彻《畜牧业条例》，加强对畜牧业的扶持与引导，促进了畜牧业健康发展。

在教育事业方面。重点做了三项工作。首先，不断增加教育投入。建立起以县为主的"三个确保"义务教育基本投入保障体系：确保农村义务教育经费投入；确保农村中小学正常运转公用经费投入；确保农村中小学危房改造和教育事业发展的经费投入。鼓励和引导社会各界投资教育事业。全县教育投入达1900万元，新建教学楼5栋，新建、翻建平房500余间，购置各类实验仪器1.15万余件，新添图书7万册，硬件环境建设得到极大改善，2002年第三次顺利通过省政府"两基"（基本扫除青壮年文盲、基本普及九年义务教育）验收。强化师资队伍建设。在加强对教师进行知识和技能培训的同时，做好人才引进工作。2001年以后，共选聘应届优秀本科毕业生，引进具有丰富教学、管理经验的外埠教师 51 人，进一步提高了教师队伍整体水平。加快农村中小学布局调整步伐。全县先后撤并中小学 36 所，教育资源实现合理配置，全县教学质量明显提升。一批窗口学校脱颖而出，现有市级素质教育明星学校 4 所，素质教育示范校 13 所，素质教育先进校 5 所。职教中心第三次通过国家级重点学校评估验收。

在城镇建设方面。进一步完善城镇规划。编制了 2003—2005 年近期控制性详规；对夏垫镇进行总体规划编制，已通过省建设厅和专家组的评审；对城区所有地下管网进行调查摸底，建立健全管网档案和施工申报审批手续，结合县城总体规划和住宅小区现状，重新规划五个住宅小区（永安、永定、永兴、永康、永乐），彻底解决县城住宅小区管理小、散、乱现象。进一步加大城镇建设投入。1986 年以后，充分运用市场经济的理念经营城镇，采取引、借、垫、投、置换等手段，千方百计筹措资金，不断加大城镇建设投资力度，城镇功能、面貌有了很大改观，至 2004 年，仅城镇集体投资达到 9 亿元。特别是一批大型城镇项目的建成，如文化广场、县城临街建筑改造、大安街和西环路绿化美化、永安小区建设等，使城镇基础设施得到进一步完善，城镇形象得到有效提升。进一步加强城镇管理。通过理顺体制、明确职责、完善法规、强化管理等一系列行之有效的举措，城镇管理纳入规范化、制度化轨道。

三、发展民族经济

发展是稳定的基础，是维护民族团结的根本保证。落实民族区域自治法的关键是加快发展大厂县的经济。为此，县政府始终坚持以经济建设为中心，抢抓机遇，拼搏进取，推动了县域经济稳步发展。2004 年，全县地区生产总值达到 22.50 亿元，是 1986 年的 11 倍；财政收入完成 1.26 亿元，是 1986 年的 14 倍；农民人均纯收入 4829 元，是 1986 年的 8 倍。

第二节　实施全方位开放

1986 年以后，县政府为解决建县晚、县域小且经济基础差的问题，集中精力重点抓对外开放，把项目建设作为将民族优势、区位优势转化为发展优势的强大载体，力促经济快速发展。截至 2004 年，全县共启动实施千万元以上项目 150 个，总投资 21 亿元，新增地区生产总值 11.50 亿元，通过招商引资，培育出食品加工、高科技产业、机械制造和专业市场等四大产业集群。各类项目的引进和建设，使县域经济发展后劲不断增强，在全省 30 强县（市）中，大厂县排名第 12 位，并跻身全国百强县行列。

一、改善投资环境

1986 年至 2004 年，总计投入 51.70 亿元资金，着力改善城乡面貌，不断拓宽发展平台。在城区基础设施建设上，共投入 5000 余万元，加大县城及周边路网建设。相继完成厂谭线大修改造、县环城路改造、县城主要街道改造等 14 项重点工程。同时，不断扩大县工业园区的基础设施建设，建成总投资 2888 万元的以浦江路、工业园路、食品工业园路、北二环路为重点的园区路网体系，建设总投资 1500 万元的给、排水系统，县工业园区的硬件水平明显提高。在乡村道路建设上，重点建设了总投资 333.50 万元的 24 条乡村道路。同时实施了总长 18.30 公里，总投资 2160 万元的邵府路、祁陈路改造工程。在城镇配套设施建设上，共投入 7000 多万元。县医院扩建、中医院迁建、疾病预防控制中心、夏垫水厂、第一中学西校区、乡镇幼儿园、小灵通无线市话工程等一大批基础和公益设施相继建成投入使用。在绿化、净化、美化上，环城林、环镇林和环村街林"三环同建"工程的实施，植树 1000 公顷，82 万株，营造了"城在林中建、人在林中游、村村绿树环绕、处处鸟语花香"的生态环境和宁静清朗的田园风光。全县森林覆盖率达到 30%，被誉为首都绿色氧吧，全县空气质量稳定在国家二级标准以上。

在倾力硬环境建设的同时，坚持"双路"并进，以创建"开放大厂、诚信大厂、实干大厂、平安大厂"为契机，全力打造投资"零抱怨"、入驻"零烦恼"、服务"零缺陷"的发展软环境，政策、政务、法制、服务人文环境得到全方位改善。以创建"开放大厂"为目标，一方面放开政策体制，全面清理不符合非公有制经济发展的政策规定，制定完善了招商引资的优惠和鼓励政策，鼓励县内外人士积极投资兴业，支持县内企业家上大项目，办大企业；另一方面放开管理机制，全面清理不合理的行政审批事项，清理衔接相关执法执纪部门的审批事项，简化各种审批程序，切实解决重审批、轻监管，重收费、轻服务的体制弊端。至 2004 年，共清理行政审批事项 500 余个，全面提高服务水平。以创建"诚信大厂"为目标，重点围绕创造诚信高效的服务环境、公正严明的法制环境和公平竞争的市场环境，组建环境投诉中心、投资服务中心和收费管理中心，严惩破坏发展环境的行为，增强全民尊商、重商、爱商、护商的意识，不断提高为经济发展服务的水平，2000 年以后，共处理破坏经济发展环境行为 25 件次，全面优化了人文环境。把营造"支持发展、服务发展、干事创业"的浓厚氛围作为加强人文环境的重点。通过开展"树正气、讲团结、求发展"，同时，还开展"建设诚信大厂、优化信用环境"宣传教育活动，在全社会大力倡导"诚信光荣、失信可耻"的道德风尚，使"做诚信之人、办诚信之事、兴诚信之举"成为大厂县干部群众齐声高唱的"同一首歌"。坚持高起点规划、高标准建设、高效能管理。县工业园区的对外开放窗口和县域经济增长极作用正日益凸现，仅 2004 年，园区就有投资 1.50 亿元的古典家具、投资 5600 万元的图文印刷二期工程、投资 5000 万元的环球石材加工等一大批项目上马。

二、创新招商形式

以产业招商。改革开放以后，县政府把牛羊为主的畜牧业作为民族特色主导产业，逐步形成以牛羊饲养、贩运、屠宰加工、销售一条龙的产业化发展格局，先后通过产业引进了华安公司、福喜公司等一批龙头企业，并带动了相关产业的发展。全行业辐射县内 105 个村，共建与此相关的企业 3128 家，从业超万人，占全县劳动力总数的 25%。

结构调整招商。县政府从壮大经济实力，提高经济运行质量出发，大力培育规模大、水平高、实力强的新经济群体，促进经济结构向产业化、市场化方向发展。首先，围绕农业结构调整、农业增效和农民增收上项目。重点是发展设施农业，提高农业现代化水平。截至 2004 年，全县已发展特色种植业 666.67 公顷；发展林果、花卉、瓜菜、牧草等种植基地 10 个，面积达 1100 公顷。其次，围绕高新技术产业上项目。重点是以高科技、外向型项目为目标，努力开发高附加值、高科技含量、高市场占有率的产品，构建高新技术产业群。全县新上高新技术企业 14 家，高新技术产品涉及新材料、环境保护、能源和高效节能、生化食品、生物制药等多个领域。再次，围绕企业嫁接改造上项目。由于市场竞争激烈，一些企业产品老化、技术落后、经营不善，造成停产或半停产，厂房、场地、机器设备大量闲置。在国家严格控制占用耕地的形势下，这些水通、路通、电通、手续齐全的场地是一笔宝贵的有形资产，竞争成本较为低廉。至 2004 年，全县通过嫁接改造方式累计盘活闲置资产 8000 余万元。

借助外资、外埠企业招商。大厂县已建成的外资、外埠企业有着比较广泛的商务交流活动，通过他们能获得许多有价值的投资信息。采取支持和帮助现有外资企业搞好经营，取得投资者充分信任，借助他们宣传大厂、推介大厂、联系客商、争取投资。主要从三个方面开展"以外引外"工作。一是强化服务。对外资、外埠企业在用地、供水、供电、人才、资金等方面给予全力支持和帮助，及时帮助解决企业生产、生活中的实际问题，为企业发展创造宽松的经营环境。韩国西亚斯食品有限公司为扩大生产规模急需用地 0.47 公顷，而企业想租用，不愿意买地，否则就有迁走的可能。得知这一情况后，县政府以零租金租地给企业使用，用 0.47 公顷地的产权投资换回该企业年纳税百万元的效益。二是加强感情投资。定期举办企业座谈会、节日招待会等活动，听取他们对有关方面的意见和建议，加深理解，扩大交往。由于措施得力、服务到位，外资、外埠企业积极利用自身关系为大厂县招商引资献计出力。华安公司是县内第一家中外合资企业，自 1985 年建成投产后，一直得到县委、县政府的高度重视和大力支持，十几年中取得了可喜的经营业绩。德方投资者对大厂的投资环境非常满意，继 1992 年为大厂县引进美国独资企业福喜食品有限公司后，1998 年又帮助引进外商独资企业西亚斯食品配料有限公司。2001 年福喜公司为大厂县先后引进了可诺奈、伊斯特食品有限公司。打造了中国北方最大的麦当劳食品、配料生产基地，"麦当劳、大厂造"叫响全国。至 2004 年，引进的为麦当劳快餐店服务的公司已有 4 家，年纳税 2000 多万元，占全县财政收入近 20%。

专业招商。在国内外投资趋向不断变化的情况下，注意调动一切积极因素，建立全方位、多元化专业招商体系，实现招商层面的不断延伸。一是建立专业招商团体。1995 年组建对外开放办公室，至 2004 年全县共有专业招商人员 128 名。二是企业招商。充分发挥企业主体作用，积极引导企业开阔视野，拓展思路，树立面向 21 世纪的科学发展观，利用各种资源关系，寻求合资合作机遇。三是组团招商。以多种形式组团赴沿海开放城市和东亚、中东、欧美等地区开展招商活动，拓展新的招商领域。1986年以后，先后组建县招商团18批、50人次，赴德国、美国、韩国、埃及、英国、比利时、法国、意大利、荷兰、澳大利亚、加拿大、香港等22个国家和地区举行招商活动，引进内外资企业6个。四是会展招商。由县政府牵头，参加国家和省市各种经贸洽谈会、招商会、展销会、交流会，对外发布招商信息，积极引进项目。1984年以来，每年的"5·18"河北省经贸洽谈会和"10·18"农产品交易会，县政府都组团参加，先后利用"两会"发布招商信息2800多条，引进项目200个。五是媒体招商。通过国家级报刊、电台、电视台等媒体，对外宣传大厂县良好的投资环境和优惠的投资政策。

第三节　县办企业改革

县办工商企业改革始于1987年，分两个阶段进行：第一阶段自1987年至1993年，重点是推行工商企业招标承包经营责任制，核心是强化利益和风险相统一的自我激励、自我约束机制；第二阶段改革自1993年起，至2004年，重点是改制，核心是以建立现代企业制度为目标，公有制资本退出，使企业形成自主经营、自负盈亏、自我约束、自我发展的法人实体和市场竞争主体。

一、承包经营

1987年7月20日，县政府组织召开全县工商企业全面推行承包经营责任制大会，确定了"三项原则"、"五种形式"，即承包经营责任制的原则是保证财政收入稳定增长；保证企业后劲不断增强；保证职工生活逐步改善。五种形式是：保上缴利税、保技术改造，工资总额与上缴税利挂钩；上缴利润递增包干；微利亏损企业的利润和减亏补贴包干；企业上缴利润实行目标包干，超过目标部分，按规定的比例分档分成；行业投入产业包干。提出在推行承包经营责任制过程中应注意6个问题：（1）包利不能包税，企业只能靠挖潜增收得到利益。（2）合理确定承包基数，一般应以1987年的计划为基数，确定递增比例。（3）承包的内容力求完善，不能简单地承包产值、利润，要把产品创优、资产增值、物资消耗、技术进步及企业管理等都纳入条款，避免出现拼设备的掠夺式经营，个人承包可预交一定数量的抵押金，明确资产担保人或担保单位，承包方案一般包括承包指标、承包人条件、承包形式、期限、承包人职权、奖罚办法、承包程序、监督检查等内容，承包之前必须对企业资产进行评估。选好承包人，严格履行程序。（4）加强对企业自有资金管理，企业工资奖金的发放必须执行国家的有关规定；工资总额增长要与经济效益挂钩；企业留利中用于消费基金部分，根据不同的留利水平规定不同比例，企业不得随意超出，按规定交纳奖金和工资调节税；奖金发放要兼顾当前利益和长远利益，使职工收入逐步增长，特别要引导企业将自有资金用于国家批准的技术改造项目上，增强企业的再生产能力。（5）推行承包经营责任制要因企制宜，妥善解决承包中出现的新问题。（6）维护合同的严肃性，企业承包经营之后，不得随意更改合同。确因国家经济改革发生重大变化，使企业并非善于经营获利过多时，经主管部门和企业协商，可对承包基数作适当调整。确因经营不善，完不成承包基数和上缴任务的，由企业用自有资金补足。会后，全县抽调 60 名干部，由县长和两名副县长带队，分别到电机厂、制油厂、五金公司试点。通过宣传发动、摸底测算、财产评估、投标答辩四个步骤，于 9 月 2 日签订了承包合同。之后，在工业和流通领域推广试点经验，其中：经委系统 12 个，粮食、水利系统 2 个，商业、物资系统 7 个。到 11 月 7 日，全县有 26 个工商企业签订了承包合同。其中，面向社会公开招标的企业 13 个；由政府确定标底，原班子经过答辩程序承包的 13 个。同时，县社系统、农业系统办企业也联系实际制定了不同形式的经营责任制。1988 年初，各个企业进行不同形式的内部配套改革，10 月，制定了《大厂回族自治县工商企业全员风险抵押承包暂行规定》，在企业实行全员风险抵押，强化利益和风险相统一的自我激励和自我约束机制。1989 年 8 月，建立大厂经济体制改革委员会，以保证改革措施的顺利实施。同年，实行岗位、计件、效益等多种形式的企业工资总额与经济效益挂钩，以解决企业承包中滥发奖金、实物、工资等问题。本着双向选择的原则，实行优化劳动组合。1990 年县政府制定了《关于促进工商企业持续、稳定、协调发展的若干规定》，继续解决企业承包存在的产品销售不畅、企业效益低下等问题。同年，上一轮承包期满的企业，开始第二轮企业承包，成立了县企业承包工作领导小组、制定实施方案并组织落实。1991 年，提出《完善工商企业新一轮承包经营进一步搞活企业的意见》，结合贯彻《企业法》，开展"质量、品种、效益年"活动，开展劳动竞赛，增强企业后劲。1992 年，在完善第二轮承包的基础上分别进行企业内部劳动、人事、分配三项制度改革试点和租赁承包、一厂双制、划小核算单位、股份制等试点工作。26 个被承包经营的工商企业 1988 年至 1990 年实现总利润 1951 万元，比承包前 3 年增长 82%。

二、企业产权制度改革

县国有集体企业产权制度改革始于 1993 年，当时县办工商企业共 61 家（其中县经委系统 10 家、商业局 8 家、粮食局 4 家、物资局 8 家、水利局 2 家、建筑公司 1 家、企业局 3 家、医药局 1 家、外贸局 3 家、供销社 18 家、运输公司 1 家、农机局 2 家）。在这 61 家企业中，工业企业 21 家，流通及其他三产类企业 39 家，建筑企业 1 家。其中属于国有企业的 30 家，集体企业的 31 家。1994 年至 1997 年，先后在华映食品机械有限公司和三新食品有限公司等 5 家企业进行了股份制改革试点。1998 年市政府下发廊政［1998］98 号文件后，县政府以其作为企业改制的政策依据，对县工商企业进行全面改制。

明确企业改制思路。根据廊坊市委、市政府要求和县企业改革现状，按照县委决策精神，确定了全县企业改制和公有资本退出的总体思路，即"深入贯彻党的十五大和十五届四中全会精神，全面落实市委、市政府关于企业改制的要求，以建立现代企业制度为目标，以'三个有利于'（有利于发展社会主义社会的生产力，有利于增强社会主义国家的综合国力，有利于提高人民的生活水平）为标准，以产权制度改革为核心，解放思想，大胆实践，全力推进国有、集体企业公有制资本退出，真正形成自主经营、自负盈亏、自我约束、自我发展的法人实体和市场竞争主体，提高全县经济运行质量"。按照这一目标，县政府在企业改制工作中遵循六个原则：一是坚持建立现代企业制度的改革方向；二是坚持公有制资本全部退出，彻底改变企业所有制性质；三是坚持规范程序，依法运作；四是坚持因企制宜，一厂一策；五是坚持分类排队，先易后难；六是坚持鼓励个体、私营、外资、外埠等非公有制企业全面参与国有集体企业改制。

扎实推进企业改制。改制模式为公有资产全部退出和职工身份全部转换。因企制宜，分类指导，广泛采取股份制、股份合作制、嫁接改造、拍卖、出售等多种形式。截至 2004 年，已完成"双退出"（国有资产退出、国有企业职工身份退出）的企业达 59 家，占全县工商企业总数的 95%，其中实行股份制或股份合作制改造的 16 家，依法破产重组的 12 家，出售给外埠企业或民营企业的 10 家，实施兼并、合并、出租和其他形式的 20 家，抵贷 1 家；共完成公有资产退出 1267 万元，置换职工身份 3662人，同时盘活企业存量资产 4985 万元，募集股本金 2935 万元，引进域外资金 1098万元。2001 年，在县电机厂实施股份制改造的过程中，县政府作了深入细致的安排。成立电机厂改制工作领导小组，反复研究改制方案，分阶段组织实施，历经 7 个月时间，顺利完成改制工作，国有资产一次性全部退出 324 万元，置换职工身份 1237 人，实现了企业效益不减，职工队伍稳定。

第四节　修建友谊大桥

1988 年，县政府根据广大群众意愿，决定联合北京市通县人民政府，共同在潮白河谭台村修建一座桥梁。

潮白河自白庙往南至牛牧屯引水口段长约 40 公里，以河中心为界，西部为北京市通县，东部为河北省三河、大厂、香河 3 个县，两岸相距 450 米。河段除两端有跨河桥外，其间无桥梁，历史上两岸人员交往只能靠摆渡过河，枯水时节尚可涉越，雨季只能绕行，两岸交往不便。中共十一届三中全会以后，随着两岸经济快速发展和社会交往不断增加，渡口、码头已不能满足现实需要，成为制约两岸交往的"瓶颈"。对此，两地有识之士曾为修建此桥进行广泛呼吁，大厂县全国人大代表早在 1980 年出席五届人大三次会议上提案、立案，在河北省七届人代会上也曾提案、立案。通县侉店乡曾在通县人代会上多次建议。据此，北京市通县人民政府和大厂县人民政府经过充分酝酿，于 1988 年 8 月 8 日在通县人民政府会议室本着团结、协作、平等、互利的原则商定：在通县侉店乡贾后町村与大厂县谭台村之间建筑一座灌注桩板梁超洪桥——友谊大桥。总投资 450 万元，双方各投资 50%。

桥梁由北京市水利勘测设计院设计。设计标准为：汽车 20—挂—100；桥面宽度净 7 + 2 × 1.30 米；设计洪水频率按百年一遇，相当洪水流量 5500 立方米/秒，洪水位 20.55 米；设计地震烈度 8 度，适当考虑 9 度防震措施。通县水利工程建设公司直属队施工。于1989年2月20日动工，同年10月1日竣工。桥梁全长436.16米，分29孔，单孔跨长15.04米，系宽板T型梁钢筋混凝土结构，主要工程量：砼5800立方米，钢材440吨，土石方8.80万立方米。在建桥过程中，北京市人民政府、河北省人民政府和各级有关单位均给予大力支持。该桥建成后，中共北京市顾问委员会主任王宪为"友谊大桥"碑题字。

第五节　建立工业园区

1992年4月，县委、县政府研究决定建立经济开发区，以加快县域经济发展。1993年2月廊坊市人民政府批准同意，园区规划面积10平方公里，起步面积1.20平方公里。1998年8月经县政府申请，廊坊市人民政府批准更名为大厂县民族工业园区。2002年初，县委、县政府综合社会各界意见，决定将县城作为全县政治、文化中心，将夏垫建成全县经济中心，为加快园区发展，重组园区管委会，由县长任主任，1名县委常委任常务副主任主持日常工作。

大厂县民族工业园区管理委员会内设机构有招商合作局、社会联络局、经济发展局、综合办公室、财政分局、建设分局、土地分局、环保分局；外设机构有公安分局、国税分局、地税分局、工商分局、综合执法中队。

一、基础设施

道　路

浦江路（原二贾路）：浦江路长1533米，道路设计红线宽度为60米，主路宽22米。2002年6月30日开工，11月竣工。完成投资1000万元。

工业小区路网建设：工业小区路网全长2501.40米，道路设计红线宽度为30米，主路宽14米。2002年10月1日开工，2003年6月8日竣工。总投资598万元。

食品路工程：食品路分为食品东路、食品北路。食品东路长289.80米，道路设计红线宽度为20米，主路宽10米；食品北路长213.30米，道路设计红线宽度为18米，主路宽9米。2002年10月23日开工，2003年5月18日竣工。道路及排水工程投资90万元。

县工业园区北二环（东段）路：北二环（东段）长1789米，道路设计红线宽度为40米，主路宽16米。已完成施工长度为1020米，总投资570万元。

给水工程

2002年新建给水厂一座，打深水井一眼，供水能力1万吨/日，铺设给水主管线18000米，总投资830万元。使园区内各企业及周边村庄实现了集中供水。

二、招商引资

园区成立后，尤其是重组以后，招商引资步伐逐年加快，综合效益逐年提高，已成为大厂县经济的龙头、亮点和发展的动力源。园区已形成食品生产、清真牛羊肉及畜产品精深加工、畜牧食品机械制造、金属制品加工、高新技术、展览商贸、休闲娱乐七大支柱产业。

截止到 2004 年底，园区共引进内外资企业 78 家，其中较大规模企业 35 家（包括外资企业 8 家），投资总额约为 16 亿元，已累计完成国内生产总值 55 亿元，累计完成税收 3.20 亿元，2004 年当年完成税收 4958 万元，占全县税收总额的 40% 以上。

组团招商

1986 年至 2004 年，园区积极组团参加河北省及北京周边地区召开的大型经贸洽谈会和项目发布会，如每年的"5·18"、"10·18"经贸洽谈会。同时，"走出去"，先后在江浙等经济发达地区组织了多次项目招商会和投资说明会。

2003 年 12 月 5 日，园区派出招商团参加在北京人民大会堂举行的"全国中小城市经济技术国际合作洽谈会"。

2004 年 5 月 8 日至 9 日，园区派出招商团参加在北京中欧宾馆举行的"全国农业合作项目经贸洽谈会"。

2005 年 4 月 21 日，园区派出招商团参加在北京饭店举行的"中国—奥地利经济贸易合作项目洽谈会"。

考　察

2003 年 2 月 21 日至 3 月 2 日，根据组织安排，园区一行 7 人先后对江苏省常州高新区和昆山市开发区、上海市松江开发区、浙江省义乌国际小商品城、福建省连江食品工业区等进行了学习考察。

2003 年 2 月 10 日至 2 月 21 日，园区一行 8 人先后对宁夏银川、甘肃临夏、四川乐山、成都等地区的民族建筑进行考察。

信息发布

园区通过《园区动态》、《招商月报》、《项目简报》等多种形式，每年上报、发布信息几十篇。同时，先后在《河北日报》、《廊坊日报》、《宁波日报》、中国招商引资网、园区招商引资网以及所参加的各类洽谈会会刊上，刊登宣传文章数十篇，发布招商项目数百个。

第六节　农业综合开发

大厂县是一个农业县，2004 年有农业人口 8.80 万人，占总人口的 78.80%，农业收入 4.20 亿元，占地区生产总值的 35.40%，农民收入 33% 来源于农业。1998 年以后，县政府以农业综合开发为举措，增加农业投入、加快农业结构调整、促进农业产业化升级；培育特色，提高农业效益，增加农民收入、提高农民生活质量。到 2004 年，投入农业综合开发资金 2787 万元，工程涉及大厂镇、祁各庄乡、陈府乡 49 个村 5.60 万人，共改造中低产田 1833.33 公顷。中低产田改造区实现了田成方、林成网、渠相连、路相通。先后起动实施土地治理项目、科技推广项目、产业化经营项目 6 个。具体包括打井 96 眼，敷设防渗管道 36.83 公里，清淤 18.32 公里，增置变压器 9 台，配套输电线路 7.21 公里，新建桥、涵、闸 58 座，整修农路 30.68 公里，栽植农田防护林 2.45 万株，修建扬水站 18 座，购置农机具 84 台件，改良土壤 400 公顷，推广优良品种 5 个，引进推广农业新技术项目 3 个。农业综合开发工作自 2002 年至 2004 年连续被评为"省级先进"。

据统计，通过农业综合开发项目的实施，使项目区年节约水量 65 万立方米；新增粮食产量 245 万公斤；新增种植业总产值 223 万元；项目区农民人均纯收入由原来的 3795 元增加至 3937 元，新增纯收入总额达 142.30 万元，新增灌溉面积 228 公顷，改善灌溉面积 505.33 公顷，新增节水灌溉面积 387 公顷，新增除涝面积 13.33 公顷，新增农田林网防护面积 486.67 公顷。项目区水资源达到供需平衡，可维持地下水平衡，实现水资源可持续利用。

第七节　防治"非典"

2003 年春，非典型肺炎（简称"非典"）疫情蔓延到邻近地区，面对突然而至的严峻形势，县委、县政府从保护广大人民群众的身体健康、生命安全，维护改革、发展、稳定的大局出发，把"非典"防治作为重要使命，组织动员全县各级各部门和广大干部群众，万众一心，全力以赴，团结奋战，使疫情得到最大限度的控制。

4 月 16 日，县防治非典型肺炎工作领导小组成立，18 日制定防治"非典"方案，防治行动全面展开。县政府召开一系列会议，决定由县长、常务副县长、分管卫生工作的副县长主管"非典"防治，其他副县长在做好分管工作的同时，也要肩负起防"非典"重任。既要群策群力防治"非典"，打赢这场没有硝烟的战争，又要坚定不移地发展经济，把"非典"造成的损失减少到最小。突出抓好三个关键点：要严格排查来自疫区的车辆和人员，千方百计切断传染源；在巩固原有排查、监控工作成果的同时，着力排查县边、村边以及城乡结合部等边缘地带；坚持"四早"，即早发现、早报告、早隔离、早治疗。

建立组织。按照省、市要求和形势发展需要，调整领导机构，最终形成由县长任组长，县四套班子成员参加的"非典"防治工作领导小组，下设包括突发疫情、技术指导、后勤保障、社会稳定、宣传报道和综合信息 6 个工作组。为便于开展工作，还建立了"非典"防治指挥部，分设了城区办公室和农村办公室，落实县四套班子成员分包乡镇、县直部门包村责任制，在全县形成统一的指挥、防控和救治系统。修改完善了《大厂回族自治县非典型肺炎防治工作方案》。随着形势的发展，又相继制定了疫情排查、"非典"相关人员隔离、救治、绿色通道、稳定、交通等一系列配套工作预案，健全了"五大体系"，即责任明确的组织领导体系、覆盖全县的排查监控体系、科学规范的医疗救治体系、措施周密的应急和后勤保障体系、形式多样的舆论宣传体系，使全县防治工作有序展开。

发动群众。通过电视台设"非典"防治专栏、印发宣传册、宣传画等多种形式，宣传科学防治知识，消除恐惧心理，使广大群众认识到"非典"可防、可治、不可怕。同时，加强《中华人民共和国传染病防治法》和《传染病防治法实施办法》等法律法规的宣传，教育各级干部既要对人民利益高度负责，勇敢站在"非典"防治第一线，又要注意严格依法办事。县内设有疫情举报电话，制定奖励措施，对首报者给予1000元奖励。对各村、县城各居住小区排查出的重点人员张榜公示，动员群众监督。据5月21日统计，全县有各类排查防控组织1700多个，志愿参与防治"非典"人员达2万人。

切断传染源。祁各庄乡与北京市通州区甘棠乡有6公里的接壤，加之北京是重疫区，疫情极易传入。为此，在全县各个主要路口设置消毒站，重点检查来自北京等疫区客货运输车辆、人员，严格进行登记、检测、消毒，采取城自为战、乡自为战、村自为战、户自为战的办法，加强对外来、本县返乡车辆、人员的监控。在疫情高发时段内，县城区只留大安街一条出入通道，并在两端分设消毒登记站，责成综合执法局安排人员昼夜值勤，对出入车辆、人员严格登记、消毒；乡镇主要道口和入村道口都有专人值班。4月20日至6月1日，先后对往返县城1.50万辆车、2.40万人进行了消毒、登记。

对重点人群排查监控。在4月下旬到6月中旬的关键日子里，对4月15日后，长期外出务工经商返乡等重点人群进行排查，逐人登记、列入台账，实施重点监控。在城区，对于产权关系明晰的居民小区，明确由主管单位负责；对于产权关系不明确、三不管的小区，成立了17个排查小组，并明确专人逐户逐人排查，每天汇报排查情况。在农村，采取乡镇干部包村、村干部党员包户等办法，做到村不漏户，户不漏人，人不漏项。据统计，全县共排查出长期外出务工经商返乡人员1576人，临时外出务工经商返乡人员1238人，外籍入住人员614人，发热病人20人。对发热病人和重点疫区返乡人员按规定全部实行14天隔离观察。

改建定点医院。为满足集中收治需要，经廊坊市专家组和县委、县政府研究，决定将计划生育局办公楼改建为"非典"专门医院，县医院左侧临街房改建为发热门诊。工程由廊坊市专家组设计，县卫生局组织施工，5月9日开工，经过6昼夜奋战，15日竣工。发热门诊和"非典"定点医院的投入使用，实现了从排查、诊断到隔离、治疗的全程规范化管理，截断了医源性传染途径。建成后的"非典"医院可容纳患者24名。

科学救治。县卫生系统先后进行了7次大规模"非典"防治业务培训。其中组织县医院院长、业务副院长，各乡镇卫生院院长、业务副院长，防疫站长，卫生局业务科室的负责人参加了市卫生局举办的"非典"防治培训班。同时，以参加市培训人员为师资，组织9所医疗卫生单位的医务人员进行了5次全员培训，由各乡镇卫生院对辖区内的村医进行两次培训。4月26日，谭台两名村民在去北京市通州区某医院探望病人后，出现发热症状，5月5日、7日先后被确诊为"非典"。两例"非典"患者出现后，及时启动应急救治、隔离预案。对患者除按专家制定的救治方案进行科学治疗外，组织医护人员对其进行心理治疗，增强战胜"非典"的信心和决心。经过市、县医护人员的精心治疗，两例"非典"患者分别于5月30日、31日痊愈出院。

强化物资保障，稳定市场物价。首先，成立由粮食局、交通局、物价局、医药局、工商局、畜牧局等单位参加的后勤保障机构，制定了《防治"非典"后勤保障工作方案》；其次，保障隔离区生活必需品。成立由医药局、商业办、粮食办等单位组成的物资供应组，随时保障隔离区所需米、面、油、蔬菜和药品等物资的配送；再次，组织物价、工商、药品监督、公安等部门对全县商业网点进行物价检查。截至5月20日，全县共查处哄抬物价、囤积货物等违法犯罪案件20起，6个单位受到处罚，涉嫌金额10万元。

筹措资金。县财政累计拨付"非典"防治专项资金839万元。其中，购置救治设备173万元，购置防护用品32万元，购置"非典"患者病死处理设施开支32万元，救治"非典"患者开支8万元，一、二线人员补助19万元，被隔离人员开支28万元，其他支出101万元，建立"非典"定点医院、疾病预防控制中心等446万元。4月30日，在全县各级各部门组织"团结一致献爱心，众志成城抗'非典'"捐款活动，县"四套"班子领导率先垂范，带头捐款；驻县中省市属单位，社会团体，中外企业家及各界人士为抗击"非典"争先恐后，慷慨解囊。全县累计捐款120万元，其中金华有限公司董事长肖金杰在身患癌症的情况下，筹集20万元款物支持抗击"非典"；金铭冷轧板厂是个外埠企业，主动购进紧缺消毒液2吨为大厂抗击"非典"作贡献；福华公司尽管面临"非典"造成企业的不景气，仍主动捐出20万元；一个外籍来应聘的教师，将随身携带仅有的20元钱捐出。

第十七编　综合政务

　　1955年建县初，省政府和通县专署先后由三河、昌平、通县、密云、蓟县、良乡、怀柔、大兴等地调进200余名干部。此后，通过招录、军转安置、学生毕业分配等渠道补充干部队伍。干部编制一直保持回族干部占有一定比例。1955年有回族干部117名，占干部总数的36.2%。干部平均年龄31.03岁，大中专学历的干部占总数的0.9%，高中及高中以下的占99.1%。1985年，回族干部457名，占干部总数的23%。干部平均年龄37.22岁，大中专毕业的占54.93%，初高中毕业的占45.07%。1958年至1965年，国家对城镇非农业人口劳动力统一分配。1966年至1978年共有城镇知识青年1223人上山下乡，1978年后陆续返回城镇就业。1985年城镇就业率达99%以上。用工形式有全民固定工、计划内临时工、集体固定工、计划外临时工。

　　1986年以后，干部的主要来源为大中专毕业生。至2004年共接收大中专毕业生1937人，招录和军转安置111人。干部素质有较大提高。1994年起实行公务员制度，同时对全县国家公务员进行年度考核，建立激励机制。县劳动部门积极主动地适应市场经济条件下的劳动管理工作，建成人才市场大厅和就业训练中心，使大多数城镇劳动力顺利实现就业和再就业。1987年10月，启动全民企业养老保险统筹。1997年实施失业保险。1986年10月，开始实行国家机关工作人员养老保险改革。2000年11月开始公费医疗改革。

　　旧时，县域内人民屡遭水、旱、饥荒之苦，社会赈济甚微，福不泽民。新中国成立后，人民政府建立了民政机构，加强对民政工作的领导，使老、弱、病、残有所依，烈、军属有人照顾，困难户有人帮，天灾人祸有人管，移风易俗等社会新风气得以树立，体现了社会制度的优越性。1986年后，政府加大对社会福利、拥军优抚、救灾救济等方面的投入，改革成果广泛惠及老、弱、病、残等弱势群体。至2004年全县基本建立起比较健全的社会保障体系。

　　1986年后，随着开放的扩大，外事活动日益频繁，对外交往内容广泛。

　　安全生产工作被列入政府重要议事日程，不断强化对安全生产的监督检查，至2004年全县未发生一起重大安全生产事故。

第一章　人事劳动和社会保障

第一节　管理机构

1986 年，劳动人事局下设办公室、干部股、计调股、工资股、安全股 5 个股室，及下属单位社会保险所 1 个，有工作人员 18 人。2002 年 4 月劳动人事局更名为人事劳动和社会保障局。到 2004 年底，局下设办公室、干部股、工资股、计调股、科干股、劳动争议仲裁股、劳动监察大队 7 个股室，县编办和人事劳动和社会保障局合署办公，有就业服务局、社会保险所、医疗保险所 3 个下属事业单位，在职干部职工 58 人。

第二节　人事管理

一、干部来源

1986 年至 2004 年，干部来源主要是招录、军转干部和大中专毕业分配。1989 年公开招录回族干部 20 人。1986 年至 2004 年，共接收军转干部 91 人。1989 年至 2004 年，共接收县内非师范类大中专毕业生 1937 人。

二、干部结构

1986 年至 2004 年，干部总量逐年增加，1986 年 2073 人，1995 年达到 2593 人，2004 年达到 3409 人。干部队伍年龄结构大体呈曲线状，35 岁以下干部 1986 年占 45.60%，1995 年占 44.80%，2004 年占 60.50%。干部队伍的文化程度呈直线上升趋势，1986 年，大专及以上占 16.30%，中专占 44.70%，高中占 12.50%，初中及以下占 26.50%，1995 年，大专及以上占 38.40%，中专占 44.90%，高中占 10%，初中及以下占 6.70%，2004 年，大专及以上占 72.30%，中专占 25.90%，高中占 1.80%，初中及以下无。干部队伍中少数民族干部逐年增加，1986 年有少数民族干部 415 人，占干部总数的 20.02%，1995 年有少数民族干部 531 人，占干部总数的 20.41%，2004 年少数民族干部达到 609 人，占干部总数的 17.86%。干部队伍中女性干部比例呈直线上升趋势，1986 年有女性干部 668 人，占干部总数的 32.22%，1995 年有女性干部 959 人，占干部总数的 36.98%，2004 年女性干部达到 1816 人，占干部总数的 53.27%。

三、干部管理

1. 编　制

1986 年机构数：县委设工作部门 9 个；法检部门 2 个；群众团体 4 个；政府工作部门 26 个；县级部门 2 个。干部总数 2073 人。1996 年县乡机构改革，改革后的机构数：县委工作部门 6 个；法检部门 2 个；政府工作部门 28 个；直属部门：党委 3 个，政府 6 个，群众团体 4 个。干部总数 2758 人。2002 年机构改革后的机构数：县委工作部门 8 个；议事协调办事机构 2 个；县委直属事业机构 3 个；法检部门 2 个；部门管理机构 2 个；政府工作部门 19 个（2003 年 12 月增加安全生产监督管理局），直属事业机构 9 个，群众团体 9 个。干部总数 3409 人。

2. 调配任免

全县副科级以上干部及党群系统一般干部由县委组织部管理。政府系统股级以下干部（含教育系统股级干部）由人事劳动和社会保障局管理。教育系统一般教师由教育局（教育委员会）管理。

3. 培训考核

每年对干部进行学历、更新知识、任职、专门业务、初任等方面的培训。1995 年共组织 1190 人参加国家公务员制度普及培训。1998 年组织任职培训 138 人。2004 年组织干部培训 650 人次。从 1984 年起，行政、事业单位干部职工均进行年终总评。

四、公务员制度

1. 激励机制

从 1994 年起，对全县国家公务员进行年度考核。1995 年圆满完成了首次国家公务员考核工作，共有 1073 人参评，评出优秀等次 186 人，占 17.30%，合格 887 人，占 82.70%。2004 年度国家公务员年度考核工作中，共有 870 人参评，评出优秀等次 147 人，占 17%，合格等次 722 人，占 82.90%，基本合格等次和不合格等次各 1 人，占 0.10%。从 1996 年开始，采取手册考核的形式，实行旬记实、月分析、季小结、半年初评、年终总评的考核办法。

2. 培　训

先后开展了行为规范培训、普法培训、计算机等级培训、WTO 知识培训。1998 年组织 17 个局、委、办 35 名学员参加了首期国家公务员计算机应用能力培训。2003 年对全县政府系统 28 个单位的 500 余名国家公务员进行了教育培训。

3. 约束机制

1994 年以后，共有 18 名公务员分别受到不同的纪律处分。进一步提高了公务员的自律意识。

五、人才市场和人才外流

1. 人才市场

1993 年建立人才市场，通过参加省、市组织的人才交流会，吸纳应届大中专毕业生，采用星期天工程师，直接调入一些有一定工作经验的技术人员等形式引进人才。1991 年至 2004 年共接收大中专毕业生 1889 人。2000 年至 2003 年，通过调入、聘用、借用、兼职、星期天工程师等形式共引进专业技术人员 678 人。

2. 人才外流

随着市场经济体制的逐步建立，在大环境的影响下，为体现自身价值，一部分有丰富实践经验的技术人才被外地高薪聘请。县医院、一中先后有几名骨干调入北京。

六、工资　福利

1. 工　资

1986 年实行以职务工资为主的结构工资制。工资内容包括职务工资、工龄工资、津贴、奖金。是年全县职工年平均工资为 1029 元。1987 年 2 月，由五类工资区上调为六类工资区，当年全县职工平均工资为 1192 元。1987 年至 1993 年，按照国务院及河北省下发的《工作人员工资升级规定》，进行了几次调资。1993 年 10 月 1 日，改革机关、事业单位工资，从以职务工资为主的结构工资制，改革成为机关职级工资制和事业职务等级工资制，工资有较大幅度增长。新的工资制度运行后，工作人员的工资晋升以考核为依据，职务工资两年一调整，机关公务员级别工资五年普调一次，同时，按年限滚动升级，事业单位工作人员实行 3% 奖励晋级制度。1993 年全县职工平均工资为 3214 元。1994 年共有 54 家行政事业单位 3942 人参加工资改革，人均增资58.60 元。1998 年对行政机关事业单位的调整标准、两年考核合格及连续三年优秀升级人员进行调资，总计月增资人均 24.74 元。1999 年对全县行政事业单位共 5608 人进行调资，月增资总额 684 079 元，人均月增资 122 元。是年全县平均工资为 7344元。2000 年为全县机关、事业单位 4809 人调整工资，平均月增资 13.62 元。2001 年共有 3642 名机关事业单位在编人员调整工资标准，月增资共计 38.80 万元，人均月增资 105 元。2004 年全县平均工资为 12 270 元。

2. 福　利

每年按工资总额的一定比例提取福利费，福利费的使用主要有以下几项：工作人员家属生活、医疗困难补助；工作人员及家属探亲差旅费补助；本单位哺乳室、托儿所、幼儿园、理发室、浴池的补助；开展业余文体活动及必要的集体福利开支。慰问患病工作人员慰问品开支；工作人员的福利开支和特殊困难补助。此外，还有探亲制度、冬季取暖补贴制度、上下班交通费补贴制度和年休假制度。

七、退　休

按照国务院 1978 年《国务院关于安置老弱病残干部的暂行规定》，符合下列条件之一的，都可以退休：男年满 60 周岁，女年满 55 周岁，工龄满 10 年的；男年满 50 周岁，女年满 45 周岁，工龄满 10 年，经医院证明完全丧失工作能力的；因工致残，经医院证明完全丧失工作能力的。1986 年至 2004 年，共批准退休干部 666 人。

第三节　劳动管理

一、劳动就业

1986 年后，待业青年通过培训考试，由劳动部门安置就业。随着社会主义市场经济的建立，劳动就业由过去的统包统配，变为企业和求职者"双向选择"。1995 年共有 285 名待业人员接受岗前培训，并被输送到各企业。1996 年建劳动力交流大厅，配备了微机、复印机、传真机、大屏幕彩电等现代化办公设备，实现了全市职业介绍工作微机联网，为做好就业工作奠定了基础。是年，共安置待业青年 111 人，109 名企业富余职工重新走上工作岗位。1997 年争取上级资金 15 万元，建成新的就业训练中心，扩大了培训基地。

随着经济体制改革的深入、产业结构的调整和企业的改制，市场经济条件下的竞争越来越激烈，下岗职工随之增加。为做好下岗人员的再就业工作，认真贯彻落实促进就业再就业的各项政策，不断加强培训基地建设和政策扶持，深入开展职业介绍和就业培训，千方百计增加就业岗位。1997 年共有 363 人到劳动力市场进行登记，其中城镇待业青年 119 人，下岗职工 11 人，农村富余劳动力 233 人，通过职业介绍，共有 343 人走上工作岗位。1998 年建立职工培训基地，为下岗失业人员提供就业前的培训。全年共有 337 人走上工作岗位，再就业率为 100%。2004 年共提供各类就业岗位 8631 个，安置城镇就业人员 768 人、下岗职工 55 人、失业人员 377 人。

二、用工形式

1985 年以前，用工形式有全民固定工、计划内临时工、集体固定工、计划外临时工 4 种。

1986 年，根据国务院颁布的《国营企业实行劳动合同制的暂行规定》、《国营企业招用工人暂行规定》、《国营企业辞退违纪职工暂行规定》、《国营企业职工待业保险暂行规定》，凡新参加工作的工人都招为合同制工人。1995 年 1 月《中华人民共和国劳动法》正式实施，要求企业实行全员合同制，所有职工统一改换身份，都成为合同制工人，身份平等。当年机关事业单位实行全员劳动合同制，共有 86 个机关、事业单位的 968 名职工与单位签订了劳动合同，占应签约人的 99.30%。2004 年共督促非国有企业劳动者签订劳动合同 5600 人。

三、劳动争议仲裁

1987 年，依据国务院《国营企业劳动争议处理暂行规定》，恢复劳动争议仲裁制度。1993 年，国务院颁布实施《中华人民共和国劳动争议处理条例》，作为劳动争议仲裁的依据，同时《国营企业劳动争议处理暂行规定》废止。1995 年 1 月，《中华人民共和国劳动法》颁布实施，成为劳动争议仲裁的另一个重要依据。1999 年至 2004 年，共处理劳动争议案件 218 起，结案率 100%。

四、职工培训

职工培训的主要形式是举办培训班。1998 年，县劳动部门先后举办短训班 4 期，英语班 1 期，服装裁剪班 3 期，微机班 5 期，微机寻呼班 4 期。1999 年相继开设微机班、服装制作班、电信寻呼员班、打字排版班、餐饮服务员班，共培训各类人员 1451 人。2003 年共举办各类职业技能培训班 54 期，培训各类人员 1650 人次。2004 年共举办职业技能培训班 26 期（计算机应用 9 期、空调安装与维修 2 期、电气焊 4 期、电工 5 期、服装制作机工 4 期、司炉 2 期），培训 711 人。全年共培训各类人员 4642 人。另外，还有到外地代训、请专家（或技术能手）帮训等形式。

五、工资、奖金

1. 工 资

1985 年工资改革以后，企业普遍实行等级工资加奖金的工资制度。1985 年至 1987 年，按照有关政策调整人员工资。1986 年以后，机关事业单位合同制工人加发了工资性补贴。1986 年，全县职工平均工资为 980 元。1987 年 2 月，由五类工资区调为六类工资区，当年全县职工平均工资为 1214 元。1988 年至 1993 年，企业普遍实行了工资总额同经济效益挂钩制度，由劳动行政主管部门批准升级面，企业按贡献大小决定人员是否晋级。1993 年 10 月 1 日，机关事业单位进行了工资改革，机关事业单位工人普遍实行考核定级制度。1993 年，全县职工平均工资为 2444 元。1994 年企业工资进行套改，逐步由过去干部职工分列变成同一系列。同时，国务院、省、市下发了"进一步扩大企业内部自主权"的一系列文件，取消了升级面的审批，对企业工资管理实行以"工效"挂钩为手段的宏观调控制度，进一步扩大企业内部分配自主权。省劳动和社会保障厅制定参考工资标准，企业可以根据效益参照执行，或制定企业内部工资制度。1994 年为 1993 年 12 月 31 日在册的固定工、合同工、计划内临时工调整工资，人均增资 50 元。1999 年为全县国有、集体企业离退休职工 1114 人调整工资，月增资 59 870 元，补发离退休费 239 480 元。是年，全县职工平均工资为

6670 元。2002 年为企业退休人员调整工资，共涉及 998 人，月增加金额 28 337.27元，人均增加金额 28.39 元，补发 113 349.08 元。2003 年为 35 家企业的 1785 名职工调整了工资，人均月增资 171 元。2004 年为企业退休人员基本养老金进行调整，共涉及 1135 名企业退休人员，月增发养老金 51 323.33 元，平均每人每月增加 45.22元。是年，全县职工平均工资为 11 317 元。

2. 奖　金

1985 年工资改革后，企业根据效益确定职工的奖金水平。

六、退　休

1997 年国务院下发的《国务院关于建立统一企业职工基本养老保险制度的决定》和 1998 年河北省人民政府下发的《河北省统一企业职工基本养老保险制度实施办法》，成为企业职工退职退休的依据。1992 年至 2004 年，全县共审批企业退休人员944 人，其中全民企业 551 人，集体企业 393 人。

七、劳务输出

1990 年开始劳务输出。是年向京、津等地输送护理、餐饮、建筑等劳务人员 150人。以后，相继输出屠宰工、服装加工人员、机械制造人员、建筑工人等。2004 年，对农村劳动力进行摸底调查，大部分农民文化层次低，职业技能单一，外出适应能力低。针对农村劳动力现状，以培训带输出，增加就业机会。向京津地区及周边县、市输送计算机操作人员、各类技术工人、建筑工人等 6685 人。

第四节　社会保障

一、企业养老保险

1986 年 10 月成立县社会保险所。1987 年 10 月启动全民企业养老保险社会统筹，全县共有全民企业参保单位 35 家，参保职工 1540 人，月征收养老保险金 3.70 万元，有退休人员 178 人，月发放养老金 1.50 万元。1988 年 1 月启动集体企业养老保险社会统筹，共有参保单位 12 家，参保职工 747 人，月征收养老金 1.70 万元，有退休人员 90 人，月发放养老金 0.50 万元。1992 年 1 月全民企业纳入省级统筹。1998 年 1月集体企业纳入省级统筹后，提高了养老保险基金抵抗风险能力。

1997 年国务院下发的《国务院关于建立统一企业职工基本养老保险制度的决定》和 1998 年河北省人民政府下发的《河北省统一企业职工基本养老保险制度实施办法》，成为企业职工养老保险社会统筹的执行依据。养老保险已全部实行省级统筹。企业养老保险费的交纳比例为个人交纳年工资总额的 8%，单位缴纳年工资总额的 20%。截至 2004 年，全县共有参保单位 59 家，参保人员达到 4917 人。全年共征缴企业养老保险费 689.20 万元，为 1246 名企业离退休人员按月足额发放养老金 701.60 万元，社会化发放率 100%。是年，及时为企业离退休人员调整了养老金，企业离退休人员平均每人每月增加养老金 45.22 元。社会发放率连续 18 年保持 100%。

二、失业保险

1997 年实施《失业保险条例》、《河北省社会保险征缴办法》，当年全县有 61 家企业，2584 名职工参加，覆盖率为 100%，共征缴失业保险金 27 万元。2004 年参保人员达到 6668 人，共申报缴纳失业保险费 90.70 万元，为 237 名失业人员发放失业救济金 50 万元，全部按时发放到位。是年，人事劳动和社会保障局被省劳动和社会保障厅授予全省失业保险先进单位称号。

三、国家机关工作人员养老保险

1986 年 10 月，按照国务院《关于发布改革劳动制度四个规定的通知》和河北省人民政府《关于发布贯彻执行国务院改革劳动制度四个暂行规定实施细则的通知》，所有机关事业单位合同制工人实行养老保险，开始缴纳养老保险金。2000 年 12 月，根据《国家公务员暂行条例》和《廊坊市直属机关全额拨款事业单位工作人员养老保险暂行办法》的文件精神，制定实施《大厂回族自治县人民政府关于全额拨款机关事业单位工作人员养老保险暂行办法》。2001 年 12 月，制定实施了《大厂回族自治县人民政府关于差额及自收自支事业单位工作人员养老保险暂行办法》，全县机关事业单位养老保险实现了全覆盖。机关事业单位工作人员养老保险费交纳比例为个人交纳年工资总额的 2%，单位交纳年工资总额的 24%。自收自支事业单位个人缴纳年工资总额的 2%，单位缴纳年工资总额的 20%。截至 2004 年，共有机关事业参保单位 111 家，参保人员达到 5153 人。共征收机关事业养老保险费 1628.10 万元，为 1136 名机关事业单位离退休人员按月足额发放养老金 1515.90 万元，社会化发放率 100%。

四、农村养老保险

农村养老保险于 1992 年开始实行，由民政部门负责各项具体业务工作。1999 年底根据国家社会保险归口管理的相关规定，农村养老保险的所有业务由社会保险所负责办理，转移资金 15 万元。1999 年至 2004 年，中央及地方对农村养老保险进行整顿，业务暂时停止。

五、公费医疗改革

2000 年 11 月前实行的医疗制度是 20 世纪 50 年代初期建立起来的公费和劳保医疗制度。随着市场经济体制的建立和发展，制度弊端逐渐暴露出来，主要表现在国家财政和用人单位包揽过多，个人没有自我约束，职工医疗费用增长过快，使各级财政难以承受，企事业单位负担沉重，对医院和职工个人缺乏有效的管理机制，造成医疗服务成本高、效率低、浪费严重；公费和劳保医疗制度覆盖面窄，管理和服务的社会化程度低，不同地区、不同行业和不同单位之间，职工享受的医疗待遇差异过大，还有相当一部分职工得不到基本的医疗保障，一些经营状况不好的国有企业，许多职工医疗费长期得不到报销，医疗费拖欠现象严重；城镇非公有制单位的从业人员得不到基本医疗保障，有关医疗方面的纠纷不断增加，职工因看不起病，医疗费报销不了等问题，找单位，找政府，上访、告状的事件越来越多。所以，公费和劳保医疗制度已经到了难以为继，非改不可的时候了，进行职工医疗保险制度改革，势在必行。

1998 年 12 月，国务院颁布了《关于建立城镇职工基本医疗保险制度的决定》。1999 年 5 月，河北省政府召开了城镇职工基本养老保险制度改革工作会议，制定印发了《河北省城镇职工基本养老保险制度改革总体规划》。是年 10 月，廊坊市政府召开了全市医疗制度改革工作会议，下发了《廊坊市城镇职工基本医疗保险实施方案》。根据国务院、省、市的有关精神，结合县内实际，研究制定了《大厂回族自治县城镇基本医疗保险制度实施细则》以及与之相配套的 10 个文件，并于 2000 年 11 月召开了全县城镇职工医疗保险制度改革实施动员大会，12 月 1 日城镇职工基本医疗保险制度改革工作正式启动，新的医疗保险制度正式建立。基本医疗保险费交纳比例为个人交纳年工资总额的 2%，单位交纳年工资总额的 7%。同时建立大病医疗统筹，每人每年交纳 120 元，其中个人交纳 40 元，单位交纳 80 元。2001 年底，共有参保职工 7066 人，征收基本医疗保险金 421 万元，征收大病统筹基金 77.95 万元。报销参保患者住院费用 179 万元。城镇基本医疗保险工作平稳运行，健康发展，截至2004 年底共有参保职工 8160 人，征收基本医疗保险金 2317 万元、大病统筹基金 409 万元。报销住院费用 956 万元，划拨个人账户资金 1059 万元。

第二章　民　政

第一节　机　构

1986 年民政局下设办公室、基层政权建设股、优抚股、安置办公室、社救股。1988 年 3 月成立农村救灾保险互济会办公室。1990 年 7 月，地名办公室由县政府办公室移交民政局。1995 年 10 月，老龄工作委员会办公室脱离劳动人事局挂靠民政局。2004 年设办公室、优抚股、安置办公室、救灾救济股、社会事务股、基层政权建设股、地名办公室、民间组织管理办公室、婚姻登记股、老龄工作委员会办公室。下属单位有光荣院、殡葬管理所。

第二节　社会福利

一、光荣院

　　1986 年，光荣院位于县城北新街路北。1990 年 10 月在原址建造仿古式二层楼 1 栋，1991 年 11 月竣工。楼内设施齐全，有会议室、娱乐室、医务室、健身房等，房前建有菱形水泥花坛，院内水泥方砖铺路笔直平坦，东侧建有绿化带，供老人纳凉、休息，西侧垂柳成行，环境美观幽雅。民政局每年给院里拨款 2500 元。1982 年至 1990 年，老人所在村每年供应每人现金 150 元，民政局补助每人每年 204 元。1991 年至 1997 年老人所在村每年供应每人现金 200 元，民政局补助每人每年 400 元。1998 年至 2004 年老人所在的乡、镇每年供应每人现金 400 元，民政局补助每人每年 480 元。院中养羊日常存栏 10 只以上，月宰食 2 只至 3 只。院中产菜除自食外，每年卖菜收入 1200 元以上。老人月生活水平不低于 40 元。供给老人零花钱逐年递增，至 2004 年每人每月 60 元。建有老人身体状况档案，每季做一次身体检查。根据每位老人的身体情况，分别给予适当治疗和护理。备有常见病、多发病药品，做到有病及时医治。娱乐室备有扑克牌、象棋、麻将等娱乐用具。老人去世，院中提供全部殡葬服务。1995 年县光荣院被民政部命名为"全国文明光荣院"。

二、农村敬老院

　　农村五保供养工作以深化改革、分类指导、巩固完善、稳步发展、全面落实五保供养政策为指导，对农村鳏寡孤独及无儿无女的残疾人员在吃、穿、住、医、葬（孤儿保教）五个方面进行全面供养，同时大力提倡乡乡办敬老院，五保老人在"入院自愿，出院自由"原则下入住敬老院，实行集中供养。1986 年至 2004 年，全县共供养五保对象 1096 户次，1208 人次，其中入住敬老院五保对象达 827 户次，843 人次，入院率达 69.78%。1998 年，河北省民政厅开展了争创省级甲级敬老院活动，大厂镇敬老院被省民政厅命名为首批"省级甲级敬老院"，到 2001 年底，5 所乡镇敬老院全部被省民政厅命名为首批"省级甲级敬老院"，为全县的五保老人创造了舒适安逸的生活环境。

　　1986 年至 2004 年"五保户"开支情况见表 17－2－1。

1986 年至 2004 年"五保户"开支统计表

表 17 – 2 – 1

单位：户、人、元

年份	户数	人数	人均费用	总费用
1986	62	70	434	30 380
1987	62	68	444	30 192
1988	62	68	474	32 232
1989	61	67	496	33 232
1990	64	67	555	37 158
1991	63	66	575	37 950
1992	68	72	632	45 504
1993	69	73	656	47 888
1994	67	73	708	51 684
1995	69	76	780	59 280
1996	60	65	951	61 815
1997	54	62	990	61 380
1998	53	59	1096	64 664
1999	53	58	1102	63 916
2000	45	51	1068	54 468
2001	48	52	1114	57 928
2002	45	54	1118	60 372
2003	45	54	1142	61 668
2004	46	53	1156	61 268

大厂镇敬老院，2004 年有入院老人 10 人，公勤人员 3 人，内设老人宿舍 22 间，办公室 2 间，洗浴室 2 间，多功能健身娱乐室 3 间。人均生活水平逐步提高，2004 年达到 3400 元，10 天不吃重样饭，全天 24 小时有服务人员值班，院内设有医疗室。资金来源一方面靠上级支持，一方面采取村供村养、亲供亲养和社会共养的方式。每逢春节、中秋节、重阳节等重大节日，社会有爱心的人们为老人送来现金、牛肉、水果、生活用品等，平均每年收到慰问金 7000 余元。敬老院连续 21 年被省、市、县评为先进敬老院、尊老敬老先进单位，1998 年被省政府、省民政厅评为省级甲等敬老院。

1986 年至 2004 年"敬老院"开支统计表

表 17 - 2 - 2   单位：户、人、元

年份 \ 项目	户数	人数	人均费用	总费用
1986	61	63	586	36 918
1987	62	64	605	38 720
1988	56	58	747	43 326
1989	53	55	894	49 170
1990	53	53	952	50 456
1991	52	52	1000	52 000
1992	49	49	1036	50 764
1993	48	50	1114	55 700
1994	45	46	1119	51 474
1995	43	44	1222	53 768
1996	40	41	1296	53 136
1997	34	35	1602	56 070
1998	36	37	1633	60 421
1999	36	37	1613	59 681
2000	38	38	1728	65 664
2001	31	31	2024	62 744
2002	29	29	1962	56 898
2003	30	30	1935	58 050
2004	31	31	2124	65 844

三、城乡低保

随着社会主义市场经济体制改革的不断深入，党和政府十分重视对城乡贫困居民的救助。1997 年，国务院下发了《关于在全国建立城市居民最低生活保障制度的通知》，县政府先后下发了《农村最低生活保障制度暂行办法》和《城镇居民最低生活保障线实施办法》，1998 年开始实行城乡最低生活保障制度，并于 6 月 6 日建立了城乡社会保障工作领导小组。1998 年至 2004 年，全县共保障城镇低保对象 1004 户次，2264 人次，发放低保资金 1 547 769 元；共保障农村低保对象 2681 户次，6538 人次，发放低保资金 525 321. 20 元。

表 17 - 2 - 3 单位：户、人、元

年份 项目	户数	人数	总支出
1998	7	15	1788
1999	9	20	6600
2000	29	41	260 152
2001	52	86	60 336
2002	119	241	108 529
2003	204	485	251 512
2004	272	637	483 000

1998 年至 2004 年农村低保开支统计表

表 17 - 2 - 4 单位：户、人、元

年份 项目	户数	人数	总支出
1998	37	94	9195
1999	76	181	18 710
2000	181	552	40 104.20
2001	249	657	42 706
2002	285	763	42 706
2003	603	1444	127 900
2004	649	1513	154 000

第三节 优 抚

1986 年全县有各类优抚对象 2473 人，其中革命残疾军人 58 人，在乡老复员军人 147 人，三属（烈属、因公牺牲军人家属、病故军人家属）52 人，农村义务兵 120 人，城镇义务兵 26 人，退伍军人 2070 人。2004 年有各类优抚对象 3757 人，其中革命残疾军人 62 人（在职 17 人，在乡 45 人），在乡老复员军人 138 人（含带病回乡退伍军人 45 人），三属 48 人，农村义务兵 101 人，城镇义务兵 38 人，退伍军人 3370 人。

2000 年在药费制度改革过程中，县民政局、卫生局联合下发了《大厂县六级以上残疾军人医疗费解决办法》，办法规定对六级以上残疾军人的门诊费和住院费先由残疾军人本人垫支，每月的 7 日至 10 日由县公费医疗办公室予以报销（实报实销），

如确有困难的残疾军人，可在所就医的医院记账治疗。

2001年，县政府下发了《关于农村义务兵优待实行全县统一标准的通知》、《关于对城镇退役士兵实行优待的通知》，大厂县执行的标准为农村每户每年3000元，由各乡镇根据自己的实际情况进行发放，大厂镇、夏垫镇、祁各庄乡一年分两次发放，陈府乡、邵府乡年底一次性发放。城镇每户每年1000元，每年"八一"前由县民政局负责发放。

1986年至2004年共发放抚恤金872.90万元。

1993年、1998年先后被省、市命名为拥军优属模范县；1999年被全国双拥工作领导小组、民政部评为"爱心献功臣活动"先进县。

1986年至2004年抚恤金发放表

表17-2-5　　　　　　　　　　　　　　　　　　　　　　　　　单位：万元

年份	金额	年份	金额
1986	10	1996	46.80
1987	12	1997	49.40
1988	13.50	1998	45.30
1989	13.90	1999	75.80
1990	32.40	2000	69.90
1991	48.60	2001	71
1992	32.50	2002	74
1993	28.10	2003	89.10
1994	32	2004	86.80
1995	41.80	合计	872.90

第四节　退伍安置

1986年至2004年，全县共接受复员退伍军人1098名，被全县党政机关、县直企事业单位录用的129名。其余的969人中，兴办和从事工商业的135名，服务业的213名，饮食业的120名，运输业的219名，加工业的94名，种植业的188名。全县3100多个专业户，有465名部队培养的军地两用人才成为各种专业户，占全县专业户总数的15%。转业干部及退伍士兵上岗培训率100%。连续19年两用人才开发使用率100%，当年度退伍士官、城镇退役士兵上岗率100%。

1986年至2004年复员退伍军人安置情况见表17-2-6。

表 17 - 2 - 6

项目\年份	复退军人总数	其中		安置情况	
		复员	退伍	回农村	安置工作
1986	84 84	79	5		
1987	85	1	84	84	1
1988	110	7	103	100	10
1989	92	4	88	89	3
1990	111	12	99	107	4
1991	43		43	41	2
1992	75		75	70	5
1993	35		35	33	2
1994	48	3	45	45	3
1995	65	7	58	57	8
1996	62	3	59	52	10
1997	42		42	31	11
1998	46		46	35	11
1999	36		36	26	10
2000	42		42	31	11
2001	36	13	23	28	8
2002	27	2	25	20	7
2003	32	2	30	23	9
2004	27	2	25	18	9
合 计	1098	56	1042	969	129

第五节　救灾救济

　　1986 年以后，执行党和国家救灾救济方针政策，为保障灾民基本生活，维护社会稳定，促进国民经济健康、稳定、持续发展发挥作用。19 年中，全县累计发放社会救济款 484.30 万元，救济 6011 户次，16 026 人次；累计发放社会救灾款 475.40 万元，救助灾民 26 978 户次，82 081 人次。两项合计共发放资金 959.70 万元，救济灾贫群众 32 989 户次，98 107 人次。1994 年 7 月发生特大洪涝灾害，发放救灾款 79 万元，救助灾民 2960 户，8490 人。

1986 年至 2004 年发放社会救济、救灾款统计表

表 17 - 2 - 7   单位：户、人、万元

项目 年份	合计			社会救济			社会救灾		
	金额	户数	人口	金额	户数	人口	金额	户数	人口
1986	8.80	431	788	8.80	431	788			
1987	16.30	480	1615	13.30	170	374	3.00	310	1241
1988	29.80	958	2522	14.80	363	697	15.00	595	1825
1989	52.60	16 543	49 627	11.40	256	766	41.20	16287	48861
1990	49.40	1225	3545	12.40	215	675	37.00	1010	2870
1991	17.40	425	995	13.40	245	735	4.00	180	260
1992	12.90	225	668	12.90	225	668			
1993	46.20	898	2677	13.40	201	587	32.80	697	2090
1994	91.80	3110	9005	12.80	150	515	79.00	2960	8490
1995	56.90	2000	7827	14.90	165	487	42.00	1835	7340
1996	67.70	794	2374	17.70	225	669	50.00	569	1705
1997	55.80	697	2090	12.80	146	437	43.00	551	1653
1998	46.20	537	1599	18.20	201	596	28.00	336	1003
1999	40.10	578	1707	18.10	225	662	22.00	353	1045
2000	26.90	460	1226	21.90	305	904	5.00	155	322
2001	117.60	779	2324	78.20	450	1348	39.40	329	976
2002	67.60	804	2456	58.60	439	1356	9.00	365	1100
2003	71.50	938	2437	62.50	652	1587	9.00	286	850
2004	84.20	1107	2625	68.20	947	2175	16.00	160	450

第六节　婚姻管理

根据《婚姻法》和《婚姻登记办法》规定，从 1992 年 1 月 1 日起将原由乡镇政府办公室代办的婚姻登记工作收归民政局管理。农村户口的婚姻登记由所属乡（镇）民政所负责办理；非农业户口的婚姻登记由县民政局婚姻登记站办理。

1998 年 8 月 1 日建立大厂县婚姻登记处和婚姻服务中心，在全县实行集中办理婚姻登记并严格按照婚姻登记和婚姻服务分开（人员、地点、账目）的原则办理。购置了微机、数码相机、打印机等办公设施，于 1999 年 3 月 8 日正式实施微机管理。2002 年 3 月 12 日，县委、县政府下发了《关于进一步加强早婚早育治理工作的意见》，明确了结婚登记程序和各部门职责，简化了登记程序。县婚姻登记处 2000 年被省民政厅命名为标准化婚姻登记处，2001 年被市民政局命名为示范窗口单位，2002

年被省民政厅授予民政工作先进单位称号。

2003 年 7 月 30 日，国务院颁布新的《婚姻登记条例》。新条例取消了以往"依法处理违法的婚姻行为"的提法，更好地体现出婚姻登记完全属于民事法律行为，尽量减少、淡化了行政管理的色彩。是年 10 月 1 日正式实施新条例办理登记，并于 2004 年 7 月 1 日启用枣红色新式婚姻证件。

第七节　收　养

1992 年 4 月 1 日《中华人民共和国收养法》实施后，县民政部门开展宣传活动，使收养法规日益深入人心，同时完善规章制度保证登记质量。县民政局根据民政部的《中国公民办理收养登记的若干规定》及有关通知精神，依法开展收养登记工作。1998 年 11 月 4 日，全国人大九届五次会议通过修改了《收养法》，适当放宽了条件；进一步完善了收养程序，将不同收养人，被收养人的登记继续归纳为 8 种类型，使许多查找不到父母的弃婴、儿童和孤儿重新得到了家庭的温暖，维护和保障了收养当事人的合法权利，截至 1998 年底，全县共办理登记 10 起。1999 年至 2004 年，共计收养婴幼儿 27 人，其中有 3 起亲属收养。

第八节　村民自治

全县共进行六届村民委员会（村委会）换届选举。从历次换届的情况看，第五、六届村委换届较为系统，组织严密，法制化要求较高。全县 105 个行政村，按《村委会组织法》和《河北省村民委员会选举办法》的具体要求和程序，均普遍按期按质进行了换届。2004 年，各村均有村委会主任，法定职数也达到最少 3 名成员，其中半数以上的村"两委"当中有妇女干部，党员比例明显提高，两委交叉任职得到普遍认可。经过"海选"，推选出的村委会成员文化素质普遍得到提高，现任成员中大专以上学历的占 7%，初中以上的占 60%，平均年龄在 42 岁。通过民主直选的形式，一批年富力强的中青年干部脱颖而出，得到绝大多数村民的认可。他们带领广大群众，在乡镇党委、政府的正确领导下，谋划宏伟蓝图，村级发展规划，致富奔小康。在党委领导、人大监督、民政部门有力指导下，"四个民主"（即民主选举、民主决策、民主管理、民主监督）得以落实和发挥。广大农村出现了喜人的面貌和翻天覆地的变化。但在推进基层民主法制和民主政治建设过程中也存有不容忽视的问题，个别乡村干部的民主法制意识有待加强，对待直选的认识需要进一步提高；普法宣传亟待深入广泛，让老百姓人人知法懂法，在选举过程中依法行使自己的权利和应履行的义务；进一步健全民主管理体制，维护民主选举的尊严和民主选举的成果，依法促进直选在法制化轨道上健康有序开展。

第九节　老龄工作

1992 年成立老龄工作委员会，民政局下设老龄委办公室。

县老龄工作委员会由 28 人组成，县委书记、县长任名誉主任，主管副县长任主任，并配备了专职副主任。为了加强和协调老龄工作的领导，特聘请原县委书记马志杰为总顾问，各乡镇也建立相应的老龄工作机构，由 1 名书记、乡镇长任主任，下有妇联、团委、民政、派出所、法庭、法律服务所、办公室 7 个部门组成。全县 105 个行政村都建有老龄协会。县、乡、村三级老龄机构基本上达到了组织机构、人员编制、办公地点、办公经费和工作计划五落实，使事业工作的开展有了可靠保证。

根据 1992 年全县老年人年龄结构统计，60 岁以上老年人总数 12 134 人，占全县总人口的 11.42%。2000 年根据大厂县第五次人口普查资料统计，老年人口 14358 人，占全县人口总数的 12.04%。

1992 年起，每年于"九九"重阳节组织慰问老年人活动，并一一慰问百岁老人。1996 年颁布实施《中华人民共和国老年人权益保障法》，大厂县规定每年 10 月份为《老年法》宣传月，共发放宣传资料 1 万多份，同时，组织成立老年秧歌队，大力开展适合老年人特点的社区文体活动。建立设施完备、功能齐全的综合性老年活动中心，覆盖面 90%，全县 105 个村都开设了老年活动室。1998 年编排录制尊老敬老好儿女、好公婆、五好家庭等专题节目，用好的典型引导人，用真人真事教育人，先后在全县 15 个村开展尊老敬老文明村试点工作，15 个村各有特色，经济条件较好的大厂四村、河西营村对 60 岁以上的老人实行集体养老补贴。先后发放老年优待证 1500 个，各级司法行政部门指定律师事务所，公证处，基层法律服务所为维护老年人合法权益提供法律援助，给予缓交、减交或免交费用的优待。

2003 年，县老龄委被市老龄委评为老龄工作先进单位，2004 年，老龄委办公室被省老龄委评为老龄工作先进办公室。

第十节　殡葬管理

1986 年以后，县委、县政府建立健全殡葬改革工作领导机构，制定了《关于加强殡葬管理的通告》等规定，并把殡葬改革工作纳入各级领导班子工作考核目标，实施一票否决制度。成立了执法队伍，加大殡葬宣传和执法力度。深入到村、户，宣传殡葬改革法规、政策，耐心细致地做好思想工作，不搞"以罚代化"，通过党员干部带头实行尸体火化，提高了全县广大群众自觉火化意识，火化率逐年上升。同时有效遏制骨灰装棺土葬和丧事大操大办行为，严厉打击封建迷信活动，规范全县丧葬用品市场。

1998 年，县委、县政府按照省、市殡葬工作会议和文件精神，由县民政局牵头，协调各乡（镇）、工商、公安等部门主管领导，在全县范围内查抄取缔棺木制造、销售店铺 3 家，起尸火化 2 具，遏制 5 起"骨灰二次装棺土葬"行为，消灭了火化白点村，火化率由原来的 93% 提高到 98%。同年，丧葬用品市场开始形成，全县有 6 家丧葬用品摊点。

表 17 - 2 - 8

年份	数量（具）	年份	数量（具）
1986	343	1996	568
1987	351	1997	574
1988	369	1998	580
1989	376	1999	584
1990	387	2000	585
1991	447	2001	576
1992	481	2002	582
1993	516	2003	583
1994	547	2004	588
1995	554		

附　火化场简介

火化场建于 1976 年，位于刘各庄村南，占地 8867 平方米。1988 年投资 20 万元建办公室、伙房、骨灰盒库房共 15 间。2003 年投资 47 万元，重新修建了 150 平方米的告别厅，80 平方米休息室和骨灰盒样品室，硬化了 700 平方米的路面，购置油炉火化机 1 台，运尸车 1 辆。2004 年投资 4 万余元，新建配电室 3 间，更换了全部低压线路，购置 30 千瓦发电机组 1 台，新打生活饮水井 1 眼，新建车库 2 间，铺设道口柏油路 50 米，设置殡葬宣传、执法专用车 1 辆，并对场区进行了绿化。

第三章　外事　侨务

第一节　管理机构

1995 年 2 月建立县外事组，挂靠县政府办公室，有干部 2 人。1996 年 8 月，撤销外事组，建外事办公室（科级），设主任 1 人，办事员 2 人（挂靠县政府办公室）。至 2004 年未变。

第二节　外　事

一、出访考察

1986 年，随着第一家中外合资企业——华安肉类有限公司落户大厂和对外交往的不断增加、因公临时出国人员逐渐增多。至 2004 年，因公组团 60 批，127 人次。其中出席中外合资企业董事会 8 批，8 人次；商贸洽谈 18 批，50 人次；出口产品售后服务 4 批，5 人次；学习参观考察 28 批，57 人次；文化考察 2 批，7 人次。出访德国（联邦德国）、南斯拉夫、南非、黎巴嫩、叙利亚、美国、菲律宾、韩国、埃及、加拿大、英国、比利时、荷兰、意大利、朝鲜、蒙古、俄罗斯、法国、新加坡、马来西亚等国家和中国香港、澳门地区。

二、来访接待

1986 年以后，随着民族经济的崛起和畜牧产业的不断发展，对外交往逐步增加，海外来访者越来越多。至 2004 年底，累计接待伊朗、伊拉克、科威特、阿曼、阿联酋、德国、美国、日本、印度尼西亚、韩国等 67 个国家和地区的外交使节、商贸洽谈考察团 71 批、244 人次，其中到大厂、北坞等清真寺礼拜、采访的驻中国大使馆官员和记者 8 批、120 人次。其余多为商贸洽谈考察团，分别由县招商局、民族工业园区和项目单位负责接待，县主管领导参与接待。引进大型项目，县主要领导都要出席。

第三节　侨　务

自 1982 年起，侨务工作由县政府办公室兼管，1995 年县政府外事组成立后划归外事组管理，1996 年以后由政府外事办管理。

1986 年，全县共有归侨、侨眷 19 户，其中归侨 2 户，侨属 17 户。在外华侨 13 人，其中美国 10 人，澳大利亚 1 人，马来西亚 1 人，日本 1 人。外籍华人 10 人，其中美国 5 人，苏联 2 人，朝鲜 1 人，韩国 1 人，泰国 1 人。至 2004 年，全县共有归侨、侨眷 2 户。

第四章 安全生产

第一节 管理机构

1986年劳动人事局下设安全股，监督管理全县安全生产。2003年12月，撤销安全股，成立安全生产监督管理局，下设办公室、危化股、救援办公室、职安股、综合执法大队、科技规划股。至2004年未变。

第二节 安全生产管理

依据《劳动法》、《安全生产法》、《河北省劳动安全卫生条例》、《工厂安全卫生规程》、《工人员工伤亡事故报告规程》、《建筑安装工程安全技术规程》、《锅炉压力容器安全监察条例》等法律法规，对全县范围内的工业、商业、建筑、建材、化工、石油、医药、烟草等生产经营单位实施劳动安全卫生监管。

一、安全生产检查

1. 检查类型

综合性检查：以县安全委员会名义组织公安、消防、工会、供电、工商、卫生等部门对重点企业单位每年两次综合检查。日常检查：日常检查以本单位安全股全员现场检查为主。专项检查：以涉及行业主管部门派技术人员参加为主。主要针对建筑施工现场、人员密集的商场（影院）、压力容器制造、黏土砖制造、机加工、印刷、装订等企业进行检查，每年组织四次以上。

2. 检查内容

企业安全生产管理制度建立健全及执行情况；操作规程制定执行情况；企业领导对安全卫生重视程度，违章指挥、作业情况；工作场所安全隐患存在情况、整改情况、国家安全生产方针政策、法律法规落实情况。

3. 检查情况

1986年至2004年，共检查出事故隐患400项，发出整改通知书712份，当场整改300余项，各被查单位都能够按规定时限完成整改。

二、组织开展"安全生产月（周）"活动

自1991年起全国开展以每年五月第二周为"安全生产周"活动，自2002年起改

为每年 6 月份的"安全生产月"活动。

三、锅炉、压力容器安全监管

1986 年至 2000 年，劳动人事局负责锅炉、压力容器安全监管工作，1986 年锅炉总量为 40 台，到 2000 年底增加到 63 台。锅炉容器由单台最大容量 2 吨/小时增加到单台最大容量 6 吨/小时。监管期间逐台锅炉监管运行，每年度逐台进入锅炉内部检查检验，保障了在运锅炉安全运行。压力容器 1986 年至 1989 年全县在运 126 台，其中化肥厂 102 台。2000 年在运压力容器单位主要是华安公司、县冷冻厂、福喜公司、福华公司等单位的制冷系统，数量 43 台。1986 年至 2000 年未发现重大损坏及伤亡事故。2000 年底，锅炉、压力容器监管工作划转到县技术监督局。

四、安全生产事故

1987 年 4 月，县化肥厂发生一起触电死亡事故。

第十八编　财政　税务

1955 年至 1985 年，全县累计财政收入 6739.5 万元，其中上解国家 2304 万元，占总收入的 34%。累计支出 7063.5 万元，其中用于经济建设 1945 万元，占总支出的 28%，用于文化教育、抚恤、救济 2811.5 万元，占总支出的 40%，行政事业费支出 1123.2 万元，占总支出的 15.9%，其他支出 1024.8 万元，占总支出的 14.5%。此外，1958 年 12 月至 1962 年 6 月，大厂回族自治县并入蓟县期间总支出 159 万元。1978 年以后，经济迅速发展，财政收入不断增加。1985 年达到 852.3 万元，比 1955 年增加 12.2 倍。支出 829.9 万元，比 1955 年增加 21.2 倍。

1986 年至 2004 年，随着全县国民经济迅速发展，财政收入持续增长，财政支持经济和社会事业发展的能力日益增强，人民生活水平不断提高。1986 年全县财政收入完成 903 万元。1987 年达到 1036 万元。1996 年完成 5344 万元。2000 年突破亿元大关。到 2004 年，实际完成财政收入 12 617 万元。19 年累计完成财政收入 103 964 万元，是建县前 31 年的 15.40 倍，累计支出 102 569 万元，是建县后前 31 年的 14.40 倍。财政管理日益规范，财政改革成效显著，初步建立起了结构完整、保障有力的公共财政体制。

自 1955 年建县起，工商税收执行 1953 年国家颁布的新税制，县内开征 10 个税种，即商品流通税、货物税、工商业税、工商所得税、印花税、牲畜交易税、文化娱乐税、存款利息税、屠宰税、车船使用牌照税。以后有增有减。到 1985 年县内开征 13 个，即产品税、增值税、营业税、国营企业所得税、国营企业调节税、建筑税、城市维护建设税、屠宰税、牲畜交易税、国家能源交通重点建设基金和国营集体事业单位奖金税。农业税包括正税、省附加、乡附加 3 种。1994 年，改革税务体制，分设国税和地税两个机构，行使中央和地方的税收功能。

1994 年以后，税务部门坚持依法治税，强化服务。加强稽查，堵塞征管漏洞，严惩涉税不法分子。1995 年，国税、地税分别完成税收 3032.60 万元、1136.30 万元。2004 年，国税、地税分别完成税收 6448 万元、5068.20 万元。

第一章　财　政

第一节　财政机构

一、县财政机构

1986 年财政局下设办公室、预算股、农财农税股、企业股、综合股、监察股，控制社会集团购买力办公室工作由预算股指定专人负责，下设事业单位房管所。1988年 6 月，增设行政事业股。1989 年增设税收财务物价大检查办公室，挂靠监察股。1991 年增设会计股，1992 年房管所划归建设局。1993 年 3 月成立财政信托投资公司和会计师事务所。1994 年财政信托投资公司更名为资金股。1997 年成立国有资产管理局，为副科级单位，下设行政事业股和评估股，同年 6 月增设收费办公室。1998年增设社会保障股。2000 年 8 月撤销收费办公室，成立副科级收费管理局，下设征管股和稽查股，同年 9 月将企业股与国资局相关股合并成立统计评价股，10 月成立预算编审中心、政府采购办公室。2001 年 3 月成立国库科和财政集中支付中心。2002 年 10 月农税局正式成立。2003 年 3 月行政事业单位财务管理工作从预算股分离出来，恢复行财股、农财股，10 月成立事业单位会计服务中心，11 月教育、文化、科技等事业单位财务从行财股中分离出来，相应成立教科文股，行财股更名为行政政法股。2004 年 11 月撤销农税局。2004 年底，财政局下设办公室、预算股、国库股、行政政法股、教科文股、农业股、社保股、会计事务股、监察股、统计评价股、农税征管股、政府采购中心（控制社会集团购买力办公室）、预算编审中心、财政集中支付中心。二级即副科级局两个：国有资产管理局、收费管理局。局辖两个事业单位：伊都宾馆、会计服务中心。工作人员共 89 人，其中在职职工 67 人、招聘 5 人、离退休 11 人、提前离岗 6 人。伊都宾馆工作人员 38 人。

二、乡镇财政机构

1986 年，各乡镇均设财政所，受各乡镇领导，从 1997 年开始财政局不再向各乡镇派任所长。1996 年，王必屯乡并入大厂镇，全县财政所也随之由 6 个减少到 5 个，分别是大厂镇财政所、夏垫镇财政所、祁各庄乡财政所、陈府乡财政所和邵府乡财政所。到 2004 年底，目前保留的财政所共有工作人员 38 名，其中大厂财政所 12 人、夏垫镇财政所 7 人、祁各庄乡财政所 10 人、邵府乡财政所 4 人、陈府乡财政所 5 人。

第二节　财政体制

1986 年至 1993 年，为促进民族自治地方经济的发展，加快建设步伐，国家加强对自治县的扶持，取消 1985 年的"收支挂钩、总额分成"财政体制，实行"定额上解、多收自用"的财政体制，确定上解定额：1986 年 150 万元，1987 年 100 万元，从 1988 年以后固定为 70 万元。

1994 年开始实行分税制财政体制改革，取消产品税、工商统一税；增值税实行中央与地方共享，共享比例为 75：25，75% 作为中央级收入，25% 作为地方收入；消费税和信用社企业所得税全部上划中央，作为中央固定收入。以 1993 年实际完成的产品税、增值税、消费税为基数，在承认地方财力的基础上，对基数内收入实行税收返还，超基数部分按照增长率 1：0.3 比例分成，对超任务部分实行一次性奖励。原体制中定额上解的 70 万元，作为固定上缴数继续执行。

1995 年至 2001 年一直执行以增值税为主的分税制财政管理体制，对超任务部分不再单独奖励。1996 年河北省人民政府开展县级财政"两项工程"，即财政困难县"自立工程"和县级财政收入"上台阶"工程，对实现目标的县进行奖励。为筹集奖励资金，省政府把增值税超基数返还比例由 1：0.3 调减到 1：0.2，大厂县被确定为财政收入"上台阶"县，目标定为到 2000 年财政收入登上亿元台阶，体制奖励为 1996 年至 2000 年每年省、市固定奖励无偿资金 40 万元，如 2000 年按要求登上亿元台阶，省政府再一次性奖励 200 万元、支持财政周转金 600 万元，分别于 1996 年、2000 年拨付，根据要求 1996 年至 1999 年分别获得了当年的奖励资金。1999 年省政府停止"两项工程"建设，相应的奖励办法于 2000 年停止执行。

1999 年，国家开始为公务员大幅度调整工资，为保证地方能够及时兑现，中央财政增加了工资性转移支付资金，补助地方调整工资。2001 年，增加农村税费改革转移支付补助资金，作为弥补因取消农村"三提五统"（三提：公基金、公益金、管理费，五统：教育统筹、计划生育统筹、优抚统筹、民兵训练统筹、修建乡村道路和农村卫生事业统筹），减轻农民负担而影响地方财政运转的财力补助。

2002 年，在 1994 年增值税实行分税制的基础上，国家对企业所得税、个人所得税也进行共享，即企业所得税、个人所得税实行中央与地方各按 50% 的比例入库，在确定所得税基数后，超基数增量收入部分中央全部集中，集中资金用于中西部及老、少、边、穷地区发展。基数的测算情况是地方企业所得税以 2000 年收入为基数，以 2001 年 1 月至 9 月份增长率来确定收入基数。根据企业所得税分享改革后中央与地方收入划分情况，核定 2001 年各县（市、区）净上划中央的收入数额［各县（市、区）上划中央的企业所得税减去中央下划各县（市、区）的企业所得税］，并以此数额为基数，每年定额返还各县（市、区）。市核定大厂县企业所得税基数为 1011 万元；个人所得税以 2001 年为基期年核定。按照 2001 年实际收入以及个人所得税分享改革后中央与地方收入划分情况，核定 2001 年各县（市、区）净上划中央的收入数额［各县（市、区）上划中央的个人所得税减去中央下划各县（市、区）的个人所得税]，并以此数额为基数，每年定额返还各县（市、区），经市财政部门核定，大厂县个人所得税基数为 1214 万元。

在中央完善企业所得税和个人所得税共享体制的同时，省政府决定进一步完善省级财政管理体制，决定对增值税、营业税、企业所得税、个人所得税地方留成部分实行省与市县共享，共享比例为省级增值税 10%、营业税 10%、企业所得税 25%、个人所得税 15%。以 2001 年四税实际完成的上划数额为基数，超基数部分省财政集中，其中 50% 通过市财政直接返还到县，另 50% 省政府以一般性转移支付资金的形式补助给财政困难县。廊坊市政府核定大厂县 2002 年上划中央所得税基数返还 918 万元，上划省四税收入基数返还 902 万元。城镇土地使用税上解基数 16 万元。

2003 年中央在确定地方企业所得税、个人所得税基数不变的情况下，将两税入库比例调整为 60% 交中央国库，40% 交地方国库；省财政又将地方部分调整为企业所得税交省级国库 20%，交县级 20%；个人所得税交省级 10%，交县级 30%。调整后的四税入库比例分别为中央级：增值税 75%、企业所得税 60%、个人所得税 60%；省级：增值税 10%、营业税 10%、企业所得税 20%、个人所得税 10%；县级：增值税 15%、营业税 90%、企业所得税 20%、个人所得税 30%。调整后，市政府规定大厂县 2003 年上划中央所得税基数返还为 781 万元，上划省四税收入基数返还为 877 万元。同时，为调动市县财政收入增收的积极性，省财政以 2002 年省四税完成数为基数，确定了 9% 的分成增长率，凡实际增长率超过省规定分成增长率的部分实行全额返还，享受工资性转移支付补助的县实际增长率不得低于 5%，低于 5% 增长率的按 5% 测算增长数额，实行等额扣减转移支付资金。

2004 年，廊坊市政府在 2003 年财政体制基础上，进一步完善市与县财政管理体制，明确划分收支范围，把县级所属四税列为市与县共享收入。具体入库比例为市级：增值税 5%、营业税 15%、企业所得税 10%、个人所得税 10%；县级：增值税 10%、营业税 75%、企业所得税 10%、个人所得税 20%。以 2003 年实际上划市级四税收入为基数，基数内全额返还，超基数部分由市财政集中，统一用于困难县一般性转移支付。确定大厂县市级分成增长率为 10%，即 2004 年完成市四税实际增长率 10% 以内由市财政集中，超过 10% 以上部分返还给大厂县。是年，省财政将大厂县四税分成增长率由 9% 下调至 8%。2005 年原计划执行 7%，最后省财政确定执行 5%。

第三节　财政收支

1986 年至 2004 年，县财政收入持续稳定增长，年平均增长率为 15.04%，增幅最快的是 1993 年，达到 32.80%。财政支出覆盖面不断扩大，建立了较为完善的社会保障运行体系，农业、教育、卫生、文化、计划生育、政法及城镇基础设施建设投入不断加大，社会环境得到优化。

一、预算内财政收支

随着国家收支政策的不断调整，财政收支范围特别是财政收入的范围发生了很大变化，收入统计口径由财政收入调整为 1994 年以后的一般预算收入和基金预算收入，增加了转移支付补助收入，使财政收入结构发生了变化。

财政收入

财政收入主要由税收收入、企业收入、罚没收入及其他收入组成。不同时期、不同年份个别税种存在一些调整。

工商税收：1986 年由县税务局征收产品税、增值税、营业税、工商统一税、集体企业所得税、城乡个体工商户所得税、个人所得税、城市建设维护税、国营企业奖金税、国营企业工资调节税、事业单位奖金税、集体企业奖金税、建筑税、国营企业所得税、国营企业调节税、牲畜交易税、车船使用税、房产税。1988 年 10 月开征印花税。1991 年对基本建设投资停止征收建筑税，改征投资方向调节税。1994 年取消城乡个体工商户所得税、国营企业奖金税、国营企业工资调节税、事业单位奖金税、集体企业奖金税，一律改征个人所得税。从 1994 年 1 月 1 日起，取消产品税、工商统一税，全部改征增值税。2002 年取消屠宰税。到 2004 年末，在县内征收的税种为增值税、营业税、企业所得税、个人所得税、城市建设维护税、房产税、车船使用税、印花税、土地使用税。

农业税类：1986 年征收农业税、农业特产税和契税，1987 年国家对占用耕地的征收耕地占用税。2000 年大厂县作为农村税费改革试点县，在减轻农民负担的前提下，将乡村两级"三提五统"资金全部改征农业税，取消农业特产税、屠宰税，农业税税率为 7%，附加为 20%。2004 年农业税税率由 7% 降至 4%，征收的税种包括农业税、契税和耕地占用税。

农业税由县财政局及各乡镇财政所负责组织征收，契税委托房地产部门代征，耕地占用税委托国土资源部门代征。从 2005 年起，契税和耕地占用税改为财政农税征收部门直征。

非税收入：主要包括罚没收入、专项收入、纳入预算管理的行政事业性收费收入及国有资产变价收入等。1986 年财政预算内非税收入主要包括罚没收入及一些国有资产变价收入等，从 1991 年起为治理"三乱"（乱收费、乱罚款、乱摊派），国家有计划地将部分行政事业性收费纳入预算管理。

1996 年以前，非税收入征收一直由财政部门综合计划股管理，1997 年至 2000 年 7 月，由财政局收费办公室统一管理，2000 年 8 月以后由收费管理局统一征收管理。至 2004 年未变。

基金收入：1986 年至 1993 年，征收国家能源交通重点建设基金和预算调节基金，1994 年取消。从 1995 年起，将劳动部门征收的企业养老保险、失业保险纳入财政基金预算管理。2001 年，养老保险、失业保险两项基金实行地税代征。2000 年将国有土地出让收入和城镇公用事业附加划入基金收入管理。至 2004 年未变。

1986 年至 2004 年财政收入表

表 18 - 1 - 1 　　　　　　　　　　　　　　　　　　　　　　　　单位：万元

年份	财政总收入	按收入组成划分		按收入级次划分					按征收部门划分			
				上划收入			地方收入					
		税收收入	非税收入	中央收入	省级收入	市级收入	一般预算收入	基金收入	税务部门	国税部门	地税部门	财政部门
1986	903	920	-17				903		771			132
1987	1036	1036					1036		879			157
1988	1283	1358	-75				1283		1119			164
1989	1622	1658	-36				1622		1454			168
1990	1785	1817	-32				1785		1571			214
1991	1975	1890	85				1975		1712			263
1992	2174	2164	10				2174		1937			237
1993	2887	2893	-6				2887		2702			185
1994	3316	3215	101	1773			1543			1773	1409	134
1995	4250	4173	77	1972			2278			1972	2022	256
1996	5344	4929	415	2270			3074			2270	2426	648
1997	6315	5734	581	2487			3720	108		2487	3017	811
1998	7410	6650	760	2841			4500	69		3788	2610	1012
1999	8644	7652	992	3244			5321	79		4398	3060	1186
2000	10 006	8875	1131	3681			6325			5215	3027	1764
2001	10 066	9373	693	3720			6299	47		5424	3390	1252
2002	10 898	8834	2064	4172	909		4979	838		4622	4160	2116
2003	11 433	9477	1956	4921	916		4810	786		5621	3923	1889
2004	12 617	10 411	2206	5279	1003	701	4747	887		6032	4751	1834
合　计	103 964	93 059	10 905	36 360	2828	701	61 261	2814	12 145	43 602	33 795	14 422

财政支出

财政支出主要是依据地方财政收入形成的财力而安排的支出项目，1997 年以后根据收入统计变化情况和预算编制要求，将财政支出分为一般预算支出和基金预算支出。一般预算支出按类别划分包括基本建设支出、企业挖潜改造支出、科技三项费、支援农业生产支出、农业综合开发支出、农业水利气象等部门事业费、工业交通事业费、流通部门事业费、文体广播事业费、教育事业费、科学事业费、卫生事业费、税务等部门事业费、抚恤和社会救济费、行政事业离退休经费、社会保障补助支出、行政管理费、公检法支出、城市维护费、支援不发达地区支出、专款支出及其他支出等；基金预算支出包括社会保障支出及其他附加支出。

1986 年至 2004 年财政支出表

表 18 - 1 - 2

项目 / 年份	财政总支出	基本建设支出	支农支出	农林水支出	教育事业费	卫生经费	抚恤支出	行政管理支出	公检法支出	城市维护费	其他支出
1986	860	30	34	43	168	39	30	152	35	39	290
1987	937		29	51	170	58	40	165	40	86	298
1988	1391		29	73	270	57	59	294	76	91	442
1989	1656		96	70	305	79	88	302	88	165	463
1990	19 441		34	99	366	81	104	343	90	118	609
1991	2145		79	119	458	129	101	427	99	118	615
1992	2401		92	116	466	109	94	456	127	128	813
1993	30 411		65	178	571	116	103	471	142	284	1011
1994	3311		71	163	848	170	179	671	198	332	679
1995	4192	25	124	214	1191	421	172	689	213	246	897
1996	4961	11	52	278	1386	440	112	779	337	349	1217
1997	5538	11	66	289	1520	478	92	826	442	459	1355
1998	6616		122	377	1431	596	94	750	345	81	2820
1999	7669	39	121	368	1713	592	121	693	748	120	3154
2000	8818	277	46	530	2341	429	189	1340	696	137	2833
2001	10 902	329	76	413	2380	647	215	1243	886	131	4582
2002	11 257	763	183	484	2775	751	197	1823	767	120	3394
2003	11 389	385	131	526	2578	678	224	1769	886	181	4031
2004	13 544	580	194	742	3579	707	249	2234	980	239	4040
合计	102 572	2450	1844	5133	24 516	6577	2463	15 427	7195	3424	33 543

二、预算外财政收支

1986 年到 1990 年，受国家财政管理体制和财务管理制度的制约，属于政府支配的财政预算外资金管理范畴较小，当时的预算外资金只是财政部门根据国家政策征收管理和支配的一些地方性附加，如农业税附加。1991 年国务院发出通知，在全国范围内治理"乱收费、乱罚款、乱摊派"，并明确提出各部门根据国家及部委规章收取的各种收费按照"所有权、使用权不变"的原则，一律纳入财政专户管理。1996 年国务院颁发了《关于加强预算外资金管理的决定》，明确提出预算外资金是国家机关、事业单位和社会团体为履行或代行政府职能，依据国家法律、法规和具有法律效力的规章而收取、提取和安排使用的未纳入国家预算管理的各种财政性资金。它是国家财政性资金，不是部门和单位自有资金，必须纳入财政管理。1997 年财政收费办公室成立，逐步加强了对预算外资金的管理，政府集中资金的能力逐步增强。2000年 8 月，收费管理局正式成立，它标志着收费管理进入一个新时期。从 2001 年开始，预算外资金收支纳入综合预算管理，彻底打破了"部门所有"的观念，使预算外资金由 20 世纪财政资金的补充发展到 21 世纪初财政执行不可缺少的支柱。

第四节　财政管理

一、财务与会计管理

1986 年以后，县财政部门不断加强财会业务管理，有效地控制了行政事业性支出的过快增长，规范了企事业单位财务行为。

支出预算实行了定员定额管理和零基数编制法。将各类部门按不同性质和工作量分别制定人均公用经费定额、车辆维修定额、电话费定额。人员经费按年末实有人数计算，专项业务根据工作实际需要和政府批准文件安排经费，这种预算编制方法，不以上年实际支出为基数，比较科学合理，节支效果明显。经过不断完善，至 2000 年发展成为大厂县进行综合预算、部门预算改革的基石。

实行全额行政事业单位车辆定点修理、统一保险和机关单位集中供热。1989 年为有效遏制机动车辆维修费快速增长，财政部门及时实行"单位申请，财政审批，定点维修，统一结算"的车辆定点修理制度，控制了车辆修理支出。2000 年开始，财政对机关事业车辆进行统一保险，保费支出明显降低，每年节支 10%。县直全额行政事业单位从 1986 年以后，陆续实行了集中供热，县财政负担了全部增容和取暖费用，采取统一结算方式，提高了各单位取暖效果，节约了支出，促进了县城环境的改善。

实行工资银行化财政统一代发制度。2000 年 11 月，县直 65 个全额行政、事业单位全部实行工资银行化财政统一代发，各单位仍为工资发放主体。选定县工商银行、建设银行为代发行。2001 年 9 月，又对 5 乡镇的教育系统工资实行了县级统发，彻底解决了个别乡镇拖欠教师工资问题。10 月份，乡镇其他行政事业人员工资也实现了县级统发。为进一步规范县乡人事编制、工资管理，从 2002 年 6 月，财政局对全县行政、事业单位（包括离退休人员和差额补助单位）的编制、人员信息和工资数据进行了集中录入，创建人事工资信息库。为财政、人事、编制 3 家的各项管理工作提供了丰富、翔实的数据资料。财政部门与编制、人事部门密切配合，统一全县的工资发放标准，取消一些不合理工资项目，节约了财政支出。2004 年底，全县财政供养人员总计 5780 人，其中在职人员 4781 人，离退休人员 999 人。全年工资性支出

8160 万元。

加强社会保障财务工作。1986 年至 1998 年，财政社保管理工作主要对民政部门各项救济、救灾专款，公费医疗支出等进行监督检查。随着党和政府对社会保障工作重视程度的增强，1998 年 5 月县财政局成立社会保障股，财政社保资金管理工作范围逐步扩大。增加了对劳动部门管理的企业养老保险基金、失业保险基金运作情况的监督管理，逐步实现了各项社会保险基金的财政专户管理。2000 年 11 月全县实行机关事业养老保险制度，由县、乡财政按职工年工资总额的 24%、个人按年工资 2% 缴纳养老保险金，所有离退休人员工资统一转由机关事业养老保险所发放。2001 年企业养老保险、失业保险两项基金实行地税部门代征，通过国库直接划转到财政专户，财政专户储存率达到了 100%，基金划转率达到了 100%。

1998 年 7 月开始实行城镇居民最低生活保障制度，对达不到国家规定最低生活标准的城镇贫困居民进行补助，城镇居民最低生活保障标准为人均月收入 156 元，居民家庭人均月收入不足 156 元的，补足 156 元；对 1 年内未安排工作的城镇退伍义务兵每月发放 156 元；2004 年执行标准调整为每月人均 175 元。财政部门足额安排预算，对低保资金实行专户管理并监督资金发放情况。2003 年，农村最低生活保障制度开始执行。到 2004 年底，全县享受最低生活保障的人数达到 1097 人，财政支付最低生活保障费 115 万元。

1999 年建立了国有企业下岗职工再就业保障制度，实行"三三制"（财政、社会、失业保险基金）筹措再就业资金，由财政进行专户管理，监督使用。到 2004 年底，累计救助下岗职工 1207 人次。

1986 年到 2000 年 5 月，延续了对行政、事业单位职工实行公费医疗的福利制度。于 1988 年、1998 年进行两次调整，提高了个人负担比例，以控制医疗费支出过快增长。2000 年 11 月大厂县进行了医疗保险制度改革，停止公费医疗制度，仅保留离休干部和二等乙级以上革命伤残军人继续享受公费医疗待遇（2001 年单独制定了管理办法）。对 2000 年 5 月以前未能报销的在职和退休职工医疗费继续分年度按原办法、原渠道给予报销。新的医疗保险制度主要做法是由县、乡财政按职工年工资总额的 7%、个人按年工资的 2% 交纳医疗保险金，财政交纳每人每年 80 元、个人每年交纳 40 元的大病统筹保险金，由医疗保险所统一管理基金，并负责审核、报销参保职工医疗费。

社会保障基金存款规模不断扩大，到 2004 年底，全县社会保障基金财政专户累计结存 2304 万元，其中企业养老保险金存款 1270 万元，机关养老保险金存款 620 万元，医疗保险基金存款 147 万元，失业保险基金存款 165 万元，城镇居民最低生活保障金存款 36 万元，下岗再就业基金存款 5 万元。从而大大提高财政的调控能力，有效地防止了基金运行中的不规范行为，对社会保障基金的管理上升到了一个新的高度。

2003 年抗击"非典"期间，财政部门在收支形势极其严峻的情况下，筹措防治"非典"资金 839 万元，建立了"非典"防治资金的绿色通道，建成"非典"定点医院、疾病预防控制中心，保证了"非典"防治工作的顺利进行。

强化国有资产管理。在 1997 年成立县国有资产管理局以前，全县的国有企业和行政、事业单位的资产管理监督工作由财政局企业股、行政事业股、农财股等职能股室负责，没有统一规范的管理办法和程序。国资局成立后，按照《行政事业单位国有资产管理细则》等一系列规章制度，对产权登记、资产评估、拍卖、转移等方面进行了严格规范。2001 年以后，国资局在参加国有企业改制、国有资产拍卖、资源整合等方面发挥了重要职能。2002 年县电机厂改为股份制企业，2003 年教育资源整合，2004 年县国有商业企业、粮食企业改制，国资局全程参与清产核资工作，有效防止国有资产流失。到 2004 年底，大厂县全部 75 个行政事业部门保有的国有资产总额为 13 298 万元，全部 17 户国有企业保有的国有资产总额为 2055 万元。

注重会计基础管理工作。坚持贯彻执行 1985 年颁布的《中华人民共和国会计法》，依法管理全县会计事务。1987 年 11 月，县会计系列技术职称评聘领导小组在财政局成立，同时成立了初级技术职称评审委员会。1988 年 4 月，大厂县第一批助理会计师、会计员职称通过评审。1992 年 12 月 20 日，全国珠算协会工作会议在大厂县召开。原财政部副部长、时任财政部顾问、中国珠算协会名誉会长田一农以及省、市有关领导出席。从 1993 年开始，财政局组织多期新规则、新制度培训班，对全县企事业、行政单位的 500 多名财会人员进行培训，保证了国家财政部《企业财务通则》、《行政单位财务规则》、《事业单位财务规则》及多个部门财务规则、会计制度等新规则在大厂县全部按时推行。从 1994 年起，会计系列职称取消评审制，一律采用国家统一考试的方式进行。财政部门负责全县各类会计职称考试的报名、培训工作。到 2004 年底，全县共有在册会计人员 794 名，其中具有中级职称的 50 人、初级职称的 246 人、具有注册会计师执业资格的 7 人。

强化财政监督，财经法纪和会计基础工作检查经常化、制度化。1986 年到 1998 年，财政与纪检监察、审计、物价等部门配合，每年开展一次面向全县所有企事业、机关单位的税收、财务、物价大检查。自 1999 年起，根据管理要求的变化，各部门自行组织专项检查。财政部门坚持每年对全县行政、事业单位进行不定期的专项检查和日常检查，指导各部门的财务和会计基础工作，监督财政资金使用情况。2001 年，实行财政集中支付制度改革后，各单位的所有支出都经财政部门审核后支付，实现了财政监督的关口前移，维护了财经法纪，规范了支出行为。

二、涉外与基本建设财务管理

1992 年，第一个利用世界银行贷款的公益性项目——肺结核防治项目（卫五）正式开始运行，利用世界银行贷款 7236 个特别提款权，贷款期限 18 年，采取报账制管理。1997 年又开展了疾病预防项目（卫七），利用世界银行贷款 18152 个特别提款权，贷款期限 18 年。2000 年 6 月，开展小规模肉牛贷款项目，协议利用世界银行贷款 1 070 873 美元，折合人民币 889 万元，贷款期限 20 年，这是至 2004 年为止大厂县利用世行贷款最多的一个项目。到 2004 年末，大厂县小规模肉牛项目贷款共计发放 449.20 万元，扶持了 11 个养牛大户，改善了 5 个乡镇兽医站、品种改良站的基础设施条件。2002 年，由英国政府担保世界银行贷款肺结核防治项目（卫十）开始运行，利用贷款 14 000 美元，期限 20 年。以上这些世行贷款项目均以县政府为转贷人或担保人，在县财政局设立专户，专项监管。县财政从 2001 年开始陆续向上级财政还本付息。

1997 年以前，基础设施投入较少，基本建设财务一直没有从部门财务中分离出来。1997 年以后，随着基础设施投入的不断增多，基本建设财务开始实行专门管理，主要管理国家投资的基本建设资金和国债项目资金，管理范围不断扩大，管理手段逐渐规范。主要工程有 2001 年建成公安局 110 指挥中心，总投资 100 万元；建成第一中学综合实验楼，投资 100 万元；2002 年至 2004 年三期防护林工程，总投资 430 万元；2003 年"非典"发热门诊楼建设，投资 100 万元。

三、农村税费改革

2000 年 6 月，大厂县被河北省确定为农村税费改革唯一的少数民族试点县。县委、县政府专门下发文件，按照"减轻、规范、稳定"的原则，全面执行中央关于农村税费改革的各项政策。改革的主要目的是减轻农民负担，规范农村税费管理。全县 5 个乡镇 105 个行政村中，参加农村第二轮土地承包人口为 8.95 万人，承包土地面积 9120 公顷。1994 年至 1998 年 5 年粮食产量（折成小麦）总产 36 060 万公斤，5 年平均产量 7212 万公斤。1997 年至 1999 年，全县农民年人均纯收入 3606 元，全县年平均征收 5 项"乡统筹"、3 项"村提留"、农业税及附加、屠宰税等 923 万元，农民人均负担 101.10 元。

改革的主要内容是取消"三提五统"，按统一的计税要素征收农业税及附加。县农业税计税面积 8966.67 公顷，计税常产 540 公斤，计税价格 1.14 元/公斤，统一执行 7% 的税率和 20% 的附加比例。

2000 年改革后农民税收总负担为 694.50 万元，减少了 228.50 万元，农民人均负担由改革前的 101.10 元下降到 76.07 元，减幅 22.73%。2004 年，根据省委、省政府关于深化农村税费改革的要求，县农业税税率下降 3 个百分点，由原来的 7% 降到 4%，其他计税要素不变，全县农民实际负担的农业税及附加 397.34 万元，比 2002 年的 695.34 万元减少 298 万元，减幅达 42.86%；比税费改革前的 923 万元减少 525.66 万元，减幅为 56.95%。农民人均负担水平比改革前下降 56.95%，比改革后再次下降 42.86%。2005 年农业税率降至 2%，2006 年全面取消农业税。这个自古"种地纳粮"的传统在第十一个五年计划到来之际在大厂县取消。

按照党中央、国务院对农业"多予少取"的扶持政策，稳定粮食生产，2004 年 4 月 20 日至 30 日，对全县种植粮食作物（小麦、玉米）的农民进行了直接补贴，补贴的资金来源为 1994 年根据国务院建立粮食风险基金制度由中央和地方财政共同出资形成的粮食风险基金。全县发放补贴资金 124 万元，受益农户达到 22 232 户。对种粮农民直接补贴政策将继续执行。

改革后村级政权组织的支出由上级专项转移支付资金解决。财政部门通过大力组织收入，调整支出结构，规范支出管理，严格落实上级分配的税费改革转移支付补助资金和相关配套改革措施（对农村教育布局进行调整，将教育经费纳入县级财政预算等），从而保证了乡村基层政权正常运转的资金需要，维护了全县农村的社会稳定。

四、财政集中支付制度

2000年11月，开始筹备集中支付制度改革，2001年3月正式执行财政集中支付制度。在财政局设立支付中心，营业面积70平方米，全部采用会计电算化、网络化集中支付运行模式。2001年3月至2002年10月，分三批将县直70家全额预算单位纳入集中支付管理，2003年1月1日又将37所乡镇中小学及文教组纳入县级集中支付管理。到2004年底，财政集中支付中心共有141个核算户（含各单位需独立设账管理的专项资金户）。

大厂县的财政集中支付制度特点是"一取消、四不变"，即在预算单位管理体制、资金所有权、使用权及会计核算权不变的情况下，取消原单位在各银行开设的结算账户，在财政集中支付中心开设分账户，统一使用支付中心银行账户开展业务，实现票据审核集中、资金结算集中，各预算单位依据支付中心审核无误的原始票据分别记账。

2002年3月13日，省委副书记、纪委书记张毅在廊坊市市长吴显国，市委副书记、纪委书记张国斌，市委秘书长曹文治的陪同下，到大厂县财政集中支付中心调研指导工作，对大厂县财政集中支付改革取得的成绩给予了充分肯定。省财政厅厅长齐守印、市财政局局长刘存厚等先后到大厂县检查指导集中支付工作。

到2004年底，县财政集中支付中心累计支付各部门资金1.50亿多元，累计拒付不合理开支120余万元，实现了对用款单位的"一站式"服务，基本上杜绝了以往挤占、挪用专款，补充经费的行为，确保了专项资金的使用效益。财政资金周转速度加快，缓解了国库的压力，增强了财政宏观调控能力。

2002年，县财政局指导全县5乡镇建立集中支付大厅，取消各基层所站的银行账户和会计账簿，由以财政所为班底建立的集中支付大厅统一建账、集中核算。2004年末，又在各乡镇建立了农村财务结算中心，对各村委会的资金实行"村有乡管，民主理财，集中核算、定期公开"，使村级财务活动公开透明。集中支付制度全面覆盖了县、乡、村三级，各级政权机构的所有财务活动已全部纳入财政监督范围。

五、收支两条线管理

1986年至1996年，预算外资金管理实行的是"专户存储、计划管理、财政审批、银行监督"管理模式，资金支配权完全属于各单位。1997年8月，按照国务院下发的《关于加强预算外资金管理的决定》中"预算外资金要上交财政专户，实行收支两条线管理"的有关规定，成立了县收费办公室，对预算外资金实行收支两条线管理。2000 年 8 月，县收费办公室升格为收费管理局（二级局）。

县收费局成立后，"票款分离"、"罚交分离"管理模式在县内逐渐推开，由最初的 60 个单位达到 2004 年底的 93 个单位，使全县非税收入管理覆盖面达到 100%。通过对各执收、执罚单位全面实行"单位开票、银行代收、财政统管"，并制定了"一户一策"的管理办法，使非税收入真正实现"五统一管理"（统一收费项目和范围；统一收费票据；统一开户和收款；统一经费支出管理；统一监督和检查）。通过强化稽查、票据源头治理等措施，加强对各单位待结算资金的管理，年非税收入由 2000 年的 2002 万元增加到 2004 年的 3820 万元。在加强行政事业性收费、罚没收入执行收支两条线管理的同时，收费管理部门不断拓展管理空间，于 2002 年对结算资金实行"票款分离"管理，彻底实现了非税收入管理的"全覆盖"，为推动部门预算编制、财政集中支付改革奠定了稳固的基础。

六、国库管理

国库管理制度比较单一，从 1986 年以后，始终由县人民银行代理县国库，各乡镇不设国库。财政总预算会计只进行国库账务处理工作，预算外资金、各种周转金等其他各类资金的核算分别由各主管股室负责，财政资金管理较为分散，不利于资金的统一调度。2001 年 8 月财政局国库科成立后，作为全县财政的总会计核算机构，对全局所有股室的资金、账户进行了清理，合并、撤销了一批分设的账户，将各类资金一律纳入国库管理，通过对预算内外资金收支、国债项目资金收支、粮食风险基金收支等统一账务管理，负责各种财政资金的拨付、周转和调剂使用，对财政收支运行情况进行分析，提高了整个财政运行工作效率。随着国库集中支付制度改革的不断深化，国库科作为财政统一财务核算中心的地位愈加重要。2001 年 3 月实行的财政集中支付制度，只是国库集中支付制度的雏形，尚处于初级形式。目前财政统发工资、统一支付车辆保险和集中供热费用则是国库集中支付的一种形式。

七、预算编制改革

1986 年至 2000 年，财政预算编制工作虽然一直实行零基编制法，但对各单位预算外资金收支没能全部纳入到财政总预算中，只是管理模式从简单的"财政专户代管"初步过渡到"收支两条线"。随着各项财政改革的开展，为从根本上解决各部门预算外收支与财政预算管理脱节、政府调控职能弱化的情况，财政局从 2001 年开始进行预算编制改革，在过去零基预算的基础上编制综合部门预算。2001 年至 2003 年，县直 70 个预算单位全部实行了部门预算管理，2004 年把全县农村教育机构纳入部门预算管理范畴。全县共有 104 个单位实行部门预算管理。每单位一个独立的预算文本，经县人大审批后下达。

部门预算的编制按照民主化、法制化、科学化的改革要求，把各单位的预算外资金与财政预算内资金打捆使用，统筹安排各单位的支出。在编制程序上，采取"两上两下"的方法，即单位上报收支计划→财政审核并提出修改建议→反馈给单位征求意见→单位根据财政部门建议修改后再次上报→财政部门报人大批准后下达给单位。这一办法的特点就是财政部门对各单位的财务收支状况可以全面把握，统筹安排，有效克服了原来"各自为政、财力分散、监管困难、腐败滋生"的弊端。同时，每个单位的部门预算都要经人大批准后以正式文本下发给各单位，经过单位建议、财政审核、政府研究、人大审议等多个关口，保证了资金分配的科学合理、公开透明。

八、控制社会集团购买力与政府采购

1986年大厂县对省政府规定的17种商品实行控购。1988年2月控购商品增加到19种，即小汽车、大轿车、摩托车、沙发、地毯、沙发床、空气调节器、录音机和多用机、录像机、照相机和放大机、高级乐器、家具、呢绒毛料及其制品、纯毛毯、彩色电视机、电冰箱、洗衣机、各种电取暖及电煮水设备、复印机。1988年10月，控购商品扩大到29种，新增加的10种专控商品是：电子打字机、电传机、羽绒服、风雨衣、吸尘器、丝绸及其制品、50元以上的各种钟表、100元以上的各种灯具、国产13种名牌卷烟和进口卷烟、国产13种名牌酒和进口酒。1988年12月，对经控购机关批准购买的29种专控商品，区分不同品种，按实际购买金额的10%～20%征收附加费。1989年1月专控商品扩大为32种，新增加的3种专控商品是布匹及其制品、针织品、书写印刷纸。1990年9月停止征收专控商品附加费。1991年12月，将32种专控商品品目调整为29种，取消对布匹及其制品、书写印刷纸、吸尘器、洗衣机等商品的专项控制，将微型电子计算机、无线寻呼机和无线移动电话、办公用印刷系统以及单价在100元以上的皮革及制品，纳入国家专项控制商品目录。1992年7月恢复征收专控商品附加费。1993年4月对现行的29种专项控制商品品目调整为8种：小汽车、大轿车、摩托车、录像设备、空气调节器、各种音响设备、单价在500元以上的照相机和放大机、无线寻呼机和无线移动电话。1997年9月党政机关事业单位进行小汽车核编定编工作。2001年取消7项专控商品，只保留小汽车办理报批专控手续。2003年对行政事业单位小汽车进行第二次核编定编工作，全县共上报行政事业核编单位121个，申请车辆编制156部，共核定执行编制156部，其中：行政单位39个，核编64部；事业单位82个，核编92部。2004年11月，把原由省控办办理的小汽车报批手续改为由县控办按照编制审核办理。

1999年成立政府采购中心。2001年制发《大厂回族自治县政府采购暂行办法》，并相应规定了政府采购的范围。2002年6月29日第九届全国人民代表大会常务委员会第二十八次会议通过《中华人民共和国政府采购法》，并于2003年1月1日起施行。政府采购采取公开招标、邀请招标、竞争性谈判、单一来源采购、询价等方式。同时执行河北省每二年制定一次的市县级集中采购目录及采购限额标准。到2004年底，县政府采购累计金额达1023.20万元，资金节约率为12.75%。

第五节　乡镇财政

一、管理体制

由于大厂县乡镇数少且规模相差较大，经济基础不平衡，财政收入波动性大，往往一个企业生产经营形势的好坏要严重影响乡镇全年的经济运行，如果按分税制形式确定乡镇财政体制，会影响乡镇的自身运行，财政支出难以保障。为保证乡镇财源稳定，保证全县财政工作"一盘棋"，县政府对乡镇基本上执行"统收统支"的财政体制。1986 年至 2004 年乡镇财政体制的基本原则：1986 年至 1990 年为"统收统支"。1991 年为"定收定支，收支挂钩，基数分成，超基数增长分成。"1992 年至 1993 年为"统收统支"。1994 年为"核定收支，收支挂钩，按地方收入实际总额分成，超收视财力状况予以补助，短收自补。"1995 年至 2000 年为"统收统支"。2001 年至 2002 年为"划分收支，核定基数，定额上解，包死补贴，超收分成，欠收自补，财事统一，分级负责。"2003 年至 2004 年为"以收定支，收支挂钩，超支不补，结余留用。"

二、收支范围

1986 年至 2004 年，乡镇财政收入的范围变化不大，只是 2000 年实施农村税费改革后，由于取消"三提五统"而使部分涉农收费转化为农业税，造成农业税基加大，征收范围变宽。2004 年农业税率由 7% 降至 4%，农业税开始变少，直至取消。

财政支出发生部分变化，1990 年在原农业、水利、教育、卫生、文化、广播、计划生育、财政、税务、工商、行政及公费医疗基础上增加了土地支出，1991 年由于税务上划垂直管理而取消。1992 年土地站上划县局统一管理。1999 年工商上划省垂直管理。2003 年教育全部划入县财政集中管理。到 2004 年乡镇的支出范围包括农业、水利、卫生、文化、广播、计划生育、财政、行政等支出。

1986 年至 2004 年乡镇财政收支表

表 18 - 1 - 3　　　　　　　　　　　　　　　　　　　　　　　　单位：万元

年份	大厂镇		夏垫镇		祁各庄乡		陈府乡		邵府乡		王必屯乡		收支合计	
	财政收入	财政支出	财政收入	财政支出	财政收入	财政支出	财政收入	财政支出	财政收入	财政支出	财政收入	财政支出	收入合计	支出合计
1986	136	25	144	28	104	21	30	17	48	14	45	12	507	117
1987	155	32	161	26	124	25	34	16	56	15	47	19	577	133
1988	199	56	214	52	158	43	42	29	65	26	56	26	734	232

续上表

年份	大厂镇		夏垫镇		祁各庄乡		陈府乡		邵府乡		王必屯乡		收支合计	
	财政收入	财政支出	财政收入	财政支出	财政收入	财政支出	财政收入	财政支出	财政收入	财政支出	财政收入	财政支出	收入合计	支出合计
1989	261	68	320	69	205	40	54	34	81	32	68	30	989	273
1990	291	53	342	51	178	48	50	30	82	30	67	26	1010	238
1991	274	56	403	67	201	47	51	32	90	35	72	27	1091	264
1992	313	69	414	56	235	62	62	45	99	43	80	35	1203	310
1993	461	127	532	116	266	72	77	62	136	58	92	40	1564	475
1994	478	130	620	105	345	94	100	77	163	77	102	60	1808	543
1995	565	147	752	119	357	102	119	82	186	73	121	61	2100	584
1996	719	252	909	162	501	118	144	100	219	95			2492	727
1997	607	301	1001	192	527	155	162	115	248	117			2545	880
1998	524	303	1118	241	493	195	187	148	250	124			2572	1011
1999	731	320	1407	285	559	201	334	180	452	145			3483	1131
2000	826	543	1814	445	687	325	554	267	468	256			4349	1836
2001	912	650	1619	528	645	424	485	302	296	272			3957	2176
2002	975	693	1689	602	800	393	519	346	304	298			4287	2332
2003	1008	215	1192	190	856	109	505	121	291	121			3852	756
2004	1071	186	1301	148	887	117	399	142	275	66			3933	659
合计	10 506	4226	15 952	3482	8128	2591	3908	2145	3809	1897	750	336	43 053	14 677

第二章 税 务

第一节 管理体制

　　1994 年国家为了进一步加强宏观调控和促进社会主义市场经济体制的建立，充分调动中央和地方的积极性，保证国家财政收入的稳定增长，于 1 月 1 日对国家税制进行结构性的改革和调整，决定实行分税种财政体制。组建了中央和地方两套税务机构，将税种统一划分为中央税、地方税、中央和地方共享税。在此次税收体制改革中，组建了县国税、地税两套税务机构，分别行使中央和地方的税收职能。

第二节　税务征收

一、机　构

1986 年初，税务局下设人秘股、税政股、计会股、征收监交股、办公室，下辖大厂税务所、夏垫税务所、祁各庄税务所、邵府税务所、王必屯税务所、陈府税务所。12 月设立征管股。1987 年 6 月设立人事教育监察股。1988 年 1 月 1 日设立稽查队，同年 8 月撤销人事教育股。1990 年 2 月设立县直属分局。1991 年 1 月设立监察股。1993 年 8 月 27 日设立税务治安办公室。至 1994 年税制改革前，税务局下设办公室、人事股、教育股、监察股、税政股、征管股、计会股、稽查队、发票管理站、检察室、治安办公室 11 个职能股室，直接领导县直属分局和 6 个税务所。共有税务工作人员 112 人。

二、税　种

1986 年至 1993 年，税务局征收的税种有产品税、增值税、营业税、工商统一税、工商所得税、集体所得税、个体所得税、个人调节税、私营所得税、个人所得税、城市建设维护税、车船税、房产税、土地使用税、屠宰税、牲畜交易税、国营企业奖金税、国营企业工资调节税、事业学位奖金税、印花税、建筑税、国营企业所得税、国营企业调节税、固定资产投资方向调节税、盐税等。

1986 年至 1993 年税收完成表

表 18 - 2 - 1

单位：万元

年份＼项目	计划数	完成数	占计划（%）
1986	820	782	95.37
1987	859	897	104.42
1988	1038	1146	110.40
1989	1323	1505.40	113.79
1990	1693	1627.80	96.15
1991	1779	1770.90	99.54
1992	1955	2004.30	102.52
1993	2282	2825.80	123.83

第三节　国税征收

一、机　构

1994年7月29日，经廊坊市国税局批准，正式成立大厂县国家税务局，隶属廊坊市国税局垂直管理。局机关内设办公室、税政股、征管股、计会股、监察股、人事股、教育股、稽查队8个股室，下设大厂、夏垫、祁各庄、邵府、王必屯、陈府6个税务所。1999年3月，按照省市局指示精神，进行了机构改革，合并相关股室和基层税务所，按照属地原则，重新分划征收单位。局机关内设办公室、政工股、税政征管股、计财股、信息中心、稽查局；下设基层单位有大厂税务所、夏垫税务所、祁各庄税务所、涉外税务所。2001年11月单独设立票证管理所。2002年10月设立监察室。2003年6月将票证管理所合并在税政股、征管股之中，同时组建增值税一般纳税人管理分局。2004年12月31日，国税局机关设有办公室、人教股、税政股、征管股、计财股、监察室6个股室和信息中心1个事业单位。下设城区、夏垫、涉外3个分局和祁各庄国税所、稽查局以及增值税一般纳税人管理分局6个基层单位。全系统共有在编干部75人（其中提前离岗23人）。

二、税种税率

1994年国、地税分设后，国税局主要负责征收的税种有以下4种：

增值税

增值税采取两档税率，即基本税率17%和低税率13%。1986年增值税完成税额15.20万元，1993年增至1482.40万元，2004年增值税税额达5501万元。

消费税

消费税共设计16档税率（税额）。比例税率为10档，最低为3%，最高为45%；定额税率为6档，最低为每征税单位0.10元，最高为每征收单位250元。消费税征税范围比较窄，税源不稳定，2001年入库金额14万元。

企业所得税

企业所得税实行33%的比例税率，此外，还规定了18%和27%的两档照顾性税率。1986年企业所得税为104.40万元，2002年入库157万元，达到历史最高额。

外资企业所得税

1986年以后按照《中外合资企业所得税法》和《外国企业所得税法》征收外资企业所得税，1994年4月将上述两个所得税合并，公布了《外商投资企业和外国企业所得税法》，外资企业所得税的税率为30%。2004年外资企业所得税入库545万元。

<h3 style="text-align:center">1994 年至 2004 年税收完成表</h3>

表 18 - 2 - 2 单位：万元

项目 年份	计划数	完成数	占计划%
1994	2660	2688.30	101.06
1995	2950	3032.60	102.80
1996	3025	3035.20	100.34
1997	3316	3346.30	100.91
1998	3829	3836.90	100.21
1999	4328	4446	102.70
2000	5010	5490.50	109.60
2001	5345	6024	112.70
2002	6410	5206	81.20
2003	5460	5633	103.20
2004	6296	6448	102.41

三、国税管理

纳税登记　申报

纳税人自领取营业执照之日起 30 日内，持有关证件，向税务机关申报办理税务登记。纳税人按有关规定设置和管理账簿、凭证及其他有关涉税资料。纳税人必须依照相关规定办理纳税申报。

2004 年积极推行多元化的申报方式，共有 501 户纳入简易申报，90 户纳入电话申报，153 户纳入网上报税，占应纳税户数的 100%。

是年，落实纳税信用等级管理办法，开展纳税信用等级评定管理。评定出纳税信用等级 A 级企业 4 户，B 级企业 153 户，D 级企业 1 户。

例行检查

税收征管人员定期对纳税人进行下列税务检查：

检查纳税人的账簿、记账凭证、报表和有关资料，检查扣缴义务人的代扣代缴、代收代交税款账簿、记账凭证和有关资料。

到纳税人的生产、经营场所和货物存放地检查纳税人应纳税的商品、货物或其他财产，检查扣缴义务人与代扣代缴、代收代交税款有关的经营情况。

责成纳税人、扣缴义务人提供与纳税或者代扣代缴、代收代交税款有关的文件、证明材料和有关资料。

询问纳税人、扣缴义务人与纳税或者代扣代缴、代收代交有关的问题和情况。

税收大检查

税收大检查一般一年一次，不定期。1993 年 10 月税收大检查（重点检查阶段），共检查各类企业及个体户 1971 户，补税 70.20 万元，是几年来效果最好的一次。

1996 年 10 月 28 日，国税局全面清理零散税，12 月 10 日，共清理 76 个村计 1557 户无证经营业户，清理入库税款 28.50 万元，有力地整顿了纳税秩序，挖掘了纳税潜力，为深入做好征管工作提供了良好的条件。

2000 年 10 月 20 日至 11 月 30 日，开展大规模的清理漏征漏管户工作，下发宣传材料千余份，文书 500 多份，清理漏征漏管户 115 户，查补入库税款 14.30 万元，罚款 5000 元。

2004 年，国税局加强管理，堵塞征管漏洞，实现了税务管理法制化。

开展发票专项检查，做到"三突出"，即突出重点，将收购、商贸、专业市场等行业和内部发票管理作为重点清查范围，通过内审发票领购账，确立外查重点对象；突出宣传，抓住入户检查的机会，广泛宣传发票规章制度和相关知识，并鼓励群众对各种发票违法违章行为进行检举揭发；突出处罚，将日常稽查与发票检查相结合，加大处罚力度，严格按照《全国发票管理办法》和有关法规制定处罚标准，边检查边处理，共检查用票户 150 户，稽查面达 100%，发现有问题的 8 户，补罚税款 13.50 万元。

加强出口退税管理，严把责任、制度、廉政、服务四个关口，进一步完善电子信息网络系统，提高出口退税工作效率和防骗税、反骗税能力，全县未发生一起骗税案件。

加强稽查，建立并严格执行税务稽查廉政监督回音卡，对所查案件，由稽查局会同监察室按一定比例进行复查，对于复查出的漏查案件，除照章追缴税款外，还要按漏查税额的 2‰、1‰分别对主查、助查人员给予处罚。切实扫除征管盲区。从加强税务登记管理入手，清理各种漏征漏管行为，做到税源登记无盲点，市场征收无盲时，税收征管无盲户。充分发挥稽查促管、促收的职能作用，严惩涉税不法分子。主动出击，办理一案、教育一片。稽查队共受理各类案件 18 起，补税、罚款 33.90 万元，为国家挽回经济损失 22.50 万元。

四、纳税人

1992 年全年纳税在 10 万元以上的企业 47 户，纳税额共计 1103 万元，占全县总税收的 55%。全县共有 1530 户个体工商户，完成个体税收 359.30 万元，在全市排名第一。同年对全县所有企业进行查报核批，初步确定一般纳税人 117 户。1995 年采取调账方式对全县 269 户原一般纳税人进行审查，确认 139 户一般纳税人资格，取消不符合规定标准的 130 户企业资格。全县实有正在经营的各类有证业户总数为 1883户。2000 年共有增值税一般纳税人 171 户，占全县纳税总户数 1890 户的 9%，而所交增值税却占入库增值税的 90% 以上。

县内重点行业是钢压延业和食品加工业。电机厂是内资企业中规模最大的一家。

2000年实缴税金789万元。福喜公司是外资企业中规模最大的一家从事食品加工的企业，2000年实缴税金1163万元。华安公司是中外合资企业，2002年实缴增值税243万元。

2004年3月确定了个体工商户大行业3个、小行业21个和小行业细目179个，建成个体税收定额评定管理系统，全县1724户定期定额户全部纳入管理系统。

第四节　地税征收

一、机　构

大厂县地方税务局于1994年9月1日成立，在职人员52人，设办公室、税政股、征管股、计会股、人事股、教育股、监察股、稽查局8个部门，下辖直属分局、夏垫分局、大厂所、祁各庄所、王必屯所、陈府所、邵府所7个征收单位。2004年地税局设办公室、政工股、监察股、税政法规股、会计股、征管股、稽查局，下辖夏垫分局、城区税务所、祁各庄地税所。在职总人数48人。

二、税种税率

1994年地税局征收税种包括营业税、企业所得税、个人所得税、土地使用税、固定资产投资方向调节税（2001年取消）、城市维护建设税、房产税、车船使用税、印花税、屠宰税（2002年取消）、土地增值税，至2004年无变化。

表 18－2－3

地方税务局征收税种一览表

税种	税目	税率	1994	1995	1996	1997	1998	1999	2000	2001	2002	2003	2004
营业税	1. 交通运输业	3%											
	2. 建筑业	3%											
	3. 金融保险业	5%											
	4. 邮电通信业	3%		√	√	√	√	√	√	√	√	√	√
	5. 文化业	3%											
	6. 娱乐业	5%－20%											
	7. 服务业	5%											
	8. 转让无形资产	5%											
	9. 销售不动产	5%											
城市维护建设税	1. 县城和镇税率	5%	√	√	√	√	√	√	√	√	√	√	√
	2. 其他地区税率	1%	√	√	√	√	√	√	√	√			
房产税	1. 从价纳税人	1.2%	√	√	√	√	√	√	√	√			
	2. 从租纳税人	12%	√	√	√	√	√	√	√				
屠宰税		3%	√	√									
固定资产投资方向调节税	1. 基本建设项目投资（主要是扩建、新建项目）	0%、5%、15%、30%	√	√	√	√	√	√	√				
	2. 更新改造项目投资	0%、10%	√	√	√	√	√	√	√				
印花税	比例税率：1‰、0.5‰、0.3‰、0.05‰、0.03‰		√	√	√	√	√	√	√	√	√	√	√
	定额税率：县城、建制镇、工矿区为0.2～2元		√	√	√	√	√	√	√	√	√	√	√
车船使用税			√	√	√	√	√	√	√	√	√	√	
土地使用税	县城、建制镇：20%		√	√	√	√	√	√	√	√	√	√	
个人所得税	1. 比例税率：20%		√	√	√	√	√	√	√	√	√	√	√
	2. 超额累进：工资薪金5%～45%；个体工商户生产经营所得5%～35%		√	√	√	√	√	√	√	√	√	√	√
企业所得税	1. 年应纳税所得额3万元以下的企业（含3万元）	18%									√	√	√
	2. 年应纳税所得额3～10万元的企业（含10万元）	27%									√	√	√
	3. 年应纳税所得额10万元以上的企业	33%	√	√	√	√	√	√	√	√	√	√	√

注："√"符号为确认征收，不征者空格。

三、税收减免

1994 年至 2004 年，下岗失业人员从事个体经营（国家限制的行业除外）有 42 人享受了减免税政策，3 年内免征营业税、城市维护建设税、个人所得税共计 10 万元；1 所小学校办工厂免征所得税 4 万元；民政部门举办的福利生产企业共计 2 户，免征所得税 10 万元；生产性外商投资企业共计 13 户，免征房产税和车船使用牌照税 5 年，减免税收 55 万元；先进技术企业 1 户，免征地方所得税、房产税和车船使用牌照税 240 万元，以上共累计减免税收 319 万元。

四、税务登记与纳税申报

1994 年地税局征税的各类企业 249 户，其中国有企业 62 户、集体企业 151 户、私营 35 户、联营 1 户，分别占企业总数的 24.90%、60.64%、14.10%、0.40%。1995 年全县共有各种性质的企业 272 户，全部进行了新的登记，纳税申报率达到了 100%。2004 年有各类企业 2201 户，其中国有企业 42 户、集体企业 79 户、股份合作企业 6 户、联营企业 2 户、股份公司 116 户、私营企业 52 户、港澳台投资企业 1 户、外商投资企业 13 户、个体经营 1890 户，分别占企业的 1.91%、3.59%、0.27%、0.09%、5.27%、2.36%、0.05%、0.59%、85.87%。企业的登记率 100%，申报率 100%，个体的登记率 95%，申报率 99%。

五、发　票

1994 年以后，管理的发票分为交通运输业、建筑业、邮电通信业、文化体育业、娱乐业、服务业、转让无形资产、销售不动产和其他类，至 2004 年无变化。

六、年纳税 100 万元的纳税人

2003 年至 2004 年，纳税在 100 万元以上的重点行业是金属加工业和食品加工业，纳税大户主要有廊坊金华实业有限公司、金铭精细冷轧板带有限公司和福喜食品有限公司。

七、任务完成情况

任务完成情况见表 18－2－4、18－2－5。

表 18－2－4

地方税务局历年完成税收项目表（一）

单位：万元

税种	1994 年 年度任务	1994 年 占任务(%)	1995 年 年度任务	1995 年 占任务(%)	1996 年 年度任务	1996 年 占任务(%)	1997 年 年度任务	1997 年 占任务(%)	1998 年 年度任务	1998 年 占任务(%)	1999 年 年度任务	1999 年 占任务(%)
合　计		668.30	795	1136.30　142.93	1746	1839.50　105.36	2175	2355.20　108.29	2770	2770.10　100.00	3208	3213.50　100.17
营业税		258		266.70		468.10		617.60		674.80		733.10
城市维护建设税		55.60		83.10		68.40		87.30		80.80		119.80
房产税		29.40		30.20		40.10		54.50		65.70		109.30
屠宰税		0.60		1		120.10		170.30		189.70		264.80
固定资产投资方向调节税		9.20		16.30		19.50		30.40		35.80		130.30
印花税		2.20		3.20		3.90		16.10		16.90		26.50
车船使用税		5.80		5.80		12.60		13		13.10		8.20
土地使用税		13.60		13.60		13.60		14		19.60		49
所得税		293.90		716.40		1093.20		1352		1673.70		1772.50

表 18－2－5

地方税务局历年完成税收项目表 （二）

单位：万元

税种＼年份	2000 年 年度任务	2000 年 占任务（%）	2001 年 年度任务	2001 年 占任务（%）	2002 年 年度任务	2002 年 占任务（%）	2003 年 年度任务	2003 年 占任务（%）	2004 年 年度任务	2004 年 占任务（%）
合　计	3171	100.02	3548	100.48	3733	100.32	3258	102.99	3740	108.93
一、税收合计	3171.60		3565	3565	3745.10	4390.10	3355.50	4122.80	4074.10	5068.20
营业税	894.20		470.20		1937.70		1249.60		1452.20	
城市维护建设税	137.30		131.10		119.80		181.20		239.20	
房产税	205.80		116.70		153.40		272.40		278.30	
屠宰税	147.80		0.10		0					
固定资产投资方向调节税	26.40		0		0					
印花税	75.20		57.40		45.80		158.40		491.80	
车船使用税	6.10		5.20		13.10		12.30		3.20	
土地使用税	30.40		32.60		62.10		107.20		114.80	
个人所得税	504.70		819.30		826.20		819.20		913.40	
企业所得税	1143.70		1932.40		587		555.20		581.20	
二、其他收入合计					645		767.30		994.10	
教育费附加收入					55.60		89.20		144.70	
文化事业建设费收入					1		3		1.20	
基本养老保险费					566		616.60		692.90	
失业保险费					22.40		48.50		88.30	
残疾人就业保障金							10		18.70	
地方教育附加									48.30	

注：1. 表中"0"系应征未征. 2. 表中空格系不征.

八、稽　查

1994 年稽查各类企业 72 户，发现问题 31 户，查补税 11.40 万元；1995 年稽查各类企业 28 户，查补税 21 万元；2004 年稽查各类企业 12 户，查补税 10.60 万元，罚款 5.40 万元，加收滞纳金 0.60 万元。至 2004 年全局共查补税款 644 万元。

第十九编　经济管理

新中国成立后，实行计划经济体制，将工农业生产资料和与人民生活密切相关的消费品产销纳入指令性计划范围，实行高度集中统一管理。改革开放以后，逐步缩小指令性计划的范围和数量，扩大指导性计划、市场调节的范围和数量。经济体制开始由计划经济向市场经济过渡。工商行政管理、发展计划、物价、质量技术监督、国土资源、审计、统计等机构，各自发挥着经济杠杆和经济指导作用，围绕经济建设中心，履行行政监督、管理和执法职能，为经济发展提供有力保障。

第一章　计划管理

第一节　机　构

1986 年计划委员会设办公室、计划股、规划股、基建股。1988 年新设三资企业咨询中心，建立基建物资股。1989 年设经济信息中心。1992 年建立项目管理股。1996 年计划委员会更名为计划局，经济股更名为综合计划股，项目管理股更名为外资管理股，经济信息中心更名为信息管理股，新设立投资计划股。1999 年合并信息管理股、外资管理股为项目信息股。2000 年撤销综合计划股，建立综合科、规划科、高技术科，项目信息股更名为外资科，投资计划股更名为投资科。2002 年，计划局更名为发展计划局。设两股一室：办公室、综合股、外资项目股。至 2004 年无变化。

第二节　计划体制

1986 年后，计划工作面临着城乡经济体制全面改革的新形势，为适应经济体制改革和对内搞活、对外开放的需要，积极推进计划体制改革，围绕"城郊型"县域经济特点，计划工作开始由传统的计划经济向有计划的商品经济转变；由搞年度计划为主，向主要搞中长期计划和发展战略研究转变；由主要依靠行政手段管理，向运用经济杠杆和经济调节手段转变；由行政型向服务型转变。"八五"期间坚持计划经济与

第十九编　经济管理

403

市场调节相结合的原则，初步建立社会主义有计划商品经济的新体制。1992 年党的十四大召开以后，计划工作面临计划经济向社会主义市场经济过渡的新形势，计划部门进一步转变职能，改进方法，工作方针坚持"宏观与微观相结合，计划与服务两手抓"，在计划性质上，逐步向指导性、政策性、预测性方向转变；改革计划编制，要突出抓好中期计划，即五年计划；在计划指标体系上，减少实物量指标和单向指标，使计划更符合发展社会主义市场经济的要求，发挥计划的指导作用。

第三节　计划编制

一、编制程序

中长期计划

在前一个"五年"计划末期，年初，县委、县政府召开全县"中长期计划编制工作会议"，安排部署编制下一个五年计划及长期规划编制工作。各部门专业计划上报后，计委据此编制出全县总体计划，并形成征求意见稿。征求各部门主要领导、县人大代表、县政协委员及各乡镇、企业意见后，进行修改完善，提交县委常委会和县政府常务会审议。再次修改后，提交县人代会审议。在县人代会上，县长作"全县长期规划的报告"，计划局受政府委托作说明。县人民代表大会正式通过后，下达到各乡镇及县直各部门，并组织实施。

年度计划

每年初，由县计委根据国家、省、市经济计划会议精神，本着与中长期计划相衔接的原则，在总结上年社会经济发展状况的基础上，结合实际提出当年计划工作指导思想和经济工作重点，编制出分产业、分乡镇具体经济指标计划，并形成当年国民经济和社会发展计划（草案）和报告，提交县人代会审议通过后，将计划指标下达到各乡镇和县直各部门，并组织实施。

二、编制内容

计划分为中长期计划、年度计划和专项规划。

中长期计划

1986 年至 2004 年，编制了"七五"（1986 年至 1990 年）、"八五"（1991 年至1995 年）、"九五"（1996 年至 2000 年）和"十五"（2001 年至 2005 年）四个中长期计划。2004 年初，着手编制"十一五"计划。

"大厂回族自治县国民经济和社会发展第七个五年计划"（简称"七五"计划）：1986 年 4 月编制完成。"七五"计划把改革放在首位，坚持"对内搞活、对外开放"的方针，走"贸工农"的路子，建设双轨式"城郊型"经济，在提高经济效益的前提下，促进国民经济和各项事业持续、稳定、协调发展。经济工作重点：推进城乡经济体制改革。农村改革要从促进发展农村商品生产出发，大力提倡专业承包。积极发展合作经济，采取优惠政策，鼓励开发性生产。在保证粮食生产的同时，支持农民发展工副业和进城兴办第三产业。城市经济体制改革是"七五"期间的工作重点。在发挥政府管理经济职能的基础上，面向大胆放权企业，注重搞好企业管理和技术改造，提高企业素质，抓好新产品开发和技术贮备，大兴横向经济联合，把县域工业提高到一个新水平。综合发挥经济杠杆作用，严格控制固定资产投资规模。

"七五"计划期间主要经济指标值对比表

表 19 – 1 – 1　　　　　　　　　　　　　　　　　　　　　　　　　　　　单位：亿元

指标名称	计划基础 （1985）	计划目标 （1990）	年均增速 （%）	实际年均 增速（%）	实际完成 （1990）
工农业总产值	1.34	2	10	22.10	3.23
社会总产值	1.66	2.60	10.50	17.80	5.09
国民收入	0.81	1.30	10.90	12.50	2.02
国民生产总值	1.22	1.50	9.50	13.80	2.32

注：绝对值为现价，增速为可比价。

"大厂回族自治县国民经济和社会发展十年规划及'八五'计划要点"（简称"八五"计划）：1990 年（计划准备阶段），在综合分析 28 个部门专业计划的基础上，编制了 7 个行业计划和"八五"总体计划，并改变编制方法，在编制专业计划的基础上，编制行业计划，进而编制总体规划。1991 年，制定十年规划及"八五"计划。经县人大十届二次会议正式通过《关于国民经济和社会发展十年规划及"八五"计划的建议》。"八五"计划的指导思想是发展高科技、外向型经济，不断提高经济效益。"八五"末期，提前达到小康水平，到 20 世纪末把大厂县建设成为经济繁荣、交通方便、文化发达、社会安定、民族团结的自治县。"八五"计划的重点：坚持深化改革，坚持计划经济与市场调节相结合，初步建立社会主义有计划商品经济的新体制。农村改革，以稳定家庭联产承包责任制为基础，完善土地有偿承包，健全和完善统分结合的双层经营体制，不断增强集体经济实力，积极发展社会化服务体系。加强宏观经济调控体系的建设，逐步建立以国家计划为主要依据的，经济、行政、法律手段综合的宏观调控体系和制度，特别要健全间接调控机制，更好地运用价格、税率、利率等手段调节经济运行。进一步理顺计划与财政、银行及其他部门的关系，充分发挥计划部门的综合平衡、执行国家产业政策和综合协调经济杠杆的作用，使计划、财政、银行之间合理分工，紧密配合，协调作战，逐步建立既有集中统一，又能充分发挥各部门作用的宏观调控体系。扩大对内对外双向开放。加快发展外向型经济。要增强全方位开放意识，进一步扩大国内开放的广度和深度，加快对外开放步伐，充分发挥地理位置、社会环境和民族优势，用足用好用活对外开放政策，积极扩大对外经济、技术的联系与合作，坚持高起点、高标准的原则，以技术先进和出口创汇为重点发展"三资"（中外合资、中外合作、外商独资）企业。

"八五"计划期间主要经济指标值对比表

表 19 - 1 - 2   单位：亿元

指标名称	计划基础 （1990）	计划目标 （1995）	实际年均 增速（%）	实际完成 （1995）	备注
工农业总产值	3.23		37.40	15.80	
社会总产值	5.09	7.90	38.80	2.55	
国民收入	2.02	3			
国民生产总值	2.32	3.50	22.20	9.03	

注：绝对值为现价，增速为可比价。

"大厂回族自治县国民经济和社会发展'九五'计划及 2010 年远景目标纲要"（草案）（简称"九五"计划）：坚持建设有中国特色的社会主义理论，建立和完善社会主义市场经济体制，以经济建设为中心，充分发挥区位、民族优势，以改革为动力，坚持开放兴县、科教强县战略，逐步与都市经济圈、环渤海经济区和国际经济接轨，调整经济结构，提高经济效益，实现两个根本性转变，保持国民经济持续、快速、健康发展。经济工作重点：加强农业基础地位，全面发展和繁荣农村经济。农业生产要以市场为导向，大力发展"两高一优"农业，推进农业产业化进程，逐步建成北京的粮食果菜基地和牛羊基地，实现基本农产品和农民收入的稳定增长。调整工业结构，提高经济运行质量和经济效益。实现"三化一增"即工业规模化、名优化、科技化和大幅度增值的目标。大力发展非公有制经济，加快发展外商投资企业和个体私营经济。加强基础设施和城乡建设，进一步改善投资环境。建立和完善市场体系，积极发展第三产业，要与第一、二产业相适应，以商品市场为基础，要素市场为重点，培育市场体系，发展第三产业。

"九五"计划期间主要经济指标值对比表

表 19 - 1 - 3

指标名称	单位	计划基础 （1995）	计划目标 （2000）	实际年均 增速（%）	实际完成 （2000）	备注
国民生产总值	亿元	9.03	24	16.30	18.67	
工农业总产值	亿元	15.83	50	26.20	50.59	
财政收入	万元	4250	10 000	18.70	10 006	
城镇居民可支配收入	元	4041	7700	10.70	6722	
农村居民可支配收入	元	2759	4068	8.90	4241	
社会消费品零售总额	亿元	1.95	4.20	15.60	4.03	

注：绝对值为现价，增速为可比价。

"大厂回族自治县国民经济和社会发展'十五'计划及 2010 年远景目标纲要"（草案）（简称"十五"计划）：牢牢把握经济建设这个中心，以发展为主题，以结构调整为主线，以改革开放和科技创新为动力，以提高人民生活水平为根本出发点，继续坚持"科教开放兴县，项目人才带动，多业多元发展，两个文明并进"的总体思路，以"一抓二促三增"（抓项目；促非公有制经济，促畜牧产业化；增国内生产总值，增财政收入，增城乡居民收入）为目标，抓住机遇，迎接挑战，团结奋斗，创新务实，努力把大厂县建设成为全国少数民族自治地方的一颗明星。经济工作重点：实施项目带动战略，发展外向型经济。加快畜牧立县主导产业发展，努力培植区域特色经济。按照优化一产、壮大二产、发展三产的方针，全面推进产业结构的优化升级，逐步形成以农业产业化为基础，新兴工业为主导，现代服务业为依托的产业发展格局。加快非公有制经济发展，推动多种所有制经济共同繁荣。进一步深化改革，完善社会主义市场经济体制。按照"三个有利于"的原则，扎实推进以国有、集体企业改革为中心的各项经济体制改革，建立多元经济结构，使企业真正成为自主经营、自负盈亏的市场竞争主体。加快小城镇建设，推进城镇化进程等。

"十五"计划前四年主要经济指标值对比表

表 19 - 1 - 4

指标名称	单位	计划基础 (2000)	预计增速 (%)	实际完成及增速							
				2001	(%)	2002	(%)	2003	(%)	2004	(%)
地区生产总值	亿元	18.67	11.50	18.71	0.60	19.51	7.00	20.99	0.10	22.55	7.00
全社会固定资产投资	亿元	5.61	11.00	6.28	12.00	7.01	11.6	6.44	-8.00	3.97	-38.30
财政收入	万元	10 006	13.50	10 066	0.60	10 898	8.30	11 433	-0.40	12 616	10.40
城镇居民可支配收入	元	6722	8.00	7287	8.40	7688	8.30	8317	8.20	8994	8.10
农村居民可支配收入	元	4241	6.00	4454	5.00	4632	4.00	4635	0.10	4839	4.20
社会消费品零售总额	亿元	4.03	11.00	4.43	10.00	4.79	8.00	4.79	平	4.50	-6.00

注：绝对值为现价，增速为可比价。

年度计划

年度计划依据中长期计划进行编制。1992 年编制年度计划时，注意与中期计划相衔接、发挥五年计划的基础作用；计划性质逐步向指导性、政策性、预测性发展；改进计划指标体系，减少实物量指标和单项指标，增加价值量和综合经济效益指标，突出经济效益指标，提高了计划的科学性、指导性。2003 年县发展计划局在认真总结过来几年计划执行情况的基础上，根据实际和发展的需要，对部分指标进行调整，取消原有的乡镇企业发展计划并将教育、环境保护指标等纳入国民经济和社会发展计划。

专项规划

根据经济发展需要，还在各个时期编制了专项规划。编制"九五"计划时，编制了《畜牧产业"九五"发展规划》，被省列入《河北省"九五"期间县域特色经济"三化—增"专项规划》，对畜牧产业发展起到了促进作用。2000年编制"十五"计划时，提出特色经济格局并编制了《廊坊北三县农业高新技术示范区大厂2000—2005年发展规划》和《廊坊北三县综合经济示范区大厂发展规划》。2001年编制了《借助奥运商机，应对"入世"挑战，加快大厂发展规划》、《食品工业发展规划》及《肉牛产业发展规划》。2002年计划局参与编制了《大厂回族自治县全面建设小康社会加快实现现代化指导纲要》（草案），为应对公共卫生领域紧急突发事件（非典型性肺炎）编制了《大厂回族自治县传染病医疗救治体系建设规划》。

第四节　计划管理

1986年后，计划部门的主要职能是综合、参谋、协调、服务，业务管理范围主要包括国民经济运行管理、固定资产投资管理、对内对外开放（三资企业和项目）管理、行业及市场管理等。

一、国民经济运行管理

1986年后，计划管理以指导性计划和市场调节为主，并充分发挥经济杠杆的作用，内容包括国民经济计划管理、基建计划管理、物资计划管理、科技计划管理等。职能是"监督检查、综合平衡、协调服务"。针对计划执行中各方面情况进行调查分析，提出意见或建议，解决存在的突出问题，并加强对计划的监督检查和分析，按照"年计划、季分析、月检查"的原则，每年编发《经济信息与预测》专刊数期，为领导提供决策参考。2000年以后对国民经济运行情况实行"月份析、季预测、年评估"制度。

二、固定资产投资管理

1988年，根据国家关于控制固定资产投资规模的指示，计划部门负责审批全县5万元以下零星土建项目。1992年加强对村以上各类企业新建、分立、变更、终止的管理。1994年加强对全社会的基本建设投资管理，县、乡、村、个体投资都要纳入计划管理范围，并按照国家产业政策安排项目。"九五"期间，固定资产投资重点坚持国家、集体、个人一起上，上争下聚，内挖外引，多渠道筹集资金，形成以自筹为主、信贷支持、借助外力、财政扶持的投融资体系。1996年，全县固定资产投资完成2.77亿元，完成目标任务的102.60%，同比增长27.70%。1998年，全县固定资产投资完成4.10亿元，同比增长17.20%，地方固定资产投资完成2.80亿元，同比增长17.30%，国有固定资产投资完成1.40亿元，同比增长29.10%，荣华市场、羊市街改造、大安街改造及第三热力站等基础设施项目的投入运营以及总投资5281万元的14个单位21栋住宅楼建设，是大厂县历年来住宅项目最多，投资最大的一年。

1999 年大安街改造项目时，简化审批手续，争取市计委下放审批权限，获得投资 50 万元以下项目审批权。2000 年全县固定资产投资保持较快增长，全社会、地方、国有及其他经济类型固定资产投资三项指标均超额完成市下达任务。2001 年开始，固定资产投资新项目减少，投资额下降，固定资产投资规模下滑。2004 年，对全县 2002 年 7 月以后所有招投标项目和招投标情况进行了摸底调查，以规范招投标行为，维护建筑市场秩序，保证工程质量。是年 7 月《行政许可法》出台，涉及的行政许可事项主要是对区域内所有固定资产投资工作的管理。根据固定资产投资项目的资金使用情况，分别采取审批制、核准制和备案制。审批制是指对需要政府投资的项目进行审批。核准制是指对企业不使用政府投资项目中的重大项目和限制类项目进行核准。备案制是指不适用于审批制和核准制的所有项目。涉及审批制的项目，审批权在市以上发展改革部门，县发展计划局只有初审上报的权力；涉及核准制的项目，核准权按行业类别不同，分别由国家、省、市、县四级根据投资限额进行核准。赋予县计划部门有限的核准权力：县管理单位集资建房和合作建房项目由县政府投资主管部门核准；城建类项目中除供水、供气、供热、污水处理、垃圾处理、房地产、经济适用住房、城市快速轨道交通、城市道路桥梁等项目以外的其他城建项目。除以上两项外，县计划部门初审后报市以上发展改革部门核准。涉及备案制的项目，县计划部门只管理投资 3000 万元以下项目，限额以上项目由县发展计划局核实后上报市以上发展改革部门备案。

三、对内对外开放管理

三资企业管理

1988 年为扩大对外开放，计划部门提出外向型经济发展战略设想。1991 年对三资企业加强"政策引导、信息咨询、立项报批、后期管理"，并编写《大厂回族自治县简介》向外界发送。1993 年县三资企业在全市成功率高、资金到位率高、经济效益高，销售收入、利润总额、创汇总额在全市 9 县（市、区）中位居第一。同年，提出《关于进一步依托北京，扩大对内开放》的 15 条政策性建议，作为县委、县政府文件下发。1993 年至 1997 年，全县双向开放工作成绩显著。1996 年引进省外到位资金 4211 万元，实际利用外资 8000 万美元，创历史最高水平。1997 年主要指标在全市 9 个县（市、区）仍保持前列，其中实际利用外资 326 万美元，超额完成任务；三资企业出口创汇完成 520 万美元，超额 30% 完成任务；实际引进省外到位资金 4380 万元，超额 119% 完成全年任务。2000 年，河北省"5·18"经贸洽谈会首次在廊坊举行，15 个上会签约项目共折合人民币 9.80 亿元，协议引进资金人民币 6.90 亿元。

项目管理

1999 年，全县第一个"项目年"。县计划局制定了专月统调、专项核查、专人追踪、专网互联、专项培训等项目管理制度。建县 45 周年期间，计划局指导各部门筛选上报 80 余个项目，争取到市直扶持资金 414.50 万元，争取到市计委无偿资金支持共 39 万元（7 个项目）。围绕开放兴县战略，为营造开放氛围，县委组织部组织全县副科级以上干部参加利用外资知识培训班。当年对内对外开放均超额完成目标任务。2000 年，县计划局为县委、县政府起草《关于 2000 年县级领导承担项目工作的责任制》，成立项目调度指挥、在建项目协调、拟建项目协调、项目洽谈谋划、项目督察考核五个工作组。2001 年县委、县政府在县计划局设立县项目工作领导小组办公室，制定细化办公室工作职能，并在项目管理制度的基础上，修订完善项目管理实施办法。同时，修改完善全县招商引资优惠政策，县委、县政府分别以文件形式予以转发。在项目管理上，建立项目洽谈及时反馈、项目引进及时沟通、项目建设定期调度的工作机制，对洽谈项目提供信息服务、对引进项目提供政策服务，对建设项目提供指导服务，使项目洽谈、运作、建设各个环节始终处于计划有效监管之下，减少项目运作的盲目性，提高项目成功率。

争取资金

1987 年，县计委开展"经济外交"，多次赴国家民委、计委、省地计委、商业部、解放军总后勤部等为县城西、北大街改造，电机厂、特艺厂、建筑公司等解决部分建设资金和原材料。1991 年，计委争取到省计经委补助师范学校进修楼 30 万元建设资金，为职教中心争取到省拨贴息贷款 200 万元，为职教中心达到"百亩校园、万米建筑、千名学生、百万产值"的标准创造了条件。1998 年，县计划局协助县民宗局和相关项目单位争取到省民宗厅少数民族发展资金 100 万元。2002 年，获得上级扶持资金 525 万元，成为争取资金最多的一年。2003 年又争取到上级扶持资金 1451.70 万元，争取资金工作再创历史新高。到 2004 年底，发展计划局累计争取上级部门扶持资金 4030.20 万元。

四、食品工业管理

1998 年，县计划局履行食品工业管理职能。2000 年 10 月，县政府批复大厂县食品工业办公室工作正式划转县计划局，履行食品办公室的各项职能。2001 年，食品工业管理重点突出统筹规划、监督指导、协调服务的工作职能，编制了《大厂回族自治县食品工业"十五"计划和 2015 年远景规划》。

五、市场管理

1992 年为适应市场经济的要求，更新计划观念，改进计划方法，大力发展第三产业，把对市场建设的调查研究和市场培育作为突破口，探索计划部门管理市场的新路子。在各类新上项目的立项审批过程中，优先安排交通、能源、流通、金融、信息、服务等行业，带动第三产业的全面兴起。1993 年进一步培育和发展市场体系，提出《关于"八五"期间我县市场建设意见的报告》，县政府以文件转发，对推动市场建设、促进经济发展发挥了积极作用。是年市场建设取得明显进展，商品市场初具规模，各类商业网点 2400 多个，各类市场 11 处，新建王必屯集贸市场、改建邵府集贸市场、扩建夏垫集贸市场。全县综合集贸市场 7 处，其他专业市场 4 处，生产要素市场开始起步，建立劳务市场、人才市场、科技市场各 1 处，信息、房地产等市场也在筹建中。

信息市场管理

1989 年，建立县经济信息中心。1991 年 7 月与市经济信息中心和省物价局联网，开通《全国产品购销市场网》，每周两次接收全国各地的商品购销信息，全年召开信息发布会 3 次，接收 22 个大类信息上万条，向县外发布信息上百条，为工商企业及时掌握市场动态、价格走向、调整产品结构、发送经营方向、提高市场应变能力发挥了导向作用。1993 年，县经济信息中心被授予全省信息工作先进集体称号，是廊坊唯一受表彰的县、全省四个受表彰县之一，被国家信息中心列为信息工作重点联系县。1996 年，建立大厂县小型国有（含大集体）企业数据库，被省政府授予生产要素市场建设先进单位称号，成为廊坊市计委系统中唯一受表彰县。1997 年，经济信息工作主要对从事经济信息商品交易及中介活动的单位和个人实行年度经营资格审核。由于上一级经济信息中心属事业编制，而县级计划部门属行政编制，2000 年后，县级经济信息市场管理职能逐渐弱化，经济信息资格审核由市级计划部门负责。

成品油市场管理

1994 年县成立成品油市场整顿领导小组，完成全县经营成品油单位的清查列册，建立档案，整顿验收和审核登记等项工作，并顺利通过市级验收。2000 年，成品油市场管理职能移交工商局。

第二章 审 计

第一节 机 构

1986 年，县审计局下设一个综合办公室，1988 年 12 月，经县政府批准建立大厂县审计事务所。1991 年 7 月，撤销综合办公室，设一室三股即办公室、工建交审计股，商粮贸审计股、行政金融审计股。1995 年 11 月，成立基建审计股和综合审计股。2002 年 12 月，增设审计复核股和经济责任审计股。2004 年底，下设 7 个股室即办公室、工交审计股、财政金融审计股、基建审计股、行政事业审计股、审计复核股、经济责任审计股。

1989 年，审计事务所从业人员 7 人，6 名注册审计师、会计师。审计事务所是在审计局领导下的有偿服务性社会组织，人员主要来自经人事劳动部门分配的大中专毕业生，不列行政编制，财政不拨经费，实行自收自支、自负盈亏、照章纳税。它的主要职责是配合国家审计部门和司法机关对严重贪污盗窃，侵占国家资产，损害国家利益的行为进行专案审计，帮助国营、集体和乡镇、村街企业清理财产，受理合资、合股企业的验资纠纷和国家集体企业、乡镇企业财务收支审计，负责审计各类企业的经济纠纷。

审计事务所成立以后，先后开展了企业注册资金验证，经济案件审计鉴证，基本建设预决算审计及企业破产清算和对国有资产评估等多项受托审计项目。

1999年9月，审计事务所与审计局全面脱钩，实行自收自支，自担风险。脱钩后的事务所更名为诚成会计师事务所，由具有注册会计师执业资格的人员承办。

第二节　审计业务

1986年至1991年，县审计部门共完成审计项目64个，审计单位146个，审计金额11 408.60万元，查出违纪金额433.25万元，上缴财政54.40万元。1987年在审计民政事业费过程中，按照民政局的要求延伸了审计，审计了民政局所属的印刷厂，通过审计发现承包人弄虚作假、转移利润等问题，印刷厂属社会福利性质的小厂，工人中残疾人约占50%左右。承包期三年，合同规定乙方每年向甲方上缴纯利5000元，超额利润部分甲、乙双方按三七分成。在审计中发现印刷厂1986年12月采取空转账的方法将销售收入用红码冲减1.38万元，转入"应付款——中国农业银行北京市分行"账户。1986年5月，收到北京市某公司汇入的一笔印刷费3160元未入销售收入，也直接记入"应付款——中国农业银行北京市分行"账户内。在审计中还发现北京市农业银行一名干部从厂方要去个人好处费2650元，以车间经费列支。为核实以上问题，审计人员几次去北京调查，证实印刷厂给北京市农行大量加工表单等印刷品，是业务关系户，在业务往来中，对方没有上述两笔款项，不承认厂方债权。根据审计人员提供的线索，立案查处了北京市农行向加工户索要好处费的违纪人员。

1992年至2004年，共完成审计项目543个，查出违纪违规金额14 172.78万元，应上缴财政87.64万元。提出合理化建议838条。

第三章　统　计

第一节　机　构

1986年，统计局有工作人员12人。2002年4月，县统计局由政府工作部门变更为政府直属事业单位，任务、职能不变。2004年底，统计局下设办公室、综合股、城镇股、服务业股、农村经济调查队、普查中心6个股、室、队，共有干部、职工34人，其中在岗工作人员29人。

第二节　统计项目

1986年，设8个统计专业，即综合、工业、农业、住户、商业、劳动工资、基建、物资。随着统计工作的不断改革和发展，统计项目逐年增加，2004 年底共有综合、工业、外经、商业、投资、劳动工资、服务业、农调、城调、农业、普查等 28 个业务专业和近 20 个行政、技术专业。从数量上全面反映社会、经济各个方面的发展状况。各股、室、队分别承担不同的统计项目，具体分工见表 19 - 3 - 1。

表 19 - 3 - 1

股 室	负责统计项目及内容
办公室	全县统计工作的近、远期规划，草拟重要的统计工作文件；研究全县统计体制改革方案和实施办法；政务信息的反馈、传递；机要文件、档案管理和保密；机关的行政财务管理；人事统计及本局的干部管理；负责机关党群工作、政治思想教育；全县统计人员的业务培训和学历教育；统计法律、法规的宣传贯彻，检查统计法律、法规的贯彻执行情况；微机的维护保养和软、硬件管理，按时完成各专业统计报表的数据输入、汇总、审核、上报
综合股	搜集、整理、提供、反馈全县月、季、年度统计数据资料的信息咨询、历史资料的管理和提供，对宏观的统计数据质量进行检查、评估；定期发布统计资料，对全县国民经济进行平衡核算，对全县经济和社会发展情况进行专题或综合分析，并进行预测；资产债务核算、城镇监测、民营经济统计，准确、及时、全面地搜集、整理上述各专业的生产经营活动和全行业的统计数据，按时上报各种定期报表，对有关数据质量进行检查和评估，为有关部门提供各种统计信息和咨询
城镇股	对工业、贸易、外经、投资、建筑、交通、科技、房地产等行业进行统计调查、审核、汇总、分析及上报
农村经济调查队	对全县农村劳动力情况、固定资产情况、乡村企业发展情况进行调查、审核、汇总、分析；对农民家庭的生产情况、出售情况、家庭总收入、总支出及现金收支情况、农民生活情况进行调查、汇总、审核、分析；对全县各行政村的农村经济发展情况、农产量情况进行全面调查，进行夏、秋两季农产量抽样调查，推算全县夏秋两季产量；负责 30 户城镇居民的收入、支出、固定资产及生活情况的抽样调查，为有关部门提供统计数据，完成对城镇居民人均消费水平考核指标的监测
服务业股	组织实施劳动工资、服务业的专项调查，准确、及时、全面地搜集、整理上述两专业的生产经营活动和全行业的统计数据，按时上报各种定期报表，对有关数据质量进行检查和评估，为有关部门提供各种统计信息和咨询，同时配合综合股搞好民营经济统计
普查中心	按照国家下达的各类普查任务，认真做好工作计划，按时、按质完成普查的各项工作任务，并做好普查资料的开发与利用

第三节　统计方法

统计方法有 5 种，即统计报表、普查、抽样调查、重点调查、典型调查。统计报表是获取大部分统计资料的主要方法，全县各项经济指标的获得主要靠统计报表完成。普查项目主要有 10 年一个周期的人口普查、农业普查、工业普查、三产普查和 5 年一个周期的基本单位普查。自 2004 年起，将工业普查和三产普查合并为经济普查，每 5 年进行一次。其他普查项目和周期不变。城乡居民收支情况采取抽样调查方法取得。重点调查和典型调查在不同时期也有运用，但相对较少。按《统计法》有关规定，统计数字为法定数字，由统计部门公布后使用。

第四章　工商行政管理

第一节　管理机构

1986 年，工商行政管理局内设办公室、市场股、合同商标股、企业股、个体股、下辖 6 个乡镇工商行政管理所。1999 年受省、市工商局垂直管理后，工商局设办公室、人教股、纪检股、财务股、法制股、企业股、个体股、合同股、市场股、经检大队，下设大厂工商所、夏垫工商所、祁各庄工商所、邵府工商所、陈府工商所，共有干部职工 151 人。2003 年按照省局的"三定"（定岗、定责、定人员）方案，工商局设办公室、人事教育科、监察室、财务装备科、法制科、注册登记科、综合执法科、市场合同科，派出机构为大厂工商所、夏垫工商所、祁各庄工商所、邵府工商所、陈府工商所，全局共有干部职工 158 人。2004 年根据省局"撤所建分局"的精神，大厂工商所、陈府工商所合并为城区分局，祁各庄工商所、邵府工商所合并为祁各庄分局，夏垫工商所改为夏垫分局。各分局负责辖区内的市场管理、经济检查、个体注册等事项。县局机关科室不变，负责企业注册登记，合同仲裁、商标广告管理，案件管理等事项。

1986 年县个体劳动者协会成立，并在夏垫、大厂、祁各庄、陈府、邵府五个乡镇先后建立了个体劳动者协会分会，办公地点分别在各乡镇工商所，由各分会的秘书和工作人员组成个体劳动者协会理事会。

1986 年 12 月建立大厂县消费者协会，1987 年起消费者协会向全县消费者提供法律咨询服务。1990 年消费者协会共受理消费者咨询 37 人次，受理投诉 4 起，涉及农资、日常用品、家用电器等方面的消费纠纷。2004 年县消费者协会共接受咨询 1700 人次，受理投诉 69 起，为消费者挽回经济损失 26 万元，移交执法科室案件 18 起。

第二节　市场管理

一、市场建设

市　场

1986 年至 1995 年，全县共建各类集贸市场 6 个。1986 年建城关粮食市场、1987 年建邵府集贸市场（集日为农历逢五、十）、1990 年建祁各庄集贸市场（集日为农历逢二、七）、1992 年建王必屯集贸市场（集日为农历逢三、七）、1995 年建陈府集贸市场（集日为农历逢二、七）、冯兰庄集贸市场。连同原有的夏垫集贸市场、谭台集贸市场、荣华市场、羊市街市场，全县集贸市场共 10 个。集贸市场交易额 1986 年为 2300 万元，1993 年 7400 万元，2004 年达到 9009 万元。1995 年至 2000 年，为商品市场建设的全面发展阶段。中共十四大确定社会主义市场经济体制的改革目标、改革开放和经济建设步伐进一步加快，这一时期相继建立了夏垫汽车交易市场、荣华多功能封闭市场、城区东环集贸市场、东环大牲畜市场、棉麻公司交易市场、羊市街商业市场、夏垫旧机动车交易市场、夏垫钢材市场 8 个市场，市场的管理也日趋规范，开始由"沿街市场"、"马路市场"改造为分行划市、摊位整齐的固定市场。

庙　会

农历三月十八是夏垫传统庙会，1987 年恢复。由商品交易、文艺演出、体育活动组成。每次历时 5 天，人流达 12.30 万人，成交额 43 万元，上市商品达 2800 余种，文艺团体 10 家。2003 年因"非典"疫情，庙会取消。

展销会

1997 年至 2004 年，北京周边的商业团体，每年来县集中在电影公司院内，搭棚设点进行商品展销，主要商品有日用百货、五金交电、儿童用品等，展销会每年进行 4 次至 5 次，每次展销期为 10 天。

二、管理和服务

管理人员

为加强市场监管，工商局设立市场股，有 5 名工作人员，各工商所设分管市场的工作人员。市场股主要负责对集市管理员的招聘、管理、市场统计、政策指导及打击非法经营。大量管理市场的工作靠集市管理员来完成，全县共有集市管理员 50 名，其中大部分巡回管理。每个集有集市管理员 5～10 名，除负责安排摊位、收取交易费外，还负责粮食等商品的过磅，大牲畜的价格评估。

1993 年成立市场监督检查大队，当年在市场共查处违法经济案件 73 起，查获假药、假烟、过期食品等非法物资 12 万余元，保障了广大人民群众的合法权益。1999 年工商系统实行省以下垂直管理，市场管办分离，取消了集市管理员，市场由各工商所有执法资格的人员进行管理。各工商所分别成立了市场巡查大队，实行日常巡查的管理体制。

管理费

根据国务院、省有关规定，工商行政管理部门对进入集贸市场交易的商品分别按规定的比例收取市场管理费，工业品、大牲畜按成交额的 0.80% 收取管理费，其他商品按成交额的 1.60% 收取管理费。

市场服务

1988 年至 1998 年，投资 335 万元，改造东环市场、荣华市场、夏垫市场，先后建售货棚 1300 平方米，售货台 1200 米，市场路面硬化 2000 平方米，并在各个集贸市场建立公平磅、饮用水、厕所等必备设施，营造了良好的购销交易环境。

第三节　民营企业注册

1986 年共有个体工商户 3881 家，从业人员 10 543 人，注册资金 1031 万元；私营企业 5 家，从业人员 52 人，注册资金 13 万元。随着改革的不断深入，民营经济迅速发展，2000 年有个体工商户 7892 家，从业人员 23 563 人，注册 6890 万元；私营企业 152 家，从业人员 3291 人，注册资金 5750 万元。2004 年有个体工商户 4394 家，从业人员 6278 人，注册资金 4714 万元；私营企业 188 家，从业人员 2695 人，注册资金 9604 万元。

第四节　企业登记

根据《中华人民共和国企业法人登记管理条例》规定，对具备企业法人条件的全民所有制企业、集体所有制企业、联营企业、外资企业和其他企业进行登记。登记事项包括名称、地址、负责人、经营范围、经营方式、经济性质、隶属关系、资金数额。审核登记注册的程序：受理、审查、核准、发照、公告。

1986 年共登记企业 515 家，其中全民所有制企业 52 家，集体企业 398 家，联营企业 65 家。1991 年登记企业 612 家，其中全民所有制企业 147 家，集体企业 443 家，联营企业 22 家。2004 年登记内资企业 364 家，注册资本 49 216 万元，其中国有企业 85 家，集体企业 147 家，股份合作企业 12 家，公司 117 家，其他企业 3 家。

第五节　商标广告管理

一、商标管理

1986 年注册商标 7 件；1990 年共有注册商标 24 件；1993 年注册商标 67 件；2000 年注册商标 209 件，其中无效商标 29 件；2004 年注册商标数 274 件，其中无效商标 79 件，河北省注册商标 4 件，廊坊市知名商标 1 件，查处商标违法案件 29 起。

二、广告管理

1987 年 10 月，国家《广告管理条例》颁布实施后，开始对广告行业实行管理，先后对辖区内的广告行为进行清理整顿。1993 年广告经营单位 7 家，其中国有事业单位 1 家，集体企业 3 家，个体工商户 3 家。1999 年广告经营单位 6 家，其中国有事业单位 1 家，个体工商户 5 家。2003 年根据市局文件精神，工作重点放在清理户外广告和整顿规范医疗广告上，对全县的户外广告进行拉网式检查，到 2004 年 12 月底，共查处广告违法案件 23 起。

第六节　合同管理

1980 年工商局设立合同股，正式对各种合同进行管理，为适应合同统一管理的需要，组建了基层合同管理机构，至 1987 年建立起合同领导小组 120 人，已初步形成一个经济合同管理网。

1982 年 7 月《中华人民共和国经济合同法》颁布后，一系列合同法规、管理政策也相继出台。1983 年 8 月国务院发布《经济合同仲裁条例》，1984 年河北省工商局下发《关于开展"重合同、守信用"活动的通知》，加强了合同管理工作。1985 年合同股正式成立合同仲裁委员会，设仲裁厅，是年为县供销社等 200 余家企业履行合同仲裁，调解合同纠纷，为企业挽回经济损失 2000 余万元。1986 年，工商局合同股调查经济合同 1093 份，总金额 2139 万元。1989 年有"重合同、守信用"单位 14 家、1991 年 25 家、2004 年有 15 家。2000 年办理企业动产抵押 30 份，抵押物价值 23 000 万元，办理国家资产贷款 3000 万元，调解合同纠纷案件 2 起，实现主债权 6784 万元。2004 年企业动产抵押合同 19 份，抵押物价值 15445 万元。

第五章　物价管理

第一节　管理机构

1986 年物价局下设办公室、农产品调查队、物价检查所。2002 年 4 月，原物价局更名为物价监督检查所，原有职能不变，内设办公室、价格与收费管理股、检查所、价格认证中心等职能股室。至 2004 年无变化。

第二节　价格管理

一、商品价格变化

计划经济时期，各类商品都实行政府定价。1986 年随着经济体制改革的进展，价格管理上采用三种形式：国家定价商品，价格不允许浮动，这类商品有平价供应的大米、面粉、食用油、名牌自行车、彩色电视机、食糖、食盐等；国家指导价商品，由国家规定中准价或最高价，允许在规定范围内浮动，如钢材、生铁、水泥等；市场调节价格商品，实行议购议销或企业自定价格。20 世纪 80 年代末，国家定价的商品和国家指导价商品的范围主要限定在成品油、医疗及服务、垄断性商品和服务上，日常生活用品的价格全面放开。

二、价格监督检查

县物价局建立后，先后组建了负责价格检查的物价检查所、受理价格举报的价格举报中心，开通了 24 小时举报专线电话 12358。价格监督检查坚持以控涨治乱、稳定社会、促进发展为目标，紧紧围绕党和政府不同阶段的工作重点和广大群众关心的"热点"组织开展工作，严厉查处价格违法行为，积极推进经济改革。

第三节　价格走势

一、工业品价格走势

工业品价格（包括工业品出厂价格和工业企业作为生产投资而购进的原材料、燃料和动力价格）是在国民经济活动中处于生产环节或上游领域的价格，价格波动对国民经济、对下游产品价格变化，都有重要影响。20 世纪 90 年代以后，随着价格体制改革的深入和宏观调控政策的变化，全县工业品价格历经了上涨、回落、稳定的过程，基础能源、原材料价格偏低的不合理状况得到了较大改善，轻重工业比价关系得到了调整，价格结构逐步趋于合理。2003 年与 1991 年相比，工业品价格总水平上涨了 91.97%，原材料、燃料、动力购进价格上涨了 120.72%，二者分别以年均5.60% 和 6.80% 的速度增长。1992 年至 2004 年，全县工业品价格变动情况大致可以分为三个阶段：1992 年至 1995 年的价格上涨阶段，1996 年至 2000 年的价格回落阶段，2001 年至 2004 年的价格稳中趋升阶段。

二、农产品价格走势

1993年以后，玉米生产连年丰收，使得供给明显大于需求，库存压力不断增加。1996年至2000年的"九五"期间，主要农产品粮、油、菜、果、肉、蛋、奶平均产量分别比"八五"平均增长7.70%、5.30%、78.80%、152.80%、38.40%、49.90%和38.50%，而农村经济总收入按可比价格计算，"九五"平均比"八五"平均只增长27%，增长速度明显低于主要农产品产量增长的速度。从1996年第三季度起，连续几年农产品价格持续低迷。1997年农产品收购价格指数为上年的95.50%，1998年为上年的92%，1999年主要农产品市场价格继续下跌，小麦、玉米、棉花、油料、生猪、禽、蛋、水产品等主要农产品价格下跌幅度在7.70至31.90%之间，只有水果和牛羊肉等少数农产品价格略有上升。2000年至2003年底主要农产品价格继续小幅下降。从2004年初开始，以大米为代表的农产品价格呈现明显上涨，从1.40元/公斤上涨到年末的2.30元/公斤，涨幅达64%。

三、主要商品价格走势

1986年至1995年，全国商品零售价格平均上升10.60%。20世纪80年代中期开始，日用品价格上涨幅度增大，1988年出现"抢购风"，物价增幅为18.50%，1993年零售物价增长13%。1994年在通货膨胀率达27%以上的情况下，各类日用品价格大幅上涨，是改革开放以后物价涨幅最大的一年，达21.70%，其中食品类价格竟比上年同期上涨34.10%，以后国家实行宏观调控政策，价格上升幅度逐渐缩小，1996年商品零售价格指数上升6.10%，1997年仅0.80%，到1998年出现负增长，为-2.60%，1999年为-3%，2000年为-1.50%。居民消费价格指数1996年为8.30%，1997年为2.80%，1998年为-0.80%，1999年为-1.40%，2000年0.40%，2001年0.70%，2002年上半年又出现负增长。这是历史上从未有过的物价指数长时期负增长或低增长。价格管理的环境从通货膨胀转为通货紧缩。2004年下半年起通货紧缩情况得到了明显缓解，价格走势平稳。

第六章 质量技术监督

第一节 管理机构

科学技术委员会下设标准计量管理所。1988年10月建立技术监督局。1993年下设办公室、质量监督股、计量管理股、标准化股，下属单位有产品质量监督检查所、

第十九编 经济管理

419

计量技术测试所和生产许可证办公室。1996 年 4 月，技术监督局与工商物价局合并，成立经济技术监督局，保留名称，职级不变。2001 年 1 月上划为垂直管理单位。2004 年下设办公室、标准计量股、安全股、质监股、计量所、质检所、执法队。

第二节　标准化管理

1989 年技术监督局建立标准计量股，统一管理全县企业产品标准的备案和复查，帮助企业建立健全标准化体系；负责办理本行政区内代码换、发证及年检，条码的日常管理；指导企业采用国际标准，对农业标准化、企业标准化、信息技术及其产品实施管理。

华安、福华、跃华等一批代表产业特色的龙头企业面向高档市场，在生产标准，管理水平等环节超前定位，引进国际标准设备，采取先进的屠宰技术，坚持欧共体卫生标准和伊斯兰屠宰方法，全部实现屠宰、分割、排酸、速冻、冷藏一条龙现代化生产，生产开发出的十几类 200 多个品种的生肉和熟肉制品，抢占了全国大中城市的中高档牛肉市场。牛肉平均价格由传统屠宰肉的平均每公斤 13 元上升到 30 元左右，最高卖到每公斤 180 元。华安、福华公司相继取得了 ISO 9002 质量体系认证和"AAA"级信用等级。

为提升产业整体运行质量，制定了《伊乡牛肉屠宰加工规程》，规定伊乡牛肉定义、宰前检疫、屠宰加工条件、伊斯兰教规屠宰、宰后检验、胴体后成熟、出厂牛肉质量要求、检验规则、标志、运输和贮存，要求屠宰加工企业和村户严格执行屠宰加工标准，保证了畜牧业的整体声誉，大厂县被北京确定为"第一批动物产品进京准运试点县"之一。

在肉牛繁育、饲养、销售等畜牧产业的其他环节中，不断实施新技术、新标准，全县肉牛优种率达到 95% 以上，肉牛日增重由原来的 1 公斤上升到 2 公斤，肉牛精品出肉率达到 8%。1999 年制定实施了"伊乡肥牛"地方性标准，规定了伊乡肥牛的定义、产品分类、技术要求、试验方法、检验规则和标志、包装、运输、贮存等各项指标，使得大厂"肥牛"产品真正"牛"了市场。2000 年，在推出"华安"、"京福华"等一系列优秀牛肉品牌的基础上，大厂县为群体加工生产的清真牛羊肉注册了"京穆"、"伊乡"两个品牌，增强了产品的竞争力和市场占有率。截止到 2004 年，共帮助企业制、修定标准 249 个，办理代码证书 290 个，帮助 12 家企业申报了"双采"（采用国际标准、国外先进标准），并实行了标准备案、登记。

第三节　质量认证

2000 年 1 月，技术监督局建立质量监督管理股，引导企业开展质量认证，对国家强制管理的安全认证产品进行监督管理。截至 2004 年已有 30 个单位通过了质量体系认证，其中 26 个单位通过 ISO 9000 质量体系认证，4 个单位通过 HACCP 认证，有 3 个单位的质量体系认证工作已经通过了外审待发证，5 个单位与咨询认证机构签订了合同。

第四节　特种设备安全监察

2001 年 8 月，技术监督局建立安全监察股。到 2004 年，县内共有锅炉 111 台，压力容器 172 台，压力管道 3485 米，电梯 6 部，起重机械 206 台、厂内机动车 6 辆，全县特种设备持证操作人员 126 人，每年依据《特种设备安全监察条例》等有关规定，对辖区内特种设备的生产、使用单位和检验检测机构实施监督检查，重点设备监控率达到 100%。

第五节　市场商品检查

为了加强对产品质量的监督管理，提高产品质量水平，明确产品质量责任，保护消费者的合法权益，依据《中华人民共和国产品质量法》、《中华人民共和国计量法》、《中华人民共和国标准化法》等有关法律法规，负责全县的产品质量监督。2004 年共检查集贸市场 8 个，批发部 111 个，超市 15 个，检查商品 8228 批次，货值金额 508 万元，查获假冒伪劣商品 8 大类 46 个品种，货值金额 15.80 万元，立案 19件，现场处罚 100 件，结案率 100%。同时受理群众投诉 4 件，较上年同期下降了 5个百分点，为消费者挽回经济损失 23 万元。有力地打击了制售假冒伪劣产（商）品的违法行为，遏制了假冒伪劣产（商）品在县内市场的流通。

第六节　监督检验

1997 年 6 月，技术监督局建立产品质量监督检验所，先后购置了原子吸收光光度计、高效液相色谱仪、微波消解仪、定氮仪、数字式电导率仪、酶标仪、电子天平、液相色谱仪、原子吸收分光光度计等 100 余台（件）先进的仪器设备，进一步拓宽了检验范围。监督检验产品有食品类（小麦粉、植物油、糕点、冷冻饮品、碳酸饮料、罐头等）、轻工类（纸箱、纸板、家具、景泰蓝等）、建材类（烧结普通砖、砌块、墙体砖、水泥构件、型钢、钢筋、水泥、砂石等）、畜牧机构类（鸡笼、兔笼、猪床、饲料机组设备）等。

根据廊坊市质量技术监督局批准的《受检产品计划》，截至 2004 年，对面粉、植物油、糕点、牛肉、烧结普通砖等产品实施了 45 个批次的监督检验，合格率为90%，同时还接受 50 家企业（个人）的委托，对钢筋、活动房、钢带等产品进行了85 个批次的委托检验，合格率为 90%。从检验结果的分类统计来看，肉与肉制品、钢筋、钢带等产品质量整体水平较高，平均合格率达到了 98%。

每年在重大节日到来之前都要对食品生产和食品销售市场进行检查。较大规模的一次在 2002 年春节前，检查中共出动执法人员 167 人次，检查食品生产加工企业 28家、销售门市部 62 家、检查的食品主要有保健品、调味品、罐肉制品、饮料、食用油等共计 21 个品种 342 个批次，合格率为 93%。对不合格食品的生产和销售单位，分别作出了停止销售、限期整改等处理。

第七章　国土资源管理

第一节　管理机构

1986 年，土地管理工作分别由县计委和县农林局承担，计委负责城区建设用地征占的管理，农林局负责农村非农业土地征占的管理。1987 年 4 月，县城乡建设土地管理局成立，下设土地股，有股长 1 人，股员 4 人。1988 年 8 月，城乡建设土地管理局的土地股同农业区划办公室合并建土地管理局，下设办公室、监察股、地政股、技术站。1990 年 6 月，职能专一的县土地管理局成立，统一负责全县的土地管理工作。同年，105 个行政村分别成立了土地管理小组。1996 年，土地管理局设 1 室（办公室）、5 股（监察、地政、土地有偿使用、会计、评估中心）、1 站（技术站）和 5 个乡镇土地管理所。2002 年 3 月，成立县经济技术开发区管委会土地分局，设分局长 1 名。5 月，县土地管理局与县地矿办合并，更名为县国土资源局。下设 1 室（办公室），7 股（监察、地政、土地有偿使用、会计、评估、地矿、地籍），5 个乡（镇）国土资源所和园区国土资源局，2004 年底，全局共有干部职工 41 名。

第二节　土地管理

一、地籍管理

土地调查

1986 年对建设用地进行全面清理，摸清了村民宅基地、国家建设和乡村集体建设用地数字。

土地利用现状调查

县土地利用现状调查从 1988 年 6 月开始，经过准备、外业调绘、内业汇总、成果检查验收 4 个阶段，到 1989 年 6 月全部完成。共调绘地类图斑 3217 个，线状地物 9873 条，零星地类 773 个，独立工矿、企事业单位 62 处，外业记载手簿 113 份，编绘 1∶10 000 乡镇土地利用现状图 6 幅，1∶25 000 县级土地利用现状图 1 幅，1∶10 000 乡镇土地权属图 6 幅，1∶25 000 县级土地权属图 1 幅，编制县乡（镇）土地边界接合图表 7 张。经省、市验收合格，各项指标均达到国家规定的精度要求。编写出版了《土地利用现状调查报告》（内部）一书，获省土地局优秀成果二等奖。

此项调查查清了县、乡（镇）、村三级行政界线，独立工矿企事业单位的土地权属界，查清了县、乡（镇）、村土地面积和土地利用结构：总土地面积17 633.62公顷，其中耕地11 581.54公顷，占总面积的65.68%；园地78公顷，占总面积的0.44%；林地面积133.59公顷，占总面积的0.76%；居民点及工矿面积2883.27公顷，占总面积的16.35%；交通用地面积804.53公顷，占总面积的4.56%；水域面积1675.77公顷，占总面积的9.50%；未利用土地面积476.92公顷，占总面积的2.70%。

城镇地籍调查

1992年6月，开始进行大厂镇城镇地籍调查，经过土地登记申报、权属调查、地籍勘丈，到1994年11月12日结束。此次地籍调查成果是土地权属性质确认；镇区地类、分布及面积；镇区内建设用地类型及宗地数量；土地使用者的经济性质；建筑密度和交通系数。

土地变更调查

针对农村地类、土地使用权、土地使用性质变更等情况繁多的实际，采取县、乡（镇）两级土地动态监测和政府行文自行申报相结合的方法，进行土地变更调查。政府行文，自行申报，即以县政府名义转发土地管理局《关于农村宅基地变更、转移使用权的规定》、《农业建设用地审批办法》、《农村宅基地审批细则》三个文件，规定土地变更必须向土地管理部门申请，使农村因买卖房屋转移土地使用权，占用耕地兴建水利设施、打场、建果园等改变土地用途，村民占集体土地建住宅等土地使用权变更，直接受到县乡（镇）两级土地管理部门控制，做到未变先知。

1990年底，重新修订了土地动态监测工作方案，建立以局技术站、各乡（镇）土地站技术干部、村土地管理员参加的三级土地动态监测网，采取月报季统，年终汇总的方法，从而做到月清季明，年终出成果。具体工作坚持一看、二登、三画。一看：看现场，掌握地类变化；二登：实地勘丈，及时登记；三画：批准占地后，及时画图。各乡镇的土地动态监测图表每月初报土地管理局，技术站负责审查，不定期检查指导乡镇监测工作。年终统一汇总，填写土地统计台账和平衡表，达到全面、及时掌握土地权属利用现状变化的目的。1993年至1996年，共变更调查图斑2780个，填写土地统计表245套，建土地台账6套，共940余张，绘制土地变更现状图53幅，地类变化平衡表56张。1993年，对前几年全部变更土地资料进行了综合整理，并将相关资料输入微机，与国家土地管理局地籍司制定的统一标准接轨，使全县日常地籍管理步入规范化轨道。

二、土地登记

初始登记

1986年，全县开展农村宅基地登记发证工作。按照河北省《农村宅基地管理暂行办法》，县政府制定《关于农村宅基地确权发证的若干办法》，对全县农村宅基地丈量方法，权属确定及登记发证做出统一规定，各乡镇村分别实施。丈量、登记一般由村委会组织进行，填写农村宅基地登记表报县政府审核后发放农村宅基地使用证。全县共登记发证 22 243 处，占应登记发证总数的 96.50%。

土地利用现状调查结束后，土地管理局依据国家土地管理局土地登记规则，于 1989 年 12 月开始对除宅基地以外的所有土地进行登记，以县政府名义公告全县开展土地登记工作。按用地单位或个人申请，对照土地利用现状调查的权属、地类、面积，现场复查占地情况，核实四邻接边，确定权属界线，注册登记的程序进行。全县 6 个乡镇、105 个行政村和 62 个独立工矿、企事业单位均办理了土地登记手续，连同协议书，1：10 000 土地现状图，全部登记表分户立卷，一并存档。

1992 年，在深化土地使用制度改革，实行农村宅基地有偿使用的背景下，开展第 3 次农村宅基地确权登记工作。各乡镇成立专业队，逐村丈量各户宅基地，对 20 086 处宅基地进行登记，占应登记的 90%，但未颁发宅基地使用证。

变更登记

在土地初始登记和土地变更调查的基础上，县土地管理局按照土地的实际变化情况进行土地变更登记工作。

县内变更登记较多的：一是土地权属的变更登记，因国家征用集体土地，变集体所有为国家所有的；因农村居民建住宅，变集体使用为个人使用的；因村民买卖房屋，宅基地使用权过户的；农村居民自愿进行宅基地换段的。二是土地用途变更登记，变耕地为其他农业建设用地的；通过开发复垦，变荒废土地为耕地的；变农业用地为交通、建设用地等。三是土地注销登记，主要有因征用土地，被征地单位丧失土地所有权的；因死亡其土地使用权无继承人等。变更登记程序依有关规定，按申报、调查核实、登记注册、存档四个步骤进行。同时把好审查关，防止面积量算有误和骗取土地使用权现象发生。对变更土地使用性质而不申报登记者，坚决予以法律制裁。

三、建设用地管理

国家建设用地管理

1978 年 12 月中共十一届三中全会以后，中共中央、国务院三令五申，加强土地管理，节约用地，制止乱占、滥用土地，但城乡非农业建设乱占滥用土地的现象依然存在。为了扭转这个局面，遵照中共中央 [1986] 7 号、冀发 [1986] 18 号文件精神，于 1986 年 3 月至 12 月开展村民宅基地、国家建设和乡镇村集体建设（简称三项建设）用地的清查处理工作。按国家、省有关规定对国家建设用地（包括城镇大集体和乡镇与国家联营企业）遗留问题作如下处理：

1962 年 9 月农村人民公社条例发布以前占用土地的，如情况清楚，应本着尊重历史，实事求是的原则，谁占用谁使用，颁发使用证，一般不推翻重来。

1962 年 9 月农村人民公社工作条例发布以后至 1982 年 5 月 14 日《国家建设征用土地条例》颁布以前所占用的土地，只要双方达成用地补偿协议，原协议有效，应补办审批手续。未签协议，但经县以上领导机关同意，且土地利用合理的，可按当时补偿标准签订协议，补办审批手续后，予以登记发证。

1982 年 5 月 14 日《国家建设征用土地条例》颁布后至 1986 年 3 月占用土地的，

要责成用地单位写出检查，按现行补偿标准签订协议，并经县土地管理部门签证，补办审批手续。对1986年3月至1987年1月1日《中华人民共和国土地管理法》施行前占用土地的，应依法从重处理。用地合理，主动检查的，除按现行补偿标准办理审批手续外，还要处以补偿费总额的10%至30%罚款，情节严重的，对建筑物予以没收或拆除。对以权谋私，带头或支持违法占地的领导干部从严处理。

凡未经土地管理部门同意，二年以上征而未用，多征少用，闲置多年未用，不按批准的用途使用的国有土地，由县土地管理部门报县政府批准，收回用地单位使用权，注销土地使用证。收回的土地可有偿拨给其他符合用地条件的单位使用，也可暂时由农民耕种。对暂时退不出的土地，经土地管理部门同意后，每年向土地管理部门交纳土地闲置费。

1984年至1986年，未办征用审批手续而搞起的商业街、农贸市场、体育场、集资公路、职工宿舍、商店房、宾馆及国家干部职工侵占集体耕地或进入城镇盖私房的，从严处理。因情况复杂，必须参照上述处理意见，彻底查处，不留尾巴。

对买卖、租赁和非法转让土地的，收回土地使用权，没收其非法所得，情节严重者，依法查处。

全县国家建设用地，应查148个单位，361处，占地240.07公顷。全部查清。发证114处，占31.60%，解决历史遗留问题250件，占遗留问题的89%，退还耕地23.33公顷。

1987年1月1日《中华人民共和国土地管理法》开始施行。其后，《河北省土地管理条例》颁布施行。全县国家建设用地进入依法、统一、规范、科学管理的新阶段。

依照上述法律、条例，自1988年至1996年先后发出《关于"非农业建设用地"管理办法》、《关于制止违法用地的通告》、《关于规范地产市场严禁乱占滥用耕地的紧急通知》、《加强土地管理若干规定》等一系列文件。其中对国家建设用地管理的规定、方法有如下内容：

征地审批权限的管理规定：大厂县《加强土地管理若干规定》中对于非农业建设用地的审批权限规定为"县以上人民政府"。此规定的法律依据是国家《土地管理法》和《河北省土地管理条例》。国家《土地管理法》规定："征用耕地3亩以下，其他土地10亩以下的由县级人民政府批准。"《河北省土地管理条例》规定："征用划拨耕地3亩以下，其他土地10亩以下的，由县、县级市人民政府批准，并逐级上报省土地管理局备案……征用划拨耕地10亩以下，其他土地20亩以下的，由省辖市人民政府（地区行署）批准，报省土地管理局备案。"自国家《土地管理法》施行以后，县内国家建设征地一直执行上述规定。

征地补偿规定：县城乡建设土地管理局1988年6月30日制定的《关于非农业建设用地管理办法》中对征地费作了规定："根据《河北省土地管理条例》第四十一条、第四十二条规定，用地单位必须交付补偿费和安置补助费。此两项费用可合并计算，简称征地费。""征用土地费用标准，区分不同情况，分类规定。县城环城路以内水浇地，每亩征地费按年产值20倍计算；旱地每亩按年产值16倍计算；有收益的坑塘按每亩年产值 6 倍至 8 倍计算；青苗补偿费每亩 300 元。"县城环城路以外及县内其他乡镇，视所征土地的地理位置，土质状况，参照上述标准，按年产值 2 倍至 4 倍计算。1996 年 4 月 16 日开始实施大厂县《加强土地管理的若干规定》，对土地补偿费的标准，统一规定为"102 国道两侧、县城规划区内，每亩 1.80 万元；厂夏路、煤六路、厂谭新路、厂皇路、厂香路两侧每亩 1.50 万元，其他地域依土地质量、位置不同，每亩 5000 元至 10000 元。"

建设征地附着物补偿标准：自 1982 年起执行冀政〔1982〕196 号《河北省执行〈国家建设征用土地条例〉实施办法》。1990 年 11 月 10 日，《河北省土地管理条例》开始施行，同时《河北省执行〈国家建设征用土地条例〉实施办法》废止。但县人民政府于 1991 年 3 月 4 日发出通知，要求在新的规定下达之前，各单位要继续执行原文件中地上附着物补偿标准的规定。

附　地上附着物补偿标准

青苗补偿费：

被征用土地虽无青苗，但土地已经施肥、犁耙、平整，即将下种者，按季产值的 20% 计算补偿费；已经下种者，尽量待收获后占用，确因工程紧迫，急需占用的，按一季计算补偿。

树木补偿（补助）费：

被征用土地范围内附带树木，在不妨碍建设的情况下，不应移伐，由用地单位保留，移伐者由被征用单位处理。

苗圃：成片幼苗，苗高 1 米以内，移植补助费每亩按 100 元至 300 元计算；苗高 1 米以上，移植费每亩按 300 元至 600 元计算。具体做法由双方根据苗木生产情况商定。

经济树移植补助费：紫穗槐、簸箕柳、桑柳条、橡树槐、洋桑棵等，每棵 2 元至 3 元；青腊杆、桑叉每棵 1 元至 3 元。

木（杂、柴树）：

本（杂、柴树）补助要见表 19－7－1。

表 19－7－1

胸径（厘米）	移伐补助（元）	保留补偿（元）	备注
5 以下	0.50～3	0.50～3	松、柏树等移伐补助不变，保留补偿按相应项增 50%
8～10	1.50～4	4～8	
11～15	4～8	8～12	
16～20	8～12	12～20	
21～25	5～7	按国家木材价格折算	
26～30	6～8		
30 以上	7～9		

建（构）筑物拆迁补助费：

建筑物拆迁补助费见表 19－7－2。

表 19－7－2

名称	单位	结构特征	补助（元）
民建瓦房	平方米	木屋架、木檩条、砖石基础、砖石墙、瓦顶	20～30
一般瓦房	平方米	木或混凝土屋架、木檩条、砖坯墙、灰渣或草顶	15～25
大牲畜棚	平方米	砖基、砖或砖坯墙、草顶、灰渣顶	10～20
门楼	平方米	砖基、砖墙或砖坯墙、草顶、灰坯或瓦顶	8～15
简易房（棚）	平方米	土坯墙、草顶	8
猪圈	个	土坯墙草顶取下限，砖石墙、瓦灰顶取上限	80～150
厕所	个	无顶、土坯墙取下限，瓦灰顶砖石墙取上限	8～30
院墙	平方米	土坯墙取下限，砖石墙取上限	5～8
民建土井	眼	土井筒、井口有砖、石深5米（每增减1米，增减20元）	150
民建砖井	眼	砖石筒，深5米（小口，每增减1米，增减40元）	300
机井（水泥管）	眼	深30米，每增减10米，增减500元	1800
机井（铸铁管）	眼	深50米，每增减10米，增减700元，200米以上者，每增10米增1000元。	1000

注：1. 城市居民宅拆迁补助标准不按此执行。

2. 其他如烟筒、水塔、粪池、水渠、扬水站、大口井等不作统一规定，按设施的投资情况另行商定。

坟墓迁移费：

每个坟墓一具尸体补助10元至15元，多一具尸体增加5元，无主坟深埋处理，烈士坟墓通过当地民政部门处理。

建设用地报批程序：关于大厂县《关于加强土地管理的若干规定》对非农业建设用地的申报、审批程序，根据取得土地使用权的不同形式分别作出规定。

自《土地管理法》实施后，土地管理局代表县政府管理国家建设用地，以"四按"（按规划、按项目、按计划、按程序）、"三有"（有偿、有期限、有条件），严把"五道关"（产业政策、定额、手续、占用耕地、审批）为宗旨，依法批地，优化土地配置，合理利用土地资源，狠抓耕地占用关，做到能占劣地的不占好地，能占非耕地的不占耕地。对公路沿线配以高地价、低定额限制滥占耕地，实行建设用地跟踪管理，落实"一催二查三丈量"的跟踪管理制度，做到占前催办手续，建中检查验收，建成后丈量核实，有效地杜绝了违法占地案件发生。1991年至1996年共审批国家建设用地219宗，160.02公顷，未发生过少批多占，荒芜土地的现象。

集体建设用地管理

20世纪80年代，乡镇企业蓬勃兴起，到1986年，全县共有各类乡镇企业3855

家。行业涉及农业、养殖业、工业、建筑业、交通运业、商业、饮食服务业等，乡镇企业的发展使农民得以尽快脱贫致富，但随之而来的是违法用地现象增多，加重了建设用地管理的难度。1989 年，全县土地详查，查出 1987 年以前独立工矿少批多占单位 10 家，多占面积达 18.75 公顷，未批已占单位 6 家，占用面积 2.29 公顷。

为制止乡镇企业建设用地管理失控，使建设用地步入依法管理的轨道，1987 年全县开展了三项建设用地清查处理工作，对 1986 年以前乡镇企业用地全面清查，并借鉴此次清查中国家建设用地遗留问题处理办法进行处理。此次共清查 402 个单位、404 处、215.97 公顷，发证 171 处。

1987 年 11 月，《河北省土地管理条例》开始实施。乡镇企业用地管理依据该条例进行。条例规定：乡镇村兴办企业，应首先利用现有设施和非耕地，严格控制占用耕地。乡镇村企业建设应符合村镇规划，占用土地须持县以上计划部门批准的计划任务书和有关批准文件，向县、市人民政府土地管理部门申请，按征地的审批权限办理手续。农村个体户或合伙兴办企业，应首先利用自有的房屋庭院。确需占用集体所有土地的，须提出书面申请，经村民委员会同意，签订土地使用合同，经乡镇人民政府审查，按征地权限报批。停止使用后，交还集体，并恢复耕种条件、地上附着物作价交集体或自行拆除。

1988 年 6 月，城乡建设土地管理局根据《土地管理法》和《河北省土地管理条例》制定的《关于非农业建设用地管理办法》中明确规定了乡镇企业建设用地的审批程序及补偿标准。乡镇、村企业用地的审批程序及报批用地所需的各种有关文件，同国家建设用地一样，缺一不可，并按国家建设用地审批权限审批。村办集体企业占用村经济组织内部所有的土地不支付土地补偿费；乡镇办企业、村办企业占用他村所有权土地的，应向土地所有权单位支付每亩年产值 6 倍至 10 倍的土地补偿费。两户（个体户、专业户）一体（联合体）用地按当时政策，视同临时占地。审批程序及权限，由个人向所在村委会提出申请，由乡镇政府审核后，报土地管理部门，经县土管部门会同乡镇、村共同审核后，报县政府批准。两户一体占地的审批资料与乡镇、村占地相同，资料不齐全者不予审批；占用集体所有土地，每年应按照土地年产值的 2 倍至 3 倍向集体支付土地使用费。

大厂县《加强土地管理若干规定》施行后，县内乡镇企业建设用地管理同国家建设的规定，对用地的申请、审核、批准权限、占地补偿、违法处罚等实行了统一的标准。

农村住宅用地管理

1986 年在"三项建设用地"清查中，开展了农村宅基地确权发证工作，同时处理在此以前的违章建房问题。全县 105 个村应发证 23 409 处，实际发证 22 243 处，占 96.50%，处理解决农村各种占地纠纷 1048 起，拆除违章建房 21 处、64 间，拆除圈所、围墙、门楼 65 处，收回土地 30 公顷，收缴罚款 21 289 元。此后，根据《土地管理法》和《河北省土地管理条例》，结合县内实际，县人大、县政府、土地管理局发布一系列有关农村住宅用地管理的文件。对农村住宅用地的原则、标准、报批做出规定。农村住宅用地原则对于农村建房地，河北省从 20 世纪 60 年代开始多次规定：凡能利用闲散地的，不准占用耕地，要因地制宜、合理布局、充分利用荒地和闲置的宅基地，自留地、承包地属集体所有，任何人不得擅自盖房，有条件的地方，提倡建楼房。全县在农村建房管理中，上述规定基本上得到贯彻执行。1986 年 3 月 12 日，县政府发布《关于农村宅基地清理发证工作的若干规定》，明确提出建房用地的原则。村镇建房必须统一规划，节约用地。首先要积极改造旧村镇，充分利用原有宅基地和村镇空闲地，凡能利用荒地的，不得占用耕地，村镇无空闲地和荒地可利用的，尽量利用薄地；自留地、承包地不准转作宅基地，随意在自留地、承包地上建房是违法行为。1991 年 4 月 4 日，土地管理局制定农民宅基地审批细则，重申了上述原则，并增加一条："禁止占用农田保护区内的土地。"这些规定，通过反复宣传、贯彻，逐渐被干部群众接受。

从 1997 年下半年开始，农村新建住宅一律不准占用耕地。至 2004 年，全县农村建房均利用原有宅基地或村空闲地，未发生占用耕地现象。

四、建设用地计划与定额管理

计划管理。1987 年以前，建设用地敞口使用，有了建设项目，就可以获得土地使用权。从 1987 年开始，国家实行建设用地计划管理，每年都层层下达占地控制指标，无特殊情况不得突破，出现较大建设项目必须提前申请，追加指标，方能批准。建设用地计划分为耕地、非耕地两种，其中耕地作为指令性计划，非耕地作为指导性计划。实行建设用地计划管理，控制了全县占地总量。

定额管理。随着建设用地计划管理的实施，国家、省、市对工业、学校、住宅、仓库、交通等许多具体建设项目用地都制定了严格的定额，并下发到各县。大厂县在建设项目申请立项占地之前，严把定额关，控制了乱占滥用土地现象的发生。

第三节　矿产资源管理

县内矿产资源主要是黏土，可用来烧制砖瓦，砖瓦窑是矿产资源和土地资源消耗者。1986 年以前管理较松。1987 年以后，随着《土地管理法》及其他法规的施行，对砖瓦厂的管理逐步走上法制化轨道。

一、占　地

20 世纪 70 年代后，供求矛盾更加紧张，特别是 1976 年唐山地震波及大厂地区，各种建筑物不同程度地遭到破坏，砖瓦需求量增大。为满足市场需求，县内建起多家砖瓦厂。至 1996 年，全县共有机制砖瓦厂 22 个，占地 211.30 公顷，其中取土用地 68.30 公顷，坯台用地 111.60 公顷，办公、生活用地 31.40 公顷。

二、措　施

编制砖瓦厂用地总体规划与复垦计划

以 5 年为期限，根据生产规模、利税数额，确定办公用地、车辆机修用地、生产取土用地、坯台用地等指标，限定每年各类用地数量。再以用地总体规划为依据，按有关复垦文件规定，制定土地复垦计划。计划因地制宜，宜农则农，宜渔则渔，宜林则林，宜建则建，计划期限也为 5 年。复垦计划落实到地块，责任到人，管理到位。规划与计划自上而下编制，然后由土地管理局分别到各厂实地考察、审批。审批完成后，对各砖瓦厂用地规划与计划分别进行汇总，编制《全县砖瓦窑用地总体规划》和《全县砖瓦窑用地复垦计划》。砖瓦厂、所在乡镇政府、土地管理局各执一份，存档备案，以便随时检查监督。规划、计划的制定与实施，杜绝了乱挖土地现象的发生，促进了现有土地的合理利用。南寺头砖厂批准用地 6.70 公顷，实际用地 3.80 公顷，在剩余土地上建起泡花碱厂、灯具厂和钢琴厂，达到了合理利用每一寸土地的目的。

建立健全各种约束机制

土地管理局先后向各砖厂转发了河北省政府〔1993〕79 号令、廊土政字〔1993〕3 号文件和国家《土地管理法》、《河北省土地管理条例》，并制定下发了《关于砖瓦窑用地管理若干规定》，在此基础上，各砖厂与县土地局签约立状。责任状规定当年土地复垦地块、数量，保障复垦计划一年一兑现。同时，根据《河北省土地复垦实施办法》规定，砖瓦窑生产用土在报县级人民政府批准的同时，按每亩 500 元至1000 元的标准收取土地复垦押金。在签订责任状时，按规定复垦数量和收取押金标准计算押金总额。当年完成复垦任务的，退还押金。当年没能完成复垦任务的，扣除部分或全部押金，并下达限期复垦的处罚决定。

三、效　果

加强砖瓦厂用地复垦工作，取得了显著效果。截至 1996 年，全县砖瓦厂用地复垦 22 公顷，占用地总数的 10.40%，其中复耕 7.10 公顷、养鱼 12.90 公顷、建设用地 1.80 公顷、其他 0.20 公顷。

砖瓦厂复垦与地理位置、破坏程度、自然条件多种因素有关，共有废弃砖瓦厂 3 个，总占地面积 13.30 公顷。废弃地分为取土废坑、废窑址、坯台及办公用地三类。在三类中，坯台及办公用地一般比较平整，而且表层破坏程度小，且具有复耕还田的条件。进行砖瓦厂土地复垦，因地制宜，不搞一刀切。芦庄村砖瓦厂停产后，废弃地 8.70 公顷。村委会先投资打深井 1 眼，敷设地下管道 300 米，为废弃地复垦创造条件。同时制定了承包优惠政策。每复垦 1 亩废弃地，奖励化肥 1 袋，对新开耕地免交一年土地承包费和其他提留费用，调动了群众积极性，废弃地全部被承包。通过 4 年的土壤肥力培植，到 1996 年已成为中产水浇地，平均亩产超过千斤。1.30 亩废坑被承包养鱼，4 年收入 8 万元。位于京哈公路北侧的夏垫砖厂，地理位置优越，交通方便，是经商办厂的黄金地段。该厂一处土坑，多年未利用，村委会制定优惠办法，吸引 4 家个体户联合投资复垦、办厂经商。他们利用水磨石下脚料、废渣土、垃圾平坑1.30 公顷，盖起厂房 50 余间，建起建材门窗厂、钢材、建材商店，年产值达百万元。坑多、面积大是砖瓦窑的特点。充分利用坑塘水面，是发展渔业生产，增加经济收入又一条途径。大厂镇砖瓦厂东侧使土坑有水面 2 公顷，放养鱼苗 2 万尾，利用砖厂深井供水养鱼。除用于本厂伙房食用及业务单位垂钓外，1995 年出售鲜鱼 0.40 万公斤。1996 年至 2004 年，县内砖瓦厂数、占地面积无变化，均采用深层取土解决土源问题。

第二十编　公检法司

　　1955 年至 1956 年间始建县人民公检法机关，至 1965 年，上述各机关严格依照国家法律、法令及有关政策办案，社会秩序较好。1966 年"文化大革命"开始后，法律遭践踏，办案"以言代法，以权代法"，人民合法权益无保障，造成多起冤、假、错案。1978 年中共十一届三中全会以后，随着国家法制建设的完善，司法工作逐步纳入正轨。1979 至 1985 年，司法部门先后依法开展了复查纠正冤、假、错案和集中打击刑事犯罪等活动。同时加强了对经济案件的审理和法制宣传工作。社会治安日趋好转，为物质文明、精神文明建设创造了稳定的社会环境。

　　1986 年以后，司法各部门以促进经济发展、维护政治稳定、社会安定作为各项工作的出发点和落脚点，积极履行职能，为改革开放和现代化建设保驾护航。公安部门强化户籍管理、交通管理、特种行业管理和出入境管理，加强消防建设，促进了社会的和谐发展，保障了人民群众正常的生产生活秩序。19 年间共查处治安案件 1545 件，破获各类刑事案件 768 件，一系列严打活动的开展，有效地震慑了犯罪分子，维护了社会平安。检察部门与公法部门密切配合，积极开展各种专项斗争，19 年中，共受理提请逮捕的各类刑事案件 419 件 637 人，经审查批准逮捕 418 件 636 人。受理各类起诉案件 487 件 759 人，经审查提起公诉 391 件 603 人。共出庭支持公诉 387 件 465 人，发表公诉词 387 篇，有罪判决率达 100%。受理经济案件线索 174 件 193 人，立案侦查 88 件 97 人，移送起诉 68 件，其中大要案 25 件，为国家和集体挽回经济损失 890 万元。受理民、行案件 30 件，立案 12 件，其中提请抗诉 6 件，建议提请抗诉 6 件。人民法院共受理刑事案件 532 件，民事案件 5248 件，执行案件 4200 件，经济案件 2826 件，开展法律培训 300 次，进行法律咨询 1 万余人次，到农村开展法律宣传 2000 余场次。

第一章 公 安

第一节 治安管理

1986年以后公安法规体系日益完善，治安管理的法制化特征日益明显。随着经济社会的全面发展和治安形势的变化，治安管理的范围、方式方法和强度也处于变化之中。治安管理总体从管控型向管理型、服务型和指导型转变。

一、治安案件的查处

治安案件受案方式由群众直接到公安机关报案逐渐转变为拨打"110"报案。立案调查的治安案件及处理的违法行为人呈逐年增多的趋势。办理治安案件的依据，由早期单纯依据《治安管理处罚条例》到现在的依据各个公安行政管理法律、法规和规章。早期案件证据材料简单，2000年以后，逐渐统一了证据类型、文书填写、案卷装订。1986年至2004年，由民间纠纷引起的治安案件一直占有重要比例，2000年后，因违反道路交通、消防管理、场所行业管理等形成的治安案件比例有较大幅度上升。早期治安案件程序简单，2000年以后，治安案件程序日渐严密。

二、危险爆炸物品及枪支刀具管理

根据《河北省烟花爆竹安全管理条例》和《河北省民用爆炸物品安全管理条例》，1986年至1995年，全县烟花爆竹一直由公安局治安部门办理销售许可证，申请人办理许可证后即可自行销售烟花爆竹。1995年取缔烟花爆竹销售市场后，改由县供销社统一储运、统一设点经营。

2002年取缔全县所有个体电镀厂。大厂县没有危险化学品使用单位。若有需用剧毒化学品的单位或个人，需治安部门出具相关购买手续，方可购买。

2002年大厂县金融系统军用枪支，全部更换为防爆枪支。依据《中华人民共和国枪支管理法》规定管理。

管制刀具管理依据《中华人民共和国治安管理处罚条例》管理。

三、治安系统装备

1986年至2004年，全县治安系统逐步实现了警用装备现代化、信息化。

1986年以前，全县6个乡镇派出所和公安局治安股没有机动车辆，民警办案出警全是自行车。1987 年 6 月，为 6 个派出所购买警用三轮摩托车各 1 辆，为治安股配备警用三轮摩托车 1 辆，为 6 个派出所配备车载台 6 部，手持机 6 部，当时派出所用房借用所在乡、镇政府房屋。

随着社会的发展，三轮摩托已不适应警用需要，自 1993 年开始，各派出所和治安科全部淘汰了三轮摩托车而更新为警用吉普车。

自 1999 年以后，治安系统警用车辆全面更新。派出所实现独门独院办公。2002 年底，实现了户籍微机化管理和与公安部四级网全部联网和网上办公系统。

2004 年，全县治安系统微机 20 台，数码相机 15 部，扫描仪 10 台，摄像机 2 部，警用车辆 12 部。实现了出警及时，警务机制现代化的目标。

1986 年至 2004 年查处治安案件统计表

表 20 – 1 – 1

年份	案件数（起）	年份	案件数（起）
1986	35	1996	77
1987	39	1997	77
1988	43	1998	92
1989	47	1999	105
1990	51	2000	108
1991	50	2001	130
1992	58	2002	111
1993	65	2003	150
1994	69	2004	165
1995	73		

第二节　户籍管理

一、常住户口管理

户口登记

户口登记工作由县公安局主管。派出所、乡镇政府为户口登记机关。登记工作由村在公安局的领导下进行。内容包括户主姓名、人口数目、性别、年龄、籍贯、职业、宗教信仰、团体活动、教育程度。住在机关、团体、学校、企业、事业等内部和公共宿舍的户口（称公共户、后称集体户），由各单位指定专人协助户口登记机关办理户口登记，分散居住的户口，由派出所按照户口簿册内容进行登记。

人口变动

凡迁入户口办理入住手续者，必须以迁出地公安局或派出所开具的迁移证为依据；迁往他处入住的，也要经迁出地的公安机关开具迁移证或由县人民政府开具证明。无迁移证及证明者，一律不准在街村常住。县公安局建立迁入、迁出、出生、死亡四种人口变动登记制度。

1996年底，陆续更换居民新式户口簿、"常表"的工作。基层派出所户籍室相继实行了微机前台办公。同时，实行农村户口规范化管理工作。

二、颁发居民身份证

1988年，颁发居民身份证。居民身份证的有效期为10年、20年和长期三种。1999年10月1日起，全国居民身份证的居民身份号码由15位上升到18位，15位码与18位码同时并用。

1986年至2004年常住、暂住人口统计表

表 20 - 1 - 2

年　份	常住人口（人）	暂住人口（人）
1986	93 948	900
1987	96 244	1000
1988	98 814	1100
1989	102 439	1400
1990	104 544	1700
1991	105 434	1800
1992	106 210	1900
1993	107 969	2000
1994	108 004	2100
1995	108 673	2200
1996	108 829	2100
1997	109 271	2300
1998	110 358	2750
1999	111 112	2800
2000	110 927	2350
2001	111 336	2400
2002	111 738	2600
2003	112 046	2500
2004	111 686	2750

第三节　交通管理

　　1987年8月，交通局交通监理站建制移交公安部门。至2004年，公安交通警察大队民警增加至37人，都达到了大专以上文化，招聘协勤30余人。

一、道路交通秩序管理

　　建队之初，大队的12名民警有6人从事交通秩序管理工作，仅配备了"212"吉普车1辆、1台测速仪和6台对讲机，至2004年，已配备7辆桑塔纳警车、4辆警用摩托车。1996年底，大队在省道大香线与县城西大街交叉路口修建岗台式红绿灯，由3名民警站岗值勤。1997年初，在102国道成立夏垫中队，3月，在102国道南侧投资200余万元修建中队队部，民警12名，主要负责维护102国道的交通秩序。1998年，大队在红绿灯岗设立城关中队，主要负责维护县城的交通秩序。2001年4月，大队成立执法站。2003年3月，为维护城区交通秩序，缓解城区交通高峰时的压力，尤其是保障城区中小学生上下学的交通安全，大队成立了城区巡逻中队，民警4名，配备了警用摩托车4辆。2004年初，大队又投资14万余元，购置了两台移动电子警察，装备夏垫中队、城关中队。

二、车辆与驾驶员管理

　　建队之初，由于机动车保有量相对较少，车管工作仅设2名民警。1994年8月，车管站配备1台电脑，之前，办理车管业务全部需手写。截止到2004年，从事车管工作的民警已达14人（包括协勤），警车1辆，民用车1辆。2002年6月，大队投资300余万元在大香支线南侧修建占地9000多平方米的机动车检测中心，集车辆年检、机动车检测、调试、车辆保险、驾驶员办证、驾驶员体检、驾驶员考试等所有机动车、驾驶员业务为一体，实现一条龙服务，检测中心于2002年8月正式投入使用。2003年12月，成立计算机管理室。2004年，摩托车驾驶员考试实现无纸化。

1986年至2004年机动车驾驶员年审统计表

表20－1－3

年份	驾驶员	年份	驾驶员
1986	461	1996	5922
1987	668	1997	6704
1988	995	1998	7754
1989	1382	1999	9011

续上表

年份	驾驶员	年份	驾驶员
1990	1765	2000	10394
1991	2488	2001	12995
1992	2884	2002	15702
1993	3647	2003	17866
1994	4202	2004	19820
1995	2004		

1986 年至 2004 年机动车审验统计表

表 20 - 1 - 4

年份	保有量	大型汽车	小型汽车	摩托车
1986	440	50	120	270
1987	625	55	180	390
1988	960	60	270	630
1989	1340	70	450	820
1990	1715	85	550	1080
1991	2419	98	601	1720
1992	2827	112	685	2030
1993	3581	121	760	2700
1994	4126	136	890	3100
1995	5005	155	950	3900
1996	5864	170	1031	4663
1997	6630	189	1120	5321
1998	7521	222	1380	5919
1999	8401	261	1544	6696
2000	10 376	326	1680	8370
2001	12 970	408	2100	10 390
2002	13 680	510	2670	10 500
2003	15 840	640	3200	12 000
2004	19 800	800	4000	15 000

第二十编 公检法司

三、交通事故处理

1988 年 3 月 9 日前，对已发生的肇事行为由交警大队（1987 年 8 月前为监理站）进行调解和仲裁，当时还没有详尽的交通法，一般由民警（监理人员）根据肇事双方所负责任大小，酌情作出经济上的裁决；1988 年 3 月以后，随着道路交通管理条例、道路交通事故处理办法和公安部发布的道路交通事故处理程序规定施行，交通事故处理工作逐渐走向规范化；2004 年 5 月 1 日后，道路交通安全法、安全法实施条例及交通事故处理程序规定实行后，道路交通事故处理工作走向了法制化轨道。

建队之初，交通事故较少，从事交通事故处理工作的民警 2 人，长江 750 型侧三轮 1 辆。2001 年，大队为事故处理室配置了摄像机。2003 年，事故处理室又添置了 1 台车载式勘查灯。截止到 2004 年，负责事故处理的民警有 9 人（包括协勤人员），事故勘查车 2 辆，清障车 1 辆。

1986 年至 2004 年交通事故统计表

表 20 - 1 - 5

年份	起数	死亡人数	受伤人数	损失（元）
1986	7	1	6	640
1987	8	1	7	950
1988	5	2	2	580
1989	6	1	4	720
1990	19	5	16	2760
1991	34	6	24	2210
1992	58	8	34	7460
1993	53	7	29	9650
1994	77	9	28	12 890
1995	69	13	35	13 200
1996	79	12	46	14 500
1997	83	10	34	24 300
1998	89	9	35	45 600
1999	72	9	24	36 200
2000	275	16	145	1 015 048
2001	227	23	181	1 195 930
2002	272	15	95	588 090
2003	24	2	14	378 100
2004	21	2	9	302 500
合　计	1478	151	768	3 651 328

注：2003 年、2004 由于统计办法变更，轻微事故不在统计之内。

四、交通安全宣传

建队之初，大队没有成立专门的宣传机构，1997年初成立宣传股，配备了电脑、打印机、复印机、摄像机、照相机等设备，主要负责宣传交通法律法规和报刊上稿等工作。1998年，市交警支队为大队宣传股还专门配置了1台集电视、VCD、放像机、音响为一体的宣教车。2001年，更新摄像机，新购置了一台与县电视台相匹配的数码摄像机和数码照相机，同时也由原来的1人增加至2004年的4人（包括协勤）。

第四节　消　防

1986年，消防工作受武警系统和县公安局双重领导。2000年12月，为有效减少火灾损失，县委、县政府决定组建一支公安专职消防队，有专职队员5名。先后购置消防监督检查箱、火灾现场勘查箱等设备，加强消防工作科学性及准确性；购置电脑、数码照相机等现代工具，接入公安专网，并保持网络畅通，完全实现了无纸化办公。为了有效扑救火灾，减少损失，消防大队经向县委、县政府申请，先后于1997年、2004年添置东风消防水罐车2辆，消防指挥车1辆，有效保证了全县人民的生命财产安全。2004年，消防大队将消防重点单位调整到40个，全面建档。

1986年至2004年，全县共发生火灾523起，共出警523次。

1986年至2004年火灾统计表

表20-1-6　　　　　　　　　　　　　　　　　　　　　　　　单位：万元

年份	起数	损失	年份	起数	损失
1986	20	0.56	1996	28	0.69
1987	18	0.49	1997	30	0.75
1988	19	0.60	1998	31	0.00
1989	23	0.63	1999	32	0.85
1990	22	0.70	2000	40	0.94
1991	23	0.67	2001	33	5.88
1992	25	0.69	2002	35	0.71
1993	26	0.72	2003	32	0.83
1994	27	0.74	2004	34	11.31
1995	25	0.84			

第五节　特种行业管理

　　1986年，大厂县特种行业有旅店业5家，印章业2家，废旧金属收购业12家，机动车修理业56家，洗浴业1家，印刷装订业15家，当时还没有台球室，但已有台球桌。之后，由国营或集体经营的旅店业转变成国营与私人旅店并存，数量大幅度增加，废旧金属收购由集体企业收购变成了个体收购，2003年废旧金属收购取消特种行业审批后，个体经营废品收购的站点数量大幅增长，全县有20余家废品收购站点；机动车修理1986年仅有交通局汽修厂1家，后发展为全部由个体经营，汽车修理、农机修理、摩托车修理等各种机动车修理厂、修理部多达上百家；印刷装订业也蓬勃发展，全县已有38家个体印刷装订企业；台球室、电子游戏室、网吧、洗浴按摩、美容美发、娱乐服务场所从无到有，不仅数量、种类急剧增加，而且经营规模不断扩大。全县各种特种行业已由1986年的10余家，发展到2004年的300家。

　　1986年至2004年期间，共检查特种行业2850家次，发现违法违纪54家次，处理54家次。

1986年至2004年特种行业统计表

表20-1-7

年份 \ 种类 数量	印刷业	刻字业	旅馆	旧货业	机动车修理业	拆车业	出租车业	歌舞厅	游戏厅	录相厅	桑拿洗浴	备注
1986	15	2	5	12	56	0	20	0	0	1	0	
1987	15	2	5	12	56	0	20	0	0	1	0	
1988	15	2	5	12	56	0	20	0	0	1	0	
1989	17	2	5	12	57	0	20	0	2	1	0	
1990	17	2	7	12	57	0	21	0	5	2	0	
1991	20	3	7	12	59	2	22	0	7	2	0	
1992	25	3	15	12	59	5	23	0	7	2	0	
1993	25	3	15	17	83	7	27	1	7	2	0	
1994	25	3	18	17	83	5	35	1	7	2	0	
1995	37	3	18	17	83	11	46	1	11	2	0	
1996	37	3	18	17	83	17	59	1	17	2	0	
1997	37	3	18	17	90	17	75	2	17	2	0	
1998	39	3	18	22	90	17	88	2	24	2	0	
1999	37	3	22	22	90	25	95	0	21	1	1	
2000	37	3	22	21	117	25	97	0	20	1	2	

续上表

年份 \ 种类 数量	印刷业	刻字业	旅馆业	旧货业	机动车修理业	拆车业	出租车业	歌舞厅	游戏厅	录相厅	桑拿洗浴	备注
2001	37	3	22	21	117	25	115	0	13	1	2	
2002	37	3	22	21	117	25	105	0	13	1	2	
2003	37	4	22	21	117	25	127	0	15	0	3	
2004	37	4	22	21	120	30	130	0	17	0	3	

第六节　因私出境管理

1986 年至 2001 年 11 月，中国公民因私出境管理工作一直由县公安局政保部门负责。国家对中国公民因私出境审批手续比较严格，从派出所至省公安厅，逐级审批，办照周期长，申请人要往返于户籍所在地与廊坊市公安局和河北省公安厅之间。在这段时期，大厂县出境人数也较少。2000 年 5 月，出入境管理实现了网上办公，即申请人的资料可通过公安专用网由市公安局审批，申请人不必再多跑路了，也缩短了审批周期。随着经济发展和改革开放不断深入，出境人数增加。2001 年 11 月以后，出入境管理移交治安科，对应廊坊市公安局出入境管理处。

2004 年 1 月起，中国公民因私出境实行按需申请，申请手续大大简化，申请人只要凭身份证、户口本到公安局出入境管理科接受必要的询问后，填写申请表即可办理。随着按需申领护照的实行，大厂县的出境人数不断增加，2001 年，因私出境人数为 24 人，2002 年 34 人，2004 年 100 人。

1986 年以后，对外国人入境及涉外机构的管理，变化不大，自第一家"三资"企业——华安肉类有限公司在大厂县落户后，截至 2004 年底，大厂县境内的涉外企业已达 8 家（包括港、澳、台资企业）。对于外资企业和入境的外籍人员，出入境管理部门一直严格管理，对"三资"企业和涉外机构均登记备案，对临时入境和常住境外人员，也都要存档备案。2000 年以后，实现了计算机联网，这些涉外机构和临时以及常住人员均录入计算机，实现全廊坊市信息共享，2004 年 12 月，公安部开发出新软件，信息实现全国共享。

1986 年至 2004 年，大厂县的涉外机构（包括企事业单位）不断增加，截至 2004 年底，涉外企业共有 8 家，在职外籍人员 14 人，涉外宾馆 2 家，临时入境外籍人员 12 人次。

第七节　侦　察

1986 年至 1997 年 10 月，刑事案件的侦察工作主要由刑警队负责，预审工作由预审股负责。1997 年 11 月根据上级公安机关刑侦体制改革的有关精神，实行侦审合一，撤销预审股，建立刑警大队，刑事案件的侦察、预审工作全部由刑警大队负责。

在刑事案件的侦破工作中，不断加大科技投入，提高刑侦工作的科技水平。在1986年，刑事技术设备仅有TO膏箱、指纹刷、海鸥照相机，情报资料采集为油墨玻璃板。到2004年，已拥有专业照相机3台，数码照相机2台，数码录像机1台，刻录机1台，高配置电脑2台以及多波段光源、静电提取仪。活体采集、现场勘查等先进设备。通过提取的痕迹物证、指纹比对，成功破获和认定了"2004.04.14"北京烟草公司被盗案、"2004.09.09"祁各庄乡毛庄村抢劫案、"2004.09.12"大厂中医院北侧商亭被盗案、"2004.08.20"西马庄村破坏生产案、打掉盗窃团伙等刑事案件20余起。

1986年至2004年刑事案件立案、破案统计表

表20－1－8

年份	立案数	破案数
1986	24	20
1987	31	26
1988	29	23
1989	46	39
1990	44	34
1991	54	39
1992	57	39
1993	62	47
1994	48	32
1995	55	44
1996	31	28
1997	30	30
1998	41	39
1999	71	54
2000	100	53
2001	133	73
2002	110	45
2003	107	64
2004	104	39

第八节 看 守

看守所建于 1955 年。2000 年迁址新建，投资 300 万元，占地 1.20 万平方米，建筑面积 2300 平方米。新看守所安装了监控系统、巡视系统、高压电网，同时，严格落实各项监管制度，全面加强软硬件建设。2002 年，安装了公安局域网、微机、扫描仪、传真机、电教系统，更新了巡视装置。2003 年，安装了计算机管理系统、安全检查门、门禁系统、红外周界控制系统、分控系统。2004 年，安装部分低压电网、在押人员报告装置、全方位监控系统、会见管理系统、讯问指挥系统、视频电话会议系统。2000 年至 2004 年，连续被河北省公安厅评为二级看守所，至 2004 年，连续12 年安全无事故。

第九节 严打活动

根据上级公安机关的统一部署和大厂县实际情况，1986 年以后，公安局相继组织开展了春季攻势、夏季攻势、秋季攻势、冬季攻势、"两打一防"（打击盗窃、抢劫犯罪，严防刑事案件）、打击"两抢一盗"（抢劫、抢夺、盗窃犯罪）、"三打"（打击盗窃、抢劫、街头犯罪）、侦破命案、百日会战等一系列重要严打活动，破获了一大批重特大案件，有力地打击和震慑了各种刑事犯罪，创造了良好的社会治安秩序。

第十节 警 衔

警衔是区分人民警察等级，表明人民警察身份的标志和国家给予人民警察的荣誉。1992 年 7 月 1 日召开的第七届全国人民代表大会常务委员会第 26 次会议审议通过了《中华人民共和国人民警察警衔条例》，并颁布实施。1993 年 4 月 29 日上午，县委、县政府在政府小礼堂为大厂公安局 104 名人民警察隆重举行授衔仪式，县四套班子领导、市公安局领导出席了授衔仪式。到 2004 年，公安局共有授衔民警 149 人，其中一级警督 6 人，二级警督 34 人，三级警督 62 人，一级警司 30 人，二级警司17 人。

第十一节 机 构

1986 年，公安局下设机构 14 个，有办公室、政保股、经保股、治安股、刑警队、预审股、看守所、消防科（现役）、大厂派出所、夏垫派出所、祁各庄派出所、邵府派出所、陈府派出所、王必屯派出所。1987 年 8 月，交通监理全建制移交公安，建立交警队。1990 年 5 月，建立法制股。1995 年 5 月，增设政办室（2000 年 8 月，政办室更名为政治处）。1996 年 5 月，撤销王必屯派出所并入大厂派出所。1999 年 3

月，建立市场派出所。1999 年 4 月，成立 110 指挥中心。2000 年 1 月，撤销刑警队、预审股，组建刑警大队，下设 3 个责任区中队和 1 个综合中队。2000 年 12 月，组建公安专职消防队。2002 年 2 月，治安管理股改称治安警察大队。2002 年 4 月，政保股改为国内安全保卫大队。2002 年 9 月，增设警务督察队、控申科、行政科、巡警防暴大队、城区派出所。撤销经保科，职责划归治安大队。2003 年 9 月，建立开发区治安派出所。到 2004 年，下设机构已增加到 23 个（不含刑警大队下设中队）。增加了政治处、警务督察队、控申股、指挥中心、法制股、行政股、消防大队、交警大队、市场派出所、巡警防暴大队、城区派出所、开发区治安派出所，撤销了预审股、经保股、王必屯派出所。

第二章 检 察

　　1986 年以后，人民检察院以"公正执法、加强监督、依法办案、从严治检、服务大局"为己任，严厉打击刑事犯罪，维护了社会稳定，保护了一方平安；严惩贪污、贿赂犯罪，认真查办渎职、侵权案件，纯洁了干部队伍，匡扶了清正之风；认真履行法律监督职能，全力维护司法公正和司法权威，有效地避免了执法不公；坚持以服务大局为检察工作的出发点和落脚点，结合履行检察职能，努力为党委和政府的中心工作服务，积极采取了一系列有效措施，取得了良好的法律效果和社会效应。

第一节 刑事检察

　　1988 年 2 月，撤销刑事检察科，增设批捕检察科、起诉检察科。2002 年 8 月，改为侦查监督科、公诉科。坚持依法从重从快方针，认真贯彻高检院"严格执法，狠抓办案，加强监督"的指示，充分利用批捕、起诉的职能，坚持重、特大案件提前介入和联席会议制度，推行普通程序简易审，严把案件质量关，与公法机关密切配合，积极开展"反盗窃"、"围歼车匪路霸"、"打拐"、"扫黄打非"、"严打"等专项斗争，"稳、准、狠"地打击刑事犯罪活动。1996 年，检察院起诉受理一起诈骗 580 万元重大案件，检察长亲自坐镇指挥，突出"快、细、稳"，赢得了广泛的社会声誉。1998 年，受理一起侵犯著作权案，专案组做到了快审、快捕、快诉，仅用一天就审查起诉完毕。该案被中央扫黄打非办公室列为重点督查案件，也是大厂县检察院首次办理的侵犯知识产权案。是年 12 月，省委、省政府对专案组予以表彰。

　　1986 年至 2004 年，共受理公安机关、自侦提请逮捕的各类案件 419 件 637 人，经审查批准逮捕 418 件 636 人，不批准逮捕的 1 件 1 人。受理各类起诉案件 487 件 759 人，经审查提起公诉 391 件 603 人。共出庭支持公诉 387 件 465 人，发表公诉词 387 篇，有罪判决率达 100%。无一错捕错诉、漏捕漏诉案件。切实做到独立行使检察权，加大审判监督的力度，维护法律的尊严。在审查案件中，共挖余罪 9 条。提起抗诉案件 5 件 5 人，口头提出纠正意见 112 次，书面提出纠正意见 13 次。

第二节　贪污贿赂检察

1990 年，全国统一将经济检察改为贪污贿赂检察。1997 年，建立大厂县人民检察院反贪污贿赂局，下设侦查一科、侦查二科。在侦查工作中，严格执行办案程序和办案纪律，办案质量明显提高，无错案、无程序错误案，无一人出现违纪违法问题。实现了侦查重心从讯问犯罪嫌疑人获取口供向秘密调查、全面获取证据转变；侦查方法特别是讯问方法从偏重于强攻硬取打疲劳战向运用谋略和科技手段获取证据转变；侦察机制从分散作战向整体作战转变。2002 年，反贪干警多措并举，缜密布控，成功将涉嫌挪用公款犯罪畏罪潜逃 7 年之久的犯罪嫌疑人抓捕归案，受到上级院和广大群众的好评。2003 年 2 月办理的一件挪用公款案被省院评为 2002 年度"九大好案"之一。1986 年至 2004 年，共受理经济案件线索 174 件 193 人，立案侦查 88 件 97 人，移送起诉 68 件，其中大要案 25 件，为国家和集体挽回经济损失 890 万元。工作主要特点：多办案、办大案的指导思想明确，查办贪污、挪用公款案件比例逐年增大，共 69 件 69 人，占立案总数的 78%；为企业服务意识明显增强，寓服务于打击之中，为企业解决实际问题 89 件，挽回直接经济损失 480 多万元；加大查处农村基层干部违法案件力度，在 1986 年至 2004 年的立案案件中，查处犯罪的农村基层干部 58 人。

第三节　民事行政检察

1994 年，检察院建立民事、行政检察科后，全面实行主诉检察官办案责任制，建立与律师定期联系制度，严把受案关、立案关、审查关、程序关，提高办案质量和办案效率。坚持试行公开审查程序，实行案件线索分流联动制度，1999 年以后，坚持主动向人大汇报民、刑检察工作，坚持抗诉案件向人大备案制度。1986 年至 2004 年期间，共受理民、刑案件 30 件，立案 12 件，其中提请抗诉 6 件，建议提请抗诉 6 件，接待并处理民、刑信访 69 件次，均作出妥善处理。

第四节　监所检察

1986 年实行驻所检察。1988 年 2 月，成立监所检察科。1998 年，监所检察监督形成网络化、制度化、规范化。坚持一年两次对监外服刑人员进行考察，严把收押、释放、交付执行关。会同公安监管部门每周对监区进行一次安全检查，节假日期间加强安全检查，累计进行安全检查次数超过 1200 次。对在押人员每周进行一次集体教育，受教育者超过 15000 人次。自 1998 年新刑诉法实施后，在押犯罪嫌疑人在各个诉讼环节未发生超期羁押现象，监管干警和监所检察干警未发生任何违法违纪行为。

第五节　控告申诉检察

受理举报、控告、申诉，承办人民检察院负有赔偿义务的刑事赔偿案件。主要工作：围绕反腐败斗争深入开展举报宣传工作，出动宣传车辆 180 台次，设立宣传站点 108 个，发放宣传材料 21 万余份，解答咨询 720 人次，受教育群众达 36 万人次。1989 年，设立举报中心，完善各项举报制度，共受理举报 467 件，立案 74 件，其中大、要案线索 30 件。严格检察长接待日制度。检察长及其他党组成员亲自接待、批阅重大、疑难信访 192 件次。充分发挥信访接待"窗口"作用，对人民群众来访做到全天候接待，实行首办责任制，做到"件件有落实"。1986 年至 2004 年，共受理来信 487 件，来访 1015 人次，妥善处理矛盾可能激化问题 200 余件。2004 年，检察院"妥善化解信访案件，维护社会稳定"的做法受到了省院的肯定，要求全省检察系统学习借鉴。注重社会效果，积极查办控申案件，实行举报、初查、侦查一体化。共收到案件线索 120 件，查办刑事申诉案 1 件。

第六节　预防职务犯罪

职务犯罪预防由经济检察科、反贪局结合检察业务，通过法制宣传、检察建议等形式，帮助贪污受贿、挪用公款等职务犯罪的发案单位建章立制、堵塞漏洞、以预防类似的职务犯罪案件的重复发生。1997 年，县委成立预防职务犯罪指导委员会，办公室设在检察院。2002 年 9 月，检察院成立职务犯罪预防科。2003 年初，在检察院的积极建议下，对大厂县预防职务犯罪指导委员会进行重要调整和补充，制定并印发了《关于加强预防职务犯罪工作的意见》，构筑了预防职务犯罪新机制。2003 年，检察院拓展预防领域，将预防工作延伸到农村，在各乡镇建立预防农村干部职务犯罪指导站，并制定了章程、计划和制度，加强对农村干部的教育、管理和监督，此经验在全市检察系统总结推广。重点抓好重点行业和重点领域的职务犯罪预防工作，与国税、地税、供电、教育、城建、卫生等部门建立系统预防体系，并不断充实、延伸。积极开展个案预防，结合办案，有针对性地向发案单位提出检察建议，帮助发案单位分析发案原因，查找漏洞，研究制定防范措施。将法制教育作为预防的重点，2002 年，通过广播、电视、党校上课等途径对全县党政机关工作人员、行政执法人员、国有企业管理人员进行法制宣传教育 46 次，以案释法，警钟长鸣，构筑拒腐防变的思想防线。坚持"打防并举"，进一步开展"送法进企"和"促进货款回收"活动，深入企业讲法制课 37 次，受教育 2400 多人次，接待企业咨询 200 多人次，制作法律知识专栏 29 期，帮助企业建立完善各种制度 428 条，促使企业回收拖欠货款 80 多万元。

第七节　渎职侵权检察

渎职侵权检察，原名法纪检察，依法直接受理、立案、侦查国家机关工作人员的渎职犯罪案件和国家机关工作人员利用职权实施的侵犯公民人身权利、民主权利的犯罪案件。2002 年 8 月，检察院法纪科更名为渎职侵权检察科。20 世纪 80 年代后期，法纪科重点查办了一批刑讯逼供等侵权案件。20 世纪 90 年代初期，大力开展了解救"人质"打击非法拘禁犯罪和打击徇私舞弊犯罪的工作。近年来，深入开展严肃查办侵犯人权犯罪专项活动，集中查处破坏和扰乱社会主义市场经济秩序的渎职犯罪活动。积极开展法纪宣传，疏通渠道，多方位、多途径拓展案源。1986 年以后，进行法律宣传、咨询 65 次，印制发放宣传材料和名片式检民联系卡 1 万余份，解答群众咨询 70 多件，受理群众举报 89 份。建立举报信息网络，同时加强与内部各业务科室的沟通协作，形成"一盘棋"格局。紧紧围绕"执法监督和人权保护"两大主题，狠抓办案。认真坚持"以事实为依据，以法律为准绳"、"一要坚决、二要慎重、务必搞准"的办案原则，严把立案关、事实关、证据关、法律和政策界限关，严格遵守办案程序，确保案件质量。1986 年至 2004 年，共受理各类法纪案件 127 件，初查 65 件，立案 30 件 36 人，结案 27 件 33 人，移送起诉 7 件 8 人，无一件凑数案、拔高案。增强服务观念，深入开展"保护国有资产"活动和"服务百家企业"活动，帮助企业查找管理和监督环节上存在的隐患和漏洞，制定和完善规章制度，为企业挽回经济损失 300 多万元。

第八节　机构和自身建设

1988 年，人民检察院开始确定业务人员职级，有副处级检察官 1 人，正科级检察员 13 人，副科级检察员 2 人，科员 14 人。1998 年 11 月，对全体在册检察干部进行等级评定工作，共有 18 名检察干部评定了检察官等级。有四级高级检察官 1 人，一级检察官 9 人，二级检察官 3 人，三级检察官 2 人。检察院设有反贪污贿赂局、政治处和办公室、侦查监督科、公诉科、渎职侵权检察科、监所检察科、民事行政检察科、控告申诉检察科、职务犯罪预防科。核定政法编制 27 名。其中检察长 1 名、副检察长 3 名（其中 1 人兼任反贪污贿赂局局长）、政治处主任 1 名、中层干部 14 名（其中正职 8 名，副职 6 名）、一般干警 8 名。全部具有大学专科以上学历。

1996 年 11 月，建筑面积为 1207.80 平方米的检察院办公楼落成。1997 年 11 月，经省、市、县档案局及有关人员考察，检察院档案管理工作晋升为省一级。2000 年，配备了计算机、复印机、摄像机、录音机、照相机等设备，实现了办公设备现代化。办案专用车 3 辆和一些必要的侦查装备，加快了科技强检的步伐。

在队伍建设上，坚持实行三个机制，即学习教育机制、竞争激励机制和监督制约机制。1998 年以后，连续开展"宗旨教育"、"廉政教育"、"警示教育"、"三讲教育"、"强化法律监督、维护公平正义教育"、"三公教育"等专项教育活动，狠抓思想政治工作，大搞队伍建设。坚持贯彻从严治检方针，先后制定了《廉洁自律制度》、《"两错"责任追究制度》、《检察干警八小时以外管理制度》等20多项规章制度，规范和约束干警的行为。强化党风廉政建设，2000年以后，检察院干警共拒吃请360次，拒贿10万余元，所办案件无一起金钱案、关系案、人情案，树立了检察机关良好的社会形象。扎实开展送法为民服务活动，将检务公开延伸到村到街，在全县部分行政机关、企事业单位和重点村镇设立了100多个检务公开栏。坚持开门整风活动，结合开展各项思想作风教育整顿活动，共向社会各界发放征求意见卡2860多份，邀请人大代表、执法执纪监督员400余人，召开座谈会64次，切实促进了检察队伍整体素质的提高。2000年，在检察机关基层院建设工作中，被河北省人民检察院命名为"五好检察院"。2002年，被省院荣记"集体二等功"。2003年3月，被团省委等16家单位评为省级"优秀青少年维权岗"。

第三章 审 判

1986年至2004年，县人民法院共审理各类案件13026件，其中刑事案件532件，民事案件5248件，行政案件220件，执行案件4200件，经济案件2826件，总涉诉标的额近4.20亿元。深入联系县内企业500余家，开展大规模法律培训300次，进行法律咨询1万余人次，到农村开展法律宣传2000余场次，与全县50余所中小学校共建了法制教育基地，举办法制报告会300场，发放宣传资料1万余份，接待群众来信来访7万余次。先后被省、市、县各级党委及法院表彰150余次，成为全省闻名的先进基层法院。

第一节 案件审判

一、刑事审判

1986年至2004年，贯彻严打方针，严厉打击各种刑事犯罪，共审理刑事案件532件，审结532件，结案率为100%，处罚犯罪分子823人，判处10年以上有期徒刑89人，判处10年以下有期徒刑734人。

二、民事审判

1986年至1999年，法院积极开展民事审判方式改革，强化当事人举证责任和合议庭功能，注重办案的社会效果，由当事人在庭上当庭举证，提高了民事审判工作的透明度和工作效率。共审理民事案件2245件，其中以调解方式结案的1792件。2000

年至 2001 年，受理民事案件 643 件，审结 641 件。2002 年至 2004 年，受理民事案件 2525 件，民事案件调解方式结案 1789 件。

三、经济审判

1986 年至 1995 年，经济案件逐年增加，法院结合不同时期的案件特点适时开展专项审判活动。共受理经济纠纷 488 件，审结 488 件。

1996 年至 2001 年，法院紧紧围绕如何为社会主义市场经济服务这一主题，充分发挥审判职能，审理各类经济纠纷案件。共受理各类经济案件 2538 件，全部审结。其中调解解决 2075 件，判决 463 件，诉讼标的额 16572.12 万元。

四、行政审判

1986 年至 1991 年，共编写宣传材料 50 篇，为行政单位举办培训班 40 次，解决非诉行政纠纷 60 余件。1992 年至 2004 年，法院共受理行政案件 41 件，审结 41 件，结案率为 100%。受理非诉行政执行案件 103 件，全部执结。

第二节　执　行

1987 年至 1995 年，执行各类案件 470 件，执行标的额 579.30 万元。1996 年至 2002 年，执结各类案件 2558 件，为债权人挽回经济损失达 3899 万元。2003 年起，法院加大执行力度，推出"阳光执行"、执行线索有奖举报、执行效率五项承诺等新机制。共受理执行案件 866 件，全部执结，执行标的额 7745.48 万元。2004 年下半年，法院圆满执结了一起标的额达百万元的拖欠民工劳动报酬案件，为民工追回了拖欠多年的"血汗钱"。

第三节　告诉申诉

1987 年至 1998 年，法院共立案受理各类申诉案件 138 件，结案方式有判决、调解、撤诉等。这一时期，法院告诉申诉庭共调处简易纠纷 150 余件，处理群众来访 230 次，接待群众来访 3070 人次。

1999 年，法院共接待来访告诉 1012 件，立案 996 件，其中，民事立案 414 件、经济立案 571 件、刑事立案 10 件、行政立案 1 件。共受理申诉案件 12 件，其中，民事申诉案件 8 件，审结 8 件；刑事申诉案件 2 件，审结 2 件；经济申诉案件 2 件，审结 2 件。

2000 年至 2004 年，法院共接待告诉 5342 件，立案 5315 件。受理申诉案件 19 件，接待抗诉 2 件，立案 2 件。

第四节　案件构成

一、刑事案件

1986 年至 2004 年，法院共审理刑事案件 532 件，其中审理盗窃 112 件、故意伤害 88 件、抢劫 74 件、强奸 26 件、其他案件 232 件。

二、民事案件

1986 年至 2004 年，法院共审理民事案件 5248 件，其中审理离婚案件 987 件、人身损害赔偿案件 726 件、所有权及其相关权利纠纷案 896 件、适用特别程序 560 件、审理其他案件 2079 件。

三、经济案件

1986 年至 2004 年，法院共审理经济案件 2856 件，其中审理买卖合同纠纷案件 896 件、承揽合同纠纷 540 件、借款合同纠纷 360 件，审理其他案件 1060 件。

四、行政案件

1986 年至 2004 年，法院共审理行政案件 220 件，其中审理行政处罚案件 40 件、行政裁决 30 件、其他 150 件。

第五节　自身建设

法院坚持"公正与效率"的执法主题，以司法为民为基点，以司法能力建设为重点，以基层建设为基础，以司法改革为动力，抓班子、带队伍，行改革、促发展，树形象、争满意，积极践行"三个代表"重要思想。2002 年至 2003 年，连续两年被省高院荣记集体二等功。2004 年 3 月，被省高级人民法院荣记集体一等功，被市委、市政府授予"十佳政法队伍建设先进单位"，同年 8 月，被省委、省政府命名为省级"文明单位"。

不断加强司法能力建设。广泛开展学习教育活动，共组织各类政治理论和审判业务学习班 17 次，班子成员和其他干警都做了 12 000 余字的读书笔记。严格执行党风廉政建设责任制，完善了"三化"监督机制，即"规章制度系统化、监督内容具体化、监督措施网络化"。2004 年底，就党风廉政建设逐级签订了责任状，将监督触角延伸到"院外"和"八小时"以外，使干警遵守"不能为的约束机制"、"不敢为的惩戒机制"、"不愿为的自律机制"成为自觉。扎实开展多种形式的岗位练兵，为强化干警的学习意识，增强干警的实战本领，定期举办微机速录、庭审观摩、裁判文书制作等多种形式的比武竞赛，通过比武，培养审判、执行、庭审记录等方面的骨干。狠抓职业能力提升，在 2003 年全国统一司法考试中，有 3 人通过，上线率达 34%，超出全国上线率 23 个百分点。2004 年法院有 18 人获取法律本科学历，使本科学历占有率达 96%。

确立"四个注重"工作法，注重改革用人机制。2004 年 4 月，面对中层干部队伍年龄偏高、学历偏低的现状，采取竞争上岗的形式，通过集体推荐、民主测评、理论知识考试、组织考察、党组研究等步骤提拔 5 名中层正副职干部。这 5 名干部平均年龄 31 岁，均为大学本科学历，此外，每年干警进行一次异岗交流，让干警们在不同的审判工作岗位上进行锻炼，为培养知识型、复合型法官创造条件。注重改革考核机制，在全省法院系统率先推出"分级管理、量化考核制度"。每季统考一次，上至班子成员，下至一般干警都被纳入考核范围。考核结束后经党组研究，按得分多少将全院干警分成一、二、三共三个级别，在全院进行通报。通过考核，1 名中层干部2003 年被提拔为班子成员。注重改革思想政治工作方法，不断创新载体，通过树立"身边模范"，让干警学有榜样，赶有目标，明白差距，奋起直追。大力加强基层基础建设。法院下辖 3 个基层法庭，其中 2 个为两层楼房、1 个为平房，均实现了"独门独院"办公。每个法庭办公用房面积都在 500 平方米以上。3 个法庭有 17 名干警，均具备法律本科学历。每个法庭都配备"桑塔纳"警车 1 辆、微机 2 台、程控电话 1 部。3 个法庭均为县级"文明单位"。2004 年 8 月，夏垫法庭被市委、市政府命名为市级"文明单位"。

实行法官制。依照《法官法》的任职条件，1998 年通过公开考试首批取得法官资格的有 7 人，2003 年有 2 人通过考试取得法官资格。截止到 2004 年底，法院共有在职法官 29 名。

第六节　审判机构

1986 年人民法院有办公室、民庭、刑庭、大厂法庭、夏垫法庭、祁各庄法庭。1987 年 5 月设立行政庭、经济庭、执行庭和告诉申诉庭。1996 年 8 月设立法警队，1997 年法警队改名为司法警察大队。1999 年撤销告诉申诉庭、经济庭，增设立案庭、政工科、审判监督庭、法医室、经济第一审判庭、经济第二审判庭。2002 年撤销经济第一审判庭、经济第二审判庭、民庭，成立民事审判第一庭、民事审判第二庭、监察室，政工科改为政治处，执行庭改称执行局，法医室改为司法技术鉴定室。到2004 年底，法院设有办公室、立案庭、民事审判第一庭、民事审判第二庭、行政庭、审判监督庭、刑庭、执行局、监察室、司法技术鉴定室、政治处、司法警察大队、大厂法庭、夏垫法庭、祁各庄法庭，正院长 1 名，副院长 3 名，纪检组长 1 名，在职工作人员 63 名。

第四章　司法行政

第一节　普　法

　　司法局负责全县普及法律常识教育。1989 年，对全县 11 960 名中小学生进行以《中华人民共和国宪法》为核心的法律法规教育，提高学生学法守法用法的自觉性。1990 年 8 月 16 日至 18 日，举办了各乡镇长、主管政法工作的副书记、各局局长、办公室主任参加的《中华人民共和国行政诉讼法》培训班，并配合廊坊市司法局对县四套班子成员、乡镇科级干部、县执法部门的工作人员进行了行政诉讼法基本知识测验，参考率 98%，及格率 100%。在 1996 年 5 月 18 日全省"严打"宣传日和 5 月 26 日全省《律师法》宣传咨询日，进行了大规模的普法宣传活动。1997 年 8 月份，司法局宣教股制作展牌到各乡镇巡回宣传法律知识。1998 年 12 月组织全县副科级干部学习《中华人民共和国国家赔偿法》，并协助廊坊市依法治理办公室对全县四套班子成员进行考试。2000 年 8 月，对全县 489 名副科级以上领导干部普遍进行了一次普法考试，内容为《中华人民共和国宪法》、《中华人民共和国国家赔偿法》，同年 10 月 12 日，协助廊坊市依法治市领导小组对全县 24 名四套班子成员进行了普法考试。2003 年 4 月下旬，县四套班子全体成员集中学习了宪法修正案，同年，廊坊市普法办对大厂县 28 名处级领导干部进行法律知识考试。

　　1986 年至 2004 年，通过多种形式，利用多种渠道，广泛开展法制宣传。县司法局上法制课 89 场次，出法制宣传栏 220 期，录制法制节目 30 期，法律咨询 2790 次，集中上街宣传 260 次，悬挂条幅 350 条，张贴标语 500 余条，出动宣传车 85 次，发放宣传资料约 8 万多份。共 10 万余人次学习了《中华人民共和国宪法》、《刑法》、《合同法》、《民法通则》、《民事诉讼法》、《刑事诉讼法》、《继承法》、《婚姻法》以及《宪法修正案》、《行政许可法》等法规，占普法对象的 100%。通过普法教育，不少企业、事业单位学会运用法律手段管理经济，群众个人学会用法律武器维护自己的合法权利，避免和挽回经济损失上千万元。

　　1995 年至 2004 年，司法局共录制青少年法制宣传教育专题节目"社会、家庭、学校"60 期，在大厂电视台播出，研究青少年犯罪的原因、特点及预防措施，有讲座、实地采访、论谈等形式，在全县的收视率较高，对预防青少年犯罪起到了一定作用。

第二节　公　证

　　公证处有公证员 2 名，工作人员 1 名。1986 年至 2004 年，共办理各类公证 20

360 件，其中经济类 18 672 件，民事类 1688 件，拒证 46 件，调处证后纠纷 35 件。建有常年公证服务点 8 处，解答法律咨询 5627 人次。2004 年公证处还首次办理了因污染至农作物减产索赔而申办的证据保全公证，成功调解了霍各庄村坑塘承包合同纠纷案，维护了农民利益。

第三节　民事调解

1986 年全县设立人民调解组织 151 个，调处大量的民间纠纷，避免许多人民内部矛盾的激化。到 2004 年，全县共有人民调解组织 110 个，配备调解人员 340 人，调解各类纠纷 208 件，劝止群众上访 5 件，防止矛盾激化 2 件，解答法律咨询 658 人次，代写法律文书 108 份。

第四节　律　师

大厂县律师事务所建立以后，律师充分发挥作用，加强法制，维护当事人的权益，并为广大群众排难解忧，促进经济的发展。1995 年 6 月，律师事务所正式更名为"大厂县新新律师事务所"。2004 年 3 月 16 日，新新律师事务所搬出司法局独立办公。

1986 年至 2004 年底，共办理刑事案件辩护 82 件，民事案件 720 件，非诉案件 150 件，解答法律咨询 1548 件，代写法律文书 850 件，接受群众咨询 3 万余人次，担任 20 个企、事业单位的常年法律顾问；通过办案为国家、企事业单位、群众挽回经济损失 4632 万元，避免经济损失 11 619 万元。

到 2004 年底，全县共有律师 3 名。

第五节　法律服务

1994 年 12 月 28 日，建立中心法律服务所。2001 年 1 月 4 日，更名方明法律服务所，独立出司法局，聘请法律服务者 9 人，代理民事案件，接受法律咨询。至 2004 年，共担任法律顾问 128 家，代理诉讼案件 368 件，非诉案件 159 件，见证 78 件，代写法律文书 967 份，解答法律咨询 3698 人次，法律援助 15 件，避免和挽回经济损失 8956.30 万元。

第六节　安置帮教

1999 年增加对刑满释放和解除劳教人员的帮教工作，同年成立了县安置帮教办公室。司法局以对释解人员集中排查清理为重点，强化衔接工作，杜绝脱管和失控现象发生，预防和减少重新违法犯罪的发生。1999 年开始，开展"服刑期间有人问"的大墙内外帮教活动，县、乡、村三级帮教组织先后 3 次到冀东监狱、市劳教所等狱所同服刑、在教人员进行座谈。1999 年至 2004 年，全县释解人员共 150 名，安置率和改好率均达 100%，未发生一起重新犯罪事件。

第七节　机　构

1986 年司法局下设办公室、民调股、宣教股、公证处、律师事务所，干部职工 17 人。1994 年 12 月建立中心法律服务所。2004 年，县司法局机关有干部职工 23 人，机构无变化。

第二十一编　军　事

清雍正元年（1723 年），夏垫设墩堡一处，驻兵 5 人。1932 年，大厂、夏垫各驻三河县保卫团一个分队，每队 30 人。1933 年，日本军队侵入大厂地区，先后在夏垫、大厂等地建造据点，驻日伪军、警、特，共计 200 多人。1946 年 8 月，国民党军队攻入大厂地区，在夏垫驻一个营。1942 年起，中国共产党广泛深入大厂地区，发动群众，开展抗日战争和解放战争。先后建立回民队、区小区、游击队、民兵等革命武装，给日伪和国民党军队以重创。尤其是回民队，驰骋于京东大地，历经大小战斗 1000 多次，拔掉敌人据点十几处，仅在大厂一带就歼敌 1000 余人。

新中国成立后，大厂民兵继承发扬革命战争年代的光荣传统，坚持劳武结合，农忙时生产，冬闲时军事训练，在维持社会治安、抗旱防洪、抢险救灾等重要活动和社会主义物质文明、精神文明建设中，发挥主力军和突击队作用。1986 年至 2004 年，全县有 1000 余名青年应征入伍，其中 78 人立功受奖，征兵工作多次被河北省政府、省军区、廊坊市政府、廊坊军分区评为先进单位。

第一章　组织机构

县人民武装部于 1986 年 3 月移交地方建制，为副县级单位，下设科室为正科级单位，设有军事科（下辖民兵训练基地）、政工科、办公室。1989 年 9 月增设国防教育办公室。1992 年 4 月增设生产经营科。1995 年 5 月增设装备管理科。1996 年 4 月县人武部收归军队建制，为正团级单位，下设军事科、政工科、后勤科。1986 年下辖大厂镇武装部、夏垫镇武装部、陈府乡武装部、邵府乡武装部、祁各庄乡武装部、王必屯乡武装部、县直工委武装部、经委武装部共 8 个基层武装部。1996 年撤乡并镇，王必屯乡武装部撤销。2002 年 4 月，经委武装部撤销。2004 年下辖大厂镇武装部、夏垫镇武装部、陈府乡武装部、邵府乡武装部、祁各庄乡武装部、县直武装部共 6 个基层武装部。

1986 年至 2004 年武装部领导人名表

表 21 - 1 - 1

姓　名	职　务	任职时间
郭景文	部　长	1986.01—1986.04
张宝元	部　长	1986.03—1993.12
杨德忠	部　长	1993.12—1995.12
张德荣	部　长	1996.03—2003.01
刘俊峰	部　长	2003.01—2004.12
李玉忠	政　委	1986.01—1988.07
李树杰	政　委	1988.07—1997.12
杨木生	政　委	1998.01—1999.11
徐建国	政　委	1999.11—2003.01
武援军	政　委	2003.01—2003.07
化佩俊	政　委	2003.07—2004.02
冯长海	政　委	2004.02—2004.12
何凤发	副部长	1991.03—1996.04
贾玉松	副部长	1996.04—1998.03
李德学	副部长	1998.03—1999.06
王德海	副部长	1999.06—2002.06
刘永红	副部长	2002.06—2003.12
王洪斌	副部长	2004.01—2004.12

第二章　军事设施

县内军事设施是供民兵学习、训练、提高民兵军事技能的基本活动场地。县军事设施建在民兵训练基地。

民兵训练基地，位于县城西 4 公里，设有科技兴训室、射击训练场、投掷训练场、军体训练场、队列训练场、专业训练场、障碍训练场、战术爆破训练场等。具有功能完备、设施齐全、场地规范、实用性强等特点，科技含量较高。

第三章 兵员征集

义务兵征集，一般每年一次。征集人数、时间和要求，在国务院、中央军委命令下达后，按廊坊市政府、廊坊军分区征兵命令具体实施，时间从 11 月 1 日开始，12 月底前完成新兵征集任务。

1986 年，继续实行 3 年义务兵役制。1998 年义务兵服役期限改为 2 年。义务兵服现役期满，根据军队需要和本人自愿，经团级单位批准，可以改为士官。历年征兵均成立县征兵工作领导小组。基层设有征兵办公室，负责宣传、登记、上报、体检、政审等工作。自 2003 年起，每年 10 月份定为全县征兵宣传月，各乡镇、县直各单位张贴标语、发放宣传材料，出动宣传车到集市、街道进行宣传。1986 年至 2004 年，全县共有 1000 余名青年应征入伍，其中 78 人立功受奖，回族占 23 人。征兵工作多次被河北省政府、省军区，廊坊市政府、军分区评为先进单位。

第四章 军事训练

1986 年后，军事训练趋于正规化。参训人员、时间、内容、质量全部落实。每年在民兵训练基地定期集训民兵干部和骨干，再由干部、骨干训练民兵。训练内容重点是队列、擒敌拳、警棍术、棍盾术、爆破、投弹、轻武器射击等单兵战术和专业技术科目。每期训练 10 天至 15 天。训练及格率达 95% 以上。每年有 260 个民兵在基地参加军事训练。1986 年至 2004 年，全县民兵军事训练多次受到省军区、廊坊军分区表彰。1996 年开始，从点到面逐步普及学生军训，已军训学生 2 万多名。

第五章 民兵预备役

民兵是中国共产党领导下的不脱离生产的群众武装组织，是"三结合"武装力量的组成部分，是中国人民解放军的助手和后备力量。民兵分为基干民兵和普通民兵两种。基干民兵是平时执行应急任务和战时兵员动员的骨干力量，是民兵组织建设的重点；普通民兵是国家预备役兵员的组成部分。基干民兵为年满 18 岁至 28 岁的人员，根据需要，吸收女性公民参加基干民兵。普通民兵为年满 18 岁至 35 岁，符合服兵役条件而未编入基干民兵的其他男性公民。

预备役是现役的后备力量，平时在各自的岗位上生产和工作，接受定期的军事训练，国家一旦需要，即应召到军队服现役。预备役包括预备役士兵和预备役军官。士兵预备役又分第一类和第二类预备役。第一类预备役人员包括建立在民兵组织单位中的基干民兵组织，不建立民兵组织单位中经过预备役登记的28岁以下的退伍士兵和不曾服现役但经过预备役登记的28岁以下的专业技术人员。第二类预备役人员包括建立在民兵组织单位中的普通民兵，不建立民兵组织单位中的经过预备役登记的29岁至35岁退出现役的士兵和其他符合士兵预备役条件的男性公民。士兵预备役的年龄为18岁至35岁。第一类预备役士兵，29岁转入第二类预备役，第二类预备役士兵，36岁退出预备役。预备役军官包括退出现役转入预备役的军官，退出现役确定服军官预备役的士兵，确定服军官预备役的高等院校毕业生，适合担任军官职务的专职人民武装干部、民兵干部，确定服军官预备役的非军事部门的干部和专业技术人员。各类预备役军官至规定的最高年龄时，即退出预备役。

依据法律规定，凡是年龄在18岁至35岁，政治可靠，身体健康的中国公民，除应征服现役的以外，都有参加民兵组织服预备役的义务和权利。

1986年至2004年，共建有6个民兵营，117个民兵连，民兵总数5357人。其中基干民兵1300人，普通民兵4057人；应急分队1个，125人；专业技术分队5个，313人；对口专业分队23个，420人。

第六章　国防教育

1989年9月，成立县国防教育办公室。通过开展国防教育，使公民增强国防观念，掌握基本的国防知识，学习必要的军事技能，自觉履行国防义务。国防教育贯彻全民参与、长期坚持、讲求实效的方针，实行经常教育与集中教育相结合、普及教育与重点教育相结合、理论教育与行为教育相结合的原则，针对不同对象确定相应的内容分类组织实施。2001年4月颁布的《中华人民共和国国防教育法》规定"国家设立全民国防教育日"，规定每年9月份的第三个星期六为全民国防教育日，在每年集中进行一次全国统一的国防教育，使全国人民在这一天都能想到国防，每年确定一个主题，循序渐进，不断深化，使全民国防意识得到明显提高。

1989年9月以来，结合政治教育、组织整顿、军事训练、执行勤务、征兵工作以及重大节日、纪念日开展国防教育活动，建立国防教育网络，已创建国防教育典型单位56个、树立国防教育典型个人66名，创建业余少年军警校9个、国防幼儿园2个、国防教育基地2个，使国防教育不断普及和提高。

2004年"八一"前夕，在文化中心召开了国防形势报告会，特邀国防大学国际关系教研室副主任、博士生导师江凌飞教授来县授课。县四大班子领导、全县副科级以上干部聆听了关于《伊拉克战争以来的国际战略形势与我国周边安全形势》的报告。江凌飞教授从海湾战争讲到伊拉克战争，从中国周边环境讲到台海局势，对国际战略形势、中国周边的安全形势和台海局势作了透彻的讲解，为全县干部上了一堂生动的国防教育课，使大家对世界新军事变革发展态势和台海形势有了进一步的了解，强化了国防意识，增强了关心支持国防建设的责任感和使命感。

第七章　武警中队

中国人民武装警察部队大厂县中队，主要担负县看守所的外围武装看守勤务，同时还担负着维护大厂县社会治安，保护人民生命财产安全等任务。开展擒敌、战术、队列、射击、情况处置、反恐以及制止突发事件等训练。自建队以来，始终发扬革命优良传统和勤俭建队的精神，圆满地完成了以执勤和处置突发事件为主的各项任务。1990 年被武警河北省总队评为"安全无事故先进单位"，1994 年被河北省人民政府评为"抗洪救灾先进集体"，并荣立集体二等功。1995 年、2001 年、2003 年被武警河北省总队评为"先进中队"。到 2004 年，中队实现了连续 10 年无执勤事故的目标。

第二十二编　教育　科技

　　清康熙五十四年（1715年）夏垫设"义学"（私塾的一种）。至清末，县域有私塾50所。清光绪三十三年（1907年），双臼、北坞各建立1所公立初级小学。1917年，由地方名士杨景芳（南寺头人）倡捐，在夏垫建高级小学堂。1930年，县域内有国立完全小学1所，国立初级小学19所，私立初级小学4所。1952年建立大厂回民中学。新中国成立初期，在发展小学、中学教育的同时，对农民进行扫盲和科技普及教育。20世纪50至60年代，全县有农民业余学校近百所。经过长期努力，到1979年实现基本无盲县。1985年，有完全小学30所，初级小学55所，普通中学2所，乡镇中学5所，农业技术职业学校1所，专业学校2所，职工、干部学校1所，农业技术业余学校47所，中小学教师835人。

　　1958年成立科学技术研究所和科学技术普及协会，在农业、工业、卫生等方面开展科学研究和科技普及工作。至1985年完成重要科研项目26个，其中5项分别获全国科技大会成果奖、国家农牧渔业部科技进步二等奖、廊坊地区科技成果三等奖。完成农业新技术实验并取得成功的项目14个，推广项目25个。经常举办科普展览、科技培训和科技交流咨询。

　　1986年后，对办学体制和投资体制进行改革，教育的硬件设施有很大提高。经过教育结构调整，学前教育、职业技术教育和高中教育获得较大发展。2000年起调整教育布局，集中使用教育资源，办学条件得以改善。推行素质教育，创建校园文化，使学生得以健康全面发展。

　　大厂县始终坚持"科学技术必须面向经济建设，经济建设必须依靠科学技术"的指导思想，大力实施"科技兴县"战略，科技学术事业稳步发展。在种植业方面，"两高一优"（高产、高效、优质）、中低产田改造、节水灌溉等一批工程的实施带来了粮食产量的逐年增加，抵御灾害性天气能力逐步提高。小麦、玉米优种率自1996年以后，一直达100%，于1996年被河北省政府命名为"冀北麦区第一吨粮县"。养殖业大力实施"金牛工程"。"肉牛规模化养殖及产业化技术研究与开发"项目列入国家星火计划，历经三年的研究，通过了国家科技部组织的专家验收，先后被国家命名为"全国肉牛生产基地县"、"秸秆养牛示范县"、"肉牛产业化示范县"。在工业方面，"两新一深"（新产品、新工艺、深加工）战略的实施，高新技术企业及民营科技型企业如雨后春笋般兴起，截至2004年底，大厂县拥有高新技术企业14家、民营科技型企业18家，高新技术产业涉及机械、电子、建材、生物制药、食品等领域。

1986年，被列入全省科技示范重点县；1999年和2002年，两次被评为全国科技进步先进县。2003年，通过了全国科技进步先进县的考核。

第一章 教 育

第一节 教育体制改革

一、办学体制改革

1983年农村教育体制改革后，采取"分级办学、分级管理"的办法，各乡镇中小学办学经费均来自乡镇、村两级筹集，县财政按一定比例对乡镇予以补助。1985年，按国家规定开始征收教育事业附加费（包括乡村筹集部分，2000年以后不再征收）。1996年，成立了县教育基金会（2001年税费改革后撤销），解决了一些急需问题，减轻了县财政压力。1997年县政府把祁各庄中学（现第五中学）和夏垫回民中学（现第三中学）分别下放到祁各庄乡和夏垫镇，进一步理顺了"分级办学、分级管理"体制。2000年以后，积极发展社会力量办学，2000年兴办了私立大厂县新世纪英才学校、2000年9月由大厂县体委兴办的第四中学（民办公助学校）成立、2001年股份制学校博文中学成立，还有私立童心、童乐幼儿园等。这些社会力量办学的兴起，对缓解高峰期的入学压力，减轻县财政负担起到了积极作用。此外，县财政也加大对教育的投资力度，不断在中小学危房改造、改善办学条件等方面投入资金，再加上上级专项资金的投入，全县的教育投入呈现出多渠道、多措并举的格局。

二、教育结构调整

1983年开始兴办职业教育，至2004年县职教中心已发展成一所国家级重点国办全日制中等职业学校，开设有牧医、微机、服装、林果、餐旅、电子电工、电机加工、会计等专业，学校师资力量雄厚，教学设施齐备，教学管理严格，校园环境优美。职业教育的发展分流了初中毕业生，为社会培养了大批实用人才。

高中教育得到发展。2003年，原大厂县第四中学迁至原大厂县新世纪英才学校，成立大厂高级实验中学。为普及高中教育打下了基础。

1986年，全县只有一所幼儿园，部分农村小学设有学前班，到2000年后，教育部门充分利用农村中小学布局调整后富余下来的教育资源加快发展幼儿教育，全面推进学前班与小学的相对分离，大力加强农村幼儿园建设。2004年全县基本普及学前三年教育。

三、学校布局调整

1986 年以前，全县共有中小学 93 所。由于人口出生减少，很多学校生源不足。从 2000 年起，实行合班并校、规模办学，到 2004 年底，已由原来的 93 所学校撤并至 42 所，使有限的教育资金得以集中使用，教师使用更趋合理，办学条件得以改善。

第二节　学　校

一、幼儿园

1986 年至 2004 年，全县的幼教事业已得到空前发展。本着"一切为了孩子"的办园宗旨，坚持保教结合的原则，从培养幼儿的自信、自主、创造入手，提高幼儿的整体素质。初步形成以"快速阅读"、"双语教学"、"珠心算"为主的办园特色，完善室内外硬件设施，启动河北省远程教育网，实现教育信息库资源共享。

2003 年，教育部门充分利用农村中小学布局调整后剩余下来的教育资源加快发展幼儿教育，全面推进学前班与小学的相对分离，大力加强农村幼儿园建设。2004 年底，全县建乡镇幼儿园 11 所，使辖区内各级各类幼儿园总数达到 15 个，其中县直幼儿园 2 所、农村幼儿园 11 所、私立幼儿园 2 所。新建的 11 所幼儿园中，有 3 个是独立园，分别是祁各庄中心幼儿园、邵府中心幼儿园、陈府中心幼儿园；有 8 个是校中园，分别是夏垫中心幼儿园、赵家沟幼儿园、南寺头幼儿园、北坞幼儿园、棋盘幼儿园、大厂镇中心幼儿园、河西营幼儿园、冯兰庄幼儿园。所有幼儿园符合"三段"（有三个年龄段，办有大班、中班、小班）、"两基"（有基本办园条件、有基本卫生保健设施）要求。全县共有幼儿教师 166 名，学历合格率为 100%，学前一年幼儿入园率达到 100%，学前三年教育普及率达到 85.30%，基本实现了普及学前三年教育。

第一幼儿园

县直第一幼儿园 1979 年 12 月建立，位于第一回民中学东校区东侧。占地 3292 平方米，建筑面积 1235 平方米。2004 年园内有教学楼 1 座，室内配有"三机一琴"（电视机、VCD、录音机、脚踏琴）和防暑防寒设备，电脑监控系统、河北远程教育网等，实现了教育信息库资源共享；食堂设施完善，能容纳 200 余名幼儿就餐。有教职工 52 名，大学本科学历 26 名、大专学历 14 名、其余均为中师学历，小学高级职称教师 13 名、小学一级职称教师 30 名。每班都有专职英语教师，在园幼儿 320 人。2002 年，县直第一幼儿园获中国科学院人口素质研究所鹤立教法实验单位优秀奖。

第二幼儿园

县直第二幼儿园建于 1993 年，位于县直第二小学东侧。占地面积 3959.50 平方米，园内有 1 幢 2 层教学楼，建筑面积为 573.22 平方米。每班都配有电视机、VCD、录音机、脚踏风琴及幼儿用的保温桶；每班有适合儿童看的图书、小型玩具；班内配有紫外线消毒灯，食堂配备有消毒柜。幼儿活动室及寝室都装有空调、暖气；活动室内小桌椅、玩具柜、图书柜、水杯柜、幼儿每人一巾等设施齐全。园内还配有室外大型玩具。保健室内有体重计、幼儿视力表及常用药品和消毒设备。2004年，有幼儿教师29名，其中研究生学历1人、本科学历2人、大专学历13人，其余均为中师学历。教师中具有中级职称6人、初级职称10人、高级工（保育员）10人、中级工（保育员）3人。在园幼儿170人。

二、小　学

1986年，共有完小30所，其中回民完小8所；初小55所，其中回民初小5所。教学班339个，教师506人，在校生7386人，适龄儿童入学率98.90%。2000年至2004年底，为调整农村小学布局，集约使用教育资源，合理调配农村教师，实行合班并校、规模办学，5年共撤并农村小学51所，全县小学由85所减至32所，其中县直小学2所、农村完全小学27所、初小3所。有教师972人，在校生7588人，253个教学班。

县直第一小学

县直第一小学建于1973年，位于第一回民中学北侧，占地面积1.60万平方米，建筑面积3267.50平方米。因城镇的发展，学校规模不断扩大，1986年占地面积达到4300平方米。1998年，填平学校后大水坑建起了操场。2000年争取到邵逸夫先生15万元捐款，建起"逸夫文体楼"——集音、体、美和多媒体报告厅于一体的专用活动室。2001年，建成2000多平方米的教学楼1栋。学校装备有高标准的计算机教室、教师电子备课室；学校还装有河北教育网、北大附中远程教育网等。校园达到了硬化、绿化、美化的目标。2004年教职工67人，专任教师60人，教师学历达标率100%，大学专科以上学历47人，具有小学高级职称的教师37人，特级教师1人，在校学生1100人。

县直第二小学

县直第二小学建于1992年，位于职教中心东侧，占地面积13 332平方米，建筑面积2750平方米。校园内东侧有3栋2层教学楼，西侧有1栋办公楼，弧顶的体操房和多媒体教室坐落在校园西南。学校设有专用的仪器室、实验室、体育器材室、图书室、少科室、阅览室、语音室、微机室、体操房、多媒体教室，完全达到了一类标准。教师办公室分为工具学科2个、非工具学科1个，每个年级配备办公电脑1台。学校建立宣传橱窗、红领巾广播站，教室安装了暖气、电扇。2004年学校有教职工53人，任课教师全部达到大学专科以上学历，有小学高级教师26人，在校学生720人。2001年被廊坊市授予"廊坊市中小学明星校"称号。

2004 年大厂县农村完全小学基本情况表

表 22 - 1 - 1

乡镇	学校	占地面积 （平方米）	建筑面积 （平方米）	图书 （册）	微机 （台）	语音室 （个）	教师 （人）	学生 （人）	获奖情况	备　注
大厂镇	大厂 中心小学	12 116	1296	4500	17	1	13	103		回民学校
	小厂小学	8000	2000	5600	11	1	17	150	2001 年被廊坊市政府评为"廊坊市素质教育示范校"	回民学校
	王必屯 小学	18 182	1674	9356	20	1	34	260		
	河西营 小学	14 224	1506	9450	19	1	19	191	1999 年"廊坊市中小学明星校"	
	金庄小学	4002	610	3200		1	11	120		
	霍各庄 小学	7834.95	1242	4900	13	1	18	240		回民学校
	前丞相 小学	6520	720	1500	13	1	15	54		
	芦庄小学	6500	960	4048		1	13	117		回民学校
	大马庄 小学	13 340	430	2318			8	66		回民学校
夏垫镇	夏垫 中心小学	11 450	1778	14 271	21	1	59	583	1998 年 10 月廊坊市中小学"素质教育先进校"。1999 年 10 月廊坊市中小学"素质教育示范校"	回民学校
	赵沟子 小学	9305	1098	600	21		25	260		
	北坞 回民小学	10 560	1944	10 000	25		24	450		回民学校
	南寺头 回民小学	12 000	1340	6000	20	1	25	312		回民学校
	棋盘小学	9800	1207	8600	17		25	230		

乡镇	学校	占地面积（平方米）	建筑面积（平方米）	图书（册）	微机（台）	语音室（个）	教师（人）	学生（人）	获奖情况	备　注
祁各庄乡	祁各庄中心小学	14 400	1620	9300	23	1	14	209	1998 年 10 月廊坊市中小学"素质教育先进校"。1999 年 10 月廊坊市中小学"素质教育示范校"	
	谭台小学	12 350							2000 年"廊坊市素质教育先进学校"	
	冯兰庄小学	6210								
	窄坡小学	20 500								
	西关小学	8000								
	大东关小学	4880							2001 年被市政府评为廊坊市"薄弱学校改造工作先进单位"	
邵府乡	邵府小学	18 800	1650	7500	20		19	308	1999 年、2000 年被评为廊坊市文明校园；年 2002 年被市政府授予"廊坊市素质教育先进校"	
	太平庄小学	7000	1000	3500			7	69	2000 年被市政府评为"薄弱学校改造工作先进单位"	
	双臼小学	7550	750	4000	21		10	178		
陈府乡	陈府中心小学	18 039.8	1974	7500	30	1	21	235	1998 年廊坊市"素质教育先进校"；1999 年廊坊市"素质教育示范校"；2000 年廊坊市"素质教育明星校"	
	荣马坊小学	4608	672	2700	13		17	80		
	漫兴营小学	4500	820	3100	12		16	103		
	王指挥屯小学	13 340	1224	6000	20		11	189		

三、初级中学

　　1986 年初，全县共有 6 所初级中学，即大厂镇回民中学、夏垫回民中学、夏垫镇回民中学、陈府乡中学、邵府乡中学、王必屯乡中学。同年，大厂镇回民中学改为

第二回民中学。另外，祁各庄职业中学有初中教学班 18 个，1989 年职业中学分离出去，成为一所初级中学。2002 年夏垫镇回民中学撤销。2004 年，全县有初级中学 6 所，教师 552 人，学历达标率为 83.70%，有 24.70% 的教师具有本科学历，23.60% 的教师具有中高级职称，在校学生 4956 人。

第二回民中学

第二回民中学前身是大厂镇回民中学，建于 1972 年，为初级中学，坐落在县城西北。1986 年 9 月改为第二回民中学。学校占地面积 26 467 平方米，有校舍 150 间，全部为平房，有教学班 16 个，学生 960 人，教职工 45 人。其中，大学专科以上学历 6 人，专任教师 36 名。

1998 年，第二回民中学升为一类初级中学。招生范围主要是大厂镇 18 个自然村及县直非农业家庭的子女。1998 年至 2000 年县委、县政府大力改善该校的办学条件，共投资 422 万元。1998 年投资 183 万元兴建第 1 栋教学楼；1999 年投资 179 万元兴建第 2 栋教学实验楼；2000 年投资 60 万元兴建图书科技楼。学校占地面积达到 27 797 平方米，生均 16.30 平方米，建筑面积 6740 平方米，生均 3.94 平方米。理、化、生实验室 5 个（96 平方米/个），准备室 3 个（18 平方米/个），仪器室 3 个（96 平方米/个），仪器柜 70 个，理、化、生仪器共 1.02 万件，实现双配套实验室。实验室总体建设达到了国家一类标准。1986 年至 2004 年，学校实验考试的合格率始终保持 100%，优秀率 85% 以上。学校有图书室 1 个（100 平方米），内藏图书 4.60 万册；2002 年底学校投资 33 万余元，配备了 2 个微机室（100 平方米/个），共有微机 103 台；电教器材 260 件；音、体、美器材室 3 个（平房），共有器材 708 件。2001 年学生人数达到 2176 人，教学班达到 40 个，教师 158 人。2001 年以后，生源逐渐递减，到 2004 年学生人数降到 1728 人，教学班也由原来 40 个缩减至 36 个，教职工 145 名，其中专任教师 135 人，大学本科以上学历 66 人、大学专科学历 68 人、中专 11 人，高级职称 3 人、中级职称 52 人、初级职称 90 人。

1986 年至 2004 年，该校向上一级学校输送学生 7163 人。

第三回民中学

第三回民中学建于 1956 年，历史上曾称夏垫中学、第二中学、育红中学、夏垫回民中学。位于夏垫镇 102 国道南 1000 米处，生源来自夏垫镇 30 个村。学校于 1998 年、2000 年建起 2 栋教学楼，总面积为 4966.70 平方米，并建有 1 栋教师住宅楼；校内还有平房 55 间，面积 2246 平方米，其中 14 间为实验区。实验教学设备均已实行盘架式管理。理化生实验器材 3192 件、音体美劳器材 741 件（套）、图书 4.72 万册。2004 年，教职员工 136 人，专任教师 117 人，大学本科以上学历 29 人、大学专科学历 74 人。教师中具有中教高级职称 5 人、中级职称 26 人。在校学生 1220 人。

第五中学

第五中学建于 1956 年，历史上曾称第三中学、祁各庄中学、大厂县职业技术中学。位于祁各庄乡政府东 500 米，厂谭路南侧，生源来自祁各庄乡 20 个村。学校占地 38 400 平方米，建筑面积 6316 平方米。语音室、微机室配备齐全。学校西侧有 400 米标准操场 1 个，并建有篮球场等体育设施；东侧是教学区和办公区。2004 年，教职员工 116 人，其中具有大学本科学历教师 27 人、大学专科学历教师 63 人；教师中具有中学高级职称的有 4 人、中级职称的有 21 人。在校学生 1029 人。

第六中学

第六中学建于 1965 年。位于陈府乡政府南 500 米路东，生源来自陈府乡 21 个村，总占地面积 22 678 平方米，各类房屋总计 148 间，建筑面积 3958 平方米。学校建有图书室、阅览室、计算机室、语音室和多媒体教室等。2004 年，有教职员工 55 人，大学本科学历 7 人、大学专科学历 38 人，教师中具有中级职称 8 人。在校学生 452 人。

第七中学

第七中学建于 1958 年。位于邵府乡邵府村商业街东侧，是一所乡镇初级中学，生源来自邵府乡的 8 个村，学校占地 22 000 平方米，建筑面积 2646 平方米，房屋 101 间。音体美器材、理化生实验仪器、电教器材均按照"普九"提高标准一类配备。学校现有图书 1.20 万册，微机 40 台。水泥篮球场 1 个。2004 年，有教职工 55 人，大学以上学历 15 人、大学专科学历 37 人。高级职称教师 1 人、中级职称教师 7 人。在校学生 376 人。

第八中学

第八中学建于 1965 年。位于大厂镇王必屯村南，夏安路西侧，生源来自原王必屯乡所辖 8 个村，学校占地 21 600 平方米，建筑面积 2340 平方米。学校有理化生实验室 3 个，面积 162 平方米；理化生仪器室 3 个，面积 147 平方米，器材室 1 个，面积 40 平方米；图书室、阅览室各 1 个，面积均为 54 平方米；教学用房 36 间，面积 680 平方米，办公用房 10 间，面积 190 平方米，其他用房 28 间，面积 564 平方米，有理化生仪器 2100 台件；音、体、美、劳、卫器材 628 台件；电教器材 85 台件；图书 10 800 册；办公设备 50 台件。2004 年，有教职员工 45 人，大学本科学历 7 人、大学专科学历 31 人，中级职称 3 人。在校学生 151 人。

四、普通高中

1986 年，县内有普通高中 1 所，即大厂回民中学（县一中）。为加快普及高中教育，满足入学高峰的需求，到 2005 年使高中入学率达到 85% 以上，基本普及高中教育。2003 年，原县第四中学迁至原新世纪英才学校，成立县高级实验中学。第一回民中学在原第四中学校址设立西校区。全县高中教育呈现南北并举共同发展的格局，为普及高中阶段教育打下了坚实的基础。

大厂回民中学（县一中）

大厂回民中学建于 1952 年。1986 年校区占地面积 3.80 万平方米。2001 年至 2003 年，改造县城东大街，学校原有门店被县政府面向社会拍卖，校区占地面积缩小到 2.80 万平方米。2004 年，县政府作出教育资源整合决策，原四中划归一中为西校区（约 33 350 平方米），将原校区改为东校区，东、西校区总占地面积共 6.14 万平方米。

1989 年，在原校区（东校区）建教学楼、办公楼各 1 栋，总建筑面积 3330 平方米；1995 年建实验楼 1 栋，建筑面积 1480 平方米。西校区有教学兼办公楼 1 栋，建筑面积 3131 平方米；2004 年西校区建宿舍楼 1 栋，建筑面积 2727 平方米。加上平房建筑，东、西校区总建筑面积约为 14 300 平方米。

学校有配套设施完善的理、化、生实验室各 3 个。2000 年以后，先后建立标准语音室 2 个、计算机教室 3 个、高标准的多媒体电教室 2 个，电子备课室 1 个。并为所有教师办公室配备电脑，所有教室安装了电扇、电脑和大屏幕彩色电视。2004 年，学校共有电脑 150 台，大、小彩色电视机 60 台。学校曾先后与北京 101 网校、北京清华同方、北师大附中、河北教育资源网等合作联网，建成了校内教学局域网。学校新购置文、理科各种教学仪器 3100 件，包括摄像机 1 台、录像机 4 台、录音机 50 台、扩音机 2 台、投影仪 40 台，图书 3 万册。

1986 年至 1997 年，学校是一所初、高中并存的完全中学，教职工不足百人，全校共有初中班 6 个、高中班 12 个，在校学生 800 余人。1997 年，学校停办初中，到 2000 年，成为一所完全高中。2004 年，全校 36 个高中教学班，共 2100 名学生，其中回族学生 470 人，占在校生总数的 22.40%。拥有在岗教职工 170 人（回族 30 人），大学本科学历 132 人、大学专科学历 29 人。中学高级职称 10 人、中学一级职称 65 人、中学初级职称 60 人。

1986 年至 2004 年，共培养初中毕业生 2830 人、高中毕业生 7610 人。初、高中毕业生共 4510 人升入大中专院校，其中回族 1330 人，占升学总人数的 29.50%。王洪生（2001 年毕业）和张利（2002 年毕业）先后考入清华大学，使大厂县连续 2 年有学生考入清华大学，刷新了大厂县高考历史。大学专科上线率已稳定在 95% 以上，大学本科上线率也已达到 70% 以上。大学毕业后考上研究生的 140 人，其中留学英国、美国等国的有 16 人，已取得博士学位的 6 人。1986 年至 2004 年，共为高等院校输送约 2500 名学子，其中，向清华大学等重点高校输送了 526 名学生。

高级实验中学

高级实验中学建立于 2000 年 7 月，原名为大厂四中，教育层次为完全中学，民办公助性质，管理上隶属县体委（机构改革后属文体局），校址在县城城关。2003 年，在县教育资源整合中，改民办公助为国办，由县政府管理，并更名为大厂高级实验中学。校址由县城搬迁至夏垫（县民族工业园区），停止初中招生，学校教育层次由原来的完全中学改为一所纯高中校。

校园占地面积 33 335 平方米。有教学楼 1 座、综合楼 1 座、宿舍楼 1 座、食堂 2 个、操场 1 个、钢琴房 1 座、小宾馆 1 座及其他辅助设施。有多媒体教室 1 个、微机室 2 个、语音室 2 个和理、化、生仪器室、实验室、准备室等。

2004 年学校有教职工 120 余名，大部分教师是由全国各地选调而来。教师的年龄结构为青年教师占 30%；中年骨干教师占 50%；老教师占 20%。有中教一级以上职称的占 72%，有 6 人有研究生学历。学校的各年级和科室主任均为获得过省级以上奖励的学科带头人。

2004 年全校有 30 个教学班，1500 名学生。学校的招生主要分为两大部分：一是面向县内划片招生；二是由国家民委下达招生计划，面向西部地区招收优秀少数民族贫困学生。是年 5 月，被国家民委批准为"国家民委教育科技司基础教育示范学校"。7 月，国家民委与实验中学共同创办起一个充分体现党和国家民族政策的西部民族班，并连续 2 年面向西部地区下达了招生计划。学校共有西部学生 306 人，涉及 35 个民族，9 个省区。在 2005 年的高考中，有 17 名回原籍参加高考的西部学生考入了全国前 10 名重点大学，3 人进入北京大学和清华大学。学校的总升学率达到了 96.10%。

大厂西部民族班在全国，特别是西部省区，产生了较大的影响，并受到了国家有关部委的高度重视。国家民委、教育部各级领导和各类考察团体多次来校考察并给予了充分肯定，中央电视台、中国教育电视台、北京电视台、《人民日报》、《中国青年报》、《中华合作时报》等全国众多新闻媒体，也对学校所取得的成绩进行了报道。2005 年，学校的办学事迹，被载入《中国民族年鉴》和国务院新闻中心向全世界发表的《中国人权白皮书》。

五、职业技术教育

职业技术教育中心

职业技术教育中心的前身为 1956 年建立的祁各庄中学。1983 年，祁各庄学校高中改为农业技术职业高中，设农学、牧医、会计、缝纫、幼师 5 个专业，配教学用物理、化学、生物、农学、牧医 5 个实验室和 50 亩实验基地，有仪器、标本 7060 件，图书 1 万余册。1986 年，全校有 24 个教学班，其中职业高中 6 个班，初中 18 个班；在校生 1079 人；教师 105 人，其中大学本科毕业 11 人、大学专科毕业 28 人。同年，该校经省、地两级验收，被定为河北省重点职业中学。1989 年，祁各庄农业技术学校迁入大厂，改称为"大厂县职业技术教育中心"，是一所国办全日制中等职业学校，融职业高中、综合高中、职业中专、短期培训为一体。学校坐落于县城和平路 3 号，校园占地 6.80 万平方米，总建筑面积 5.03 万平方米。

学校总投资 1800 万元，建成了教学楼、办公楼、实验楼、实习服务楼、综合楼、图书楼、阶梯教室、餐厅、宿舍楼及其附属设施厂房等，同时，根据专业设置建成了 20 个专业实验和 4 个公共课实验室，共有各种仪器 3 万多件。图书馆藏书 5.80 万册，报刊杂志 98 种。1999 年建成有 47 个接点的计算机校园网络系统、闭路电视系统、卫星远程信息教育网络系统。2003 年又建成网络微机室，真正实现了网上信息交流、教育教学资料资源共享。为适应职业教育需要，走产教结合的路子，学校不断加强实习基地建设，拥有农林、养殖、工业实习基地 180 亩，并结合所设专业开办了畜禽设备厂、养殖场、橡胶制品厂、塑钢门窗厂、饲料加工厂、动物保健医院、实习餐厅等校办企业。固定资产总值 850 万元。不仅为学生提供了大量的实践实习机会，也增强了学校的"造血机能"，学校历年被省市评为"勤工俭学先进单位"、"明星校办企业"等。

1999 年、2000 年、2002 年被教育部认定为"国家级重点职业高级中学"。

1989 年学校拥有教职工 86 人。2004 年 138 人，专任教师 92 人，有高级教师 6 人、一级教师 47 人。职教中心开设畜牧兽医、林果、微机、服装、幼儿教育、电子电工、会计电算化、餐旅等专业，其中畜牧兽医专业 1999 年被确定为省级特色专业。1991 年学校拥有 10 个教学班，在校生 416 人，年短期培训 400 余人，2004 年达到 23 个教学班，在校生总数达 1107 人，年短期培训达 1200 余人。1986 年至 2004 年，学校共为高等院校输送了 218 名二批本科学生和 1300 余名专科学生。为社会培养了 6200 余名应用型、技能型各类专门人才，毕业生职业技能考核和技术等级考核合格率均达 100%，合格率达 100%，就业率达 99.60%。学校连续 9 年上线绝对数位居廊坊市第一。毕业生在生产实践中发挥了典型带动作用。牧医专业毕业生杨金祥开办的兽医门诊部和饲料开发部，为 180 个养殖点进行技术指导，使其年经济效益均达万元以上，被群众誉为"兽医小专家"，他的事迹在中国教育电视台"老土地、新故事"栏目播出；2001 年，被河北省教育厅和总工会授予职业学校毕业生"创业明星"称号。98 级赵彤同学，利用休息时间协助家庭养鸡，年收入达 13 200 元，也带动了他所在村养殖业的发展，他的事迹也曾被中国教育电视台采播。

学校在科教兴县方面发挥"人才培养、科技推广、生产经营、信息服务"的典型示范作用。畜牧兽医技术服务已辐射县域及周边地区。新研制的"升祥"牌饲料，年生产及销售近万吨。牧医专业实习指导教师杨国生研制的"新一代鱼粉替代物——肠衣粉"，为广大养殖户带来了可观的经济效益。在县及邻县建立养牛、养猪、养鸡、养鱼等联系点 180 多个，负责防疫、供料、推销产品，有力地促进了全县养殖业的发展。

六、成人学校

教师进修学校

教师进修学校建于 1978 年。校址在县城东 1000 米，占地 1.20 万平方米，有 1 栋 3 层教学楼和 1 栋学生宿舍楼，学校总建筑面积 4900 平方米，图书、仪器、设备等全部达标，并有高标准的微机室、语音室、多媒体教室、形体室，各学科科任教师全部具有大学本科学历和 3 年以上教育工作经历。县师范进修学校肩负着全县教师的培训重任，不但为全县培养了大批教师，而且从师德教育、教师基本功、普通话，教材教法、创新能力等进行总体培训，对全县教师素质的提高起到了积极作用。2000 年，该校兴办了附属中学（博文中学），2003 年办起了附属小学，为缓解全县入学压力起到了很大的作用。

农业广播电视学校

河北省农业广播电视学校大厂县分校成立于 1981 年。1988 年纳入教育部门管理体系。2004 年 11 月该校更名为河北省农业广播电视学校大厂县分校，并开设中专学历教育和高等学历教育。中专学历教育，自建校先后开设了农学、畜牧、林果、蔬菜、作物栽培、会计统计与审计、金融与保险、经济动物养殖、现代乡村综合管理、企业管理、高效农业、微机、电工、家电维修等 17 个专业，培养近 1300 人；高等学历教育，1989 年开办了成人教育班。一是采用面授的学习形式，学制 3 年。同年与农业部农村经济管理学院联合办学，开办了行政管理专业大专班，招收 200 人；1994 年至 2002 年与农业部乡镇企业管理干部学院联合办学，开设文秘、计算机、会计等专业大专班，招收 1600 余人；2000 年至 2002 年，与河北师范大学联合办学，开办了思想政治教育专业大专班，招收 92 人；同时与河北经贸大学联合开办了会计电算化专业大专班，招收 56 人。二是自学考试。1995 年与北京大学联合开办心理专业大专班，招生 118 人；2001 年与河北农业大学联合开办城镇经济与管理专业专、本科；2003 年与河北大学联合开办法律专业独立本科。截止到 2004 年底有 400 余名学员顺利毕业。

此外，各乡镇都建有乡镇成人学校，成人教育已逐步形成了以县级成人学校为龙头，乡镇成人学校为主要阵地的县乡村三级技术培训网络，积极开展实用技术培训和农村富余劳动力转移培训，使乡镇成人学校真正发挥其作用。几年中，共培训青壮年农民和乡镇企业职工达 1.20 万人次。

卫生学校

卫生学校 1989 年建立。有教师 5 人，副主任医师、主治医师、主管护师、医师、护师各 1 名。1995 年至 2005 年教师共有 5 人，副主任医师、主治医师、医师各 1 名、主管护师 2 名。1989 年 7 月至 1995 年 7 月，共培训乡村医生 10 人。1990 年 7 至 8 月份，举办第一期乡医提高班，参加培训乡医 148 人，培训内容为抗菌素、激素的合理应用，心血管病的诊断、治疗、急诊、转诊的处理。1992 年 7 月至 8 月份，举办第二期乡医提高班，参加培训乡医 166 人，培训内容为三基培训，提高了整体诊治水平。1998 年 10 月至 12 月份，举办第三期乡医提高班，培训内容为儿、妇、骨科的诊治，基础护理等。

驾驶员培训学校

驾驶员培训学校的前身是农业机械化培训学校，隶属于县农机办。1974 年经省教委和省农业厅批准成立，主要负责县内农业机械管理人员及操作人员的培训。1989 年经省运管局批准，增设了机动车驾驶员培训业务，主要负责对大货车、小货车的驾驶员培训。驾校坚持"质量为本、规范教学"的方针，遵章守纪，依法纳税。严格按照国家机动车驾驶员培训大纲和考试大纲安排教学，教学方式灵活，除了周一至周五正常上课外，为了照顾平时没时间的学员，专门开设了周六周日班，极大地方便了学员学习。学校对教练员严格管理，要求做到：出车前有安排，行车中有讲解，收车后有总结。要求教练不仅要学员学习驾驶技术，更要教会学员如何做人，如何做一名具有良好职业道德的驾驶员。

经过 30 多年的不懈努力，学校管理进入正规化轨道，讲质量、重信誉，为社会培养 4 万多名农机技术人员和 15000 多名汽车驾驶员。被省运管局评定为"省级二类驾驶员培训学校"。

第三节 教 师

一、教师来源

1978 年后，对在 20 世纪 50 年代至 60 年代错划成"右"派和受错误处理的教师予以平反和纠正，使其重返教师队伍。1981 年，对民办教师进行整顿，不合格者辞退，合格者发给证书留用，并经过全面考核择优转正或通过文化考试进入县师范学习。1985 年底，全县共有教师 835 人，其中回民 166 人。1986 年以后，全县教师的补充多来自各级师范院校毕业生的分配。随着入学高峰期的到来，师资紧缺问题日益突出，为解决这一问题，县政府到全国人才市场招聘具有本科或大专学历的全日制师范院校的毕业生及部分非师范类毕业生。

二、教师结构

随着老教师的逐年离退休，各级各类师范院校毕业生的逐年补充，全县教师结构已发生明显改变，至 2004 年底，全县有在职教师 1800 余人，他们的结构特点，一是学历层次显著提高。小学教师学历合格率为 100%，并有部分教师取得了大学本、专科学历。初中教师学历（大学专科）合格率为 95% 以上，部分教师已取得大学本科以上学历。高中教师学历（大学本科）合格率为 90% 以上，部分教师取得了研究生学历。二是具有专业技术职务的教师显著增加。全县在职教师具有高级职称的教师有 55 人、中级职称的教师有 598 人、初级职称的教师有 987 人。三是教育队伍的年轻化。全县 40 岁以下教师已占从事教育工作人数的 80%。四是男、女教师的比例变化，女教师约 70%，男教师约 30%，应引起重视，并采取措施解决。

三、教师培训

坚持"面向全体、强化专业、分类培训、注重实效"的原则，在教育系统广泛开展教师继续教育，此项工作从 1997 年实施，到 2004 年底已累计培训 8000 余人次，通过参加在职进修、自学考试、成人高等教育、研究生进修班等途径，提高教师的学历层次和文化水准。一是提高学历层次培训。为实现小学教师学历的专科化、初中教师本科化、高中教师具有一定数量的研究生或同等学力水平的目标，教育系统加强了培训网络的建设与实施工作，即以河北师大为主办单位，廊坊教育学院为助教单位，县教师进修学校为辅助单位的三级培训机构，加强对小学教师的培训。对初、高中教师学历提高培训，鼓励利用普通高校、成人高校、自学考试等多种形式提高学历层次。同时建立和完善激励约束机制，提高教师参加高学历进修的积极性。二是现代教育技术的培训。先后进行了实验教学、电化教学和计算机应用等各方面的现代教育技术的专业培训。全县中小学教师全部参加了计算机初级教程培训，考核合格率达100%。三是通识培训。2003年3月，首先对中小学各学科相关人员进行通识培训。组织各中小学校长、副校长、主任、中学各学科教师、小学各学科骨干教师的培训，在培训中购置了北京师范大学出版的国家基础教育课程改革光盘、80余种图书、60多种刊物，共计投资近万元。到2003年7月份各乡镇校对全体中小学教师完成了全员通识培训。同时组织了各中心校校长、各完小校长、视导员及学科骨干教师参加了廊坊市举办的通识培训。四是各学科教师培训。从2004年5月至8月30日，先后组织参加了廊坊市教学改革观摩大会，省、市小学音乐，中学语文新课程培训，市中小学起始年级各学科培训。在培训中购置了全国28个教改实验区课堂教学实录光盘及各种培训资料，投资近6000元。开展了中小学起始年级各学科新课改教学观摩课活动。2004年，教育局制定了《大厂回族自治县基础教育课程改革师资培训方案》。从培训原则、培训目标、培训对象及时间、培训内容、组织管理5个方面进行了具体的安排部署，以确保培训工作的有效进行。

四、教师待遇

政治待遇

1986年以后，教育工作者参政议政的权利得到进一步体现，教育系统有人大代表若干名，代表广大教育工作者表达自己的意愿；历届政协委员中均有10名左右教育系统职工。他们代表教育系统所提的各种议案和提案，均受到有关部门的高度重视，涉及教育的提案，及时反映并解决了全县教育工作中存在的问题。

生活待遇

1985年改革工资制度后，教师工资由5个部分组成，即基础工资、职务工资、工龄工资、教龄工资、奖励工资。此外，还有班主任津贴。1986年以后，教师工资随全县工资标准的提高而增加，且高于其他财政供养人员。

在各级部门的关怀下，教育工作者的生活质量已得到了明显的改善，从教师住房到工资发放及医疗保险、养老保险等都有所保障。1986年至2004年底，全县共兴建或与其他单位合建教师住宅楼7栋，为300余户教师解决了住房困难；20年间教育系统还兴建文静里、耕乐园、小李庄南文苑等平房小区，解决了200余户教师住房问题，极大改善了教师的生活条件。教师的工资水平也随着全县经济的发展逐步提高。

为了解决好农村中小学教师的后顾之忧，使之能安心教育工作，2002年，县政府出台了《关于乡镇中小学教师工资实行县级统发的实施方案》，建立了由县政府负责、县财政部门统一筹集、管理的中小学教职工工资发放体制，使农村中小学教师的工资全部纳入财政预算，并设立了教师工资专户，统一由银行代发，并做到了"三统一"，即统一工资项目、统一工资标准、统一发放时间，全县编内中小学教师工资从2002年9月1日起已全部由县财政统一发放。建立了教师医疗、养老社会保险制度。

每年的重要节日各级部门都组织人员慰问老干部、老教师。每年的教师节举办各种形式的庆祝活动，各级领导都会以不同形式向教育系统的教职工表示慰问。

五、优秀教师

1986年至2004年，大厂县共涌现出县级优秀教师2000余人次；市级优秀教师400余人次；省级优秀教师100余人次；国家级优秀教师20余人次。

1986年至2004年大厂县部分受省级以上表彰的教育工作者获奖情况

表 22 – 1 – 2

年份	姓名	获奖项目
1986	陈爱凤、杜福荣、韩宝祥、周玉红、赵瑞芳、王庆丰、马书芳、王桂荣、刘振锋、王桂英、张庆仁	河北省"园丁奖"
1987	桑金表、朱瑞红、李庭厚、刘仲伶、王仲驰、王凤霞、郑贵今、王启生、张凤霄、李广同、赵瑞芳	河北省"园丁奖"
	武修文	河北省先进工作者
1989	王洪贵、王乃芝	全国优秀教师
	刘兴华	河北省优秀教育工作者
	杨国生	河北省优秀教师
1990	周万才	全国职业技术教育先进工作者
	杨怀印、杨广明	河北省义务教育工作先进个人
1991	杨威	全国优秀教师
	王洪贵	全国劳动模范
	王启生、张秀良、沈玉增、王书莲、王金英、杨志玲、何守琴、王秀珍、李永彬等	河北省优秀教师
	徐永贺	河北省优秀教育工作者
1992	何广成、冯云兰	河北省先进少儿科技工作者
	刘兴华	全国优秀教师
1993	杨怀印	全国优秀教师
1994	何文芳	河北省普教系统教学工作先进教师
2001	尹天武	河北省优秀教育工作者
	闻志龙	全国优秀教师
2002	李桂华	河北省学校体育工作先进个人
2004	李凤辉	河北省优秀教师
	孙卫东	河北省模范教师

第四节 教 学

一、学 制

小 学 1986 年小学学制为 5 年制。1987 年秋起改为 6 年制。

普通中学 1986 年至 2004 年，普通中学学制初中 3 年，高中 3 年。

职业高中 职业高中学制 3 年。

二、课 程

小 学 1986 年以后，在原有的语文、数学、音乐、美术、体育等学科基础上，增设微机课、乡土教材课及一、二年级的品德与生活课、三至六年级的品德与社会课。2001 年秋开始，从三年级起开设英语课程。

中 学 1986 年至 2004 年，中学在语文、数学、英语、物理、化学、生物、政治、地理、历史、音乐、美术、体育等课的基础上，增加了微机课、法制课、健康课、防空课等。

职 中 1986 年以后，职业高中设文化课和专业课两种。文化课为各专业公共课，有语文、数学、政治、化学、物理、生物、体育等。各专业根据省教委计划分别设置课程。农学专业有作物栽培、植物保护、土壤肥料、农业气象、蔬菜栽培、植物生理、遗传育种；牧医专业有畜牧兽医、畜禽生理解剖、家畜遗传育种、饲料营养基础、畜禽疫病防治；会计专业有会计学原理、计算技术；缝纫裁剪专业有裁剪设计、服装美术；幼师专业有幼儿教育学、幼儿心理学、幼儿美术、音乐舞蹈、卫生学、体育教学法、音乐教学法、钢琴课乐理和语言教学法、计算教学法、常识教学法。

三、教学方法

1986 年全县中小学继续进行教学改革，教师的教学方法显示出百花齐放的局面。1990 年以前，全县教师在课堂教学中普遍使用的教学方法是讲授法，推行的是发现法教学等。1990 年至 2000 年，全县推行美国教育家布鲁姆的目标教学模式，在各环节中注重解疑引趣，并将情感目标纳入其中。在素质教育的大背景下，在教学过程中更注重对学生各种能力的培养，语文的口头训练、英语的听说能力训练，物理、化学、生物实验操作能力等，在教学过程中广泛使用多媒体教学等现代化教学手段。21 世纪以后，教学方法更是异彩纷呈，各学科教师在传授知识的过程中，注重培养学生的各方面素质，采取了更加灵活多样的教学方法。

四、教学研究

教研机构 随着教育改革的深入，中小学校的课程设置也日益完善，小学除了语文、数学、体育、美术、音乐，还设有英语、手工、信息技术、科学等科目，中学有语文、数学、英语、物理、化学、信息技术、音乐、体育、美术等科目。为了更好地做好教学研究工作，县教研室现设有小学组、初中组和高中组，大部分学科都配齐了专兼职教研员，各学科的教研活动都能顺利开展。各校园也都设有教研组（室），乡镇中心校设有专兼职的教研员，形成了一个多层次的教研网络。

教研活动 教学工作与教研活动密不可分，在教学实践中进行教学研究，又以研究成果指导教学，为更新教育理念，研究符合新时期特点的教学理论，全县各级教研组织开展了多种教研活动。组织教学研讨，县教研室每个学期要组织教学工作研讨会，开展教研课题的研究；组织观摩课活动，校内和校际间观摩，互相取长补短，共同提高；开展优质课评比活动，由县教研室牵头，在全县范围内开展优质课评比，层层选拔，将选出的优质课作为全县的学习示范课；实施"走出去，请进来"战略，派出优秀教师到外县市学习先进的教学经验，将外面的优秀专家学者请到县来作讲座，讲示范课；各校园的教研组（室）也常举办一些活动，组织撰写教育论文、制作课件、制作教具等活动。

教研成果 为大面积提高教育教学质量，全面推行素质教育，提高教师的教育教学水平，全县的教科研活动蓬勃开展，并取得了一定的成绩。组织学生参加各级各类的比赛，数学、物理、化学竞赛及音、体、美等学科的比赛，在省、市均取得了优异成绩，学生的各方面素质得到了提高；教师积极参与优质课评比、制作课件、制作教具、撰写教育教学论文等活动，有很多教师获得了省、市级奖励。

第五节 学 生

一、小学、中学在校生

1986 年小学在校生 7303 人，此后逐年上升，至 1998 年达到最高，为 17 585 人。从 1999 年起逐年下降，2004 年为 7588 人。中学在校生 1989 年最少，为 3108 人，此后逐年上升（只有 1997 年例外），到 2002 年达到最高，为 11 405 人。从 2003 年起下降，2004 年为 10 555 人。普通高中 1997 年以后增长明显。2004 年达到 3230 人，比 1997 年增加 4.5 倍。

1986 年至 2004 年全县小学、中学在校生统计表

表 22－1－3

年份	小学	中 学				年份	小学	中 学			
		初中	普高	职高	共计			初中	普高	职高	共计
1986	7303	2921	642	225	3788	1996	16 966	4613	551	846	6010
1987	7762	3221	608	339	4168	1997	17 107	4386	586	871	5843
1988	8766	2544	730	257	3531	1998	17 585	4950	641	830	6421
1989	9443	2132	660	316	3108	1999	16 749	5964	729	875	7568
1990	9808	2416	594	333	3343	2000	15 120	7555	908	837	9300
1991	10 433	2703	554	386	3643	2001	12 781	8824	1142	775	10 741
1992	11 091	3191	459	483	4133	2002	10 542	8831	1491	1083	11 405
1993	12 489	3293	518	552	4363	2003	8888	7903	2824	647	11 374
1994	14 115	3568	549	659	4776	2004	7588	6517	3230	808	10 555
1995	15 817	3790	561	821	5172						

二、学生活动

课内：由于大力推行素质教育，再加之课程改革，学生的课内活动越来越多。教师在教学活动中积极引导学生参与，动手动脑，寓教于乐，课堂气氛活跃，学生的积极性被充分调动；实验课中，学生都有机会动手做实验，并在考试中还增加了实验操作考试；音乐、美术、体育等课程学生的活动更是丰富多彩。

课外：课外活动也丰富多样，音乐、美术、体育等活动外，还有科技活动、诗歌朗诵会、英语角等，学生的特长得到充分发挥。

三、学生素质

教学活动逐步趋向于灵活多样，改变了以往的填鸭式、满堂灌式教学模式，以培养学生素质为目的，强调学生的主体地位，增加了学生的动手操作能力和实践应用能力，学生的综合素质明显提高。

学习能力显著提高。由于在教育教学过程中注重培养学生的能力，学生能积极参与到教育教学中，由过去的被动接受知识到现在主动探索知识，发生了质的变化；在教学过程中，加强了实验操作教学，学生能亲自动手操作，动手能力显著提高；积极为学生提供社会实践活动的机会，使学生能将书本中学到的知识应用于实践，又从实践中学到知识；丰富多彩的课外活动也为培养学生学习能力起到了积极的作用。各校都建有图书馆（室）、阅览室等设施，为每个学生提供了阅读各种图书的机会，大量的阅读使学生的知识面明显提高。

树立了崇高的思想品德。在教育教学过程中，始终将思想品德教育贯穿其中，并开展了丰富多彩的德育教育活动。开展爱国主义教育，每年的清明节组织青少年学生到烈士陵园扫墓，七月七日、九月十八日等重要的纪念日，各校园相继开展观看优秀爱国影片、演讲、讲故事、开主题班会等不同形式的纪念活动，加强对学生的爱国主义教育，树立起崇高的革命理想。组织学生开展好党团队活动，开展学雷锋、青年志愿者服务队活动，青年学生们在活动中得到良好的教育。各校园将思想品德教育纳入常规教学中，县教育局还定期到各校检查督导德育工作的情况，建立起对学生思想品德教育的长效机制。

发展了学生特长。丰富多彩的校园生活为学生发展个性，培养特长提供了良好的环境。在新的教育理念指导下，学生们在学好知识的前提下有了更多的发展自己特长的机会，各校园都建有自己的英语兴趣小组、奥林匹克数学班；开展了诗歌朗诵会、小小音乐会；在课外活动时间开展了乐器、歌唱、绘画、舞蹈、武术、乒乓球等丰富多彩的活动，发展了学生的特长。有很多学校形成了自己的特色，并被评为廊坊市素质教育先进校、示范校等，有部分学生参加省、市、县的各种比赛获得了优异的成绩。

第六节　校园文化

一、观　念

在20世纪90年代开始的校园文化建设中，突出加强人文管理。营造博爱的文化氛围，各校把"爱生"作为师德规范的核心要求，把"求真、崇善、爱美"和"爱国家、爱集体、爱社会主义"作为学生人格培养的重要内容，把环保教育作为道德教育的组成部分。重视群体观念在学校管理中的定向和指导作用，各校通过大力提倡、培植、宣传，形成学校的群体精神和群体意识，树立了良好的校风。经过多年的积淀，教育系统形成了"勤奋、廉洁、奉公"的作风，"正己、敬业、爱生"的教风，"勤学、文明、朴素"的学风和良好的校风。推行"可持续发展"的办学理念，为人的发展服务，注重提升教师在校教学质量，提升学生在校生活质量。打造学习型教师队伍，使教师具备超前的意识，广阔的视野和人文情怀，为职业生命不断注入新的活力。实现教师的自我发展、自我完善、自我超越，形成学校的团队优势。培养学生的成长自信、强烈的社会责任感和顽强的意志力，具备良好的思维品质和创新精神，让校园成为学生喜爱、依恋和维护的家园。提高教师的教学品位，使教师成为自己职业发展的设计者、实施者、自我教育者，教师个人发展在高度上有终身学习的持久动力，在广度上有较宽的视野，在深度上有科学与人文的底蕴。

二、环　境

1955年建县时，全县校舍大都简陋不堪，有的学校还是沿用庙宇和地主宅院改建的校舍。经过 50 年的不断建设，教育设施发生翻天覆地的变化。1990 年以后，共兴建教学楼 15 栋，建筑面积 3 万平方米，新建校舍 1.90 万平方米，新建语音室 50 个、微机室 65 个、多媒体教室 3500 平方米，添置音体美器材 1.75 万件；实验室、仪器室 1.02 万平方米，教学仪器 2 万余件，中小学实验室教学普遍实现仪器摆放盘架化、实验挂图装裱化、实验教育小区化。县直校园全部实现楼房化。3 所高中（大厂回民中学、大厂高级实验中学和大厂职教中心）都建有教学楼、办公楼、实验楼、图书楼，校园四化（硬化、美化、绿化、亮化）全部实现，为师生提供了良好的学习、生活环境。

大厂第二回民中学是县直唯一的初级中学，硬件环境达到了国家一类初级中学标准。县城小学、幼儿园的教学仪器、文体器材、图书资料、儿童娱乐器材齐全，为幼儿、少年儿童提供了良好的学习场所。各乡镇中小学在乡镇政府及社会支持下，相继对校园进行重新规划与建设，与县直校的差距日益缩小。基础设施的改善，促进了素质教育的快速发展。全县 42 所中小学，有廊坊市素质教育明星校 4 所、素质教育示范校 13 所、素质教育先进校 5 所，素质教育典型校占到所有中小学校的一半以上。1993 年，通过国家验收成为全国首批基本普及九年义务教育达标县。1996 年、1999 年和 2002 年 3 次顺利通过省"两基"（基本普及九年义务教育、基本扫除青壮年文盲）复查验收。

三、制　度

为优化育人环境，将传统教育与时代发展有机结合，全县各学校纷纷深入开展校训、校规等制度文化建设。

校　训　校训是学校在长期的实践过程中创造、总结、精炼出来的成果和精神动力。大厂回民中学校训为"尚德、博学、求知、进取"，确立"以人为本"的办学思想，强调以学生为主体，一切为了学生的发展，充分发挥每一位教职工的特长，努力为学生创造发展的条件和机会。职教中心的校训是"文明、守纪、苦读、实践、成才"，学校围绕这一办学宗旨发展成为国家级重点示范性职业中学，近 10 年中，高考升学率和教育教学质量一直稳居廊坊市首位，为社会输送了大量合格人才。大厂二中校训为"团结、拼搏、求实、创新"，学校本着"先育人、后育才"的原则，建立健全各种规章制度和管理网络，强化师德师风建设，本着"办规范加特色学校、育合格加特长学生、训胜任加特点教师、创一流加特出成绩"的办学思路，教育教学质量逐年稳步提升。

校　规　"热爱集体，举止文明，遵纪守法，讲究卫生"这十六字校规是大厂县中小学校规范行为的标准。各校在这 16 字基础上制定了多项规章制度，并严格进行评比考核。在思想、言行等方面，有了新的依据。校容校貌发生了较大的变化，育人成效显著。

全县中小学每年都要利用暑假开学前段时间，对新生进行 1 周至 2 周的军训。通过军训，锻炼学生的坚强意志，培养学生严肃守纪的品质，对形成良好校风起到了积极的促进作用。

四、行 为

课堂教学 教师充分利用课堂教学，教育学生热爱祖国，为人民服务，养成爱祖国、爱人民、爱劳动、爱科学、爱护公共财物的国民公德和刚毅、勇敢、自觉遵守纪律的优良品格。紧密结合新时期学生的思想特点和心理特征，教育学生做有理想、有道德、有文化、有纪律的"四有"新人。

"学雷锋活动月" 每年的3月，全县各校都开展各种形式的学雷锋活动，举办学雷锋歌咏比赛；组织学生到公共场所做好事；组成各种学雷锋活动小组，开展公益活动或到孤老病残家庭义务劳动等。这些活动净化了学生的心灵，培养了学生的爱心，也为社会良好道德形象的形成作出了贡献。

五四青年节 每年的5月，各校通过举办"红五月歌咏比赛"，五四入团仪式等来庆祝五四青年节。通过举办的活动，加强对学生的爱国主义教育，培养学生的"五·四"精神。

六一儿童节 每年的六一儿童节，全县各小学都举行有县领导、社会各界人士、学生家长参加的少先队入队仪式、文艺演出等庆祝活动，在娱乐中培养了学生热爱祖国、热爱集体的优良品德。

教师节 尊师重教是中华民族的传统美德。自1984年9月开始，县政府每年都举办活动庆祝教师节，通过表彰捐资助教的先进集体和个人以及在德育、智育等方面作出突出贡献的教师，努力营造全社会关心、支持、热爱教育的良好氛围。

体育活动 全县各校的课外体育活动丰富多彩。活动内容主要是广播体操、韵律操、眼保健操、乒乓球、篮球、足球、排球、羽毛球、踢毽子、跳绳等传统体育活动，深受师生喜爱。每年举办的田径运动会、中小学越野赛等活动有效促进了学生的身心健康。

文艺活动 全县的校园文艺活动开展得有声有色，在提高学生综合素质、培养良好个性方面起到积极作用。歌咏比赛等文艺形式在各校广泛开展，部分学校还形成自己独特的风格。职教中心的鼓乐队、扇子舞，城关小学的鼓乐队，经常参加全县举办的各种大型活动。

第七节 教育经费

一、经费来源

1983年农村教育体制改革后，采取分级办学，分级管理的方法，各乡镇中小学办学经费均由乡镇、村两级筹措，县财政按一定比例对乡镇予以补助。1986年以后，按国家规定开始征收教育事业附加费（包括乡村筹集部分），教育经费仍主要来自县财政拨款。在经济体制改革中，教育事业附加费被取消，全县的教育经费主要来自县财政拨款。

1986 年至 2004 年教育经费来源情况统计表

表 22 - 1 - 4 　　　　　　　　　　　　　　　　　　　　　　　　　　　单位：千元

年份	总计	预算内教育事业费	预算外资金收入	事业收入		捐集资收入	社会服务及勤工俭学	用于教育的税费		其他收入	基建拨款
				计	其中学杂费			计	其中农业教育附加		
1986	2217	1674	543	22	22		104	417	417		
1987	2251	1699	552	31	31	5	18	485	445	13	
1988	3705	2695	1010	75	75	14	147	723	685	51	
1989	4907	3066	1841	140	140	695	140	845	798	21	
1990	5268	3648	1620	275	275	109	162	880	835	194	
1991	6708	4566	2142	195	195	81	357	897	897	12	600
1992	7025	4629	2396	390	390	679	379	948	948		
1993	9546	5770	3776	1739	1739	424	557	1026	1026	30	
1994	12 516	8290	4226	1710	1710	412	607	1462	1262	35	
1995	15 781	10 240	5541	1686	1686	990	1001	1493	1203	371	
1996	18 873	11 680	7193	2036	2036	1822	564	2205	1305	566	
1997	20 214	13 538	6676	2624	2624	482	557	3013	2233		
1998	20 271	14 310	5961	2106	1960	362	249	2558	2228	646	40
1999	23 839	16 700	7139	2280	2008	688	248	3003	2663	490	430
2000	30 508	23 596	6912	2665	2383	516	253	2700	2440	778	
2001	30 367	24 355	6012	5083	4843	120	224			585	
2002	30 078	23 820	6258	5675	5266			525		58	
2003	31 446	25 232	6214	5654	4482					10	550
2004	34 545	26 622	7923	5073	4388	182	47			181	2440

二、经费开支

1986 年至 2004 年，教育经费的使用包括人员支出、公用支出、建设支出等项。县政府对教育投入逐年增加，使得教育工作得以顺利开展。

1986 年至 2004 年教育经费支出情况统计表

表 22 – 1 – 5 单位：千元

年份	总计	人员经费			公用经费			基本建设		
		合计	预算内	预算外	合计	预算内	预算外	合计	自筹资金	上级拨款
1986	2217	1314	1082	232	903	592	311			
1987	2227	1438	1284	154	789	415	374			
1988	3411	2091	1883	208	1320	812	508			
1989	4851	2271	1981	290	2580	1085	1495			
1990	5242	2515	2249	266	2727	1399	1328			
1991	6644	2853	2366	487	3191	2200	991	600	300	300
1992	7449	3741	3183	558	3708	1446	2262			
1993	9287	4755	3937	818	3662	1833	1829	870	870	
1994	12 460	7133	6016	1117	4284	2274	2010	1043	1043	
1995	16 317	8514	7199	1315	5516	3041	2475	2287	2287	
1996	18 605	10 545	8768	1777	6556	2033	4523	1504	1504	
1997	20 260	11 799	9513	2286	6463	2996	3467	1998	1998	
1998	17 672	13 229	12 828	401	4027	1282	2745	416	216	200
1999	23 952	16 340	15 345	995	7058	1349	5709	554	404	150
2000	30 129	21 256	20 522	734	7156	3212	3944	1717	1717	
2001	29 556	21 149	20 429	720	8173	3926	4247	234	234	
2002	34 214	25 693	25 245	448	8521	2575	5946			
2003	31 485	24 723	24 043	680	6212	1089	5123	550		
2004	34 495	25 982	25 222	760	8433	3726	4707	80		

三、校办工厂

县内勤工俭学始于 1958 年。1982 年，文教局成立勤工俭学管理站，加强对勤工俭学工作的管理。工厂实行校长领导下的厂长负责制，单独经济核算。由于原料来源无保障，产品销路不畅，经营管理较差等原因，时常停业，无固定生产项目。1986 年，全县共有 10 所学校有校办工厂，分别是县农业技术职业学校、县师范进修学校、大厂回民中学、夏垫回民中学、邵府回民中学、陈府中学、北坞回民小学、南寺头回民小学、王必屯小学、谭台小学。1989 年，全县有 18 所中小学共建起工厂 25 个。到 1997 年，全县兴建的校办工厂累计达到 93 个。其后几年，校办工厂由于资金少、规模小、技术落后等原因，部分工厂亏本倒闭，剩下的因利润减少等原因，与学校脱钩。

第八节 社会力量办学

由于入学高峰的到来，全县原有的学校已不能满足大量学生入学需要，为缓解各校的压力和政府对教育投入的不足，县政府大力提倡并鼓励社会力量办学，新世纪英才学校、大厂第四中学、县师范附属学校、童心幼儿园、童乐幼儿园等民办或民办公助学校相继建成并投入使用，为通过 2002 年的"双基"复查验收和缓解入学压力，发挥了作用。

大厂聚龙武校 大厂聚龙武校（全称：神州聚龙武术学校）始建于 1998 年 12 月。学校坐落在大厂县城西部香大公路东侧，占地面积 4.53 公顷。校内建有教学、办公、宿舍、武术馆、健身房、餐厅、足球场等综合型配套设施，各种教具、仪器完善齐备。聚龙武校是京东地区唯一具有较大规模现代化的寄宿式武术专业学校。2004 年在校生在文化课程纳入国家"普及"教育体系的基础上，学校重点开设的课目有武术、散打、跆拳道、柔道、摔跤等。建校以后，已有近千人从该校毕业，约 200 余人进入了全国大专体育院校，其中，进入北京体育大学 12 人。

该校除参加省市的大量比赛外，还经常参与县内的各种文化活动。如彩色周末、春节系列活动、夏垫三月十八日庙会等。

该校连续 5 年荣获廊坊市武术比赛团体冠军，在参加全国各类比赛中，共有 80 多人次获金、银、铜奖牌 86 枚。

第四中学 第四中学是 2000 年县体育总会筹办的民办公助学校，校址在原大厂县体委院内，占地 45 356 平方米，建有教学楼 1 栋，并有配套餐厅等附属设施，建有仪器室、实验室等，建筑面积 7500 平方米。教学楼内安装电视监控系统、有线电视等设施。2003 年 10 月搬迁至夏垫新世纪英才学校，更名为大厂县高级实验中学。

新世纪英才学校 2000 年，由长城汽车修理厂厂长陈学武开办，投资 2000 多万元，是办学条件一流的私立学校。位于大厂县夏垫镇 102 国道路北，占地 42 669 平方米，总建筑面积 2.40 万平方米，是集小学、初中和高中为一体的全日制封闭式寄宿学校，有来自全国各地包括港、澳、台的学生。学校有教学楼两座，共计 68 个教室，分小学部和中学部。按国家规定标准装备了物理、化学、生物、微机、语音、书画、形体健身等专业室各两个。图书室藏书万余册并配置阅览室两个，有 300 个座位的多媒体电教室两个。楼内装有闭路电视和中央空调。学校建有 1650 平方米乒乓球训练大厅，配备了 40 张球台，中国人民解放军"八一"体工大队乒乓球训练基地就设在这里。钢琴厅内有 40 个单间练琴房。回、汉族餐厅各一个，可供 1200 人同时就餐，学生宿舍和教师公寓也配有中央空调。任课教师中 80% 以上具有大学本科学历。学校于 2003 年 10 月被大厂县政府收购，成为大厂县高级实验中学。

第九节 管理机构

1986 年文教局设办公室、教研室、人事股、财会股、教育股、工农教育股、文化股、勤工俭学管理站。1990 年 8 月 20 日，县委、县政府决定将原文教局分为教育、文化两局；12 月，县委、县政府决定建立大厂县教育委员会；1996 年，大厂县教委改名为大厂县文教局；2002 年 5 月，大厂县文教局改名为大厂县教育局。2004年内设机构包括办公室、教研室、人事科、督导室、教育科、仪电科、计财科、招生办、纪检监察室、成教科、勤管站。下属乡镇文教室，文教室下辖乡镇中学和各小学，小学又可分为中心小学、完全小学和村初级小学，每所学校又都设有年级组、各学科教研组。

第二章 科 技

第一节 科技机构

一、科学技术局

1986 年科学技术委员会下设办公室、科技管理股、新能源股、标准计量管理所（1979 年建）等机构，有工作人员 20 人。1993 年 4 月，隶属科委的职称改革领导小组办公室移交给劳动人事局管理。5 月，增设市场办公室。1996 年 5 月，更名为县科学技术局。内部股室经历多次调整。2000 年 12 月，建立专利办公室。2002 年 5 月，成立生产力促进中心，中心主任由科技局长兼任。2003 年 10 月，科技局的下设股室新能源办公室移交县农业局管理。2004 年，人员编制 13 名，设局长 1 名、副局长 2名，下设办公室、综合计划股、科技管理股、市场办公室、专利办公室、生产力促进中心。

1986 年至 2004 年，全县各乡镇都设有科技副乡镇长，主管各乡镇的科技工作，全县 105 个村都配备科技副村长。

二、科学技术工作者群众组织

科学技术协会 1986 年，县科学技术协会，下设综合办公室 1 个，工作人员 7人。至 2004 年底共有在职人员 8 人，下设机构未变。1986 年至 2004 年各乡镇均设有科学技术协会。

专业学会 1986 年，全县有农学会、医学会、畜牧兽医学会、机械工程学会、农机学会、水利学会。1986 年以后，增建土地学会、交通学会、林学会、蔬菜学会、计量学会、卫生学会。

三、科研机构

厂办科研机构从 20 世纪 80 年代逐步建立，90 年代逐渐发展，截至 2004 年底，全县 85% 的高新技术企业及民营科技型企业都建有自己的科技开发研究机构。

1986 年，各乡镇都建有农业技术推广站等科技服务组织。各村设有蔬菜、林果、畜牧、农机等专业技术协会，2004 年底，全县共有各类村级技术协会 420 个。

第二节　科技队伍

一、科技人员

随着国家分配的大中专毕业生逐渐增多，科技队伍相应发展起来。1986 年，全县共有科技干部 114 名，其中中级技术人员 12 人、初级技术人员 36 名。1996 年，科技干部达 980 人。2004 年，科技干部共有 1310 人。

学历构成　1996 年，980 名科技人员中，本科学历 119 人，占科技人员总数的 12.14%；大专学历 389 名，占科技人员总数的 39.69%；中专学历 472 名，占科技人员总数的 48.16%。2004 年，1310 名科技人员中，本科学历 171 人，占科技人员总数的 13.05%；大专学历 708 人，占科技人员总数的 54.05%；中专学历 431 人，占科技人员总数的 32.90%。

职称构成　1996 年，具有高级职称的 34 人，占科技人员总数的 3.47%；中级职称 198 人，占科技人员总数的 20.20%；初级职称 641 人，占科技人员总数的 65.41%。2004 年，高级职称 90 人，占科技人员总数的 3.04%；中级职称 320 人，占科技人员总数的 24.43%；初级职称 870 人，占科技人员总数的 66.41%。

1996 年，全县拥有乡土科技人员（农村实用人才）890 名。2004 年拥有乡土科技人员 1100 名，其中具有中级职称的 45 人，其余为初级人员。

二、科技骨干

专家咨询团　1996 年 11 月，成立专家咨询团，下设工业技术、农林技术、卫生医疗、畜牧养殖、文化美术、学历教育 6 个专业咨询服务组，共有 26 人。专家咨询组的成员均有中级以上职称。咨询团的主要任务是了解国内外科技动态，为领导决策提供智能服务；对全县重大项目进行调研、论证、方案评估和可行性研究；对关系全县的社会经济发展的重大问题提出建议和意见；对全县农业及各类企业的发展进行技术咨询服务，技术鉴定等。

县管拔尖人才　1996 年，拥有县管专业技术拔尖人才 8 名，其中经济类拔尖人才有 6 名。2004 年，拥有县管拔尖人才 53 名。

农村实用人才 1996 年县职称改革领导小组办公室认定的农村实用人才 95 名，其中种植业 40 名、养殖业 40 名、加工业 15 名。

第三节　科技普及

一、培训基地

大厂县建有职业教育中心、农业广播学校、成人教育中心、农机培训学校，全县 5 个乡镇全部建有农业技术学校。大厂镇农业技术学校，1996 年至 1998 年 3 年中投入万元，建教室 5 间，建筑面积达 150 平方米。专业性图书 2000 余册，有彩电、录音机、幻灯机、录像机等教学仪器，实验基地 13.33 公顷。县农业局投资 8 万元，成立了农业科技声像制片中心，配置了必要的摄、编、字幕等设备和人员。独立制作了电教短片《小麦玉米创吨粮高产栽培技术》、《大棚西瓜与葫芦嫁接新技术》，在县电视台开办的《农村天地》节目中播出。

二、科普形式

科普宣传 县科学技术局每年都在麦收、秋收前组织科普千里行暨科技兴农宣传周活动。活动期间，组织农林、畜牧、水利、医疗等部门的科技人员 50 余人，送科技到村、入户、进棚。每次发放科技资料 2500 余份，为 5000 余人次提供咨询服务，为群众提供义诊近万人次。

科协根据自身行业特点，积极组织科技人员、专家咨询服务团成员、科普志愿者开展科普宣传周、6.29 全国科普日等活动，并坚持常年送科技下乡，推广普及农、林、牧、蔬菜、卫生等行业新技术，新成果。特别是 1996 年以来，县委、县政府加大科协人才队伍建设力度，配备了专业科技骨干，使科协自身的服务能力、服务质量和投入力度大大加强。自 1986 年以来，共下乡服务 1700 余次，涉及全县 105 个村，印发技术资料 10 万余份，咨询服务 40 000 余人次。

科普大集 1986 年至 2004 年，由县委宣传部负责，科技局、科协牵头，每年举办至少两次由涉农、医疗、计生、教育、文化、环保、广播电视等部门参加的科普大集活动。展出图、表、实物等，展示科技成果 100 余项，播放声像资料 30 套，提供 3000 条科技信息。

技术培训 科学技术局利用现有的科普培训基地，从中国农科院、中国农业大学、河北农业大学等大专院校邀请专家教授讲学，每年 10 余次。内容有高产高效优质栽培新技术、植保、配方施肥、果树修剪、保护地栽培、养殖新技术。听课人数达 5000 人次。此外，县管拔尖人才等科技干部奔波于田间、工厂与基层群众做面对面的交流、授课，每年举办培训班百余期，培训农民达 7 万人次、工人 5000 人次。

科协坚持以农、林、畜牧、蔬菜等专业为重点，对秸秆青贮、农产品的标准化生产，绿色无公害产品的生产技术和规程、苗木栽培与管理技术等方面，采取集中讲课、外出参观、农时季节田间现场指导、农函大等培训方式，对老百姓进行培训，自1986年以来共组织各类培训400期次。培训30 000人次。

技术指导　农林畜牧、医疗等行业的科技人员深入到村、户，在田间地头作技术指导。使粮食产量、大田作物优种覆盖率逐年提高。1996年优种覆盖率一直保持100%；畜牧业兴旺发达，2004年，全县牛羊饲养量分别达到24.73万头和23.41万只，猪饲养量达12.50万头，禽饲养量达160万只，屠宰加工100万头（只）；畜牧业总产值达6.90亿元，占农业总产值的70.90%，农民人均纯收入的35%来自于畜牧业，畜牧企业上缴税金3000万元，占全县财政收入的三分之一。

电视科普专栏　1998年以后，县电视台开办了科普专栏《农村天地》，每周在黄金时间播出两次。在农忙季节，"大厂新闻"节目中播放3分钟至5分钟科技人员讲解的作物栽培技术。

科技示范　从现代农业生产格局入手，以"两高一优"农业为内容，建立起了从示范到推广的科普体系。到2004年，科技示范户达600户，达到了43.33公顷地有一名农业技术人员，50户农民有一个科技示范户。1996年，在农民中培养了绿证学员450人。同年，制定实施了"十村百户二十项新技术科技承包"工程，即确定10个科技示范村、100个科技示范户、20个科技推广项目。科协通过多年努力，洼子西瓜基地、牛万屯天一农林科技有限公司、北京爱群农业特色无公害蔬菜基地，分别被建设成为省级、市级科普示范基地，为带动一方农业结构调整和经济发展起到了积极的推动作用。

科技推广体系　为使农业由粗放型向集约型方向转变，适应现代农业的需要，建立健全了县、乡（镇）、村三级科技推广体系。在全县设置和配齐了科技副县长、副乡镇长，充实乡镇综合技术推广站，达到每站5人的标准，使全县发展起一支由99名高、中、初级各类农技专业人才组成的科技推广队伍，形成多学科、多层次、多形式的农业科技服务体系，各村都建立了种植、养殖、植保、农机等科技协会。

第四节　科技研究

一、科研项目

1986年至2004年，科研项目，工业方面以技改项目为主，农业方面以对比试验和技术推广为主。项目立项前，首先由项目承担单位向县科技局（1996年前为科委）提出申请，经科技局筛选、论证，初步审查后，逐级申报。项目立项后，在县科技局监督下，由承担单位组织实施，列入省、市级计划的科研项目，按要求由省、市、县科技局组织鉴定、验收。

1986年至2004年，列入科研计划的项目共223项。

1986 年至 2004 年科研项目统计表

表 22 - 2 - 1   单位：个

年份	项目总数	级 别				项目类别		
		国家	省	市	县	农业	工业	卫生
1986	11		5	2	4	5	6	
1987	10		2	7	1	5	5	
1988	19		2	16	1	18	1	
1989	22		1		21	20	2	
1990	15			8	7	9	5	1
1991	16		5	9	2	11	4	1
1992	12			12		12		
1993	16			16		16		
1994	9				9	9		
1995	11			10	1	9	2	
1996	15	1	1	13		14	1	
1997	14			14		11	3	
1998	4			4			4	
1999	15		3	12		12	3	
2000	9			9		7	2	
2001	10		2	8		8	2	
2002	8			8		8		
2003	1			1			1	
2004	6	1	1	4		1	1	4
合计	223	2	22	153	46	175	42	6

二、科研成果

1986 年至 2004 年，全县科技成果有 54 项获奖。

部分获奖科研成果统计表

表 22 - 2 - 2

成果项目名称	获奖年份	获奖等级
4000 公顷小麦模式化栽培	1988	地区推广一等奖
杨树良种化	1988	地区推广三等奖
S-21 防治杨树腐烂病	1988	地区推广三等奖
夏垫镇万亩小麦高产示范	1988	地区丰收二等奖
地膜水萝卜	1988	地区丰收三等奖
毛白杨快速育苗	1988	地区高额丰产奖
地下防渗输水管道灌溉技术开发	1990	省科技成果二等奖
5933.33 公顷小麦综合丰产配套技术	1995	省农业厅农村科技三等奖
6000 公顷夏玉米综合破产栽培技术	1996	省农业厅农村科技三等奖
燃汽式烤箱	1999	全国专利技术博览会金奖
组拼式产、育仔猪合用床	1999	全国专利技术博览会金奖
喷雾式快速消毒器	2001	全国专利技术博览会金奖
热喷涂防腐釉	2002	河北省优秀发明奖
真空断路器用铜铬 25 触头材料	2002	河北省优秀发明奖
预混风燃气燃烧器	2003	市科技进步三等奖

第五节 节能与新能源利用

一、节煤炉的应用与推广

随着人们节能意识的增强，到 20 世纪 90 年代初，节煤炉的应用已由城镇转向农村。1990 年，全县推广使用节煤炉 2341 个，在陈府、王必屯（合乡并镇后并入大厂镇）两个乡推广节煤炉 1428 个。节煤炉得到了普遍应用。

二、太阳能的开发利用

到 20 世纪 80 年代后期，大厂县太阳能的开发利用，主要集中在太阳能热水器和塑料大棚的推广应用上。

太阳能热水器 20 世纪 80 年代前期，太阳能热水器对于普通百姓来说还是奢侈品。每年新安装热水器不足百平方米。当时城镇居民流行使用太阳能热水袋。到90年代，太阳能热水器被大量使用。1993年，新增太阳能热水器800台，几乎等于前些年全县太阳能热水器的总和。当时全县太阳能热水器总量为1800台。随着城镇住宅楼的兴起，太阳能热水器的使用从城镇开始转向农村。

塑料大棚 20世纪90年代初，塑料大棚不足0.67公顷。到90年代中期，随着大棚瓜菜栽培技术的推广应用，大棚种植面积迅速增加。到1995年，大棚种植面积已达66.67公顷，比1994年增加了9倍。到2004年，大棚种植面积已达200多公顷。

三、沼 气

1991年沼气池得到快速发展，当时为了提高沼气池的产气量，冯兰庄村张士忠家的沼气池内搞了搅拌机装置的试验，经观察其产气量有明显提高。当年在全县建成沼气池43个。廊坊市科协、廊坊市新能源办公室分别在1991年的7月和8月在大厂县召开沼气池推广应用现场办公会。

当时的沼气池是圆柱形、水压式，体积8立方米，属三位一体，池体埋于地下，牛棚、猪圈、厕所的粪便自流入池，后因沼气池出料难，再加上液化气的普遍应用，沼气池建设进展缓慢。

第六节 高新科技产业

一、农 业

推广新优品种 1986年后，围绕"一优双高"农业，选育、引进推广粮棉油、林果菜、畜禽和水产等优良新品种。小麦生产在20世纪80年代末、90年代初重点引进和推广了津麦2号、京411，90年代中后期重点推广了9428、中优9507、3291。玉米生产重点引进推广了沈单7、掖单20、中单9409、农单5号等优良品种。棉花生产重点引进推广了优势高产抗虫抗枯、黄萎病的鲁棉11。果树积极发展早酥梨、短枝红星、红富士等新品种。瓜菜生产上重点推广新泰密刺黄瓜、佳粉西红柿、伊丽莎白、蜜世界。此外大棚西瓜种植技术广泛推广嫁接技术。畜禽水产业主要推广大约克、托洛克猪，西门塔尔、海福特、夏洛莱、草原红肉牛，小尾寒羊、波尔山羊，罗曼鸡和白鲳等。小麦、玉米两大作物已全部实现了优种化，棉、油、瓜、菜优种覆盖率已达95%，畜禽水产优种覆盖率达90%，科技对农业的贡献率达54%。

节水技术 综合运用多种节水农业技术。开发推广蓄水保墒耕作、田间秸秆覆盖、地下管道灌溉、喷滴灌、抗旱调节剂的使用。2004年全县防渗管道达45万米，控制面积7533.33公顷，麦田全部实现了管道化。

防治病虫害 县农业病虫害和畜禽病害较多。小麦的白粉病、蚜虫，玉米的斑纹病、钻心虫，棉花立枯病、黄萎病、棉铃虫，畜牧业上的 3 号病、5 号病及猪、鸡瘟。广大科技人员不断提高重大病虫害的预测预报水平，引进广谱低毒的优质农药。2004 年，飞防 4000 公顷，有利地防治了美国白蛾的发生。

优化配方施肥 自 20 世纪 90 年代，积极推广优化配方施肥、秸秆还田、过腹还田技术，全县年生产有机肥 50 万立方米，亩均 4.10 立方米，使土壤有机质含量由 1991 年的 1.15% 提高到现在的 1.44%。

二、工 业

围绕优质、节能、降耗、增产、增值，引进推广高新技术成果，优先发展电子信息、机电一体化、新材料、生物制药。2004 年底，拥有高新技术产品 20 种，其中 10 种产品达到了国际先进水平。北方金属材料制品公司开发的新产品——铜钨电触头材料 1996 年被河北省科委授予科技成果二等奖；燕北畜牧机械集团有限公司依托中国农科院科技开发公司，每年都开发一种以上新产品，尤其是 1998 年，成功地设计、制造了年产 5000 吨草粉颗粒饲料成套设备，出口到肯尼亚，创中国草粉颗粒饲料成套设备出口的先河；1998 年，金华实业有限公司，引进计算机辅助设计技术，先后购置了 8 台高档微机、大型扫描仪、绘图仪、软件数套。环宇生化实业有限公司生产的高熔点胆固醇的纯度以及熔点都高于美国同类产品，一直畅销美国及东南亚。科技对工业的贡献率达 46%。

第七节　网络科技

随着科技的发展，微机被广泛应用于办公领域，大厂县金融系统、国税、地税、电信、供电等部门早在 20 世纪 80 年代就已经安装使用了自动办公系统；检察院、国土资源局等建立了局域网；县政府建立了自己的网页，在网上推介自己，实现了网上招商、网上发布信息；德峰精密仪器有限公司等 20 家企业在 2004 年成为河北网上技术市场会员。

第八节　地震监测

两个业余地震监测点分别在小垞头养殖场和小厂养鸡场。1999 年市地震局给大厂县配备了一套地震强震仪，安装在县科技局，主要功能是震中数据记录及传输。各地震监测点对水位、动物异常现象定时进行观测，准确记录，及时上报。

第二十三编　文化　卫生　体育

建县初期，先后建立了文化馆（站）、俱乐部、广播站、新华书店、图书室（馆），成立电影放映队。花卉、曲艺、歌谣、剪纸、雕刻等传统文化艺术形式在继承中发展。散文、诗歌、小说创作自20世纪50年代开始，新人新作层出不穷。左金铨书画作品出国展出，并被国外博物馆收藏。1977年成立的县评剧团在打破传统体制束缚后，制定队伍以小型为主，编出剧目以现代戏为主，服务对象以农民为主的办团方针。坚持走自编自演的道路，接连创作演出《嫁不出去的姑娘》、《啼笑皆非》等大型现代评剧。在农村演出年均300场，成为全国文艺战线上的一面旗帜。

新中国成立前，缺医少药，无卫生防疫体系，疫病经常流行，严重地危害广大人民群众的身体健康。新中国成立后，人民政府把卫生事业列为重点建设项目。1956年，在建县后一年的时间里，全县建立医院、卫生所、卫生防疫站等医疗机构7个，初步解决了人民群众就医难问题。其后县政府不断增加卫生事业投入，更新设备，提高医务人员素质，广泛开展爱国卫生运动，建立健全卫生防疫和妇幼保健体系，人民的健康有了根本保证。中共十一届三中全会以后，卫生体制改革不断深入，给卫生事业发展注入了新的活力。

县域内体育事业始于民国初年，只限于学校体育课。建县后学校体育和群众体育蓬勃发展起来。学校体育课和课外体育活动是教育教学的重要组成部分。社会上，机关、工厂、农村都有诸如篮球队、乒乓球队等运动队，业余时间开展训练和比赛。回族有尚武精神，县内传统体育项目是摔跤，清代和民国时期均有著名摔跤手。新中国成立以后，在人民政府大力扶持下，摔跤运动在回族中更广泛地开展起来，竞技水平有很大提高。

1986年以后，县委、县政府以建设"人口小县、文化大县、经济强县"为奋斗目标，将文化寓于物质文明、政治文明、精神文明建设之中，营造大文化氛围。1994年大厂电视台建立，在宣传党的路线、方针、政策，传播科学文化知识，活跃文化生活方面发挥了重要作用。随着具有国际先进水平的医疗设备的引进，广大医务工作者素质的大幅度提高，医疗水平不断上升。县、乡、村三级医疗网络覆盖全县，人民群众基本上可以享受优质的医疗保健服务。通过积极引导，各项体育活动在城乡广泛开展，全民身体素质不断提高。竞技体育多次参加县以上比赛，取得优异成绩，为自治县赢得了荣誉。大厂评剧团继续坚持"二为（为人民服务、为社会主义服务）"方向，流动舞台开进国内20个省、市农村，年均演出200余场。在创作和演出上与时俱进，扬正气砭时弊，为社会主义精神文明建设作出了重要贡献。

第一章　文　化

第一节　城镇文化

改革开放使大厂城镇居民的生活逐步走向富裕，由于城镇化的推进和城镇居民的增加，人们开始注重休闲娱乐，追求更多的精神生活。1990年以后，街道小区相继出现居民自发组织的文体活动，如象棋、羽毛球、扑克、秧歌、健身操、交谊舞、街舞等。县宣传文化部门对其大力扶持，使之成为有组织、有固定活动场所的各类业余文艺队伍。2004年，城区有业余文化活动点20个，合唱队14个，秧歌队8个，业余文化活动骨干1000余人。活动内容有声乐、器乐、秧歌、交谊舞、戏剧、曲艺、读书、绘画、书法、各类健美操等。

一、文化设施

文化馆　文化馆是国办综合性群众文化事业机构。负责全县群众文化活动的组织、辅导；从事群众文化调查研究，制定发展规划、实施细则，为上级文化主管部门提供决策依据；围绕县委、县政府中心工作，开展文化宣传工作；负责扶植、建立群众业余文化基地，培养全县文化、文艺后备力量。

文化馆成立于1955年，经河北省编制委员会、省文化局批准，编制3人。1958年，编制增至4人，增加流动图书阅览职能。同年，并入天津蓟县，改称蓟县文化馆大厂分馆，1962年恢复。1967年，编制8人，成立"乌兰牧骑"式文艺宣传队。1971年，职能转增群艺、图书、美术、创作、摄影。1978年，分出图书组成立图书馆。1981年，职能增设文物管理。1955年至1989年，文化馆主管部门为县文教局。1990年，成立大厂回族自治县文化局，划文化馆为下属单位。同年，分出文物管理成立文物管理所。2002年，原文化局、体育运动委员会合并成立县文化体育局，划文化馆为下属单位。

1955年至今，文化馆先后发起全国回族区域自治地方书法展览、幽燕十县书画摄影展览、廊坊市北三县"友谊之桥"迎春文艺汇演、"京东风情"北三县书画展览等大型展览、演出21次。组织、辅导全县业余文化骨干参加"民族情"全国少数民族地区书画大赛、全国青年摄影大赛、河北省民族文艺调演等国家、省、市级比赛，获奖113人次。

1985年至今，扶植建立芳草、柳芽、鲍邱诗社、宋各庄书画社、夕阳红音乐社等群众业余文化社团24个。创办县内文艺报刊大厂文艺、沃土，与三河、香河县联

第二十三编　文化　卫生　体育

合创办文学季刊《潮白文学》，发掘、辅导、推荐71名业余文学爱好者在《布老虎丛书》、《人民文学》、《十月》、《花城》等国家级文学刊物发表210篇作品。

文化馆分别于1985年、1994年，被河北省文化厅评为省级文化活动先进单位；1998年、2000年、2001年、2002年被廊坊市文化局评为市级文化活动先进单位；2003年，被廊坊市政府评为"首届廊坊文化艺术节"先进单位，并通报表彰。

图书馆 图书馆1979年3月正式建成开馆，是廊坊市建馆最早的县级图书馆。1979年，有工作人员3名，2间宿办室，2间借书处，藏书近7000册。1983年2月新馆正式开馆，设有书库、借书处、报刊阅览室、少儿阅览室、资料室。2004年有工作人员8人，藏书1.7万册。日均借阅80人次，年流通图书3万册次。改革开放后，图书馆合理设置业务机构，健全登统制度，先后组织开展"爱我中华"读书活动、小百科读书活动、青少年征文有奖比赛等，使读者拓宽知识视野，发挥了图书馆第二课堂作用。1989年11月，图书馆被评为省"文明图书馆"，是全省16个受表彰的县级图书馆之一。2002年被评为省巾帼文明示范单位。2004年8月顺利通过了全国公共图书馆第3次评估验收，是年被评为市巾帼文明明星岗。至此已连续4年被评为市文化系统先进集体。

电影院 电影院始建于1985年，位于县城中心。占地面积3734平方米，建筑面积3314平方米。两年后，又投资12万元扩建，并购置了16毫米放映机2台，35毫米放映机2台。年放映电影2000余场，观众290多万人次。此后电影院还经常举办会议、演出等。比较重大的活动有：1991年举办有著名演员梅葆玖、王洁实、谢丽斯、赵丽蓉、陈涌泉、李金斗、巩汉林、金珠等参加的大型歌舞戏剧演出；1994年，由赵德平创作、赵丽蓉等人表演的小品《年夜饭》在中央电视台春节联欢晚会上演之前在电影院进行了首场演出；1995年9月16日，举办庆祝大厂县成立40周年纪念活动。受电视影响，放映场次及观众数逐年下降。1997年，电影院因年久失修、消防不达标、资金短缺停业。

新华书店 新华书店建于1956年7月。销售图书有领袖著作、少儿读物、文化教育、哲学社会科学、中外文学、历史、地理、工农业技术、医学卫生、教材等各类图书。1986年以后，新华书店设施得到不断发展和完善，以提高市场化水平为突破口，以观念创新为先导，以加快发展作为第一要务，以体制改革为动力，积极推进改革，大力加强队伍建设，全面提高经营管理水平。2001年上划河北省新华书店集团。1986年至2004年，新华书店先后获得河北省新华书店"冀少版课外读物先进发行单位"、"河北省教材发行先进单位"及"市级文明单位"等多项荣誉。

文化广场和文化中心 2000年4月，作为"宣传文化示范工程"的文化广场和文化中心破土动工，共投资1200万元，2001年6月建成投入使用。文化广场占地1.50万平方米，由露天舞台、大秧歌区、交谊舞区、健身区、儿童娱乐区、休闲区六部分组成，设有固定座椅、健身路径、台球桌等大量设施。文化中心建筑面积1500平方米，由可容纳500名观众的大厅及排练室、音响室、休息室、展厅和图书馆6部分组成。

二、主要活动

"彩色周末" "彩色周末"是由县委宣传部、文体局组织的夏秋两季周五系列广场文艺演出活动。由县直系统各机关事业单位、各乡镇、行政村组织的群众演出，表演形式不限。2000年至2004年共组织"彩色周末"广场文艺演出80多场次，吸引观众6万人次。其中校园文艺演出、节日朗诵合唱比赛、群众大秧歌、高跷会演等活动组织有序，成为"彩色周末"活动中的亮点。

文化活动 每逢春节、五·一、七·一、十·一等重大节日，由县委宣传部、文体局组织安排各种主题性的知识竞赛、演讲比赛、征文比赛、书画比赛、歌舞比赛等活动，聘请专业人士任评委。

庆典和会展 结合各重要时事活动、节日庆祝、展览展出等活动需要，根据文化活动特点和民族特色，承办春节文艺汇演、主题性群众汇演、春节群众秧歌队、高跷会表演、大型节日花会表演、元宵节灯会表演。2002年至2004年，共承办各类文化庆典30场次，民族节日庆祝活动10余场次，民族文化交流10余场次，展览展示50余场次。

群众文娱 宣传文化部门针对不同层次群众的要求，坚持文娱活动多样化，满足所有群众的需求。除专场活动外，其余时间以群众自娱自乐为主，有适合青少年兴趣特点，以自点自唱为主要形式、以流行音乐为主要内容的"广场音乐台"；有适应中、老年人爱好的戏曲演唱、乐器弹奏、门球比赛等活动；有适合妇女活动的秧歌、"交际舞表演"区域；有适合各年龄段活动的台球、乒乓球、体育健身活动以及棋类赛区，露天电影等。2004年先后举办秧歌大赛、象棋大赛、戏曲音乐大赛、舞蹈大赛等有组织的群众性文化赛事。在"两会"期间推出以爱国主义电影为主的"电影放映月"活动。

第二节　乡村文化

一、文化站

县内最早的文化站为夏垫镇文化站，成立于1952年，1958年停办。为促进乡村文化的发展，1983年，各乡镇均组建文化站，通过开展文娱活动，文化下乡等多种形式，组织开展形式多样、健康向上的文体活动，乡村文化在此期间得到快速发展。

夏垫镇文化站占地面积3066平方米。站内设有图书室、阅览室、娱乐室、图片展览室、培训室等活动室，有篮球、排球、羽毛球、台球、摔跤等活动场地，开办了农民业余技校。1986年，站里投资1300元，购置民间乐器，组成12人的业余演出队，利用节假日，深入农村、工厂、敬老院为农民、工人和孤寡老人演出。1997年迁至陈辛庄村原回民中学院内。2000年，镇政府投资2万余元进行改造装修，占地面积 6000 多平方米，房屋 30 间，设有图书室、娱乐室、多功能活动室，配有乒乓球、门球、象棋、乐器、音像设备等。文化站利用农闲时间，组织开展歌咏比赛、篮球邀请赛、乒乓球比赛、书法比赛、自行车载重赛、元宵节猜灯谜等文体活动，积极参加县里举办的演出活动，广泛开展送文化下乡活动。组织开展学科技、用科技活动。利用站内藏书为群众提供科技、种植、养殖等专业知识，通过科技信息咨询、美术装潢和广告设计、开办服装裁剪和科技培训班等形式服务社会。先后举办了 40 多期服装裁剪缝纫培训班，培训学员 200 多人，学员们熟练掌握了服装裁剪缝纫技术，走上了就业岗位。1999 年夏垫文化站被省文化厅评为"优秀文化站"。2002 年，作为精神文明建设活动中心重点资助对象，获得了中央和省文明办赠予的微机、电视、VCD、书籍、乐器、乒乓球、篮球等价值 12 万元的电子产品和文体器材。

二、民间花会

民间花会是乡村文化的传统项目，形式多样，分布较广，最早的花会组织成立于清代中期。2004 年，全县有 20 多个村建起了花会组织，具有代表性的有马家庙村秧歌队、刘各庄村高跷队等。

1998 年，马家庙村在原戏班老艺人于顺亭、李成等人的支持下，由中青年文艺爱好者发起并组织了马家庙村秧歌队。借鉴了东北大秧歌和民间小车会、大头舞、扇子舞等文艺形式，自编基本动作，与本地风俗和秧歌队人员特点进行组合，运用模仿、象征等舞台技法，将农村一年的农事活动进行浓缩，通过演出人员的形体语言，演绎出动人的故事。秧歌队成立以后，通过垫资、募捐、以会养会等形式，添置了服装、小车、毛驴、大头等道具，购置了大鼓、锣等乐器，人员发展到 30 多人。

刘各庄村高跷会从三河市白庄村亘古路灯老会逐步演化形成。1962 年 3 月，村内部分青年自发练习高跷，从白庄村聘请高跷会师傅传授技艺，组建了 12 人的高跷会。文跷 8 人，分别是卖药（扮药王）、柴夫、渔翁、药婆及打鼓、敲锣各 2 人；武跷 4 人，分别是坨头（扮黑鱼）、卖豆（扮壁虎）、公子（扮蝴蝶）、老座（伞鲤鱼），跷高二尺八寸或二尺六寸，跷上由坨头指挥，跷下有护跷和护旗。表演以展示所扮精灵的形态、动作为主，兼有人物的态式，由于当时条件所限，人员较少，表演形式单一。在以后的发展中逐步添加现代表演成分，如叉腿、交叉跳、俯身拿物及高跳等难度较大的动作，不再拘泥于传统表演，使高跷表演内容逐渐丰富。

三、戏迷协会

20 世纪 80 年代末 90 年代初，夏垫镇的一些戏曲爱好者，在镇文化站的帮助下，成立夏垫镇戏迷协会，是这一时期具有代表性的群众文艺团体。

夏垫镇东小屯村村民张廷华是个戏迷，除自拉自唱传统京剧曲目外，还自己谱曲创作了《伊乡新貌》、《欢庆香港回归》、《澳门回归》等京剧曲目，并于 1993 年参加了北京市京剧票友大赛。在他的带领下，1995 年，成立东小屯村戏迷协会，戏迷达到 20 多人。村党支部、村委会为支持戏迷协会活动，在用房紧张的情况下，专门为戏迷协会腾出 6 间房屋，使戏迷们有了固定的活动场所。镇政府也提供乐器进行支持，2002 年，镇政府投资 2 万多元购置了京胡、板胡、二胡、京二胡、琵琶、鼓等乐器，与北京、廊坊等地票友经常进行技艺切磋，不断提高演唱水平。戏迷协会定期开展活动，互相交流经验，使戏迷们在娱乐中提高才艺水平，丰富精神生活。2004 年春节，戏迷协会聘请周边地区京剧票友举办了一场别开生面的联欢活动。

四、农村文化建设

1998 年以后，大厂县先后开展的"项目年"、"开放年"等主题年活动，用于农村文化建设的投资明显增加，促进了县域经济的快速发展。2000 年以后，全县用于农村文化建设的投入超过了 300 万元。

各职能部门充分发挥自身优势，不断探索文化支农的新方法。县图书馆针对农民读书的实际需要，变坐等到主动下乡服务、方便农民就近读书增强文化支农的针对性、加强对乡镇村图书室的专业培训辅导，在一定程度上解决了农民看书难问题。各包村局把文化帮扶作为包村工作重点之一，全县包村单位投资近 10 万元直接用于帮助所包村建起村级图书室、活动室，并购置图书。在此期间还组建各种文艺活动队伍，增强了各村发展文化事业的实力，扩大了群众参与覆盖面。2001 年开始实施"宣传文化示范工程"，先后建成大厂三村、金庄、河西营、北坞三村、南寺头村 5 个省级宣传文化示范村；大小辛庄、小东关村 2 个市级宣传文化示范村；大马庄、陈府村和双臼村 3 个县级宣传文化示范村。获得了省、市支援价值 50 余万元的文体设备，村级文化事业实力得到进一步加强。

1999 年建成的大厂三村多功能活动室，总面积 216 平方米，有琴、棋、书、画等。2001 年，组建了以娱乐健身为主的秧歌、小车会、高跷表演队，村民自愿参加，参与村民多时 400 余人，少时近百人，在 2003 年、2004 年春节全县花会调演比赛中获奖。2002 年，大厂三村投资 26 万元将村内一污水坑改建成了占地 1600 平方米的村级文化广场，广场内设有篮球场、健身区和露天小舞台，四周绿化，成为村民又一宽敞的活动场所。是年，加大对教育的投入力度，村委会建立了 10 万元"三村教育基金"，每年用利息对当年考入高中及大学的本村学生进行奖励，在发展村级教育方面，走在前列。

在浓厚的文化氛围熏陶下，一批典型文艺家庭及人物脱颖而出。举办家庭演唱会、发展庭院文化的邵府乡左权、刘翠英夫妇，读书兴农、科技致富的西马庄村冯福路；投资 2 万多元，自办家庭图书馆，传播先进文化的大马庄村退休教师李学荣；义务宣传党的政策、传播先进思想的西关村退休干部刘进录成为这一时期的典型。

五、文化交流

乡村文化的发展，不仅体现在对传统文化的继承，对现代文化的吸纳，还通过城乡互动、开展对外文化交流等活动形式，实现"请进来"与"走出去"的有机结合，使自身更加充满生机与活力。各村利用传统节日，以花会表演的形式进城，不仅活跃了节日气氛，也进一步促进了城乡群众之间的沟通、交流。北坞一村"两委"班子解放思想，拓展文化交流视野，提升乡村文化交流层次和水平。2004 年 5 月 14 日晚，由北京叫卖大王臧鸿率领的北京民间艺术团到北坞一村演出，表演了快板、魔术、口技、杂技、戏法、戏曲、双簧、歌曲等精彩节目。回族艺术家王顺亭表演了快板书《让大厂的乡亲开心点》、回族表演艺术家马志忠表演口技《百鸟入林》、臧鸿表演叫卖、双簧。

第三节　文学书画

一、文学创作

1986 年以后，文学创作队伍不断壮大，整体创作水平有了较大的提高，相继涌现出一大批优秀的文学创作骨干，他们创作的文学作品经常在国家、省、市级报刊上发表入集，并由国家正式出版社出版。

潘嘉璋主编的《穆乡蓓蕾》中小学生优秀作文选，1994 年由北京出版社出版；中篇小说集《多情岁月》，1997 年由远方出版社出版；短篇小说《为重逢而干杯》，2001 年由国际文化出版公司出版；自传体长篇小说《舞台》第一部，2003 年 12 月由中国文联出版社出版。李绵星的中篇小说《我不能总为你活着》，1998 年 10 月由内蒙古人民出版社出版；长篇小说《爱人膏肓》2002 年由春风出版社"布老虎丛书"出版，并被多家报刊、电台和大型网站连载或转播；中篇小说《庶出》，2004 年在《当代》第一期发表，被《小说月报》转载，北京大道文化公司买断电视剧改编权。2003 年范永昭诗集《新编 365 夜儿歌》由上海少年儿童出版社出版，并获河北省"群星奖"一等奖和文化部"蒲公英奖"铜奖。

2000 年以后，一些机关单位业余诗歌创作活动悄然兴起，人员主要有机关干部和提前离岗人员。如关松发创作的《伊乡恋》，铁大庆、铁大祥兄弟创作的《兄弟诗篇》等。

2004 年，全县有中国作家协会会员和河北省作家协会合同制作家 1 名，河北省作家协会会员 3 名，河北省民间文学研究协会会员 1 名，廊坊市作家协会会员 8 名，廊坊市小说家协会副主席 1 名，市作协理事 1 名。

二、书　法

建县以后，涌现出一大批书法爱好者，他们中一部分功底深厚，在县内外有一定名气，代表人物有杨湘林、海洋、王瑞生、杨连福、左金铨等。1984 年，成立县书法协会，有会员 30 人。1986 年以后书法创作空前发展，涌现出一批书法创作艺术骨干，其中少年、青年、中年、老年各个年龄段都有，形成了书法创作群体。他们创作的书法作品，在全国、省、市级书法大赛中，荣获大奖 40 余次。王景润，中国书法家协会河北省分会会员，1993 年出版《书法妙语行书》；2004 年出版《诸葛亮前后出师表》书法。周玉林，廊坊市书法协会会员，其书法作品被收入《伊乡情书法篆刻集》，多次在《中国文艺报》、《书法报》等发表作品。2000 年获河北省人文诗画艺术大赛二等奖，2003 年获全国环保系统书法大赛优秀作品奖，作品在北京军事博物馆展出，出版《周玉林书法集》。2003 年至 2005 年李世宝、彭福运、王伟 3 人书法作品入展中国书法家协会主办的全国第二届行草书展，首届"秦皇岛之夏"全国大字书法艺术展，"三晋杯"全国首届公务员书法大展获优秀奖。有 180 余幅书法作品在专业报刊上发表并被收入各种书法专集、名人录和专业机构收藏。2003 年由新一届书协主席万国悦发起组织征集县内重点书法篆刻作者精心创作的作品 100 余幅，主编出版了由中国书法家协会副主席、河北省书协主席旭宇题写书名的《伊乡情书法篆刻集》。到 2004 年会员发展到 50 余人。

三、绘　画

1986 年以后，县内新老美术工作者付出艰辛的劳动，创作了一大批艺术佳作。绘画种类有国画、装饰画、布贴画、油画等。国画类作品有花鸟《麻雀》、《国色天香》、《香远益清》、《松鹤图》；人物《赶集》、《沁园春·雪》；山水《融融春月》、《山乡之晨》、《白马秋风塞上》、《信天游》、《高路入云端》、《深山探》、《岳飞》、《汨罗魂》、《卧薪尝胆》、《杜甫和李白》；布贴类作品有《春·夏·秋·冬》、《载歌载舞》等。其中左金铎曾获中国佳作展和中国长春杯国画大展优秀奖和长春奖，中国文联举办的全国艺术大赛优秀奖，20 世纪国际艺术名家教授成就大奖，第二届"世界华人艺术大奖"评比获"国际荣誉金奖"，入选《国际现代书画名家教授大画册》作品被评为"国际金奖"，入编《中国当代书画篆刻家大辞典》、《中国美术家》、《世界美术家传》、《百年中韩书画名家大师精品大典》、《世界传世名画书法鉴赏》等近 40 部大型典籍中，并有多幅作品赴日本、巴西等国展出，并被"国际美术家联合会"授予"世界书画艺术名人"荣誉称号。另外，还有 8 人 60 余幅作品在北京艺术画廊、河北省工人文化宫展出及在全国、省、市级画展、大赛中参展，获奖 20 余次，并有 10 余幅作品在《民族画报》、《河北日报》等报刊上发表。

2003 年新一届美术工作者协会成立，有会员 50 余人。2004 年全县有河北省美术家协会会员 3 人、廊坊市美术家协会会员 7 人。

第二章　广播电视

大厂县广播事业始于 1958 年，20 世纪 80 年代步入快速发展阶段，县广播站自办节目形式多样，贴近人民群众。1994年，建立大厂电视台，以先进的传播手段和大范围的覆盖，起到了凝聚力量、鼓舞士气、宣传大厂的作用，促进了全县经济及社会事业的发展。

第一节　广　播

县广播站，每天早晚各播音1次，全天3小时。内容以转播中央、省台节目为主。自办节目30分钟，大部分为县内新闻。1986年，播音时间延长为7小时零5分钟。除转播上级台、站节目外，每次自办节目30分钟，其中新闻10分钟，专题节目20分钟。由原来的两天一组节目变为一天一组节目，每周7个专题分别为学习园地、法制园地、支部生活、青年之友、科技园地、文艺欣赏和临时节目。

1988年底学习珠海经验，将3次播音分为3个板块，其中容纳"本县新闻""民族新生活""青年之友""法制园地"等栏目，克服了呆板的弊病，并试办了主持人节目，播放采访同期声，体现了现场感、真实感、亲切感。

随着电视机普及和电视台的建立，1998年，广播节目停止播出。

第二节　电　视

一、县电视台

1994年3月，由县财政一次性拨款256万元。在厂谭新线路北、团结渠东侧征地0.63公顷，建立电视台。有工作人员20名，设新闻部、广告部、专题部、总编室、播出部等部门。主要设备有发射功率为1000瓦的电视发射机主机、备用机各1套，偶级子多层发射极发射天线，SONY－537摄像机两台，SONY－327摄像机1台，SONY数字一体式摄像机3台和SONY9850编辑机1台，非线性多媒体编辑机1台。呼号为"大厂电视台"，43频道，发射功率1000瓦，于1994年12月31日一次性试播成功。

1998年以后，购置了6台摄录化一体的摄像机，更新2个演播室的灯光、布景，新闻、广告、专题节目和播出设备全部采用非线性工作站制作，硬盘无带播出，设备水平列廊坊市各区市县电视台之首，同时，购置采访车辆4部，更换5000瓦发射机、有线电视前端设备。2004年10月，又购买了第二套影视频道播出设备，10日开办第二套节目（大厂电视台影视频道），总计投入达400多万元，广电局固定资产达1206万元。

二、有线电视网

县城有线电视网　1996年10月，投资180万元，建立大厂有线电视台。其中，机房建设资金 30 万元，前端设备资金 60 万元，县城干线电缆铺设 90 万元，一期工程按 5000 户设计（县城当时总户数为 8000 户）。1996 年 12 月 31 日，全网开通试播，县城共铺网 4000 余户，入网 3300 户。共传送 30 套电视节目，频道设置全部为专用频道，均为国家广电部批准传送的节目。

乡镇有线电视网　1998 年底，县委、县政府召开了有关部门和夏垫镇部分村的负责人参加的发展乡村有线电视网工作动员会。1998 年 11 月 8 日工程正式开始时，总投资 200 万元，铺设 1 条 15 公里长的光纤传输线路。11 月 28 日竣工，北坞一村 40 户居民首先收看到有线电视台传送的电视节目，1999 年在夏垫设立有线电视站，为夏垫乡村有线电视用户服务。

通过近 8 年的发展，已形成一个独立传输 40 套有线电视节目，县城网 4300 户（入户率 80%）、夏垫网 1500 户（入户率 20%）的有线电视网络，有 20 名专业技术人员为有线电视用户服务，并做出 72 小时服务到位，7 个工作日用户安装到位的服务承诺。

三、电视节目

新闻类　每天晚 19 点至 19 点 30 分转播中央电视台《新闻联播》节目，其后是《大厂新闻》栏目。建台初期每周二、四、六首播，每次 7 分钟至 8 分钟，较系统地报道县委、县政府重要会议实况，反映各行各业建设成就。并开设《农村天地》、《大厂风情》、《经济立交桥》、《大厂卫视》等栏目。1995 年 10 月建县 40 周年县庆，为圆满完成县庆报道任务，电视台编辑、摄影、制作了反映建县四十年辉煌成就的《大厂四十年》专题片，在大厂新闻中开辟了《光辉四十年》、《辉煌九五》等栏目，多方位报道各行各业所取得的成就。

1996 年，在新闻类节目中开辟《鱼水工程》、《社会新风》、《大厂风景线》等小栏目。

1998 年是县委确定的"开放年"，围绕这个中心，在新闻栏目中增加了《98 开放年巡礼》小栏目，对新引进的重点项目进行跟踪报道。同年，专题节目又推出电视新闻杂志类栏目《燕北夜话》，节目分为四个版块，有"寻常百姓"、"今日大厂人"、"本期观察"、"感悟人生"，由于栏目突出活、新、奇，深深地吸引了广大观众。

1999 年至 2000 年，是县委确定的"项目年"，大厂电视台在办好《大厂新闻》栏目的同时，增加《99 项目年巡礼》栏目，对新引进的重点项目进行跟踪报道。还不定期地开辟了《土地与法》、《城镇之光》、《国税传真》、《农村天地》等多个栏目，充分报道各条战线的热点。全年被市台选用 127 篇，省台 7 篇，在全市各县级台上播出量居前列。

2001 年，《大厂新闻》节目又进行了重大改革，将原来二、四、六播出，改为周一至周五每天有新闻，每期新闻不少于 5 条。其中《民族团结事业兴、经济发展万民乐》和《大厂县文艺工作者认真学习江泽民总书记"七一"讲话》两篇稿件在中央电视台《新闻联播》中播出。《大厂县加大教育投入力度取得成效》、《大厂县多措并举抓项目》2篇稿件被省电视台新闻联播采用。

2002年，新闻节目陆续推出《展示县城形象、捕捉县城建设新亮点》、《5·18项目追踪报道》、《开发区道路建设动态报道》、《党的生活》、《搞好"四·五"普法，推进依法治县》、《贯彻双百方针，构筑文化大县》、《百姓新事》、《产业结构巡礼》、《人口与计划生育》、《"三打"专项行动》十大系列报道，全年共报道150期，具有政策性强、涉及面广、反映社会实际、弘扬民族正气、宣传党的方针、关注社会热点等特点。6月，广电局作为主要协办单位，与夏垫新世纪英才学校联合举办了"鲁能杯"中国俱乐部乒乓球超级联赛，其中3个主场赛事，大厂电视台全程进行现场直播，跨时近1个月。

2003年3月，又举办了谈话类节目《县长与百姓话小康》、《县长与百姓话环境》，这是创精品节目的一次尝试，节目邀请了全县各阶层人士，就百姓关心的热点问题与县长一起交谈，拉近了领导与百姓的距离，增进了干群关系。是年，当"非典"疫情蔓延到周边地区后，电视台成立了防治"非典"报道组，派出5路共10余名记者，深入谭台"非典"隔离区和救治"非典"定点医院，以及全县的各乡镇、各部门，全面报道各级政府、各行各业防治"非典"的多项举措，采访人数100多人。10月，由新闻中心拍摄的反映大厂县抗日时期回民队英烈们英勇抗战的大型文献纪录片《回民队英雄谱》录制完成，在市台播出，并荣获廊坊市广电学会社教类一等奖。

科技服务类 在建台初期，开设了《祝您健康》、《家庭、社会、学校》等栏目。1996年增开《金融之窗》、《农村天地》、《儿童乐园》等栏目。2003年由于出现"非典"疫情，造成中小学停课，为减少疫情对中小学生学业的影响，及时开设《空中课堂》、《非典时期话高考》等电视栏目，为中小学生架设了绿色知识通道。

文艺类 1995年创办《大厂MTV点播台》，1996年增设《每周金曲》、《五彩时光》栏目，2001年又增设了《福华天天乐》、《跃华演播室》两个娱乐性栏目。至此，固定的文艺类栏目已有5个。

影视剧类 从建台至2004年影视剧一直是电视节目的主要栏目。大部分为国产和港台产电视剧，收视率较高。

2004年大厂电视台全天播出总时数34小时。

四、电视广告

1994年建立大厂电视台后，成立广告部，电视广告业务刚刚起步，每天广告播出时间42分钟，共分12个广告段位，广告客户近50家，遍及京东周边各县，年广告收入56万元。1998年，广电局更新广告制作设备，创新广告经营理念，全体广告从业人员一心为广告客户服务，扩展电视广告业务，使当年的电视广告收入首次突破百万大关。

第三章 地方志工作

第一节 方志编修

一、县 志

1987年9月，《大厂回族自治县志》编修工作正式启动，历时六载，三易其稿，1993年9月成稿。1995年7月由中国画报出版社出版。上限为事物发端，下限1985年。志首设序，概述，大事记，以下依次为建置、自然环境、人口、农业、工业、交通邮电能源、商业、乡镇企业、财政金融、城乡建设、经济综合管理、中国共产党、群众团体、政权政协、公安司法、人事民政侨务、军事、文化、教育科技、卫生体育、民情、宗教、人物23编，志末为志补和编后记，共70万字。主编王庆元，副主编刘力，参加编写人员刘士华、刘振起、刘德才、张君贤、杨春利、郭金龙、贾俊华、熊刚。1996年《大厂回族自治县志》被评为河北省地方志书一等奖。

二、专业志

专业志编修开始于20世纪80年代初，1988年形成高潮。许多单位都按照省、市主管部门的要求编写本单位专业志。出现一批质量较好的志书。

《大厂回族自治县土壤志》由县农林局土壤普查工作队在1982年土壤普查资料的基础上编纂而成，1985年成书。主要由土壤的形成条件、土壤的形成与分类、土壤各论、土壤肥力状况、土壤障碍因素、土壤改良利用分区等6部分组成，共7.50万字。执笔张二光。

《大厂回族自治县交通志》县交通志编写组于1986年7月开始编写，1988年1月成书。分总述、大事记、交通管理和机构沿革、公路、桥涵与涵洞、公路经营及管理、公路运输、交通监理等8编，9万字。主编宛华清。

《大厂回族自治县教育志》县教委于1987年10月开始编纂，1990年底编完。以大量资料详细记述了县内自清末至1990年教育发展情况。分概述、大事记、教育方针及教育行政、清末及民国初期的教育、学前教育、小学教育、中学教育、职业教育和成人教育、教师队伍、教育经费、勤工俭学等11编，26万字。主编刘天广。

《大厂回族自治县土地志》1997年10月开始编纂，编写组由县志办和土地管理局两单位人员组成，历时2年，1999年完稿，2001年1月由大地出版社出版，除概述、大事记外，共设13章，20.50万字。主编刘力。

参与省志、市志编修。县地方志办公室分别于 1998 年、2001 年为《河北省志》、《廊坊市志》编写有关大厂的志稿，总计 5 万字。

第二节　旧志整理

建县以前，现辖区内 99 个自然村，有 95 个属三河县管辖。旧《三河县志》中记载了大量珍贵的现辖区内历史资料。县志办公室于 2002 年对清乾隆二十五年（1760年）、民国二十四年（1935 年）两部《三河县志》进行整理。将涉及大厂县内容的近 2 万字从中摘出，逐一校点、注释，存档备用。

第四章　卫　生

第一节　医　疗

一、医疗机构

县人民医院　1955 年在原大厂回族自治区卫生所基础上扩建为大厂县卫生院。1956 年 8 月改称县医院。

1985 年初，有医务人员 112 人，其中中医师 7 人、西医师 21 人、护师 2 人、检验师 1 人、中医士 5 人、西医士 26 人、护士 35 人。另有管理人员 14 人，工勤人员 23 人。1986 年至 1999 年，新增病房建筑面积 1015 平方米（政府投资 43 万元），床位 149 张，新增医疗用房 365 平方米。购进大型医疗设备（10 万元以上）10 台件：美国 PICKER－1200 专家型第四代全身 CT 机、北京万东三管二床 X 光机、美国惠普 200D 多普勒黑白 B 超机、欣远 2000MP 电磁体外冲激波碎石机、日立 EUP－405 便携式黑白 B 超机、美国彩色多普勒 B 超机、日本光电 MEK－5126 血球计数仪、日本潘克太斯 FGAJA 纤维胃镜、日本潘克太斯结肠镜、美国 ATL—超七彩色多普勒超声机。1999 年固定资产总值 1000 万元，年度业务流水实现 1049 万元。

2003 年建 6 层框架式专科大楼 1 幢，作为骨病专科、骨创伤专科、五官专科、泌尿专科用房。

2004 年全院占地 2.27 万平方米，建筑面积 1.51 万平方米。临床医技科室有内科、外科、骨病专科、骨创伤专科、妇科、儿科、急诊科、中医科、五官科、麻醉科、社区门诊、超声检查科、CT 检查科、功能科、放射科、检验科、内窥镜科。开设病区有内科病区、外科病区、妇产科病区、儿科病区、中医科病区、五官科病区、骨病专科病区、骨创伤专科病区、重症监护病区、特需病区。共有病床 239 张。医务人员 229 名，其中主任医师 2 名、副主任医师 9 名、主治医师 32 名、医师 59 名、医（药剂）士 38 名、主管护师 19 名、护师 36 名、护士 34 名。持本科学历的 49 名，占医务人员总数的 21%；大专 95 名，占 41%；中专 89 名，占 38%。新增大型医疗设备（10 万元以上）12 台件：美国阿克松 128XP/10 彩色电脑声像仪、无锡 M905EIII 多功能麻醉机、瑞士夏美顿牌"拉芙尔"型自动呼吸机、美国 MEDICA 血气分析仪、日本日立 EUB—450 多普勒大型黑白 B 超、德国科曼腹腔硬镜、意大利 SASB18 全自动大型生化仪、德国产 SIEMENS SIPEGRAPH 1000 毫安大型 X 光机、HG—2000P 体外电场热疗机、日本血液透析和血液滤过机、全自动透析器、YC – 2006 – 11A 型医用高压氧舱。2004 年共接门、急诊 6 万人次，急诊抢救 867 人次，收入院 6594 人次，手术 1001 例，业务流水达到 1811 万元。

1996 年县人民医院被审定为二级甲等医院。1997 年被市委、市政府命名为文明单位，被市卫生局评为社会和经济效益先进单位。1998 年被国家卫生部评定为爱婴医院。1999 年被河北省文明委评定为三星级文明单位。2001 年医院实现正规化和园林化。2003 年被廊坊市委评为防治"非典"先进基层党组织。2004 年被廊坊市环保工作领导小组办公室评为廊坊市绿色医院。

中医院　中医院的前身为大厂镇回民医院，老院址在县城旧南街路南，建于1952 年，时称大厂联合诊所。1962 年 10 月改称大厂公社卫生所。1972 年改称大厂公社卫生院。1985 年改称大厂镇回民卫生院，有医务人员 15 人，病床 11 张。1990 年在原址改建楼房，面积 1200 平方米，设病床 20 张，有医务人员 30 余人。1999 年 6 月，经廊坊市卫生局和大厂县政府批准，大厂镇回民医院更名为大厂县中医院，同时承担县级中医院和镇卫生院的双重功能。2001 年 12 月份，被河北省卫生厅命名为二级甲等中医医院。2004 年 9 月由于医院位置偏僻、交通不便，不能满足医院发展的要求和群众的就医需求，中医院迁至县城西环路中段路西，新建中医院占地面积1.03 公顷，建筑面积 10 170 平方米，设病床 100 张，地下一层为影像中心和药库；地上一层为门诊、急诊、药房和收费处；二层为功能检查；三层为内儿科病区；四层为骨外科、妇产科病区；五层为行政办公和手术室。医疗设备：德国西门子全身螺旋 CT、荷兰菲利普飞凡彩色超声、日本阿洛卡 B 超、日产东芝 800MAX 光机、电子胃镜、电子结肠镜、多功能麻醉机、电解质分析仪、中药粉碎机、煎药机等居于当地领先水平，医院固定资产 1800 万元。可开展心脑血管病、消化系统疾病、呼吸系统疾病、颈腰椎疾病治疗，开展开颅手术、脊柱手术、甲状腺手术、胃脾手术、胆囊手术、髋关节手术、骨折手术、子宫全切术、卵巢囊肿切除术、乳腺切除术、腹腔镜手术、白内障、青光眼手术等。中医院是河北北方学院和廊坊市卫生学校教学医院，与北京阜外、安贞、积水潭等十余所三级甲等医院建立长期合作关系。2004 年，共有医务人员 110 人，其中高级职称 2 人、中级职称 12 人，大学专科以上学历 55 人。

夏垫卫生院　夏垫卫生院的前身为 1952 年以夏垫济生堂为基础成立的联合诊所。1956 年改称夏垫卫生所。1968 年称夏垫地段医院。1972 年升格为县医院分院。1975 年院址由夏垫老街中心路南迁至西部路北。1986 年有医务人员 17 人，其中中医师 2

人、西医师 1 人、西医士 6 人、护士 4 人。另有管理人员 4 人。1999 年夏垫中心卫生院进行改造，建楼房 2400 平方米。2004 年设内科、外科、妇产科、五官科、儿科、中医科、放射科、化验科、手术室。有医务人员 32 人。主要医疗设备有心电图机、X 光机、B 超机。有病床 30 张。

　　祁各庄卫生院　祁各庄卫生院的前身是 1956 年成立的联合诊所。1958 年改为祁各庄公社医院，有医务人员 13 人。1968 年改称祁各庄地段医院。1972 年升格为县医院祁各庄分院。1986 年有医务人员 13 人。2000 年 8 月，新建门诊楼投入使用。2004 年卫生院有医务人员 27 人，病床 20 张。设内科、外科、中医科、妇产科、五官科、化验室、X 光室、B 超室。主要医疗设备有 X 光机、B 超机、半自动生化仪、尿十项分析仪。

　　陈府卫生院　陈府卫生院的前身是 1956 年建立的荣马坊和王唐庄联合诊所，1958 年两个诊所合并，在陈府建立保健站。1962 年改称陈府公社卫生院。1986 年，院内增设内科、外科、理疗室，有医务人员 13 人。1998 年 12 月新门诊综合楼建成投入使用。2004 年卫生院设内科、外科、中医科、妇产科、五官科、化验室、X 光室、B 超室。有医务人员 27 人，病床 22 张，主要医疗设备有 X 光机、B 超机、半自动生化仪、洗胃机。病床 22 张。

　　邵府卫生院　邵府卫生院的前身为 1953 年建立的联合诊所。1956 年改称邵府乡保健站。1962 年改为邵府公社卫生所。1972 年改称邵府公社卫生院。1986 年初有医务人员 6 人。8 月，卫生院迁至新址，建筑面积 350 平方米。2004 年设内科、外科、化验室、X 光室、心电图室，有医务人员 11 人，病床 8 张。主要医疗设备有 X 光机、半自动生化仪。

二、医疗水平

　　1986 年以后，中医、西医在各自领域内开展研究和探索，医疗水平不断提高。慢性支气管炎贴治疗法、痔疮挑治、淋巴结核割治三项中医疗法均取得了良好的治疗效果。20 世纪 90 年代中后期，中医取得了较大进展，对顽固性心衰、肝硬化、慢性肾衰、尿毒症等疾病的治疗均有较大突破。对于临床上常见病、多发病积累了一定经验。2004 年，在男性不育、女性不孕、下肢静脉曲张、冠心病、高血压病、甲亢疾病方面取得一定进展。西医方面，1986 年以后心脑血管病发病率大幅度上升，已成为危害人民群众健康的主要疾病，为此全县医务工作者对心脑血管病进行了深入的研究，用尿激酶、肝素、蝮蛇抗栓酶等治疗脑血管栓塞、脑血管溢外、心肌梗塞等病，有效率、治愈率提高很快，消除了人们对心脑血管病的惶恐心理。1995 年后，分别开展了内脏破裂、复合性创伤、急性重症胆管炎、间置空肠—胆管十二指肠吻合术等手术。2000 年以后，主要开展了对重度甲亢患者进行手术治疗，对常见肿瘤进行根治性手术，使恶性肿瘤患者的生存期达到 5 年，达到三级甲等医院的水平。

第二节　卫生防疫

一、卫生防疫机构

1986 年，县卫生防疫站成立，内设防疫科、食品卫生科、卫生科、检验科、防痨科和宣传科。至 2004 年底，卫生防疫站设有办公室、财务室、监督一科、监督二科、监督三科、监督四科、监督五科、防痨科、检验科、宣传科 10 个科室。在编职工 31 人，其中中级职称 7 人，初级职称 21 人。承担着县境内疾病预防与控制和卫生监督执法双重职能。

二、爱国卫生运动

1986 年以后，农村重点开展灭狗和灭鼠活动。灭狗活动在 1990 年后停止，灭鼠活动一直坚持下来。20 世纪 80、90 年代以化学药剂灭鼠为主。因其产生的负面效应严重而逐渐转为以生物（猫）灭鼠为主。改水方面，在高氟村采用打深井的方式降低饮用水含氟量。推行自来水入户以降低水污染。在城镇落实门前三包（单位门前包卫生、包绿化、包秩序）制度。在机关院内搞绿化美化，在公共场所设置禁烟区。全县城乡卫生状况逐渐改善。1988 年被评为全省农村改水先进县，1992 年完成县城改水，1997 年县城被评为省级卫生县城，1998 年大厂镇评为省级卫生镇，2004 年，县城第二次命名为省级卫生县城，大厂三村、北坞三村被评为省级卫生村。近年来，12 个行政单位被评为省级爱国卫生运动先进单位，17 个机关大院授予市级爱国卫生运动先进单位。

三、专项疾病防治

核病防治　结核病（主要是肺结核，旧时称痨病）在新中国成立前乃至新中国成立初是常见病，且死亡率很高，以至人们谈痨色变。县防疫站建立后，即把防痨作为卫生防疫的重点，坚持"预防为主，防治结合"的原则，及时发现和治愈肺结核病人，特别是传染性肺结核病人，以达到降低患病率、控制传染源、减少死亡的目的。通过宣传普及结核病防治知识，运用先进设备加强对可疑人员的检查。降低了结核病的发生和死亡率。1975 年儿童实行基础免疫，通过对新生儿和幼儿接种卡介苗预防结核病的发生，全县儿童预防接种率达 99%。1992 年 12 月 16 日，世界银行贷款结核病控制项目（简称卫 V 项目）正式启动，对全县范围内传染性肺结核病人实施免费治疗和管理。该项目于 2001 年 12 月终止，10 年间共接诊可疑病人 1065 人，活动性肺结核病人 305 例，免费治疗管理 297 例，治愈率达到了 98% 以上。2003 年 1 月 1 日正式启动世界银行贷款/英国赠款中国结核病控制项目（简称卫 X 项目），该项目至 2008 年 12 月 31 日结束。至 2004 年底，发现肺结核病人 92 例，实施了全程督导管理，免费治疗 87 例，治愈率在 85% 以上。

地方病防治 县内地方病主要有地方性碘缺乏病和地方性氟中毒。

1975 年通过对 66946 人的检查，发现甲状腺肿大者 5627 人，占被查人数的 8.40%。同时还发现一些氟斑齿等地方性氟中毒病人。碘缺乏不仅会引起地方性甲状腺肿大（俗称粗脖子病）和地方性克汀病等典型病症，而且直接影响胎儿和婴幼儿的脑发育，导致儿童智力和体格发育不良。在食盐中加碘是消除碘缺乏病的有效手段。从 20 世纪 70 年代开始，县政府责成防疫站与县供销社在病区采取经常性食盐加碘和患者服药相结合的方法进行防治。到 1983 年，经省、地联合检查验收，地方性甲状腺肿已基本消灭，单纯生理性甲状腺肿大也控制在国家规定的标准（10%）以下。1996 年 5 月《食盐专营法》颁布实施。从此国家对食盐实行专营管理，盐业公司为全县唯一经营食盐的机构，从而保证了人民群众食用合格碘盐。防疫站每年对食盐进行定量和定性监测，并监测学生甲状腺肿大发病率。不断巩固已取得的成果。

1978 年，防疫部门对全县的饮水井进行含氟量调查，共查饮水井 508 眼，其中 330 眼含氟量超出国家规定的 1 毫克/升的标准，分布在 88 个大队。从 1979 年起，在饮用水含氟量高的村，采用打深井的方法降低含氟量。到 1986 年，有 64 个村打了深井，其中 51 个村完成自来水入户。1992 年 3 月，全县 88 个高氟村全部完成了降氟改水任务，自来水入户率达到 83%，成为廊坊市实现无氟害化的第一个县。防疫站每年对全县 105 个行政村的生活饮用水进行监测，监测覆盖率 100%。

四、防控传染病

新中国成立前至新中国成立初期，县域内有天花、麻疹、猩红热、白喉、伤寒、炭疽等 20 多种传染病流行，死亡率很高。从 20 世纪 50 年代起卫生防疫部门密切监视疫情，做到及时发现，及时扑灭。根据"预防为主"的原则，广泛开展预防接种，在根本上控制了传染病的发生、流行。1975 年 8 月，防疫部门给 20 184 名儿童建立预防 6 种病（白喉、百日咳、破伤风、麻疹、小儿麻痹、结核病）的 4 种基础免疫种卡，使儿童预防接种制度化、长期化。至 1986 年，全县儿童 99% 实现计划免疫。1992 年 10 月预防接种又增加了乙肝一项。1992 年 11 月开始对脊髓灰质炎实行强化免疫。在儿童中流行的一些传染病得到有效的控制。90 年代以后，全县发生的主要传染性疾病有甲型肝炎、乙型肝炎、肺结核、细菌性痢疾、流行性腮腺炎、猩红热、麻疹等，其中以肠道传染病比例多发。

2003 年发生"非典型肺炎"，5 月初，相继出现二例"非典"病人，均系输入型非典型肺炎病例。从发现疫情到疫情得到控制，全县共排查返乡人员 1377 人，排查发热病人 1014 人。其中各医疗机构发热门诊发热症状病人 758 人。共排查出二例病人密切接触者 67 人，外域协查病人的接触者 21 人，全县密切接触者隔离观察人数累计达 72 人，参加救治、流调、消杀的医务人员隔离观察 44 人，总计隔离观察 116 人中，由于采取措施及时、有效，没有二代病例发生。

定风波·非典

杨连福

漫道"非典"甚嚣声，

神州亿万志成城，

众控群防施妙法，

伟大！

白衣天使斩顽凶。

陋习瘟疫催人醒，

惊恐！

痊愈出院泪盈盈，

庆幸！

回首昨日隔离处，

有法有序情更浓。

2004 年 7 月份，某加工户加工生产的熟牛肉、凉拌肚丝、土豆丝检出 O139 霍乱弧菌后，自 7 月 31 日至 8 月 21 日，采集样品 621 份，224 户次，检测阴性 619 份，阳性 2 份，对阳性结果的样品的同批次产品全部予以销毁，并对生产环境进行了消毒，有效避免了霍乱人间疫情的发生和扩散。

五、卫生检查与监督

卫生监督包括食品卫生、职业病、传染病、公共场所、化妆品等几个方面。食品生产经营人员每年必须进行健康检查，取得健康证明后方可上岗。全县每年约有 1500 人左右需要体检，对患有职业禁忌症的不允许从事直接入口食品行业。卫生行政部门每年对新建食品生产经营单位审核、验收合格后，发放卫生许可证，并加强对食品批发业、食品生产加工企业、餐饮服务业、各类集体食堂的监督检查，每户年监督检查频次都在 4 次以上。卫生监督率 100%。

为确保劳动者的健康权益，切实做到职业病的早发现、早诊断、早治疗，把企业的损失和个人的损失降到最低点。县卫生防疫站对职业危害因素不同的企业职工进行了针对性的健康体检。并将结果及时反馈用人单位，帮助企业建立职工健康档案。

第三节　妇幼保健

一、保健机构

妇幼保健站始建于 1955 年，1986 年共有医务人员 6 名。2004 年，楼房建筑面积

1300 平方米，业务用房 960 平方米，科室 13 个，床位 18 张，年门诊量 8000 多人次，年住院 500 人次。在岗职工 35 人，其中在编人员 25 人，专业技术人员 20 人，高级 1 人，中级 3 人，固定资产 150 万元，较大型医疗设备有日本 410 - B 超、多参数监护仪、麻醉机、半自动生化仪等。

二、妇女保健

妇女病防治　1986 年，全县共查诊妇女病 2500 人，患病率 14.60%。1996 年，妇女病普查 2100 人，查治妇科疾病 520 人；乳腺防癌普查 310 人，治疗乳腺增生 102 人，乳腺肌瘤 52 人。2004 年，妇女病检查 10 911 人，查出妇科病人数 703 人。乳腺疾病检查 3388 人，患病人数 114 人，未发现乳腺癌和宫颈癌。所查出妇女病患者均得到及时治疗。

产期管理　1986 年，产妇 2144 人，出生婴儿 2152 人，均采用新法接生。其中住院分娩 1378 人，住院分娩率 64.30%，围产儿死亡 13 人，婴儿死亡 2 人。1996 年，孕产妇死亡为零。2004 年，全县孕产妇总数 775 人，系统管理 657 人，管理率 95%。高危孕产妇 74 人，管理率 100%，孕产妇安全无一死亡。

三、儿童保健

托儿所、幼儿园保健　1986 年，对幼儿园 240 名、学前班 102 名儿童进行了健康检查，全部投放了驱虫药，并且作出生长发育评价。1996 年，为县直两所幼儿园进行健康体检及甲型肝炎筛查，共查儿童 282 人，未发现中度贫血、中度佝偻病和肝炎患者。2004 年，对全县 15 所幼儿园，1317 名儿童进行了健康检查。包括身高、体重的测量和评价，心、肺的听诊，口腔龋齿的发病情况以及肝功、血色素的检查，及时反馈给老师家长。并提出合理化建议和干预措施。

儿童常见病防治　1986 年，对全县 5195 名 0～7 岁的儿童进行健康检查，其中有 425 名患有牙病，359 人患佝偻病，患病率 15.10%。轻度贫血 2375 人，中度贫血 98 人，患病率 47.60%。上述病人都及时得到治疗。1996 年，0～7 岁儿童总数 9630 人，入保 8501 人，入保率 88.20%。婴儿死亡 7 人，死亡率 0.73‰，0～7 岁儿童体检人数 8449 人，体检率 87.70%。2004 年，0～7 岁儿童总数 5283 人，入保人数 4908 人，入保率 93%。0～3 岁系统管理 2392 人，管理率 93%。5 岁以下儿童死亡、婴儿死亡 7 人，死亡率 1.30‰，新生儿死亡 5 人，死亡率 0.95‰，出生缺陷 1 人。

第五章 体育

第一节 群众体育组织

一、老年人体育协会

老年人体育协会成立于1984年，开展活动有门球、导引养生功、无极健身球、太极拳、太极剑、大秧歌等。20年中，在参加廊坊市老年体育的各项比赛中，均取得了较好成绩。

二、钓鱼协会

钓鱼协会成立于1988年，有会员100余名，均为县内垂钓高手和爱好者。协会每年举办比赛及联谊活动，在活动中切磋技艺，增进友谊，极大丰富了业余文化生活。协会多次代表县参加省市举办的各种垂钓比赛。2003年，在廊坊市钓鱼大赛中，大厂选手夺取了4项冠军。

三、农民体育协会

农民体育协会成立于1989年，协会成立后一直坚持开展活动，协会曾多次组队代表全县农民参加省市举办的农民运动会，在摔跤、武术等传统项目中多次取得好成绩。

四、围棋协会

围棋协会成立于1989年，有40余名会员。协会除每年举办一次全县围棋比赛外，还多次参加与邻县的友谊赛和廊坊市围棋比赛。代表队曾获得廊坊市男子团体第1名以及个人第1名、第2名的成绩。

五、篮球协会

篮球协会成立于1989年，通过各种篮球比赛与活动，使篮球项目成为了大厂体育的优势项目之一。20世纪80年代，篮球水平名躁京东，在与周边县的各种比赛中保持常胜。1996 年，在廊坊市举办的"篮协杯"比赛上，大厂篮球队从 14 个代表队中脱颖而出，勇夺冠军。

六、乒球协会

乒球协会成立于 1989 年，协会在每年举办一届全县乒乓球比赛的基础上，更注重对中小学生的培养和训练，曾多次组队参加廊坊市举办的各层次乒乓球比赛，均取得了良好战绩。

七、足球协会

足球协会成立于 1992 年，会员大都是青年足球爱好者，通过常年的业余训练和友谊比赛活动，技术水平不断提高。代表队曾在首届廊坊市足球比赛中荣获亚军。

八、摔跤协会

摔跤协会成立于 1992 年。摔跤是回族传统的体育项目，深受回族群众喜爱。在回民聚居村，空闲时间摔上两跤较量较量，成为农民娱乐、交友的重要方式。对这一传统体育项目的继承和发展，使一些村因此而小有名气。最具代表性的当属北坞三村自发组织的摔跤队。20 世纪 80 年代初期，村党支部书记刘立福在自家庭院办起了简易摔跤场地，吸引村民参与，并从北京市聘请摔跤教练，帮助提高技艺。2004 年春节期间，北坞三村组织了"北坞村迎新春第一届摔跤比赛"活动，由特邀的全国摔跤名将担任评委，全村 30 多名摔跤队员参加了比赛。摔跤队已发展到 50 余人，年长者 50 多岁，年幼者 8 岁。协会自成立后活动不断，使摔跤这一传统特色体育项目得以继承和发展。多名摔跤好手曾参加省少数民族运动会，并取得了优异成绩。协会还在每年的春节、农历三月十八举行较大规模的比赛活动。1999 年在夏垫的金牛大奖赛中，大厂县跤手获得亚军。

九、武术协会

武术协会成立于 1992 年，会员多以自我练功的方式活动。其种类有拳、剑、刀、棍等。协会每年组织会员参加全县的文化活动，组织各种武术表演，深受广大人民群众的喜爱和欢迎。代表队还在多次参加的省少数民族运动会、市全运会上取得优异成绩。

十、信鸽协会

信鸽协会成立于 1992 年，协会每年在春秋季节举办两次大型放飞活动，每次放飞均吸引了大批参观群众，给群众文体生活增添了一道美丽的风景。多次组织会员参加廊坊市的纪念"九·一八"活动。2002 年，鸽协荣获廊坊市先进鸽协称号。

十一、田径协会

田径协会成立于 1992 年，协会多次组队参加过市全运会，并获得好成绩。选手在协会的资助下，相继有 54 人进入了省各专业队，有一级以上等级的运动员 20余名。

十二、中国象棋协会

中国象棋协会成立于 1992 年，每年举办一次比赛。象棋项目已成为众多体育项目中最受喜爱、最为普及的体育活动之一。象棋队曾多次参加市象棋比赛，取得了较好的成绩。

第二节　竞技体育

大厂的竞技体育历史悠久，如武术、摔跤等均属于传统的竞技项目。20 世纪 70年代起，各学校、机关、企事业单位继承传统，都设有各种体育队，开展训练和比赛。1971 年 7 月组建县男女篮球队各 1 支。1972 年参加天津地区在霸县举办的全区篮球赛。男女队分别获得第 3 名、第 2 名。此后，为锻炼队伍，提高水平，男女篮球队除平日训练外，曾先后到平谷、顺义、通县、怀柔、蓟县、玉田等县进行友谊赛。同时还邀请安次、香河、三河、固安等县球队来县比赛。1982 年，在廊坊地区全民运动会上，县男子篮球队获得亚军。乒乓球运动在中小学和干部职工中开展相当普遍。从 1973 年起，县里每年都举行中小学乒乓球比赛。同时还参加廊坊地区中小学乒乓球比赛。1980 年 10 月，县小学代表队在廊坊地区小学基层乒乓球比赛中，获得男子团体第三名，女子团体第一名和男女单打两项冠军。1982 年 5 月，县职工代表队在廊坊地区全民运动会上，获乒乓球比赛男子团体冠军，女子团体亚军。1973 年 5月，首次举办全县中小学生田径运动会，有 581 名运动员参加，比赛项目 69 个，有86 人打破 28 项县最高田径纪录。此后每年举办一次全县中小学田径运动会。1974 年全县中小学田径运动会上，夏垫中学（时称育红中学）运动员李秀伶以 13 秒 25 的成绩创造了高中女子组 100 米跑纪录，此项纪录一直保持到 1984 年。

20 世纪 80 年代后期，大厂运动员（队）在参加全国、省、区的各种比赛中取得优异成绩，张淑秋在参加大连举行的全国大学生运动会上获女子全能亚军；张贵香在参加徐州举行的全国中学生田径选拔赛上获得女子铅球第三名，并成为选拔参加世界中学生运动会队员；男子举重运动员张瑞增在全省第六届、第七届运动会上连夺 5金；射击运动员刘长存在取得华北五省市射击赛双向飞碟冠军后，又在北京奥运会选拔赛上通过了健将级运动员标准。田径、篮球、乒乓球总共夺得省、区各种比赛 26

个冠军，9个亚军和多个第3名。

20世纪90年代，大厂的竞技体育更显示出其迅猛发展的势头，在竞技体育的舞台上，显示出大厂人积极进取、奋发有为的精神风貌。1992年廊坊市全运会大厂代表队由260名运动员组成，在全部12个单项比赛中，获得了11个前2名。1996年在廊坊市全运会上获得团体季军，各单项比赛也取得了优异成绩。2003年廊坊市全运会上，乒乓球男单、武术团体、单项以及钓鱼比赛等又获得了多项冠军。

第六章　管理机构

文化体育局　1986年，文教局下设文化股。1990年底，成立文化局。设办公室、业务室，下属单位有图书馆、文化馆、新华书店、电影公司、评剧团。体育运动委员会是县政府管理全县体育工作的职能部门，设主任1人，1992年1月设办公室。2002年4月撤销县文化局、县体育委员会，成立文化体育局（简称文体局），设办公室、市场股、体育股，下属单位有文化馆、图书馆、电影公司、新华书店、评剧团。

广播电视局　1986年局内设办公室、编播室、事业科。有工作人员19人。1994年调整内设机构调整，设办公室、广告部、文体部、技术部、制作部、事业科、电视台总编室、电台总编室、财务室、音像站、保卫科。1996年成立有线办，1997年成立播出部，撤销保卫科。1998年4月撤销电台总编室、技术部，成立专题部，10月成立总编室，夏垫有线站，11月成立新闻部，撤销电视台总编室。2001年，撤销制作部。2002年7月撤销文体部，2002年4月成立安全生产部。至2004年下设科室：办公室、有线办、广告部、新闻部、播出部、总编室、音像档案室、专题部、夏垫有线站、安全生产部、事业科、财务室。共35人。

县志办公室　县地方志编纂委员会建立于1986年，为非常设机构。年底成立县志组，隶属县政府办公室。1990年3月，建立地方志编纂委员会办公室（简称县志办），列入政府系列，为科级常设办事机构，设副主任1人。1992年设编写组，2002年4月撤销。2004年有主任1人，副主任1人，股级秘书1人。

卫生局　1986年卫生局人事股、医政股、财务股。2004年设办公室、基层卫生管理股、血源管理办公室、财务股、人事股，下属机构有卫生防疫站、妇幼保健站。

第二十四编　赵德平与大厂评剧团

大厂评剧团组建于 1974 年，属全民所有制专业文艺团体，团长赵德平。20 多年来，剧团始终以弘扬先进文化为己任，坚持三贴近，弘扬主旋律，常年扎根基层，服务群众，平均每年演出 200 余场，把舞台搭进了 20 个省市的城市和乡村，把节目送进了千家万户。先后获得"全国扎根基层模范剧团"、"全国三下乡先进集体"、"为人民服务先进剧团"等十多项国家和省级荣誉称号，被各级领导和专家誉为"出人、出戏、出效益"的出色剧团和全国文化战线的一面旗帜。

第一章　赵德平

第一节　简　历

赵德平 1945 年 2 月 8 日生，袁庄村人，初中文化，中共党员，国家一级编剧，九届全国人大代表。1982 年任评剧团团长。1987 年 6 月至 1993 年 2 月任县政协副主席。1993 年 3 月至 2003 年 1 月任副县长。2003 年 1 月起任县政府顾问。

1982 年以后，赵德平集县评剧团团长、编剧、导演于一身，改革剧团体制，创出"三为主"的道路。坚持自编自演，先后创作 9 部大戏，40 多个小品，无一不产生轰动效应。在他的领导下，大厂评剧团从名不见经传到誉满全国，演绎了一个小剧团跻身全国大市场的文化传奇。

赵德平带领大厂评剧团，坚持为人民服务、为社会主义服务的文艺方向，为人民群众奉献了一大批精品剧作，受到了广泛的赞誉，获得了许多殊荣。先后被授予全国文化系统先进工作者、全国自学成才优秀人物、全国德艺双馨文艺工作者、全国三下乡先进个人、全国"五一劳动奖章"获得者，先后受到党和国家领导人江泽民、胡锦涛亲切接见。

赵德平所获奖励及荣誉称号表

表 24 - 1 - 1

序	奖励名称	授奖单位	授奖日期
1	通令嘉奖	省政府	1986 年 7 月 9 日
2	河北省优秀共产党员	中共河北省委	1982 年
3	河北省有突出贡献的中青年专业技术人才	省委、省政府	1987 年 4 月
4	全省自学成才者	省总工会	1987 年 9 月 24 日
5	优秀知识分子	省委、省政府	1989 年 9 月 22 日
6	全国职工自学成才奖	全国总工会	1990 年 8 月 11 日
7	全国自学成才优秀人物	全国总工会	1991 年 5 月
8	全国文化系统先进工作者	国家人事部、文化部	1993 年
9	三等功	省文艺振兴评委会	1993 年 10 月 10 日
10	三等功	省文艺振兴评委会	1993 年 10 月 20 日
11	河北创业英雄、通令嘉奖	省委、省政府	1994 年
12	全国德艺双馨文艺工作者	全国文联	1997 年 12 月
13	河北省优秀党务工作者	中共河北省委	1997 年 7 月 1 日
14	全国三下乡先进个人	中宣部等十部委	1997 年 10 月
15	省管优秀专家享受政府津贴	省委、省政府	1997 年 12 月
16	文化奖编剧奖	文化部	1998 年
17	记一等功一次，晋升一档职务工资、并发奖金 5 万元	省委、省政府	1998 年 3 月 24 日
18	繁荣廊坊文艺特别荣誉奖	廊坊市委、市政府	1998 年 12 月
19	全国五一奖章	全国总工会	1999 年 4 月
20	98 中国电影华表奖"优秀编剧奖"	国家广播电影广电总局	1999 年 5 月
21	"关汉卿"奖	省文艺振兴奖评委会	2000 年 2 月 29 日
22	廊坊市人民满意公务员	廊坊市政府	2000 年 8 月 20 日
23	首届中国评剧艺术节优秀编剧奖	首届中国评剧艺术节会文化部艺术司	2000 年 9 月 24 日

第二节 创 作

赵德平接任团长后，面对文化市场出现滑坡、剧团难以维持的境况，决心走出一条新路，开始创作现代戏。1982 年由他创作的大型现代评剧《嫁不出去的姑娘》演出成功，从此赵德平的戏剧创作一发而不可收。他对农村的一草一木、对家乡的父老乡亲都有着深厚、真挚的感情。不管是当选全国人大代表，还是出任副县长，从没有"官"的感觉，始终把自己定位于一个农民，他的笔、他的心也从来没有离开过农民，把写农民、演农民当作自己的天职。为了与农村和农民生活"零距离"接触，创作出鲜活生动、有血有肉，对百姓"胃口"，能够让老百姓开心地笑、激动地哭，使劲地拍巴掌的作品，赵德平住在老家袁庄，睡大炕，吃粗粮，还承包了几十亩责任田，不断从生活的"沃土"中汲取艺术创作的营养，他虚心接受观众的品评和意见，不厌其烦地对每个剧作进行十几遍、甚至几十遍的修改，精益求精，这也是大厂评剧团的节目常演常新，专家叫好、观众叫座的一个重要原因。像《嫁不出去的姑娘》、《水墙》等剧目演出都已超过千场，观众百看不厌，有着很高的"点击率"。

在创作中，赵德平始终把主旋律作品创作放在首位，紧紧把握时代脉搏，与时俱进，把"以高尚的情操塑造人，以优秀的作品鼓舞人"贯穿融入到创作、演出的全过程，用作品讽刺丑陋现象，弘扬社会新风，收到了良好的社会效益。

一次，剧团在农村演出一台自编的揭批"法轮功"晚会，由于内容真实，形式新颖，不时博得在场数千名观众的掌声，但正当演出热烈的时候，冷不丁从台下上来七八个人，他们夺过话筒，对演员连推带搡、阻挠演出，还扬言："再演就砸戏台。"赵德平压住心中怒火，义正辞严地警告他们："法轮功是邪教，揭批它群众欢迎，我们演定了！"这时，台下观众也齐声高喊："法轮功不得人心！""台上不是演员的快下去！"闹事的几个人被这阵势镇住了，灰溜溜地下台了，剧团的演出继续进行，台下观众全场起立为演员们长时间鼓掌。

还有一次，剧团在县文化广场演出刚一结束，一位农民找到赵德平，握着他的手激动地说：感谢你们剧团把我从"火坑"里救了出来。原来，这个农民以前由于精神空虚，一度沉迷"法轮功"不能自拔。自打在广场看了剧团演出的批判"法轮功"罪行的节目后，深受触动，不光自己不练了，还劝说身边的几个痴迷者迷途知返。现在，只要剧团在县内有演出，他都会骑着自行车，跑十多里路看节目。

县人民法院行政庭原庭长吴宏友将生命献给了审判事业，成为全省党员学习的楷模，在反复阅读吴宏友先进事迹的同时，赵德平走进吴宏友的生前单位，走访吴宏友的亲人、同志、朋友和他曾经办案的当事人，切身体验感悟他的崇高精神，将敬仰怀念之情化为创作的力量，含着眼泪用了一通宵创作出了诗伴舞《人民法官，我们需要你》，用艺术的形式在观众心中树立起一名优秀法官的巍巍丰碑。看过节目的观众，不论是各级领导还是普通党员群众，无不为之震撼、为之动容。

2003年，全党保持共产党员先进性教育活动开展以来，剧团产生了灵感的火花，在认真组织剧团党员参加先进性教育活动的同时，赵德平和演职员们深入生活，走进群众，感受先进，一个多月时间内连续创作出近20个反映党员先进性内容的节目，从不同视角展示了工作在各条战线上的优秀共产党员的风采，在观众中引起强烈反响。

第三节 作 品

一、戏 剧

1982 年起，赵德平连续创作多部评剧，一些作品获国家、省大奖。

赵德平创作剧目与获奖一览表

表 24 – 1 – 2

剧作名称	创作时间	奖励名称	授奖单位	获奖日期
《嫁不出去的姑娘》	1982 年	河北省文艺振兴奖	省文艺振兴奖评委会	1982 年
《啼笑皆非》	1984 年	河北省戏剧节一等奖 河北省文艺振兴奖	省文化厅、省剧协 省文艺振兴奖评委会	1984 年 1984 年
《罪人》	1985 年	河北省文艺振兴奖	省文艺振兴奖评委会	1985 年
《男妇女主任》	1987 年	全国戏曲汇演编剧一等奖 河北省文艺振兴奖 精神文明建设五个一工程奖 中国大众电影百花奖 中国电影华表奖 首届中国评剧艺术节优秀剧目奖、优秀编剧奖、优秀导演奖、优秀表演奖	文化部 省文艺振兴奖评委会 中宣部 首届中国评剧艺术节组委会	1987 年 1998 年 6 月 1999 年
《大门里的媳妇》	1988 年	河北省文艺振兴奖 河北省戏曲节一等奖 全国戏曲汇演剧一等奖	省文艺振兴奖评委会 省文化厅、省剧协 文化部	1988 年 1989 年 1991 年
《私生活》	1989 年	河北省第二届戏剧节优秀编剧奖 全国现代戏调演编剧一等奖	省第二届戏剧节组委会 文化部	1989 年 1991 年
《红旗袍》	1993 年	河北省文艺振兴奖	省文艺振兴奖评委会	1994 年

剧作名称	创作时间	奖励名称	授奖单位	获奖日期
《水 墙》	1995 年	河北省戏剧节一等奖	省文化厅、省剧协	1995 年
		全国戏曲现代戏汇演编剧一等奖	文化部	1996 年
		精神文明建设五个一工程奖	中宣部	1997 年
		中国曹禺戏剧文学奖	中国文联、中国剧协	1997 年
		全国戏剧文华奖		1998 年
		河北省第三届精神产品精品特别奖	文化部	1997 年
		河北省第四届精神产品精神特别奖		1999 年 2 月
		中宣部五个一工程奖	中央宣传部	1997 年 3 月

二、影视作品

1984 年,《嫁不出去的姑娘》由北京电影制片厂与河北电影制片厂联合拍摄成彩色故事影片。1986 年《啼笑皆非》由北京电影制片厂与河北电影制片厂联合拍摄成彩色故事影片。1987 年,《罪人》由北京电视台改编成电视剧《野种》。1988 年,《男妇女主任》由河北影视中心拍摄成电视剧。1998 年,《男妇女主任》由长春电影制片厂和沈阳本山艺术公司联合拍摄成 1999 年贺岁影片,2002 年与他人合作创作了 18 集电视连续剧《当家的女人》,中央电视台电视剧制作中心制作,2004 年中央电视台一套播出。2002 年,《水墙》一作拍成全国第一部影人艺术片,片名改为《小康之路》,2004 年 3 月份全国上映。

三、小 品

1988 年 1 月,赵德平创作第一部小品《苦果》。1993 年,创作小品《泪别》,在中央电视台 1993 年"阳光、土地、庄稼汉"文艺晚会播出,演员:赵丽蓉、田成仁。小品《大年三十吃饺子》在中央电视台 1994 年春节晚会播出,演员:赵丽蓉、李文启等。小品《卫士》于 1994 年在中央电视台法之声文艺晚会播出,演员:韩影、魏积安、刘亚津等。小品《为了明天》在北京电视台 1995 年春节晚会播出。小品《刘巧儿新传》于 1995 年在中央电视台五个一获奖作品颁奖晚会播出,演员:蔡明、郭达。小品《爸爸儿子》于 1995 年在中央电视台情暖万家文艺晚会播出,演员:李翔等。小品《女陪客》于 2000 年 2 月在河北电视台春节戏曲文艺晚会上演出,由大厂评剧团演员出演。小品《真假赵丽蓉》于 2003 年中央电视台首届全国"新盖中盖杯" CCTV 喜剧小品大赛颁奖晚会《今夜小品灿烂》上演出，由大厂评剧团演员出演。小品、综艺节目，于 2004 年 4 月 17 日、24 日中央电视台《周末喜相逢》播出。

赵德平创作的部分小品统计表

表 24 - 1 - 3

序号	名称	创作时间	序号	名称	创作时间
1	《苦果》	1988 年 1 月	20	《瞧这一家子》	1996 年 1 月
2	《不平静的夜》	1989 年 6 月	21	《咬人的人》	1996 年 5 月
3	《醒来的梦》	1990 年 1 月	22	《生生死死》	1996 年 7 月
4	《初吻的悲剧》	1991 年 8 月	23	《朱二相亲》	1997 年 3 月
5	《星期天》	1992 年 2 月	24	《考对象》	1997 年 7 月
6	《特殊任务》	1992 年 6 月	25	《半夜猫叫》	1997 年 8 月
7	《起立！向老师敬礼》	1993 年 6 月	26	《局长和他的女儿》	1997 年 9 月
8	《卫士》	1993 年 6 月	27	《酒店门前》	1997 年 9 月
9	《泪别》	1993 年 8 月	28	《早恋》	1998 年 3 月
10	《为了明天》	1993 年 8 月	29	《随礼》	1998 年 5 月
11	《花为媒新传》	1993 年 9 月	30	《女陪客》	1998 年 6 月
12	《大年三十吃饺子》	1994 年 1 月	31	《天神爷招亲》	1999 年 1 月
13	《刘巧儿新传》	1994 年 1 月	32	《三杯酒》	1999 年 8 月
14	《爸爸儿子》	1994 年 10 月	33	《土地爷流泪》	1999 年 8 月
15	《爱美的姑娘》	1995 年 2 月	34	《朋友》	1999 年 9 月
16	《婚姻办事处》	1995 年 6 月	35	《高高的钻天杨》	1999 年 9 月
17	《白杨树下》	1995 年 7 月	36	《该出手时就出手》	2000 年 4 月 10 日
18	《买鸡》	1995 年 8 月	37	《送锦旗》	2000 年 4 月 16 日
19	《老伴儿老伴儿》	1995 年 8 月	38	《模仿秀》	2003 年 12 月

赵德平创作小品获奖统计表

表 24 - 1 - 4

小品名称	奖励名称	授奖单位	获奖时间
《泪别》	省文艺振兴奖	省文艺振兴奖评委会	1993 年
《生生死死》	首届全国人口与计划生育题材小品大赛二等奖	国家计生委新剧本杂志社	1996 年

小品名称	奖励名称	授奖单位	获奖时间
《亲情》	'96 全国喜剧小品剧本征集大赛一等奖	'96 全国喜剧小品剧本征集大赛组委会	1996 年
《老伴儿老伴儿》	全国小品戏曲大赛一等奖	中国剧协	1997 年
《半夜猫叫》	中国曹禺戏剧文学奖	中国剧协	1998 年
《随礼》	文化部文华新节目奖	文化部	2000 年 6 月 14 日
《特殊宴请》	全国首届"新盖中盖杯"CCTV 喜剧小品大赛二等奖	中央电视台 中国曲艺家协会	2003 年 12 月
《夸七爷》	全国首届"新盖中盖杯"CCTV 喜剧小品大赛银屏奖	中央电视台 中国曲艺家协会	2003 年 12 月
《村口》	全国小品大赛二等奖	文化部	2004 年

第二章　大厂评剧团

第一节　剧团沿革

评剧团的前身是 1958 年成立的大厂县文工团，有演职员 46 人，演出的节目主要有《拔萝卜舞》、《拍手舞》、《胖嫂回娘家》、《采山茶》等舞蹈和快板、相声、小歌剧。1959 年 1 月解散。1965 年 1 月复建，称文工队，有队员 9 人，表演节目有小话剧《入伍之前》、歌舞《四大嫂闹深翻》和《摘棉花》等，曾两次受北京电视台之邀，为观众演播。1968 年 9 月文工队解散。1974 年再建时称文艺宣传队。在县内城乡巡回演出小歌舞、小戏剧。

1977 年，文艺宣传队改为评剧团，有演员 50 多人。排演了现代戏《李双双》、《刘巧儿》和传统戏《花为媒》、《春草闯堂》等。1982 年剧团演职员 32 人，开始自编自演现代戏。以大型现代评剧为主，兼演综艺晚会。2000 年，全团有演职员 60 人。2002 年，"小香玉艺术学校"的学员和参加过拍摄《天龙八部》等影视作品的演员加入到剧团，壮大了剧团的演出阵容。2004 年有演员近百名，其中省和国家级演员 35 人。下设评剧团、歌舞团、小品队、舞美队、创作室，拥有固定资产 1000 多万元。

第二节　管理改革

1977 年至 1982 年，评剧团仿效大多数剧团的做法，排演了几出当时颇受观众欢迎的剧目，演出于县内和北京、天津、唐山等城市和农村。但由于"老戏老演，老演老戏"，加之剧团管理不当，路子越走越窄，效益不佳，人心涣散，难以维持。

1982 年，赵德平出任团长。县委、县政府对剧团采取"重视、放权、引导、优惠"政策，给其三个自主权，即人权、财权、剧目上演权。赵德平多次到外地、到农村、到演员和群众当中进行调查研究，总结过去办团的经验教训和农民对文化演出的口味，对剧团进行了改革。

制定"队伍以小型为主，演出剧目以现代戏为主，服务对象以农民为主"的办团方针。演职员由原来的 58 人减至 32 人，保留一专多能、艺德双馨人才。建立优胜劣汰的竞争机制，充分挖掘内部潜力，调动每个人的积极性。从 1984 年开始，剧团取消了固定工资，建立严格的考评制度，每月根据个人思想、演技、出勤、工作作风等情况评分划等，实行效益工资制。两次考评不合格要自动离团。在演出剧目上，突出现代戏、农民戏，重点反映农民关心的事，演农民喜爱的戏。团里所创演的剧目，从题材、情节及人物语言都力求源于农村现实生活，反映各色人物在改革大潮中的沉浮，通俗易懂，生动活泼，适应当代农民的审美情趣。为直接服务于农民，团里购置大型流动舞台和汽车，长年在农村演出。农闲时一天最多演六七场，年演出 200 多场。20 多年中，大江南北、长城内外、东海之滨、雪域高原，到处留下了他们的足迹。

走自编、自导、自演的道路。1982 年以后，剧团吸取当初翻箱倒柜演传统大戏，竞争能力不过硬的教训，把主要精力放在编演新剧目上，靠不断创新，提高剧目质量求生存、求发展，逐步成为在全国"露了脸"，当地人"高看一眼"的剧团。赵德平集团长、编剧、导演于一身。他生在农村，长在农村，对农民的喜、怒、哀、乐极为熟悉。

1993 年，赵德平担任副县长，在保证政府和剧团工作正常开展的同时，仍然坚持每年用两三个月的时间深入农村，与农民同吃、同住、同劳动，不断吸取生活营养，广纳创作素材。农村火热的生活不断激发出他的创作灵感，使其成为一个高产的农民剧作家。在创作过程中，他始终坚持把握时代主旋律，弘扬社会新风，坚持从生活中来，反映群众身边之事，抒发人民之情，伸张正义之气。由于有剧目上演权，他每编一出戏，便自任主导演，排练演出。在实践中，他不断听取演职员、专家及观众意见，边演边改边提高，使艺术日臻完善。

建立文企联姻。1985 年，剧团从乡镇企业聘请能人先后办起金属结构厂、链条厂等小企业，产品畅销全国，两个小厂每年上缴剧团 15 万元至 20 万元，解决了办团经费问题，安置了退下舞台的演职员和部分家属就业。剧团先后与北京昌香集团、鱼阳集团、廊坊燕北畜牧集团、耀华铜床厂、京大铜床厂等多家企业建立合作关系，剧团针对各地、各部门开展的各种形式演出进行艺术辅导，企业向剧团提供一定的资金，互利互惠。通过以副养文，增强了剧团的经济实力，促进了设备的更新，改善了住房条件和营业环境。

第三节　演　出

从1982年起，剧团一直坚持扎根农村、服务农民的宗旨，在每年的演出中，至少有8个月在农村。为方便农民看戏，先后投资几十万元，研制了3个适应不同场地演出的流动舞台，上有棚，下有座，自带发电设备，观众看演出，风吹不着，日晒不到，雨雪天照样能看戏。打谷场、集市、收割后的田野都可以当剧场，只要农民一招呼，他们便如约而至。20多个省市千万个家庭欣赏过他们的演出。一次，剧团冒着酷暑、顶着烈日到唐山市玉田县农村演出，为让观众看戏方便，他们一天连续搭拆3次舞台，直到觉得观众坐着舒服，太阳晒不到才开演，感动得当地领导和观众都说："闻名不如见面，大厂评剧团为咱们农民演出，那真是真心实意！"使用流动舞台演出，方便了农民群众，却大大增加了演职员的劳动量，每到一地演出，光搭台、摆座位，全团人员就要干上四五个小时，又苦又累不说，有时为了抢时间演出，演职员们到点连夜搭台，第二天照常登台，一整天吃不上饭是常事。有时房子紧张，演职员就睡在大棚车底下。2000年中国唐山评剧节，所有参演院团都按大会组委会安排，在市里吃、住、演，大厂评剧团却没有进城，而是应远离市区几十公里的沙流河镇要求，演出《男妇女主任》，把舞台搭在了农村，吃农民饭，住百姓家。一天三场，连演七天，评剧节的专家评委也专程从市里赶到农村，坐在大棚里和上千名农民群众一同看大厂评剧团的戏。看到演员们受的苦，奉献的精彩节目，专家评委们好评如潮。一位老艺术家深有感触地说："大厂剧团把为农民的演出看得比拿大奖还重，实在难得。"

除了扎根农村，服务农民，常年在全国各地农村演出外，剧团还借助自己的知名度和美誉度，积极向外扩张，强势进军和抢滩全国大中城市文化市场。

1983年，剧团带着赵德平创作的第一部大型现代讽刺喜剧《嫁不出去的姑娘》参加河北省戏剧调演。剧情通过一位漂亮姑娘在订婚时向男方索取高价彩礼，屡遭失败，最终嫁不出去的经历，鞭挞了农村中买卖婚姻的陋习。在演出中深受观众欢迎，获双优（剧目、演出）奖。同年3月3日至4月3日剧团应邀到北京汇报演出。在长安大戏院、吉祥戏院、广和戏院、天桥戏院、通县剧场演出31场，观众4.03万人次。中共中央统战部部长、国家民族事务委员会主任杨静仁、全国妇女联合会主席康克清、文化部部长朱穆之以及戏剧界作家、艺术家、知名人士吴祖光、新凤霞、马泰、李忆兰等人观看了演出，给予了充分肯定和赞扬。《人民日报》、北京电视台等新闻单位对演出作了报道，并发表了评论文章。北京电视台、中央电视台等多次播放演出录像。1984年，赵德平创作出第二部大型讽刺喜剧《啼笑皆非》，通过杨家兄弟间的家庭纠纷，揭露了农村中党风不正的问题。1985年参加河北省第二届戏剧节演出。曲折跌宕的情节和浓郁的喜剧色彩，不时博得观众一阵阵掌声和笑声，获得优秀剧目奖和优秀演出奖，并有6人分别获得导演奖和表演二、三等奖。1985年，赵德平又成功地创作出呼吁保障妇女正当权益的大型现代悲喜剧《罪人》，公演后引起观众强烈反响，每次演出，台上台下声泪俱下。文化部、河北省文化厅等有关方面领导都相继观看了演出。1987 年初，赵德平和剧团推出大型现代喜剧《男妇女主任》，塑造了一个心理变态、性格变异、一心为公、水平极差的农村干部形象，由此透视出当时干部制度中的一些弊端。1988 年由河北电视剧制作中心拍成同名电视剧。1989 年 5 月，参加全国振兴评剧交流演出，获编剧一等奖。此次会演，艺术家和评论家把大厂评剧团一年一出新戏，公演后就被移植、拍电影、上电视的艺术生产上罕见的"一条龙"现象称为"赵德平现象"。1987 年 3 月 10 日至 24 日，剧团带《啼笑皆非》、《男妇女主任》、《罪人》三部戏再进北京，在长安大戏院等 5 大戏院演出 15 场，观众达 2 万人次，又一次享誉首都。1988 年、1989 年、1990 年、1993 年，剧团连续上演了赵德平创作的抨击在婚姻方面见异思迁的不道德行为的《私生活》，描写妇女解放艰苦思想历程的《大门里的媳妇》、《红旗袍》，昭示人们在农村改革中，要跟上时代大潮，就必须不断冲破传统观念束缚的《鬼宅》等 4 出大型现代戏。其中《私生活》参加 1989 年河北省戏剧节演出，获优秀编剧奖；参加 1991 年全国现代戏调演，获编剧一等奖。《大门里的媳妇》获 1989 年河北省戏剧节一等奖，全国戏曲汇演编剧一等奖。1995 年起，《水墙》成了评剧团演出的主要剧目。参加了河北省戏剧节、全国戏曲现代戏汇演等。先后获得"河北省戏剧节一等奖"、"全国戏曲现代戏汇演编剧一等奖"、"全国精神文明建设五个一工程奖"、"中国曹禺戏剧文学奖"、"全国戏剧文华奖"、"河北省第三届精神产品精品特别奖"、"河北省第四届精神产品精品特别奖"等奖励。

1982 年至 2000 年，评剧团创演的 9 出大戏演出均在百场以上，最多的达近千场，曾 5 次获得河北省戏剧演出超百场奖。

2000 年至 2006 年剧团创演了 18 台反映各行各业的专题综艺晚会。主要有"中国移动情"、"生命之歌"、"中国森林之歌"、"唱响正气歌"、"世界母婴之歌"、"红丝带万里飘"、"大学校园文艺晚会"、"生态文明之歌"等。其中"红丝带万里飘"是由国务院防治艾滋病工作委员会办公室、中华人民共和国卫生部主办，卫生部新闻办公室、中国疾病预防控制中心健康教育所承办，全国亿万农民健康促进行动办公室、联合国儿童基金会、联合国艾滋病规划署协办，河北廊坊大厂评剧团承担创作和演出的一台预防艾滋病大型综艺节目，2004 年至 2005 年在山西、湖北、河南、安徽等 19 个省 32 个防治艾滋病示范县区进行宣传演出，行程约 2 万公里，观众近 20 万人，深受广大农民群众喜爱。

《唱响正气歌》是 2006 年大厂评剧团为中央纪律检查委员会创作的大型反腐倡廉专题文艺晚会，在全国各地宣传演出，所到之处引起了热烈反响，受到了各界人士的一致好评。

中央电视台"周末喜相逢"、"欢乐中国行"、"与您相约"、"艺苑风景线"、"乡村大世界"等多次选用剧团的节目。2006 年 2 月剧团参加中国文化部组织的"中国文化走进联合国"活动，赴美国纽约联合国总部演出。2005 年至 2006 年底，央视"中国小品总动员"、"中国相声大赛"、"欢乐中国行"、"乡村大世界"、"与您相约"等栏目播出了该团多部作品。

表 24 - 2 - 1

序号	所获奖励及称号名称	授奖单位	授奖日期
1	通令嘉奖	省委、省政府	1986 年
2	集体二等功	省委、省政府	1986 年
3	编演现代戏下乡演出特别荣誉奖	文化部	1990 年 4 月
4	立足农村服务农民特别奖	文化部	1990 年 12 月
5	上山下乡演出模范剧团	河北省文化厅	1992 年 6 月
6	全国扎根基层模范剧团	文化部	1993 年
7	全国先进基层党组织	中共中央组织部	1996 年 7 月
8	全国三下乡先进集体	中宣部等十部委	1997 年
9	全国精神文明创建工作先进	中央文明委	1999 年 9 月 19 日
10	全省三下乡先进集体	省委、省政府	1999 年 12 月
11	全国文化系统先进集体	国家文化部、人事部	2000 年 2 月
12	服务农民、服务基层先进集体（获奖章、奖状及奖金 50 万）	中宣部、文化部	2003 年 12 月 24 日

第三章　剧目与演员

第一节　优秀剧目

《男妇女主任》

农村干部刘春华，工作热情高涨，但能力太差，所负责的职务接二连三地砸锅。在他强烈要求下，又接受了"妇女主任"的职务。上任后，他一下子扎在妇女群众中，又调查，又访问。但处理起来，又是一塌糊涂。

无奈中，他又一次被免职，在实在无职可任的情况下，他又当上了村里"老年人学跳猴皮筋儿委员会"正、副主任……

一顶乌纱误终生！可敬、可怜、可悲的刘主任，大半生还没找准人生定位……

剧本取材于真实的农村干部原形，曾拍成电视剧、电影，获中国电影"98 华表奖"、"最佳编剧奖"、"电影百花奖"、"全国五个一工程奖"、"全国首届评剧艺术节优秀演出奖"等。

剧目至 2004 年演出 600 余场，深受广大群众欢迎。

《红旗袍》

农村女人李翠花，生性追新爱美，但命运偏偏捉弄她，年轻时自愿偷偷跑到财主家当了使唤丫头，为的是能看大户人家过的那开心的日子，天长日久与财主儿子有了私情，但嫁的却是担水夫冯六，"掉进冰窟窿里"的婚姻让她的一生备受折磨……

改革开放后，冯家富了起来，冯六以小农的短视，不顾家人的反对，花几十万元，盖了一座和以前她们佣工的财主赵万合家的老宅一模一样的豪宅大院，为了积压几代的怨恨和找回心里平衡，他又把赵万合的儿子雇来看家护院，于是，在这座豪宅中，历史的积怨，新旧思想观念的碰撞及冯家三代女人婚姻轨道，演绎出一幕牵动人心的故事……

《水墙》

"天蓝蓝，地干干，春阳河九曲十八湾

曲曲弯弯小流断，百姓祈雨拜苍天！"

春阳县历史上连年干旱，今年旱情更重于往年，正当全县上下紧急抗旱之时，一场大雨倾天而降……县长周国良没有调查，只根据以往的经验，就下达了关闸蓄水的指示，造成了特大水患，以致房倒屋塌，庄稼被淹，财产受损，人员伤亡，于是在干部和群众之间出现了一道无形的"水墙"……

在这非常时期，周县长不顾个人安危，力排重阻涉水到灾区，用实际行动展示了共产党人的崇高品德，谱写了一曲"鱼水深情"的颂歌。

剧目曾被邀进京演出，引起轰动，并获数项国家级大奖，至 2004 年已演出 200余场，正如《人民日报》所言："《水墙》滚滚流向全国……"

第二节　小品简介

《半夜猫叫》

老夫老妻吵吵闹闹了大半辈子，两个儿子心疼父母，不让他们晚年再争吵伤身体，便将两位老人分开赡养，母亲跟老大，父亲跟老二。

尽管两个儿子各家都对老人极尽孝顺，但分开的两个老人，失去了对方，没个说话儿的，没了吵架的，反倒情绪低落，心里不是滋味儿，但又都不好意思对儿女明说，二儿子问爸："爸！分开这一个多月您想我妈了吧？"爸爸违心地说："我想她干啥？想起她我有气，一辈子对我家庭暴力……"大儿媳问婆婆："您想我爸爸不？"老太太高声地说："想他，死了我也不想！"但当孩子们不在面前，老太太偷偷给老头把过冬衣服备好，老头儿也背着儿子挑了几个大桃，想找机会给老伴送过去！

机会来了，这一天，两个儿子、媳妇、孙子们都出远门，两家只剩了老头和老太太两个人，两位老人喜在心上！老太太用手机让老头儿来大儿子家"约会"。

分别一个多月的老夫妻，快乐相聚，都感觉两口子别看吵闹，真一分开，又觉得没着没落……但没说上几句，因"爱"又吵了起来，气得老太太拿起给老头儿备好的冬衣包砸老头儿，老头儿也不示弱，从怀里掏出大蜜桃向老婆砸去……

接到对方砸来的东西，老夫妻都笑了！两位老人越聊兴越浓，老头儿提议："今晚没人儿，咱俩再来一次重温旧梦，学学咱年轻时我去找你约会，在你家门口学猫叫。"

老太太应允去化妆，老头儿到门外找柳条……

不曾想，正在这时，大儿媳秀芳没买到车票又回家来，进屋后锁门，把老头关在门外，老太太见儿媳回来，十分尴尬，百般遮掩……这时，门外的老头儿学猫叫，见老伴不出来，改用几种叫法，民族、通俗、美声，老伴还是不出来……

屋内的老太太听见猫叫，几次想出去，秀芳就是不让，怕老人着凉，给老太太讲故事，按摩，老太太表面平静，却心急如焚！

门外老头儿越叫声越大，直到嗓子快要嘶哑，这时屋内的秀芳决定把猫抱屋来，老太太不让："那猫个儿大！"秀芳决定用木棍把猫打跑，开门一看，是老爹……

为遮掩真相，在儿媳面前，老夫妻又吵了起来，并无意中暴露了"约会"真相。秀芳笑了："我们做晚辈儿的，只想尽孝，但是想得太简单了……"

老头儿："啥也别说，理解万岁！"

老太太："两口子吵了大半辈儿，越吵生活越有味……"

《夸七爷》

村中汪老七突然去世，汪家大办丧事，与老七爷素有恩怨的邻居五仓婶带领家人前来吊唁，以哭老七爷为名，明褒暗贬，泄己私愤，直至和汪家人大打出手，情节令人忍俊不禁。揭露了农村大办丧事的封建陋习。小品获得了 2000 年国家文化部文华奖。

《特殊宴请》

某村邱村长，把县里管钱的张局长请到家里，为了讨好局长为本村拨款，便想用好酒好菜招待，还让他爱人狗子妈，在本村挑选几个年轻漂亮的姑娘们陪客，没想到狗子妈耍了个心眼儿找来的是四个年过八十的白发老太太，四位老人怀着对一些干部的腐败风气不满，极力表演，没想到是，请来的张局长已私下来村做了几次暗访，决定用科技助民脱贫，原来，他是一个执政为民廉洁奉公的好干部，"陪客"的表演让他发笑、也觉得心酸……

《村口》

2004 年春天，发生禽流感疫情，在某农村的村口，有一对老夫妻，为了保障全村人的安全，主动把守村口，把刚从外边回来的本村村民王大中拦在了村外。

《刘巧儿新传》

大众评剧团在困境中，得到了一家电饭锅厂的资助，条件是改戏，要在刘巧儿的戏中加进宣传电饭锅的内容，在改戏过程中，扮演刘巧儿的主要演员小月茹老师与张厂长和本团团长发生了矛盾，最后……此小品创作于 1995 年，当年 7 月 1 日，中央电视台一套"全国五个一工程"优秀作品颁奖晚会上演出，受到了党和国家领导人江泽民、李鹏及现场观众的热烈鼓掌欢迎。

《考对象》

农村青年王二泡，对农村推广科技大棚种植认识不够，日子过得不富裕。村干部李大山上门说媒，女方马秀花是个有名的科技致富专业户，她利用相亲之机巧考对象，使王二泡认识转变，成就了姻缘，皆大欢喜。

第三节　主要演员

宛瑞海　回族，1956年出生。1977年至1988年担任县评剧团主要演员。1983年参加北京电影制片厂《嫁不出去的姑娘》电影拍摄，片中饰演七爷。

李淑珍　女，1959年生。河北戏剧家协会会员，中国人民政治协商会议大厂回族自治县第三届委员会常务委员。1975年至1987年在大厂评剧团担任主要演员，主演多部大型评剧，1982年、1987年两次进京汇演，参加河北省首届艺术界调演，获表演二等奖。1983年参加北京电影制片厂《嫁不出去的姑娘》电影拍摄，1993年应邀参加河北省委组织部、河北电视台六集电视剧《红指印》拍摄，获全国组织系统电视剧评比一等奖。1997年参加《水墙》拍摄，获全国"五个一工程奖"。1990年以后，参加河北纪检系统文艺调演、首届廊坊艺术节等省市级演出，在小品、戏剧、演讲表演形式中分获一等奖、优秀表演奖等奖励10余次。

安红梅　女，1966年出生。1979年在唐山市丰润县评剧团担任演员，1985年至1993年在大厂评剧团担任主要演员。河北省戏剧家协会会员。专业为评剧花旦、闺门旦，师从国家著名评剧表演艺术家李忆兰，逐步形成了独特的个人表演风格。在多部传统戏剧、现代戏剧中扮演重要角色。曾参加北京电影制片厂《啼笑皆非》的后期制作工作。1987年在大厂评剧团进京演出中担任主要演员。1989年，获得河北省戏剧节演出二等奖。1991年，参加全国现代戏调演获得"全国十佳青年演员"称号。1994年，获得河北省首届少数民族文艺调演演出奖。2000年，获得河北省首届评剧票友大奖赛"十大名票"称号。2001年，获得首届"中国评剧票友大赛"一等奖，被授予"中国评剧十大名票"称号。同年，在河北省"戏苑乡音"戏迷打擂中获得"优秀擂主"称号。

李玉梅　女，1970年3月23日出生于河北省沧州。1984年毕业于专业艺术院校，大厂评剧团二级演员。1997年拜艺术家赵丽蓉为师。1991年在全国评剧青年演员评比大赛中获表演奖。2000年9月在中国首届评剧艺术节荣获优秀演员奖。2003年在中央电视台全国首届"新盖中盖杯"CCTV小品大赛中荣获优秀表演奖，参赛小品《夸七爷》。2004年4月26日在国家文化部主办的第四届全国小品大赛中参赛小品《村口》荣获个人优秀表演奖。

孙宁宁　女，1972年生，1984年从艺。1989年拜著名评剧表演艺术家"花淑兰"老师为师，主演的古装戏有《牧羊圈》、《半把剪刀》、《凤还巢》、《三节烈》、《茶瓶计》、《小女婿》、《金玉奴》、《谢瑶环》、《打狗劝夫》、《卷席筒》等；在现代戏《大门里的媳妇》、《罪人》、《啼笑皆非》、《男妇女主任》、《水墙》等剧中饰演主要角色。1989年12月，获县政府颁发的'模范工作者'奖励。1990年9月，在市文化系统，专业剧团折子戏汇演中，获二等奖，所演剧目《包公三斯》。1991年7月，在文化部主办的"全国现代戏汇演"中，获'优秀戏曲工作者'奖，所演剧目《大门里的媳妇》。1995 年 10 月，在省文化厅主办的"第四届河北戏剧节"中，获配角一等奖，所演剧目《水墙》。1996 年 1 月，在文化部主办的"全国戏曲现代戏交流演出"中，获个人表演一等奖，所演剧目《水墙》。

石学广 1972 年生，国家二级演员，师承著名评剧表演艺术家洪影，主攻小生、老生、小花脸。曾扮演《狸猫换太子》中的陈琳，《刘伶醉酒》中的刘伶，《杨乃武与小白菜》中的杨乃武。其中在《卷席筒》中饰演的活泼可爱的小苍娃更具个性。大型现代戏《水墙》中饰演的老四爷获"全国优秀表演奖"。在首届评剧艺术节中，成功饰演了大型现代评剧《男妇女主任》中的主人公刘春华，得到了评委、专家的认可和观众的一致好评。并获得了首届评剧艺术节"优秀表演奖"。

付玉龙 1972 年生，中专文化，国家二级演员。参加过央视七套 2003 年《今宵月更圆》大型中秋晚会、央视十一套《过把瘾》栏目、央视《艺苑风景线》、央视《周末喜相逢》，北京国际桃花、烟花节、山东潍坊国际风筝节等大型演出。在获全国"五个一工程奖"的大型现代戏《水墙》中获优秀表演奖、央视首届"新盖中盖杯"全国喜剧小品大赛二等奖、央视首届"新盖中盖杯"全国喜剧小品大赛银屏奖。

陈静波 1972 年 3 月 5 日出生，高中毕业。1988 年 5 月进入大厂评剧团。参加过各种大型文艺晚会演出，是主要的歌唱演员，在《水墙》剧中，担任主题曲演唱，在《男妇女主任》中，担任乐队伴奏兼舞美。在《不平静的夜》《半夜猫叫》《随礼》《主流》《特殊战斗》等多个小品中担任主要角色。

附　树高千尺在根深①

——大厂县评剧团团长赵德平

李德润　邵建武

人民是文艺工作者的母亲。一切进步文艺工作者的艺术生命，就在于他们同人民之间的血肉联系。

——邓小平

上篇：永远的庄户情结

曙色熹微，轻纱般的晨雾弥漫在河北省大厂回族自治县王必屯乡袁庄村的一片麦地与果林之间，一个身影在其间晃动。是老农的装束，是老农的架势，间或还响起老

---

① 在纪念毛泽东《在延安文艺座谈会上的讲话》发表五十五周年之际，《人民日报》1997 年 5 月 21 日一版发表长篇通讯《树高千尺在根深》，22 日《廊坊日报》全文转载，并加了编辑部按语："这是赵德平同志的光荣，是大厂县的光荣，也是咱廊坊的光荣"，"深信广大文艺工作者以及各行各业的同志会从中得到有益的启示和借鉴，把我市的两个文明建设搞得更快更好。"

农般的吆喝声。只有走近，人们才发现，他不是一个在承包地里忙碌的老农，而是全国文化先进工作者、中国戏剧家协会理事、大厂县副县长、大厂县评剧团团长、国家一级编剧赵德平。

在与赵德平深谈了十几个小时以后，在采访了他的家人与剧团的部分演职员以后，我们才把他的几个社会角色与一位老农形象叠印在一起。永远的庄户情结，是他人生与艺术的不改本色。

啃棒子面饽饽的名人

1994 年，中央电视台"综艺大观"搞了一期河北专集，赵德平作为八位嘉宾之一到场。当节目主持人问他，"我现在称呼您县长还是团长呢?"赵德平回答："还是团长好。"

除了雨季之外，大厂县评剧团都在燕山脚下、海河两岸、华北平原、京郊大地走村串集，巡回演出。演职员的家几乎交给了因为县里与团里的工作难得脱身下乡的赵德平。赵德平是团长，也是严厉而又慈祥的父亲，所以，团里的演职员很少叫他职务，而是叫他"老头"，就像叫门房老大爷。

而赵德平常说："我就是一个农民。"

从外表上看，赵德平确实像一个老农民，甚至有人说，他比农民还农民。这次，我们去大厂县采访他，一下车，见他一反常态，穿了一套皱巴巴的西服。为此，他作了几次解释："这是儿子不要的衣服，因为你们来，家里和团里的人都劝我;穿得太不像样，不礼貌。"他的这身打扮，让我们觉得，他就像他的剧本，有着喜剧色彩。

赵德平曾经因"土"而出过"洋"相。在北京开会时，住在高级宾馆的他，不愿上餐厅吃饭，而啃着自己带的棒子面饽饽，让来送开水的服务小姐大吃一惊。在全国首届戏曲剧院团长培训班作"剧团管理和文艺改革"报告后，让他签名的院团长们发现，鼎鼎大名的赵德平穿了两只不一样的鞋。

有人出巨资让赵德平写一部电视连续剧，他婉言推辞了，因为他觉得题材不熟悉。还有一个大老板，出 20 万元，让赵德平写他，为他个人树碑立传，赵德平回绝了……因此，有人说他："都什么年代了，你还这么傻!"赵德平说，一个人活在世上，对名利都有所追求，这是正当的，但不能过分，不能把名利看得过重。君子爱财，取之有道。

1994 年，赵德平在村干部的热情请求下，把村里的一个大坑改造成了 13 亩地和一口鱼塘，并将其承包下来。两年多来，他常常黎明即起，在地里劳动一个多小时，再进城上班。作为副县长，他不应该加入土地承包的行列;作为剧团团长，团里的体力劳动，他可没少干，他没有必要下地干活;作为剧作家，如果他不好施乐予，他的剧本稿费不仅足以养家糊口，而且可以使他先富起来。但是，他的承包行动得到了大家的理解，甚至赞叹。大家知道，从庄稼地里走出来的赵德平离不开土地。

没有找到当县长的"感觉"

说来，赵德平当选大厂县副县长已经四个年头了，但他既不善于台上的口若悬河，侃侃而谈，也不喜欢台下的迎来送往，卡拉 OK。他说，"至今没有找到当副县长的感觉"。因此，他曾经婉拒了河北省文化厅副厅长职位的安排，也曾谢绝了上海浦东开发区文化主管的邀任。因此，赵德平一进袁庄村，依旧会响起一片"老爷"的呼叫声（赵德平的辈分高），婆姨汉子们或者和他没大没小地开玩笑，或者一本正经地询问他剧本中人物的来龙去脉。

没有找到当县长感觉的赵德平便以一个庄稼人的方式扮演着县领导的角色；在基层说实话，在机关办实事。为了解决农村教师争着向城里调的问题，他提出了待遇向第一线倾斜。他为许多农村教师解决了房基地。他帮助县城的教育卫生系统筹划盖起了职工宿舍楼。为了几个教师的职称问题、农转非问题，他一次又一次地跑廊坊。一位中学校长说，赵县长办的一件件事，都办到了职工的心坎里。

没有找到当县长感觉的赵德平，却得到了从未有过的体验。在机关里，他听到了"如今的老百姓不好管"的唉声叹气；在村里，他听到了"如今的干部没有几个好人"的愤激之言。在 1994 年河北那场大旱到大涝的灾难之后，参与领导全县抗灾全过程的他，以一部《水墙》展现了其中一幕幕令人难以忘怀的情景，表现了在特殊情况下，干部身上体现的党的优良传统，老百姓身上体现的通情达理。一部《水墙》不仅使大厂县评剧团开创了进京调演不进城的先河（在京郊通县胡各庄，以他们自带的流动大棚演出），而且和团里的其他剧目一样得到了广大农民观众的叫好，也得到了专家学者的赞誉，被认为是当前戏剧舞台上表现干群关系的一部成功之作。

一进村，就有了灵感

赵德平说："我对农村的感情特别深。年纪越大，这种感情越深，农村的哪儿都爱看。看到家家屋顶的烟囱一个个冒着烟，还有炕、锅台、门楼，还有鸡、小狗、猪吃食，还有麦垛，感觉特别好，特别来精神。一进村，我就有了灵感。"

赵德平一走进自己的老屋，村里人就接踵而至。在乡亲们中间，他可以说是如鱼得水，浑身自在。家长里短，喜怒哀乐，乡亲们都愿意和他说，这也正是他创作的根基。

一次，赵德平随团到农村演出《罪人》，戏中描写的是农家妇女与封建道德抗争的故事。一位孤身老太太对这出戏十分感兴趣，勾起了自己封存已久的辛酸事。她托演员捎话给赵德平说，我的事儿就够一台戏，想和赵团长聊聊。赵德平听到这事儿立即赶到老太太家。老人十分动情，讲了三个晚上。赵德平一边听一边流泪。被专家们誉为高品位的大戏《红旗袍》就是赵德平根据这个真实故事含泪写成的。

他说，"我的所有作品都来自生活中的真人真事。当然，我也作了一些艺术加工"，"生活本身就是戏，写不完，演不完，在农民中间不愁没的写！"

赵德平的创作，始终植根于农民之中，植根于生他养他的这块肥沃土地上。他为自己的创作定了五条原则：选材要严，反映广大群众关心的现实生活中的问题；符合生活真实，不走编造道路；生活气息要浓；注重中国农民的欣赏习惯和审美情趣，追求群众喜闻乐见的喜剧风格；人物是活生生的，有鲜明的个性色彩。

赵德平的这些追求，都反映在他的作品中。

是来自村庄的灵感，使赵德平的剧作既有智慧的灵动，更有土地的厚重。

是来自村庄的素材，使赵德平的剧作既有着成熟的色彩，更有着成熟的芬芳。

是来自村庄的语言，使赵德平的剧作既有着山泉的清澈，更有着山泉的跳跃。

是来自村庄的人物，组成了赵德平笔下丰富多彩的当代农村人物方阵，也使当代中国剧坛的人物长廊，增添了一些新的面孔与新的气息。

赵德平及其创作给我们一个启示：技巧重要，生活更重要，感情更重要。

下篇：当代文化的英雄序曲

赵德平创作的大部分剧目获得了国家级与省级的奖项，有些被拍成电影，走上银幕。全国有 300 多剧团移植他的剧目。他被河北省政府授予"创业英雄"称号，被戏剧界称为"赵德平现象"。

赵德平领导的大厂县评剧团不仅创造了评剧史上的一些奇迹，也创造了当代中国戏曲乃至戏剧的一些崭新纪录，被誉为"文化下乡的一面旗帜"，被文化界称为"大厂现象"。

赵德平说："掏心窝子的话说，让我最高兴的事情，不是创作得奖，也不是个人扬名，而是坐在剧场里，看到自己的作品能使农民观众喜时哈哈大笑，悲时扯袖抹泪。"

这是赵德平的心曲，也是一首当代英雄的欢乐颂。

他带出一个生机勃勃的剧团

1982 年，赵德平接手的剧团已经气息奄奄。受命于非常时期的赵德平得到了一些文艺院团长也曾经得到的"三权"——人权、财权与剧目上演权，而其成功的关键在于他用好了这"三权"。他带出了一个"出人、出戏、出效益的出色剧团"，生机勃勃，声名远播。

自赵德平上任当年演出《嫁不出去的姑娘》以来，大厂县评剧团共演出了 8 台大戏，30 多个小品和十几台综合性晚会。最多的演了上千场，平均 400 多场，观众上千万人次。所有剧目都获得了文化部颁发的"演出超百场奖"。几块破幕布、几套破服装的家当扩大成了总收入 1200 万、固定资产 400 万。大厂县评剧团不是红了一个戏，红了一个人，红了一阵子，而是演一台，火一台，演一年，火一年；场场爆满，年年火红。

1990 年 4 月，剧团因坚持编演现代戏，成就显著，受到文化部表彰。

1992 年 6 月，剧团被河北省文化厅评为"上山下乡模范剧团"。

1992 年 12 月，因为在立足农村、完善管理、不断出戏方面成绩突出，剧团再次得到文化部表彰。

1996 年 7 月，剧团被中共中央组织部命名为"全国先进基层党组织"。

与这些表彰相映成辉的，则是如潮的观众与如雷的掌声。

在滦南县演出，1700 多座位的剧场，白天演了两场，晚上的观众更多，5 元钱一张的票黑市卖到 10 元，众多公安干警维持秩序，如饥似渴的观众还是挤破了大门。

在北京顺义县某村演出戏剧小品《苦果》时，突然，从台下扔上一个纸包来，台上演员打开一看，里面包着 500 元钱。他们把纸包交给了台下的村党支部书记。书记问："谁扔的？"一个小伙子站起来说："我扔的，演得太棒了，这是我给演员的奖金！"后来才知道，这个小伙子有一段时间迷上了赌博，差一点闹得家破人亡，是村干部帮助他痛改前非，跑运输发了家。小品的内容深深地触动了他的灵魂，使他情不自禁地做出了如此举动。

河北雄县每年开一次物资交易会，开幕的时间不是当地人定，而是由大厂县评剧团决定。剧团什么时候可以去雄县演出，交易会什么时候开幕。

大厂县评剧团到哪儿，观众就到哪儿，热闹就到哪儿。

文化部的一位负责人考察了他们的工作后，深有感触地说了两段话："现在有的剧团是搞'拔河赛'，而你们是搞'龙舟赛'，劲使在一块！""要繁荣社会主义文艺事业，不仅需要艺术家，而且需要管理家。只有艺术家和管理家相结合，才能使文化事业'发家'！"

他开辟了一条无限延伸的道路

创作了《水墙》后，赵德平得到了一笔稿费。用这笔稿费，赵德平和一位先富起来的乡亲共同出钱，为村里修了一条路。大厂县评剧团之所以"没有危机，只有生机"，就在于赵德平为剧团开拓了一条可以无限延伸的道路。这得力于他作为一个现代艺术管理者的精明与强干，也得力于他身上饱含的农民的纯朴与坚韧。

赵德平的精明，体现在他找到一个县级剧团的出路所在，由此而制定了"三为主"的办团方针：队伍以小型为主，剧目以现代戏为主，服务对象以农民为主。

赵德平的强干，体现在他建立了一套颇有成效的管理机制。在大厂县评剧团，没有固定工资，一切按劳取酬。他们的"劳"，既有劳动表现，也有艺术水平，更有思想作风。三项指标，项项有酬，缺一不可。所以，在大厂县评剧团里，只有主演，没有其他院团不少见的"戏霸"。

赵德平的纯朴，体现在对剧团演职员的一片爱心，更体现在他对家人近乎苛刻的要求。他的儿媳妇说：无论我们在剧团表现多好，大家评分多高，到我爸那儿总要往下拉。10 年前因为早恋而被父亲开除出团的大女儿说：我们家有两个女婿是剧团的，没有和我们谈恋爱之前，我爸常夸他们。一旦和我们谈了恋爱，结了婚，他们就常挨我爸的批评，尽管他们一如既往。老伴说，因为常年下乡，团里规定演职员到 30 岁即退役，别人离开剧团时，团里千方百计都给安排工作，他自己的孩子全部回家，至今都没安排，让他们自谋生路。对此，赵德平的孩子都比较理解：我爸也不容易！

赵德平的坚韧，体现在他把自己的才华与精力奉献给了剧团的生存与发展。证实这一点，不仅是他为此而置家庭于不顾，不仅是他在生活上的几无所求，也不仅是他的没日没夜、任劳任怨，单说他的"磨戏"，就可见其坚韧非同一般。赵德平的创作有两个前提：一个大前提是为农民；一个小前提是为演员。他了解自己的演员，了解他们的长短优劣，在创作剧本之始，他就把演员的安排统筹其中，由此，带来了演员的得心应手。因此，个人能力并不强大的大厂县评剧团常常能超水平发挥，整体的优势弥补了个体的不足。这也是大厂县评剧团甚至敢和中央大团打擂台而不落败的原因之一。为演员写戏，这个小前提又无条件地服从于那个大前提，这就是农民观众的反映，赵德平了解农村生活的酸甜苦辣，了解农民的喜怒哀乐，他的艺术触角延伸到了政治、经济、道德、法制、教育、卫生、计划生育等广泛的领域，但都在其上烙了一个大大的"农"字。所以，在认真倾听同行专家意见的同时，赵德平十分重视剧场里农民的反应。每一台新戏上演，他都要跟团下去巡回演出。在演出当中，他把自己的构思与农民的反映仔细地加以对照，并据此修改自己的剧本。修改后，再收集农民的反应。如此反复，有的剧本修改多达十多遍。他说："创作没有生活，作品就不会生动；剧作者离开了群众，作品就没有观众；剧目创作不能光有获奖意识，更应该有观众意识、市场意识。占领了农村这个大市场，就有了阵地，就扎根了，就会有好日子过。"

在社会主义市场经济条件下，如果我们的数以千计的县级剧团都能像大厂县评剧团这样，下得去，待得住，中国戏剧的再度辉煌就指日可待了。

呼唤轰天交响

对于"中国戏剧再度辉煌"这首交响曲来说，赵德平和大厂县评剧团演奏的可以说是一首欢乐的英雄序曲。

可是，我们也听到这样一些"不和谐音"：

——赵德平得到了"三权"，我们没有。

——大厂县评剧团拥有赵德平这样的优秀剧作家，我们没有。

——大厂县为评剧团解决了演员退路这个后顾之忧，我们没有。

毫无疑问，这些困难是实实在在的。应当指出的是，这些困难也曾经横亘在大厂县评剧团面前。正是得到了县委、县政府的支持，正是赵德平的无私奉献与杰出才华，正是大厂县评剧团几十个人的共同奋斗，这些困难才渐次消失。

但是，使大厂县评剧团走上良性循环的根本原因，不是上述一切，而是赵德平确定、且为大厂县评剧团十余年持之以恒的一种具有历史意义的选择：为农民服务。

河北省文化厅的一位负责同志说，赵德平通过实践闯出了一条自己的路，既产生了社会效益，又产生了经济效益。他的最大功绩，还在于他自始至终地把评剧普及到广大农民之中，从而扩大了评剧这一剧种的观众群。

一位大剧院的院长说，剧本荒，我们已经叫了很多年了。实际上，我们并不缺少剧本，却缺少让人产生强烈共鸣、震撼人心灵的优秀剧本；我们并不缺少剧作家，却缺少像赵德平这样对生活永远充满激情、对农民永远充满爱意、对艺术永远充满痴心的优秀剧作家。

中国剧协的一位负责同志说，任何艺术的发展，首先得有观众，观众喜欢了，才能不断提高，最终磨成精品，大厂评剧团的做法是很成功的。他们长期坚持扎根基层、服务农民的方向，实际上是坚持为人民服务的方向，走的是繁荣与发展戏剧艺术的道路。

文化部的一位负责同志说，人民在哪里？大多数人民在哪里？应该说，大多数人民、九亿人民在农村。如果我们光注重城市文艺，忽略了为农民的文化服务，不管主观意识是好是差，都没有很好地解决方向问题。

为农民送戏、送文化下乡，这是毛泽东同志《在延安文艺座谈会上的讲话》所倡导的，也一直是我国社会主义文化艺术事业的基本任务。在社会主义市场经济条件下，这更是大多数文化艺术团体走出困境的必由之路。目前，一个包括文化下乡在内的"三下乡"热潮正在各地推展，但愿这股热潮能奔流不息，"三下乡"成为"常下乡"，由赵德平与大厂县评剧团谱写的英雄序曲能够演化为轰天作响的交响曲，在我国广袤的田野与山林中回荡。

河北省大厂回族自治县自治条例

（1990 年 4 月 15 日大厂回族自治县第十届人民代表大会第一次会议通过，1990 年 6 月 20 日河北省第七届人民代表大会常务委员会第十四次会议批准）

第一章　总　则

第一条　本条例根据《中华人民共和国宪法》和《中华人民共和国民族区域自治法》，结合大厂回族自治县（以下简称自治县）的政治、经济和文化的特点制定。

第二条　自治县是河北省管辖区域内大厂回族实行区域自治的地方。

自治县的辖区：大厂镇、夏垫镇、祁各庄乡、王必屯乡、陈府乡、邵府乡。

第三条　自治县的自治机关行使宪法第三章第五节规定的地方国家机关的职权，同时依照宪法和民族区域自治法及其他法律规定的权限行使自治权。

自治县的自治机关实行民主集中制的原则。

第四条　自治县的自治机关维护国家的统一，保证宪法、法律、法规在本县的遵守和执行。积极完成上级国家机关交给的各项任务。

第五条　自治县的自治机关对上级国家机关的决议、决定、命令和指示，如有不适合自治县实际情况的，报经该上级国家机关批准后，变通执行或者停止执行。

自治县的自治机关在不违背宪法和法律的原则下，根据本县的情况和需要，采取特殊政策和灵活措施，加速经济、文化建设事业的发展。

第六条　自治县内各民族一律平等。各民族公民都享有宪法、法律规定的权利，并履行宪法、法律规定的义务。

自治县的自治机关维护和发展各民族的平等、团结、互助的社会主义民族关系。禁止破坏民族团结和制造民族分裂的行为。

自治县的自治机关保障本地方各民族都有保持或者改革自己的风俗习惯的自由。

第七条　自治县的自治机关保障各民族公民有宗教信仰自由。

自治县内任何国家机关、社会团体和个人不得强制公民信仰宗教或者不信仰宗教，不得歧视信仰宗教的公民和不信仰宗教的公民。

自治县的自治机关保护正常的宗教活动。任何人不得利用宗教进行破坏社会秩序、损害公民身体健康、妨碍国家教育制度的活动。

自治县内宗教团体和宗教事务不受外国势力的支配。

第八条　自治县的自治机关在中国共产党领导下，坚持马克思列宁主义、毛泽东思想，坚持人民民主专政，坚持社会主义道路，贯彻改革、开放的方针，以经济建设为中心，集中力量进行社会主义物质文明和精神文明建设。发展社会主义民主，健全社会主义法制。自力更生、艰苦奋斗，把大厂回族自治县建设成为经济繁荣、文化发达、社会安定、民族团结的自治地方，为国家的社会主义现代化建设事业作出贡献。

第二章　自治县的自治机关

第九条　自治县的自治机关是自治县人民代表大会和自治县人民政府。自治县人民代表大会是自治县的地方国家权力机关。

自治县人民代表大会的代表名额，由河北省人民代表大会常务委员会决定。在自治县人民代表大会的代表中，回族代表的比例应适当高于其人口比例，其他民族也应有适当名额的代表。

自治县所属各乡、镇和其他选举单位应选县人民代表大会代表的名额，由上届县人民代表大会常务委员会确定。

第十条　自治县人民代表大会常务委员会是自治县人民代表大会的常设机关，对自治县人民代表大会负责并报告工作。

自治县人民代表大会常务委员会由自治县人民代表大会在代表中选举主任一人，副主任和委员若干人组成。

自治县人民代表大会常务委员会组成人员中，回族成员所占比例应适当高于回族人口所占全县人口比例，应有回族公民担任主任或者副主任。

第十一条　自治县人民政府是自治县人民代表大会的执行机关，是自治县的地方国家行政机关。

自治县人民政府对自治县人民代表大会和上级人民政府负责并报告工作。在自治县人民代表大会闭会期间，对自治县人民代表大会常务委员会负责并报告工作。

第十二条　自治县县长由回族公民担任。自治县人民政府组成人员中的回族人员所占比例应适当高于回族人口所占全县人口比例。

自治县的自治机关所属工作部门的干部中，应配备一定数量的回族干部。

自治县人民政府实行县长负责制。

第十三条　自治县的自治机关根据上级国家机关的规定，结合本县的特点，本着精简的原则，确定和调整地方国家机关的机构设置；编制员额报经省人民政府批准后执行。

自治县的自治机关按照上级国家机关的有关规定，根据实际需要，确定事业单位的机构设置和编制员额。

第十四条　自治县人民法院和人民检察院的组织、职能和工作，依照有关法律的规定执行。

第十五条　自治县人民法院的院长或副院长、人民检察院的检察长或副检察长及工作人员中，应有回族公民。

第三章　自治县的经济建设和财政管理

第十六条　自治县的自治机关在国家计划的指导下，根据本县的地理位置、自然条件和民族特点，安排和管理本县的经济建设事业。

第十七条　自治县的自治机关根据法律规定和本县经济发展的特点，合理调整生产关系，改革经济管理体制，积极发展社会主义有计划的商品经济。

第十八条　自治县的自治机关积极贯彻农村经济政策，不断完善各种形式的联产承包责任制。根据群众自愿的原则，稳妥地推进适度规模经营。加强农田水利基本建设，促进农业生产发展。在保持粮食生产稳定增长的前提下，合理调整农业内部结构和农村产业结构。

自治县的自治机关根据地理优势和市场需要，合理开发利用自然资源，积极发展种植业、养殖业、加工业，有计划地引导、扶持乡镇企业的发展。自治县的自治机关重视发展畜牧业，加强饲料加工、良种繁育、疫病防治、产品运销等服务体系建设，不断提高畜产品的商品率。

第十九条　自治县的自治机关根据《中华人民共和国土地管理法》和《河北省土地管理条例》加强对土地的管理，制止侵占耕地和滥用土地的行为。

农村的自留地、宅基地、承包地属于集体所有，由农民经营和使用，任何组织或者个人不得毁坏、侵占、买卖或非法转让。土地的使用权可以依照法律的规定进行转让。

自治县的自治机关依照法律、法规的规定审批或申报各项基本建设用地。

第二十条　自治县的自治机关指导并督促企业内部的挖潜、革新、改造工作；加强横向经济技术协作，采取优惠政策，积极引进资金、技术、设备、项目、人才，大力发展为城市和对外贸易服务的加工业。

第二十一条　自治县的自治机关积极发展交通、邮电和供电事业。

第二十二条　自治县的自治机关实行多渠道的商品流通体制，充分发挥国营商业、供销社的主渠道作用，享受国家民族贸易政策规定的优惠待遇。

自治县的自治机关依照国家规定，积极开展对外经济贸易活动。在外贸口岸、外汇留成、对外加工项目、原材料配额等方面享受国家规定的优待。

第二十三条　自治县的自治机关自主地管理隶属于本县的企业、事业。上级国家机关和有关部门改变自治县管辖企业的隶属关系时，应与自治县充分协商，征得自治县的同意。

自治县的自治机关依照法律规定保护个体经济的合法权利和利益。

第二十四条 自治县的自治机关根据需要，从当地民族中培养各级干部和各种科学技术、经营管理等专业人才和技术工人，充分发挥他们的作用；注意在回族妇女中培养和选拔各级干部和各种专业技术人才。

自治县的自治机关选送干部、职工外出学习或进修时，注意安排少数民族人员。

自治县的地方国家机关、企业、事业单位和隶属上级国家机关的企业、事业单位在招收人员时，在同等条件下优先招收少数民族人员。

自治县的自治机关根据需要，报经省人民政府批准，可以从工厂、农村择优招收少数民族人员充实干部队伍。

第二十五条 自治县的财政是河北省财政的组成部分。自治县的自治机关有管理本县财政的自治权。

自治县按照国家和省的有关规定确定财政收入、财政支出项目，确定预备费在预算中所占比例，以及在财政预算支出中设置机动资金。

自治县的自治机关依照国家财政体制的规定，财政收入多于财政支出时，适当上缴上级财政，上缴数额享受上级国家机关的优待。

自治县的自治机关在执行财政预算过程中，自主安排使用收入的超收和支出的节余资金。由于上级国家机关政策的变更或遇有重大灾害影响收支，超过承受能力时，享受上级国家机关的财政补贴。

第二十六条 自治县享受上级各专项拨款和民族补助款的优待，不抵减正常经费，实行专款专用。

第二十七条 自治县的自治机关在执行国家税法中，除应由国家统一审批的减免税项目外，对某些确需从税收上加以照顾的项目，根据实际情况报经上级国家机关批准后，实行减税或免税。

第四章　自治县的文化教育事业

第二十八条 自治县的自治机关根据民族特点和地方特点，积极发展教育、科学、文化艺术、新闻、广播、电视、电影、卫生和体育事业，不断提高各民族的科学文化水平和健康水平。

第二十九条 自治县的自治机关实行教育改革，积极发展幼儿教育，实施九年制义务教育，努力办好普通高中，大力发展职业技术教育，加强师范教育和师资培训。

自治县的自治机关在逐年增加教育经费的同时，按照分级办学、分级管理的原则，鼓励并发动广大群众集资办学，积极改善办学条件，不断提高教育质量。

第三十条 自治县的自治机关注重少数民族学生的教育和升学深造。在本县学校招生时，对少数民族学生给予适当照顾；享受省、市大中专招生对少数民族学生的优待。

第三十一条　自治县的自治机关重视提高各民族的素质，积极开展成人教育，鼓励机关、企业、事业单位和农村采取多种形式办学，并鼓励自学成才。

第三十二条　自治县的自治机关重视科学技术的研究、引进、推广和普及工作，制定科技发展规划，建立健全科技咨询、服务机构和科普网点，不断壮大科技队伍，普及科学知识，提高科技水平。

第三十三条　自治县的自治机关积极发展具有民族特点和地方特点的文化事业，鼓励专业、业余文艺工作者搜集整理民间文化艺术遗产，大力开展群众性的创作活动，丰富各族人民的文化生活。

自治县的自治机关重视图书馆、文化馆的建设，编写地方史志，保护名胜古迹、珍贵文物和其他重要历史遗产。

第三十四条　自治县的自治机关大力发展城乡医疗卫生事业，逐步改善医疗保健预防条件，积极培养农村医疗卫生人员，重视中西医药的研究工作，广泛开展群众性的爱国卫生运动，发展妇幼保健事业，不断提高防病、治病能力。

第三十五条　自治县的自治机关积极开展计划生育工作，有效地控制人口自然增长，提倡优生优育，提高人口素质。

自治县的自治机关根据上级国家机关的有关规定，对回族和其他少数民族的生育给予适当照顾。

第三十六条　自治县的自治机关积极发展体育事业，开展民族传统体育活动，增强各族人民的体质。

第三十七条　自治县的自治机关积极开展与其他地区的教育、科学技术、文化艺术、卫生、体育等方面的交流与协作。

第三十八条　自治县的自治机关加强环境保护，改善生活环境和生态环境，防止污染和其他公害。

第五章　自治县的民族关系

第三十九条　自治县的自治机关提倡爱祖国、爱人民、爱劳动、爱科学、爱社会主义的公德，对各民族公民进行爱国主义、社会主义和民族政策的教育，教育各民族干部和群众互相信任、互相学习、互相帮助、互相尊重风俗习惯和宗教信仰，共同维护社会安定和民族团结。

第四十条　自治县的自治机关在处理涉及各民族特殊问题的时候，必须与他们的代表充分协商，在不违背国家宪法、法律的原则下，尊重他们的意见。

自治县的自治机关照顾本县散居少数民族的特点和需要。

第四十一条　自治县的自治机关每逢开斋节、古尔邦节、圣纪节，对回族等信仰伊斯兰教民族的公民，在主、副食供应方面给予照顾。开斋节放假一天。

第四十二条　每年十月五日是自治县成立纪念日。每十年庆祝一次，举行民族团结联欢活动，全县放假一天。

第六章　附　则

第四十三条　本条例由自治县人民代表大会常务委员会负责解释。

第四十四条　本条例自河北省人民代表大会常务委员会批准之日起实施。

大厂回族自治县教育条例

（1995 年 3 月 29 日大厂回族自治县第十一届人民代表大会第三次会议通过，1995 年 7 月 8 日河北省第八届人民代表大会常务委员会第十五次会议批准）

第一章　总　则

第一条　为发展自治县教育事业，提高各族人民科学文化素质，巩固和发展平等、团结、互助的社会主义民族关系，促进经济发展和社会进步，根据《中华人民共和国宪法》和《中华人民共和国民族区域自治法》的规定，结合本县实际，制定本条例。

第二条　自治县教育坚持社会主义办学方向，为社会主义现代化建设服务，同生产劳动相结合，培养德、智、体全面发展的建设者和接班人。

第三条　县、乡（镇）人民政府应当把教育放在优先发展的战略地位。贯彻教育为本、科技兴县的方针，把教育纳入国民经济和社会发展规划，使教育与经济和社会发展相适应。

第四条　自治县教育以政府办学为主，实行县、乡（镇）人民政府负责，分级办学，分级管理，教育行政部门主管，有关部门配合的体制。

自治县鼓励社会各界参与办学。

第五条　县、乡（镇）人民政府保证普及九年制义务教育。加强基础教育，发展职业技术教育和成人教育，发展幼儿教育和特殊教育。

第六条　自治县发展教育事业，享受上级国家机关的照顾和优待。

第七条　自治县内的机关、团体、企事业单位及其他组织和全体公民均应遵守本条例。

第二章　教育投入

第八条　为促进自治县教育事业的发展，县、乡（镇）人民政府应当确保对教育的投入。在安排年度预算时要保证教育经费的增长高于财政经常性收入的增长，并使按在校学生实际人数平均教育经费逐年有所增长，保证教师工资和学生人均公用经费逐步增长。

县、乡（镇）教育经费预算一经本级人民代表大会审议通过，要保证执行。每年要向本级人民代表大会报告教育工作。

第九条　县、乡（镇）人民政府应当按照国家有关规定足额征收教育费附加，纳入预算管理，作为专项资金，全部用于教育。不得挪用，不得抵顶预算内拨款。

第十条　自治县教育经费实行县、乡（镇）两级管理。国办教师工资和民办教师工资的国补部分，由县财政拨款。民办教师工资的民筹部分和代课教师工资，实行乡筹乡管。

第十一条　自治县人民政府设立教育基金会，多渠道筹措教育资金。具体办法由县人民政府依法制定。

第十二条　教育基金会每年提取教育基金本金的30%和利息，重点用于补助困难乡（镇）、村办学经费不足或改善办学条件。

第十三条　县、乡（镇）人民政府必须管好、用好教育经费，对学校教育经费的使用和效益要加强检查和审计。

第三章　教育管理

第十四条　本县教育结构包括基础教育、职业技术教育和成人教育。

县、乡（镇）人民政府必须继续做好普及九年制义务教育的巩固和提高工作，使全县中小学校在办学规模、办学条件、办学效益诸方面逐步达到先进水平。

高中阶段教育普及率逐步达到80%以上。

发展职业技术教育和成人教育，县职业技术教育中心应当根据本县经济发展的需要，设置专业，举办各类培训班。

重视学前教育、特殊教育。逐步做到城镇普及学前3年教育，农村普及学前2年教育，残疾儿童入学率达到80%以上。

第十五条　县办县直校，乡（镇）办乡（镇）初中，村或联村办小学中心校和完全小学，村办初级小学和学前班。

社会办学需经上级有关部门批准，接受县教育委员会的管理和监督。

第十六条　各级各类学校应当把德育放在各项工作的首位，突出爱国主义、集体主义、社会主义教育，重视民族团结教育，适当开设民族常识课。要建立健全各项管理制度，严格学校纪律，树立良好校风。

第十七条　各级各类学校都应当以教学为中心，全面贯彻教育方针，按照国家规定的教学大纲和教学计划实施教学，加强教学管理，树立良好的教风、学风，提高教学质量。

加强劳动教育、劳动技术教育、体育卫生教育和艺术教育，保证学生全面发展。

第十八条　除法律、法规及省人民政府规定征收的费用外，任何单位、组织不得向学校或通过学校向学生征收、摊派费用。

各级各类学校应当按规定收取学费、杂费，不得自立名目或超标准收费。

第十九条　学校实行内部管理体制改革。全县中小学逐步实行校长负责制、教师聘任制和结构工资制。

第二十条　教育工作者要忠于人民的教育事业，贯彻执行教育方针和有关教育的法律、法规，加强职业道德修养，尊重少数民族风俗习惯。从自治县的实际出发，全面完成教育教学任务。

第二十一条　县、乡（镇）人民政府必须关心教育工作者，保护其合法权益，提高其经济待遇。

县、乡（镇）人民政府应当为教师住房的建设、租赁、出售实行优先、优惠。

教师的医疗享受同国家机关工作人员同等的待遇，自治县内的医疗机构应当为教师的医疗提供方便。

第二十二条　县、乡（镇）人民政府和教育行政部门应当加强对民办教师和代课教师的培训、考核和管理，对不能胜任教育教学工作的应予辞退。符合条件的逐步转为国办教师。本县国办教师自然减员指标全部由教育部门使用。逐步取消民办教师和代课教师。

第二十三条　加强对教育工作者的培训和考核，建设一支合格的教师队伍。

（一）加强培养和选拔教育工作者，尤其是年轻教育工作者。

（二）教师聘任实行资格认证制度，定期进行考核。两次考核不合格者，不得聘为教师，不得享受教师的相关待遇。逐步做到各类学校教师要全部达到任教资格。

（三）加强学历达标和岗位培训工作，不断提高教育工作者的政治、文化和业务水平。

第二十四条　学校开展勤工俭学，县、乡（镇）人民政府和有关部门要在周转金、贷款和税收方面给予支持和照顾。

学校勤工俭学的收入应当用于扩大再生产，补充经费不足，照顾贫困学生，提高师生福利。

第二十五条　县人民政府必须加强教育督导工作，对乡（镇）人民政府的教育工作和各类学校进行监督、检查、评估和指导，保证国家教育法律法规的贯彻执行和教育目标的实现。

第二十六条　任何单位、团体和个人，不得侵占破坏学校的校舍、场地和其他设施。学校的场地、校舍因特殊需要挪作他用，须经县人民政府批准，并给予相应补偿。

第四章　回民中小学

第二十七条　自治县内回民中小学享受上级国家机关和有关部门的照顾和优待。

第二十八条　县、乡（镇）人民政府应当优先安排对回民中小学的经费投入。

（一）在安排经费预算和专项补助资金时，回民中小学生均公用经费比例要高于其他学校。

（二）加强回民中小学的基本建设。回民中小学的校舍建设标准和教学设备配置标准，要高于其他学校。

（三）在回民中小学工作的其他民族教育工作者享受回族教育工作者的生活待遇。

第二十九条　重视对回族学生的培养和深造。回族和其他少数民族适龄青少年要全部接受九年制义务教育；高中招生，回族学生所占比例要高于回族人口占全县人口的比例；回族和其他少数民族学生享受国家规定的大中专招生优待政策。

第三十条　重视培养和选拔回族教育干部。县教育委员会和回民中小学的主要负责人中必须有回族公民。

第三十一条　县人民政府应提取少数民族补助金的35%以上作为专项资金，用于补助回民中小学，减免家庭经济困难的回族和其他少数民族学生的学、杂费。

第三十二条　在回民中小学工作的民办教师，在同等条件下，优先转为国办教师。

第五章　奖励与处罚

第三十三条　在发展教育事业中，达到下列条件之一的，由县人民政府予以表彰和奖励。

（一）增加教育投入，改善办学条件成绩显著的乡（镇）人民政府和村民委员会。

（二）全面提高教育教学质量，工作成绩显著的教育行政部门和学校。

（三）作出突出贡献的校长、教师和其他教育工作者。

（四）捐资助教事迹突出的单位和个人。

（五）为发展教育事业作出其他突出贡献的单位和个人。

第三十四条　未采取积极措施征集教育经费，拖欠教师工资，造成不良影响的，

附
录

由县人民政府给予通报批评；情节严重的，对直接负责的主管人员和其他直接责任人员给予行政处分。

挪用、克扣教育经费的，由县人民政府责令限期归还被挪用、克扣的经费，并对直接负责的主管人员和其他直接责任人员，依法给予行政处分；构成犯罪的，依法追究刑事责任。

第三十五条　违反国家有关规定，向各级各类学校乱收、滥收费用的，由县、乡（镇）人民政府责令退还所收费用；对直接负责的主管人员和其他直接责任人员，依法给予行政处分。

各级各类学校违反规定，向受教育者收取费用的，由教育行政部门责令退还所收费用；情节严重的，对直接负责的主管人员和其他直接责任人员，依法给予行政处分。

第六章　附　则

第三十六条　本条例的具体应用问题，由县教育委员会负责解释。

第三十七条　本条例自公布之日起实施。

大厂回族自治县畜牧业条例

(1997 年 3 月 22 日大厂回族自治县第十一届人民代表大会第五次会议通过，
1997 年 4 月 25 日河北省第八届人民代表大会常务委员会第二十六次会议批准)

第一章　总　则

第一条　为促进畜牧业持续、快速、协调发展，保护畜牧业生产经营组织和畜牧业劳动者的合法权益，根据有关法律法规的规定，结合自治县实际，制定本条例。

第二条　本条例所称畜牧业是指畜禽的繁育、饲养、贩运、屠宰、加工、销售等多种形式的综合产业。

第三条　自治县发展畜牧业应当根据民族特点和区位优势，以牛羊业为重点，全面开发畜禽及其产品，逐步推行现代化、企业化、高科技生产加工方式，提高畜牧业产值，使之成为自治县的支柱产业。

第四条　开发、利用农业资源，实现农牧业良性循环，保护和改善生态环境。

立足国内市场，面向国际市场，发展、培育具有民族特色的畜牧业名牌产品。

鼓励吸引、利用内外资开办现代化畜禽饲养、屠宰、加工等合资、合作与独资企业。

第五条　自治县各机关、团体、企事业单位及其他组织和全体公民均应遵守本条例。

第二章　组织与投入

第六条　自治县、乡（镇）人民政府研究制定畜牧业中长期规划、年度计划和实施措施。

自治县、乡（镇）畜牧工作委员会负责组织、协调各职能部门做好为畜牧业发展的服务工作。

自治县畜牧行政主管部门负责做好本辖区内畜牧业发展规划落实，畜牧业有关法律、法规的宣传教育，兽医、兽药的管理，畜牧业科技推广，社会化服务，畜禽及其产品的防疫、检疫、检验工作。

自治县其他职能部门在各自的职责范围内负责有关畜牧业发展的服务工作。

村民委员会由专人负责畜禽业发展和服务工作。

第七条　乡（镇）畜牧兽医站是国家基层事业单位，经营服务收入自收自支，县财政定额补贴。

第八条　自治县、乡（镇）人民政府应当逐步提高对畜牧业投入的总体水平。自治县人民政府每年投入农业的专项资金的30%用于发展畜牧业，该项资金由自治县畜牧行政主管部门安排使用。

第九条　自治县从畜牧业地方税收中提取一定比例作为畜牧业发展专项资金，用于扶持养殖企业、培植龙头企业和新技术推广，专款专用。

第十条　县、乡（镇）人民政府引导和鼓励畜禽饲养、加工等经营组织和经营者采取多种形式筹集资金，扩大生产经营规模，改善生产条件。

第十一条　上级国家机关安排推广畜牧业科技项目的专项拨款需要地方财政配套资金的，自治县、乡（镇）人民政府应当按比例兑现，专款专用。

第十二条　增强畜牧业智力投入。自治县人民政府根据畜牧业发展实际需要，有计划地调整、充实畜牧兽医专业队伍。

县职教中心根据实际需要，有计划地培养畜牧兽医人才。

县畜牧行政主管部门负责在职专业技术人员的培训和知识更新。

乡（镇）畜牧兽医站根据本乡（镇）畜牧业生产特点，组织生产者定期培训。

第三章　繁育、饲养与贩运

第十三条　引进优良品种，推行良种繁育。增设乡（镇）、村家畜改良点，推广人工授精和冷配技术，提高良种繁育覆盖面。

县畜牧行政主管部门应当对个体配种户负责技术指导，严格监督管理。淘汰劣质种公畜，防止品种杂乱、退化。

第十四条　县畜牧行政主管部门和乡（镇）兽医站建立优良种畜档案。鼓励农民饲养良种母畜，采用优种改良繁育后代，提高畜产品的优质率。

禁止屠宰适繁良种母畜和优种公畜。

第十五条　普及先进的科学饲养技术。推广利用农作物秸秆的青贮、氨化和微贮等实用技术。

第十六条　自治县、乡（镇）人民政府和村民委员会对具有一定规模的养殖企业，优先、优惠提供饲养场地和饲料地，优先供应物资。

第十七条　任何单位和个人未经县畜牧行政主管部门审批，不准开办兽医站、家畜改良站，不准无证行医或家畜配种，不准无证生产经营、销售兽药。

第十八条 自治县应当发挥民族传统优势，发展畜禽及其产品的贩运行业。

企业和个人贩运畜禽及其产品必须经兽医卫生监督部门检疫。

第十九条 自治县人民政府依照法律法规的有关规定对畜禽饲养以及生产经营各种饲料等相关行业在税收上给予优惠。

第四章 屠宰、加工与销售

第二十条 自治县、乡（镇）人民政府及有关职能部门对经批准从事畜禽屠宰、加工、销售的企业和个人给予支持。

第二十一条 自治县、乡（镇）人民政府鼓励支持畜禽产品加工企业进行科学技术改造，深度开发和综合利用副产品，提高畜禽产品的附加值。

第二十二条 自治县、乡（镇）人民政府、有关主管部门和村民委员会应当加强屠宰、加工管理及其设施建设，实行定点屠宰。

第二十三条 经营清真畜禽产品屠宰、加工、销售的单位和个人，必须向县民族行政主管部门提出申请，县民族行政主管部门发给统一制作的清真标牌和证明后，方可申请办理营业执照。

经营者必须严格按照伊斯兰方式进行屠宰、加工，以保证产品的民族特色。

第五章 市场建设与管理

第二十四条 自治县、乡（镇）人民政府应当统筹规划，建立和发展畜禽及其产品、畜牧科技开发等专业市场。

第二十五条 自治县对进入市场经营畜禽及其产品的企业和个体经营者，在土地转让、工商管理及其他环节上给予适当照顾。

第二十六条 凡从事畜禽及其产品生产经营的企业和个人必须依照有关法律法规和本条例的规定履行纳税义务和其他义务，接受工商、税务部门和兽医、卫生监督检验部门的管理和监督检查。

第二十七条 畜牧兽医组织和畜牧业经营者、劳动者要坚持"预防为主、防重于治"的方针，不断改善畜牧生产经营卫生条件，防止畜禽传染病和人、畜共患病的发生。

禁止食用和销售病、死畜禽、未经检疫和检疫不合格的畜禽及其产品。

第六章　奖励与处罚

第二十八条　自治县人民政府对具备下列情况之一的，给予奖励：

（一）为促进畜牧业的发展，在领导、组织、服务等方面做出显著成绩的单位和个人；

（二）引进资金、项目、技术的单位和个人；

（三）在科学技术推广过程中做出显著成绩的；

（四）在畜牧业生产经营过程中，取得较高经济效益和社会效益的；

（五）为发展畜牧业作出其他突出贡献的单位和个人。

第二十九条　违反本条例第十四条第二款之规定，屠宰适繁良种母畜或优种公畜的，县畜牧行政主管部门视其情节，对非经营性的，处以1000元以内罚款；对经营性没有非法所得的，按被宰杀牲畜价值总额的15%处以罚款，但最高数额不超过10 000元；对经营性有非法所得的，除没收非法所得外，并处以非法所得3倍以内罚款，但最高数额不超过30 000元。

第三十条　违反本条例第十七条之规定，由县畜牧行政主管部门进行处罚。

（一）未经审批，无证开办兽医站、家畜改良站的予以取缔；对直接责任者没收其药械、人工授精设备和非法所得，并处以违法所得3倍以内罚款。

（二）对无证生产、销售兽药（含饲料药物添加剂）的，没收药物和违法所得，并处以违法所得3倍以内罚款。

（三）对经销假、劣兽药的，吊销兽药经营许可证，没收其药物和违法所得，并处以违法所得3倍以内罚款。构成犯罪的，依法追究刑事责任。

以上三项规定的处罚限额，当事人没有违法所得的，处以10 000元以下罚款；有违法所得的，处以违法所得3倍以内罚款，但最高数额不超过30 000元。

第三十一条　未经县民族行政主管部门审批，私自从事清真畜禽屠宰、加工、销售的，县民族行政主管部门没收其违法所得，并处以违法所得3倍以内罚款，但罚款最高数额不超过30 000元。同时，责令停止违法经营活动。

未经县民族行政主管部门和县工商行政管理部门审批，擅自变更、扩大经营范围，从事清真畜禽屠宰、加工、销售的，县工商行政管理部门没收其违法所得，并处以违法所得3倍以内罚款，但最高数额不超过30 000元。个体工商户并处吊销营业执照，企业责令停业整顿。

第三十二条　国家工作人员滥用职权、玩忽职守、徇私舞弊，情节轻微的，对直接负责的主管人员和其他直接责任人员依法给予行政处分；构成犯罪的，依法追究刑事责任。

第三十三条　当事人对依据本条例作出的行政处罚决定不服的，可以依法申请行政复议或提起行政诉讼。逾期不申请复议，也不起诉，又不履行处罚决定的，由作出处罚决定的行政机关申请人民法院强制执行。

第七章　附　则

第三十四条　自治县人民政府可以依照本条例制定实施细则。

第三十五条　本条例自公布之日起施行。

大厂回族自治县城乡规划建设管理条例

(2001 年 2 月 11 日大厂回族自治县第十二届人民代表大会第四次会议通过，2001 年 6 月 1 日河北省第九届人民代表大会常务委员会第二十一次会议批准)

第一章　总　则

　　第一条　为加强城乡规划建设管理，保障和促进城乡经济建设和社会各项事业的发展，依据有关法律、法规的规定，结合自治县实际，制定本条例。

　　第二条　本条例所称城乡规划区系指县城、建制镇、集镇、村庄的建成区及因建设和发展需要实施规划控制的区域。

　　第三条　自治县行政区域内的所有单位和个人，必须遵守本条例。

　　第四条　城乡规划应适应国民经济与社会发展的需要。城乡建设应坚持合理布局、科学用地、有利生产、方便生活的原则，全面规划、正确引导、因地制宜、配套建设，努力实现经济效益、环境效益和社会效益的统一。

　　第五条　自治县人民政府建设行政主管部门主管全县的城乡规划建设管理工作。公安、工商、土地等有关部门，根据各自职责，做好分管工作。

　　各乡镇人民政府负责本乡镇的规划建设管理工作。

第二章　城乡规划的制定与实施

　　第六条　编制城乡规划必须从实际出发，科学预测发展目标，体现民族特点和地方特色。

　　编制城乡规划必须符合土地利用总体规划。

　　第七条　县城的总体规划，由自治县人民政府组织编制，经自治县人民代表大会或其常务委员会审查同意，报市人民政府审批；建制镇、集镇的总体规划由乡镇人民政府组织编制，经乡镇人民代表大会审查同意，报自治县人民政府审批；村庄的总体规划，由乡镇人民政府编制，经村民代表会或村民会议审查同意，报自治县人民政府审批。

第八条 城乡规划一经批准，任何单位或个人不得擅自变更。城乡规划区内的土地利用和各项建设必须符合城乡规划，服从规划管理。在城乡规划区内进行建设需征用土地的，按以下程序办理：

（一）县城规划区内的，建设单位或个人持有关文件向自治县建设行政主管部门提出用地定点申请，经批准并核发建设用地规划许可证后，到土地行政主管部门办理用地审批手续。

（二）建制镇、集镇、村庄规划区内的，向乡镇人民政府提出用地定点申请，经审查同意后，报自治县建设行政主管部门审批，核发建设用地规划许可证，再到土地行政主管部门办理用地审批手续。

（三）村（居）民自建住宅的，向村（居）民委员会提出申请，经村民代表会或居民委员会讨论通过后，按前项规定办理。

第九条 城乡建设应坚持新区开发和旧区改造相结合的原则，充分利用原有建设用地、空闲地和荒地，严格控制占用耕地。新建、改建、扩建工程，建设单位或个人应在开工前按法律、法规规定的程序办理建设工程规划审批手续。

农村住宅建设必须按规划要求，统一标高和跨度。未设置统一标高和跨度标准的区域，不得审批建筑物。未经建设行政主管部门批准，不得在平房区内插建楼房。

第十条 在集镇规划区内，新建、改建、扩建项目，除居民自建住宅、中小学校、幼儿园、军用和社会福利设施以外的，需缴纳村镇公用设施配套费。

公用设施配套费收取标准参照建制镇标准执行。乡镇人民政府根据有关规定到物价行政主管部门办理收费许可证后征收。

公用设施配套费必须专项用于集镇的公用设施建设，不得挪作他用。

第十一条 禁止擅自占用道路、广场、绿地、高压供电走廊、地下管线位置、排水防洪通道进行建设或从事危害以上设施的其他活动。

第三章 建筑设计和施工管理

第十二条 除村民、居民自建平房住宅、抢险救灾工程、军事设施、小型临时性建筑以外的其他工程建设，必须由取得相应资质等级证书的设计单位进行设计，或者选用标准设计、通用设计。

第十三条 下列建设项目，建筑面积五百平方米或投资规模二十万元以上的，必须实行招标投标：

（一）涉及公共利益、公共安全的建设项目；

（二）全部或者部分使用国有资金投资或者国家融资的建设项目，使用国际组织或外国政府贷款、援助资金的项目。

建设工程招标投标由建设单位依法组织实施，并接受有关部门的监督。

第十四条 市政工程、公用设施建设，以及含有公有制投资成分的投资三百万元以上的其他建设工程、建筑面积三千平方米以上的住宅建设，必须委托具有相应资质的工程监理单位实行监理。监理单位代表建设单位对施工质量、建设工期和建设资金使用等情况，实施监督。

第十五条 跨度、跨径在九米以上或者高度在四点五米以上的厂房、公共建筑和公用设施建设项目、二层以上楼房以及符合第十四条规定的其他工程建设项目，必须实行质量监督。项目建设竣工后，经验收合格并备案后方可投入使用。

第四章 房地产管理

第十六条 城乡规划区内新建、改建、扩建房屋的，应在竣工后三个月内到自治县房产行政主管部门办理房屋产权登记手续，并领取房屋所有权证书。

未办理产权登记手续或无合法证件的，不予办理所有权转移、变更和其他登记手续。

第十七条 房屋所有权转移或变更时，房屋所有权人应向房产行政主管部门提出变更登记申请，经核实换发房屋所有权证书后，办理土地使用权变更手续。

第十八条 进行房产交易，当事人应使用国家规定的房产契约或合同文本，并在签约后三十日内到房产交易市场办理有关手续。

第十九条 在自治县境内从事房地产开发或中介服务的，须持有相应的资质等级证书或资格证书。

第二十条 从事房屋租赁业务，当事人应持有效的房屋权属证书，向房产行政主管部门申请登记备案。县城规划区内的由自治县房产行政主管部门受理，村镇规划区内的由乡镇人民政府受理。

第二十一条 城乡规划区内的房屋，因建设需要拆迁时，拆迁单位应依据有关法律、法规规定的标准，对被拆迁房屋所有权人进行补偿。被拆迁房屋的所有权人或使用人应服从城乡建设需要，按期搬迁，不得拖延。

拆除违章建筑和临时建筑不予补偿。

第二十二条 拆迁人与被拆迁人因补偿形式、补偿金额、安置方式、过渡时间等，经协商达不成协议的，由批准搬迁的房屋拆迁主管部门裁决。

当事人对裁决不服的，可在接到裁决之日起十五日内向人民法院起诉。诉讼期间拆迁人已给被拆迁人提供了安置条件的，不停止拆迁的执行。

第五章 城乡容貌公用设施和环境卫生管理

第二十三条 城乡规划区内的主要街道两侧的单位和个人负责门前责任区内的卫生、绿化、秩序的维护和管理。

第二十四条 县城规划区内的建筑物、村镇规划区内的临街建筑、主体建筑，均应保持外观整洁美观。

设置的广告、标语、牌匾应外形美观，内容健康，文字规范，有利于民族团结。设置大型户外广告应到建设行政主管部门和工商行政管理机关办理有关手续。

第二十五条 在县城运行的交通车辆，必须保持外观整洁。运输易撒漏货物，应密封、包扎，避免泄漏、遗撒。

各种车辆应按指定位置停放，临时停车不得妨碍主路、辅路的交通。

第二十六条 禁止在村庄内主要街道两侧堆放垃圾、柴草。未经乡镇人民政府批准不得在院外搭设棚舍或进行其他临时建设。

第二十七条 从事养殖、屠宰和肉类加工的专业户，其生产过程中产生的污水、污物，应达到规定的排放标准，并按指定地点倾倒、堆放。

第二十八条 专业户较为集中的村庄，必须在远离居住区位置设置污水、污物处置场，并不得影响村（居）民正常生产、生活。

有条件的村应设置养殖、屠宰加工专业小区，并配套建设污水、污物处置设施。自治县人民政府对专业小区的建设和开发应给予支持和鼓励。

第二十九条 城乡规划区内的公用设施，应按规划和国家有关规定要求进行设置，未经批准，任何单位和个人不得擅自拆除、移动、损毁。

第三十条 进行公用设施建设，应当坚持先地下、后地上的原则，综合考虑道路、给水、排水、供电、通信、有线电视及供暖、供气、消防、绿化等设施的空间布置，统筹兼顾、逐步建设。

县城、建制镇和集镇规划区内的市政道路，未经批准，不得随意破路施工。

第三十一条 县城规划区内的排水设施实行有偿使用制度，各乡镇、村庄应当根据自身经济条件和建设发展水平逐步推行。

第三十二条 县城、建制镇建成区，应达到国家规定的绿化覆盖率标准。新建、改建、扩建项目的绿化设计应达标，因建设用地限制不能达到标准要求的，按有关规定交纳绿化补偿费。绿化补偿费必须专项用于当地的绿化设施建设，不得挪作他用。

第六章　公用事业管理

第三十三条　从事集中供水、供暖和供气的单位或个人，必须经资质审查合格并经工商行政管理机关登记注册后，方可从事经营活动。

第三十四条　供水、供暖、供气工程的选址、建设，必须符合规划、消防、安全、卫生和有关设计、施工规范的要求。项目竣工后，经有关部门验收合格方可投入使用。

第三十五条　水、暖、气产品按国家有关规定核算成本，并逐步推向市场。在推向市场过程中，因政府限价形成的政策性亏损，经审计确认后，由地方人民政府予以补贴。

第三十六条　供水、供暖、供气单位应按国家规定或协议规定的标准和要求，向用户提供安全、可靠的产品。管网试运行或因维护、检修、管理等原因需停水、停暖、停气的，必须提前二十四小时通知用户；因不可预见性原因造成停水、停暖、停气的，应组织力量抢修，并尽快恢复供应。

第三十七条　使用集中供水、供暖和供气的，应提前向供应单位提出申请，经获准后方可入网使用。入网工程涉及市政环卫、消防、绿化、供电、通信、有线电视等公用设施的，必须经有关部门批准。用户必须按规定使用供水、供暖和供气设施、设备，并按时交纳使用费。

第三十八条　禁止擅自启闭供水、供暖、供气管线和附属设备。单位和个人自建的管线、设备经批准与公共管网衔接入网后，不得随意改动、变更或添减使用设备。确需改动的，必须经供暖、供水或供气企业准许。

第三十九条　村民委员会自建自用或企事业单位联建合用的福利性、公益性小型供水、供暖、供气系统，其产品价格和管理办法可参照本条例执行。

第四十条　已实行统一供水、供暖、供气的区域，未经批准不准再建自备水源、分散式供热锅炉和液化气罐装、储存销售网点。

第七章　法律责任

第四十一条　违反本条例的规定，有下列行为之一的，由自治县建设行政主管部门责令停止违法行为，限期改正，并可视其情节，给予以下处罚：

（一）未经设计即开工建设，或将设计任务委托给无资质的设计单位及与资质等级证书规定业务范围不符的单位和个人的，处以应付设计费总额的五至十倍的罚款；

（二）应实行招标而拒不实行，或未按规定程序组织招标的，处以一万元至十万元罚款；

（三）应委托建设工程监理、实行质量监督而不委托监理、不接受监督的，处以五万元至十万元罚款。

第四十二条 违反本条例的规定，有下列行为之一的，由乡镇人民政府给予以下处罚：

（一）私搭乱建影响村镇规划的，责令限期拆除，逾期没有拆除的，处以五十元至一百元罚款；

（二）从事养殖、屠宰、肉类加工的单位和个人，不按指定地点倾倒污水、堆放污物，造成环境污染的，责令限期治理，逾期没有治理的，处以二百元至五百元罚款。

第四十三条 违反本条例的规定，有下列行为之一的，由自治县房产行政主管部门，给予以下处罚：

（一）逾期未办理产权登记的，责令补办有关手续、补缴产权登记费，并处以应缴费用的三至五倍的罚款；

（二）进行房产交易，逾期未办理登记变更手续的，责令补办有关手续、补缴税费，并处以应缴税费的三至五倍的罚款；

（三）出租房屋未登记备案的，责令补办有关手续，没收出租方违法租赁所得；

（四）未取得资质等级证书或超越资质等级证书规定范围从事房地产开发经营的，责令限期改正，并可视其情节处以五万元至十万元罚款。

第四十四条 违反本条例的规定，有下列行为之一的，由自治县工商行政管理机关责令停止违法行为，限期改正，并可视其情节，给予以下处罚：

（一）临街商业网点店外经营的，处以三百元至五百元罚款；

（二）商业摊点不按指定地点经营的，处以五十元至一百元罚款；

（三）集贸市场内的摊贩不遵守市场环境卫生管理有关规定的，处以五十元至一百元罚款。

第四十五条 违反本条例的规定，不按指定地点停放车辆，影响道路通畅的，由自治县公安交警部门责令改正，并视其情节给予以下处罚：

（一）警告；

（二）罚款二十元至五十元；

（三）吊扣行驶证、驾驶证。

第四十六条 违反本条例的规定，有下列行为之一的，由自治县建设行政主管部门责令限期改正，并可视其情节给予以下处罚：

（一）供水、供暖、供气质量达不到国家标准或协议标准，影响用户生产、生活但未造成直接损失的，处以五千元至一万元罚款；造成重大损失且影响恶劣的，处以三万元至五万元罚款；

（二）管网试运行或停水、停暖、停气未履行提前通知义务，影响用户正常生产、生活但未造成损失的，处以五千元至一万元罚款；造成用户损失或影响恶劣的，处以三万元至五万元罚款；

（三）未按规定检修生产设备和管网设施造成故障，或在设备设施发生故障后未及时抢修，影响用户正常生产、生活并造成损失的，处以五千元至一万元罚款。

第四十七条　违反本条例的规定，有下列行为之一的，由自治县建设行政主管部门责令限期改正、赔偿损失，并可处以损失金额的三至五倍的罚款。情节严重的，经自治县人民政府批准可停止为其提供服务。

（一）未按规定使用公用设施的；

（二）未经批准转供水、暖、气的；

（三）在规定的公共管网和附属设施的安全保护范围内，进行危害公用设施安全活动的。

第四十八条　当事人对行政处罚决定不服的，可以申请复议或提请诉讼。逾期不申请复议、提请诉讼、履行处罚决定的，由作出处罚决定的机关申请人民法院强制执行。

第四十九条　有关职能部门及其工作人员玩忽职守、滥用职权、徇私舞弊，情节轻微的，追究主要领导责任，对相关责任人，由其所在单位或者上级主管机关给予行政处分；构成犯罪的，依法追究刑事责任。

第八章　附　则

第五十条　城乡规划区外的工矿区、农场、工业小区及沿省、县级公路两侧进行建设的，依据本条例执行。

第五十一条　自治县人民政府可根据本条例制定实施办法。

第五十二条　本条例自公布之日起施行。

中共大厂回族自治县委员会
大厂回族自治县人民政府
关于加快县域经济发展的
若干优惠政策

大发〔2004〕33号

　　为进一步优化投资环境，鼓励国内外投资商到大厂投资兴业，促进自治县经济和社会事业发展，根据《中华人民共和国民族区域自治法》和《大厂回族自治县自治条例》规定，结合我县实际，特制定加快县域经济发展的若干优惠政策。本政策适用于国内外及本县投资者在我县行政区域内投资的企业。

一、土地优惠政策

　　第一条　投资商在我县进行项目投资，可依法获得土地使用权，并享受国家规定的土地使用权最高年限优惠，即居住用地70年，工业用地或教育、科研、文化、卫生、体育以及其他综合用地50年，商业、旅游、娱乐用地40年。期满后可依法申请延长，土地使用权在使用期内可依法出租、转让、抵押。

　　第二条　投资商在我县兴办固定资产投资500万元以上生产性企业，一次性金额支付土地款的，在确定土地价格的基础上，每亩给予一定比例优惠，即固定资产投资在500万元～1000万元的，每亩给予5%的优惠；固定资产投资在1000万元～5000万元的，每亩给予8%的优惠；固定资产投资在5000万元以上的，每亩给予10%的优惠。优惠兑现办法为全额征收土地款，在固定资产投资到位后，项目单位报县政府批准返还优惠资金。

　　第三条　投资基础设施等社会公益事业项目，在确定土地价格的基础上，每亩给予10%的优惠，兑现方式同第二条。

　　第四条　对投资企业土地使用金（1元/平方米）给予以下政策优惠：

　　（1）固定资产投资在500万元（含500万元）～1000万元（不含1000万元）的，第一年减半征收。

　　（2）固定资产投资在1000万元～3000万元（不含3000万元）的，三年内减半征收。

（3）固定资产投资在 3000 万元以上的，五年内减半征收。

（4）对不以营利为目的的社会公益事业用地，免收土地使用金。

二、财政扶持及税收优惠政策

第五条 新办年实缴税金 100 万元（企业缴纳的国税、地税合计，下同）以上的生产性企业，自投产之日起，第一年对其缴纳增值税超过 50 万元以上的部分，第二年对其缴纳增值税超过 100 万元以上的部分，第三年对其缴纳增值税超过 200 万元以上的部分，第四年至第五年对其缴纳增值税超过 300 万元以上的部分，按其实际缴纳县级国库税额的 50% 作为对该企业的奖励。

第六条 在我县投资的经营性公司，经税务部门批准，从纳税之日起，在不欠税的情况下，两年内对其缴纳增值税超过 100 万元以上的部分，按其实际缴纳县级国库税额的 50% 作为对该公司的奖励。对年缴纳企业所得税超过 50 万元以上的部分，分段予以奖励：对当年缴纳企业所得税 50 万元（不含 50 万元）至 100 万元（含 100 万元）的部分按其实际缴纳县级国库税额的 30%，对当年缴纳企业所得税 100 万元（不含 100 万元）至 150 万元（含 150 万元）的部分按其实际缴纳县级国库税额的 40%，对当年缴纳企业所得税 150 万元（不含 150 万元）以上的部分按其实际缴纳县级国库税额的 50%，作为对该公司的奖励，用于扩大生产经营业务。

第七条 国内投资商新办企业，经营期在 10 年以上的，在不欠税的情况下，从开始获利年度起，第 1 年至第 3 年免征企业所得税，第 4 年至第 6 年减半征收企业所得税。

第八条 外商投资新办生产性企业，经营期在 10 年以上的，在不欠税的情况下，从开始获利年度起，第 1 年和第 2 年免征企业所得税，第 3 年至第 5 年减半征收企业所得税；第 1 年至第 5 年免征地方所得税，第 6 年至第 10 年减半征收地方所得税。对非生产性外商投资企业，经营期在 10 年以上的，从开始获利年度起，第 1 年和第 2 年免征地方所得税，第 3 年至第 5 年减半征收地方所得税。

外商投资举办的产品出口型企业，在依照税法规定免征、减征企业所得税期满后，凡当年出口产品产值达到企业产品产值 70% 以上，按照税法规定的税率，减半征收企业所得税。

外商投资举办的先进技术企业，在依照税法规定免征、减征企业所得税期满后仍为先进技术企业的，可以按照税法规定的税率延长三年减半征收企业所得税。

第九条 对于县内各类现有企业增资扩大再生产并形成新的税收的，亦享受各项优惠政策。

第十条 对于县内各类原有企业换名注册为新企业的，不享受优惠政策。

第十一条 奖励兑现时间及办法：对于财政奖励资金（直接享受税收减免优惠政策的除外），每年由纳税人申报并出具完税凭证等相关证明文件，财政、税务、开放等部门审查确认后，报县政府批准兑现。

三、其他优惠政策

第十二条　国内外投资商在我县新建项目，办理各种证照时，除工本费和代收上级规费外，减半收取其他行政事业性收费。

第十三条　对国内外投资企业生产经营后的行政事业性收费，执行国家和省物价部门核定的最低标准。

第十四条　对全县经济发展和产业升级有明显带动作用的重点立县项目、省级以上高新技术产业项目，县政府采取"一事一议、特事特办"的办法，单独制定优惠政策。

四、有关规定

第十五条　本政策由大厂回族自治县人民政府开放办公室负责解释。

第十六条　本政策自公布之日起实行，原有关政策同时废止。

中共大厂回族自治县委员会

大厂回族自治县人民政府

2004 年 8 月 2 日

中共大厂回族自治县委员会
大厂回族自治县人民政府
关于招商引资奖励政策的规定

大发〔2004〕34号

为调动社会各界人士招商引资的积极性，大力吸引中外客商来我县投资兴业，进一步促进我县经济持续、快速、协调、健康发展，县委、县政府决定对招商引资有功单位及个人进行奖励，特制定本规定。

一、奖励对象

第一条 引进国内外投资者在我县境内直接投资工业项目、农业开发项目、高新技术项目、商贸物流项目、社会公益事业项目、基础设施建设项目或进行各种形式的投资合作，在其中具有直接和不可替代作用的单位或自然人。

第二条 引进用于自治县经济和社会事业发展的国内外资金（不包括正常商业贷款和正常上级业务资金），在其中具有直接和不可替代作用的单位或自然人。

二、奖励原则

第三条 引进项目的奖励，以项目投产之日实际到位固定资产投资总额为标准。

第四条 独立引进资金、项目的单位或个人，所引进的资金、项目成果计入该单位或个人名下；两个以上（含两个）单位或个人共同引进的资金、项目成果，由引进单位或个人共同协商，只计入一个单位或个人名下。

第五条 按照"资源共享"和"谁引进、谁受益"的原则，全县各级各部门引进的项目，根据投资者意愿，可以在全县范围内选择项目建设所在地，其引进单位或个人不变；对于乡镇引进项目落户到其他乡镇或民族工业园区的，自项目建设之日起实现的税收，由财税部门协调纳入该乡镇完成的财政收入任务。

三、引进项目的奖励标准

第六条 引进项目固定资产投资在 1000 万元以下（不含 1000 万元）的，给予 4‰的一次性奖励。

第七条 引进项目固定资产投资在 1000 万元（含 1000 万元）以上 5000 万元以下的，给予 5‰的一次性奖励。

第八条 引进项目固定资产投资在 5000 万元（含 5000 万元）以上 1 亿元以下的，给予 6‰的一次性奖励。

第九条 引进项目固定资产投资在 1 亿元（含 1 亿元）以上的，给予 7‰的一次性奖励。

第十条 对引进高新技术企业和经营性公司的单位或个人，从该企业当年实现的县级财政收入中，给予 10%的一次性奖励（也可自愿选择按项目固定资产投资的标准奖励）。

四、引进资金的奖励标准

第十一条 引进无偿资金（不包括返还专款）的，按实际引进数额的 20% 给予一次性奖励。如引进贴息贷款，由受益单位按贴息金额的 20% 给予一次性奖励。

第十二条 引进有偿资金（不包括返还专款），且使用期在二年以上的，按实际引进数额的 1% 给予一次性奖励。

第十三条 引进基础设施建设的资金（不包括返还专款），属有偿的，按引进资金额的 1% 给予一次性奖励；属无偿的，按引进资金额的 20% 给予一次性奖励。

五、荣誉奖励标准

第十四条 除物质奖励外，对于引进项目和资金的单位和个人，县委、县政府分别授予相应荣誉称号。

六、奖励申报、审批和兑现程序

第十五条 项目、资金引进单位或个人在引进项目投资到位或引进资金到位后，向县政府开放办公室提交奖励申请，并同时提供以下资料：引进项目的提供投资商对项目引进人的确认证明、项目营业执照和税务登记、完税凭证复印件及能够证明投资到位的其他资料；引进资金的提供上级部门拨款指标文件、拨款凭证等相关资料。

第十六条 县政府开放办公室在接到申请人的奖励申请后，会同县财政、税务、发展计划、审计等部门审查确认，报县政府批准，由财政部门在三个月内予以兑现。

第十七条 引进人领取奖金后，依法缴纳个人所得税。

第十八条　对弄虚作假、骗取奖励的单位或个人，除追回已受奖励外，还要追究有关人员的责任。

七、其他

第十九条　本规定由大厂回族自治县人民政府开放办公室负责解释。

第二十条　本规定自发布之日起实行，原有关规定同时废止。

大厂回族自治县建县四十周年
庆祝大会特记

根据中央办公厅、国务院办公厅〔1987〕9号文件精神，逢十周年要举办大厂县成立庆祝活动。县庆日为9月15日至16日。1995年9月15日至16日是建县四十周年县庆日。

1995年2月13日，成立县庆筹备委员会，并出台成立四十周年县庆活动实施方案。确立的指导思想是"以建设有中国特色社会主义理论为指针，全面贯彻党的十四大精神，以县庆为契机，全面推动大厂的改革开放、经济建设及各项事业更快更好的发展。"并对组织机构、对外宣传、招商引资、拟邀请人员、礼仪、食宿、安全等作出全面安排，使各个活动部门有组织、有领导、有目标、有效果。

1995年8月22日，省政府副秘书长赵景才受叶连松省长委托，率领15个省政府所属部门领导到县主持召开大厂建县四十周年现场办公会。廊坊市委书记张成起、市长王高鹏、副市长周士毅和市政府23个部门的主要领导专程前来参加。县五套班子和县有关部门的领导参加了会议。省市与会人员以扶持和帮助大厂发展为目的，各自提出帮扶项目，省财政厅、省教委、省民族宗教厅拨款100万元，帮助城关回民小学兴建教学楼，省、市政府分别拨款100万元、40万元作为县庆的贺礼。

9月15日上午，县委、县政府隆重集会，热烈庆祝大厂回族自治县成立40周年。全国人大、国家民委、交通部有关领导敖俊德、黄凤祥、夏铸、董志常、底润昆、杨迈军、张若璞、刘隆等亲临祝贺；省委副书记陈玉杰、省人大常委会副主任张建新、省政协副主席王树森率领省代表团全体成员专程从省会赶来；市委书记张成起，市长王高鹏，市委副书记常则民，市人大常委会主任任联飞，市委常委刘广瑞，市委常委、副市长吴显国，市人大常委会副主任高进增、李勤、佟淑芸、张清海，副市长周士毅，市政协副主席马维芳、张科率市代表团全体成员出席大会。市直各部门和三河、霸州、香河、安次、永清、固安、文安、大城8个县（市、区）主要领导，河北省孟村回族自治县等5个少数民族自治县领导和来自京、津、冀等地的嘉宾，同县五套班子领导、县各条战线代表共千余人参加了盛大庆典。

节日的大厂，到处是彩旗和鲜花，身穿盛装的回汉各族群众和数百名少年儿童手持花束，早早来到礼堂前的中心大街。礼堂前，10面大鼓同时擂响，由百余名少先队员组成的鼓号队鼓声咚咚、号声嘹亮。两个巨大的彩色气球飘浮在会场前的上空，牵挂的条幅上写着"举改革旗帜，走开放道路，建设经济强县"、"振奋精神，鼓劲发展，争强进位，实现小康"。

整修一新的县电影院主席台上，10面红旗环绕着巨大的"县庆1955—1995"字样；台上正中，上百盆鲜花吐香，整个会场的气氛隆重、热烈、祥和。

上午9时，在雄壮的国歌声中，县委书记寇德松宣布：大厂回族自治县成立40周年庆祝大会开始。

首先举行了省、市赠旗赠款仪式。河北省委、省人大、省政府、省政协和廊坊市委、市人大、市政府、市政协分别祝贺大厂回族自治县成立40周年的赠旗上写着"发展民族经济，增强民族团结"和"加强民族团结，推进社会进步"。

会上，宣读了全国人大民族委员会国家民族事务委员会、河北省委、省人大、省政府、省政协和廊坊市委、市人大、市政府、市政协的贺电。宣布发来贺电、贺信赠送贺礼的还有新疆、甘肃、北京、河北数十个省（自治区）、直辖市。在大厂兴办"三资"企业的德国、美国、韩国、马来西亚、中国香港、中国台湾等十几个国家和地区的董事长、总经理也分别发来贺电。

两名少先队员献辞和数十名少先队员登台向各级领导献花之后，县长闻志宽讲话。他代表全县11万回汉各族人民向关心、支持自治县建设的国家、省、市和兄弟单位的领导表示深深的感谢，向为自治县的创建和发展献出毕生精力的先驱者和倾注心血的开拓者表示深切怀念和诚挚的问候，回顾了自治县40年来的光辉历程，表示了"打民族牌，走开放路，发挥民族和区位优势，建设经济强县"的坚强决心。

在热烈的掌声中，国家民委政法司副司长黄凤祥，河北省代表团团长、省委副书记陈玉杰，廊坊市代表团团长、市委书记张成起分别发表了热情洋溢的讲话。他们向大厂回族自治县回汉等各族干部群众致以亲切的问候和热烈的祝贺，充分肯定了大厂回族自治县成立40年来，特别是党的十一届三中全会以后发生的历史性变化，取得的经济建设和社会进步的显著成绩。他指出并相信，一个快速发展的新时期已经到来。在不远的将来，自治县一定能建设成为展示中国少数民族文明、富裕的窗口，建设成为全方位对外开放的窗口。

县评剧团的演员和县少年儿童为出席县庆宾客演出精彩的文艺节目。全国著名评剧表演艺术家赵丽蓉和著名喜剧笑星巩汉林等专程从北京来到大厂为县庆进行了精彩的表演。

在县庆之际，县委、县政府按"县庆搭台、经济唱戏"的思路同时举办了县名特优新产品"精品展"，还举行了招商引资签约仪式，马来西亚、台湾、海南、北京中国农垦物资公司、全国供销总社等客商达成在大厂兴办独资、合作、合资项目意向。并于县庆之日签约，项目总投资20.60亿元，建成投产后大厂县可增收4500万元，创外汇920万美元。

大厂回族自治县建县五十周年
庆祝大会特记

一、大厂回族自治县喜庆五十华诞

金秋送爽，丹桂飘香。2005 年 9 月 16 日上午，大厂回族自治县举县欢腾，11 万各族人民怀着无比喜悦的心情，热烈庆祝自治县成立 50 周年。

全国人大民委、国家民委祝贺团团长、国家民委副司长蒋桂芳，省委常委、统战部长陈秀芳，省人大常委会副主任何少存、副省长柳宝全、省政协副主席赵燕，市领导王增力、王爱民、张素珍、常则民、连树臣、吴立方、王瑞锋、刘智广与各界来宾以及回汉各族群众 400 多人齐聚大厂县文化中心礼堂，庆祝自治县建县 50 周年。

节日的大厂，彩旗招展，花团锦簇，处处洋溢着喜庆、祥和的气氛。街道宽敞整洁，广场花红草绿，气球漫空飞舞，带给人们喜庆的气氛和昂扬的精神。作为全省六个少数民族自治县之一的大厂，1955 年建县以来，特别是改革开放以来，在党和国家民族区域自治政策指引下，在中央、省、市各级党委、政府的正确领导下，全县上下坚持以经济建设为中心，充分发挥民族和区位优势，艰苦奋斗，团结奋进，全县呈现出经济繁荣发展，民族团结进步，社会政治稳定，各项事业蒸蒸日上的良好局面，在最新公布的河北省综合实力 30 强的排位中，大厂名列第十二位。

全国人大民委籍海平处长宣读了全国人大民委、国家民委祝贺大厂回族自治县成立 50 周年的贺电；副省长柳宝全宣读了省委、省人大常委会、省政府、省政协的贺电；市委副书记、市长王爱民宣读了市委、市人大常委会、市政府、市政协的贺电。何少存、赵燕代表省委、省人大常委会、省政府、省政协向大厂赠送了贺幛、贺金。市委副书记、统战部长张素珍，市人大常委会主任常则民、市政协主席连树臣、副市长刘智广代表市委、市人大常委会、市政府、市政协向大厂赠送了贺幛、贺金。

蒋桂芳代表全国人大民委、国家民委和祝贺团向大厂回族自治县各族人民、武警部队官兵、公安干警致以热烈的祝贺和亲切的慰问。蒋桂芳说，大厂回族自治县前进的每一步都凝结着全县各族人民的辛勤的汗水，每一个成绩的取得，无不寄托着社会各界的深切关怀。希望大厂各族干部群众牢牢把握"共同团结奋斗，共同繁荣发展"

这一新世纪新阶段民族工作的主题，以"三个代表"重要思想为指导，充分发挥优势，紧紧抓住新的历史机遇，认真学习和贯彻刚刚闭幕的中央民族工作会议精神，认真落实全面、协调、可持续发展的科学发展观，走生产发展、生活富裕、生态良好的文明发展之路。调动一切积极因素，坚持和完善民族区域自治制度，加强民族团结，维护社会稳定，不断促进民族团结进步事业的发展，不断加快大厂全面建设小康社会的步伐。

陈秀芳代表省委、省人大常委会、省政府、省政协向大厂各族群众和广大干部职工，以及驻地武警官兵致以热烈的祝贺和亲切的问候，向支持大厂繁荣发展的热心人士和各族各界朋友表示崇高的敬意和衷心的感谢。陈秀芳指出，50年来，特别是改革开放以来，在党中央、国务院的坚强领导下，在党的民族政策的指引下，大厂各族人民团结拼搏、艰苦创业，以富民强县为目标，使社会各项事业都有了很大发展。希望各族人民励精图治、开拓进取，为把大厂建设得更加繁荣富强、更加文明进步而努力奋斗。

市委书记王增力代表市委、市人大常委会、市政府、市政协向大厂11万各族群众致以亲切的问候和节日的祝贺。王增力指出，大厂县成立50年来，在省、市党委、政府领导下，在社会各界关心支持下，全县各族人民同舟共济，励精图治，不懈努力，经济社会取得了长足的发展，人民群众生产生活水平显著提高，社会各项事业全面进步，安定团结的局面不断巩固，党的建设、统一战线和民族宗教工作都取得了新的成效，成为全省最早步入小康的自治县，全省第一个财政收入上亿元台阶的自治县，全市第一批实现九年义务教育办学条件达标县，农民人均纯收入、人均财政收入等多项经济指标在全省自治县、民族县中名列前茅。大厂县建县50年的辉煌历程表明：只有在中国共产党的领导下，只有在祖国大家庭的怀抱中，只有坚定地走中国特色社会主义道路，只有坚持民族区域自治制度，才有各民族繁荣进步的今天和更加美好的未来。

王增力指出，当前，廊坊进入了加快经济社会发展的重要阶段。实现大厂的繁荣进步，保持大厂的安定团结，是市委、市政府义不容辞的责任，也是大厂各族人民的共同愿望和追求。在这一重要历史时期，大厂县委、县政府和广大干部一定要坚持以邓小平理论和"三个代表"重要思想为指导，团结全县各族人民，"共同团结奋斗，共同繁荣发展"；牢固树立科学发展观，紧紧围绕"壮县、强市、富民"，坚持抓住发展不放松，发挥区位优势、民族优势和政策优势，奋力拼搏，攻坚克难，全力推进大厂经济社会跨越式发展，实现社会和谐，不断提高各族人民的生活水平；始终保持一种昂扬向上的精神状态，在全社会大力倡导和推进民族团结进步，处理好改革、发展和稳定的关系，实现各民族的平等、团结、互助、和谐和进步。我们相信，在各级党委、政府的正确领导下，有社会各界人士的关心和帮助，通过全县广大党员干部群众共同努力，大厂一定会走出一条加快民族地方发展之路，成为"人口小县、经济强县"。

大厂回族自治县县委书记孟繁祥主持大会。县长杨连华致辞，向来宾及各界群众介绍了大厂50年来的发展历程及取得的辉煌成绩。

庆祝大会后，各位领导和来宾共同欣赏了由大厂评剧歌舞团演出的精彩文艺节目。整台演出以"颂和谐、促发展"为主题，歌曲、舞蹈、小品、器乐演奏好戏连台，高潮迭起。

二、庆祝大厂回族自治县成立 50 周年贺电

中共大厂回族自治县委、县人大常委会、县人民政府、县政协：

值此大厂回族自治县成立 50 周年之际，中共河北省委、河北省人大常委会、河北省人民政府、政协河北省委员会向大厂各族人民、各族干部职工和驻地武警部队官兵，致以热烈的祝贺和亲切的慰问！向所有热心支持大厂回族自治县经济和社会发展各项事业的社会各界人士表示衷心的感谢！

大厂回族自治县成立 50 年来，在党和政府的领导下，认真贯彻落实党的民族政策，团结一心，开拓进取，经济建设和社会发展取得了巨大成就。特别是改革开放以来，全县各族干部群众坚持以经济建设为中心，紧紧围绕富民强县的目标，大力发展特色产业，经济综合实力不断增强，人民生活水平显著提高，各项社会事业蓬勃发展，呈现出经济发展、社会稳定、民族团结、人民安居乐业的美好景象。历史和现实充分证明，只有坚持中国共产党的领导，只有坚持走中国特色社会主义道路，坚持党的民族政策，坚持民族区域自治制度，才能实现各民族的共同发展繁荣和社会进步。

当前，我国改革开放和社会主义现代化建设进入关键时期，我们正面临实现经济社会更快更好发展的难得机遇，希望大厂回族自治县各族人民，继续坚持以邓小平理论和"三个代表"重要思想为指导，坚持以科学发展观统领经济社会发展全局，牢牢把握各民族共同团结奋斗、共同繁荣发展这一主题，广泛集中各族干部群众的智慧和力量，抢抓机遇，乘势而上，把全县经济社会发展推上新的台阶。进一步加强社会主义精神文明建设，不断提高全县各族人民的思想道德素质和科学文化素质。全面加强干部队伍建设，大力培养选拔少数民族干部，不断提高各级干部的领导能力和工作水平。认真贯彻落实党的民族政策，尊重少数民族风俗习惯和宗教信仰，进一步巩固和发展平等、团结、互助、和谐的社会主义民族关系，为建设"和谐河北"作出不懈努力。

大厂回族自治县各族人民是勤劳、勇敢、智慧的人民。50 年来全县各族人民走过的光辉历程使我们更加相信，在党和政府的领导下，在全县各族人民的共同努力下，大厂的明天一定会更加美好。

祝大厂回族自治县繁荣昌盛！

祝大厂各族人民幸福安康！

中共河北省委

河北省人大常委会

河北省人民政府

政协河北省委员会

2005 年 9 月 16 日

1986 年以来历任县委书记调离大厂后的任职简况表

姓　名	籍　贯	调离后的职务
李俊杰	孟村回族自治县丁庄	1987 年 5 月离任后担任安次区政协主席
李秋烟	任邱县北汉镇	1989 年 10 月离任后担任廊坊市水利局局长
孙连宇	高阳县	1992 年 10 月离任后担任廊坊市外贸局局长
吴显国	三河市新集镇小王庄	1994 年 11 月离任后担任中共廊坊市委常委、副市长，常务副市长，市委副书记、市长，中共廊坊市委书记和石家庄市市长、中共石家庄市委书记、中共河北省委常委
寇德松	文安县刘么乡大赵庄	1998 年 11 月离任后先后担任廊坊市人民政府副市长，中共廊坊市委常委、常务副市长
刘智广	固安县	2001 年 8 月离任后先后担任中共廊坊市委常委、统战部长、农工部长、秘书长，副市长
沈树田	天津市宁河县	2003 年 5 月离任后担任廊坊市政协副主席
孟繁祥	吉林白城	2006 年 4 月离任后担任中共廊坊市开发区工委副书记、常务副主任

1986 年以来曾在大厂县工作的部分
本籍干部调离后任职简况表

姓　名	籍　贯	调离后职务
刘学库	谭　台	1992 年 1 月由县委常委、副县长调离，先后担任中共三河县委副书记、县长，中共廊坊市委常委、中共三河市委书记、常务副市长，河北省发展改革委员会副主任、省重点项目办公室主任（正厅级）
杨连福	大厂四村	2004 年 10 月由县委副书记、县长调离，先后担任廊坊市民政局局长、中国民族报社副社长
王瑞锋	六合庄	1992 年 9 月由县委副书记调离，先后担任中共文安县委书记、中共廊坊市委副秘书长兼党史研究室主任、廊坊市农林局局长、发展计划局局长、廊坊市人大常委会副主任
王志良	王必屯	中牧集团董事长
李洪卫	土　营	1997 年 2 月由副县长调离，先后担任中共文安县委副书记、县长，中共三河市委副书记、市长，秦皇岛市副市长
杨德广	小　厂	1990 年 4 月由县长岗位调任到廊坊市农电局副局长
海德发	大厂三村	1994 年 9 月由县长调任廊坊市民宗局局长
闻志宽	大厂二村	1995 年 3 月由县长调离，先后担任中共安次区委书记、廊坊市政府副秘书长、市林业局局长
周万才	前丞相	1992 年 10 月由副县长调离，先后担任廊坊市统计局局长，市人大财经委主任
赵润华	大马庄	1990 年 8 月由县委常委、办公室主任调离，先后担任廊坊市民宗局副局长、中共廊坊市委统战部副部长、市工商联党组书记、市民宗局局长
果锡森	陈家府	1998 年 9 月由县广播电视局局长调离，任廊坊电视台台长、市广播电视局副局长
李国生	宋各庄	1986 年由县委宣传部调市委宣传部工作，后担任中共廊坊市委宣传部副部长兼文明办主任

姓　名	籍　贯	调离后职务
杨　毅	南寺头	1992 年 6 月由县文联秘书长（副科级）调廊坊市水利局工作，后担任中共廊坊市委统战部副部长
刘士良	金　庄	2003 年 1 月由县政府办公室主任调任香河县副县长
韩长涛	祁各庄	2005 年由陈府乡党委书记调任廊坊市司法局纪检组长
于景会	于各庄	2005 年由县地税局局长调任廊坊市公基金管理中心副主任
郝树军	赵沟子	2006 年由县交通局局长调任固安县副县长

编后记

　　2005 年 6 月 28 日，县政府召开全县修志工作动员暨培训工作会议，标志着大厂回族自治县第二轮修志工作正式启动。会后进入编写阶段，各承编单位编写稿件，县志办做督导工作。一个月后，各单位陆续上报稿件，县志办与各承编单位互动，采用"写、改、编"三位一体的工作方法，于 2006 年 10 月 14 日完成内部审议稿（第一稿），送廊坊市志办初审。此后进入修改补充完善阶段。期间于 11 月 24 日在廊坊市志办召开大厂志稿初评会，根据初评意见，于 12 月 25 日拿出送审稿（第二稿），26 日送市志办再次审阅，28 日送县四大班子领导和有关部门负责人征求意见。根据征询意见，于 2007 年 1 月 19 日完成评审稿（第三稿），送中指组和省、市、县专家审阅，于同年 3 月 6 日召开《大厂回族自治县志（1986—2004）》评稿会。同时，县志办于 3 月 13 日将志稿送相关单位主要领导和人员审阅，经一把手签字并加盖公章后送交县志办。2007 年 7 月 14 日，根据工作需要，县志办主任潘嘉琦调离，县志编修工作一度停顿。2008 年 8 月 21 日，县委选派杨宝军任政府办副主任兼县志办主任。在政府办公室主任康建军领导下，县志编修工作继续进行。当时县志办只有两个人，经请示主管县长同意，返聘了原县志办秘书、编辑杨春利为县志副主编。8 月 27 日，省地方志办公室王蕾副编审、市地方志办公室主任黄志强到大厂指导地方志工作，提出新要求。根据专家、领导意见，县志办对全部文稿进行了审核编修，插入了相关图片，形成一本图文并茂的志稿（第四稿）。11 月底，呈县委、县政府主要领导审阅，经同意，2009 年 4 月报市志办，根据市志办专家组的意见，进行再次修订（第五稿）。经同意，2009 年 8 月 17 日报省志办终审验收。2009 年 9 月 15 日，《大厂回族自治县志（1986—2004）》一次通过省志办专家组终审验收。

　　编写过程中，得到了县领导的重视与支持。县委书记孙宝水同志、孟繁祥同志（原）多次问及县志工作，县长杨连华同志在百忙中亲自参加评稿会，常务副县长李桂强同志、张化志同志（原）更是十分关心和关注县志工作，对县志编写给予支持。

　　编写过程中，得到了各承编单位的积极配合和各方面力量的参与支持。全县修志工作会后，修志氛围浓厚，修志工作在全县形成高潮。原县财政局长白浩，不仅亲自部署本单位修志工作，对上报稿件亲自把关，还主动帮助县志办提供人物线索。原农业局长赵玉海、原水务局长陈贵峰、原畜牧局长张春秋等，亲自将写作任务分解到各股室，这些大的系统都在文件要求的一个月时间完成志稿，且资料完备，语言流畅。特别值得一提的是统计局长韩东旭，得知修志需要大量的统计资料，将统计网接到县志办，为县志办掌握统计资料大开方便之门，同时还对志书中的数据亲自审核把关。

编写过程中，县志办常有修志人员4至5人。原县志办秘书、编辑杨春利参加了第一轮修志工作，有着丰富的修志经验，主动承担了多数编的具体编写工作，2008年10月被聘县志副主编以来，对工作更是恪尽职守，呕心沥血。现任县志办秘书周丽娟，既要承担编写工作，又要接手打印资料等大量事务性工作。县志办孔金苹，在编写志稿中，承担了一定的文字打印工作。已调离的任文浩工作细心，在县志办没有车辆的情况下，多次用个人车辆为公务服务，不计得失、从无怨言。已提前离岗的郭金龙，调出的安华颖、刘堃、于丽莉等对修志工作也做出了一定努力。政府办的刘德才对修志工作也表现出了极大热情。

编写过程中，省方志办副主任王广才、市方志办主任黄志强，对志稿在体例、内容上提出不少可操作性的意见和建议。王广才同志还为我们联系赴井陉矿区学习修志经验。此外，中指组办公室的张英聘研究员、大城县的缴世忠编审除提出具体意见外，还亲自改稿，对志稿的完善与提高起到了一定作用，在此，一并表示感谢。

执行主编　杨宝军

2009 年 10 月

图书在版编目（CIP）数据

大厂回族自治县志：1986～2004／大厂回族自治县地方志
编修委员会编 . —北京：民族出版社，2010. 6
ISBN 978 – 7 – 105 – 10929 – 6

Ⅰ. ①大… Ⅱ. ①大… Ⅲ. ①大厂回族自治县—地方志—1986～2004
Ⅳ. ①K292. 24

中国版本图书馆 CIP 数据核字（2010）第 119051 号

大厂回族自治县志（1986—2004）

策划编辑：李志荣
责任编辑：向　阳
封面设计：晓玉工作室
出版发行：民族出版社
社　　址：北京市和平里北街 14 号　邮编：100013
电　　话：010 – 64271909（编辑室）
　　　　　010 – 64211734（发行部）
网　　址：http://www. mzcbs. com
印　　刷：北京佳顺印务有限公司印刷
经　　销：各地新华书店
版　　次：2010 年 7 月第 1 版　2010 年 7 月北京第 1 次印刷
开　　本：787 毫米 ×1092 毫米　1/16
字　　数：935 千字
印　　张：38. 5
定　　价：150. 00 元
ISBN 978 – 7 – 105 – 10929 – 6 / K · 1925（汉 1052）